사랑의
묘약

LOVE MEDICINE
by Louise Erdrich

이 도서의 국립중앙도서관 출판시도서목록(CIP)은
서지정보유통지원시스템 홈페이지(http://seoji.nl.go.kr)와
국가자료공동목록시스템(http://www.nl.go.kr/kolisnet)에서 이용하실 수 있습니다.
(CIP제어번호: CIP2013014434)

사랑의 묘약

Love Medicine
Louise Erdrich

루이스 어드리크 장편소설 | 정연희 옮김

문학동네

나의 형제들
마크, 루이스, 랠프에게 바친다

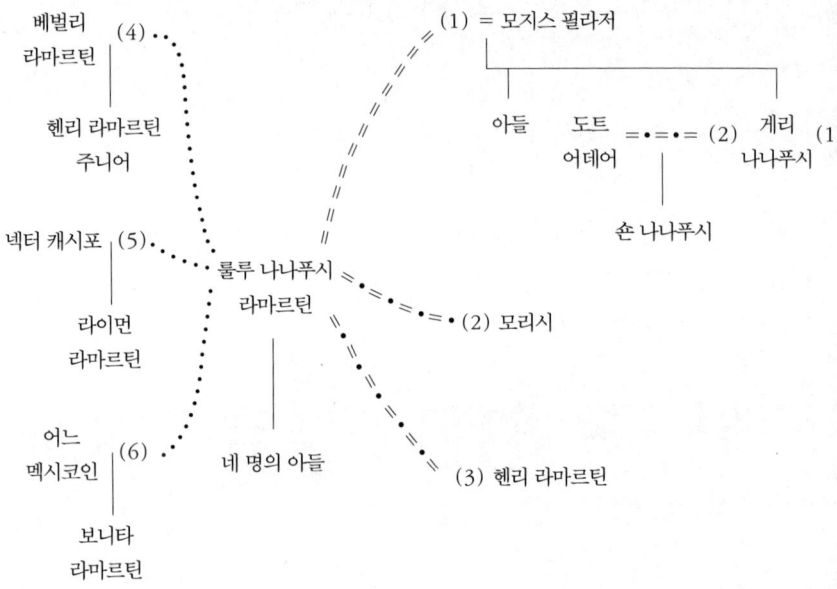

==== 오지브웨족 전통 결혼
•••• 연인 관계나 연애 사건
=•=•= 가톨릭 결혼

| 부부나 연인의 결합에 의해 출생한 자녀

입양한 자녀

결혼과 연애 사건은 일어난 순서대로 번호를 매겼다.

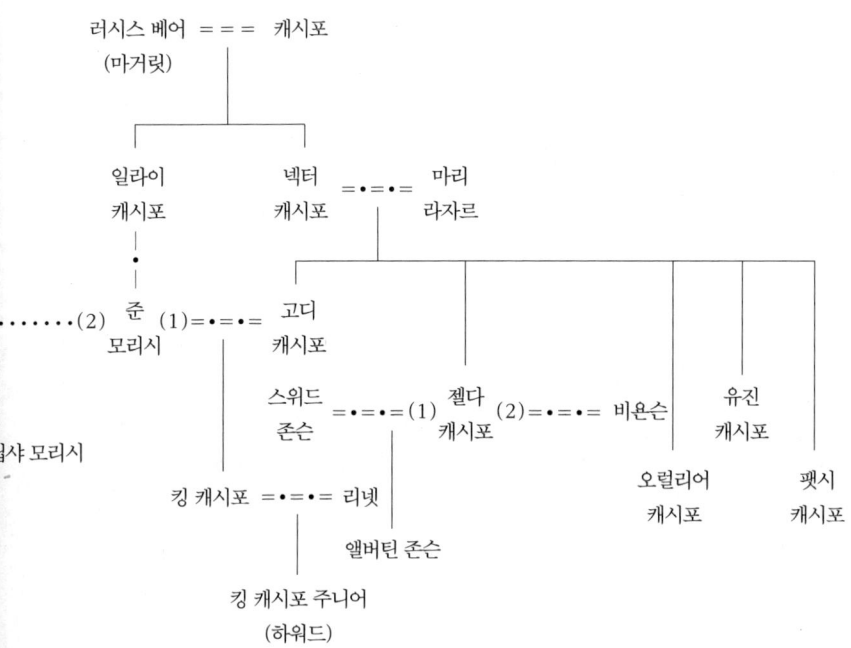

Love Medicine　치례

세상에서 가장 위대한 어부
1981

1

부활절 전날 아침 준 캐시포는 그녀를 고향으로 데려다줄 정오 버스를 하릴없이 기다리며 오일붐이 일어난 노스다코타 주 윌리스턴의 꽉 막힌 중심가를 걷고 있었다. 그녀는 치페와족*으로 다리가 길었고, 어느 모로 보나 폭삭 삭았지만 몸짓만큼은 예외였다. 리거 술집의 창문 안에서 그녀에게 뭐라고 지껄인 남자의 시선을 사로잡은 것도 어쩌면 그녀의 몸짓, 그러니까 젊은 아가씨처럼 늘씬하고 탄탄한 다리로 사뿐사뿐 걷는 걸음걸이였을 것이다. 그녀에게는 많은 사람들이 낯익어 보였고 그 역시 낯이 익었다. 살면서 많은 남자를 겪었으니까. 그가 들어오라고 손짓했고, 그녀는 한두 잔 같이 마시다 짐을 챙겨 버스를 타러 가면 되겠다고 생각하며 주저

---

* 미국과 캐나다에 걸쳐 널리 분포한 아메리카 원주민으로 오지브웨족이라고도 한다.

없이 들어갔다. 정말 아는 남자인지 확인도 하고 싶었다. 물기 어린 유리창 너머로 보니 그렇게 나이든 것 같지는 않았고, 거위 털을 채운 값비싼 진홍색 나일론 패딩 조끼를 입어서 가슴이 두툼했다.

카운터에는 색색의 달걀이 담긴 상자가 놓여 있었는데, 저마다 셀로판지에 싸여 보석처럼 빛났다. 그가 울새 알같이 푸른 하늘빛 달걀을 하나 집어 껍질을 벗기는데 그녀가 문을 열고 들어왔다. 구름이 잔뜩 낀 날이었지만 반사된 눈빛에 그녀는 순간 앞이 보이지 않았다. 물속으로 가라앉는 기분이었다. 그녀는 가까이 다가가서 무엇보다 하얀 손에 쥐어진 푸른 달걀을 보고 싶었다. 달걀은 마치 어스레한 어둠 속의 봉화처럼 빛나고 있었다.

그는 그녀에게 블루리본 맥주를 주문해주었고, 며칠 동안 만난 여자 중 가장 멋지다며 상을 받아도 되겠다고 말했다. 그리고 그녀가 입은 터틀넥 스웨터와 색이 잘 맞는다며 분홍색 달걀 껍데기를 벗겨주었다. 그녀는 터틀넥이 아니라고, 이 옷은 셸*이라고 부른다고 했다. 그는 원하면 그것도 벗겨주겠다면서 바텐더를 보고 히죽 웃더니 그녀에게 깐 달걀을 건넸다.

밖에 있다 들어와 달걀보다 더 손이 찼던 준은 고무 같은 촉감의 따스함이 사라질 때까지 잠시 달걀을 쥐고 있었다. 그녀는 먹으면서 자신이 얼마나 굶주렸는지 깨달았다. 전 남자가 준 돈은 버스표를 사는 데 다 써버렸다. 마지막으로 먹은 게 언제인지 정확히 기억이 나지 않았다. 그녀가 달걀을 허겁지겁 먹어치우는 모습이 인

---

* 소매 없는 여성용 스웨터나 블라우스를 말하며 달걀 껍데기도 셸(shell)이다.

상적이었는지 남자는 아까처럼 또하나를 벗겨주었다. 그녀는 그 것도 받아먹고, 하나를 더 먹었다. 바텐더가 그녀를 물끄러미 쳐다보았다. 그녀는 어깨를 으쓱하며 자기 이름의 머리글자를 황금색으로 새긴 하얀 플라스틱 케이스를 톡 쳐서 기다란 멘톨 담배를 빼냈다. 연기를 들이마신 뒤 부서진 달걀 껍데기를 사이에 두고 그를 향해 몸을 숙였다.

"이제 뭘 하죠?" 그녀가 말했다. "파티는 어때요?"

그녀는 버스를 타려고 머리를 정성들여 말고 스프레이도 뿌렸다. 바다의 푸른 골짜기 같은 눈동자가 그를 빤히 쳐다보았다. 이제 결정해야 했다.

"버스가 올 때까지 시간이 얼마 남지……" 그녀가 말했다.

"버스 따위는 잊어요!" 그가 일어서서 그녀의 팔을 잡았다. "파티를 합시다. 내 말 들었소? 누가 우리를 말리겠어요? 즐깁시다!"

그가 돈을 지불할 때, 슈퍼마켓에서 바나나를 묶는 빨간색 고무줄로 동여맨 두툼한 돈뭉치가 보였다. 그 돈뭉치가 그녀의 결심에 도움이 되었다. 하지만 더 중요한 것은 느낌이었다. 달걀이 행운을 안겨줄 것만 같았다. 그에게선 온화한 여유가 느껴졌는데, 그 점이 뭔가 달라 보였다. 이 사람은 다를지 몰라, 준은 생각했다. 버스표는 어쩌면 영원히 유효할 것이다. 보호구역에서 그녀를 기다릴 사람도 없었다. 이혼한 남편을 빼면 남자도 없었다. 고디. 궁하면 그가 돈을 부쳐줄 것이다. 그래서 그녀는 진홍색 조끼를 걸친 이 남자와 다른 술집으로 옮겼다. 그의 실버라도 픽업트럭을 타고 거리로 나갔다. 그는 진흙 처리 기사였다. 이름은 앤디. 그녀는 예전에 진흙 처리 기사들과 알고 지냈다는 말도, 어떤 기사가 압력호스 때문에 죽은 이야기를 들은 적이 있다는 말도 하지 않았다. 호스가 지하에서 튀어나와 그의 배를 후려쳤다고 했다.

숨진 기사를 잘 알지는 못했지만 그의 죽음을 생각하면 그녀는 늘 묵직하고 끔찍한 덩어리가 목에 걸린 것처럼 답답했다. 보이지 않게 숨었다 난데없이 나타나 뱀처럼 꿈틀대는 호스, 그것이 살아 있는 생물처럼 공격한다는 생각이 무서웠다. 한 번의 타격으로 내장이 죄다 터졌다고 했다. 더 섬뜩한 이야기를 들은 적이 있는데도 그 장면을 상상하면 목이 아파왔다. 자신이 텅 비었다고 깨닫는 그런 순간. 그도 그렇게 느꼈을 것이다. 가끔 어두컴컴한 방에 혼자 있으면 그녀는 그 느낌을 알 것 같았다.

시간이 흐르고 북적대는 술집이 왁자한 소음으로 가득차자 그녀는 잠시 담배 연기 속에서 눈을 감았다. 호스가 죽음의 숨을 내뱉으며 검은 땅을 뚫고 솟구치는 장면이 보였다.

"아아." 그녀는 소스라치며 고통스러운 듯 말했다. "당신은……"

"내가 뭘, 자기?" 그가 그녀의 가녀린 어깨를 감싸안은 팔에 힘을 주었다. 두 사람은 사람들 틈에 섞여 칸막이 자리에서 엔젤윙스를 마셨다. 이제 립스틱이 흐릿하게 번진 그녀의 입술은 그의 입술에 바짝 다가가 있었다.

"당신은 달라야 해요." 그녀는 공기를 들이마셨다.

몸이 쪼개지는 느낌이 든 것은 더 나중이었다. 화장실로 걸어가면서 그녀는 피부가 딱딱하게 굳어 바스라질 것 같았고, 이런 상태

14

라면 뭔가에 조금만 닿아도 산산조각날 것 같아 더럭 겁이 났다. 그녀는 화장실에 들어가 문을 잠그고 그의 손을, 투명한 달걀 속살을 드러내며 푸른색 껍데기를 벗기던 그 손놀림을 떠올렸다. 옷이 따끔거렸다. 분홍색 셸은 땀에 젖고 겨드랑이가 꽉 끼였지만 앞이 가로로 찢어져 아들 킹이 준 흰색 비닐 재킷을 벗을 수도 없었다. 하지만 화장실에 앉아 있는 동안 변화가 일어났다. 문득 그녀는 누구의 도움도 없이 옷과 피부를 벗고 스르르 빠져나오는 기분이 들었다. 앉은 채로 몸을 숙여 금속 휴지걸이에 이마를 댔다. 피부는 뻣뻣하고 늙었으나 피부 속은 온통 순수하고 벌거벗은 느낌이었다. 그가 다른 남자들과 별반 다르지 않더라도 그녀는 다시 이 일을 겪어야 할 것이다.

손에서 손가방이 떨어지면서 물건들이 쏟아져나왔다. 그녀는 똑바로 앉았다. 열린 손가방에서 문손잡이가 빠져나와 칸막이 밑으로 굴러갔다. 그녀는 방에서 나올 때마다 문손잡이를 떼어 들고 다녔다. 부서진 문을 달리 잠글 방법이 없었기 때문이다. 이제 그것을 집어들고 금속으로 된 부분을 잡았다. 둥근 손잡이는 매끈한 흰색 자기로 되어 있었다. 돌처럼 단단했다. 그녀는 재킷 주머니 깊숙이 찔러넣은 문손잡이를 꼭 쥐고 북적거리는 사람들을 헤치며 자리로 돌아갔다. 그녀의 방은 잠겨 있었다. 이제 그녀는 그를 받아들일 준비가 되었다.

그들이 시내에서 멀리 벗어나 카운티 도로에 차를 세운 뒤에야 그녀는 마음이 놓였다. 헤드라이트를 껐지만 쌓인 눈이 반사하는

빛 덕분에 사물은 분간할 수 있었다. 그가 옷을 벗기는 대로 내버려두려고 했지만 너무 서툴러서 어쩔 수 없이 그녀가 도와줘야만 했다. 찢긴 곳을 여전히 숨기면서 조심스레 윗옷을 올렸고 등을 활처럼 구부려 바지를 벗기기 쉽게 해주었다. 잘 늘어나는 옷감으로 만든 바지는 정전기가 일어나 발목까지 내리자 파란 불꽃이 튀었다. 그가 히터 조절기에 손을 부딪혔다. 히터가 입을 쫙 벌리고 내뿜는 열기가 어깨에 느껴졌다. 순간적으로 그녀는 거대한 아가리 앞에 반듯하게 누워 있는 듯한 관능적인 느낌에 사로잡혔다. 후끈한 숨결이 그녀의 목을 훑더니 이어서 젖꼭지를 빨았다. 그리고 그의 조끼가 그녀를 덮쳤는데 어찌나 날렵하고 미끈한지 거대한 혀가 핥는 것 같았다. 그녀는 붙잡을 곳이 없었다. 의자의 반들반들한 비닐 위로 자꾸만 미끄러지다 마침내 운전석 문짝에 정수리가 바짝 닿았다.

"아, 좋아." 그가 신음했다. "아, 하느님, 성모님, 아, 좋아, 좋아."

그는 다른 동작은 없이 그녀의 몸 위에서 엉덩이만 들썩이다 마침내 고개를 툭 떨어뜨렸다.

"이봐요." 그녀가 그를 흔들었다. "앤디?" 더 세게 흔들었다. 그는 움직이지 않았고 깊은 호흡은 한 박자씩 어긋났다. 깨워도 소용없을 것 같아 그녀는 그의 무게를 고스란히 느끼며 가만히 누워 있었다. 그렇게 누워 있다 다시 몸이 쪼개질 것 같은 느낌에 사로잡혔다. 그녀는 자신의 피부가 반드러우면서 낯설게 느껴졌다. 그 순간 조금이라도 더 누워 있다가는 완전히 바스라질 것 같은 기분이 들었는데, 그가 잠결에 조금만 움찔거려도 한 군데만이 아니라

16

몸 전체가 산산조각날 것 같았다. 그녀는 다시 정신을 추슬러야겠다고 생각했다. 한 팔을 구부려 머리 위로 올리고 팔꿈치를 천천히 내려 손잡이를 돌렸다. 문이 활짝 열렸다.

　문짝에 몸이 딱 붙어 있어서 준은 걸쇠가 풀리자마자 굴러떨어졌다. 추위 속으로. 다시 태어나는 것 같은 충격이었다. 어쨌든 바지는 떨어지는 동안 올려 입은 것처럼 반쯤 걸쳐 있었다. 그녀는 허둥지둥 브래지어를 하고 셸을 끌어내린 뒤 다시 차 안으로 손을 뻗었다. 더듬지 않고 손쉽게 재킷과 가방을 찾았다. 순간 그녀는 살면서 이보다 더 취한 적이 있었는지 혹은 더 말짱한 적이 있었는지 확신이 서지 않았다. 문은 열린 채로 두었다. 온도가 자동으로 조절되는 히터가 목쉰 소리를 내며 작동했고, 반 마일 정도 걸은 뒤에도 그 소리가 들렸다. 혹은 들리는 것 같았다. 얼마 지나지 않아 부츠가 얼음에 닿는 뽀드득 소리만 남았다. 눈밭이 환하게 별빛을 반사했다. 그녀는 걸으면서 다져진 바큇자국에서 벗어나지 않으려고 바짝 정신을 차렸다.

　희미한 오렌지색 불빛과 구름이 나지막이 드리운 윌리스턴의 하늘을 보고 그녀는 되돌아가느니 차라리 걸어서 고향으로 돌아가겠다고 결심했다. 바람은 순하고 눅눅했다. 치누크 바람이로구나, 그녀가 혼잣말을 했다. 그녀는 계속 걷다 오른쪽으로 꺾은 뒤, 방설책 위로 날아와 얼어붙은 눈더미를 넘어 시든 풀이 바람에 소용돌이치고 얼음이 얇게 깔린 탁 트인 목장에 들어섰다. 부츠는 얇았다. 되도록 마른 땅을 골라 밟았고 진창이나 질퍽거리는 회색 눈더미는 피했다. 바이올린에 맞춰 흥겹게 춤을 추다 아니면 친구 집에서 놀다 일라이 삼촌의 따뜻하고 사람 냄새 나는 부엌으로 돌아가는 기분이었다. 그녀는 발이 젖지 않게 조심하면서 손가방을 흔들며 광활한 들판을 가로질렀다.

눈이 내리기 시작했는데도 그녀는 방향감각을 잃지 않았다. 발의 감각은 무뎠지만 집까지의 거리는 두렵지 않았다. 아무리 바람이 거세도 그녀를 엉뚱한 곳으로 날려 보내지는 못할 것이다. 그녀는 계속 걸음을 옮겼다. 심장이 오그라들고 피부가 터질 듯 얼어붙어도 상관없었다. 순수하고 벌거벗은 그녀의 일부는 멈추지 않았기에.

그해 부활절에는 사십 년 만에 가장 큰 눈이 내렸지만 준은 물 위를 걷듯 눈밭을 걸어 집으로 돌아왔다.

2
앨버틴 존슨

눈보라가 휘몰아쳐 주(州)를 온통 뒤덮은 봄 같지 않은 봄이 지나자 눈이 완전히 녹고 금세 여름이 왔다. 엄마의 편지를 읽고 준이 죽은 것을, 죽었을 뿐 아니라 순식간에 파묻힌 것을, 갑작스레 내린 눈처럼 땅에서 사라진 것을 안 것이 부활절 다음주였는데 그 주가 지나자 덥기까지 했다.

나는 집에서 멀리 떨어진, 내가 세 들어 사는 백인 여자의 집 지하실에서 그 편지를 읽다 나까지 땅속에 파묻히는 기분을 느꼈다.

봉투를 뜯고 편지를 읽었다. 리놀륨 식탁에 앉아, 교재의 「환자 학대」 부분을 펴놓은 채로. 이 제목은 두 가지로 생각할 수 있다. 하나는 간호학과 학생이라면 알 테고, 또하나는 캐시포 집안 사람이라면 알 것이다. 엄마와 나 사이에 오가는 학대는 더디고 지루해서 긴 휴면기가 필요했고 간염처럼 핏속에서 살았다. 그것이 폭발하면 오히려 후련했다.

"우리는 네가 공부하느라 장례식에 오기 힘들 거라고 생각했어." 편지에는 이렇게 쓰여 있었다. "그래서 굳이 알리지 않았단다."

그녀는 늘 왕족이 쓴다는 우리로 말했는데, 보이지 않는 타인들의 힘을 빌려 몇 곱절로 질책하기 위해서였다.

나는 편지를 내려놓고 어쩔 도리 없는 나쁜 일이 생길 때 그러듯 멍하니 허공을 응시했다. 처음에는 엄마가 나를 장례식에 부르지 않아 준 숙모에게 적절한 애도를 표하지 못한 것이 속상했다. 그러다 내가 어디를 보고 있는지 깨달았고—땅 높이로 난 창문을 보고 있었다—그녀의 모습이 떠올랐다.

나는 준이 할머니의 부엌에 도도하게 앉아 잿더미를 뒤적거리거나 뾰족구두를 신은 발을 앞뒤로 흔드는 모습을 떠올렸다. 혹은 우리 꼬마들에게 아이스크림을 사주려고 지갑을 열던 모습을. 내 머리가 허리까지 길자 곱게 빗어주며 공주님 머리라고 말하던 모습도 생각났다. 공주님 머리! 그뒤로 나는 머리를 땋지 않았고, 머리카락은 점점 엉켰다. 결국 엄마가 소중한 몇 인치를 잘라버렸다.

준은 혼자 사는 종조부 일라이가 키웠다. 할머니의 여동생이 죽고 준의 몹쓸 아버지 모리시가 한창 번성하던 트윈시티로 달아나자 그가 준을 데려왔다. 성인이 된 그녀는 잠시 주변을 둘러본 뒤 내 삼촌 고디 캐시포를 점찍었고, 둘은 몰래 달아나 결혼했다. 사촌지간이었지만 친남매 같았다. 할머니는 불같이 화를 내며 일 년 동안 집에 들어오지도 못하게 했다. 어쨌거나 이 결혼은 이어지고 끊어지기를 반복했다. 두 사람은 닮은 데가 많았고, 둘 다 삶의 재미를 누리고 싶어했다. 준은 아이들을 잘 참아내지 못했다. 집안 식구 모두, 심지어 준을 아끼고 귀여워한 일라이마저 그녀는 엄마로서 자질이 부족하다고 말했다.

준이 엄마로서 자질이 부족하든 말든 숙모로서는 좋았다. 온갖 응석을 다 받아주었다. 코트 주머니에 항상 더블민트 껌을 넣고 다녔다. 목에서는 향긋하고 상쾌한 냄새가 났다. 그녀는 나를 성인인 양 대했고, 내가 구석에 앉아 대화를 들어도 절대 나가 놀라고 하지 않았다. 한결같이 예뻤다. "미스 인디언아메리카." 할아버지는 이렇게 불렀다. 고디와 사이가 틀어져 아들 킹을 두고 혼자 달아나자 사람들이 "몹쓸 모리시 사람 같으니"라고 쑥덕거렸지만 그럴 때조차 예뻤다. 계획은 항상 먼저 어딘가에 정착해 아들을 데려가는 것이었다. 하지만 그녀가 하는 일은 수포로 돌아가기 일쑤였다.

미용사가 되려고 했을 때는 성미가 고약한 손님의 머리를 일부러 화학약품으로 태워 버석거리는 초록색으로 망쳐놓았다는 이야기가 나돌았다. 비서 일을 하면 다른 비서들의 미움을 샀다. 싸구려 잡화점에서는 술에 절어 일했고, 일주일 동안 종업원으로 일한 레스토랑에서는 누가 던진 농담 한마디에 보란 듯이 나가버렸다고 했다. 이따금 고디에게 되돌아왔고 한동안 제법 오래 같이 살았다.

그리고 다시 떠났다. 시간이 흐르면서 그녀는 조금씩 망가졌고, 보는 사람이 없으면 어깨를 축 늘어뜨리는 여자로, 손톱이 지저분하게 자란 여자로, 미용실에 다녀오자마자 머리가 덥수룩하게 자라는 여자로 변해갔다. 옷에는 안전핀과 몰래 흘린 눈물 자국이 수두룩했다. 지금 생각하니 그녀가 마지막으로 머문 곳이 윌리스턴이었는데, 카우보이처럼 차려입은 독신의 돈 많은 오일붐 쓰레기들이 득시글한 곳이었다.

내가 아는 오일붐 쓰레기 부류는 여러 가지 물건을 잔뜩 실은 커다란 픽업트럭을 몰고 주 방방곡곡을 누비는 사람들이었다. 같이 일해봐서 아는데 이런 족속에게 인디언 여자는 하룻밤 쉬운 상대에 지나지 않는다. 식탁에 앉아 생각하니 그런 생활이 준을 얼마나 밑바닥까지 끌어내렸을지 생생히 그려졌다. 하지만 무슨 일이 있었는지 내가 무슨 수로 알겠는가?

그녀가 미끈한 다리를 꼬고 앉아 손가방을 그러쥐고 날카롭고 단호한 태도로 웃는 모습이 그려졌다.

"술을 많이 마셨을 거야." 엄마는 편지에 썼다. 엄마는 원래 준을 좋게 보지 않았다. "진탕 취해 헤매다 눈보라가 치는 것도 몰랐던 것 같아."

준은 평원에서 자랐다. 아무리 취해도 눈보라가 치는 것은 알았을 것이다. 공기의 무게로, 구름의 냄새로. 동물적 본능이 뼛속까지 흘렀을 것이다.

나는 식탁에 앉아 준을 생각했다. 이따금 머리 위로 집주인이 청소기 돌리는 소리가 들렸다. 내 방에 난 창문으로는 밖이 잘 보이지 않았다. 먼지와 잔설과 굴러가는 자동차 바퀴만 보일 뿐. 날은 따뜻했지만 풀은 노랬고, 캠퍼스 대지에는 증기파이프가 파묻힌 자리에만 드문드문 초록색 풀이 자랐다. 나는 그날 가만히 앉아 있을 수 없었다. 코트를 걸치고 거리로 나가 증기파이프가 십자 모양으로 파묻힌 자리에 눈부실 만큼 새뜻하게 풀이 자란 곳, 심지어 민들레까지 피어난 대학의 너른 잔디밭으로 갔다. 거기서 대지의 풀밭에 누워 준을 제대로 느낄 때까지 그녀를 생각했다.

나는 엄마 젤다에게 단단히 화가 나서 두 달 가까이 전화도 편지도 하지 않았다. 엄마는 나를 낳지 말고, 바란 대로 수녀의 언덕을 올라 수녀원에나 갔어야 했다. 하지만 보호구역 외부에 사는 스위드 존슨과 결혼했고, 나는 조산아로 태어났다. 그는 육군 신병훈련소에서 탈영한 뒤 다시 얼굴을 내비치지 않을 만큼은 품위가 있었다. 내가 그에 대해 아는 것이라곤 사진 몇 장이 전부였다. 머리는 금발이고 표정은 침울했는데, 제복이 그를 떠돌이 운명으로 내몰았겠지만, 그가 그렇게 된 데에는 엄마의 타락에 대해 엄마 스스로 느낀 분노도 만만치 않게 작용했을 것이다. 순결하게 살고 싶었던 엄마의 계획을 망친 것은 나였다. 나라는 존재가 엄마를 머리에 거룩한 영광을 쓰는 일 대신 돈을 벌고 장부를 정리하는 일로 떠밀었다. 나를 돌봐줄 사람이 필요했기 때문에 엄마는 할머니 집 근처 트레일러에 살았다. 나중에 나는 엄마에게 끝없는 슬픔의 세월을 안겼다. 나는 한동안 나쁜 짓만 골라 하다 달아났다. 하지만 내가 바른 길로 들어서자 우리는 더욱 사이가 나빠졌다.

두 달이 지나고 한 학기가 끝나도록 나는 엄마를 용서할 수 없었지만, 그래도 집에 돌아가기로 결심했다. 엄마를 만나는 게 썩 내키지는 않았지만, 우리 관계는 날카롭게 간 손톱 다듬는 줄 같아서 그렇게라도 관계를 유지해야 했다. 그래서 책 몇 권과 옷 몇 벌을 머스탱 자동차 뒷좌석에 던져넣었다. 머스탱은 나의 첫 차였는데, 바퀴집은 녹슬고 수동변속기에 보조석 쪽에만 와이퍼가 달린 우중충한 검은색 고물차였다.

그해 초여름 고속도로를 달리면서 바라본 풍경은 아름다웠다. 하늘은 티 없이 맑게 펼쳐졌다. 방치된 은색 방풍림이 들판의 경계를 그었는데, 정부가 보상금을 주고 평평하게 갈아엎은 땅이었다. 나머지 풍경은 모두 흐릿한 황갈색이었다. 메마른 도랑, 죽어가는 농작물, 농장 건물과 도회지 건물 모두. 그해에 비는 꼭 알맞은 때에 내렸다. 북쪽으로 들어서자 땅이 일어서는 것 같았다. 바람은 뜨거웠고 타르와 떠도는 흙먼지 냄새가 났다.

큰 농장과 바람 부는 들판 끄트머리에 보호구역이 있었다. 바람은 늘 저멀리에서 불어왔다. 먼 곳에서도 언덕 너머의 냄새가 난다. 구덩이, 말라빠진 진창, 부들개지가 나뒹구는 배수로, 돌개구멍. 그리고 물 냄새. 구덩이들이 물을 담아두니까, 야트막한 비탈길에서 물이 흘러내리니까, 울창한 나무들이 물을 품으니까 평원은 메말라도 언덕에는 물이 있을 것이다. 나는 나무뿌리가 머금은 물, 나무껍질 냄새가 나는 갈색의 차가운 물을 생각했다.

고속도로가 좁아지고 복잡해지다 바큇자국과 구렁이 패여 있고, 푸른색 자주개자리가 도랑에서 뭉텅뭉텅 자라는 자갈길로 바뀌었다. 작은 언덕이 이어졌다. 난데없이 개가 뛰어들더니 맹렬하게 달아났다. 먼지가 자욱했다.

엄마는 보호구역 변두리에서 수확이 잘되는 밀농장을 경영하는 비욘슨과 재혼해서 산다. 거기에서 얼추 일 년을 살았다. 나는 아쿠아실버색 트레일러에서 엄마와 같이 살며 자랐다. 트레일러는 정부가 인디언에게 농사를 짓게 하자고 결정한 뒤 증조부모에게 배당한 땅에 세운 오래된 집 옆에 있었다.

배당정책은 한마디로 웃긴 소리였다. 그 땅으로 접어든 나는 늘 그러듯 주위를 둘러보며 얼마나 많은 보호구역 땅이 백인에게 팔려나가 영원히 상실되었는지 생각했다. 집까지는 3마일 남았다. 나는 바큇자국이 팬 흙길을 달려 집으로 향했다.

그 집은 모든 삼촌과 이모 들이 자란 곳으로 조리실이 딸린 넓은 방 하나로 이루어져 있었다. 집은 이제 벗겨지기 시작한 밝은 라벤더색과 옅은 페튜니아색으로 칠해져 있었는데, 내가 살 때만 해도 칠이 되어 있지 않았다. 엄마가 작년에 할머니에게 무슨 기념선물로 해준 것이었다. 페인트칠이 끝나자 두 노인은 더 활기차고 성당까지 멀리 운전할 필요가 없는 시내로 이사했다. 다행히 오럴리어 이모가 그 색깔을 마음에 들어했고, 한번 들어가더니 거기 계속 눌러 살았다.

집으로 차를 몰면서 나는 이모의 갈색 차와 크림빛이 감도는 엄마의 노란 차가 마당에 서 있는 것을 보았다. 나는 차에서 내렸다. 그들은 안에서 파이를 굽고 있었다. 계단을 올라서자 두런거리는 소리가 들렸고, 파이크러스트가 노릇노릇하게 익는 고소한 냄새가 났다. 나는 어둡고 아늑한 부엌으로 들어갔다. 하지만 그들은 대화에 흠뻑 빠져 내 존재를 깨닫지 못한 것 같았다.

"정말 예뻤어." 오럴리어가 감자샐러드를 담은 큰 통에 손을 넣은 채 말했다.

"숟가락으로 버무려도 된다더라." 엄마가 서랍에서 묵직한 주석 숟가락을 꺼내면서 내게 키스하려고 입을 동전지갑처럼 오므렸다. 엄마는 눈을 크게 뜨고 눈빛을 반짝였다. "몇 차례 불쌍한 꼴을 당했다는 말을 하려던 거야. 얻어맞기도 했고……"

"모를 일이지. 직접 못 봤잖아." 오럴리어는 통통한 '매력녀'였다. 그녀는 샐러드가 묻은 손으로 엄마가 건네준 숟가락을 흔들었다. "솔직히 누구 본 사람 있어? 아무도 못 봤잖아. 무슨 일이 있었는지 아무도 정확히 몰라. 그런데도 얻어맞았네 어쩌네 지껄이는 사람들은 뭐람…… 본 사람이 없는데."

"내가 듣기로는……" 엄마가 말했다. "어떤 남자랑 같이 있었는데 그 사람이 차버린 거래."

나는 앉아서 얇게 썬 사과 한 쪽을 설탕과 시나몬을 섞은 토핑에 찍어 먹었다. 준 이야기였다.

"난 아무 말도 못 들었어." 오럴리어가 손가락을 부딪쳐 딱 소리를 냈다. "자기 눈으로 직접 본 게 아니면 믿지 말아야지. 준은 짐을 전부 싸서 돌아올 작정이었어. 준의 방을 부수고 들어가봤더니 가방들이 있었대. 준이 거기까지 간 건……" 오럴리어는 머뭇거리다 다시 힘주어 말했다. "도대체 왜 집으로 돌아오려고 한 거지? 이유가 없잖아!"

"이유가 없다고?" 엄마가 캐묻듯 말했다. "돌아올 이유가 전혀 없다는 말이니?" 엄마는 잠시 나를 의미심장한 눈길로 쳐다보았다. 나는 남편도 없고 자식도 없지만 주저앉기 직전의 고물차를 몰아 결국 집으로 돌아왔다. 나는 엄마의 시선을 피했다. 엄마는 골똘히 생각하느라 뺨을 불룩 내밀고 파이크러스트의 가장자리를 만지작거려 주름을 잡았다. 오븐에서 두 개씩 굽고 있었다. 루바브, 야생 준베리, 사과, 구스베리 등 캐시포 할머니와 엄마, 오럴리어 이모가 보관한 온갖 과일을 집어넣은 훌륭한 파이가 구워질 것이다.

"샐러드를 만지기 전에 손은 씻었겠지." 엄마가 오럴리어에게 말했다.

오럴리어는 화를 참느라 얼굴이 초승달 모양으로 일그러졌다. "그런데 말이지." 그녀가 말했다. "언니 딸내미는 언니가 나를 여전히 어린 여동생처럼 다룬다고 생각하겠어."

"넌 아직 애잖아, 안 그래? 어쩔 수 없지."

"나 왔어요." 내가 말했다.

그들은 내가 그 순간 문을 열고 나타난 것처럼 나를 쳐다보았다.

"앨버틴 왔구나." 오럴리어가 나를 보며 말했다. "손이 이 모양이라 안을 수가 없네."

"이리 오렴." 엄마가 내 옆에 피클병을 놓으며 말했다. "예쁘게 입었구나. 윗옷은 파고에서 샀니? 운전하기는 괜찮았고?"

나는 그렇다고 대답했다.

"이 피클 좀 썰어주렴." 엄마가 그릇과 칼을 건넸다.

"준이 고디에게 매달렸잖아, 고디에게 다른 선택은 없다는 듯

이." 이제 엄마의 목소리는 매몰찼다. "차지했으면 행복하게는 해
줬어야지! 고디가 얼마나 준을 사랑했는지 이제 분명히 알겠어.
지금 술독에 빠져 지낸다더라. 하루가 멀다 하고 일라이 삼촌 집에
가서 술을 달라고 조른대. 준에게 그런 취급을 당했으면서도 왜 준
이 인생을 망치게 그냥 내버려두지 않았는지 모르겠다."

"죽는 것보다 더 망칠까." 오럴리어가 말했다.

신기한 것은, 엄마와 오럴리어가 다르게 행동할수록 더 닮아 보
인다는 사실이었다. 엄마는 선명한 짙은 남색 머리를 뒤에서 하나
로 묶었고 회색이 도는 얼굴빛에 피부가 거칠었다. 오럴리어는 정
성 들인 파마 머리에 뺨이 둥그스름했고 꼭 끼는 바지와 프릴 달린
로데오 셔츠를 입었다. 그들은 마음속에 뿌리박힌 생각을 포기하
려들지 않았다. 믿음이 너무 강하면 믿음의 원래 내용이 무엇인지
는 중요하지 않은 순간이 온다. 그 믿음들이 뒤엉켜 고집이 된다.

엄마는 오럴리어가 말을 끝내자 준에 대한 이야기를 접고 내게
잔소리를 늘어놓기 시작했다.

"파고에서 결혼할 만한 남자는 아직 못 만났니?" 엄마는 회색
엄지손가락을 민첩하게 움직이며 파이의 가장자리를 꾹꾹 눌러 완
벽한 조가비 모양을 만들었다. 결혼할 만한 남자란 가톨릭 신자를
의미했다. 나는 고개를 가로저었다.

"이러다간 늙고 뻣뻣해져서 손주도 못 봐주겠구나." 엄마가 말
했다. 그리고 웃으며 어깨를 가볍게 으쓱했다. "내 딸도 나처럼 까
다로워서 말이지. 까다롭기가 이를 데 없어."

오럴리어가 코웃음을 치며 뭐라고 말하려다 참았는데, 아마 엄

마의 첫 남편 이야기였을 것이다.

"앨버틴은 시간이 많아." 오럴리어가 나를 대신해 대답했다. "서두를 이유가 뭐 있어? 내 말 믿어." 그리고 나를 보며 짐짓 진지하게 말했다. "결혼한다고 모든 게 해결되지는 않아. 나도 노력할 만큼 해봤어."

"어쨌거나 관심 없어요." 나는 엄마와 이모에게 알려주었다. "할 일이 많거든요."

"맙소사." 엄마가 말했다. "직장을 갖겠다는 거니?"

엄마는 그 생각에 몸이 굳은 것처럼 일손을 멈추었다.

"엄마도 일했잖아요." 내가 엄마에게 따지듯 물었다. 나는 엄마에게 네모로 잘게 썬 피클을 건넸다. 내가 기억하기로 엄마는 성심수녀원에서 신부님과 수녀님 들의 회계 일을 맡아 했다. 엄마는 들은 척도 하지 않고 포크로 파이에 구멍을 뿅뿅 뚫었다. 마지막으로 속을 채워 굽는 일만 남았다. 오럴리어는 샐러드를 섞었다. 엄마의 손놀림은 정확했다. 잠시 후 큰길에서 자동차 한 대가 속도를 늦추며 들어오는 소리가 들렸다. 준의 아들 킹과 그의 아내 리넷 그리고 아들 킹 주니어가 온 모양이었다. 그들은 앞쪽 계단까지 와서 신형 스포츠카를 세웠다. 킹 주니어는 앞좌석에 짐보따리처럼 놓여 있었고, 캐시포 할아버지와 할머니는 비좁은 뒷좌석에 쑤셔박히다시피 앉아 있었다.

"그 백인 여자가 왔어." 엄마가 창밖을 빠끔 내다보았다.

"맙소사." 오럴리어가 또 잘난 척 코웃음을 치며 이번에는 참지 않고 말했다. "언니가 결혼한 스웨덴 남자는 어떻고?"

"나를 교훈으로 삼았어야지." 엄마가 오럴리어의 샐러드통 가장 자리를 닦았다. "스웨덴 사람과는 절대 결혼하지 말라는 게 내 철칙이야."

캐시포 할머니의 돌돌 말아 내린 나일론 스타킹과 갈색 신발이 먼저 보였고, 이어서 끝을 말아넣은 철회색 단발머리가 나타났다. 마지막으로 검은색 잔가지가 달린 꽃들이 자잘하게 그려진 옷감에 감싸인 몸이 차 문을 비집고 나왔다. 내가 아주 어렸을 때 할머니는 이 근처에서 패한 인디언 전사들을 추모하는 돌무덤처럼 커보였다. 하지만 지금 할머니를 보면 그렇게 큰 체구는 아니고 그저 바위에 대충 깎은 조각상처럼 풍상에 시달린 옹골찬 모습이었다. 할머니는 많이 변하지 않았다. 적어도 할아버지만큼 변하지는 않았다. 내가 집을 떠나 학교에 간 뒤로 할아버지는 폭삭 늙었다. 가을 폭풍우가 밤새 노란 잎사귀를 떨구듯 갑자기 노년이 들이닥쳐, 이제 할아버지의 계절은 깊고 고요한 겨울이다. 할머니가 옷에서 먼지를 털고 뒷좌석 창문으로 짐을 꺼내는데도 할아버지는 가만히 앉아 있었다. 차가 멈춘 것도 몰랐다. "다 왔다고 알려드려라." 할머니가 리넷에게 말했다.

리넷은 앞좌석에서 킹 주니어의 기저귀를 갈고 있었다. 도시에서는 접착지가 붙은 종이기저귀를 썼지만 여기 온 뒤로 엄마가 천기저귀와 안전핀을 쓰라고 타일렀다. 아기는 꼼지락거리며 그녀의 손을 밀어냈다.

"안 들려?" 벌써 차에서 내린 킹이 신경질적으로 타이어를 살펴보더니 운전석 창문으로 고개를 들이밀고 리넷을 윽박질렀다. "당신을 부르잖아. 내 아버지의 어머니가. 방금 당신더러 뭘 시켰잖아."

리넷이 얼룩이 묻은 뿌루퉁한 얼굴로 운전대 위로 고개를 들었다. 짙은 금발머리는 군데군데 탈색되고 갈라졌다. "그래, 들었어." 그녀가 안전핀을 입에 물고 말했다. "당신이 말씀드려."

그녀가 손가락 사이로 아기의 발목을 잡고 홱 들었다 엉덩이를 세모꼴 기저귀에 내려놓았다.

"할머니가 당신한테 시켰잖아." 킹은 고개를 더 안으로 밀어넣었다. 다리가 그의 어머니처럼 호리호리하게 길었는데, 그가 차 안으로 몸을 쑥 넣은 모습을 보자 문득 같은 자세를 한 준이 떠올랐다. 그때 나는 준 뒤에 있었다. 우리가 다 같이 어느 호수에 놀러갔을 때 자갈밭에서 그녀가 보트를 밀었다. 나는 그녀와 함께 보트에 폴짝 올라탔다. 당시에 그녀는 아들이 하나 있었고, 아이를 더 낳을 생각은 없었다. 그래서 내 응석을 다 받아주었고, 잘 알아듣지 못할 거라고 생각해 내게 별별 얘기를 다 했다. 다 큰 여자에게나 할 법한 이야기도 했다. 나는 어른들의 비밀 이야기에, 화환처럼 허공을 메우는 푸른 담배 연기에, 그녀의 자태에 흠뻑 빠졌고 그녀를 몹시 흠모했다. 그래서 하고 싶은 이야기를 전부 다 하도록 부추겼지만 당시 잘 알아듣지 못한 것은 사실이다. 하지만 그녀는 미처 내 기억력을 예상하지 못했다. 그 말들은 내게 남았다.

킹은 여전히 리넷에게 뭐라고 말했는데, 그 목소리가 어딘지 꿈속인 듯 울려서 나는 준의 목소리를 들은 것만 같았다.

준이 예전에 말했다. "그는 손바닥으로 때렸어. 나를 흠씬 팼지."

그녀의 아들이 지금 말했다. "……손바닥으로…… 흠씬……"

리넷이 차 문을 열고 나오는데 기저귀와 핀이 떨어졌고, 아랫도리를 드러낸 아기를 허리에 걸쳐 안았지만 무슨 일이 있었는지는 알 수 없었다.

무슨 일이 있었든 할아버지는 몰랐다. 그는 열린 차 문으로 자기 집을 물끄러미 바라보았다.

"뭔가 떠오르는군." 그가 말했다.

"당연히 그래야죠. 아빠 집이잖아요." 엄마가 문을 열고 달려와 할아버지의 손을 덥석 잡은 뒤 좁은 뒷좌석에서 할아버지를 끌어냈다.

"아빠, 손녀도 왔어요!" 엄마가 할아버지의 얼굴을 쳐다보며 조심스레 소리를 질렀다. "젤다의 딸이요. 학교에서 먼 길을 달려 여기까지 왔어요."

"젤다…… 1941년 9월 14일에 태어났지……"

"아니요, 아빠. 이 아이는 내 딸이에요. 앨버틴. 아빠 손녀요!"

나는 그의 손을 잡았다.

할아버지는 정신이 오락가락한 뒤로 날짜나 숫자 같은 것은 기막히게 잘 기억했지만 자신이 낳은 지긋지긋한 자식들은 기억하지 못했고, 기억하는 숫자들은 미지의 세계로 건너가 증식했다. 그는 내 손을 잡았고, 내가 누군지 모르면서 나를 믿고 따라왔다.

할아버지는 이곳에 돌아오면 늘 땅딸막한 떡갈나무, 마리골드 꽃밭, 그의 자식들에 이어 내가 놀았던 녹슨 자동차, 오럴리어가 소담히 가꾸는 감자와 루바브 밭을 생전 처음 보듯 바라보았다. 오럴리어는 밤에 술집 지배인으로 일하기 때문에 할아버지만큼 이곳을 멋지게 가꾸지는 못했다. 잔디밭을 가로질러 할아버지를 천천히 데려가면서 나는 잔가시에 찔리지 않게 조심조심 걸었다. 접시꽃은 명아주 때문에 시들어갔고, 진입로에 깐 돌은 늘 희거나 푸르게 칠해져 있었지만 지금은 칠이 벗겨져 회색이 되어갔다. 빨랫줄 밑에 놓은 넓적한 바위도 마찬가지였다. 빨래가 마르는 동안 눈에 띄지 않게 혼자 멍하니 앉아 시간을 보내던, 내가 즐겨찾던 서늘한 장소였다.

여기는 할머니의 어머니, 그러니까 최초의 캐시포 사람과 결혼한 러시스 베어가 배당받은 땅이었다. 땅을 배당받을 무렵 어린 넥터와 일라이를 뺀 나머지 자식 열두 명은 모두 자기 이름으로 땅을 등록할 나이였다. 하지만 노스다코타 주에는 밀밭이 얼마 없어 대부분 멀리 몬태나 주의 땅을 받았고, 그래서 어쩔 수 없이 거기로 옮기거나 땅을 팔아야 했다. 다 큰 자식들은 떠났지만 어린 두 형제는 러시스 베어의 땅 양쪽 끝에 여전히 살았다.

그녀는 정부의 지침에 따라 넥터는 학교에 보냈지만 일라이는 떼어놓을 수 없어서 마루 밑에 땅을 파서 만든 채소저장실에 숨겼다. 그렇게 해서 아들 둘을 각각 양쪽에 둘 수 있었다. 넥터는 기숙학교에서 백인의 읽기와 쓰기를 배웠고 일라이는 숲을 배웠다. 세월이 흐른 지금, 왜 그런지는 모르지만 종조부 일라이는 여전히 총명한 반면 넥터의 정신은 우리를 떠나 불안하게 헤맸다. 할아버지와 같이 걸으면서 나는 기분이 묘했다. 그의 생각은 우리 사이를 헤엄치며 바위 밑에 숨거나 수초 속으로 사라졌고, 나는 내가 내뱉는 말을 미끼 삼아 그의 생각을 낚으려고 했다.

내가 태어나기 전에 일어난 일들, 내가 너무 어려서 이해할 수 없었던 것들에 대해 그가 말해주길 바랐다. 예컨대 정치 같은 것 말이다. 어떤 일이 일어났는가? 사람들은 그가 약삭빠르고 술수가 뛰어난 협상가로, 정부를 상대로 자질구레한 거래를 빈틈없이 처리했다고 말했다. 어찌어찌 학교와 공장도 세웠다. 종료라는 정부 정책* 때문에 우리 땅이 인디언 특별구역에서 탈락될 뻔한 위기도 막았다. 나는 모조리 알고 싶었다. 걸어가면서 나는 그가 기적처럼 미끼를 물어 지금 여기에서 불쑥 기억을 끄집어내기라도 할 것처럼 묻고 또 물었다.

"어떻게 증언했는지 기억나세요? 옛날에 학교는…… 워싱턴은…… 어땠어요?"

그의 생각은 잡힐 듯 말 듯 달아났고, 역사를 간직한 채 지느러미를 흔들며 사라져버렸다. 물과 같은 색깔이 되어. 할아버지는 고개를 가로저으며, 구체적인 사건이 부재한 날짜와 얼굴 없는 이름과 시간과 공간을 초월한 일들을 떠올렸다. 적어도 내게는 그렇게 보였다. 할머니를 비롯한 다른 사람들은 할아버지가 거르지 않고 쏟아내는 말들을 쉬쉬거리며 감추거나 더 큰 목소리로 덮어버

---

* Indian termination policy. 1940년대 중반부터 1960년대 중반까지 시행된 정책으로, 연방정부는 인디언 부족에 대한 지원, 신탁 토지 보호, 부족 관할권 등을 종료하고 인디언을 미국 주류 사회에 편입시키려 했지만, 신탁 토지는 인디언이 아닌 자들에게 팔리고 인디언은 감면받았던 연방 세금과 주(州) 세금까지 떠안는 등 부정적인 결과를 낳았다.

렸다. 그의 미친 소리가 지긋지긋했을 수도 있지만, 다시 생각하면 그가 과거의 비밀을 불쑥 말할 수도 있었기 때문이리라. 후자가 진실이라면, 때때로 나도 이해할 수 있을 거라고 생각했다.

어쩌면 기억상실은 그에게 과거로부터의 보호이자 과거의 일로부터 그를 용서하는 것이었다. 그의 시절에 그는 고달픈 삶을 살았다. 하지만 지금은 멍하니 웃으며, 죄책감도 허탈감도 없이 평온하게 살고 있었다. 예컨대 그가 기억하는 준은 그의 입속에 검은 자두를 넣어주던 어린 소녀였다. 그의 기억 속에 그녀는 영원히 그런 모습일 것이다. 그의 증손자 킹 주니어는 아직 기억이란 것이 생기지 않아 행복했지만, 할아버지는 기억을 잃어서 행복했다.

우리는 진입로에 깔린 칠이 벗겨진 돌을 따라 다시 집으로 걸어갔다. "할아버지는 잔디밭에 놓인 망가진 의자를 좋아하신단다." 할머니가 문밖으로 몸을 내밀며 소리쳤다. "거기에서 잠시 쉬게 해드려라."

"부엌에서 먹을 걸 좀 가져올까요?" 내가 할아버지에게 물었다. "버터 바른 빵은 어떠세요?"

하지만 그는 주저앉은 의자를 근심스레 쳐다볼 뿐 대답이 없었다.

격자 모양 플라스틱과 알루미늄으로 만들어진 의자는 플라스틱이 군데군데 쪼개졌다. 나는 그것을 손봐 다시 의자 꼴을 갖춘 뒤 할아버지를 앉혔고, 중얼중얼 뭔가를 헤아리는 할아버지를 두고 자리를 떠났다. 구름. 나무. 온갖 잎사귀.

나는 안으로 들어갔다. 할머니가 비싼 깡통 햄을 땄다. 그리고 햄을 톡톡 쳐서 꺼내 오븐에 넣고 조심스레 문을 닫았다.

"엄마는 옛날에 고기를 이렇게 많이 사지 않았어." 젤다가 말했다. "예전에는 고기가 필요하면 다른 것과 바꾸었는데, 기억나?"

"아니면 직접 도살해야 했잖아." 오럴리어가 윈스턴 담배 연기로 만든 동그란 회색 구름을 식탁 저쪽으로 불었다.

"아휴, 냄새." 젤다가 말했다. "버터 뚜껑 닫으세요." 그녀가 코 앞에서 손을 부채질하듯 내저었다. "엄마, 아마 엄마는 틀림없이 옛날이 그립겠죠. 자식들이 한자리에 모였으니까."

"자식들 때문에 속 썩은 일은 없었지." 할머니는 행주에 손가락을 하나씩 닦았다. "어쩌다 한 번씩 그런 일이 있기는 했지만."

"언제요?" 오럴리어가 물었다.

"글쎄……" 할머니는 젤다에게 더 안정감 있는 의자를 치우라고 손짓하고는 다리가 긴 스툴에 앉았다. 할머니는 신탁을 구하는 것처럼 세 다리 의자*에 앉아 균형 잡기를 좋아했다. "누가 어린 사촌을 목매달려고 한 적이 있었지." 할머니가 선언하듯 말을 내뱉다 갑자기 멈추었다.

엄마와 이모는 믿을 수 없다는 눈빛으로 할머니를 슬쩍 쳐다보았다. 그러더니 두 사람 다 불편한 듯 입을 다물었고, 누구도 준에 대해 내가 이미 아는 이야기로 빈틈을 메우려 하지 않았다. 언젠가 엄마와 이모가 깔깔거리면서 옛날에 있었던 목매단 사건에 대해

---

* 그리스신화에서 델포이의 여사제 피티아가 세 다리 의자에 앉아 신탁을 받았다.

서로 탓하는 것을 들은 적이 있었다. 그 사건이 그저 가족사의 일부가 되고 특정한 누구에게 죄책감을 일으키지 않게 되었을 때였다. 그들은 내가 목매단 사건에 대해 아는지 궁금한 듯 나를 쳐다봤지만 굳이 물어보지는 않았다. 그래서 나는 준이 직접 이야기해 줬다고 말했다.

"맞아." 오럴리어가 끼어들었다. "준이 직접 말했어. 자기가 목매달리는 걸 꺼려했다면 그러고 있지 않았을 거라고!"

"하." 젤다가 말했다. "꺼려했다면! 너희는 카우보이 놀이를 하고 있었지. 너랑 고디가 그애를 상자 위에 세운 뒤 밧줄을 던져 나뭇가지에 걸고 그애의 목을 묶었어. 아주 확실하게. 꺼려했다면! 난 그애를 구할 수밖에 없었어."

"아, 나도 알아." 오럴리어가 인정했다. "영화에서 본 거야. 아이들은 영화를 따라 하잖아. 그뒤로 나와 고디는 악명이 높아졌지. 기억해, 언니? 집으로 뛰어들어가 엄마를 찾아 고래고래 소리지른 거?"

"엄마! 엄마!" 할머니는 요들을 부르는 것처럼 딸을 흉내냈다. "애들이 준을 목매달아요!"

"엄마가 달려왔죠." 젤다가 이야기에 불쑥 들어왔다. "엄마가 그렇게 빨리 뛸 수 있는지 몰랐어요."

"우리는 준의 목에 밧줄을 두르고 나뭇가지에 걸었어. 가여운 준이 허공에서 대롱거렸지. 그애는 잔뜩 겁을 먹었어. 그럴 줄 알았으면 절대 그런 짓은 안 했을 거야."

"아니!" 젤다는 단호했다. "그럴 줄 알았잖아!"

"아, 내가 너희 둘을 호되게 때려줬지." 할머니가 회상했다. "오 럴리어 너, 그리고 고디를 말이다."

"그리고 어린 준을 집에……" 젤다는 갑자기 웃음을 주체하지 못했다.

오럴리어도 손을 얼굴로 가져갔다. 가린 손 뒤로 킥킥거리는 소리가 들렸다. "엄마, 우리가 그애를 죽일 수도……"

젤다는 주먹으로 입을 꾹 눌렀다.

"그애가 집으로 왔을 때요. 엄마가 얼굴을 닦아줬잖아요." 오럴리어가 회상했다. "준이, 그애가 나한테 소리를 질렀어요. '하나도 안 무서웠어! 빌어먹을 겁쟁이들!'"

오럴리어가 입을 막고 키득거렸다. 젤다는 있는 힘껏 식탁을 주먹으로 내리쳤다.

"빌어먹을 겁쟁이들!" 젤다가 말했다.

"엄마가 그애를 흠씬 패줬어야 했는데." 오럴리어가 눈을 훔치며 웃었다. "그런 쓰레기 같은 욕을 하다니……" 할머니는 의자에서 균형을 잃을 뻔했다.

"그리고 나서 준은 오히려 더 화를 냈잖아요……" 내가 말했다.

"그렇지!" 할머니는 웃음을 참느라 턱을 당겼다. "그애가 나한테 빌어먹을 늙은 암탉이라고 했지. 그 자리에서! 빌어먹을 늙은 암탉!"

그들은 괴성을 지르며 웃었고, 앞치마와 소매를 눈물로 적시며 도저히 못 참겠다는 듯 손을 휘휘 저었다.

바깥에서 킹의 차가 요란하게 부릉부릉 엔진 소리를 냈고, 곧이어 음악이 흘러나왔다.

"차에 테이프덱을 달았거든." 엄마는 가슴을 다독이고 머리를 매만지며 얼른 평정을 되찾았다. "돈을 엄청 썼을걸."

두 자매는 코를 훌쩍이며 소매에서 화장지를 꺼냈고, 수심 어린 표정으로 서로 흘끗거리며 이야기를 끝냈다.

"킹이 식사를 마친 뒤에 고디를 찾아갈 모양이야." 젤다가 말했다. "고디가 일라이 삼촌 집에 있나? 거긴 저 숲속이잖아."

"일라이를 새 차에 태우고 싶은가보구나." 할머니가 신중하고 엄격하게, 알겠다는 듯이 말했다.

"일라이 삼촌은 안 탈걸요." 오럴리어는 담배에 불을 붙였다. 그리고 담배 연기에 휩싸인 채 고개를 주억거렸다. 젤다도 이번만큼은 같은 의견이라는 듯 고개를 까딱했고 할머니도 까딱했다. 그리고 보드랍고 넓적한 팔로 식탁을 누르며 일어섰다.

"왜요?" 나는 알아야 했다. "일라이 할아버지가 왜 차에 타지 않는데요?"

"앨버틴은 보험금에 대해 모르는구나." 오럴리어가 내게 턱짓했다. 그러자 엄마가 나를 돌아보며 나지막하고 점잖은 목소리로 차근차근 설명했다.

"알겠지만 그 죽음은 자연사였어. 그런 걸 판단하는 규정이 있거든. 준의 보험금이 나왔는데 킹이 다 차지했어. 합법적인 맏아들이니까. 보험금을 타서 맨 먼저 언덕에 커다란 묘석을 세웠지. 분홍색으로." 젤다가 잠시 말을 멈추었다. "엄마, 거기 올라가볼까요? 난 아직 그 묘석을 못 봤거든요."

할머니는 햄이 잘 익는지 확인하려고 오븐 앞에 허리를 힘겹게 숙이고 있었고, 우리 대화는 듣지 않는 것 같았다.

"킹은 최근에 새 차를 구입했지." 엄마가 말을 이었다. "남은 돈을 모조리 털어넣었대. 테이프덱도 달고 없는 게 없지. 일라이 삼촌은 싫어한다더라. 그 차를 보면 그애가 떠오른다고. 너도 알겠지만 준의 엄마가 달아나고 준을 돌봐주는 사람이 아무도 없을 때 일라이 삼촌이 친딸처럼 키웠잖아."

"킹이 그 염병할 돈을 챙기게 된 건 맏아들이라서가 아니야." 할머니가 큰 소리로 불쑥 말했다. "킹이 자기를 가장 많이 닮았다고 수혜자로 정한 거지."

그러니까 보험금을 타서 차를 구입했다는 얘기였다. 사람들이 하나같이 이 차에 유별난 관심을 보이는 이유를 알 것 같았다. 처음에는 새 차라서 그런가보다 했다. 하지만 쭉 지켜보니 킹과 리넷을 제외하면 누구도 그 차를 자랑스러워하는 것 같지 않았다. 반짝거리는 푸른 펜더에 기대는 사람도 없었고, 보닛에 팔꿈치를 기대는 사람도, 종이접시를 올려놓고 음식을 먹는 사람도 없었다. 오럴리어는 킹이 테이프로 음악을 듣는 소리조차 싫어했다. 차가 전선으로 어딘가에 연결된 것 같았다. 손끝만 대도 감전될 것처럼. 나중에 고디가 왔을 때도 그저 반짝거리는 은백색 차체를 손으로 쓸고 타이어를 발로 툭툭 찬 게 전부였다. 킹이 차가 얼마나 부드럽게 달리는지 보라며 고디에게 같이 타자고 졸랐지만 그 역시 한사코 거부했다.

우리는 차가 움직이면서 자갈과 잿더미가 바퀴에 짓눌려 탁탁거리는 소리를 들었다. 그리고 다시 한동안 정적이 흘렀다.

할머니는 방에서 꾸벅꾸벅 졸았다. 햄은 식어갔고, 나는 오븐에서 마지막 파이를 꺼냈다. 오럴리어가 새로 마련한 초록색 시어스 건조기가 부엌에 딸린 작은 공간에서 털털거렸다. 거기에는 변기와 세탁물과 싱크대가 같이 있었다. 공사한 지 두 해밖에 되지 않은 수도관은 집 한쪽 면에만 설치되었다. 세탁기와 건조기 위에 깨끗한 수건을 깐 뒤 파이를 죄다 그 위에 놓고 식혔다.

"다들 지금 어디에 있다니?" 젤다가 물었다. "드라이브라도 즐기러 갔나?"

나는 대답하지 않았다.

"그 백인 여자 말이다." 엄마가 말을 이었다. "덩치가 트럭 운전사 같아. 킹과 오래 살지는 못할 거다. 너는 날씬해서 다행이야, 앨버틴."

"에이, 언니!" 오럴리어가 옆방에서 건너왔다. "좀 가만있지그래? 저 여자가 백인이긴 하지. 그럼 그 스웨덴 사람은 뭔데? 언니가 이런 말을 하면 백인 아빠를 둔 앨버틴은 기분이 어떻겠어?"

"나는 괜찮아요." 내가 말했다. "얼굴도 모르는걸요."

나는 이모가 무슨 뜻으로 그러는지 알았다. 내 피부색은 옅었고 누가 봐도 피가 달랐다.

"내 딸은 인디언이야." 엄마가 강조했다. "내가 인디언으로 키웠어. 그러니까 인디언이야."

"다르다고 말하지는 않았어." 오럴리어는 전혀 당황하지 않고 나를 팔꿈치로 툭 치며 싱긋 웃었다. "캐시포 집안의 다른 사람들보다 인물이 훨씬 낫지."

킹과 리넷이 집에 왔을 무렵 땅거미가 내렸고, 우리는 할아버지를 안으로 모시고 들어와 이미 저녁을 차린 뒤였다.

리넷은 할아버지 옆에 자리를 잡고 킹 주니어를 무릎에 앉혔다. 그리고 작은 병에서 소간 이유식을 떠서 아기에게 먹였다. 아기는 숟가락이 입 쪽으로 내려오면 어김없이 양손을 맞부딪쳐 잡으려고 했다. 가까스로 숟가락을 잡을 때마다 다시 빼앗겼고, 숟가락은 소간을 더 담아 다시 내려왔다. 리넷은 고단해 보였다. 눈은 벌겋고 번질거렸다. 탈색된 머리는 딱딱한 곤봉 같은 것으로 고정했는데, 누가 그것을 붙잡아 질질 끌고 온 모양새였다.

"앨버틴은 아직 아이가 없죠." 리넷이 숟가락을 핥더니 한쪽으로 치우면서 얼굴을 찡그렸다. "그러니 아기가 뭐든 다 손대는 걸 모를 거예요."

"아직 결혼도 안 했는걸." 젤다가 화사한 색깔의 플라스틱 열쇠 꾸러미를 아기 앞에서 흔들었다. "저애는 결혼한 뒤에 아이를 낳으려고 할걸. 우치 쿠." 킹 주니어가 빤히 쳐다보며 몹시 즐거운 듯 열쇠를 자기 쪽으로 당겼고, 젤다는 흥얼흥얼 노래를 불렀다.

갑자기 리넷이 벌떡 일어나 아기가 잡은 열쇠를 홱 낚아채더니 옆방으로 부랴부랴 아기를 데려갔다. 아기는 화난 듯이 응애응애 울다 이윽고 잠잠해졌고, 얼마 뒤에 리넷은 블라우스를 끌어내리며 다시 나타났다. 블라우스는 멍이 든 것 같은 짙은 보랏빛이었다.

"묘석을 보고 싶다고 한 것 같은데." 오럴리어가 문득 떠올리며 젤다에게 말했다. "어둡기 전에 가는 게 좋겠어. 킹에게 저 위까지 태워다달라고 하는 게 어때."

"내 생각에는 말이야." 엄마가 나를 돌아보며 말했다. "오럴리어가 저 뒷좌석에서 코를 찌르는 맥주 두 박스를 못 본 것 같구나. 주정뱅이가 모는 차를 탈 생각은 없어."

"그이는 주정뱅이가 아니에요!" 말이 나오기 무섭게 리넷이 대꾸했다. "저라도 맥주 없이는 이 집안에서 못 견딜걸요."

그러고는 홱 돌아서서 밖으로 뛰쳐나갔다.

킹은 허벅지 사이에 맥주 캔을 끼운 채 차 앞좌석에 시무룩하게 앉아 있었다. 오크 리지 보이스*의 노래에 맞춰 손가락관절을 드드득거리면서.

"여편네에게 운전시킬 생각은 전혀 없어." 내가 묻자 그가 대답하며 리넷에게 고갯짓을 했다. 그녀는 진입로의 배수로를 따라 걷다 제멋대로 자란 덩굴장미로 다가갔다. 그녀가 허리를 숙여 질긴 가지를 하나 꺾었다.

"손을 다칠 텐데."

"저 여자는 아무것도 몰라." 킹이 말했다. "학교에 다닌 적도 없으니까. 나는 군대에서 세상맛을 좀 봤지. 내 사진 받았지?"

그는 예전에 내게 군복 입은 사진을 보냈다. 그 사진을 받고 나

---

* 1945년에 결성된 미국 컨트리밴드.

는 깜짝 놀랐는데, 짓궂기 짝이 없던 어린 사촌이 광대뼈가 불거지고 영화배우의 눈빛을 한 남자로 성장했기 때문이다. 이제 그는 푸른색 모자의 챙 아래 생각에 잠긴 눈빛으로, 자동차 앞유리 너머로 아내를 쓸쓸히 쳐다보며 고개를 가로저었다. "저 여자는 여기 어울리지 않아."

"잘 지내는 것 같은데." 이 말을 내뱉고 외려 내가 놀랐다. "기회를 줘봐."

"기회라." 킹이 캔을 기울여 맥주를 홀짝였다. "기회는 나와 결혼했을 때 사라졌어. 내가 누구를 닮았는지 저 여자도 알거든."

그 말이 떨어지기 무섭게 킹이 닮지 않은 한 사람이 경적을 요란하게 울리며 끼익 소리와 함께 마당으로 들어왔다.

고디 캐시포 삼촌은 아들 킹과 생김새는 달랐지만 잘생긴 편이었다. 까무잡잡하고 둥글고 진지한 얼굴인데 사고가 나서 꿰맨 뒤로 주름이 잡히고 일그러졌다. 거부할 수 없는 유쾌함이 늘 그를 따라다녔다. 이유는 모르지만 꿰맨 흉터나 주름은 그의 외모를 망치기보다 오히려 돋보이게 했다. 그의 얼굴은 깨졌다 다시 정성스레 끼워맞춘 귀중한 물건 같았다. 그 정성 때문인지 더욱 사랑스러워 보였다. 술에 취한 그는 괴로운 심정으로 마당을 두어 바퀴 돈 뒤 털털거리는 고물 쉐보레를 세웠다. 종조부 일라이가 내렸다.

"흠, 아직 멀쩡하구나." 일라이가 집을 보며 말했다. "나도 멀쩡하지. 하지만 너는." 그가 고디에게 말했다. "그렇지 않구나."

사실이었다. 고디는 발을 다쳐 무지 애를 먹었다. 그가 보닛을 짚고 간신히 걷는데 자꾸 뭔가에 발이 걸렸다. 고무매트에, 펜더에, 앞쪽 계단으로 느린 걸음을 옮길 때는 살짝 팬 바큇자국과 돌멩이에도 발이 걸렸다.

"젤다 고모가 와 계세요." 킹이 주의를 주듯 소리쳤다. "할머니도 와 계시고요."

고디는 그들과 맞닥뜨리기 전에 마음을 가다듬으려고 계단에 앉았다.

종조부 일라이가 안으로 들어가 남동생 옆에 앉았다. 두 사람은 이제 그다지 닮지 않았다. 일라이는 시들었지만 강인해 보였고, 할아버지는 덩치는 크지만 더 연약하고 심지어 더 창백해 보였다. 둘은 우연히 똑같은 작업복 바지와 재킷을 입었는데, 할아버지 것은 감청색이고 일라이 것은 올리브그린색이라는 점만 달랐다. 일라이의 얼룩지고 구겨진 모자는 머리의 일부나 다름없어서 젤다조차 모자를 벗으라고 말하지 않았다. 그가 할아버지에게 고개를 끄덕이더니 음식을 보고 환하게 웃었다. 얼굴 가득 퍼지는 커다란 웃음이었다.

"일라이 삼촌 오셨네요." 오럴리어가 음식이 담긴 접시를 그의 앞에 내려놓으며 말했다. "제가 좋아하는 삼촌이 오셨어요. 아빠, 알아보시겠어요? 일라이 삼촌이 오셨어요. 아빠의 형이요."

"아, 일라이 형이 왔구나." 할아버지가 손을 내밀며 말했다. 할아버지는 함박 웃으며 고개를 까딱했지만 일라이가 먹기 시작할 때까지 아무 말도 하지 않았다.

"나는 먹는 양이 줄었단다. 나이를 먹다보니." 일라이가 우리에게 말했다.

"지금도 많이 먹고 있는걸 뭐." 할아버지가 따졌다. "그렇게 먹다간 남지도 않겠구먼?"

"당신은 이미 다 먹었잖아요." 할머니가 말했다. "이제 느긋이 앉아서 형이랑 도란도란 얘기나 나눠요." 할머니가 못마땅한 듯 일라이에게 말했다. "저이 말은 신경쓰지 말고 맘껏 드세요. 더 야위셨네."

"이미 늦었어." 할아버지가 말했다. "형이 싹 비웠는걸."

할아버지는 일라이가 한 입 먹을 때마다 뚫어져라 쳐다봤다. 일라이는 끄떡도 하지 않았다. 오히려 보란 듯이 음식을 즐겼다.

"휴, 맙소사." 젤다가 한숨지었다. "갈 수 있을까? 오럴리어. 다른 차로 우리를 데려가주지 않을래? 묘석을 보러 가기에는 어쨌거나 늦은 시간이지만, 준의 차 뒷좌석에 있는 맥주 박스를 뜯는다면 여기 있는 게 끔찍할 거야."

"건조기에서 빨래를 꺼내렴." 할머니가 말했다. "나는 준비됐다. 그리고 앨버틴." 할머니가 밖으로 나가면서 내게 고갯짓을 했다. "드시고 싶은 건 뭐든 드시게 해라. 하지만 파이만은 안 된다. 내일 먹으려고 특별히 만든 거니까."

"같이 가지 않아도 괜찮겠니?" 엄마가 물었다. "우리는 할머니 집에서 대충 잘 생각인데."

"저애는 젊잖아." 오럴리어가 말했다. "게다가 저 주정뱅이들이 파이를 못 먹게 감시할 사람이 필요해."

그녀가 내게 몸을 바짝 숙였다. 그녀의 숨결은 케이크 프로스팅 때문에 달콤했고 담배 냄새 때문에 퀴퀴했다.

"나중에 올게." 그녀가 속삭였다. "친구를 만나야 하거든."

그리고 준이 비밀 친구들 이야기를 할 때 그랬던 것처럼 눈을 찡긋했다. 한쪽 눈을 감고, 입을 오므려 앙증맞고 어딘지 자조적인 물음표를 만들면서.

할아버지는 양팔을 벌려 개놓은 빨래 무더기를 뭉개며 시킨 대로 편안히 뒷좌석에 앉았다.

"뭐든 드시게 해라." 할머니가 다시 한번 소리쳤다. "파이만 빼고!"

오럴리어의 차가 진입로의 구덩이를 지나며 덜컹거리자 할머니의 몸이 앞으로 쏠렸다. 이어서 차는 언덕을 넘어 쏜살같이 달렸다.

3

"앨버틴, 네 종조부 일라이가 덫을 놓아 사슴을 잡을 수 있는 보호구역의 마지막 사람이라는 건 아니?"

고디가 맥주 캔을 따더니 나를 향해 식탁 위로 밀었다. 우리는 여전히 식탁 앞에 앉아 있었지만 음식 접시와 샐러드 그릇은 치운 뒤였고 그 대신 재떨이와 맥주, 담뱃갑이 그 자리를 차지했다.

이 집은 오럴리어가 관리하지만 캐시포 집안의 공동 재산이었다. 밖에서 텐트를 치거나 간이침대에서 자는 사람이 늘 있었다.

지금은 한 명이 더 와 있었다. 할머니가 맡아 키운 립샤 모리시인데 어려서 우리와 같이 살았다. 립샤도 다른 사람들처럼 한 손에 맥주 캔을 들고 바닥을 내려다보며 앉아 있었다. 그는 말하기보다 듣기를 좋아했고, 넓적하고 다정하고 지적인 얼굴에 수줍음이 많았다. 속눈썹은 길었다. 킹은 그를 "계집애 눈"이라고 놀렸다. 어린 시절에 킹이 립샤를 흠씬 패준 적이 많아서 할머니는 마당에서 둘을 따로 놀게 했다. 지금도 여전히 서로 피해다녔고, 좁은 부엌에서 맞닥뜨리면 눈을 마주치지도, 잘 지내는지 묻지도 않았다.

나는 그들이 서로에 대해 얼마나 아는지 늘 궁금했다.

내가 이모들 옆에 얌전히 앉아, 그들이 내가 듣는 것을 알아채기 전에 주워들은 이야기 부스러기로 알게 된 사실 하나는 립샤의 비밀, 적어도 그 비밀의 절반이었다. 나는 립샤의 어머니가 누군지 알았다. 그의 어머니를 알고 나자 그가 킹과 절대 잘 지낼 수 없는 사이라는 사실이 이해되었다. 둘은 아버지가 다른 형제였다. 립샤는 준의 아들, 그녀가 고디와 헤어져 지내던 시절에 낳은 아들이었다. 그녀에 대해 알고 나서 립샤를 보면 대번에 알 수 있다. 그는 준의 예쁘장한 생김새와 가녀린 우아함을 닮았고, 이런 특징은 그에게 이어져서도 전혀 거칠어지지 않았다.

지금 그는 수심이 가득한 얼굴로 입술을 깨물었다. 남자들은 여전히 그들이 잡은 짐승 이야기를 늘어놓았다.

"탄약을 아껴야 했어." 일라이가 생각에 잠겨 말했다. "비쌌거든."

"진정한 옛 인디언만이 덫으로 사슴을 잡을 수 있지." 고디가 우리에게 말했다. "네 종조부 일라이는 진정한 옛사람이란다."

"네가 처음으로 뭘 잡았는지 기억하니?" 일라이가 킹에게 물었다.

킹은 앞에 놓인 맥주를 내려다보다 자랑스럽고 교활한 눈길로 나를 흘끗 보았다. "베트콩이요." 그가 말했다. "해병대에 있었다니까요."

립샤가 내 의자 다리를 찼다. 킹은 전쟁에 나갔다고 떠들어댔지만 언제 어디였냐고 물으면 늘 어물쩍 넘어갔다.

"스컹크." 고디가 목소리를 높였다. "킹은 열 살 때 스컹크를 잡았어요."

"스컹크는 먹어봤니?" 일라이가 내게 물었다.

"식은 닭고기 같았어요." 내가 조심스레 말했다. 일라이와 고디는 진지하게 웃으며 동의했다.

"스컹크는 껍질을 어떻게 벗기지?" 일라이가 킹에게 물었다.

킹은 모자를 살짝 내려 부엌의 둥근 형광등 불빛을 피했다. 모자 앞쪽에 푸른색과 흰색 헝겊 조각이 기워져 있었다. '세상에서 가장 위대한 어부.' 이렇게 쓰여 있었다. 킹은 매력적인 천진한 표정으로 모르겠다는 듯 두 손을 들었다.

"어떻게 벗겨요?" 그가 일라이에게 물었다.

"먼저 분비선을 제거한단다." 일라이가 자기 몸을 여기저기 짚으며 자세히 설명했다. "여기, 여기, 여기. 그러고 나서 다른 짐승처럼 껍질을 벗기면 되지. 세 번 삶아야 하고."

"그렇게 하면 정말 먹을 수 있어요?" 리넷이 물었다. 그녀는 방금 딴 맥주 캔을 들고 방으로 들어와 하나로 묶은 머리에서 빠져나온 머리카락의 갈라진 끝부분을 만족스러운 듯 잘근거렸다.

일라이가 똑바로 앉으며 작은 초록색 모자를 뒤로 젖혔다.

"너도 까다로운 게냐? 젤다처럼! 한번은 젤다가 첫 남편과 함께 찾아왔지. 그 스위드 존슨을 데리고. 저녁을 먹을 무렵이었어. 마침 스컹크를 손질한 참이어서 그걸 내놨지. 오오오오오. 뭘 먹었는지 알고는 내게 화를 내지 뭐냐. '스컹크를 먹다니요!' 그애가 말했어. '토할 것 같아요! 삼촌같이 나이든 사람들은 못 먹는 게 없나 봐요!'"

립샤가 웃었다.

"저라면 먹겠어요." 리넷이 손으로 머리카락을 쳐서 휙 넘기며 선언하듯 말했다. "아무렇지 않을 것 같아요."

"당신은 더한 것도 먹을 사람이야." 킹이 말했다.

나는 그의 단정한 옆모습을 바라보았다. 그가 식탁 저쪽에 앉은 립샤를 보는데, 립샤가 불쑥 일어나더니 밖으로 나가버렸다. 방충문이 쾅 닫혔다. 킹은 연속극의 허세 부리는 연기를 따라하듯 입술을 쑥 내밀었지만 턱은 바르르 떨렸다. 그가 주먹을 불끈 쥐자 흥을 깨는 슬픔에 우리 모두 짓눌리는 기분이 들었다. 나는 립샤를 따라나가고 싶었다. 그가 어디로 갔는지 알았다. 하지만 나가지 않았다. 리넷은 유쾌하게 어깨를 으쓱해 킹이 내뱉은 말을 지워버렸다. 하지만 그 말은 식탁에 남아 어딘가로 들어가는 문을 연 것 같았다. 들어갈 수밖에 없는 슬프고 추악한 장면 속으로. 나는 술을 쭉 들이켜고 일라이 쪽으로 몸을 기울였다.

"여우는 깊은 잠을 잔다, 그렇지?" 잠시 뒤에 일라이가 말했다.

킹이 몸을 숙이고 모자를 더 눌러쓰자 모자가 코에 걸린 것처럼 보였다.

"예전에 잠자는 여우를 쏜 적이 있어요." 그가 말했다. "여우 꼬리 밑에 자그마한 검은 구멍이 있는 거 아시죠? 바로 거기를 쐈어요. 활을 쐈는데 여우를 관통했어요. 그놈 몸이 뻣뻣해지더라고요. 번개처럼 날아가 구멍에 꽂힌 거예요. 화살은 뽑아내지 못했죠."

"활을 쏘지 않았겠지." 고디가 말했다.

"히야, 맞아요. 활을 쏘지도 않았어요." 킹이 시인하며 으르렁거리듯 묘하게 웃었다. "하지만 누가 화살로 여우를 맞힌 뒤에 완전히 죽었다는 확신이 들 때까지 숲속에서 뒹굴게 내버려둔 이야기는 알아요. 다시 그곳으로 찾아갔을 때 뭘 봤는지 아세요? 여우가 몸 양옆으로 튀어나온 화살을 씹어서 끊고 달아나버렸대요."

"이름을 거저 얻는 건 아니지." 일라이가 말했다.

"그래서 여우로군요." 고디가 맥주 캔의 구멍 속을 들여다보며 말했다.

"담배 좀 주시겠어요, 일라이 할아버지?" 킹이 물었다.

"여기서 담배를 얻으려면," 고디가 말했다. "담배 좀 주시겠어요, 하지 말고, 시가 스와, 라고 말해야 해."

"미치프족*이 그렇게 묻지." 일라이가 말했다. "제대로 말을 배우려면 나같이 진정한 옛 인디언에게 물어봐야 한단다."

"말씀해주세요, 일라이 할아버지." 리넷이 술에 취해 달뜬 얼굴로 불쑥 말했다. "사람들은 전통을 배워야 해요. 할아버지가 돌아

---

* 메티스족이라고도 하며, 북아메리카 원주민과 프랑스인 사이에서 태어난 혼혈 종족을 말한다.

가시면 깡그리 사라질 거예요!"

"이 여편네가 지금 무슨 말을 하는 거야. 이봐!" 킹이 소리를 지르자 목소리가 부엌에 쩌렁쩌렁 울려퍼졌다. "우리 집안사람들에게 말할 때는 예의를 지켜." 그가 팔을 들어 그녀의 가슴을 거칠게 떼밀었다.

"오래 사실 거예요, 일라이 할아버지." 그가 식탁에 기대며 한결 차분한 목소리로 말했다. "가장 위대한 사냥꾼이신걸요. 저는 세상에서 가장 위대한 어부고요."

"아니, 네가 아니다." 일라이가 말했다. 그의 목소리는 느긋하고 행복감에 젖어 있었다. "내가 14인치짜리 송어를 잡았거든."

킹이 간신히 눈에 초점을 맞추며 그를 찬찬히 살폈다. "그렇다면 할아버지가 가장 위대한 어부로군요." 그가 인정했다. "여기 이거."

그가 손을 뻗어 기름때로 거뭇거뭇해진 일라이의 탁한 올리브색 모자를 벗겼다. 까칠하니 짤막하게 깎은 흰머리 사이로 일라이의 갈색 두피가 반짝거렸다. 킹은 자기가 쓴 푸른색 모자를 벗어 일라이에게 씌웠다. 모자가 일라이의 눈을 덮었다.

"너무 크잖아요!" 리넷이 작지만 화난 목소리로 소리쳤다.

킹은 모자의 플라스틱 단추를 조정했다.

"내가 당신에게 준 모자잖아요, 킹! 당신 모자 중에서 가장 좋은 거예요." 그녀가 앙앙거리며 목소리를 바르르 떨었다. "그 모자는 안 돼요."

일라이는 모자를 쓴 채 가만히 앉아 있었다. 모자는 완벽하게 어울렸다. 킹의 희생은 잊은 듯 낡은 모자를 무릎에 올려둔 채, 맥주는 한 모금도 입에 대지 않고 그저 맥주 캔을 손으로 뱅글뱅글 돌리면서 앉아 있었다.

킹은 발끝까지 휘청거리면서 의자의 두툼한 플라스틱 등받이를 움켜잡았다. 그가 갈라지고 퉁퉁 부은 목소리로 말했다. "일라이 할아버지." 그가 노인에게 몸을 숙였다. "일라이 할아버지. 할아버지는 제 종조부시죠."

"그렇지." 일라이가 동의했다.

"저는 늘 할아버지를 아주 존경했어요!" 킹이 크지만 구슬픈 목소리로 외쳤다.

"그 말도 맞구나." 그러고는 고디를 돌아보며 말했다. "이 녀석, 엉덩이까지 취했어. 그렇다고 인정할 수밖에 없겠구나."

"할아버지를 지독히 존경한다고요!"

"아무렴, 그 말도 맞지. 나는 늙은이거든." 일라이가 차분하고 온화하게 말했다. "아키웬지이."*

킹이 갑자기 손으로 귀를 막고 휘청휘청 걸어나갔다.

"상쾌한 공기가 필요한가보구나." 고디가 마음을 놓으며 말했다. "저기 말이다, 앨버틴. 프랑스혁명 당시의 인디언과 프랑스인과 노르웨이인에 대한 유머 들어봤니?"

"노르웨이 유머예요?" 리넷이 물었다. "있잖아요, 저는 순혈 노르웨이인이거든요. 어떤 집안인지는 모르지만 순수한 노르웨이 혈통이라는 건 알아요."

---

* 치페와어로 '늙은이'라는 뜻.

"아니, 딱히 노르웨이인에 대한 이야기는 아니다." 고디가 말을 이었다. "여하간……"

그럼에도 리넷은 킹을 따라 밖으로 나갔다.

"그렇게 셋이 있었어. 인디언, 프랑스인, 노르웨이인. 모두 프랑스혁명에 가담했지. 그리고 모두 단두대에서 죽게 됐어, 알겠니? 하지만 단두대에 인디언의 목을 넣고 내리쳤을 때 칼날이 반쯤 목을 치다 걸려버렸어."

"망할 년! 열쇠를 달라고!" 킹이 밖에서 소리를 질렀다. 고디가 잠시 말을 멈췄다. 침묵이 흘렀다. 그가 다시 이야기를 시작했다.

"사람들은 신의 뜻이라고 했지. 자네는 가도 좋아, 그들이 인디언에게 말했단다. 인디언은 일어나 가버렸어. 프랑스인 차례가 왔지. 목을 단두대에 넣고 내려칠 준비를 끝냈어! 하지만 똑같은 일이 일어났어. 칼날이 또 걸린 거야."

"망할 년! 망할 년!" 킹이 다시 꽥 소리를 질렀다.

차 문이 쾅 닫혔다. 문으로 쏠렸던 고디의 시선이 어쩌면 좋겠냐는 듯이 나를 향했다. "나가봐야 할까요?" 내가 물었다.

하지만 그는 이야기를 계속했다. "그래서 프랑스인도 목숨을 구했지. 노르웨이인 차례가 왔어. 그가 단두대를 쳐다보며 말해. '당신들은 틀림없이 멍청이요. 기름을 조금만 발라도 잘 들 텐데!'"

"망할 년! 망할 년! 죽여버린다! 열쇠를 달란 말이야!" 쟁그랑 유리 깨지는 소리가 났고, 우리는 일라이를 식탁에 둔 채 밖으로 나갔다.

리넷이 파이어버드의 문을 잠그고 조수석에 웅크리고 있었다.

킹이 소리를 지르며 온몸을 차에 부딪고 주먹으로 보닛을 탕탕 내려치고, 차 지붕을 쾅쾅 두드리고, 안테나와 사이드미러를 잡아뜯고, 헤드라이트의 깨진 소켓을 발로 찼다. 마침내 운전석의 사이드미러가 반쯤 뜯기자 그는 숨을 몰아쉬며 차를 일정한 간격으로 치기 시작했다. 하지만 사이드미러는 앞유리와 차창 쪽으로 이리저리 밀고 당겨도 완전히 떼어지지 않았다.

"킹, 아가야!" 고디가 허둥지둥 계단을 내려가 킹을 부둥켜안고 힘껏 떠밀며 바닥에 엎어졌다. "이건 준의 차야. 너는 준의 아들이고. 킹, 울지 마라." 그들은 엎어진 채 충격 속에 뒤엉켰고, 킹은 잿더미 깊숙이 얼굴을 박고 어깨를 들썩이며 서럽게 울었다. 얼굴을 묻은 채 아버지에게 소리를 질렀다.

"죽는다는 건 끔찍해요. 아, 하느님. 엄마는 얼마나 추울까."

그들은 벌떡 일어섰다. 킹은 고디의 팔을 비틀어 떼어내며 레슬링 선수처럼 균형을 잡았다. "아버지 잘못이지만 차는 갖고 싶겠죠." 킹은 고래고래 소리를 질렀다. 그가 아버지에게 달려들었지만 고디는 물러서며 자세를 잡고 다시 킹을 힘껏 부둥켜안았다. 킹은 다시 흐느끼며 아버지 품에서 힘없이 늘어졌다. 고디는 그를 잿더미에 앉혔다. 그들이 부둥켜안은 동안 리넷이 슬그머니 차에서 내려 집으로 달려갔다. 나는 그녀를 뒤쫓았다. 그녀가 부엌으로 달려가 아기를 확인하고 다시 나왔다.

"앉아요." 내가 말하며 일라이 옆에 놓인 의자를 뺐다.

"그래요."

그녀가 일라이 쪽으로 걸어갔다. 안절부절못하는 기색이 역력했다.

"밖에서 말썽이 일어난 모양이구나." 그가 말했다.

"네." 그녀가 말했다. "그이 어머니가 돈을 남기셨어요!" 그녀가 일라이의 담뱃갑에서 한 개비를 슬쩍 꺼내며 보답으로 수줍은 미소를 보냈다. "어머니는 그이가 책임감 있는 사람이 되길 바라셨거든요. 책임감이라곤 찾아볼 수 없었으니까요. 그이가 가족을 돌보길 바라셨는데."

그녀가 반쯤 피운 담배를 비벼 끄자 일라이는 고개를 끄덕이며 담뱃갑을 통째로 그녀에게 밀어주었다. 그녀가 또 한 개비에 불을 붙였다.

"그이는 정말 할아버지를 사랑하는 것 같아요." 그녀가 무뚝뚝한 목소리로 조그맣게 말했다. 그리고 일라이 옆에 털썩 앉아 푸른 모자를 물끄러미 바라보며 살포시 웃었다. "그 어부 모자 말인데요. 그이 모자 중에서 가장 좋은 거예요. 그 형겊도 제가 달아줬어요. 트윈시티에서는 킹을 대단한 사람으로 여기거든요. 그이를 모르는 사람이 없어요. 모자만 보고도 알아요. 가장 좋은 모자니까. 절대 벗지 마세요."

일라이는 모자를 벗어 쥐고 한 바퀴 돌려보았다. 실눈을 뜨고 형겊 조각을 바라보며 거기 쓰인 글씨를 웅얼웅얼 읽었다. 그리고 무슨 말인지 알겠다는 듯 고개를 주억거리며 모자를 다시 썼다.

"제가 잠시만 써볼게요." 리넷이 졸랐다. 그리고 모자를 받아 머리에 쓰고 챙을 만지작거렸다. "자, 보세요."

일라이가 무릎에 내려놓은 낡은 모자를 다시 썼다.

"나한테는 이 모자가 잘 맞아." 그가 말했다.

옆방에서 킹 주니어가 울기 시작했다.

"아, 내 아기!" 아기가 위험에 처하기라도 한 것처럼 리넷은 꽥 소리를 지르며 부리나케 달려갔다. 그녀가 아기 이름을 중얼거리는데 고디와 킹 부자가 다시 들어왔다. 킹은 식탁에 앉더니 양팔을 포개어 머리를 괴고 거칠게 숨을 몰아쉬었다. 고디가 리넷에게서 열쇠를 받아 일라이에게 이제 돌아가자고 말했다.

"킹은 괜찮을 거야." 고디가 킹을 보며 고개를 끄덕였다. "혼자 내버려두기만 하면."

청명하고 푸른 밤에 고디와 일라이는 차를 타고 떠나버렸다. 내가 리넷의 어깨를 담요로 감싸자 그녀는 카우치에 털썩 주저앉았다. 나는 킹을 지나쳐 밖으로 나갔다. 그는 여전히 절망감에 휩싸여 머리를 괸 채 숨을 헐떡였다. 나는 립샤가 있을 법한 집 아래 언덕 밑으로 걸어갔다. 아니나 다를까 그는 거기 통나무 장작더미에 등을 기대고 앉아 있었다. 그가 내게 달콤한 로제 한 병을 건넸고, 나는 그것을 들이켰다. 병을 살짝 기울이고 하늘을 올려다보다, 가슴이 놀라고 맥주를 많이 마신 탓인지 아름다움에 흠뻑 취해 뒤로 넘어갈 뻔했다.

북극광. 차갑고 눅눅한 대기가 별빛을 쏟아냈다. 나는 립샤의 팔을 잡았다. 우리는 둥둥 떠가듯 들판으로 걸어가 푸른 밀을 뭉개고 앉았다. 달콤한 풀잎사귀를 씹으며 하늘을 올려다보니 정신이 아뜩했다. 세상이 한 덩어리로 보였다. 공기도, 우리의 얼굴도 차갑고 축축하고 어두웠으며 하늘은 유령 같았다. 희미한 초록색 빛이 혀를 날름거리며 맥박치다 하늘 저편으로 사라졌다. 살아 있는 빛이었다. 빛의 불꽃은 높이 더 높이 솟구치다 어둠 속에 스러졌다. 이따금 하늘 전체가 솟구친 불꽃에 둥글게 둘러싸여, 들숨 날숨처럼 리듬 있게 모이고 흩어지고 맥박치고 사라지는 빛의 뭉치로 반짝였다. 모두 한 덩어리였다. 하늘이 하나의 신경조직이고 우리의 생각과 기억이 그것을 가로지르며 여행하는 것처럼. 하늘이 우리 모두에게 하나의 방대한 기억인 것처럼. 세상을 떠도는 모든 영혼이 춤추는 무도장인 것처럼. 나는 준을 생각했다. 우주에 무도장이 있다면 그녀는 춤추고 있을 것이다. 떠도는 영혼들을 위한 투스텝 춤을. 늘씬한 다리를 올렸다 내리며. 황홀하게 웃으며. 세상 모든 여인처럼 달콤한 향수 냄새를 풍기며. 나쁜 것과 좋은 것 모두에 즐거워하며. 그녀의 패배에도. 그녀의 무모한 승리에도. 그녀의 아들들에게도.

4

나는 잠시 뒤에 눈을 감았다. 맥주와 로제를 섞어 마셔서 머리가 띵했다. 빛들이 높이 솟아올라 발밑이 흔들리는 것 같았다. 립샤가 차가운 병 끝을 내 손에 갖다댔다. 나는 손을 휘저어 병을 치웠다.

"더 마시기 싫어?"

"이따가." 내가 말했다. "무슨 말이든 해봐."

립샤의 목소리는 내가 건너고 있는 깊고 컴컴한 아픔의 공간 위

에 걸린 흔들림 없는 다리 같았다. 목소리를 놓치지 않으면 무사히
건널 수 있을 것이다. 그는 킹에 대해 말했다. 웅얼웅얼 꿈꾸는 듯
한 목소리로.

"이건 인정해야지." 그가 말했다. "난 킹이 어떤 마음을 먹을지
두려워. 언제 돌변할지 모르니까. 오래전에 땅다람쥐 사냥을 같이
간 적이 있어. 내 뒤를 따라오기에 내버려두었지. 그런데 어떻게
했는지 알아? 덤불숲에 몸을 숨기더니 닥치는 대로 쏘는 거야."

"운이 좋았구나."

"그랬지. 킹을 피해야겠어. 그렇다고 도망치지는 않겠지만."

"겁내지 마." 나는 대화를 간신히 쫓아가며 말했다. 꼼짝 않고
입만 움직이면 말은 할 수 있었다.

"물론. 킹이 너한테 총을 쏜 적은 없으니까."

"킹도 속으로는 두려울 거야."

"뭐가?" 립샤가 말했다.

솔직히 나도 뭔지는 몰랐다. "그 참전군인이란 작자들은 완전
얼간이야." 내가 말했다.

"그는 참전군인이 아니야." 립샤가 말했다. 그때 암흑이 와락 밀
려들어 나는 살짝 휘청했다. 잠시 들리지도 보이지도 않았고, 말하
고 싶어도 입술을 달싹일 수 없었다. 하지만 상관없었다. 립샤가
말을 계속했으니까.

"에너지." 그가 말했다. "전자파. 온도 때문이지. 그 차이 때문
에 생기는 거야." 북극광 이야기였다. 립샤는 학교 성적은 좋지 않
았지만 놀라운 사실들을 잘 알았다. 컴퓨터와 화산, 도롱뇽의 생애

주기에 관한 책도 읽었다. 가끔은 내가 모르는 단어를 썼고, 또 가끔은 간단한 것도 이해하지 못했다. 나는 두 가지 모습을 모두 사랑했다. 사랑의 감정이 어질어질한 정신에 덮쳐왔다. 나는 일어나 앉았다.

"특별한 이야기를 해줄까……" 내가 입을 열었다. 목소리가 갑자기 진지해졌다. 그게 겁났는지 그가 미심쩍은 듯 떨어져 앉았다. 나는 이모들의 대화 언저리에서 들은 것을 말할 참이었다. 준이 그의 엄마라고 말할 작정이었다. 모르는 사람이 없으니 그도 알아야 했다.

"네 어머니 말이야……" 내가 입을 뗐다.

"그 여자가 어린아이에게 무슨 짓을 했는지 절대 잊지 않을 거야." 그가 말했다. "사람들이 나를 그 여자의 손에서 구해야 했지."

나는 다시 말하려고 했다.

"네 어머니에 대해 말해주고 싶은 게……"

립샤는 내 말을 끊으며 고개를 까딱했다. "난 캐시포 할머니를 엄마로 생각해. 할머니가 길 잃은 고양이 같은 날 받아주셨잖아."

"그렇지 않아." 내가 말했다. "캐시포 할머니는 너를 키우고 싶으셨던 거야."

"아니." 립샤가 말했다. "앨버틴, 너는 이게 무슨 이야기인지 몰라."

이제 당혹스럽고 무지한 사람은 나였다.

"내 어머니에 대해서라면." 그가 말을 이었다. "지금 이 순간 나타나 무릎을 꿇고 '아들아, 그런 짓을 해서 정말 미안하구나'라며 빌어도 마음을 누그러뜨릴 생각이 전혀 없어."

나는 어떻게 원래 내 뜻대로 말을 이어갈지 막막했다. 잠시 생각했다. 아니 생각하려고 애썼지만 똑바로 앉아 말하기가 너무 힘들었다.

"네 어머니가 그럴 생각이 아니었다면 어떻게 할래?" 내가 다시 조심스레 밀밭에 몸을 누이며 말했다. 이슬이 맺혔다. 몸이 축축해지면서 오슬오슬 춥고 아팠다. "단지 실수였다면?" 내가 물었다.

"실수가 아니었어." 립샤는 단호했다. "나를 물에 빠뜨려 죽였을 거야."

가만히 누운 채, 머리는 어지럽고 그는 그렇게 확신하니 나는 그 말을 믿을 만큼 혼란스러웠다. 진실을 안다고 해도 그는 여전히 준을 미워할 것이고, 어쨌거나 지금은 너무 늦었다. 나는 내 침묵을 정당한 것으로 만들고자 그에게 더 말하지 않았다.

"아버지는?" 내가 물었다. "누군지 알면 좋겠어?"

립샤는 잠시 말없이 생각하다 대답했다.

"상관없어."

그 순간 나는 다시 아뜩해졌고, 그는 다시 말하기 시작했다. 나는 안간힘을 쓰며 귀를 기울였다.

"하늘을 나는 꿈 꾼 적 있어?" 그가 물었다. "행성이나 별에 착륙하는 꿈은?"

"하늘을 나는 꿈을 한 번 꾼 적이 있어." 그가 말을 이었다. "온 세상이 환하게 반짝거렸지. 아, 정말 아름다웠어! 달에 착륙했는데, 내려서자 감히 숨도 쉴 수 없었어."

나는 더 가까이 다가갔다. 그가 입고 있던 나일론 재킷을 벗어 내게 덮어주었다. 나는 갑자기 편안한 느낌이 들었다. 아주 편안하고 아늑했다.

"아니." 그가 말했다. "사실은 숨쉬기가 겁났어."

나는 잠에서 깼다. 립샤의 재킷에 감싸인 채 휘황찬란한 하늘 아래 차갑고 축축한 밀밭에 누워 잠이 들었나보다. 집에서 금속이 부딪치며 젱그렁거리는 소리, 냄비가 와그르르 뒹구는 소리가 들렸다. 고디도 없었다. 일라이도 없었다. "얼른 가보자." 소리에 놀라서 내가 벌떡 일어섰다. "싸우는 것 같아." 나는 언덕을 뛰어올라 갔고, 립샤는 내 뒤를 어슬렁거리며 따라왔다. 불 켜진 부엌으로 고꾸라질 듯 달려가보니 킹이 리넷을 익사시킬 기세였다. 그가 싱크대의 차가운 설거지물에 그녀의 얼굴을 처박았다. 목덜미와 귀를 그러잡고. 그녀는 팔을 휘저으며 싱크대에서 닥치는 대로 숟가락과 칼과 그릇을 꺼내 던졌다. 안간힘을 쓰며 버둥거렸지만 그는 그녀를 놔주지 않았다. 나는 나무상자에서 자작나무 토막을 꺼내들고 킹의 목덜미를 내리쳤다. 나무토막이 손에서 달아났다. 그는 그녀의 머리를 더 세게 눌렀고 그녀는 숨이 막혀 꾸르륵거렸다.

나는 그의 어깨를 잡았다. 립샤가 뒤에 있다고 생각했다. 킹은 내 존재를 깨닫지도 못하는 것 같았다. 그가 그녀를 더 깊숙이 밀어넣었다. 이제 선택의 여지가 없었다. 나는 그의 등짝에 달려들어 귀를 깨물었다. 이가 딱 부딪쳤고 입안에 피가 흥건했다. 그가 휘청휘청 물러서며 나를 밀치자 나는 저만치 날아가 냉장고에 쾅 부덮혔다 다시 일어섰다.

그는 권투선수처럼 주먹을 위로 쳐들었다. 누구를 먼저 칠지 망설이는 것 같았다. 나일까, 립샤일까, 나는 생각했다. 주위를 흘끗 둘러보았다. 나 혼자였다. 나는 비로소 겁에 질려 킹을 빤히 쳐다보았다. 그 순간 두려움이 사라지면서 울컥 화가 치밀었다. 립샤에게, 킹에게, 리넷에게, 준에게…… 화가 났다. 킹 뒤쪽을 보자 그들이 무슨 짓을 했는지 눈에 들어왔다.

파이가 죄다 뭉개졌다. 속이 다 튀어나왔다. 진득한 검은색 즙이 크러스트에서 피처럼 줄줄 흘렀다. 조가비 모양으로 꾹꾹 누른 크러스트가 벽에 착 달라붙어 있었고, 일부는 완전히 뒤집혔다. 루바브 덩어리도 바닥에 덕지덕지 묻었다. 수건에서는 머랭이 뚝뚝 떨어졌다.

"파이!" 내가 비명을 질렀다. "이 빌어먹을 자식! 어떻게 이럴 수 있어, 파이를 다 망쳐놨잖아!"

그의 눈이 커다래졌다. 그가 파괴 현장을 둘러보는 사이 리넷은 식탁 밑에 허겁지겁 숨었다. 그는 상황을 알아차린 듯 주먹을 내렸다. 그의 얼굴에 잠시 수치심과 혼란이 뒤섞인 표정이 어렸고, 그는 내 곁을 스쳐 뛰쳐나갔다. 나가면서 어부 모자를 납작하게 짓밟았는데, 그가 떠난 뒤에 나는 그것을 집어들었다.

옆방으로 가서 킹 주니어의 매트리스 밑에 모자를 쑤셔넣었다. 거기 한참 앉아 아기의 새근거리는 숨소리에 귀를 기울였다. 아기는 늘 순했고, 아마도 지혜로운 영혼이었다. 자는 것이 더 이로운 순간에는 무슨 일이 일어나도 깨지 않았다.

리넷은 부엌 불을 끄고 집 밖으로 나갔다. 창밖에서 자기도 태워 가라고 킹에게 애원하는 그녀의 목소리가 들렸다.

"그들이 돌아오기 전에 떠나요." 그녀가 말했다. "그 사람들 때문이에요. 당신은 집에만 오면 늘 미치광이가 되잖아요. 아기를 데리고 떠나요. 도시로, 집으로 돌아가요."

그리고 그녀의 비명 소리가 한차례 들렸는데, 누가 들어도 쾌락의 비명이었다. 두 사람의 몸뚱이가 함께 삐걱거리는 것 같았는데, 그들이 나무계단을 밟아 난 소리였는지도 모른다. 그들의 무게를 버티는 낡고 해묵은 나무판자의 소리.

이어서 그들이 차에 올라탔다. 문이 쾅 닫혔다. 하지만 얼마 안가 멈추었다. 경적 소리가 희미하게 울렸다. 그들이 열정에 휩싸여 몸을 맞댄 때문이리라. 이따금 히터가 그르렁거렸다. 춥고 한갓진 새벽이었다.

나는 밤중에 한 번 일어나 아기를 두고 부엌으로 갔다. 크러스트에 다시 파이 속을 넣고, 뜯어진 조각을 붙이고, 손에 물을 묻혀 크러스트의 가장자리를 다듬고, 주름 모양을 맞추고, 위에 올린 베리나 푸딩을 손봤다. 한 시간 넘게 공을 들였다. 하지만 한번 망가지면 다시 바로잡을 방법이 없다.

성녀 마리
1934

마리 라자르

　그곳으로 갔을 때 검은 물고기는 솟구쳐야 한다는 것을 알았다. 빛의 깃털이 내 몸에 들러붙었다. 어떤 보호구역 소녀도 그렇게 열심히 기도한 적이 없다. 나를 애써 무시하려고 해도 이제 소용없었다. 나는 검은 옷을 입은 여자들과 언덕에 올라가기로 했다. 그들의 피부색이 나보다 더 희지도 않았다. 나도 그들처럼 실컷 기도하기 위해 올라가기로 했다. 내게 인디언의 피가 많이 흐르지 않았기 때문이다. 그들은 보호구역에서 온 소녀가 장차 그들이 무릎을 꿇게 될 성녀가 되리라는 생각은 전혀 하지 못했다. 그러나 그렇게 될 것이다. 나는 순금 조각상이 될 것이다. 입술은 루비로 할 것이다. 발톱은 자그마한 분홍색 바다 조가비로 할 것이며, 그들은 거기에 입맞추려고 말에서 내려 허리를 숙일 것이다.
　나는 무지했다. 열네 살을 앞두고 있었고. 하늘의 넓이가 내 무지의 크기와 같았다. 순수하고 방대했다. 내 무지의 순수함과 방대함이 꼭 그만큼이었기에, 나는 언덕을 올라 성심수녀원에 들어갔고 살아서 내려왔다. 아마도 예수님은 내 미끼를 물지 않았지만, 수녀들이 나를 통째로 삼키려고 했기 때문일 것이다.

월아이*가 미끼를 너무 꽉 물어서 줄을 감아올리기도 전에 미끼가 등을 뚫고 나온 것을 본 적이 있는가? 그들이 내게 그런 짓을 했다. 수준 낮은 비유를 들고 싶지는 않지만 실제로 그런 꼴을 당한 월아이를 본 적이 있다. 레오폴다 수녀가 나를 붙잡으려고 벌인 짓도 그것과 같았다.

나는 숲속에서 자란 소녀가 으레 그렇듯 우편으로 주문한 듯한 가톨릭 영혼을 지녔고 시내에 가는 일에만 정신이 팔려 있었다. 마구를 채운 것처럼 학교로 끌려간 때를 빼고 유일하게 이모가 어린 우리를 시내에 데려간 것은 주일미사 때였다. 우리의 영혼은 헐값에 팔렸다. 네 발 짐승처럼 기어서라도 갔을 것이다. 가게에도 가고 싶었고, 먼지투성이가 되어 병뚜껑 던지기도 하고 싶었고, 바보 같은 눈짓도 교환하고 싶었다. 물론 성당에도 갔다.

수녀원이 가장 높은 언덕 꼭대기에 있어서 수녀들은 창문에서 시내를 속속들이 내려다볼 수 있었다. 최근에 술집 앞에 방풍림을 심었는데 "보험처럼 토네이도에 대비할 목적"이었다. 말도 안 된다. 포플러나무를 심은 것은 술꾼들이 변신할 때, 그러니까 등에 짐을 진 짐승으로 변신할 때 그들을 숨겨주기 위해서였다. 술을 마

---

* 북아메리카에 서식하는 민물고기로 약 70센티미터까지 자란다.

시는 사이 짐승의 몸이 그들을 덮쳤고, 그러면 그들은 포플러나무까지 나르기도 벅찬 무거운 짐을 지고 비틀거리거나 기다시피 술집을 나갔다. 자신들의 타락을 지켜볼 거룩한 목격자 따위는 원치 않았다.

여하간 나는 올라갔다. 아주 오래전 일이다. 당시에는 마차가 다니는 길이 있었고, 선명한 바큇자국이 언덕 꼭대기까지 구불구불 이어졌다. 그 끝에는 페인트칠을 한 벽돌건물이 서 있었다. 흰색 건물은 눈이 부셨다. 새하얀 건물이 햇빛을 반사하면 눈꺼풀 밑으로 동그란 무늬가 어른거렸다. 보기 힘든 하느님의 얼굴. 하지만 그날은 비가 부슬부슬 내려 원하는 것은 죄다 볼 수 있었다. 나는 허름한 벽을 둘러보았다. 균열이 간 흰색 페인트와 허물어진 처마 끝에 둥지를 튼 제비. 깨진 유리창 크기로 톱질한 판자, 열매를 모조리 딴 과일나무도 보았다. 끈질긴 야생 루바브만 무성했다. 미역취는 벽을 문질러댔다. 수녀원은 가난했다. 그때는 몰랐지만 지금은 안다. 다른 곳과 비교하면 산간 오지에 터를 잡은 보잘것없는 어중이떠중이의 수녀원이었다. 누구에게는 세상의 끝이었다. 지도가 끝나는 곳이었다. 하느님이 창조하다 그만둔 곳이었다. 어둠의 존재가 울창한 숲속에 술과 들개와 인디언을 풀어놓은 곳이었다.

나중에 듣기로 성심수녀원은 다른 곳에 적응하지 못한 수녀를 받아주는 곳이라고 했다. 불평이 많은 수녀와 정신이 이상한 수녀들. 그 말을 들은 뒤로 나는 늘 레오폴다 수녀는 무슨 까닭으로 그곳에 들어갔을까 궁금했다. 어쩌면 그녀는 내게 흔적을 남긴 것처럼 다른 누구에게도 상흔을 남겼을지 모른다. 어쩌면 무작위로 제품을 검사하는 공장 관리자처럼 수녀들의 신앙을 시험하기 위해 여기저기에 보내지는 것인지도 모르고. 그녀는 측은한 사랑의 베일로 눈을 가린 채 수도생활을 시작하는 사람들에게조차 가장 힘들고 확실하게 누군가의 인내심을 시험할 수 있는 존재였기 때문이다.

그녀의 검은색 수녀복 밑자락이 자신을 솟아오르게 도와줄 거라고 생각한 소녀가 바로 나였다. 욕망으로 굳어버린 증오나 다름없는 사랑의 베일, 그것이 나였다. 나는 열병을 고치려고 예수회 교도의 신성한 검은 모자를 훔쳐 갈기갈기 찢어 삼킨 숲속 인디언과 다를 바 없었다. 하지만 모자에는 천연두균이 묻어 있었고, 그들은 믿음을 간직한 채 죽었다. 신앙의 베일! 나 또한 레오폴다에게 이런 믿음을 간직했다. 그녀는 달랐다. 다른 수녀들은 오래전에 백지상태가 되어 사탄에게 넘어갔다. 사탄은 그들 덕에 잠을 잘 수 있었다. 그들은 그자가 들어오고 나가는 것도 알아채지 못했다. 하지만 레오폴다는 끈질기게 추적해 그자의 습성을, 그자가 누구의 마음을 파고들었는지를, 그자가 어디에 숨어들어 깊숙이 몸을 숨겼는지를 알아냈다. 그녀는 그자를 여러 이름으로 부르고 두려워하지 않았던 내 할머니만큼 그자에 대해 많이 알았다.

수업시간에 레오폴다 수녀는 높은 창문을 열 때 쓰는 기다란 떡갈나무 막대기를 들고 있었다. 한쪽 끝에 갈고리가 달려서 멀리서도 머리를 잡아당기거나 칼라에 걸어 목을 죌 수 있었다. 그녀는 그 무시무시한 갈고리 막대기로 사탄을 놀래서 잡았다. 그자는 알지 못하는 사이에 입술로, 코로 혹은 몸의 일곱 구멍 중 하나로 들어와 당신의 마음을 장악했다. 하지만 그녀는 그자를 볼 수 있다. 막대기가 당신의 뒤통수를 후려친다. 그러면 그자는 숨이 턱 막히고 아뜩해져 그녀가 처음 내민 것을 붙잡는데, 바로 고통이다.

그녀가 어떤 단어를 내뱉으면 간신히 숨만 쉬는 특별한 아이들이 있었다. 나는 개중에서 상태가 가장 나빴다. 그녀는 항상 어둠의 존재가 누구보다 나를 원한다고 말했고, 나는 그 말을 믿었다. 나는 눈에 띄는 존재였다. 악을 대수롭지 않게 여겼다. 그자는 이따금 내가 잠들기 전에 찾아와 숲속의 옛 언어로 속살거렸다. 나는 귀를 기울였다. 그자는 인디언 외에 누구에게도 말하지 않은 사실들을 알려주었다. 나는 그자가 아는 양쪽 세상과 모두 내통했다. 나는 그자의 말을 들었지만 레오폴다 또한 믿었다. 그녀는 무리 중 그자가 유일하게 주시한 사람이었다.

하지만 레오폴다가 갈고리 막대기로 흐름을 바꾼 날이 왔다.

모두 책상 앞에 앉아 공부에 몰두했던 어느 조용한 날, 나는 그자가 온 것을 알았다. 그자는 몰래 뒤쪽 벽장으로 숨어들었다. 이리저리 헤집고 다니며 우리 호주머니에 든 빵 부스러기를 먹고, 단추를 훔치고, 안감과 부츠에 어둠의 액체를 뿜었다. 나는 그자가 온 것을 알아챈 유일한 아이였다. 마음을 단단히 먹었고, 미소를 머금었다. 흘끗 돌아보며 그녀도 알아챘는가 싶어 고개를 슬쩍 들었다. 심장이 벌렁거렸다. 그녀가 나를 쏘아보았다. 그리고 킁킁거렸다. 그녀의 얼굴 한복판에 우뚝 솟은 큼지막한 코는 유황이나 사악한 생각의 냄새를 기막히게 잘 맡았다. 그녀가 내게서 그자의 냄새를 맡았다. 그리고 일어섰다. 그녀 뒤 슬레이트 벽의 더 짙은 암흑 속으로 숨어들어가는 키가 크고 파리한 암흑의 존재. 그녀가 순식간에 떡갈나무 막대기를 쥐었다. 그녀는 내가 벽장을 흘끔거리는 것을 알았다. 오, 그녀는 알았다. 그자가 어디 있는지 알았다. 그녀가 마음의 눈으로 그자를 지켜보는 것을 나 또한 지켜보았다. 이제 교실 전체가 다 보였다. 그녀는 응시하며, 가늠하며, 허둥대는 그의 발걸음을 뒤쫓았다. 그러다 어느 순간 멈춰 무릎을 굽히고 자세를 잡으면서 팔을 뒤로 한껏 젖혔다. 그녀는 내 머리 위로 노래하는 떡갈나무 막대기를 힘껏 던졌고, 막대기는 흐리멍덩한 내 머릿속을 뚫고 지나갔다. 뒤쪽 나무벽장의 얄팍한 문이 우지끈 부서졌고, 묵직하고 뾰족한 갈고리가 그자의 심장을 꿰뚫었다. 나는 뒤돌아보았다. 그자는 그녀의 가장 어두운 발가락 끝으로 몸을 피했고, 그녀의 검은 고무덧신에는 그녀가 찔러넣은 막대기가 박혀 있었다.

내 마음속에서 뭔가 울부짖었다. 상실과 암흑. 나는 알 수 있었다. 내 미소 때문에 나는 고통받을 것이다.

그자가 내 가슴속에서 분연히 일어섰다. 막대기가 부서져도 나는 눈 하나 깜짝하지 않았다. 내 두개골은 단단했다. 그녀가 내 귀에 대고 소리를 질러도 나는 움찔하지 않았다. 지옥의 꽃들이 보여도 그저 어깨만 으쓱했다. 그자가 나를 원했다. 무엇보다 나를 갈망했다. 하지만 그 순간 그녀가 몹쓸 짓을 하고 말았다. 그것 때문에 나는 그녀에게 무릎을 꿇었다. 그녀는 칼라를 움켜잡아 나를 끌어당겼고, 나는 허공에 발이 들린 채 교실을 가로질렀다. 그녀가 생명을 잃은 검은 덧신과 함께 나를 벽장 속에 내동댕이쳤다. 그렇게

나는 그곳으로 들어갔다. 빛이라곤 문 아래 틈으로 들어오는 것이
전부였다. 나는 암흑의 존재에게 내 안으로 들어와 내 마음을 부추
기라고 졸랐다. 걷잡을 수 없이 쏟아지는 눈물을 거둬달라고 부탁
했다. 하지만 그자는 다시 그곳으로 돌아오길 두려워했다. 그녀의
뾰족한 막대기가 무서웠던 것이다. 나 역시 레오폴다의 막대기가
비로소 두려워졌다. 가슴속에서 차가운 갈고리가 느껴졌다. 그것
은 당장에라도 문을 부수고 나를 갈고리에 걸린 죽은 물고기처럼
끌어내 화살에 내장을 찔린 다람쥐처럼 내동댕이칠 수 있었다.

나는 아무것도 아니었다. 나는 슬금슬금 벽으로 붙었다. 분필가
루를 들이마셨다. 그녀의 치렁한 검은색 망토 밑자락이 내 뺨을 베
는 것 같았다. 그자가 나를 떠났다. 그녀의 창이 언제 나를 찾을지
몰랐다. 그 예리한 귀는 내 뛰는 심장을 언제라도 갈고리로 찌를
수 있었다.

그 소리는 무엇이었을까?

그 소리가 벽장을 채우고 또 채워 밖으로 흘러넘쳤지만, 문이 삐
걱 열리고 빛이 들어올 때까지 나는 울부짖는 목소리가 내 것인지
알지 못했다. 그녀가 나를 일으켜세웠다. 그녀의 입술에서 좀약 냄
새가 났다.

"그자는 너를 원해." 그녀가 말했다. "다른 점은 이거지. 나는 너
에게 사랑을 준다는 것."

사랑. 검은 갈고리. 머릿속을 꿰뚫는 노래하는 창. 나는 그녀가
암흑의 존재를 내 가슴속까지 추적해 끄집어낸 뒤 바깥세상으로
내쫓는 것을 보았다. 이제 내 마음은 그녀가 잠복할 수 있는 텅 빈

둥지였다.

나는 약했다. 그녀를 받아들였을 때 나는 나약했고, 그녀는 거기에 터를 잡았다. 그해가 지나도록 나는 그녀를 내보낼 수 없었다. 이따금 날개 스치는 희미한 소리에서 그자의 존재를 느꼈지만 그자의 목소리가 이긴 적은 거의 없었다. 이제는 레오폴다와 마리의 문제였고, 싸움의 양상이 바뀌었다. 나는 지옥의 과일이 열린 잘못된 길에 서 있다는 것을 깨닫기 시작했다. 레오폴다를 이길 진짜 방법은 이것, 내가 먼저 천국에 가는 것이다. 그녀가 오면 나는 문을 닫는다. 그녀는 들어오지 못한다! 바로 이것이 사람들이 내 앞에서 굽실거리는 것과 더불어 내가 성녀가 되어 제단에 앉고 싶은 이유다.

이런 목적으로 나는 언덕을 올라갔다. 내가 여기 오도록 힘을 쓴 레오폴다 수녀가 내 지도를 맡았다.

"허튼수작은 부리지 않겠지." 그녀가 말했다. "너는 아주 정직해. 그 점에 있어서는 거울을 보는 것 같지. 너는 똑똑하지 않아. 깨끗해지려는 야망도 없고. 네게는 두 가지 선택지가 있어. 하나는 하찮은 인디언과 결혼해 자식을 낳고 개처럼 죽는 거야. 또하나는 하느님께 너를 봉헌하는 거지."

"올라갈게요." 내가 말했다. "하지만 수녀님이 생각하는 이유 때문은 아니에요."

그 무렵 나는 보호구역의 어떤 남자도 차지할 수 있었다. 나를 목숨처럼 여기게 만들 수 있었다. 나는 예쁘장했다. 피부도 하얬다. 하지만 나는 레오폴다 수녀의 심장을 원했다. 내 마음은 이랬다. 가끔은 사랑과 흠모의 마음으로 그녀의 심장을 원했다. 가끔은. 또 가끔은 그녀의 심장을 검은 막대기에 꽂아 불에 굽기를 바랐다.

그들이 시킨 대로 나는 뒷문으로 갔고, 그녀가 문을 열어주었다. 그녀는 보따리를 들고 서 있는 나를 위아래로 훑어보았다.

"좋아." 이윽고 그녀가 말했다. "들어오렴."

그녀가 내 손을 잡았다. 그녀의 손가락은 빗자루 지푸라기같이 가늘고 버석거렸지만 그 힘은 놀라웠다. 하얗게 달아오른 석탄이 쌓인 방으로 데려가도 뿌리치지 못했을 것이다. 그녀의 힘은 앙상하게 야윌 때까지 단식을 하며 생긴 것이라 괴이한 기적의 결과라고 할 수 있었다. 단식 수행 때문에 입술은 갈라지고 칙칙한 갈색으로 변했고 피부는 죽은 사람처럼 창백했다. 눈구멍은 딱딱한 두 개골에 뚫린, 속눈썹 없는 두 개의 깊은 동굴이었다. 코는 이미 말했듯 툭 튀어나와 총열로 들여다볼 때처럼 눈 부위를 더욱 깊어 보이게 했다. 그녀가 내 손에서 보따리를 받아 구석에 던졌다.

"화로 뒤에서 자거라."

화로는 용광로처럼 컸다. 그 바로 뒤에 작은 침대가 있었다.

"저기서 자면 따뜻할 것 같아요." 내가 말했다.

"뜨겁지. 몹시."

"수녀복을 입나요?"

나는 그녀가 입은 그런 옷을 원했다. 치렁하게 내려오는 검은 면 수녀복. 그녀는 머리에 흰 띠를 둘렀고, 풀 먹인 흰 마분지가 뭔가를 노리는 부리처럼 뾰족한 벼슬 모양으로 이마에 걸려 있었다. 가능하다면 나는 그것보다 더 크고 더 길고 더 하얀 부리를 원했다.

"아니." 그녀가 커다란 두개골을 일그러뜨리며 싱긋 웃었다. "너는 아직 입을 수 없다. 네가 우리를 좋아하지 않을 수도 있으니까. 우리가 너를 싫어할 수도 있고."

하지만 그녀는 나를 사랑했다. 혹은 사랑하겠다고 약속했다. 그래서 암흑의 존재를 끝까지 추적한 것이다. 그 사실은 나도 믿었다.

"수녀님의 열쇠를 물려받을 거예요." 내가 말했다.

그녀는 나를 쏘아보았고, 그녀의 웃음은 기묘하게 일그러졌다. 그녀가 숨을 내쉬며 중얼거렸다. 그리고 문 쪽으로 돌아서서 허리띠에서 열쇠를 하나 꺼냈다. 큼직한 열쇠였는데, 그것으로 음식을 보관하는 식료품저장실을 열었다.

안은 온갖 종류의 음식으로 가득했다. 평생 한두 번 먹어봤을까 싶은 음식들로. 말린 과일 조각과 오렌지 껍질을 담은 병, 시나몬 같은 향신료가 보였다. 옆에 배가 그려진 크래커통도 있었다. 피클도 보였다. 청어를 담은 병과 돼지 껍데기도. 치즈도 있었는데, 걸쭉한 염소젖으로 만든 커다란 갈색 덩어리였다. 그것 말고도 날마다 먹는 음식이 무더기로 있었고, 밀가루와 커피도 있었다.

내 마음을 사로잡은 것은 단연코 치즈였다. 그것을 보자 배가 꾸르륵거렸다. 혀에 침이 고였다. 지금껏 먹어본 것 중에 염소젖 치즈를 가장 좋아했다. 나는 지그시 바라보았다. 치즈는 버터색 헝겊에 싸여 더없이 부드러운 곡선을 그렸다.

"내 열쇠를 물려받으면 말이지." 그녀가 심술궂은 표정으로 내 앞에서 문을 쾅 닫으며 말했다. "신부님이 드시는 치즈를 마음대로 먹을 수 있어."

그녀는 자신의 행동을 따져보는 것 같았다. 그리고 나를 보았다. 그녀는 다시 허리띠에서 열쇠를 꺼내 문을 열더니 치즈를 크게 한 조각 잘라 내 손에 쥐여주었다.

"얌전히 지내면 이 치즈를 또 먹을 수 있을 거야. 내가 죽어 없어지면." 그녀가 말했다.

그러고는 큼직한 밀가루 자루를 끌어냈다. 내가 천국의 음식을 다 먹고 나자 그녀는 소매를 걷으라고 한 뒤 하느님의 노동을 시켰다. 우리는 한동안 말없이 반죽을 만들어 석판에 올리고 탁탁 두드렸다.

"하느님의 일." 내가 잠시 뒤에 말했다. "이런 게 하느님의 일이라면 지금까지 해온걸요."

"그때는 악마를 가슴에 품고 했겠지." 그녀가 말했다. "하느님이 아니라."

"어떻게 아세요?" 내가 물었다. 그녀가 안다는 건 나도 알았다. 그 말을 괜히 꺼냈다는 생각이 들었다.

"나는 너를 맑은 유리처럼 꿰뚫어볼 수 있지." 그녀가 말했다. "항상 그랬거든."

"너는 모르겠지만." 그녀가 잠시 뒤에 말을 이었다. "그자가 못마땅한 표정으로 이 주변을 서성이고 있어. 음울한 표정으로 어슬렁거리는구나. 네가 그자를 데려왔지. 그자는 내 냄새를 알아. 너를 되찾으려고 있는 힘을 다할 거다. 받아주면 안 돼." 그녀가 나를 노려보았다. 눈에 냉랭한 빛이 서렸다. "네게 손도 대게 해서는 안 된다. 우리가 그자를 없애려면 많은 시간이 필요할 거야."

그래서 나는 조심했다. 그에게 약간의 틈도 주지 않으려고 조심했다. 묵주를 한 번, 두 번, 세 번 돌리며 기도문을 읊조렸다. 사도신경을 암송했다. 주먹으로 반죽을 치며 내가 아는 라틴어는 죄다 주워섬겼다. 하지만 그만 컵을 떨어뜨리고 말았다. 빵을 구우려고 불을 땐 거대한 철제 화로 밑으로 컵이 데구루루 굴러갔다.

그녀가 나를 지켜보았다. 내가 정신이 나간 틈을 타서 그자가 내게 들어오는 것을 보았다.

"비싼 컵을 떨어뜨렸구나." 그녀가 말했다. "얼른 꺼내라, 마리."

나는 화로 밑에서 컵을 꺼내려고 부지깽이에 손을 뻗었다. 그 순간 배가 푹 꺼지는 느낌이 들었다. 아니나 다를까 그녀의 긴 팔이 채찍처럼 나를 스쳐지나갔다. 불붙은 부지깽이가 그녀의 손에 들려 있었다.

"손으로 꺼내라." 그녀가 말했다. "손을 넣어 컵을 꺼내. 손이 뜨거우면, 그 불길은 네가 그자의 품에서 느낄 뜨거움에 비하면 아무것도 아니라는 걸 명심해라."

그녀는 늘 이런 식으로 가르침을 주었다. 그래서 나는 놀라지 않았다. 어쨌거나 이것은 일종의 연극 같은 것이었다. 화로 바닥 주변은 생각보다 뜨겁지 않으니까. 화로를 그런 식으로 만들지는 않는다. 자칫하면 마룻바닥이 탈 테니까. 나는 알겠다고 말한 뒤에 배를 깔고 팔을 뻗었다. 그녀가 또다른 가르침을 생각하기 전에 얼른 컵을 집어 잽싸게 일어나려는데 그만 일이 생겼다. 더듬거리며 컵을 찾았지만 아무것도 손에 잡히지 않았다. 온데간데없이 사라졌다. 한 발짝 한 발짝 그녀가 나를 향해 느리게 걸어오는 소리가 들렸다. 두꺼운 구두 가죽이 뿌직거리는 소리가, 무거운 치맛자락이 스치며 사부작거리는 소리가, 어쩌면 그녀의 내장 어딘가에서 가는 모래가 졸졸 떨어지는 소리가 들렸고, 나는 두려웠다. 잽싸게 일어서려고 했지만 어느새 그녀가 발로 내 귀 뒤를 살짝 눌러 나는 더 납작하게 바닥에 붙었다. 그녀의 발이 내 목덜미를 더 세게 누르자 나는 꼼짝할 수 없었다.

"옛날의 나를 보는 것 같구나." 그녀가 말했다. "그자가 너를 아주 많이 원하는데."

"그자는 이제 나를 원하지 않아요." 내가 말했다. "자기 몫을 가져간걸요. 컵을 찾았어요."

화로의 밸브가 열리자 쉭쉭대며 공기를 빨아들이는 소리가 들렸고, 나는 그 말을 내뱉지 말았어야 했다고 깨달았다.

"거짓말을 하는구나." 그녀가 말했다. "네 몸이 차가운걸. 핏속에 사악한 얼음이 만들어지고 있구나. 하느님에 대한 신앙은 찾아볼 수 없고. 야생의 차갑고 어두운 욕망뿐이야. 나는 알지. 네가 어떻게 느끼는지. 나는 그 짐승을 봐…… 이따금 그 짐승이 너의 눈동자로 나를 지켜보니까. 차갑게."

별안간 금속 긁히는 소리가 들렸다. 그 소리가 어디서 나는지 알기까지 잠시 시간이 걸렸다. 화로 위. 주전자. 가르침. 그녀는 쇠부지깽이를 짚고 서 있었다. 나는 그것이 마룻바닥을 뚫을 거라 확신했다. 그러나 그녀에게 알려줄 마음은 없었다. 물을 따르는 소리가 들렸다. 주전자 주둥이에서 물이 떨어졌는데, 물은 떨어지며 어느 정도 식었지만 바닥에 닿는 순간에도 여전히 델 것처럼 뜨거웠다. 그녀가 나를 계속 발로 누르고 있었으니 나는 분명 꿈틀거렸을 것이다. 그러자 부지깽이가 나를 인도하듯 내 팔 옆을 쿡 찔렀다. "차갑게 식은 네 잿더미 같은 심장이 뜨거워지게." 그녀가 말했다. 그녀가 얼마나 끈질길지 느낌이 왔다. 물이 똑똑 떨어졌다. 나는 정신이 하나도 없었다. 또 시작이다. 나는 오직 그녀가 잡은 주전자가 얼른 식길 바랄 뿐이었다. 견딜 수 없었다. 소리를 내면 그녀가 기뻐할지 몰라 입술을 깨물었다. 곧 침묵할 이유가 또 생겼다.

"소리를 조금만 내도 네 마음에서 그자를 끓여 내쫓을 테다." 그녀가 말했다. "네 귀에 물을 부어서."

분별력 있는 사람이라면 바보라도 레오폴다의 발밑에서 풀려나온 순간 언덕을 달려내려갔을 것이다. 하지만 그때 나는 그녀의 검은 지성의 덫에 걸린 상태였다. 생각을 똑바로 할 수 없었다. 기도를 너무 열심히 해서 마음속의 톱니가 부서진 걸 거다. 나는 그녀의 발이 내 목을 짓누르는 동안에도 기도했다. 살갗이 터지는 동안에도. 바람이 불어와 허물어진 둥지에서 비명을 지를 때도 그 소리를 들으며 기도했다. 순수한 빛이 떨어져 내 눈꺼풀 밑에서 맴돌아도 기도를 멈추지 않았다. 하느님의 얼굴. 그것조차 내 끊임없는 기도를 방해하지는 못했다. 말들이 쏟아져나왔다. 난데없이 쏟아져 내 마음에 홍수를 일으켰다.

이제 나는 누구보다 훌륭하게 기도할 수 있었다. 그들이 온 힘을 합쳐도 내가 더 잘했다. 이것은 증명되었다. 그녀가 나를 일으키자 나는 그녀를 물끄러미 바라보았다. 그때 어떤 생각을 했는지는 기억나지 않지만 내가 얼마나 놀랐는지는 기억한다. 그녀의 눈에 눈물이 글썽였다. 깊은 우물에 비친 상처럼.

"몹시 힘들었어, 마리." 그녀가 헐떡였다. 손이 부들거렸다. 주전자가 화로 위에서 달그락거렸다. "이제 물을 다 썼으니 그가 사라졌을 거다."

"기도했어요." 내가 바보같이 말했다. "아주 열심히 기도했어요."

"그랬구나." 그녀가 말했다. "사랑하는 아가. 나도 알고 있어."

우리는 더 할 말이 없어 가만히 앉아 있었다. 반죽이 부풀어오르게 두었다 한차례 더 치댔다. 그녀는 내게 옥수수죽 한 그릇을 주고, 특별한 찬장에서 소시지를 꺼내 수녀들에게 가져갔다. 그들이 복도에 앉아 소시지를 우적거리는 소리가 들렸다. 빵과 고기를 이가 부딪치게 베어 무는 소리가 들렸다. 나는 꼼짝할 수 없었다. 셔츠는 말랐지만 등짝에 들러붙은 채라 제대로 생각할 수 없었다. 나는 점점 지각을 잃어갔고, 그녀의 마음이 어떻게 움직이는지 이해할 수 없었다. 그녀가 부지깽이를 들고 내 옆을 지나갔다. 나는 결코 성녀가 되지 못할 것이다. 나는 절망했다. 내면의 목소리도, 나를 이끌어줄 무엇도, 어둠도, 마리라는 존재도 없는 것 같았다. 새들에게 옥수수죽을 뿌려주러 서둘러 나가려는데 내 마음속에서 환시가 선명하게 떠올랐다.

나는 물결치는 황금이었다. 젖가슴이 드러났고 젖꼭지가 반짝거렸다. 젖꼭지에 다이아몬드가 박혀 있었다. 나는 유리를 뚫고 걸을 수 있었다. 창문을 통과해 걸을 수 있었다. 그녀가 내 발치에 엎드려 내가 걸음을 옮길 때마다 그 유리를 삼켰다. 나는 유리 한 장을, 또 한 장을 뚫고 지나갔다. 그녀가 삼킨 유리는 깨지고 가루가 되었으며, 이윽고 그녀의 굶주린 내장은 미세한 먼지가 되었다. 그녀가 기침을 했다. 먼지구름을 토했다. 이제 그녀는 철조망에 걸려 한 시대 동안 펄럭이다 마침내 썩어 바람 속으로 사라질 검은 넝마 쪼가리에 지나지 않았다.

나는 입을 벌리고 깃발이 매달린 나뭇가지를 응시하며 이 환시를 보았다.

"일어서!" 그녀가 소리쳤다. "공상은 그만. 빵 구울 시간이다."

다른 수녀 두 명이 그녀와 함께 들어왔다. 둘 다 손이 노처럼 넓적하고 몸매가 펑퍼짐했다. 그들은 오븐의 거대한 아가리 밑의 화구에 든 장작을 평평하게 골랐다.

"이 아이는 누구예요?" 그들이 레오폴다에게 물었다. "수녀님이 데리고 계세요?"

"내가 데리고 있어." 레오폴다가 대답했다. "아주 착하지."

"이름이 뭐니?" 한 수녀가 내게 물었다.

"마리."

"마리. 바다의 별이로구나."

"이 아이는 빛날 거야." 레오폴다가 말했다. "검게 부식한 마음만 태우면."

두 수녀가 아리송하게 웃었다. 온유하고 건전한 프랑스인인 그들은 레오폴다가 한 말에 존경을 표하며 몇 마디 중얼거렸지만 그 삐딱한 농담은 전혀 이해하지 못했다. 그녀가 주전자로 무슨 짓을 했든 그들은 분명 믿지 않을 것이다. 의문의 여지가 없었다. 나는 입을 다물었다.

"엘 레 도실."* 그들이 리넨에 풀을 먹이러 나가면서 프랑스어로 말했다.

"아프지?" 그들이 나가자마자 레오폴다가 물었다.

나는 대답하지 않았다. 상처가 욱신거렸다.

"따라와." 그녀가 말했다.

건물은 이제 사방이 고요했다. 나는 그녀를 따라 좁은 계단을 올라 작은 방과 문이 많은 복도로 들어섰다. 그녀의 방은 복도 맨 끝에 있었고 더없이 고요했다. 들어가니 몇 년 동안 문을 열지 않은 것처럼 퀴퀴한 냄새가 났다. 짚을 넣은 허름한 매트리스와 작은 책꽂이가 있고, 그 위로 프란체스코 성인의 사진이 걸렸으며, 너덜너덜한 종려나무 가지, 스툴, 십자고상이 보였다. 그녀는 내게 블라우스를 벗고 스툴에 앉으라고 했다. 나는 그 말을 따랐다. 그녀가 책꽂이에 놓인 연고를 가져와 화상 입은 자리에 부드럽게 펴발랐다. 그녀의 손이 천천히 큰 원을 그리면서 통증을 멎게 했다. 나는 눈을 감았다. 아무것도 보이지 않는 암흑뿐일 거라 생각하면서. 평화로움. 그런데 환시가 다시 나타났다. 내 젖가슴에는 여전히 다이아몬드가 박혀 있었다. 나는 창문을 통과해 걸었다. 그녀는 뒤에서

---

* 프랑스어로 '아이가 온순하다'는 뜻.

내가 지나간 자리에 떨어진 유리 파편을 씹었다.

"갈래요." 내가 말했다. "보내주세요."

그녀가 나를 붙잡았다.

"가지 마." 그녀가 지체 없이 대답했다. "안 돼. 이제 시작인걸."

나는 약해졌다. 내 생각들은 가엾게도 같은 자리를 맴돌았다. 고통은 나를 강하게 했지만, 그것이 나를 떠나자 나는 곧 잊기 시작했다. 더는 버틸 수 없었다. 그녀가 정말 주전자로 내게 화상을 입혔는지조차 확실치 않았다. 기억이 나지 않았다. 그것을 기억해내는 게 세상에서 가장 중요한 일 같았다. 하지만 나는 기억을 잃어갔다. 화상. 쏟아지는 물. 그 기억조차 희미했다. 내 마음이 경첩에서 떨어져 바람에 흩날리며 나 자신의 고통에 간신히 매달려 있는 것 같았다. 나는 몸을 비틀어 그녀의 손아귀에서 빠져나왔다.

"그자는 늘 당신 안에 있었어요." 내가 말했다. "나보다 당신 안에 더 많이. 그자는 당신을 더 원해요. 이제 당신을 덮쳤군요. 내 뒤로 물러서라!"

나는 그렇게 외치고 셔츠를 찾아 입으며 문밖으로 뛰쳐나갔다. 계단을 내려가 부엌으로 들어갔지만, 속으로 무슨 생각을 했든 문을 열고 나갈 수는 없었다. 아직 끝이 아니었다. 그녀는 내가 떠나지 않을 것을 알았다. 그녀의 조용한 발걸음이 곧바로 나를 따라왔다.

"이제 오븐에서 빵을 꺼내야지." 그녀가 말했다.

그녀는 아무 일도 없었던 것처럼 행동했다. 하지만 나는 비로소 그녀가 자신의 어둠에 남긴 틈을 들여다보았다. 의심이 생긴 것 같

았다. 그녀의 목소리는 나지막하고 불안정해 문장 끝에서 균열이
일어났다.

"도와다오, 마리." 그녀가 천천히 말했다.

그녀가 말없이 내 셔츠 단추를 잠그고 빵을 꺼낼 수 있게 손에
커다란 헝겊장갑을 끼워주었지만, 나는 그녀를 도울 마음이 전혀
없었다. 그때 냅다 달아날 수도 있었다. 하지만 그러지 않았다. 나
는 뭔가가 완성되어간다는 것을 알았다. 무슨 일인가가 일어나려
고 했다. 내 등은 노래하는 불꽃의 벽이 되었다. 나는 돌아섰다. 그
녀가 빵이 익었는지 보려고 한 손으로 긴 포크를 집어드는 모습을
지켜보았다. 다른 손에는 팬을 집는 검은 부지깽이를 꼭 쥐었다.

"도와다오." 그녀가 다시 말했고, 나는 그래, 이것도 그 일의 일
부니까, 하고 생각했다. 나는 헝겊장갑을 낀 손으로 오븐의 문을
활짝 열었다. 오븐이 아가리를 벌렸다. 그녀는 잠시 물러서서 후끈
한 열기가 빠져나가게 내버려두었다. 나는 그녀 뒤로 갔다. 내 앞
쪽에서도, 등뒤에서도 열기가 느껴졌다. 앞에서, 뒤에서. 내 살갗
은 달군 황금처럼 변해갔다. 그 순간은 생각보다 더 빨리 왔다. 오
븐은 누군가에게 지옥의 문이 될 수 있었다. 한 사람이 들어가기에
딱 맞는 크기에 뜨거웠으며, 그 한 사람이란 그녀였다. 발로 한 번
차면 레오폴다는 머리부터 처박힐 것이다. 그 열기는 그녀가 마침
내 지옥 같은 그자의 품속으로 쓰러질 때 느낄 열기의 백만분의 일
도 되지 않을 것이다.

성인(聖人)은 이 숫자를 안다.

그녀가 포크를 내밀며 몸을 숙였다. 나는 있는 힘껏 그녀를 찼

다. 그녀는 날아갔다. 하지만 부지깽이가 오븐 안쪽에 먼저 부딪히면서 그녀가 튕겨나왔다. 오븐은 생각보다 깊지 않았다.

물고기가 낚싯줄에서 빠져나갈 때처럼 허전하고 뜨거운 실망의 순간이 왔다. 다만 길을 잃은 것은 이제 나였다. 그녀는 무섭게 침묵을 지켰다. 그녀가 홱 돌아섰다. 그녀가 쓴 베일의 가장자리는 날카로웠다. 그녀는 한 손에 부지깽이를 들었다. 다른 한 손에는 딱딱한 빵 껍질을 두드릴 때 쓰는 길고 날카로운 포크를 들었다. 어깨 위 그녀의 얼굴이 아래위로 뒤집혀 보였다. 얼굴이 파랗게 변했다. 하지만 성인은 기적에 익숙하다. 나는 전혀 두렵지 않았다.

내가 길을 잃으면 다이아몬드로 길을 내라! 그녀에게 부서진 유리를 먹여라.

"요사스러운 암캐!" 내가 소리쳤다. "무릎을 꿇고 빌어라! 바닥을 핥아라!"

그녀가 포크로 내 손을 찌르고 부지깽이를 쳐들어 나를 기절시킨 것이 바로 그때였다.

정신이 돌아온 것은 그로부터 삼십 분 뒤였던 것 같다. 뭔가 아주 이상했다. 기억난다는 사실은 기쁘지만, 몹시 이상해서 제대로 설명할 수 없다. 정신이 들었을 때 그 일이 실제로 일어났기 때문이다. 나는 숭배를 받았다. 어쨌거나 성인의 제단에 오른 것이다.

나는 수녀원장의 업무실에 놓인 딱딱한 카우치에 누워 있었다. 주위를 둘러보았다. 내 가장 깊은 꿈이 이루어진 것 같았다. 수녀원의 수녀들이 내 앞에 무릎을 꿇었다. 보나벤투라 수녀. 딤프나 수녀. 세실리아 세인트클레어 수녀. 그리고 손이 넓적한 노 같은 프랑스 수녀 두 명까지. 모두 무릎을 꿇었다. 몇 명은 머리에 검은 케이프를 썼다. 내 이름을 읊조리는 소리가 살진 가을 파리가 라틴어로 기도하는 그들의 혀끝에 내려앉은 것처럼, 무겁고 검붉은 핏빛 커튼을 기어오르며 앵앵거리는 것처럼, 고이 싸맨 그들의 머리 주변을 빙빙 도는 것처럼 커졌다 작아졌다 했다. 마리! 마리! 벽장에 내동댕이쳐진 소녀. 고무덧신을 두려워한 소녀. 반쯤 굴복한 소녀. 쓰레기 버리는 뒷문으로 들어온 소녀. 마리! 컵을 찾지 못한 소녀. 식은 옥수수죽을 먹은 소녀. 마리! 레오폴다는 손으로 얼굴을 가렸다. 거룩한 구정물의 성녀 마리! 빵 포크의 성녀 마리! 불에 덴 등짝과 화상 입은 궁둥이의 성녀 마리!

나는 웃음을 터뜨렸다.

그들이 나를 올려다봤다. 내가 깨어난 것을 안 그들은 온갖 말로 웅성거렸다. 나는 아직 영문을 몰랐다. 그들이 쳐다보며 뭐라고 말했지만 내게 하는 말은 아니었다.

"성흔……"

"그녀가 주먹을 쥐었어."

"쥬 느 프 파 브아르."*

나는 그들이 무슨 말을 하는지 물어볼 만큼 어리석지 않았다. 그래서 내가 왜 흰색 시트를 덮고 누웠는지 말할 수 없었다. 왜 내게 기도했는지 말할 수 없었다. 하지만 이것만큼은 말할 수 있다. 그

---

*프랑스어로 '안 보여'라는 뜻.

상황이 더없이 자연스럽게 느껴졌다는 사실. 그것이 나였다. 나는 꿈속에서처럼 손을 올렸다. 내 손은 거룩하고 더없이 나긋했다.

"평화가 있기를."

팔을 보니 손목부터 팔꿈치까지 피가 말라붙어 있었다. 그리고 욱신거렸다. 그들의 얼굴은 내 손을 따라 움직이는 흠모하는 납작한 꽃들로 변했다. 나는 손을 흔들어 성인의 축복을 내렸다. 연습은 미리 해두었다. 어떻게 하는지 정확히 알았다.

그들이 웅성거렸다. 내가 숨을 깊이 내뱉는데 갑자기 황금색 빛줄기가 흐릿한 유리창으로 들어오더니 내 얼굴에 홍수처럼 쏟아졌다. 완벽한 행운의 빛! 그들은 확신할 수밖에 없었다.

레오폴다는 아직 저만치에서 무릎을 꿇고 있었다. 깍지 낀 손을 입안 깊숙이 찔러넣고 있었다. 이 말은 해야겠는데, 성인에게는 늑대처럼 예리한 감각이 있다. 이제 그녀의 운명은 내게 달렸다. 어떻게 여기까지 왔는지는 중요하지 않았다. 내가 마지막으로 기억하는 것은 그녀가 오븐에서 빠져나오자마자 나를 찔렀다는 사실이다. 그것은 더없이 분명한 진실이었다.

"앞으로 나오세요, 레오폴다 수녀님!" 내가 성혼으로 손짓했다. 몹시 아팠다. 아물기 시작한 상처가 다시 터지면서 피가 났다. "내 옆에 무릎을 꿇으세요."

그녀는 무릎을 꿇었고, 입을 벌렸다 다물고 다시 벌렸는데, 아무 소리도 나지 않은 것을 보면 후두에 말썽이 생긴 게 틀림없었다. 나는 성인에게 걸맞다고 읽은 바 있는 고귀한 기쁨으로 목이 메었다. 그녀는 말하지 못했다. 완전히 지쳤다. 눈빛에 쓰여 있었다. 그녀는 이제 텅 빈 그녀의 내면에서 제멋대로 굴러가는 사악한 먼지 바퀴가 일으킨 깊은 증오심으로 나를 빤히 쳐다보았다.

"하고 싶은 말이 뭐죠?" 내가 물었다. 마침내 그녀가 말했다.

"다른 수녀들에게 너의 수난에 대해 말했어." 그녀가 간신히 말을 뱉었다. "성흔이…… 못자국이…… 네 손바닥에 어떻게 생겼고, 네가 성스러운 환시를 보고 어떻게 기절했는지……"

"그랬군요." 나는 궁금한 마음으로 대답했다.

그리고 잠시 뒤에 깨달았다.

레오폴다는 잔꾀를 부려 스스로를 구했다. 그녀는 기적을 목격한 사람이 되었다. 포크를 숨기고 기적이 일어났다고 말했다. 물론 그들은 그녀를 믿었는데, 사탄이 어떻게 들어와 어떻게 나가고 어디서 몸을 피하는지 그들은 몰랐기 때문이다.

"처음부터 다 봤어." 빵을 오븐에 넣은 덩치 큰 수녀가 말했다. "성령의 겸허함을. 요즘 소녀들에게는 아주 드문 일이지."

"나도 봤어." 다른 수녀도 뿌듯한 듯 말했다. 그리고 가만히 한숨을 쉬었다. "그게 나였다면."

레오폴다는 똑바른 자세로 무릎을 꿇었고, 얼굴은 폭발하는 독을 품은 샘처럼 이글거렸다.

"그리스도가 내게 흔적을 남겼어요." 내가 말했다.

나는 성녀의 온화한 미소를 머금고 그녀의 얼굴을 보았다. 그리고 그녀의 모습을 보았다. 그것이 실수였다.

그녀가 무릎을 꿇고 있었기 때문이다. 고무덧신 같은 영혼의 레오폴다. 굶주린 쥐의 얼굴을 한 레오폴다. 깊은 잘못의 우물에 빠진 절망적인 눈빛의 레오폴드. 나를 쫓아올 사람은 아무도 없을 것이다. 나는 떠날 것이다. 나는 레오폴다가 난장판이 된 자신의 사랑 속에서 무릎을 꿇은 것을 보았다.

예전에 내 심장은 검은 기쁨의 열기로 벌렁거리며 가슴에서 터져나오려고 했다. 이제 그 느낌은 가라앉았다. 그녀가 불쌍했다. 그녀가 가여웠다. 갈고리 막대기가 내 머릿속을 꿰뚫었듯 연민이 내 속에서 뒤척였다. 어쩔 수 없었다. 떨어지는 뜨거운 물방울에 데는 것보다 더 지독하고, 포크에 찔리는 것보다 더 끔찍한 감정이었다. 하지만, 하지만 되돌릴 수 없었다. 나는 이미 해쓱한 성녀의 웃음으로 그녀를 용서했다. 다정하게 말하는 내 목소리가 들렸다.

"내가 흘린 성스러운 피를 받으세요." 내가 속삭였다.

하지만 속마음은 그렇지 않았다. 그녀가 내 앞에 엎드려도 전혀 기쁘지 않았다. 나는 무모한 행동을 삼갔다. 그리고 다시 하얀 베개에 머리를 묻었다. 공허한 먼지가 빛줄기 속에서 휘몰아쳤다. 내 피부는 먼지였다. 내 입술의 먼지를 털어라. 내 발치에 놓인 더러운 숟가락의 먼지를 털어라.

일어서라! 나는 생각했다. 일어서서 걸어라! 이 먼지는 끝이 없구나!

기러기
1934

넥터 캐시포

　금요일 아침이면 나는 일라이 형과 늪지대로 가서 새가 날아와 앉기를 기다린다. 몸을 숨길 작은 공간은 우리가 직접 만들었다. 일라이는 뛰어난 직감과 내가 따라잡을 수 없는 조준 실력을 지녔지만 수줍음이 많고 말수가 적다. 이런 점에서 우리는 좋은 파트너다. 학교를 다니는 내가 시내에 나가 우리가 잡은 짐승을 판다. 신부들의 음식을 만드는 수녀들에게서 값을 후하게 받아 집으로 돌아오면 반반씩 나눈다. 내가 시내에서 바이올린 선율에 맞춰 춤추고 여자애들을 쫓아다니는 동안 일라이는 술병을 들고 숲으로 간다.
　학교를 졸업한 여름 어느 금요일 해질 무렵, 나는 가죽띠로 양손목에 축 늘어진 기러기를 한 마리씩 묶고 언덕을 올랐다. 기록을 위해 분명히 해두자면, 나는 잘생긴데다 키가 헌칠하고 호리호리하며 배도 나오지 않았다. 어떤 여자애도 차지할 수 있다는 말이다. 하지만 애초에 룰루 나나푸시를 점찍었으니 어쨌거나 상관없다. 원하는 여자는 그녀뿐이다.

나는 걸으면서 그녀를 생각한다. 얼음송곳처럼 예리한 죽여주는 눈빛. 살포시 말려 올라간 입술. 전체적으로 느낌이 둥글고 풍만하지만 아직 날씬한 편이다. 그녀는 체구가 자그마하지만 한아름에 혹은 한눈에 들어올 일은 없다. 그녀를 겨눌 일은 없을 것이기에. 지금만 해도 그렇다. 그녀는 쉴새없이 움직여서 그녀의 모습을 전체적으로 뜯어볼 수 없다. 머리카락이 반짝이는 것을, 팔이 스치는 것을, 엉덩이가 실룩이는 것을 순간적으로 볼 뿐이다. 그러고 나면 그녀는 사라지고 없다. 그녀의 작고 촉촉한 혀를 생각하면 입안 가득 어떤 맛이 강하게 밀려들어 걷다가도 그 순간 그 자리에 멈춰야만 한다. 그녀는 즙이 많은 새콤한 베리이고, 나는 그녀가 내 것임을 안다. 어서 밤이 오면 좋겠다. 그녀가 숲에서 기다릴 것이다.

거기, 텅 빈 길에 멈춰 서서 넋을 놓고 룰루의 매력에 흠뻑 빠져 있던 나는 쏜살같이 내려오는 마리 라자르를 보지 못한다. 소리를 들었을 때는 이미 늦었다. 그녀는 제동이 걸리지 않은 화차처럼, 그 망할 기차처럼 곧장 달려온다. 시선이 내게 꽂히고, 이마에 시트를 찢어 만든 얼룩진 붕대를 싸맨 채 나를 노려본다. 손에는 권투선수의 주먹처럼 베갯잇을 둘둘 감았다.

"우와." 내가 말한다. "이봐, 천천히 내려와."

"저리 비켜." 그녀가 말한다.

그녀가 나를 지나치려고 한다. 나는 반사적으로 그녀의 팔을 붙잡고 머리글자가 수놓인 베갯잇을 본다. 포도주처럼 붉은 글씨로

SHC라고 쓰여 있다. Sacred Heart Convent, 성심수녀원. 팔에 왜 저걸 감았지? 이 지역 사람들은 나더러 머리가 휙휙 잘 돌아간다고 말하는데, 이번에는 나 자신을 위해 잔머리를 너무 굴렸다. 마리 라자르는 말 도둑 주정뱅이 집안의 막내딸이다. 핏줄은 못 속인다더니, 신성한 리넨 시트를 훔친 집안이니 그녀는 지금 수녀원의 베갯잇과 다른 귀중품을 훔쳐 달아나는 것일 게다. 누가 알겠는가? 치마 밑에 성배를 감추었을지. 문득 그녀를 데려가면 돈을 더 받을 수 있겠다는 생각이 든다.

그래서 룰루 나나푸시의 손가락에 끼워줄 프랑스풍 결혼반지를 살 돈을 모으는 중이던 나는 마리 라자르가 언덕을 내려가게 놔주지 않는다.

하지만 그녀를 잡고 있기가 쉽지 않다.

"놔, 이 망할 인디언 놈아." 그녀가 씩씩거린다. 그녀의 치아는 크고 희고 튼튼해 보인다. "이 구린내 나는 놈아!"

나는 그냥 웃는다. 그녀는 깡마르고 피부가 하얗고 비천하기 짝이 없는 집안의 소녀라서 캐시포 집안과는 같은 계급이 될 수 없다. 나는 그녀의 팔을 흔든다. 죽은 기러기가 내 손목에서 흔들거리며 그녀의 허리께를 친다. 하지만 그녀는 끄떡도 하지 않는다. 나무처럼 꿈쩍도 않는다. 그녀가 벗어나려 버둥거리기 시작하고, 나는 언덕을 올려다본다. 언덕 위에서도, 길 아래에서도 오는 사람은 없고, 나는 그대로 내버려둔다. 그녀와 씨름을 한다. 그녀가 딱딱한 구두 밑창으로 나를 찬다.

"이 계집애야." 내가 으르렁거린다. "불장난은 하면 안 되지!"

이러지 말아야 했는데, 나는 그녀의 팔을 들어올려 세게 비튼다. 그 순간 그녀의 눈에서 눈물이 쏟아지고 속눈썹에 쓰라린 눈물이 맺혀 반짝거리자 나는 어쩐지 창피하다. 그래서 잠시 그대로 둔다. 그녀가 내게서 멀어진다. 단지 덤비기 위해서. 그녀의 갈색 눈동자가 다쳤지만 독을 품고 싸우는, 상처 입은 밍크의 눈동자처럼 이글거린다. 그녀가 돌진하며 무릎으로 내 배를 받는다.

나는 균형을 잃고 휘청 고꾸라진다. 기러기 때문이다. 여하간 넘어지면서 그녀가 입은 블라우스의 불룩한 소매를 잡았는데, 그것이 그녀의 어깨에서 쫙 찢어진다.

이제 나는 팔다리를 뻗고 누워 기러기를 손목에 감은 채 하늘색 헝겊 조각을 꼭 쥐고 있다. 처음에는 그녀가 구둣발로 나를 더 걷어찰 거라고 생각한다. 하지만 그저 이글거리는 눈빛으로 나를 내려다보다가, 이마에 흰 천을 싸맨 얼굴이 긴장이 풀리면서 일그러진다. 곧 눈물이 터질 것이다. 흐느낄 것이다. 하지만 마리는 두 배로 크고 높게 솟구치고 채찍처럼 노래하는 나무가 된다.

그녀가 허리를 약간 숙이고 내가 그러쥔 소매를 홱 채간다.

"꼼짝하지 마, 못생긴 개자식아." 그녀가 말한다.

나는 대꾸하지 않고, 한마디도 하지 않고 벌떡 일어나 그녀를 쓰러뜨린 뒤 그녀 위에 올라타고 몸 전체로 꼼짝 못하게 누른다.

"이제 얘기 좀 해볼까, 이 더러운 라자르, 말라깽이 흰둥이 계집애야!" 내가 그녀의 얼굴에 대고 악을 쓴다.

기러기는 이제 내 편이다. 팔에 무게를 더해줘 그녀를 내리누르는 데 유리하다. 죽은 기러기의 날개가 우리 주위에서 파닥인다.

모가지는 축 늘어지고 검은 눈동자는 멀뚱히 뜬 채다. 하지만 마리는 죽은 기러기 따위에 겁먹을 여자가 아니다.

그녀는 분하다는 듯 입술이 하얘질 만큼 꽉 깨물고 내 눈을 뚫어져라 쳐다본다.

"베갯잇만 이리 줘." 내가 말한다. "그러면 보내줄게. 수녀님에게 다시 가져다줘야겠어."

그녀는 나를 태울 듯 맹렬히 쏘아보는데, 내 말을 전혀 알아듣지 못한 것 같다. 그녀의 눈빛에 긴장감이 돌더니 광포한 짐승의 눈으로 변한다. 나는 목에 소름이 돋는다.

"이리 달라니까." 내가 좀더 이성적으로 말한다. "그걸 넘겨주면 보내줄게. 그런 걸 훔치면 안 되지."

"훔쳤다고!" 그녀가 침을 뱉는다. "훔쳤단 말이지!"

그녀가 입을 쩍 벌린다. 마음만 먹으면 목구멍 안쪽까지 볼 수 있을 것 같다. 이윽고 그녀는 까마귀처럼 요상하게 깍깍 줄 가는 소리를 낸다.

그녀가 웃는다! 이건 곤란하다. 라자르 집안의 계집애가 내 앞에서 깔깔거리다니!

"웃지 마." 나는 손으로 그녀의 입을 막는다. 그녀의 매끄럽고 하얀 이가 내 손바닥 밑에서 나를 해치지 않고 딱 소리를 내며 아물린다. 하지만 나는 성이 차지 않는다.

"나를 일으켜줘." 그녀가 웅얼거린다.

"싫어." 내가 말한다.

그녀는 가만히 누운 채 점점 얌전해진다. 그녀의 눈을 들여다보니 단단한 눈물이 눈가에 아롱거린다. 그녀가 다리를 움직인다. 나는 다시 누른다. 뭔가 이상하다. 그녀의 골반뼈가 내 골반뼈와 아물리고, 나는 가볍게 그녀를 죈다. 충격을 받은 것처럼 몸이 마비된다. 그 순간 소녀가 아닌 여자의 몸 위에 길게 누워 있다는 사실을 문득 깨닫는다. 그녀의 부드럽고 뾰족한 젖가슴이 내 가슴에 맞닿아 출렁인다. 더 잘 느끼려면 더 눌러야 한다. 그 순간 나는 사로잡힌다. 굴복한다. 나도 모르게 영원한 경이에 나를 맡긴다. 마리는 단단하고 포근하게 나를 받아들여 우아한 동작과 작은 손놀림으로 나를 스커트 밑, 축축하고 따뜻하고 보드라운 그곳으로 이끈다. 한 손으로 그녀를 만지고, 그 한 번의 손길에 나를 잃는다.

정신을 차리고 그녀를 내려다보니 내가 얼마나 약해졌는지 알겠다. 그녀의 혀가 내 손바닥에 달라붙었다. 손을 치우면 그녀는 웃을 것이다. 어쨌거나 이 언덕에서 내가 시작한 싸움에서 내가 진 셈이되니까. 아니나 다를까 손을 치우자 그녀가 갸르릉거리며 웃는다.

"전에는 더 잘했어."

우리는 아직 아무 짓도 하지 않았으니 이 말이 사실이 아니라는 걸 나는 안다. 그녀는 앞으로 무슨 일이 벌어질지 모르는 것뿐이다. 나는 그녀의 목소리가 떨리는 걸 감지하지만 그런 건 상관없다. 그녀는 여전히 두려운 존재다. 나는 앞쪽으로 기러기를 그러쥐고 그녀에게서 떨어진다. 비록 그녀는 흙바닥에 쓰러진 어린 소녀에 불과하지만, 일어나 앉아 나긋한 손놀림으로 검은 치마를 무릎까지 다시 내리고 손을 싸맨 베갯잇을 매만진다.

우리에게 숲속은 안전하지 않다. 누가 우리를 봤을지 모른다. 나는 주변을 흘끔거린다. 언덕 위 흰색 벽돌건물의 검은 창문에서 천 개의 신성한 눈동자가 눈을 치뜨거나 찌푸리고 우리를 지켜보는 것 같다.

내가 어떻게 그럴 수 있었을까? 입을 벌린 채 공포감에 휩싸여 확신에 이른 것은 그 순간이다. 그들이 봤다! 내가 한 행동을 도저히 믿을 수 없다.

마리가 나를 지켜본다. 흰색 수녀원 건물에서 부리나케 시선을 떼는 나를 본다. 내 마음속에 스치는 생각을 그녀는 정확히 안다.

"봤으면 좋겠네." 그녀가 까마귀처럼 깍깍거린다.

나는 입을 다물었다 벌리고, 다시 다문다. 이 아이는 누구지? 공기 없는 우주에서 그녀를 맴도는 어리석은 물고기처럼 나는 점점 숨이 가쁘다. 나를 가눌 수 없다.

"내가 안 그랬어!" 나는 소리치고, 목소리가 갈라진다. 그녀를 홱 돌아본다. 그녀는 내가 창피함을 가리려고 앞쪽에 든 기러기를 보고 있다. 내가 사박스럽게 말한다.

"네가 시킨 거야! 강제로!"

"내가 그랬다고!" 그녀가 깔깔거리며 손을 휘휘 흔들자 베갯잇이 떨어지고 흉측한 상처가 드러난다.

"나는 아무것도 시키지 않았어." 그녀가 말한다.

그녀의 손은 베이고 부어올라 몹시 아파 보이고 아직 씻지도 못했다. 나는 여전히 겁이 나지만 그럼에도 그녀의 손이 얼마나 아프고 욱신거릴지 알 것 같다. 이런 생각을 하니 알싸한 통증이 내 손을 찌르고 지나간다. 내가 땅바닥에 패대기쳤을 때 손이 아팠을 텐데 그녀는 울지조차 않았다. 머리도 아팠을 텐데. 붕대 밑은 어떨지 궁금하다. 그녀가 리넨 베갯잇을 훔치려고 하자 수녀들이 붙잡아 흠씬 패준 것일까?

죽은 새는 참을 수 없이 무겁다. 그것들을 손목에서 풀자 흙바닥에 툭 떨어진다. 나는 그녀 옆에 앉는다.

"이 새들을 가져가도 좋아. 구워 먹어." 내가 말한다. "주는 거야."

그녀가 입을 삐죽거리더니 고개를 돌려 먼 곳을 본다.

창피하지는 않지만 이따금 이런 일이 일어난다. 혼자 숲에서 덫을 확인하다 완전히 죽지 않은, 아직 숨이 붙은 다친 짐승을 발견하면 나는 그걸 고통에서 구해줘야만 한다. 더러 내가 날개만 맞힌 큰 새가 덫에 걸려 있다. 해야만 하는 일이지만 나는 그 일을 할 때면 이따금 목 안이 잔뜩 부어 목구멍이 꽉 막힌다. 나는 고통받는 그것들의 몸을 순교한 성자의 몸처럼 다루며 조심스레 경의를 표한다.

그런 느낌으로 마리의 손을 만진다. 그런 방식으로 상처 입은 그녀의 손을 잡는다.

그녀는 절대 나를 쳐다보지 않는다. 아마 내가 자기 얼굴을 보게 하지도 않을 것이다. 우리는 한자리에 앉아 각자 혼자다. 세상 저편으로 해가 지고 언덕에 어스름이 깔린다. 내 손에 잡힌 그녀의 손은 점점 농밀해지고, 뜨거워지고, 무거워지고, 나는 그녀를 원하지 않지만 원하고, 그래서 잡은 손을 놓을 수 없다.

섬

룰루 나나푸시

나는 어머니의 포근한 품을 모르고 자랐다. 여전히 나는 어머니 곁에 정박하고 싶다. 하지만 그녀는 강둑처럼 끝내 내 삶의 강물에서 자신을 떼어놓고 막막함 속에 나만 혼자 버려둔 채 달아났다.

어머니를 따라 나도 공립학교에서 달아났다. 걸핏하면 달아나서 내 원피스는 항상 수치심의 진한 오렌지색이었고, 여사감이 닦으라고 한 보행로는 하도 열불을 내며 닦은 바람에 다 닳을 지경이었다. 나는 벌로 혼자서 기숙사의 침대 시트란 시트는 모조리 정돈하고 갔다. 종소리, 지시, 단조로운 목소리, 어설픈 영어를 들으면서 살았다. 어머니의 입에서 흘러나오던 옛 언어가 그리웠다.

이따금 나는 어머니의 목소리를 들었다. 엔다니스, 엔다니스. 내 딸아, 그녀가 나를 위로했다. 기이차웨니민.* 그녀의 목소리가 사방에서 울리며 나를 내면의 해악으로부터 지켜주었다. 그녀의 목소리는 불붙은 성냥이었다. 사그라들지 않고 타오르는 불꽃이었다. 하지만 내가 집으로 돌아온 것은 내게 편지를 써 보낸 늙은 나나푸시 아저씨 때문이었다.

타지에서 오랫동안 살다 마침내 보호구역으로 돌아왔을 때 포플러나무 잎사귀들이 저 높은 곳에서 바람에 나부끼며 갈채를 보냈다. 오리는 종종거리며 질주해 물이 반짝거리는 늪으로 첨벙 뛰어들었다. 바람이 구름을 베고 지나가자 구름은 부푼 빵처럼 하얗게, 더 하얗게 뭉치며 높이 올라갔다. 파란 준베리와 튼튼한 버드나무. 나는 먼지 낀 버스 차창으로 내 얼굴이 풀밭 위로 둥실 떠 나란히 여행하는 것을 보며 해죽 웃었다. 사람들은 이제 나를 가둘 수 없었다.

나나푸시는 십자로에서 나를 기다렸다. 그가 살랑거리는 미루나무 그늘에서 걸어나왔다. 아지랑이가 걷히자 그의 아내 마거릿 캐시포가 보였다. 그녀는 나를 빤히 쳐다보며 마지못해 그 옆에 서 있었다. 그녀의 입술이 사박스레 굳더니 얼굴이 강철쐐기처럼 변했다.

나는 늙은 할망구의 가느다랗게 땋은 머리를 홱 잡아당기고 싶었다. 그녀는 러시스 베어라는 품이 큰 이름을 썼지만 한 번도 나를 좋아하지 않았다. 자기 자식들을 다 키워놓았더니 내가 마지막으로 그녀 인생에 끼어든 셈이었다. 그녀의 턱 밑에 생긴 일자 주

---

* 치페와어로 '나는 너를 사랑한다'라는 뜻.

름을 보자 내 어머니의 웃음이 더욱 그리웠다.

나는 나나푸시에게 달려가 그의 가칫한 셔츠에 얼굴을 묻고 장작 연기와 마른 잉크, 덫 사냥꾼의 사향, 햇볕에 마른 땀내가 뒤섞인 냄새를 맡았다. 그리고 그의 탄탄한 허리를 힘껏 끌어안았다. 아버지를 끌어안는 것처럼 바짝 안았는데, 나중에 만난 다른 남자들도 이렇게 안았다. 그가 뒤쪽에 세워둔 마차에 올라탈 때 나는 그의 셔츠 주머니에 손을 넣었다. 거기에 까맣고 질긴 감초를 넣어 다니는 것을 알았기 때문이다.

"헛간에서 재워야겠어요." 함께 집으로 돌아가면서 러시스 베어가 말했다.

"우리는 헛간이 없잖소." 나나푸시가 아내에게 몸을 기울이며 장난쳤다. "룰루를 우리 사이에 재워야겠는걸."

말할 필요도 없이 러시스 베어는 그를 사납게 쏘아보았다. 그녀는 열정이 넘치고 힘에 굶주린 여자였다. 나도 이제 그런 여자가 되어 그녀를 더 이해하게 되었지만, 돌같이 단단한 그녀의 의지에 따라 사는 것이 얼마나 힘들었는지는 절대 잊지 못한다. 그 순간부터 나는 있는 힘을 다해 그녀를 미워했고, 어린 소녀의 열정에 불타올라 그녀의 몰락을 계획했다. 하지만 오랜 시간이 걸렸다.

내가 그 비좁은 집에서 살게 되자 마거릿은 한 시간 거리에 있는 캐시포 집안의 땅에 더 자주 건너가는 것으로 나나푸시를 벌하려 했다. 두 사람이 싸운 뒤에 그녀가 문을 쾅 닫고 우리를 두고 가면 나는 기뻤다. 그의 집은 작기도 작지만 절반쯤 쓰러졌는데, 종이,

통지서, 책 그리고 그가 보물처럼 아끼고 내가 정성스레 묶어 보관하는 신문이 가득했다. 나나푸시는 옥외 마당에 놓은 망가진 의자에 앉아 러시스 베어가 돌아오는지 살폈다. 그녀가 작대기를 들고 나타나 풀이나 민들레의 머리를 툭툭 치면 그는 숲속으로 숨어버렸다.

나나푸시와 사랑을 나누고 싶을 때면 그녀는 있는 대로 성질을 부렸다. 어느 일요일 그녀가 성당에서 돌아와 내게 귀싸대기를 날리려 했는데, 나는 후다닥 나무 위로 올라가 다람쥐처럼 화난 그녀를 내려다보며 혀를 날름 내밀었다. 그녀는 집 벽을 쾅쾅 치며 나더러 꺼지라고 소리친 뒤에 집 안으로 들어가 지팡이를 자물쇠 삼아 걸어버렸다.

"아저씨의 사랑의 묘약은 뭐예요?" 그날 저녁 다시 집에 들어가게 되었을 때 내가 물었다. 러시스 베어가 성가신 잎사귀들을 밀치며 생각에 잠긴 듯 느릿느릿 언덕을 내려간 뒤였다. "아줌마는 아저씨를 미워하지만 아저씨 때문에 미치잖아요."

그가 키니키닉*을 채운 파이프에 불을 붙이고 곰곰이 생각한 끝에 말했다. "시계가 없다는 거지. 인디언사무국 학교에서 공부한 젊은이들은 백인의 시간에 따라 사랑도 관리하더구나. 나로 말할 것 같으면 인디언의 시간에 따른단다. 한창 하다가도 멈추고 수프를 먹지. 힘이 생겼을 때 다시 시작하고. 어쨌거나 그것 말고는 할 일이 없으니까. 나는 머지않아 죽을 거다."

---

* 마른 잎과 나무껍질을 섞은 인디언의 담배 대용품.

"돌아가시지 않을 거예요."

"아무리 건강해도 언젠가는 죽는 법이지."

그를 쳐다보자 갑자기 눈시울이 뜨거워지고 가슴이 답답해져 나는 그의 거친 손등에 가만히 얼굴을 댔다. 그가 내 머리를 쓰다듬으며 담배를 한 모금 길게 빤 뒤에 그의 소원을 말해주었다.

"여섯 해 전에 카드 노름을 하다 다미앵 신부에게 내 영혼을 잃었지만, 그래도 나는 옛길로 떠나고 싶구나. 그러니까 내가 죽을 때가 되면 너와 네 엄마가 나를 그리로 데려가서 퀼트에 싸야 한다. 내 죽음의 노래를 부르고 나를 나무 꼭대기에 묻으렴, 룰루. 거기서 내 적들이 정부의 차를 몰고 오는 것을 보련다."

나는 아무 말 없이 뺨을 그의 손등에 댄 채 눈을 감았다. 어머니를 잃은 내가 또 그를 잃는다는 생각을 하니 참을 수 없었다.

내가 어머니와 비슷해질수록 나는 어머니가 더 필요했다. 예측할 수 없는 몸과 격정적이고 노골적인 소망과 대단한 심장을 가진 필라저 집안의 여자. 러시스 베어의 아들 넥터 캐시포가 내게 끈질긴 시선을 보내기 시작했을 때 나는 그녀가 필요했다. 내가 달려들었다면 그를 차지할 수 있었을 것이다. 나는 남자에게 달려드는 여자는 아니지만, 나나푸시가 집으로 돌아와 넥터 캐시포를 잊으라고 말했을 때는 발을 번쩍 쳐들고 달려들 생각을 했던 것 같다.

"그놈이 라자르 여자와 살게 됐구나."

나는 반죽이 부풀도록 그릇을 내려놓았다. 라자르 집안은 피부가 수건으로 감싼 반죽처럼 하얬고, 나는 울컥해서 수건 밑에 손을 넣어 달콤한 반죽 덩어리를 쉬익 소리가 나게 힘껏 쳤다. 그리고 흰 공처럼 굴려 납작하게 누른 다음 달궈진 기름에 넣고 황금빛으로 먹기 좋게 튀겼다. 그것이 지글지글 튀겨지는 동안 시큼한 초크 체리액을 불에 올리고 힘껏 저어 달짝지근한 시럽을 만들었다.

"그 여자는 못생겼잖아요. 물고기처럼 하얗고요!" 내가 불쑥 말했다.

나나푸시는 갈고리처럼 예리한 시선으로 내 얼굴을 찬찬히 살폈다.

"질투심 때문에 마음이 힘든 게로구나." 그가 지혜로운 말로 충고했다. "캐시포를 보내라. 내 말을 믿으렴. 온 집안의 독이란다."

우리는 웃음이 터졌고 입속에 빵을 쑤셔넣어도 멎지 않았다. 그날 밤 나는 그의 치렁한 은발을 감긴 뒤 땋아주었고, 밤새 농담을 풀어놓았으며, 그는 야생벼를 끓인 죽처럼 그것을 받아먹었다.

늦은 봄에 러시스 베어가 나나푸시에게 돌아와 이번에는 내가 입을 앙다물고 이를 부득부득 가느라 턱이 아플 때까지 떠나지 않고 한참 동안 머물렀다. 그녀는 겨우내 잠을 잔 것처럼 마구 먹어대면서 한 조각이라도 먼저 낚아채려고 덤볐다. 내가 질문을 쏟아내도 그녀는 떠나지 않았다. 어리석은 질문을 하면 도저히 참을 수 없다는 듯 까만 눈동자를 모들뜨기처럼 모았다. 그러던 어느 날 밤 그녀는 내가 만든 배넉*을 한 조각 먹었다. 그녀의 얼굴이 희열로

---

* 오트밀이나 보릿가루를 개서 구운 과자빵.

아련해졌고, 지금껏 이렇게 부드럽고 맛 좋은 빵은 먹어보지 못했다고 말했다.

"케이크보다 더요?" 내가 물었다.

"살살 녹는구나." 그녀는 울먹이며 속마음을 털어놓았다. "내 아들이 나를 모욕한 비천한 집안과 결혼하다니. 라자르 족속은 새끼를 빨리 낳고 일찍 죽지. 그애가 만든 질긴 빵보다 내가 더 오래 살아서 넥터 캐시포가 다시 제 어미를 존경하길 바랄 뿐이다."

"언제까지 살 것 같으세요?" 내가 물었다.

그 순간 나나푸시는 얼굴을 찡그렸지만 러시스 베어가 발끈하지 않은 것은 놀라웠다. 그녀는 나를 애정 어린 눈길로 온화하게 쳐다보았고, 제 자식이 자기 말을 듣지 않은 것에 속상해했으며, 나로 밀어붙였어야 했다고 후회했다. 나는 상관없었다. 넥터를 훌훌 털었고 내 삶에서 내동댕이쳤으니까. 파티 때 숲속에서 키스 몇 번 한 것이 전부였다. 내 기억에 그의 손길은 문서 다루는 일을 해선지 서툴고 어설펐다. 손은 어루만진다기보다 찌르는 것 같았고, 키스는 불을 붙일 순간에 찬물을 끼얹는 듯했다. 입술은 힘이 없고 축축했다. 나중에 그가 외모 때문에 사람들의 관심을 사고 내가 그를 사랑하게 된 것도 사실이지만, 그럼에도 넥터 캐시포는 어쩔 수 없이 엉성하고 허영심 많은 풋내기 청년이었다. 어른이 되려면 마리가 필요했다.

러시스 베어는 막무가내였다. 내가 스튜를 만들면 소금을 너무 많이 쳤다고 우겼고, 접시에 놓인 고기는 포크로 찔러댔다. 내 정강이가 드러나면 작대기로 찔렀고, 미처 닦지 못한 먼지를 트집잡

왔고, 빗으로 쓰는 동물의 발로 내 머리카락을 박박 빗었다. 심지어 라자르보다 내가 훨씬 낫다며 한숨을 지으면서도 그랬다.

어느 날 더는 견딜 수 없어 호수로 내려갔다. 내 감정처럼 단단한 바위에 앉아 모지스 필라저가 산다는 섬을 바라보았다. 작고 어두운 섬은 은빛으로 일렁이는 넓은 호수 한복판에 떠 있었다. 오래 바라볼수록 생각이 깊어졌고, 그럴수록 모지스 필라저에 대한 기억이 새록새록 떠올랐다. 그가 눈에 생기 하나 없는 소년일 때 시내를 활보하던 모습이 보였다. 오래전 어느 여름 내가 어린 소녀였을 때 그가 나나푸시를 찾아왔다. 두 사람은 나무 그늘에 앉아 옛 언어로 의술에 대해 토론하고 색을 입힌 뼈를 던지며 자신들이 무엇을 잃고 얻었는지 소곤거렸다. 그가 내게 불가능한 상대라는 사실 또한 떠올랐다. 우리는 친척이었으니까. 그가 내게 얼마나 부적절한 상대인지 생각하면 할수록 그 섬을 더 뚫어져라 쳐다보게 되었다.

모지스라는 존재가 내 마음을 흔들며 일단 가슴속으로 들어오자, 그 생각은 마른땅에 놓인 보트처럼 꼼짝하지 않았다. 파도가 밀려왔지만 보트를 다시 데려갈 만큼 높지 않았다. 나는 내 감정과 타고난 호기심을 억누를 수 없었다. 하지만 모지스 필라저에게 가겠다고 말했을 때 그렇게 많은 사람이 놀랄 줄은 몰랐다. 애초에는 러시스 베어만 자극할 작정이었다.

"모지스에 대해 말해주세요." 나는 나나푸시에게 부탁했다.

그는 내 얼굴을 찬찬히 살피고 고개를 갸웃하더니 내가 속마음이라도 말한 것처럼 내 의지를 분명히 읽어냈다.

"모지스와 어쩔 생각이냐?" 러시스 베어가 곧바로 반응했다. "그 지이사키이위니니* 근처에는 얼씬도 하지 마라!"

나나푸시도 모지스 필라저를 가만히 내버려두라는 점에서는 뜻이 같았지만 이유는 달랐다.

"그 사람이 모든 사람의 눈에 보이는 건 아니야. 눈앞에서 지나가도 보지 못할 수 있단다. 유령처럼."

"제 눈은 예리해요."

"그는 말을 할 줄 몰라."

"제가 인디언어를 할 거예요."

"내 말은 그런 뜻이 아니란다." 아저씨가 한숨지었다.

나는 단념할 수 없었다. "사촌을 찾아가면 안 되는 이유가 뭐죠?"

"모지스는 진짜 이름이 아니다." 나나푸시가 마침내 말했다.

러시스 베어는 벌떡 일어나 나가버렸고, 아저씨는 계속 말했지만 내키지 않는 것 같았다.

"그 질병이 처음 덮쳐 우리가 야위어갔을 때 모지스 필라저는 아직 젖먹이였단다. 제 엄마 나나카웨페네시크의 사랑을 독차지했지. 엄마의 이름은 '여러 엄지손가락'이라는 뜻이었는데 늘 머리가 빠르게 돌아갔어. 아들을 잃고 싶지 않았던 그녀는 모지스가 이미 죽어 망령이 된 것처럼 꾸며 정령을 속이기로 작정했지. 그의 죽음의 노래를 부르고, 무덤 집을 짓고, 정령이 먹을 음식을 길바

---

*천막의 흔들림을 이용해 미래를 점치는 자.

닥에 내놓고, 옷도 거꾸로 입혔단다. 사람들은 그가 있는 것도 모르고 말을 했지. 아무도 그의 진짜 이름을 말하지 않았어. 아무도 그를 보지 못했고. 그는 눈에 띄지 않은 채 살았고, 그렇게 살아남은 거야.

그렇게 해서 질병은 모지스를 지나갔지만 그는 마음이 삐뚤어졌어. 전혀 다른 사람이 되었단다. 나중에 기침병이 마을을 덮치자 그는 우리를 두고 매치마니토 호수의 섬으로 영원히 떠나버렸어. 어느 프랑스 노부인의 마당에서 고양이 몇 마리를 훔쳐서. 이듬해 겨울 그는 호수 위를 걸어 시내에 나타났어. 무두질한 줄무늬 고양이가죽을 누덕누덕 꿰맨 옷을 입고. 고양이처럼 살금살금 뒤로만 걸었지."

그날 밤 나는 모지스를 만날 연습을 하며 입술을 팔에 대고 지그시 눌렀다. 젖가슴의 서늘한 꽃들을 만졌다. 그는 내게 말을 걸고, 나를 그윽이 바라보고, 내 가까이 있으려 할 것이다. 물건을 맞바꾸러 가게에 가면 다 큰 남자들이 내게서 시선을 거두지 못했으니까. 어둡고 강렬하게, 나 자신의 힘이 소용돌이쳤다.

"거기로 갈래요." 다음날 아침 나는 나나푸시에게 말했다.

"그는 나이가 너무 많아! 너무 가까운 친척이고! 피를 섞는 건 위험하다!" 러시스 베어가 엿듣다 문을 활짝 열더니 입구에서 반대의 말을 있는 대로 쏟아냈다. "게다가 그자는 위인디구*야! 그의 할아버지가 자기 아내를 먹어치웠다고!"

---

* 굶주린 겨울 짐승.

"겨울이 오면 네가 그를 먹을 거다." 아저씨가 이렇게 중얼거린 것 같았지만, 그는 그저 쌉싸래한 아침 차를 홀짝이며 생각을 말하지 않으려고 애써 참았다. 그는 나중에 내 합법적인 첫 남편이자 첫 실수였던 모리시에 대해 그랬던 것처럼 모지스에 대해서도 나쁜 말을 하지 않았다. 아마 낯선 사람이 내 야생 심장을 길들일 수 있을지 모른다는 희망에서 그랬을 것이다.

떠나기 전날 땅거미가 내릴 때 나나푸시는 부드러운 목소리로 내게 말했다.

"가장 위대한 지혜는 저절로 깨우친다. 가장 풍요로운 계획은 계획이 없는 것이다." 그가 말했다. "아가야, 부디 그 필라저 사람을 조심해라."

아저씨는 내 힘이 내가 아직 모르는 것에서 비롯했다는 사실을 알았다. 섬으로 떠난 뒤에는 그 힘이 내가 알아야 하는 것보다 더 많이, 다른 사람들이 알고 싶어하는 것보다 더 많이 아는 것에서 비롯했던 것과 마찬가지로. 모지스 필라저를 사랑한 뒤에는 모든 것이 달라졌다. 옳고 그름은 동전의 양면이 아니라 의미의 명암이었다.

나는 빨간 격자무늬 드레스에 코가 뾰족한 구두를 신고, 나무못이나 쇠못을 박지 않고 황소가죽을 잇대어 만든 물이 새는 보트로 노를 저어 섬으로 갔다. 섬에 닿자 보트를 호숫가 바위 위로 끌어당겨 나뭇가지 사이에 숨기고 주위를 둘러보았다. 가장 먼저 고양이들이 보였다. 그놈들은 무리 지은 자작나무 아래, 베리덤불 속

에, 가시 돋은 양치식물과 야생 장미덤불 아래서 쉬었는데, 입이
꽃잎처럼 새뜻하고 핏빛 같은 분홍색이었다. 그놈들은 한가로이
눕거나, 냅다 달리거나, 먹이를 잡거나, 따뜻한 통나무나 튀어나온
바위를 하나씩 차지하고 잠들었다. 나무에도, 끊임없이 물결치는
쇳빛 풀밭에도 고양이가 있었다.

나는 스커트 자락을 매만지고 칼라를 바로 했다. 내 머리카락은
짧고 탄력 있고 윤기가 돌았으며, 납 막대기로 말아 곱슬곱슬했다.
신발은 젖어 미끈거리고 시커멨다. 접어 내린 양말은 너무 하얘서
빛이 났다.

니켈. 나는 모지스에게 선물로 주려고 니켈 열두 닢을 헝겊에 싸
서 가져왔다. 시내 학교에 다닐 때 선생님 댁 마룻바닥을 솔로 문
질러 닦고 매주 한 닢씩 번 것이다. 나나푸시에게는 스무 닢을 남
겼다. 감자 한 자루와 작은 라드 덩어리도 챙겨왔다. 나는 사람이
지나다닌 흔적이 있는 길목에서 소리를 질렀다.

바람이 내 목소리를 실어갔고, 나는 텅 빈 울림 속에 서 있었다.

등뒤에서 황동색 나뭇잎들이 바스락거리는 소리와 잔잔한 파도
소리가 들렸다. 새를 잡으려고 높다란 나무에 걸어놓은 튼튼한 거
즈 천이 나부꼈다. 무스*의 뿔로 만든 건조대에서 어망이 말라갔
다. 고양이가 더 많이 보였다. 내가 길을 따라 섬 중심부로 걸어가
자 고양이 그림자가 슬금슬금 멀어졌다. 그것들이 투덜거리는 소
리가 들렸다. 자그마한 생물들이 내 발치로 쪼르르 몰려오거나 내

---

* 북아메리카에 서식하는 큰 사슴.

앞을 지나가며 관심을 끌었다. 하지만 모지스는 여전히 보이지 않았다. 나는 어쩌면 너무 늦었다고, 어쩌면 그가 이미 죽었을지 모른다고 생각했다. 그러자 한편 마음이 놓였다.

그 순간 모지스가 눈앞에 나타났다. 내 앞의 돌의자에 앉아 있었다. 그는 놀랍게도 감히 쳐다볼 수 없을 만큼 아름다웠고 나이를 가늠하기조차 힘들었다. 등까지 내려온 묵직한 머리카락은 허리띠 근처에서 둥글게 말렸다. 얼굴은 오밀조밀 조화로웠고, 각도마저 자로 잰 듯 완벽했다. 내 어머니의 얼굴이 꼭 이랬다. 마니두그*가 만든 것처럼 현실의 존재라고 하기에는 너무 잘생겼다.

나는 선물로 가져온 감자 자루를 그의 발치에 툭 던졌다.

그는 얼굴을 찡그렸지만 내게 그런 건 아니었고, 냉담하고 마음이 딴 데 있는 듯했다. 여전히 자신의 존재가 보이지 않는다고 믿는 것 같았다. 한창 중요한 생각에 몰두해 있는 그를 내가 방해했다는 생각도 들었지만, 어떤 생각이 그의 마음을 빼앗았는지는 알 수 없었다. 셔츠는 거꾸로 입었고 앞머리는 땋아 조가비 하나로 고정했다. 그는 꼼짝하지 않았고, 그의 고요한 시선을 보자 나는 가슴이 콩닥거렸다.

"내가 이렇게 많이 자라서 놀랐겠죠." 나는 머리카락을 만지작거리며 말했다. 털이 곤두서는 것 같았다.

나는 손수건에 싼 니켈을 잘랑거리며 손을 내밀었고, 물건을 맞바꾸어 갱엿을 얻어낸 것처럼 웃었다. 모지스의 얼굴은 여전히 아

---

* 정령 또는 신.

이처럼 매끄러웠다. 뺨으로 흘러내린 머리카락은 파도처럼 출렁였고, 나는 그 반짝이는 윤기가 탐났다. 그에게 머리를 야생 양파즙으로 감았는지, 물고기 뼈로 빗었는지 묻고 싶었다.

"당신은 고양이와 너무 오래 살았어요." 내가 말해도 그는 여전히 말이 없었다. "친척이 왔는데 어떻게 해야 하는지도 모르잖아요."

그는 긴장한 듯 일어서서 내가 그를 볼 수 있다는 사실에 깜짝 놀란 것처럼 돌아섰다. 그리고 집으로 쓰는 동굴로 들어가버렸다. 여전히 옷은 죄다 거꾸로 입은 채였다. 낡은 작업복 바지도, 담요로 만든 셔츠도. 모카신마저 발꿈치에서 끈을 묶었다. 입구에는 탄 냄새가, 무두질한 가죽 냄새가 짙게 배었다. 그가 작은 거울 유리를 들고 다시 나와 내 얼굴을 비추었다. 그리고 가뿐한 걸음으로 잽싸게 내 뒤로 가서 우리가 어떻게 비치는지 확인했다. 그는 다시 거울을 들고 안으로 들어갔고, 다시 나와 양철 손잡이를 붙인 양철 깡통을 내밀었다. 가죽같이 두꺼운 잎을 우려낸 차가 들어 있었다. 늪의 차*였다.

나는 그것을 받아들고 그의 의자에 앉았다.

고양이들이 마당에서 가장 양지바른 곳, 햇볕이 내리쬐는 검은 슬레이트 위에 나른하게 널브러져 있었다. 그놈들은 신기한 듯 내게 달려와 벨벳 턱주가리를 비비대고 보드라운 발바닥을 내 무릎

---

* 흔히 '래브라도 차'라고 부른다. 찻잎은 가죽처럼 질기고, 북아메리카 북서부 해안에서 주로 자라며, 보호구역 원주민이 즐겨 마신다. 여기서는 원문을 살려 '늪의 차'라고 번역했다.

에 문질렀다. 나는 차를 홀짝였다. 피 맛과 양철 맛이 배었지만 달짝지근했다.

나는 모지스 필라저에게 훗날 진실로 밝혀진 거짓말을 했다. 내 어머니이자 그의 사촌인 플뢰르를 찾는다고 말이다. 그녀의 이름을 말하자 모지스는 허리춤에 매단 약봉지를 만지작거렸다. 뿔난 스라소니 그림이 그려진 벨벳에 구슬을 꿰맨 것인데, 비록 나는 공립학교에 다녔지만 그것을 보자 나도 모르게 가슴에 성호를 그었고, 이어서 고양이의 머리를 지그시 눌렀다. 녀석을 쓰다듬고 도닥였다. 귀 뒤를 살짝 꼬집고 손가락 하나를 움직여 목을 쓸어올렸으며, 차가운 실크 공 같은 심장에 닿을 때까지 등뼈 아래를 어루만져 긴장을 풀어준 뒤, 지는 해의 남은 열기에 몸을 덥히도록 놓아주었다.

그는 가만히 지켜보았다. 이윽고 나는 일어서서 모지스 옆으로 갔다. 내 그림자가 길게 드리우며 땅을 덥힌 빛의 열기 속에 시원한 장소를 만들었다. 내가 만든 그늘은 처음에는 쾌적했지만, 시간이 지나자 내가 드리운 어둠의 형상 속에서 그가 몸을 떨었다.

"그림자를 치워줘." 그가 인디언어로 말했다. 기름칠이 필요한 톱처럼 반쯤 녹슨 목소리로.

나는 그가 입을 연 것이 신나서 살포시 웃으며 손을 허리에 야단스레 얹었다. 그가 시킨 대로 비켜섰지만 오후는 한참 지난 뒤였다. 열기는 이미 사라졌다. 동굴 안에서 그는 틀림없이 추워 떨었을 것이다. 나는 초조하게 서성이는 그를 지켜보았다. 그는 파도에 돌멩이를 던졌고, 나뭇잎을 뜯어 갈기갈기 찢었다. 나무 너머로 해

110

가 지자 호수에서 부는 선들바람이 만물을 차갑게 식혔다. 하지만 고양이들은 금화 같은 눈동자로 나를, 또 그를 지켜보았다. 녀석들이 부드러운 털뭉치처럼 몸을 웅크리는 동작은 여유로우면서도 정확했다.

"집에 들어가자고 하지 않을 거예요?" 내가 물었다. "먹을 것은 없어요?"

나는 몹시 배가 고파 그를 나지막한 출입구로 떠밀었다. 동굴 안은 여기저기에서 빛이 났다. 앞쪽은 모르타르를 바른 돌멩이들로 꾸몄는데, 반짝거리는 운모의 뾰족뾰족한 파편들이 박혀 보석 창문 같았다. 가구는 모래와 파도에 쓸려 새틴처럼 하얘진 나무로 짠 것이었다. 밧줄로 나뭇가지들을 묶어놓았고, 벽을 따라 덫 사냥꾼이 쓰는 담요와 손질하지 않은 가죽, 통조림 음식이 한가득 쌓여 있었다. 돌멩이들 틈에 북이 여러 개 놓였고, 화로는 사각형 모양으로 벽을 쪼아 적당한 크기로 만들었는데 까맣게 그을었다. 약하게 타오르는 장작 위에 세 발 주전자가 놓였고, 초록빛 호숫물 속에서는 감자가 보글보글 끓었다.

나는 감자에 소금을 쳐서 먹었는데, 얇고 보드라운 껍질을 벗기다 손가락을 뎄다. 빛은 물기로 아른거렸고, 출입구는 열은색 쐐기가 박혀 비좁았다. 나는 보트를 끌어올린 뒤부터 줄곧 확신이 서지 않았다. 하지만 어둠이 짙어지자 입을 꾹 다물고 포만감을 느끼며 말없이 뿌듯한 마음으로 앉아 있었다.

그는 내게 붙잡혔다.

내가 그의 먼지를 털었고 그의 열기를 내 그림자의 형상 속에서 식혔다. 내가 공기의 긴장을 느슨히 풀었다. 지나간 흔적을 남기는 풀줄기처럼 나는 그에게 몸을 숙였다. 일몰의 마지막 빛이 벌떼가 만든 안개처럼 황금빛으로 동굴 속에서 흔들렸고, 나는 모지스 필라저의 얼굴에서 눈을 떼지 않았다.

그는 내게서 멀어지려다 오히려 가까이로 왔다는 사실을 깨닫고 멈추었다. 그가 입을 벌려 소리를 지르려 했는데 입술이 빨갛게 부어올라 아픈 모양이었다. 그가 손을 뻗어 내 머리타래를 움켜잡고 끌어당겼다. 그리고 웅얼거렸다.

"미안해하지 마요." 내가 말했다.

내 까만 눈동자가 동그래졌고 나의 위인디구 같은 응시가 그의 마음을 사로잡았다. 나는 새하얗게 반짝거리는 이를 보여주었다. 그는 두 손이 움직이는 대로 자신을 내맡기며 나를 어루만졌다. 나역시 내가 내 의지대로 움직이는지 아닌지 알 수 없었다. 마음이 가는 대로 몸을 맡겼다. 나나푸시의 말이 맴돌았다. 가장 위대한 지혜는 저절로 깨우친다. 가장 풍요로운 계획은 계획이 없는 것이다. 내 손가락이 그의 셔츠를, 턱을, 다문 입술을 어루만져도 모지스는 움찔하거나 물러서지 않았다. 내가 어린아이 다루듯 그의 얼굴을 감싸자 그는 깊고 슬픈 소리를 지르며 내게 쓰러졌다. 내게 머리를 기댔다. 나는 호기심에 차서 그가 더 버티지 못할 때까지 그의 어깨를, 등을 계속 어루만졌다. 마침내 그가 화들짝 놀라며 거칠게 몸을 떼어냈고, 머리를 흔들어 머리카락을 흩트렸다. 그러더니 장작불로 달려가 바퀴살처럼 펼쳐진 장작을 발로 툭툭 차 석탄이 있는 쪽으로 밀었다. 벽에 오렌지빛이 일렁이자 우리 그림자가 드리워져 흔들렸다. 우리 몸에서 나온 그 희미한 형체는 아주 거대했다.

우리는 털가죽 둥지에 같이 누웠고, 나는 누가 한 번도 만진 적이 없는 은밀한 곳으로 그의 손을 이끌었다. 하지만 그의 손가락이 탈 듯이 뜨거워 얼른 치웠다. 아이같이 조심스레 그가 내 드레스 단추를 만졌다. 나는 단추를 풀고 알몸이 되었고, 그는 내 눈썹을, 내 팔을 핥고 나를 조금씩 홀짝이며 나를 맛보기 시작했다. 호기심에 차 내 심장 소리를 들었고, 긴 손가락으로 내 쇄골을 부드럽게 눌렀다. 내 귀를 어루만지며 진짜인지 아닌지 알아보려는 듯 살짝 깨물었고 내 콧잔등을 꾹 눌렀다.

갑자기 그의 호흡이 깊어지며 내 귓속을 거칠게 파고들었다. 장작불 빛이 사라지자 그의 끝은 어디이고 시작은 어디인지 나는 알 수 없었다. 어둠으로 만들어진 그는 나를 안고 숨을 쉴 때마다 무게 없이, 여리게, 몸을 들썩였다.

날씨가 바뀌어 더 추워지자 우리는 동굴에서 살다시피 했고, 호수에 목욕하러 갈 때를 빼곤 밖에 나가지 않았다. 얼음 같은 물에 뛰어들면 순간 정신이 아뜩했고 허벅지에서 수증기가 피어올랐다. 그러면 호숫가로 다시 나와 서로 부둥켜안고 수달처럼 몸을 꼬았다. 우리는 들장미 열매와 차가운 감자를 먹었다. 밤이 이슥하면 지칠 대로 지쳐 흐느끼며 서로의 눈물을 마셨다. 고양이들은 우리의 맨살 위를 오르내렸고 우리의 무릎 사이에서 몸을 웅크렸다.

잠이 깨면 그가 옛 언어로, 기억하는 사람도 얼마 없고 시내에 살거나 백인의 옷을 입는 사람들 사이에서는 벌써 잊히고 소실된

낯말들로 말하는 소리가 들렸다. 목소리를 되찾자 그는 계속 웅얼거렸다. 나는 그가 끊임없이 생각하는 소리를 들으면서 혹은 그를 내 몸에 받아들인 채로 잠들었고, 깨어나면 그는 나를 더욱 원하며 자기 몸을 밀어넣었다.

러시스 베어는 입버릇처럼 남자는 여자의 몸을 영원히 떠난 벌로 들어가고 또 들어가야 한다고 말했다. 여자는 완전하다고 했다. 남자는 우리 안으로 들어와야 살 수 있지만, 모지스에게는 그보다 더한 일이 일어났다. 나는 눈빛으로 그를 앞으로 돌려세우고 옷을 바로 입혔다. 어머니가 아기의 걸음마를 도울 때처럼 그를 팔로 감쌌다. 손길로 그의 무덤 집을 조금씩 허물었다. 키스로 그의 입속에 산 자의 음식을 넣었다. 그는 자신의 진짜 이름을 말했다. 나는 그 이름을 꼭 한 번 읊조렸다. 죽은 자를 속인 이름이 아니라 그의 생명이 깃든 이름을.

정령이 우리를 엿들었을까?

이제 그의 이름은 작은 입이었다. 가까운 번개. 가로지른 막대기. 비버. 그는 마주보는 하늘이었다. 끝을 향해 날아가는 매. 진흙을 입은 자. 모든 언덕. 길 위의 발자국. 단단한 하늘. 태양의 그림자. 그는 뿔이 돋은 자였다. 그를 키 큰 절름발이 무스나 늪의 여자 남자로 불러라. 그의 이름은 작은 자였다. 뒷다리와 궁둥이였다. 나타나는 얼굴이었다. 이 이름 가운데 아무것도 아니었다. 나는 그의 이름을 피붙이처럼 끌어안고 절대 놓지 않을 것이다. 그가 산 사람이라는 것을 스스로 알도록 나는 딱 한 번 그 이름을 말했을 뿐이다.

나는 면역이 되지 않았으니 상처 없이 떠날 수 없을 것이다. 작고 노란 가시가 내 살을 찔렀으니 나는 틀림없이 들장미 꽃밭에서 뒹굴었을 것이다. 가시의 독은 욕망이며, 그 독은 내 핏속에 녹아들었다. 그리고 또 고양이들은 나를 저들처럼 만들었다. 반들반들하고 자비심 없는 존재로. 굶주림이 방어력을 잃은 몸뚱이에 탐욕스럽게 찾아온다. 남자들의 뼈를 갈아 차에 타서 밤에 마시고 싶다. 햇볕이 내리쬘 때 그들의 뜨거운 그림자가 몸과 포개지듯 나도 그들에게 들어가고 싶다. 그들에게 음식이, 해로운 음료가 되고 싶다.

지금까지도 나는 아프다.

눈이 내리기도 전에 쓰라린 겨울이 왔다. 호수는 기름처럼 뻑뻑했고, 아침이면 호수에 얇은 얼음이 얼었다 정오가 되면 녹아 사라졌다. 모지스는 시내로 가서 북을 밀가루와 소금으로, 낚싯줄과 낚싯바늘과 등유로 바꾸어 왔다. 가죽은 담요로 바꾸었다. 나나푸시를 찾아가 내 옷가지와 소지품을 챙겨 나뭇짐과 함께 뗏목에 싣고 왔다. 내 니켈 열두 닢을 주고 옷과 초록색 커피 원두와 우유 통조림과 내가 몹시 먹고 싶어하는 복숭아와—나는 지금 아이를 가졌다—학교 조리실에서 봤던 달콤하고 반짝이는 크루아상을 사왔다.

"여기서 평생 지낼 수는 없어요." 어느 밤 내가 말했다. "우린 떠나야 해요."

내가 그의 바람을 자르고 그의 가슴을 긁어 구멍을 낸 모양이었다. 한동안 그는 숨을 쉬지 못했다. 이윽고 그가 나를 와락 당기더니 세게 밀었고, 나는 아기가 다치지 않았을까 걱정했다. 나는 아기를 지키기 위해 그를 힘껏 떼밀었고, 그의 눈빛에서 두려움이 사라지는 것을 보았다. 그는 떠날 수 없었다. 나는 알고 있었다. 그는 그의 섬이었고, 나였으며, 그의 고양이들이었다. 그는 안에서 밖으로 나갈 수 없었다. 밖에서 안으로 들어갈 수 있을 뿐이었다. 그래서 그해 겨울 눈이 내리고, 바람이 우리 위로 눈을 수북이 쌓고, 눈이 우리를 감싸 꽁꽁 언 돌멩이들 속에 봉인할 때까지 나는 그와 함께 동굴에 머물렀다.

엔다니스, 엔다니스, 내 어머니는 여전히 내게 말하고, 내게 노래하고, 그가 모르게 나를 더 깊은 해악으로부터 지켜주었다.

배 속의 아기가 자라면서 우리는 아기를 둘러싸고 하나의 형체로 웅크려 잠들었다. 서로 몸짓으로 말고는 거의 말을 하지 않았다. 말할 필요가 없었다. 내 몸은 점점 불어났고, 견딜 수 없이 땅겼다. 너무 거대해져 나 자신이 무서웠다. 봄이 오자 밤이 짧아졌고, 얼음은 색이 깊어지더니 쫙쫙 갈라져 호수 위를 둥둥 떠다녔다. 우리를 둘러싼 적막한 대기는 쓰라린 검은색이었고, 아기는 배 속에서 몸을 비틀었다. 얼음이 다 녹으면 아기를 낳아야 했다. 나는 두려워서 심장이 쿵쾅거렸다. 여자들은 피를 흘리며 숨졌다. 여자들은 푸른 막대기를 깨물었다. 나는 나를 이끌어줄 산파, 어머니라는 존재가 필요했다. 얼음이 부서지자 검은 물이 넘실댔다. 나는 잠들 수 없었다. 내 심장에 여전히 연결된 이 아기가 나를 아래로 끌어내릴 수도 있다는 걸 나는 알았다. 하지만 매일 아침 아롱거리는 운모에 햇빛이 비치면, 나는 빛을 피해 그의 어두운 품속으로 돌아누웠다.

구슬목걸이
1948

1
마리 캐시포

사람들이 준 모리시를 처음 데려왔을 때 나는 그애를 원하지 않았다. 하지만 결국 떠맡았고, 훗날 사람들이 집 앞 계단에 두고 간 그애의 아들 립샤도 떠맡았다. 먹여 살릴 입이 하도 많아 그애를 원하지 않았다. 밤이 되면 내 자식들을 작은 침대에 포개 재우는 형편이라 그애를 원하지 않았다. 아기 하나는 옷장 서랍에 재울 정도였다. 나는 준을 원하지 않았다. 더러는 빵에 발라 먹는 기름으로 끼니를 연명할 때도 있었다. 하지만 술주정뱅이 두 명이 그애가 어떻게 살아남았는지 얘기해주었다. 숲속에서 송진을 먹고 살았단다. 그애 엄마는 루실, 내 여동생이었다. 그녀는 아이를 숲속에 혼자 두고 외로이 죽었다.

"어떻게 살아남았는지 모르겠다니까." 더는 내 엄마로 생각하지 않는 술 취한 할망구가 말했다.

"루실은 기침을 하며 피를 토했어요." 내 동생 루실과 성당 결혼식을 올리지 않은, 늘 투덜거리는 몹쓸 모리시가 말했다.

"개자식." 내가 말했다. "내 동생이 죽었을 때 당신은 뭘 했어?"

"감자밭에서 일을 했다지." 주정뱅이 할망구가 끼어들었다. 눈이 움푹 꺼졌다. 코는 넙데데했고 뺨은 검은 혈관이 불거져 보였다.

"자기가 만든 오물 속에서 뒹굴었겠지." 내가 말했다.

내가 깨끗이 닦은 마루로 들어오라고 청하지 않았기 때문에 그들은 그저 계단에 서 있었다.

"들고양이를 또 들일 수는 없어요." 내가 말했다. 나는 이 아이에게 갖게 될 감정이 두려웠다. 나는 아주 특별한 자식을 잃는 기분이 어떤 건지 알았다. 아들 하나를 잃었으니까. 죽지 않았으면 이 가엾은 것과 또래였을 딸아이도 하나 잃었다.

그 라자르 인간들은, 뻔히 취해 보이는 계집아이를 중간에 세운 채 하품을 하고 회색 이를 쑤시며 그렇게 서 있었다. 아이는 아홉 살을 넘지 않아 보였다. 똑바로 서 있지도 못했다. 나는 그애를 쳐다보았다. 굶어서 앙상한 뼈, 검은색 끈같이 깡마른 다리, 나라면 돼지를 닦을 때도 쓰지 않을 누더기가 먼저 눈에 들어왔다. 목에는 구슬을 걸었다. 은색 줄에 검은색 구슬.

"이건 뭐죠, 목에 묵주라도 건 거예요?"

그들은 난간에 기댄 채 번갈아가며 허리를 잡고 웃었고, 그 농담을 되풀이하며 야단법석을 떨었다.

"그 퉁방울 눈깔들이 걸어준 거야." 할망구가 말했다. "무지몽

매한 숲속 인디언. 그자들은 이애를 발견하고도 이애가 어떻게 컸는지 알아내지 못했어. 정령이 키웠다고 했지."

"그자들이 그 구슬을 걸어줬어."

"자기들을 보호하려고."

"얼른 꺼져요." 내가 아이의 손을 잡았다. "개를 풀기 전에."

"말 참 곱게 하네." 주정뱅이 할망구가 툴툴거렸다. "말본새가 그 따위로 고운데 자기 똥이나 닦겠나. 항아리에 돈이나 쟁이겠지. 제 어미 대하는 꼴 좀 보게! 이그나티우스!" 그녀가 꽥 소리를 질렀다. 내 아버지 이름이었다.

모리시는 그녀를 끌고 계단을 내려갈 정도의 지각은 있었다.

"프린스!" 내가 소리를 질렀다. "듀키! 렉스!"

개들이 껑충껑충 뛰어왔다. 두 사람은 스르르 힘이 풀린 팔을 서로 의지하며 휘청휘청 가버렸고, 한동안 라자르 족속의 모습은 보이지 않았다.

그렇게 나는 그애를 떠맡았다. 그리고 키웠다. 얼마 지나지 않아 나는 내 자식 누구보다 그애를 더 꼭 끌어안고 싶어하게 되었다. 그애는 나 같으면서도 또한 나 같지 않았다. 이따금 그애가 일라이와 더 닮았다는 생각이 들었다. 일라이 안에 숲이 있듯 준 안에도 숲이 있었다. 어쩌면 더 많이 있었을 것이다. 그애는 송진을 빨고 풀을 뜯고 사슴처럼 꽃봉오리를 따 먹었다고 했으니까.

라자르 성을 가진 사람 가운데 어떻게든 쓸모 있다고 생각한 유일한 사람이 루실이었기 때문에 나는 처음부터 이애가 내 여동생과 닮은 구석이 있는지 찾았다. 나는 끓인 물 한 주전자와 등유통을 들고 여름에 욕조를 두는 오두막 뒤로 그애를 데려갔다. 머리에 등유를 바르고 헝겊과 빗으로 서캐를 긁어냈다. 두피에 등유를 바르면 얼마나 홧홧한지 나는 알았다. 하지만 그애는 꼬떡도 하지 않았고, 눈을 질끈 감고 고통을 견뎠다. 그애가 유일하게 루실과 닮은 점이었다.

이 가여운 아이의 더러운 몸을 문지르고 상처에 연고를 발라주면서, 그 점 외엔 라자르나 모리시의 특징이 보이지 않아 다행이라 생각했다. 이 아이는 정말로 노인들이 마니두그, 숲속에 사는 보이지 않는 사람이라고 부르는 그들의 자식 같았다. 준을 씻어주면서 악마가 건드리지 않았다는 것을 알았다. 그런 흔적이 전혀 없었다. 상처만 나으면 완벽할 것이다. 얼굴을 덮은 머리카락을 잘라주면 예뻐 보이기까지 할 것이다. 루실과도, 나와 피가 섞인 그 누구와도 닮지 않은 것 같았다. 놀랄 일은 아니지만 그 때문에 이애가 더 좋았다.

사람답게 먹이기 시작하자 그애의 외모는 반짝반짝 빛났다. 나는 젤다의 드레스 한 벌과 고디의 바지 한 벌, 내 블라우스 한 벌을 줄였다. 그애가 끝내 몸에서 떼어놓지 않은 것은 구슬목걸이뿐이었다. 그 구슬은 평범한 보석이 아니라 신성한 구슬이니 빼야 한다고 타일러도 소용없었다. 그애는 뒤로 물러서더니 그것을 손에 꼭 쥐었다. 내가 안 보는 틈에 다른 사람들이 그애를 놀리고 구슬을 뒤에서 슬쩍 잡아채도 그애는 늘 그걸 하고 다녔다. 그애에게 악마는 붙어 있지 않았다. 있었다면 내가 봤을 것이다. 아이가 하는 말은 두 마디를 넘지 않았고, 오럴리어가 팔을 꼬집거나 고디가 그애

접시에서 빵을 슬쩍해도 맞서지 않았다.

그런 일이 자꾸 생기다보니 나는 그애 편을 들기 시작했다.

"고디, 그만." 내가 말했다. "그렇게 머리를 잡아당기니까 너를 싫어할 수밖에."

그애가 입이 아닌 위로 치뜬 커다란 검은 눈으로 또렷하게 말하는 목소리를 넘겨받아 내가 그 목소리가 된 것 같았다. 처음에는 그애를 좋아했기 때문에 그애의 생각을 안다고 착각했지만, 그애 마음속에서 벌어진 일을 전혀 몰랐다는 것을 나중에야 깨달았다.

아이들은 숲에서 놀기를 좋아했고, 나도 아이들이 숲에서 노는 것이 좋았다. 아이들은 온종일 뛰고 맘껏 소리 질렀다. 나는 오후에 혼자 집에 있는 시간이 좋았다. 아기들은 잠들었고, 넥터는 누군가의 들로 일하러 가고 없었다. 그러면 혼자 생각할 시간이 생겼다. 꼭 가만히 앉아 생각할 이유는 없었다. 필요한 것은 단지 고요한 시간이었다. 열심히 집안일을 하며 댐에서 물이 빠지듯 생각이 흘러가게 두었다. 그날도 버터를 만들면서 생각에 잠겼다. 크림을 한 번 저을 때마다 넥터를 어떤 사람으로 만들지에 대한 생각이 조금씩 전진했다. 나는 계획이 있었고, 그가 아무리 그 계획에서 달아나려 해도 소용없었다. 처음부터 내가 머리 좋은 남자와 결혼했다는 건 알았으니까. 하지만 그에게서 술병을 떼어놓지 않는 한 머리는 문제도 아니었다. 그가 술을 마실 때마다 내가 뚜껑을 닫지 않으면, 그를 녹초로 만든 뒤 침대로 끌고 가 튼튼한 밧줄로 묶지 않으면, 술과 함께 자기 머리도 하수구로 부어버릴 것이다.

나는 그를 이 보호구역에서 대단한 인물로 만들 작정이었다. 구체적인 계획은 아직 없었지만 그렇게만 되면 성당에서 나올 때 "더러운 라자르 족속"이라고 수군거리는 소리를 듣지 않아도 될 것이다. 여자들은 나처럼 되고 싶어할 것이다. 이 마리 캐시포처럼. 내 어머니와 그녀가 허리띠로 쓰는 낡은 담요 쪼가리를 생각하다 크림을 하도 힘껏 젓는 바람에 크림이 나무젓개에 붙어버렸다.

그 순간 고함치는 소리가, 젤다의 앙칼진 목소리가, 뭔가 고자질할 일이 있을 때 나오는 그 어조가 들렸다. 이어서 젤다가 헐레벌떡 문을 열고 들어왔다.

"이번에는 또 뭐니?" 고디가 젤다의 머리카락에 까끌까끌한 씨앗이라도 붙었나보다 생각하며 물었다.

"준을……" 젤다가 헐떡였다. "엄마, 숲속에서 준을 목매달려고 해요!"

나는 의자에서 벌떡 일어섰다. 나를 끈으로 묶어 홱 잡아당기는 느낌이었다. 나는 소스라치게 놀라 미친 듯이 들판을 달려갔다. 그곳에 이르자 고디가 높은 나뭇가지에 밧줄을 던져 올리고 서 있었다. 밧줄의 다른 쪽 끝은 준의 목에 느슨하게 걸려 있었다.

"더 꼭 묶어야지." 준이 또랑또랑한 목소리로 말했다. "그래야 내 몸이 올라간단 말이야."

나는 허겁지겁 달려갔다. 부랴부랴 그 올가미를 벗겼다. 고디의 귀를 붙잡고 궁둥이를 찰싹 때려주었다. 덤으로 오럴리어도 흠씬 때려주었다. 다 때리고 나서 아이들을 패대기치듯 내려놓고 노려보며 숨을 헐떡였다.

"네가 무슨 일을 저지를 뻔했는지 아니?" 내가 소리쳤다.

"저애가 자기를 목매달라고 시켰어요." 고디가 말했다. "같이 놀이를 했는데, 저애가 말 도둑이었어요."

"저애가 시킨 거예요." 오럴리어가 말했다. "밧줄을 묶으랬어요."

나는 아이들의 거짓말에 더 화가 났다.

"밧줄을 어디에 걸면 되는지 내가 보여주지." 내가 소리쳤다. 그리고 고리를 만들어 아이들의 목에 걸려는데 가느다랗고 메마른 소리가 들렸다. 뒤를 돌아보았다. 준이 눈물 없이 흐느끼는 소리였다.

그애가 똑바로 서 있었다. 비쩍 마른 큰 키로, 아무런 희망 없이, 죽은 사람의 손목에 두르는 것처럼 자기 손목에 묵주를 감고.

"아줌마가 다 망쳤어요." 그애는 겨우 그 말만 내뱉고 물기 없는 눈을 깜박였다. "내가 말 도둑이었어요. 애초에 목매달기로 했다고요."

그애의 말에 나는 어안이 벙벙했다.

"아가야." 내가 말했다. "놀이가 뭔지 모르는구나. 놀이에서 정말 그렇게 하다간 목매달려 죽는단다."

그애가 고개를 숙였다. 무엇이 진짜고 무엇이 진짜가 아닌지 그애가 안다는 확신이 들었지만 어쨌거나 내가 망친 셈이었다.

"썩을 할망구." 그애가 중얼거렸고 나는 믿을 수 없었다.

"뭐?"

"썩을 할망구." 그애가 다시 큰 소리로 말했다.

나는 그애의 셔츠 뒷덜미를 움켜잡고 그애의 발이 바닥에 닿을 새도 없이 쌩하니 들판을 가로질렀다. 그애는 나뭇잎처럼 가벼웠다. 집에 돌아오자 그애를 패대기쳤다. 턱주가리를 잡고 입속에 비누 조각을 한 움큼 처넣었다. 그때까지 내 자식들은 내게 욕한 적이 없었다. 그애가 침을 뱉으며 조잘거렸다.

"늙은 암탉 같으니!" 그애가 다시 씩씩거렸다. 잔뜩 독이 오르고 비누 때문에 안색이 붉으락푸르락한 것을 보면서 나는 그애가 자기가 한 말의 뜻은 아는지 궁금했다. 가슴에 총이라도 맞았나? 다른 아이들은 두렵기도 하고 그애가 받은 벌에 짜릿하기도 한지 입을 헤벌쭉 벌리고 문 안쪽을 들여다보았다.

"가서 할 일이나 해!" 내가 말했다. 아이들은 부리나케 돌아서서 머리카락을 휘날리며 사라졌다. 나는 준을 앞에 앉히고 찬찬히 뜯어봤다.

나처럼 용감한 아이, 그게 준이었다. 틀림없이 비누 조각이 목구멍에 걸렸을 것이다. 하지만 그애는 내가 쥐여준 행주에 그것을 조심스레 뱉기만 했다. 내게는 눈길도 주지 않았다.

"나를 봐." 내가 말했다.

나는 그애의 머리를 내 쪽으로 돌려 그 슬프고 검은 눈동자를 들여다봤다. 언덕을 뛰어내려오는 것처럼 한참 쳐다보았다. 그애도 진지하게 눈을 깜박이며 내 시선을 맞받았다. 그 눈빛에는 손댈 수 없는 슬픔이 깃들어 있었다. 그것은 상처난 자리였고 상처는 깊었으며 숨쉴 때마다 찌르는 고통을 주는 부러진 갈빗대처럼 늘 그애와 함께했다. 나는 그애의 손을 잡았다.

"준 모리시." 내가 말했다. "네 엄마는 내 동생이었단다."

그애는 나를 쳐다보았지만 여전히 말은 없었다.

"네 엄마는 죽었어." 내가 말했다.

아이의 속눈썹이 움찔했다.

"여기서 내 딸로 살아도 좋아."

이윽고 그애가 표정 없이 말했다. "어쨌거나 상관없어요."

어쩌면 상관있고 어쩌면 상관없었을 것이다. 그애는 마음을 굳게 닫고 지냈다. 그 무렵 넥터는 보잘것없는 봉급과 내기 당구용 칩과 가내 양조 와인이 아니면 다른 일에는 아무 관심도 보이지 않았다. 나는 자식들의 끼니를 챙기지 않을 때는 늘 넥터를 쫓아다녔다. 밀실이란 밀실은 죄다 알았다. 술집에서 한창 흥이 오른 그의 손에서 돈을 빼앗았다. 그에게는 땡전 한 푼 남기지 않았다. 그는 돈이 필요하면 집에 돌아와 사정했다. 그래서 그 무렵에 나는 자식들에게 많은 시간을 쏟지 못했고, 여름에 일라이가 돌아오자 기뻤다.

짐승의 털이 가늘어지는 봄과 여름이 오자 일라이는 자주 집 근처에 나타났다. 그는 땅 반대편 끝에 있는 진흙으로 틈을 메운 오두막에서 혼자 살았다. 그는 떠돌이 팔자에 누구의 남편도 될 수 없는 사람이었지만 나는 그가 좋았다. 일라이는 술을 마셨지만 진탕 퍼마시지는 않았다. 말수도 적었다. 우리는 이따금 저녁 내내 같이 있었지만 그는 말을 별로 하지 않았다. 하지만 아이들과는 쉽게 대화했다. 나는 엿들었다. 그는 아주 가까이 있는 뭔가에 살금살금 몰래 다가가듯 나직하고 은은한 목소리로 말했다. 그는 아이들에게 고기는 어떻게 저미는지, 새소리는 어떻게 구별하는지, 손가락으로 어떻게 플루트 소리를 흉내내는지 보여주었다. 그가 준을 가르쳤다.

혹은 준이 그를 가르쳤다. 그들이 덫을 들고 숲으로 가면 빈손으로 돌아올 때가 없었다. 물새를 잡으러 늪으로 가면 작고 검고 번들번들한 새를 한가득 자루에 담아 집으로 돌아왔다. 그 무렵 넥터는 집에 거의 없었다. 늦게까지 일하거나 노름을 하러 살금살금 기어나갔다. 우리는 새를 구워 먹고 남은 잔뼈를 식탁 한가운데에 수북이 쌓았다. 일라이는 노래를 불렀다. 성스럽지 않은 야생의 노래를. 듣는 이를 외롭게 하는 크리족의 노래를. 사슴이나 여자를 홀리는 사냥 노래를. 노래할 때는 그도 수줍어하지 않았다. 나는 옷 수선을 계속했다.

그가 들락거리기 시작하면서 그애의 말수가 점점 많아졌다. 그애가 쓰레기 더미에서 챙 있는 낡은 모자를 찾아내더니 일라이처럼 살포시 눌러썼다. 시간이 지나면서 나는 그애가 그러는 이유를 깨달았다. 숲속에서 있었던 일로 인해 그애는 엄마라는 존재를 믿을 수 없었다. 하지만 일라이는 달랐다. 일라이도 송진을 씹을 수 있었다.

할망구들이 늙은 암탉처럼 꼬꼬댁거리기 시작했다.

일곱 가지 감각. 당시 그 할망구들은 스캔들을 감지하는 일곱 가지 감각이 있었다. 그들이 우리 집으로 찾아온 것은 그저 시간을 보내기 위해서였다. 나는 커피를 끓여 대접했다. 그들은 내가 냄새만 맡아도 알 수 있는 부류의 여자들로, 구일기도를 바치고 종교 기념일을 지켰으며 신부들을 우습게 알았다. 그들은 내 집에서 무슨 일이 일어나는지 궁금해서 안달복달했다.

"넥터는 어디 갔나?" 환한 대낮처럼 순진한 레이디 블루 노파가 묻는다. 그가 인디언 지역사무소의 펌프실 뒤쪽에서 곤드레만드레 취해 기절해 있는 것을 본 것 같단다. 절대 그이일 리가 없다!

"자네 시숙 일라이가 지금 여기 산다며?" 교활하고 쪼글쪼글한 콩꼬투리 같은 할망구!

"그애는 어떻게 지내는가?" 늙고 뚱뚱한 라뤼가 말한다. "그애가 일라이와 늘 붙어다니던데 그렇게 돼도 괜찮은가? 둘이 숲에서 걸어나오는 걸 봤지. 자루에는 뭘 넣어온 건가?"

나는 웃기만 할 뿐 빈틈을 보이지 않는다. 그리고 전세를 뒤집어 그들에게로 화제를 돌린다. 그들은 내가 시내에서 어떤 이야기를 주워들었는지 모르니까.

"아드님은 어떻게 됐어요? 국경을 넘다니 참 안됐어요. 그 방법밖에 없었다던데, 아드님의 갓난아기를 맡으실 건가요?"

"아주머니를 위해 드리는 말씀인데요. 아저씨가 술병을 봉지에싸서 라마르틴 씨 집으로 가시던데요, 블루 아주머니."

"심장은 좀 어떠세요? 따님이 아주머니를 버리고 떠났다던데 어떡하면 좋대요."

이 늙은 까마귀들에게 그들의 불행한 삶을 굳이 일깨우고 싶은 마음은 없었다. 하지만 나도 내 계획을 지켜야 했다. 다만 계획에 일시적인 차질이 생겼을 뿐이다. 넥터가 멋대로 사는 것도 이번이 마지막일 것이다.

어느 밤, 그리고 그다음 밤에도 그는 돌아오지 않았다. 그 이튿날 밤 일라이가 늦게까지 노래를 불렀고 아이들은 앉은 채로 잠이 들었다. 아이들을 안아서 간이침대 하나에 끼여 눕히고 팔과 다리를 퍼즐 조각처럼 맞추었다. 차곡차곡 누인 뒤 우리는 부엌으로 돌아왔다. 대체로 일라이가 집으로 돌아가는 시간이었다. 하지만 그는 떠나지 않고 식탁에 앉아 쌈지에서 담배를 꺼내 말았다.

그건 아무것도 아니었다. 나는 길게 찢어진 옷을 기웠다. 긴 솔기도 꿰매 붙였다. 그건 아무것도 아니었다. 하지만 그의 시선이 내게 머무는 것 같아 고개를 들어 쳐다볼 수 없었다. 손에 든 옷을 뒤집었다. 램프가 활활 타올랐다. 나는 눈동자처럼 말갛고 반들거리는 호숫가 돌멩이를 생각했고, 그의 호리호리한 손을 생각했다. 그러자 도저히 움직일 수 없었다. 꽃의 입처럼 술이 달린 검고 흔들리는 뭔가가 우리 사이의 공간에 점차 쌓여갔다. 그가 일어서는 기척이 느껴졌다. 보드랍고 얼룩이 묻은 그의 옷이 부스럭거리는 소리가 들렸다. 그가 한 발짝 다가왔다. 바닥이 삐걱거렸다. 그 소리에 나는 어쩔 줄 몰랐고, 손은 얼어붙었다.

"마리?" 그가 나지막이 불렀다.

나는 고개를 들지 않았다.

내가 대답하지 않자 그는 문으로 걸어가 간다는 말도 없이 나가버렸다.

나는 고개를 번쩍 들었다. 눈앞에 준의 얼굴이 있었다. 그애가 공기처럼 소리 없이 침대에서 빠져나와 문앞에 서서 자기가 감지한 무엇을 가만히 기다렸다. 무엇을 느꼈는지도 모른 채. 나는 바늘을 내려놓았다.

"이리 오렴." 내가 말했다.

그애는 꿈속을 걷듯 다가왔고, 나는 처음이자 마지막으로 그애를 무릎에 앉혔다. 끌어안고 머리를 쓰다듬으며 노래를 흥얼거렸다. 그애는 고르고 순하게 숨을 쉬며 잠든 척했다. 나는 그애의 목에 걸린 구슬을 어루만졌다. 그러자 정말 잠이 그애를 데려갔다. 긴장이 사라졌고, 숨소리가 깊어졌다. 빈 자루처럼 축 늘어졌다. 나는 그애의 무게 때문에 다리가 무감각해질 때까지, 램프의 심지가 다 타들어갈 때까지 그애를 안고 있었고, 바닥이 삐걱거리는 소리와 함께 넥터가 돌아왔다.

나는 의자에 앉은 채로 잠이 들었다. 그가 얼마나 오래 서 있었는지, 아이를 보듬는 나를 얼마나 오래 지켜보았는지 나는 모른다. 그를 보니 뭔가 쓰라린 일을 겪은 것 같았다. 눈이 벌겋고 수척해 보였으며 술에 잔뜩 취했다. 내가 눈을 뜨자 그가 양손을 주머니에 넣어 더듬거렸다.

그는 지폐와 동전과 꼬깃꼬깃한 달러를 꺼내 수선할 옷 위에 내려놓았다. 모자에 두른 띠에서도 꺼냈다. 구두에서도 꺼냈다. 양말에서는 돌돌 만 지폐가 나왔다. 허리띠에 찔러둔 지폐도 빼냈다.

"이제 이리 오렴." 그가 말했다. 꼬깃꼬깃하게 접힌 지폐가 마치 윙크를 하는 것 같았다. 나는 꼼짝도 하지 않았다. 그가 허리를 숙여 준을 안아올렸다. 그리고 애들이 자는 작은 침대에 내려놓고 내가 있는 부엌으로 돌아왔다.

그 돈이 어디서 생겼는지 묻지 않았다.

나는 그의 손길 아래 가만히 누워 있었다. 호숫가 돌멩이처럼 그의 흐름에 몸을 맡겼다. 파도처럼 그가 내 몸을 덮쳤다. 그리고 왔다 간 흔적도 없이 파도처럼 물러갔다. 이전처럼 나는 잔잔해졌다. 깊은 잠에 빠졌고, 눈을 뜨니 그는 가고 없었다.

온종일 아이들과 있으면서 나는 뭐라 이름 붙일 수 없는 나직한 슬픔에 잠겼다. 내 속의 뭔가가 쪼그라들어 가슴 깊은 곳에서 단단해졌다. 그리고 한 가지 더. 그는 심지어 동전 하나 남기지 않고 떠났다. 부엌에 가보니 식탁에는 아무것도 없었다. 어쩌면 그는 애초에 집에 오지 않은 건지도 몰랐다. 너무 큰 실망감에 이번에는 밖으로 나가 그를 끌고 올 수도 없었다. 너무 깊은 절망에 빠져 그애가 걱정스러운 표정으로 살며시 내 옆에 다가왔는데도 놀라지 않았다. 내게 말을 거는데도 놀라지 않았다.

나는 간밤에 우리가 앉았던 그 의자에 앉아 감자 껍질을 벗겼다. 물론 그애는 그 일은 모른 채 잠들었으니 기억도 하지 못할 것이다.

"일라이와 같이 살고 싶어요." 그애가 자기를 목매달라고 지시했을 때와 같은 그 또랑또랑한 목소리로 말했다. "일라이의 집으로 갈래요."

"그렇다면 가거라." 내가 말했다.

나는 계속 감자 껍질을 벗겼다. 한 번만 길게 돌려 깎으면 끝이다. 그애가 문을 열고 나가도 나는 쳐다보지 않았다. 그리고 계절이 지나 만물이 옷을 벗고 무자비하게 쏟아지던 비가 깨끗한 눈송이로 바뀔 무렵에야 실타래와 헝겊 쪼가리와 핀을 넣어두는 라드 깡통에 손을 집어넣었다. 손이 닿기도 전에 알았다. 그애의 검은 구슬목걸이가 거기 있는 것을.

나는 기도하지 않는다. 어린 시절에 신에게 애원하는 모습은 절대 보이지 않겠다고 맹세했다. 원하는 것이 있으면 스스로 구할 것이다. 내가 성당에 가는 이유는 오로지 늙은 암탉들이 나를 낙심시킬 수 없다는 것을 보여주기 위해서다.

나는 기도하지 않지만 이따금 구슬목걸이를 만진다.

그것은 비밀이 되었다. 나는 절대 들여다보지 않고, 아무도 없을 때 그저 손가락으로 그것을 만지작거릴 뿐이다. 즐거운 시간이다. 만지작거릴 때마다 작은 돌멩이를 생각한다. 호수 밑바닥에서 파도에 정처 없이 휩쓸리며 반드럽게 깎이는 돌멩이. 많은 사람들은 그 돌멩이를 따스하게 느낄 것이다. 하지만 나는 파도에 깎여 자꾸만 작아지다 마침내 사라지는 돌멩이가 전혀 따스하지 않다.

2

넥터의 어머니는 무기 하나 없이 맨손으로 곰을 잡아 그런 이름이 붙었다. 내가 듣기로 그녀의 당찬 공격에 곰이 물러났다고 한다. 나도 마찬가지였다. 나는 러시스 베어와 정면으로 붙지 않는 법을 터득했다. 그래서 어느 아침 그녀가 나타났을 때 못 본 척했다. 그녀는 늪에서 총을 바투 보듬고 갈대숲을 지켜보았다. 청둥오리를 맞히려고 총알을 쏘아대며 새 울음소리를 냈다.

고디는 그 소리에 그녀가 무엇을 잡았는지 보려고 뛰쳐나갔다. 나는 헛간으로 돌아서면서 무슨 일이 생겨도 쳐다보거나 말하거나 신경쓰지 않겠다고 결심했다. 내 아들 고디가 젖은 바지에서 물을 뚝뚝 흘리며 한 손에 새를 들고 나타났다.

"할머니가 언덕을 올라오세요."

"깃털을 뽑으렴." 내가 말했다.

소젖을 짜고 크림을 걷는데 어느새 그녀가 내 뒤로 왔다. 그녀의 예리한 시선이 내 스웨터를, 풍성한 남자용 셔츠를 꿰뚫어보는 것이 느껴졌다. 그녀는 아기를 많이 받아서 내가 몇 개월인지 정확히 알았다. 나는 돌아보며 그녀를 내 어머니처럼 맞았지만, 내가 그녀의 바람에 어긋난 만큼 그녀 역시 내 바람과는 어긋났다. 이목구비가 뚜렷한 그녀의 얼굴은 가느다란 뼈가 다 드러나게 살을 깎은 것 같았고, 걷잡을 수 없이 시들고 점점 증발해 꼭 자기 고집만 남은 것 같았다. 성난 수녀와도 맞서보았지만, 일가붙이를 만나도 전혀 두렵지 않았지만, 그 프랑스 신부조차 무섭지 않았지만, 넥터가 취하지 않았을 때 그를 부추기러 오는 사내들도 야멸치게 쫓아냈지만, 러시스 베어만 나타나면 나는 신경이 곤두섰다.

그녀는 크림이 든 자그맣고 하얀 깡통을 들여다보더니 양이 그것밖에 안 되냐며 혀를 찼다. 그 무렵 나는 크림을 모아 팔고, 버터를 만들고, 퀼트를 꿰매고, 남의 옷을 깁고, 댄스파티용 옷에 구슬을 다는 등 넥터 없이 살기 위해 할 수 있는 일은 뭐든 다 했다. 심지어 키우던 고양이와 새끼고양이까지 팔려고 했고, 찻잎이나 베리도 따서 말렸다. 나는 고디 손에 들린 러시스 베어의 청동오리를 보고 가게에 내다 팔고 싶었지만 차마 그러자는 말은 하지 못했다. 초크체리로 버티려면 소금, 밀가루, 설탕 같은 기본 식료품이 필요했고 드레스나 바지 옷감을 살 돈도 필요했다. 게다가 그녀가 이곳에 오래 머물 생각임을 깨달은 순간 그녀가 좋아하는 특별한 것들을 마련할 돈도 필요하겠다는 생각이 들었다. 관절염에 좋은 연고나 족욕용 소금, 식탐을 달래줄 당밀 같은 것. 돈이 들지 않는 것은 배 속의 아기뿐이군. 나는 스스로 위로했다.

준 때문에, 준을 곁에 두고 싶은 마음이 컸기 때문에 이 아이를 딸이라고 생각했다. 하루하루 살기도 벅찼지만 나는 아기를 원했다. 내 삶은 부드러움이, 달콤한 숨결이 부족했다. 앞으로 어떻게 해도 좋은 일이 생길 것 같지 않았지만 이 아기만큼은 혼자 소유하고 싶었다.

"상하기 쉽겠구나." 내가 저장해둔 크림을 보고 러시스 베어가 한마디했다.

"냄새가 고약하구나." 그녀의 잠자리로 쓸 유일한 공간을 보더니 말했다.

"지긋지긋하구나!" 그녀는 자기가 본 모든 것과 우리가 하는 모든 일을 싫어했다.

그녀가 냄비를 집어던지고 나무막대기로 벽을 치기 시작했다. 그녀는 늙은 여자의 두려움으로 활활 타올랐다. 곧 깃털과 스위트그라스*로 꼰 끈을 들어올려 집을 축복하기 시작했다. 그녀의 축복은 바위도 들어올린다는 것을 우리는 알았다. 하늘에서 내려받은 좋은 말은 싹 내다버렸는지 이제 저주의 말을 퍼붓기 시작했다.

"여기서 떠나세요." 그녀가 내게 욕을 퍼붓기 시작하자 내가 쏘

---

* 향이 좋은 긴 풀로 아메리카 원주민의 의식에 주로 쓰인다.

아붙였다. 그녀의 아들이 부재한 것은 참을 수 있었지만, 아들의 엄마라는 존재는 참을 수 없었다.

"도저히 못 참겠어요." 그녀가 점점 심하게 악을 쓰자 내가 말했다.

"그렇다면 직접 내쫓아드리죠." 나는 그녀에게 바짝 다가섰다.

그러자 그녀는 마침내 얌전해졌고, 애써 자제하며 독수리 깃털로 얼굴을 쓸고 그 끝에 달린 아름답고 푸른 구슬을 만지작거렸다. 거기에는 그녀가 꿰맨 흰 사슴가죽 술 장식이 기념으로 달려 있었다. 그녀의 목소리는 먼 곳에서 들리는 듯 아주 작았다. 그녀가 내게 말했다. "여기 말고 갈 곳이 없구나."

그렇게 그녀는 길들었고 여기에 머물렀다. 삶의 쓸쓸한 끝자락을 바라보다 불현듯 나밖에 붙잡을 사람이 없다는 걸 깨달았을 것이다. 그뒤로 하루하루를 보내며 나는 그녀가 내 외로움의 형체를 알아챈 것 같다는 사실을 깨닫고 놀랐다. 어쩌면 그녀의 외로움과 같다고 생각했을 것이다.

나는 엄동설한에 막내 아기를 낳았는데, 그날 밤은 이루 말할 수 없이 추워서 국자가 부엌에 놓인 물통에서 얼어붙을 정도였다. 깊은 잠에 빠져 불을 꺼트린 것은 나였고, 그런 사정을 정확히 파악한 것도 나였다.

처음 진통이 왔을 때 나는 어둠 속에서 눈을 뜬 채 꼼짝 못하고 누워 있었다. 그때 산통이 잔물결처럼 일기 시작했다. 아마도 오후에 아기가 나올 것 같았다. 잠으로 힘을 비축하려고 했지만 자꾸 눈이 뜨였다. 내 아이들의 숨결이, 그 늙은 여자의 숨결이 얼어붙을 것같이 추운 공기 속에 피어오르는 것이 보였다.

나는 잠이 들었고 아기를 순산하는 꿈을 꾸었다. 아들이었는데, 그 아이가 "저 여행가방을 열어보세요"라고 했다. 처음에는 기분 좋게 잠에서 깼지만 진통이 또 오자 앞으로 겪을 일이 속속들이 보였다.

그날 정오 무렵 젤다가 넥터가 돌아왔다고 알렸다.

"병원으로 가자." 그가 말했다.

나는 싫다고 했다.

"겁에 질렸군." 그가 말했다. "그렇게 겁에 질려서는 백인 의사한테 놀림받겠어."

그는 매정하게 입을 다물고 기다렸다. 나는 볼품없고 얼굴도 거칠었지만 그는 여전히 잘생겼다.

"난 아기를 받을 줄 몰라." 그가 말했다. 그는 표정을 감추고 부드럽게 말하려고 애썼지만 짜증이 전류처럼 흘렀다.

"누가 너한테 부탁했니? 플뢰르 필라저를 부를 거야."

키가 그의 어깨에 못 미치는 러시스 베어가 그의 뒤에 눈을 부릅뜨고 서 있었다. 그녀가 뒤에서 그를 흔들자 그는 더는 말하지 않았다.

나는 웃었다. "누가 두렵대요?"

필라저는 숲속에서 정령과 함께 살았다. 그녀는 사람들이 다니지 못하게 통나무로 길을 막고 덤불이 뒤엉켜 무성하게 자란 곳에서 자신의 집을 지키며 나나푸시를 돌봤다. 호수의 그쪽 땅은 그녀 소유였다. 두 번 잃었고, 두 번 되찾았다. 그녀는 네 번 돌아왔다. 이제 그녀는 모카신을 신었고, 머리를 길러 땋았으며, 시내까지 걸어다녔다. 또 수녀들이 그녀를 경멸하듯 그녀도 수녀들을 경멸했고, 신부를 찾아갔다. 그녀는 고해성사를 하지 않았지만 다미앵 모데스트 신부가 그녀에게 죄를 고백했다는 말이 나돌았다. 소문이 나돌자 그녀는 용서도, 돈도, 원조도 받지 못했다. 러시스 베어는 또다른 아들 일라이가 한때 그녀를 사랑해 그곳을 들락거렸다는 소문 때문에 속이 뒤집히기는 했지만 플뢰르가 의술에 정통하다는 사실은 인정할 수밖에 없었다.

러시스 베어가 내 남편에게 꼼꼼히 일러주었다.

"여태 딱 하나 쓸모 있는 짓을 했구나." 그녀는 말하더니 화가 치미는지 입술을 깨물었다. "그짓 하나는 잘하지. 필라저를 데려와. 학교에 가서 아이들도 데려오고, 시내에 맡길 곳을 찾아보거라."

그가 떠나자 한동안 우리뿐이었다.

나는 느긋이 휴식을 취하며 견뎌보려고 애썼지만 점점 빨라진 진통에 붙들리고 풀려나기를 반복하며 몸을 움찔거렸다. 날씨는 맑았고 햇빛이 창문으로 쏟아져들어와 방 구석구석을 비추었다. 러시스 베어가 장작을 더 넣자 공기가 훈훈해졌고, 파리 한 마리가 깨어나 유리창에 날개를 비비댔다. 다른 아이들은 모두 밤에 태어났다. 이 시간에 누워 있은 적은 없었다.

나는 정신을 추스르려고 했지만 자꾸 혼미해졌다. 이따금 저멀리 높은 파도에 떠밀려 돌아다니는 내 모습이 보였다. 주위를 둘러보자 방이 움직였다. 총걸이와 램프, 넥터의 책을 꽂은 선반, 작년에 내가 그림을 팔아 마련한 나무세공 옷장이 솟구쳤다 떨어졌다.

내가 손을 내밀자 러시스 베어가 잡았다. 다음 진통이 오자 나는 고개를 돌렸다. 그녀는 손을 놓지 않았다.

"니마마."* 내가 말했다. 죽을 거라고 생각하면서.

주변의 모든 것이 멈추었다. 벽이 정지했다. 정령들의 작은 빛이 방 안으로 들어와 벽을 빙 둘러 사방에서 깜빡거렸지만 나는 두렵지 않았다. 은빛 유령의 빛이 원을 이루며 고통을 단단히 묶어 외벽 밖으로 끌어냈다. 나는 죽지 않고 일어나 앉았다. 플뢰르가 와 있었다.

나는 밑단에 얼룩이 묻은 낡은 면 잠옷을 입은 채였다. 하지만 여기 여자들은 그런 것에 신경쓰지 않았다. 아무도 이런 말은 하지 않았다. "머리가 덤불 같구나. 좀 매만져야겠는데." 이런 말도 하지 않았다. "이 년 전만 해도 허리가 소녀처럼 가늘더니." 아무도 내 발목이 얼마나 튼튼해졌는지, 가슴둘레가 얼마나 커졌는지 눈여겨보지 않았다. 아무도 묻지 않았다. "귀걸이 좀 하지 그러니? 립스틱은 안 바르니? 스타킹은 안 신어?"

러시스 베어는 맞은편에 앉아 있다 내가 깨어나자 샐비어 담배를 태웠다. 그리고 내게 차를 따라주었다. 나는 다시 잠들었고, 어둠 속에서 깨어나자 산통이 심하게 왔다. 이제 나는 그들의 목소리에 매달렸다. 그것이 내가 가진 전부였다. 그들은 숨을 언제 참고 언

---

* 치페와어로 '어머니'라는 뜻.

제 쉴지 나직이 일러주었다. 오로지 옛 언어로만 말했지만 나는 그들의 말을 완벽히 이해했다. 호숫가로 가는 보트처럼, 아주 희미한 빛을 향해 헤엄치는 사람처럼 내 몸을 파도에 맡겨야 한다는 것을 이해했다. 나는 시킨 대로 했고, 다음날 오후에 아기가 태어났다.

그들이 내 몸을 씻기고 만져주고 깨끗한 잠옷을 입혀 다시 이불을 덮어주었다. 두 여자는 모든 일을 한 동작도 낭비하지 않고 신속하게 해치웠다. 나는 고맙다고 말하려 했지만 말이 너무 더디게 나왔다. 그렇게 비몽사몽인데도 방 저쪽에서 주고받는 이야기가 들렸다.

"이걸 가져가요." 넥터가 말했다. "당신이 받을 돈이에요."

바닥에 뭔가 찰랑 떨어지는 소리가 났다.

문이 닫혔다.

"저 필라저 여자가 받지 않는다니 어머니가 받으세요." 넥터가 말했다.

"네 손에서 나온 돈은 안 받는다."

"저는 아들이에요." 넥터가 말했다.

"이제 아니야. 나는 딸만 하나 있다."

"저 사람이요?" 그의 웃음소리가 들리는 것 같았다. "하지만 라자르 사람이잖아요."

"너 때문에 내가 다 창피하구나." 러시스 베어가 말했다. "너는 저애가 흐느끼거나 불평하는 소리를 한 번도 들은 적이 없을 게다. 이번에 아이를 낳다 죽을 수도 있었다는 걸 너는 결코 모르겠지."

그날 이후 나는 다시는 전과 같은 눈으로 그녀를 바라보지 않았다. 결국 아들이었던 이 아기가 태어나기 전 러시스 베어는 짓밟아 끄고 싶은 뜨거운 불이었다. 하지만 그날 이후로는 달랐다. 그녀를 내 어머니, 내 핏줄로 여기지 않은 적이 없었다. 그녀는 미약한 혈연을 뛰어넘는 일을 했다. 내 목숨을 구했을 뿐 아니라 내 생명의 형상을 제자리에 돌려놓았다. 더러 야생 기질이 그녀를 덮치고, 덮치고, 더 사납게 덮쳐 그녀가 그 폭풍 속에서 몇 주 동안 정신을 놓기도 했지만, 더러 의자 뒤 자기 자리에서 벌떡 일어나 집으로 달아나기도 했지만, 더러 내가 낳은 어느 자식보다 골칫덩이이기도 했지만, 나는 이 늙은 여인의 여생을 하루도 거르지 않고 돌봤다. 우리가 하나의 형상인 외로움을 나누었기에. 그녀 또한 나이들어 내가 산고를 치렀던 그 보트에 올랐음을 알았기에. 그녀는 솟구쳤다 캄캄한 파도 속으로 가라앉았다. 파도는 밤에도 낮에도 쉬지 않고 그녀를 데려갔고 미지의 길로 거세게 몰아붙였다. 그녀는 힘겹게 나아갔다. 여행은 고단했고 죽음은 그녀의 빛이었다.

룰루의 아들들
1957

　룰루 라마르틴이 헨리의 미망인으로 살기를 그만둔 날, 룰루의
아들들은 밖에서 맥주를 마시며 플라스틱 병들을 쏘았다. 숨진 남
편의 동생인 모자쟁이 베벌리 '해트' 라마르틴은 식탁에서 그녀와
마주앉아 있었다. 베벌리는 여자 이름이기도 해서 그는 '해트'를
비롯해 이런저런 별명을 붙였고 근육도 키웠다. 근육은 지금도 불
룩했지만, 어떤 부위는 금괴처럼 딴딴한 반면 어떤 부위는 볼품없
이 초라했다. 배도 불뚝 나와 검은색 셔츠의 아래쪽 단추들이 툭툭
열렸다. 룰루는 셔츠가 벌어진 틈으로 그의 따스한 살을 쳐다보았
다. 그와 헨리가 팔에 함께 새긴 문신도 보았는데, 이제는 시커멓
게 변색한데다 가장자리가 뭉개져 원래 형체를 알아볼 수 없었다.
그녀가 감탄해 마지않던 문신이었는데.
　문신을 쳐다보는 그녀를 보고 베벌리는 이두근이 보이게 소매를 걷어올렸다. "실컷 봐." 그가 싱긋 웃었다. 그는 예전처럼 식탁 위로 팔을 뻗었고, 그녀는 두 형제가 그녀의 삶 밖에 있던 시절에 취중 여행을 떠난 기념으로 새긴 형상을 바라보았다.

인형, 칼이 꽂힌 해골, 독수리, 제비, 자기 이름, 계급, 군번 따위였다. 그의 팔을 쳐다보다 룰루는 남편의 문신을 떠올렸다. 헨리의 팔에는 다른 여자의 이름을 새긴 깃발과 가시에서 피가 흐르는 장미, 도마뱀 두 마리, 동생의 그것처럼 이름과 계급과 군번이 새겨져 있었다.

이따금 룰루는 어떻게 할지 막막했다. 너무 골똘히 생각하다 봄철에 불은 문짝처럼 마음이 휘고 눅눅해졌다. 문이 꼭 닫히지 않아 골치 아픈 문제가 들어오지 못하게 막을 수도 없었다.

이제 그녀는 헨리의 양쪽 팔에 있던 도마뱀 두 마리를 떠올렸다. 그가 그녀를 껴안으면 두 마리가 서로 맞물리며 어우러지던 모습도. 그러고 나자 그녀와 헨리처럼 서로 짝짓기를 하던 도마뱀이 생각났다. 베벌리의 외로운 제비, 잉크처럼 깊숙이 파고들어 그의 살 속에서 피를 흘리며 날개를 펼치는 그 새를 보며 그녀는 이런 것을 떠올렸다. 그녀는 베벌리가 부린 꾀를 기억했다. 날개를 특정한 근육에 새겨 팔을 구부리면 새가 선회하다 급강하하는 것처럼 보이도록 만든.

1950년에 남편의 장례식을 치른 뒤로 룰루는 남편의 동생을 보지 못했다. 자동차 사고를 당한 헨리는 사체가 심하게 훼손되어 관 뚜껑을 덮고 장례식을 거행했다. 술에 취한 채 차를 몰고 오래된 노던퍼시픽 철로를 지나다 철로에 차를 걸친 채 깜빡 졸았거나 까무러친 모양이었다. 그날 밤 술집에 있던 사람들 모두가 그가 나가면서 한 말을 기억했다.

"그녀가 미친 듯이 달려오는구나. 다들 다시는 나를 보지 못할 거야."

처음에는 룰루를 두고 한 말인 줄 알았다. 하지만 룰루가 술 마시는 걸로 화를 내지 않는다는 걸 그들도 잘 알았다. 헨리가 말한 것은 기차였다. 그들은 사고 소식을 듣고 관 뚜껑을 덮은 뒤에야 그 사실을 깨달았다.

베벌리 라마르틴은 트윈시티에 살았는데, 형의 장례식 한 시간 전에 그의 트레이드마크가 된 이탈리아풍의 커피브라운색 펠트 페도라를 눌러쓰고 나타났다. 그는 찢긴 붉은색 천에 나치스 십자가가 검은색으로 그려진 승전 기념 깃발을 가져왔는데, 지금은 그 이야기를 꺼내는 사람이 거의 없지만, 말수가 적었던 맏형 라마르틴이 신병훈련소에서 일찌감치 죽임을 당하자 복수하려고 빼앗아온 것이었다.

재향군인회 사람들이 헨리의 관을 밧줄에 매달아 내릴 때에는 이미 미국 국기가 드리워진 상태였다. 베벌리는 가져온 깃발을 흔들다 손을 놓았다. 바람이 깃발을 집어삼키듯 실어갔고, 휘장의 문장(紋章)이 빙빙 돌아 거미처럼 보였다.

그것을 지켜보며 룰루는 정신이 아뜩해졌다. 별안간 검은 바퀴가 눈앞에서 번득였고, 그녀는 현기증이 일어 무덤 속으로 굴러떨어졌다.

헨리의 관은 아직 밧줄에 묶여 내려가는 중이었다. 룰루는 깃발과 함께 구덩이로 떨어졌고, 운구자들의 손에서 밧줄이 쑥 미끄러져버렸다. 관이 바닥에 쿵 부딪혔다. 사람들이 소리를 질렀고 웅성웅성 소동이 일어났다. 그사이 베벌리는 룰루를 살리려고 뛰어내렸다. 운구자들이 힘을 합쳐 그녀를 끌어올렸다. 검은 옷 때문에 그녀는 실제보다 더 웅골져 보였다. 둥근 얼굴과 통통한 손은 흰 반죽 같았고, 충격을 받은 때문인지 싸늘하고 축축했다. 그뒤로 몇 시간 동안 그녀는 바들바들 떨었고, 뜻 모를 소리를 중얼거렸으며, 무슨 소리가 들리거나 누가 만지기만 해도 깜짝깜짝 놀랐다. 어떤 사람들은 그녀가 헨리와 같이 묻히려고 일부러 무덤에 뛰어들었다고 생각해 한동안 그녀를 아주 좋게 평가했다.

하지만 룰루는 거의 평생 바람둥이로 정평이 났다. 좋게 말해 그렇다는 것이다. 더 가혹한 말을 하며 혀를 곱지 않게 놀리는 사람도 있었다.

예컨대 룰루 라마르틴의 첫 남편을 제외한다 해도, 지금 헨리의 집 앞에서 우유병을 쏘는 사내아이들은 왜 하나같이 다르게 생겼는가? 모두 여덟 명이었다. 심지어 그녀의 처녀 때 성을 쓰는 자식도 몇 명 있었다. 가장 큰 아이들 셋은 성이 나나푸시였다. 다음으로 큰 아이들은 라마르틴의 성을 쓰는 모리시 핏줄이었다. 라마르틴 성을 쓰는 아이들 중엔 올망졸망한 어린아이들도 있었지만 그들 역시 서로 닮은 데는 전혀 없었다. 빨간 머리와 금발이 가장 많았다. 갈색도 더러 있었다. 까만 머리인 일곱 살짜리 아이는 적어도 제 엄마와는 머리 색깔이 같았다. 이름이 헨리 주니어였는데,

아버지 헨리가 죽고 대략 아홉 달 뒤에 태어났다.

베벌리는 창밖에서 노는 헨리 주니어와 식탁 맞은편에 앉은 룰루를 번갈아 쳐다보며 어림잡아 일주일 차이일 거라고 생각했다. 아이 아버지가 형이 아닌 자신일 거라고 확신했다. 그가 보호구역으로 돌아온 것은 사실 다른 목적이 있어서였다.

베벌리 라마르틴은 헨리 주니어를 자기 아들이라고 우겨서 데려갈 작정이었다.

트윈시티에서는 타고난 끈기와 자긍심만 약간 있으면 인디언이 자리잡을 기회가 많았다. 베벌리가 판단하기로는 그랬다. 그는 대부분의 사람들보다 피부색이 훨씬 검었지만, 그의 부모는 늘 자기들이 프랑스 혈통이나 머리색이 까만 아일랜드 혈통이라면서 자기들을 인디언으로 여기는 사람들은 시대에 뒤처졌다고 생각했다. 그들은 베벌리의 가슴속에 성공에 대한 욕구를 심어주었다. 그는 미친 듯이 일했다.

그는 지난 십팔 년 동안 이 집 저 집 돌아다니며 아이들의 가정학습 교재를 팔았다. 놀라운 점은 어떤 수를 썼건 간에 그 교재를 제법 잘 팔았다는 것이다. 그는 교육이란 걸 받지 못한 사람이었고, 만약 고객이 그라는 사람을 그가 파는 제품의 효율성을 나타내는 표본으로 여긴다면, 아마도 당연히 그런 산수나 읽기 교재 따위를 아이들에게 사주지는 않을 것이다. 하지만 사람들은 교재를 꾸준히 구입했다. 베벌리의 계책은 초라한 외모와 허술한 문법을 이용해 성공하기 위해 열심히 일하는 고객들의 대화에 친근하게 끼어드는 것이었다. 그들은 자식에게 더 나은 수준의 교육을 제공하고 싶었지만 그럴 만한 여유가 없었다. 베벌리의 활동구역은 진지한 몽상가들이 사는 작은 세계였다. 베벌리의 상술, 그러니까 그가 교재를 팔 때 쓰는 미끼는 지갑 크기만한 아들의 학교 사진을 보여주는 것이었다.

사진의 주인공은 헨리 주니어였다. 뒷면에는 "해트 삼촌에게"라고 쓰여 있었지만, 그 귀중한 보물 뒷면을 마분지와 투명한 비닐로 쌌기 때문에 고객은 절대 보지 못했다. 이 겉포장 덕분에 미니애폴리스의 노동자 거주지와 100마일 반경의 작은 마을들에 사는 공장노동자 수천 명이 거친 손가락으로 사진을 조몰락거려도 비밀은 끄떡없었다. 베벌리는 거의 해마다 룰루에게 사진을 새로 보내달라고 편지로 요청했다. 룰루는 순수한 호의로 사진을 보내주었다. 사진을 받을 때마다 베벌리는 아들에 대한 친근함이 더욱 커졌고, 그에게는 일상의 순수한 무대나 다름없는 집 앞 포치에서 날마다 그럴싸하게 꾸며낸 이야기에 빠져들었다.

그의 아들은 무릎에 풀물이 든 눈부시게 하얀 유니폼을 입고 야구를 했다. 투수로 활약했는데 몇 주마다 한 번씩 무안타 경기를 펼쳤다. 혼자 공부해도 다른 학생들을 훨씬 앞선다며 교사들은 칭찬을 아끼지 않았다. 상급반 수업을 들은 것이 여러 과목이고, 부자동네 이다이나에 사는 친구들의 파티에도 초대받았다. 헨리 주니어는 베벌리가 느끼기에 놀랄 만큼 쉽게 계층과 지성의 장애물을 제거했고, 베벌리는 그를 부러워하는 손님들에게 아이들이 얼마나 순식간에 앞세대를 앞지르는지 말해주었다.

"아이들에게 날개를 달아주세요!" 그가 얼룩덜룩한 싸구려 펄프 용지를 부드럽게 넘기며 부추겼다. 사각거리는 종이 소리는 어린 새가 활공을 배우기 전에 느끼는 공포 같았다. 사람들은 대개 그 책을 구입하지만, 시간이 흘러 공부하는 요령을 담은 그 책을 말아쥐고 파리를 쳐 죽일 때나 수학 보충 교재 뒤쪽에 전화번호를 휘갈겨 쓸 때에야 자식들이 스스로 깨우쳐 천하를 호령할 생각 따위는 전혀 없다는 사실을 깨닫는다.

아들의 이야기를 몇 시간씩 떠들고 돌아온 날이면 베벌리의 마음속에서 아들은 지극히 현실적인 인물이 되어, 베벌리는 아파트 문에 열쇠를 꽂기 전에 아이가 와락 달려오지 않을까 하는 기대를 품었다. 하지만 문이 찰칵 열리면 아이는 사라지고 엘사가 있을 뿐이었다. 그녀는 현실에서든 상상에서든 아이에게 딱히 관심이 없었다. 그녀는 끊임없이 직장을 옮기는 타자수였다. 말할 수 없이 천박하게 꾸몄는데, 베벌리에게는 이상적인 직장생활을 하는 현대 여성으로 비쳤다. 직장을 옮겨도 봉급은 몇 페니가 많거나 적은 정도였지만, 일에 숙달되는 만큼 그녀의 중요성과 가치는 점점 커졌다. 그녀는 스스로 없어서는 안 될 사람이라고 생각하면서도 그녀의 존재가 가장 필요한 순간에 매정하게 고용주를 버리고 더 나은 직장으로 옮겼다.

베벌리는 그녀를 몹시 사랑했다.

그녀는 타고난 금발로 다리가 새처럼 가늘고 턱은 없다시피 했으며, 커다랗고 푸른 눈동자는 매혹적이었다. 담배를 피울 때는 혀로 연기를 굴리면서 이국적인 분위기를 냈고, 이따금 베벌리에게 앞으로 두 주 동안 자기를 못 볼 거라는 말을 했다. 그러고 난 뒤에는 그를 더없이 나긋나긋하게 대했다. 그는 그녀가 자기와 함께 있으려고 여러 가능성을 포기했다는 사실에 깊이 감동했다. 그래서 그녀가 여름이 절정에 달해 완벽히 그을린 그의 피부가 사람들의 감탄을 자아낼 무렵에만 그를 세인트클라우드에 사는 그녀의 가족에게 데려가도 신경쓰지 않았다.

하지만 그의 아들은 그의 삶 어디에나 있고 또 어디에도 없어서, 그의 실제 환상 속에는 쉽게 끼어들지 못했다. 이따금 옆에 누워 엘사의 도드라진 등골에 살며시 손등을 얹을 때면 아들의 존재가 은밀하고 예상치 못한 곳에서 그를 아프게 찔렀다. 그녀가 잘 때 그에게 허용된 접촉은 거기까지였다. 심지어 그녀는 잠들면 호흡마저 엄격하고 인색해져, 숨을 고집스레 참았다 작은 폭발처럼 내뱉었다. 하지만 그녀 옆에 누우면 마음이 천장과 벽을 타고 질주했기 때문에 베벌리는 거의 느끼지 못했다.

어느 밤 그는 여행하는 자신의 모습을 보았다. 자신의 소박한 초록색 차를 몰고 서쪽으로 달렸는데, 영업구역을 지나 주 경계를 넘어 곧 한가롭고 외로운 들판을 가로지른 뒤 보호구역의 풍요롭고 메마른 보랏빛 언덕에 다다랐다. 그의 아들이 실제로 사는 집이 눈앞에 나타났다. 룰루가 문을 열어주러 나왔다. 그녀의 얼굴과 몸이 떠오를 때마다 번번이 지워버렸기 때문에 그의 머릿속에서 그녀는 곱슬곱슬하고 까만 빗자루 머리에 밀가루 부대로 몸을 만든 인형 모습이었다. 그녀는 아들을 먹여 살리느라 힘이 부칠 테니 아들을 데리러 호수로 돌아온 그를 반길 것이다. 헨리 주니어가 대도시에서 더 나은 존재로 새 삶을 시작하는 것이 마냥 흐뭇할 것이다.

엘사 옆에 누워 있는 고요한 시간이면 이 각본이 더욱 현실적으로 느껴져, 아내가 길거리에서 만난 아이들에게는 몸서리치며 "원숭이 새끼들"이라고 구시렁거리지만, 헨리 주니어를 보면 분명 좋아할 거라는 확신마저 들었다. 다음날 일을 반쯤 끝냈을 때 그는 휴가를 계획했고, 차를 점검하기 위해 예약까지 했다.

물론 룰루는 밀가루 부대나 털실로 만든 인형이 아니었다. 그녀가 부둥켜안은 순간 베벌리는 깨달았다. 그녀는 차에서 내린 그를 힘껏 끌어안았고, 긴 여행으로 지친 그는 순간 몽롱해지면서 노란 반점들이 아물거렸다. 그녀가 그를 놓아주자 아이들이 무표정하지만 어딘지 미심쩍은 얼굴로 슬금슬금 모여들어 그를 에워싸고 저마다 소개될 차례를 기다렸다. 아이들이 너무 많아 처음에 그는 말도 제대로 나오지 않았다. 모두가 각기 다른 날의 백일몽에서 보았던 각기 다른 나이의 헨리 주니어였고, 표정도 하나같이 고만고만해서 중서부 북부에서 가정학습 교재를 기록적인 부수로 파는 데 일조한 아이가 누구였는지 집어낼 수조차 없었다.

물론 룰루가 헨리 주니어를 소개한 뒤로는 확실히 가려낼 수 있었다. 어쨌거나 소년은 베벌리의 지갑에 있는 사진과 똑같이 생겼다. 소년은 손을 내밀고 형들처럼 남자답게 악수했고, 베벌리는 그 점이 마음에 들었지만 소년의 철저히 무관심한 눈빛에 어리둥절한 마음을 애써 억눌러야 했다. 소년이 그를 만나는 것은 이번이 처음이었다. 아이의 세계에서 낯선 어른은 숲속의 나무만큼 분간할 수 없는 존재다. 생각해보면 사진 뒷면의 글도 룰루가 썼을 것이다.

아이들은 물러가서 다시 총을 쏘기 시작했고, 베벌리는 마음의 준비 없이 자기 아들의 엄마, 그가 잊어도 좋을 여자와 단둘이 남았다. 하지만 그 순간에 맞게 뭔가 꾸며야 한다면 그러기로 했다. 그는 지금 이 상황을 이상적이고 확실하고 외교적인 방법으로 처리하고 싶었다. 그녀의 강렬한 포옹에서 풀려나 정신을 차린 뒤로 일이 자기 계획대로 풀릴 거라는 생각에는 추호의 의심도 없었다.

"세상에." 그가 룰루에게 말했다. 그녀는 자신의 도톰한 팔 안쪽 살처럼 보드라운 빵에 버터를 펴발랐다. "강산이 많이 변했네."

그녀가 동의하며 버터를 꼼꼼하게 바른 빵을 불쑥 베어 물었다. 빵 위에 설탕 한 숟가락을 뿌리고 알갱이를 살살 펴발랐다. 그녀는 이런 여자였다. 사내아이만 여덟을 키우는데도 깔끔하기가 이를 데 없었다. 식탁의 사탕 그릇도 정확히 레이스받침 위에 놓여 있었다. 가구도 하나같이 먼지 없이 깨끗했고 바로 놓여 있었다. 커피 탁자에는 〈운명〉과 〈진정한 모험〉 같은 잡지가 차곡차곡 쌓였다. 벽에는 푸들과 고양이 사진들이 어울리는 액자에 넣어져 걸렸고, 정성스레 수를 놓은 조지프 추장의 초상화도 걸렸다. 창턱에는 작은 모자와 구두 모양의 두툼한 핀꽂이가 장식으로 놓여 있었다.

"내가 만든 거야." 그녀가 스팽글을 단 작은 푸른색 펌프스 한 짝을 손바닥에 올렸다. "여자친구는 있지? 선물로 줄게. 여기."

그녀가 식탁 위로 작은 구두를 밀었다. 구두가 모서리까지 쭉 미끄러져 그의 무릎에 떨어졌다. 베벌리는 그녀의 손이 따라오는 것을 보고 얼른 집었다. 그리고 여자친구는 있는지, 결혼은 했는지 혹은 지금 짝을 찾는 중인지에 대한 암묵적인 질문을 외면하면서 두 사람 사이에 푸른색 펌프스를 놓았다. 그는 헨리 주니어 이야기를 어떻게 꺼낼지 고심했다.

"그때를 떠올려봐……" 그가 말을 꺼냈다. 그 순간 자기가 무슨 말을 하려고 했는지 잊어버렸다. 불쑥 말이 나와 스스로도 놀랐다. "당신이 결혼하기 전에 나랑 헨리와 카드놀이를 했고 아이들은 잤잖아?"

그는 이 이야기를 꺼내놓고 자신을 발로 차고 싶은 심정이었다. 오랜 시간이 흘렀지만 그는 그 생각이 스치기만 해도 머릿속에서 몰아내기 위해 얼굴을 가리거나 닥치는 대로 휘파람을 불어야 했다. 하지만 그녀는 이 세월 동안 그 일에 별로 마음을 쓰지 않은 것 같았다. 그녀가 자연스레 그 이야기를 받았다.

"아, 사내들이란." 그녀가 나무라듯 웃었다. 그녀의 얼굴은 베벌리가 상상한 밀가루 자루 인형과 사뭇 달라서 그는 어떻게 지금까지 그녀를 그런 식으로 상상해왔을까 싶었다. 그녀의 앙증맞은 입술은 오므라진 꽃잎처럼 달싹거렸고, 이는 유달리 작고 하얬다. 한때 그 보드라운 입술을 핥고 싶은 충동에 사로잡힌 적도 있었다. 지금 그 입술이 말했다.

"당신들은 불쌍한 어린 여자를 이용할 생각이었지, 아마. 맥주를 퍼마신 뒤에 푼돈 내기 포커를 옷 벗기 게임으로 바꾸자고 제안한 게 당신이었는지 헨리였는지 모르겠네. 그 생각만 하면 지금도 웃음이 난다니까. 내가 당신네 남자들을 삽시간에 사각팬티만 남기고 다 벗겼잖아. 나는 더없이 따뜻하고 아늑하게 앉아 있었고.

드레스에 신발까지 신고 있었지."

"구슬목걸이도, 클립 귀걸이도, 뱅글 팔찌도 그대로였고, 실크 스타킹도 신은 채였지." 베벌리가 뿌루퉁하게 말했다.

"가터와 다른 속옷들도 껴입었어. 당연히 그랬지. 나는 까도 까도 계속 깔 게 있는 여자니까. 지금쯤은 당신도 알겠지. 당신들은 단순히 스트립 포커를 친 게 아니란 걸."

그녀는 웃을 때 입술이 말리면서 드러나는 약간 벌어진 이를 감추려고 손을 우아하게 입술에 대는 버릇이 있었는데, 포커를 치던 무렵에 그는 그 모습을 대단히 좋아했다.

"내가 그때 말하지 않은 걸 알려줄까?" 그녀가 말했다. "2원페어로 당신의 반바지를 벗기고 8을 내서 헨리의 반바지를 얻은 뒤였지. 당신은 모자만 쓴 채 알몸이 됐잖아. 누구와 결혼할지 마음을 정한 건 그때였어."

베벌리는 그 말에 충격을 받았고, 룰루가 뻔뻔하다는 생각까지 들었다. 그녀의 말에 그 시절이 생생히, 그녀가 형과 결혼하겠다고 했을 때 받은 느낌이 고스란히 떠올라 잠시 숨이 막혀 말도 나오지 않았다. 그는 그때 느낀 감정을 그녀가 자기와, 지금의 자기처럼 세속적인 남자와 맞지 않아 그런 거라고 이해하며 묻어버렸다. 한심하고 야망 없고 드세기만 한 여자의 손아귀에서 벗어났다는 생각에 몇 년간은 자축도 했다. 이제 그의 논리는 갈기갈기 찢겼고 질투가 그의 배를 걷어찼다.

룰루가 달콤하게 속삭였다. 목소리가 잘랑거리는 차임벨 소리 같았다. 천박하지만 달콤하고 사람을 미치게 만드는 목소리. "어떤 남자들은 그런 상황에서 반응을 보이지만, 어떤 남자들은 그렇지 않아." 그녀가 말했다. "내가 바란 건 반응이었거든. 무슨 말인지 알겠지."

베벌리는 침묵했다.

룰루는 블랙베리처럼 도도한 눈동자를 반짝이며 눈을 찡긋했다. 그녀의 피부는 보드랍고 탱탱했으며, 웃으면 주름이 졌고, 늘 파우더 향기가 났다. 그 무렵에는 검은 곱슬머리에 숱도 많았다. 나중에 집에 불이 났을 때 그녀는 머리카락을 홀라당 태웠고, 그뒤로 다시는 머리가 자라지 않았다. 그녀의 얼굴은 작은 고양이처럼 부드럽지만 경계하듯 긴장한 표정이었고, 통통하고 온순해 보이지만 야생 기질이 깃들었기에, 베벌리는 그녀 곁에 있으면 늘 벌거벗은 채로 먹이가 된 기분이었다. 그녀가 그를 홀랑 벗긴 게임 이전에도 그랬고, 수치심에 휩싸인 그를 뜯어보는 지금도 그랬다.

반응이 필요했던 거라면 보일 수 있었다고 그는 말하고 싶었다.

억울하고 분했지만 그는 자제심을 잃지 않았고, 헨리가 죽고 밤을 새울 때 두 사람이 같이 바람을 쐬러 나갔다 있었던 일을 말하려고 몸을 숙였다. 그는 소매를 내리고 그녀가 앉은 쪽으로 손을 내밀어 식탁에 놓인 말보로 소프트팩 담뱃갑을 끌어왔다. 성냥을 켜는 그를 지켜보며 그녀는 눈을 찌푸렸다. 그녀의 눈동자는 새까맣다 못해 때때로 홍채가 푸른 불꽃처럼 이글거렸다. 그는 불현듯 그녀가 무정하게 느껴졌고, 헨리의 경야 때 둘이 헛간에 간 것을 그녀가 기억이나 하는지 궁금했다. 하지만 그녀가 기억하는 수준에 맞추지 않고 물어볼 수 있는 좋은 방법이 떠오르지 않았다.

헨리 주니어가 배고픈지 창문으로 다가오자 룰루는 볼로냐 소시지를 넣고 핫도그 소스를 발라 샌드위치를 만들어주었다. 일곱 살인 소년은 튼튼했고, 룰루의 여린 살결과 라마르틴 핏줄의 내력인 아시아인 같은 눈동자를 가졌다. 베벌리는 감전된 듯 소년을 뚫어 져라 쳐다보았다. 자신을 떠올리게 하는 특징은 딱히 찾을 수 없었 지만 바라보는 눈빛만큼은 닮았다. 베벌리는 술집에서 눈싸움을 할 때 써먹으려고 군대에서 매 같은 눈빛을 연습했다. 눈빛의 강렬 함은 민간인이 된 뒤로 예전만 못했지만 영업을 할 때는 여전히 요 긴했다. 근육도, 위기의 순간에 여전히 힘을 발휘하는 딴딴하지만 탄력을 잃어가는 그의 영웅 같은 살집도 그랬다. 그런데 지금 위기 의 순간이 왔다. 소년은 날 때부터 눈싸움 기술을 터득한 것 같았 다. 베벌리가 먼저 시선을 돌렸다.

"해트 삼촌." 헨리 주니어가 말했다. "삼촌 팔에 새가 그려져 있 다면서요. 그거 날게 할 수 있어요?"

베벌리는 다시 소매를 걷고 팔에 불끈 힘을 주었다. 팔을 굽혀 힘을 줬다 빼기를 반복했고, 소년은 실컷 구경한 뒤 형제들에게 가버 렸다. 베벌리는 살그머니 팔을 내렸다. 팔에 감각이 없었다. 22구 경 총소리가 한동안 빠르게 겹쳐 들리다 이윽고 모든 아이들이 멈 추고 총알을 장전했고, 우유병을 울타리 앞에 한 줄로 세운 뒤 누 가 쏜 총알이 어디에 박혔는지 옥신각신했다.

"저애에게 총 쏘는 법을 가르치는 거야." 룰루가 설명했다. "지 난가을에는 사슴 두 마리를 잡아왔어. 꿩은 물론이고. 애들 덕분에 식탁에서 고기가 떨어지지 않는다니까."

그녀는 자식들 이야기를 풀어놓았고, 베벌리는 마음을 놓으면서 다시 원하는 방향으로 대화를 이끌어갈 힘을 모았다.

큰 아이는 해스켈주니어 대학에 다니고, 게리는 열두 살인데 종교재단이 운영하는 학교에서 간신히 버틴다고 했다. 룰루는 다른 아이들 사이에서 게리를 가리켰다. 베벌리는 그 아이가 룰루를 쏙 빼닮은 것을 알 수 있었다. 아이는 무슨 일에든 깔깔거렸고, 즐거움을 거침없이 표현했다. 검은 눈동자는 교활했고, 불꽃처럼 번득였다. 룰루처럼 자석 같은 신비한 몸짓으로 사람을 홀리는 재주가 있어서 힘들이지 않고 나머지 아이들을 데리고 놀았다. 덩치가 컸고 타고난 리더에다 발걸음이 가볍고 힘이 셌다. 머리도 좋았다. 여러 해가 지나 이 게리라는 아이는, 어쩌면 당연하게도 타고난 범죄자이자 영웅이 되어 여섯시 뉴스에 등장한다.

베벌리가 느끼기에 룰루는 어린 아들들은 그녀의 말을 철저히 따르도록 가르친 한편 큰 아들들은 그녀를 매우 존경하도록 만들어서 다른 사람들의 존경이 그에 못 미치면 참아내지 못할 정도였다. 그녀의 목소리가 빙글빙글 맴돌자 베벌리는 예전에 읽은 타잔 책을 생각했다. 그 책에는 피에 굶주린 전사들이 지키는 여왕이 나왔는데, 전사들은 그녀의 적군을 손쉽게 해치웠다. 룰루의 아들들이 바로 그렇게 자랐다. 그들은 늘 붙어다녔다. 총알이 명중하면 색 바랜 데님바지를 입은 비쩍 마른 다리들이 잔물결이 한꺼번에 밀려오듯 잽싸게 움직였다. 그들의 발걸음은 익숙하지 않은 사람의 눈에는 굉장히 복잡해 보여 흉내를 낼 수도, 머리로 이해할 수도 없는 댄스 스텝 같았다. 그들은 영락없이 같은 영혼이었다. 모두 잘생기고 팔다리가 늘씬했고, 제각각이면서도 충성심에 있어서는 하나 같았다. 맹세 같은 것을 해서가 아니라 한 유기체의 일부로 느끼는 단순하고 절대적인 소속감 때문에.

룰루는 갑자기 말을 멈추고 냉장고에서 뭔가를 꺼냈다. 그 침묵의 순간에 베벌리는 바깥에서 노는 아이들이 어딘지 위험하다는 느낌을 받았다.

흑백 운동화, 운동복 셔츠, 야구 모자, 말린제 라이플총의 개머리판이 이리저리 뒤섞이며 아이들이 한 무리를 이루더니 파고들 틈도 없이 헨리 주니어를 둘러쌌다. 무리 사이로 베벌리는 제 엄마처럼 피부색이 검고 매력적인 게리가 헨리 주니어의 뒤에서 무릎을 꿇고 앉아 그의 팔을 붙잡고 22구경 라이플총을 들어 표적을 겨누고 발사하는 법을 가르치는 모습을 보았다. 헨리 주니어가 반동 때문에 휘청 뒤로 넘어지며 우유병을 맞히지 못하자 아이들은 옷의 먼지를 털어주며 일으켜 앉힌 뒤 다시 총을 쏘게 했다. 지켜보는 동안 베벌리가 느낀 불편한 위협감은 서서히 핏줄의 따뜻한 염려로 변했다. 베벌리는 자신과 헨리와 맏형 슬릭이 고등학생 때 서로를 위해 위험을 무릅쓰던 일을 떠올렸다. 사람들은 라마르틴 집안 사람들 사이에는 칼끝 하나 들어가지 않는다고 말하곤 했다. 그들 사이에는 아무것도 끼어들지 못했다. 끼어들지 않았을뿐더러 그럴 수도 없었다.

그런 생각을 하는 동안에도 베벌리는 그 말이 틀렸다는 것을 알았다.

그들 사이에 누가 끼어들었고, 지금 그 누가 그의 맞은편에 있는 부엌 조리대에 서 있었다. 룰루가 손가락에 묻은 설탕을 핥아가며 설탕 바른 빵을 다 먹어치웠다. 그녀의 혀는 조그맣고 판판하고 어린 고양이의 그것처럼 파리했다. 눈을 감은 모습이 신비했다. 그는 그녀가 그의 생각을 아는지 궁금했다.

그녀는 그에게 편하게 다가왔고, 그녀가 가까워지자 그는 묘한 공포를 느끼며 벌떡 일어섰다. 곤경에 빠진 이방인처럼 가슴이 덜컹했고, 이윽고 그녀가 그의 바지 속에 손을 넣었다. 그는 저항할 수 없었다. 그의 입술이 그녀의 입술을 찾았고, 입속의 벽과 천장을 핥으며 더 깊숙이 들어가 지난 세월의 넓고 따스한 시간 속을 쉬지 않고 여행했다.

소년들은 오후 늦게야 돌아왔다. 그때쯤 베벌리는 헨리 주니어에 대한 계획을 과감하게 바꿔, 계획 자체가 없어졌다. 몽롱하고 즉각적이고 불행한 당혹감에 휩싸인 그는 손뜨개 레이스 장식을 덮은 카우치에 앉아 손을 무릎에 놓고 오므렸다 펴기를 반복했다. 룰루는 소리 없이 자동으로 움직이는 것처럼 미친 듯이 부엌을 돌아다녔다. 그녀가 냄비를 가리키면 음식이 저 혼자 냄비에 들어가고, 아무것도 넣지 않은 오븐에서 요리가 척척 되어 나오는 것 같았다. 식탁도 저절로 차려졌다. 펑 하면 잔에서 거품이 올라왔고, 잔 한가득 우유가 담겼다. 높다란 아기의자에 앉은 막내도 음식이 눈앞에 저절로 놓이는 것을 진지하게 쳐다보았다. 모두 앉았다. 이윽고 소년들이 야만인처럼 허겁지겁 배를 채우기 시작했다. 베벌리가 미처 첫번째 접시를 다 비우기도 전에 소년들은 벌써 세번째 접시를 비웠다. 그가 디저트를 다 먹고 고개를 들자 그들은 벽을 통과한 것처럼 사라지고 없었다. 막내는 번쩍 들어 보이지 않는 곳에 데려가서 재웠다. 그는 룰루와 덩그러니 남았다.

그가 그녀를 쳐다보았다. 그녀는 접시가 가득 쌓인 싱크대로 가더니 피어오르는 수증기 속으로 사라져버렸다. 푸른색 꽃무늬 홈드레스 위로 둥그스름한 엉덩이만 살짝 보였고 그는 물끄러미 쳐다보았다. 지금은 너무 늦었다. 그는 허물어졌다. 그들이 함께 나눈 그 하룻밤을 떠올리지 않을 수 없었다.

흙이 아직 축축하고 꺾어놓은 탐스러운 꽃이 여전히 헨리의 무덤 위로 향기를 뿜을 때 그들은 헛간으로 갔다. 베벌리가 룰루의 입술에 흐느낌의 키스로 화답했다. 기억이 생생했다. 그 순간 열정이 그들을 덮쳤다. 말을 타고 지축을 울리며 달릴 때처럼 그녀가 그에게 꼭 매달려 그의 귀에 대고 이를 바득거렸다. 그는 남자도 여자도 아니었다. 뭐든 상관없었다. 하지만 어느 때보다 그는 남자였다. 사랑하는 사람을 잃은 슬픔이 삶의 작은 불꽃을 너무도 슬프고 소중하게 만들어 누가 어떤 존재인지는 크게 중요하지 않았다. 육체는 오직 불꽃이 부딪쳐 완전하지는 않지만 하나가 되기 위해 주어진 것일 뿐이었다. 잠시 뒤 그들은 나란히 누워 어둠을 호흡했다. 전쟁에서 돌아와 운 것 외에 그는 평생 이때 한 번 눈물을 흘렸고, 잠시 뒤에 그녀의 몸속으로 다시 들어가 기적처럼 자신의 존재감을 느꼈다.

룰루는 그를 카우치에 내버려두고 신성한 여성의 영역으로 가버렸다. 침실 문을 잠글 수도 있었지만 아주 조금 열어놓았다. 그녀가 푸른색과 흰색이 겹친 체크무늬 침대보를 펴고 베개를 한쪽으로 치운 뒤에 조심스레 누워 배 위에 손을 포개 얹었다. 눈을 감고 숨을 깊이 들이쉬었다. 그녀는 자기 속으로 들어가 어둠의 뗏목을 탄 것처럼 기다리는 것 말고는 할 게 없는 영혼의 밑바닥에 이를 때까지 깊이 가라앉았다.

베벌리는 생각이 많아졌다. 밤이 이슥했다. 황홀한 슬픔이 가라앉자 애써 엘사 생각을 밀어냈다. 하지만 어느 쪽으로 고개를 돌리든 오렌지색 손톱을 손질하는 그녀가 보였다. 그러다 어느새 그가 자부심을 느끼는 그곳의 생활이 고개를 들었다. 돌아가서 어휘력 향상 교재를 팔고 싶었다. 보호구역에는 그런 교재를 살 사람이 아무도 없을 거라고 생각하자 그는 더럭 겁이 났다. 그 뻔한 사실을 잊는다면 심각하고 위험한 상황이 닥칠 것이다. 달이 걸어졌다. 숲이 집 가까이로 좁혀오는 것 같았다.

성벽을 보완하라. 소년들이 보이지 않는 침대와 마루에서 이리저리 뒤척이며 잠꼬대하는 소리가 들리자 그는 혼잣말을 했다. 어쩔 수 없다면 후퇴하고 헨리 주니어는 잊어라. 그에게 드디어 항복할 순간이 왔고, 남은 힘이 있다면 그것이 유일한 길이었다.

그는 동트기 전 사위가 어둑할 때 차를 몰아 헨리 주니어 없이 혼자 미니애폴리스로 돌아가겠다고 결심했다. 룰루에게 작별 인사를 하지 않고 도망치듯 빠져나갈 작정이었다. 하지만 카우치에서 일어난 그는 복도를 지나 그녀의 침실로 걸어갔다. 머뭇거리지 않고 곧장 들어갔다. 결혼 후 생긴 일상적인 습관처럼. 밀폐된 어둠 속에서 라일락 목욕제 향기가 났다. 협탁시계의 형광 초록색이 시간을 말해주었다. 이불이 부스럭거렸다. 그는 침대의 나무기둥을 잡고 섰다. 그러자 혈관에 따뜻한 재가 가득 채워졌고, 혀가 목구멍에서 부풀었다.

그는 그녀의 품에 안겼다.

암흑이 소용돌이치며 그를 휩쓸었고, 달리 할 것이 없었다.

예전처럼 힘찬 날갯짓은 못했지만, 새는 여전히 날았다.

용자의 투신
1957

넥터 캐시포

나는 많은 것을 원하지 않았고 오히려 적은 것을 바랐지만, 어쩌다보니 모든 것을 손쉽게 얻었다. 내가 캐시포 핏줄이라서 그렇다고 생각했다. 우리 가족은 부족의 마지막 지도자로 추앙되었다. 하지만 이 근방에서 캐시포 성을 가진 사람은 점점 줄어들었고 다른 사람들도 우리를 잊었지만 나는 여전히 이런저런 제의를 받았다.

어떤 제의냐고? 굳이 묻는다면야……

우선 일자리다. 귀가 앵앵거리는 병이 생겨 축구를 그만두고 플랜드루를 떠난 뒤로 사람들을 만나면 듣는 첫마디가 "넥터 캐시포, 서부로 가게! 할리우드는 자네를 원해!"였다. 당시에는 서부영화가 대세였다. 별로 하고 싶은 이야기는 아니지만, 사우스다코타를 배경으로 한 장면에 출연할 사람을 물색하면서 신인 발굴가라는 사람이 졸업반 학생 중에 나를 점찍었다. 그가 일하는 영화사에서 마차행렬 장면에 필요한 엑스트라를 모집했던 것이다. 나는 키가 커서 인디언이 나오는 가장 비중 있는 장면에 출연했다. 하지만 그들이 내가 캐시포 핏줄이란 걸 몰랐는지 나오자마자 죽는 역이었다.

"가슴을 움켜쥐고 말에서 굴러떨어지란 말이야." 그들이 지시했다. 그뿐이었다. 극장에서 보는 인디언의 연기는 온통 죽는 장면 일색이었다.

영화를 찍는답시고 죽어야 한다면 이 한 번으로 충분한 것 같았다. 그래서 집어치웠다. 나는 기차에 올라탔고, 밀밭 지대가 보이자 무작정 뛰어내려 타작을 도왔다. 거기서도 제의를 받았다. 일할 곳은 쉽게 생겼다. 한 해 동안 일했다. 계속 머물 생각이었는데 어떤 제의를 받은 뒤 몹시 마음이 상해 캔자스를 영영 떠났다.

어느 날 시내에서 돈 많은 노파를 만났다. 지나가는 나를 보고 그녀가 차를 세웠다.

"저 추장에게 나와 일할 마음이 있는지 물어보게." 그녀가 앞에 앉은 운전사에게 말했다. 버펄로 군인* 같은 운전사가 내게 물었다.

"무슨 일을 하면 되죠?" 내가 물었다.

"내가 그릴 걸작의 모델을 서는 거라고 전하게. 가만히 서 있기만 하면 그림은 내가 그린다고."

"어렵지 않겠는데요." 나는 수락했다.

보수는 오십 달러였다. 나는 그녀의 집으로 갔다. 그들은 내게 먹

---

* 미국 남북전쟁 후 백인 장교 밑에서 근무하던 아프리카계 군인을 일컫는 말.

을 것을 주었고, 그다음에 나를 헛간으로 보냈다. 그녀는 흰색 코트를 입고 팬케이크같이 생긴 작고 까만 모자를 썼는데, 어쩐지 불쌍해 보였다. 볼품없는 쭈그렁 할망구였다. 게다가 뻐드렁니였다. 그녀가 나를 나무토막 위에 세우더니 말했다. "옷을 벗게."

지금껏 내게 이런 식으로 옷을 벗으라고 한 사람은 없었다. 나는 제대로 알아듣지 못한 척했다. "무슨 옷이요?" 내가 물었다. "이 옷이요 아니면 저 옷이요?"*

"옷을 벗게!" 그녀가 재차 말했다. 나는 어리둥절해서 서 있었다. 한심하기 짝이 없군! 나는 생각했다. 그러자 그녀가 시범을 보일 작정으로 자기 옷의 단추를 만지작거렸다. 내가 가서 도와주려는데 그녀가 버럭 소리를 질렀다. "자네 옷을 벗으라니까!"

아니나 다를까 그녀는 실오라기 하나 걸치지 않은 내 모습을 그리고 싶어했다. 헛간에는 발가벗은 그림이 많았다. 나는 거부했다. 그녀가 돈을 더 주겠다고, 내 위엄 따위는 잊어도 될 만큼 어마어마한 돈을 주겠다고 제안했다. 그래서 마름모꼴 수건 하나만 달랑 걸친 채 꼼짝도 못하고 서 있는 대가로 대략 이백 달러를 받았다.

나중에 그녀가 그림을 보여주었을 때 나는 믿을 수 없었다. 제목은 〈용자의 투신〉이었다. 훗날 이 그림은 유명해져 비즈마크 주 의사당에 걸렸다. 그림 속에서 나는 벼랑에서 바위가 많은 강물로 뛰어든다. 물론 알몸으로. 확실한 죽음. 커스터 장군**의 말을 기억하

---

* 앞 단락에서 화가가 "옷을 벗게(Disrobe)"라고 하자 접두사 'dis'와 지시형용사 'this'의 구어형인 'dis'가 같은 것을 이용해 "이 옷이요 아니면 저 옷이요?(Dis robe or dat robe?)"라고 말장난을 하고 있다.

는가? 선량한 인디언은 죽은 인디언뿐이라는 말? 내가 백인과 만난 경험에 비추어 한마디 더 보태겠다. "흥미로운 인디언은 죽었거나 말에서 뒤로 굴러떨어져 숨이 넘어가는 인디언뿐이다."

더 넓은 세상은 내 불운한 운명에만 관심이 있다는 사실을 깨달은 나는 열차 뒤칸에 앉아 집으로 돌아갔다. 어느 밤 철로를 달리는데 유개화차 위로 달이 휘영청 걸렸다. 공기는 살을 에는 듯 차가웠다. 문득 그 그림이 떠올랐고, 나는 이 넥터 캐시포가 나를 그린 불쌍하고 돈 많은 노파를 조롱하듯 보란 듯이 성난 강물에서 살아남을 것을 알았다. 강물에 뛰어들 때 숨을 멈출 것이고, 물살은 나를 수면으로, 울퉁불퉁한 바위로 데려갈 것이다. 나는 저항하지 않을 것이고 그렇게 기슭에 닿을 것이다.

집으로 돌아오자 한동안 그렇게 되는 것 같았다. 일상은 고요했다. 나는 예전부터 살던 곳에서 어머니와 일라이와 함께 지내며 사냥하거나 어슬렁거리거나 장작을 팼다. 그리고 고등학교 때 읽은 책을 끊임없이 생각했다. 무슨 까닭인지 플랜드루의 그 신부는 사년 내내 거대한 흰 고래가 나오는 『모비 딕』에 집착했고 다른 책은 가르치지 않았다. 나는 그 내용을 속속들이 알았다. 심지어 학교에서 한 권을 훔쳐 가방에 넣어 집에 가져오기까지 했다.

이 사건은 또다른 유명한 오해를 낳았다.

"너는 늘 그 책만 읽는구나." 한번은 어머니가 말했다. "무슨 내용이니?"

** 인디언 학살의 주범.

"거대한 흰 고래 이야기예요."

어머니는 믿을 수 없다는 눈치였다. 그러더니 잠시 뒤에 말했다. "그 백인들은 도대체 왜 울부짖는다니?"*

나는 고래는 교회만큼 큰 물고기라고 말했다. 그녀는 그 말 역시 믿지 못했다. 누가 믿겠는가?

"나를 이스마엘이라 불러라." 나는 이따금 혼잣말을 했다. 내가 그 돈 많은 여인의 그림에서 벗어났듯 그도 거대한 흰 괴물로부터 살아남았기 때문이다. 그는 물살이 자신의 관을 밀어올리게 했다. 지금까지 살면서 나도 어렵지 않게 물 위를 떠다녔다. 하지만 강물은 내게 아직 볼일이 남았다. 나는 잔잔하고 향긋한 장소들로 떠다녔지만 어딘가에서 강물이 갈라졌다.

지금까지 받은 다른 제의는 아직 언급하지 않았다. 이 제의들은 이불을 덮고 먹는 달콤한 사탕 같았다. 상큼한 태피 사탕 같은 처녀, 알사탕같이 새콤하고 야문 유부녀, 마시멜로 같은 돈 많은 과부, 심지어 풀숲 정글의 암염이나 갱엿 같은 남자도 있었다. 제의를 받으려고 애쓴 것도 아니었다. 그냥 그렇게 되었다. 망설이지도 않았다. 그러다 진짜 사랑에 빠졌다.

내 탐욕을 일깨운 사람은 룰루 나나푸시였다.

어린 시절 기숙학교에서 나는 그녀를 여동생처럼 대했고 울음을 달래주려고 버스에서 피넛버터 샌드위치를 나누어 먹었다. 시

---

* white whale(흰 고래)이라고 한 말을 어머니는 whites wail(백인이 울부짖는다)로 잘못 알아들었다.

내에 갈 때도 데려갔다. 영화관에서 감초 사탕도 사주었다. 그러다 서로 떨어져 자라게 되었다. 집에 돌아온 나는 금요일 밤에 사람들 틈에서 춤추는 그녀를 보았다. 다른 두 남자와 버터플라이 춤을 추는 그녀를. 그녀를 보고 처음으로 내가 무엇을 원하는지 정확히 깨달았다. 우리는 서로 불이 붙었다. 무도장 뒤에서 키스를 했다. 나는 그녀의 입술에서 그 달콤한 맛을 더 원했다. 나는 이기적이 되었다. 우리는 서로의 품속으로 편안히 빠져들었다.

그런데 마리가 등장했고, 내가 이해할 수 없는 것은 이것이다. 인생의 행로가 이렇게 순식간에 변할 수도 있다는 사실.

나는 그저 수녀원에 기러기를 팔려고 언덕을 올라갔다 기러기를 팔에 묶은 채 그대로 내려왔을 뿐이다. 순진하지만 입술이 싸구려 여인숙 같은 젊은 처녀가 내 옆에서 함께 걸었다. 그녀는 내게 손을 잡힌 것이 속상한 것 같았다. 하지만 나는 그 손을 놓지 않았고, 그녀를 혼자 걷게 하지도 않았다.

그녀는 쓴맛이 났다. 몇 년 동안 나긋한 달콤함에 길들었던 나는 이제 뭔가 다른 맛을 갈망했다. 하지만 여전히 사탕 맛도 그리웠다. 나는 두 가지 맛을 모두 실컷 즐기지 못했고, 그것이 내 문제이자 삶의 다른 갈래 길로 들어선 지 한참 지나서까지 룰루를 잊지 못한 이유였다.

결혼생활이 시작되자 생각할 시간이 더 많아졌다는 말은 아니다. 나는 우리 아기들이 좋았지만, 아기들을 바꾸어 안다 더러 놓치기도 했다. 마리와 나 둘 다 놓쳤다. 어느 해에 두 아이가 숨졌다. 사내아이와 계집아이였다. 끔찍하고 긴 침묵의 시간이 지나서야 다시 아기들이 여기저기 나타났다. 일단 나타나자 아이들은 곳곳에 있었다. 찬장 밑에도, 서랍장 속에도, 이층침대에도. 담요를 들치면 그 밑 포대기에서 우는 소리가 났다. 어느 쪽이 내 자식이고 어느 쪽이 마리가 데려온 아이인지 갈피를 잡을 수 없었다. 두 아이가 죽은 뒤에 그녀가 아이들을 데려온 것은 도움이 되었다. 이런 식으로 상황은 흘러갔다. 가장 어린 아기가 우리 사이에 누워 우리의 더없이 행복한 침대에서 잤고, 나는 더 많은 아이를 만들려고 그 아이를 슬그머니 넘어갔다. 이렇게 끝없이 흘러갈 것 같았다.

이따금 나는 달아났다. 휴식이 필요했다. 술을 마시러 쏘다녔고 마리는 나를 야멸차게 나무랐다. 몇 년이 지나자 아기들이 걷기 시작했지만, 그것은 다만 아이들이 신을 신발이 필요하다는 의미였다. 나는 항복했다. 말 그대로 코를 박았다. 그렇게 여러 해가 지났고, 고개를 들어 세상이 경이와 창조물을 가득 담고 흘러가는 것도 깨닫지 못한 채 백인 농부들의 건초 다발을 묶으며 늙어갔다.

눈 깜짝할 사이에 그렇게 긴 시간이 흐른 것에 나는 새삼 놀란다. 사람들이 이미 많은 물이 흘러 돌이킬 수 없는 시간이라고 말하는 세월이다. 급류였나보다. 순식간에 휩쓸어 옆도 보지 못하고 눈앞에 떠밀려오는 것에만 시선을 붙박아야 하는 소용돌이 같은 급류. 십칠 년의 결혼생활, 오기도 가기도 한 아이들.

그뒤 강물은 고인 느낌이었다.

어쩌면 흐르는 강물에서 너무 빨리 눈을 뗀 것인지도 몰랐다. 어쩌면 시간의 빠른 움직임 때문에 정신이 아찔해진 것인지도 몰랐다. 나는 충격을 받았다. 그 일이 일어난 날을 기억한다. 계단에 앉아 망가진 마리의 냄비를 철사로 묶는데 만물이 정지한 듯한 느낌이 들었다. 아이들의 함성도 멈추었다. 마리가 바가지 긁는 소리도 들리지 않았다. 아기들은 잠들었다. 소는 여물만 잘근댔다. 개는 뙤약볕 아래 길게 늘어졌다. 아무것도 움직이지 않았다. 나뭇잎도, 종도, 사람도. 소리도 없었다. 공기 자체가 함몰된 것 같았다.

그 괴괴함 속에서 나는 고개를 들어 주위를 둘러보았다.

내가 본 것은 흐르는 시간, 순간순간이 내 뒤에 쌓이는 장면이었다. 내가 시간으로부터 삶을 쥐어짜기도 전에. 순간이 너무 빠르게 지나간다는 말을 하는 것이다. 그 중심에서 나는 그저 넋 놓고 앉아 있었다. 강물이 커다란 바위에 부딪는 것처럼 시간은 내게 득달같이 밀려왔다. 차이가 있다면 나는 바위처럼 오래 버티지 못한다는 사실이었다. 순식간에 닳을 것이다. 이미 닳아가고 있었다.

나는 얼굴을 가렸다. 나는 줄었다. 근육도 줄었고, 머리카락도 줄었고, 턱 힘도 줄었고, 허리 밑으로 하던 일도 줄었다. 제안도 줄었다. 때는 1952년이었고, 나는 줄곧 기대에 맞춰 살았다. 아빠가 되었고, 부족 의장이 되었다. 거기까지가 한계였다. 의장이라는 말에 속지 말기를. 전성기를 맞은 지역정치에 뛰어든다는 것은 보수는 쥐꼬리만큼 받고 감사의 말은 전혀 듣지 못한다는 뜻이다. 내가 그 자리를 차지하겠다고 출마한 것도 아니었다. 누가 무기명 투표용지에 내 이름을 썼고, 그 자리를 수락한 날 나는 순식간에 전보다 못한 인물이 되었다. 자고 일어나면 흰머리가 늘었다. 아침에 머리를 빗으면 흰머리가 빗에 딸려 나왔다.

점점 줄던 나는 1952년이 되었을 때, 마침내 계단에 앉은 채 지금 가진 것이 무엇이든 꽉 붙잡겠다고 다짐했다.

룰루를 생각하기 시작했을 때 나는 그런 상태였다. 솔직히 그녀를 떨쳐낸 적이 없었다. 모든 일이 정신을 차리지 못할 정도로 순식간에 뒤죽박죽이 되기 전에 우리가 얼마나 빠르게 서로의 부드러운 품으로 파고들었는지 생각했다. 마음의 눈으로, 내가 푸른 빛깔의 아득한 결혼생활에 잦아드는 동안 그녀가 갈망의 몸짓으로 팔을 내밀던 모습을 보았다. 과거에는 내 쪽에서 아무 노력도 기울일 필요가 없었지만, 되돌아가려면 시간의 흐름을 거슬러 헤엄쳐야 했다.

나는 생각을 떨치려고 머리를 흔들었다. 아이들이 소리를 지르기 시작했다. 마리는 야단쳤고, 아기들은 엉엉 울었고, 소는 쿵쿵거렸고, 개는 투덜거렸다. 고요는 사라졌다. 짧은 순간이었지만 계단에서 일어났을 때 나는 딴사람이 되어 있었다.

나는 고친 냄비를 식탁에 놓은 뒤에 옷걸이에서 모자를 집어들고 픽업트럭을 몰아 시내로 나갔다. 뇌는 술을 오래 마시고 싶을 때 오는 저릿한 통증을 보냈지만 나는 내키지 않았다.

아무튼 시내에 다다라 부족사무실에 들렀을 때 이미 술은 중요하지 않았다. 긴급사태가 일어났기 때문이다.

여기서부터 사건들이 맴돌면서 다시 뒤엉킨다.

7월이다. 태양은 몹시 뜨거운 흰색 공이다. 폴라베어 냉동트럭 회사의 큰 화물차 두 대가 인디언 지역사무소 건물 마당에 차를 댔는데, 뭘 실었겠는가? 버터. 맞혔다. 1952년 햇볕이 가장 뜨거운 날 잉여 버터 17톤. 이것을 계기로 룰루와 나는 다시 만나게 된다.

우연한 만남. 내가 버터를 내려놓고 가겠다는 운전사들과 실랑이를 벌이는데 룰루가 차를 몰고 지나간다. 내시 앰배서더 커스텀의 호사스러운 탄력에 몸을 맡긴 채 유유히.

"이봐, 룰루." 내가 소리치며 여기 뜨겁고 헐벗은 마당으로 들어오라고 손짓한다. "두어 시간 좀 도와줄 수 있어?"

그녀가 차창을 내리고 어쩌면, 한다. 우리의 청춘이 지나간 뒤로 그녀는 늘 높고 먼 존재다. 나는 버터 배달 때문이라고, 그 이유밖에 없다고 생각한다. 하지만 그녀가 사뿐히 내려서자 어쩔 수 없이 그녀가 입은 옷의 흥미로운 특징에 관심이 간다. 그녀가 옆으로 돌아선다. 등뒤로 허리까지 단추를 채웠다. 단추는 고급 레스토랑의 캐시박스 옆에 두는 민트 사탕처럼 조그맣고 네모나고 볼록하다.

나는 미국의 수도에 간 적이 있다. 거기에서 담뱃물을 뱉는 것은 눈살을 찌푸리게 하는 행동이라고 배웠다. 그뒤로 담배 씹는 버릇을 고치려고 담배를 말아 피우기 시작했고, 주머니에 말아 피우는 담배 재료를 늘 넣어 다녔다. 나는 얼른 담배 한 개비를 말면서 등뒤로 달린 단추가 의자에 앉으면 배기지 않을까 궁금한 마음을 애써 떨친다.

"차에 에어컨 있어?" 내가 묻는다. 그녀가 그렇다고 한다. 나는 점잖고 자연스럽게 50파운드짜리 잉여 버터 상자들을 운반하게 도와달라고 부탁한다. 불볕더위 속에 두면 다 녹아버릴 테니까.

그녀가 한숨짓는다. 짜증이 나는가보다. 곱슬곱슬한 머리카락이 목덜미에 닿아 있다. 그녀에게 넥터 캐시포는 성가신 존재다. 그들의 청춘이 그녀의 눈에는 전혀 보이지 않는다. 그는 생기를 잃었다. 몸은 뻣뻣하다. 그녀는 어떻게 그가 예전에 지터버그를 췄는지 모르겠다고 생각한다! 눈썹마저 희끗희끗하다. 한때 처녀들이 그를 쫓아다닌 것이 믿기지 않는다!

여하간 에어컨이 필요하다는데 어쩌겠어? 그녀가 어깨를 으쓱할 때 나는 그녀의 마음을 읽는다.

"차에 실어." 그녀가 말한다.

버터를 실은 뒤에 내가 조수석에 타고, 우리는 함께 버터를 운반한다. 어차피 뜻밖의 배달이니 정해진 방법이 있을 리 없다. 그녀가 어느 마당으로 들어가 차를 대고, 내가 적당한 자리에 상자를 하나둘 내린다. 오가며 배달하는 동안 우리는 말이 없다.

다시 버터를 실으러 사무소 마당에 돌아올 때마다 화물차의 버터는 줄어든다. 사람들이 소문을 들었는지 직접 와서 상자를 실어 간다. 놀랍게도 그 많은 버터가 순식간에 빠르게 없어진다. 룰루와 나는 아직 차에서 한마디도 나누지 않았는데. 오후는 열기로 후끈 달아올라 견딜 수 없을 정도고, 그대로 몇 시간 지속될 것이다. 차 안은 쾌적하고 서늘하며, 의자는 푹신하다. 마당으로 들어서도 나는 내리기가 싫다. 룰루는 웃으며 집에서 나오는 사람들에게 말을 건넨다. 하지만 우리만 남으면 입을 꼭 다물고 라디오에서 들은 노래를 흥얼거린다. 나는 몇 차례 침묵을 깬다.

"헨리 일은 안됐어." 내가 말한다. 그녀의 남편은 철로에서 죽었다. 나는 유감을 표할 기회가 없었다.

"좋은 사람이었어." 그녀는 이렇게만 대답한다.

"아이들은 잘 지내?" 내가 잠시 뒤에 묻는다. 나는 그녀에게 자식이 많다는 걸 알지만, 모르는 사람들은 쉽게 짐작하지 못한다. 그녀는 아주 어려 보이니까.

"잘 지내."

나는 필사적으로 멀리 사는 이웃까지 부러워한다는 그녀의 피튜니아 정원 이야기를 꺼낸다. 마리도 종종 그런 말을 했다.

"내 피튜니아를 당신이 상관할 건 없잖아." 그녀가 무덤덤하게 말한다.

나는 잠시 입을 다문다. 이래봤자 소용없다는 걸 알겠다. 내가 뭘 하든 그녀는 달가워하지 않는다. 사실 내가 뭘 원하는지도 모르겠다. 어쩌면 나, 중년의 버터 배달원 넥터 캐시포가 아주 오래전에는 그녀를 설레게 하고 불꽃을 일으킨 근육질의 청년이었다고 말하고 싶은 걸지도.

하지만 나는 훨씬 많은 것을 받는다. 내가 무슨 말을 하거나 무슨 행동을 해서가 아니다. 그보다 훨씬 신비롭다.

우리는 마지막 버터를 내려놓고 뒷좌석에 내가 가져갈 상자와 그녀가 가져갈 상자 두 개만 남긴 채 사무소로 돌아온다. 피튜니아 얘기를 한 뒤로 그녀는 흥얼거리지도 않는다. 그래서 그녀가 불쑥 전망대로 가서 경치 구경이나 하면 좋겠다고 말하자 나는 몹시 놀란다.

이제 내가 어쩔 줄 모르겠다.

"집에 버터를 가져가야 해." 내가 말한다.

하지만 그녀는 그냥 차를 돌려 언덕을 올라간다. 그녀의 피부는 갈색 아래 화사한 금빛을 숨긴 듯 빛을 발한다. 머리카락은 건조해 정전기가 일어난다. 우리가 어느 집에 들렀을 때 그녀가 누군가에게 머리를 매만질 시간이 없었다고 말하는 걸 들었다. 파마한 곱슬머리가 이마 여기저기에 삐져나왔다. 다른 여자들이라면 이상해 보이겠지만, 귀에 건 작은 크리스털 귀걸이와 뺨에 바른 프랑스제 연지처럼 룰루가 하면 세련되어 보인다.

나는 그녀와 마리를 비교하지 않는다. 그러지 않을 것이다. 하지만 룰루 때문에 이렇게 가슴 아픈 것이 문득 비참하고 슬프다.

"이러면 안 될 것 같아." 차가 서자 내가 말한다. 나무가 푸른색 그림자를 은은하게 드리운다.

"뭘 말이야?"

그녀가 나를 돌아본다. 삼각형으로 오므린 반짝이는 입술, 뾰족하게 불거진 광대뼈, 앙증맞은 컵 같은 턱과 반짝이는 눈빛. 그녀가 나를 빤히 쳐다본다.

"여기 앉아 있는 것." 내가 말한다. "이렇게 둘이."

"맙소사." 그녀가 말한다. "잡아먹을 생각 없어. 그저 경치가 보고 싶었을 뿐이야."

그리고 잠자코 경치만 바라본다. 그녀가 편히 기댄다. 차창 밖으로 팔을 내민다. 공기가 따스하다. 그녀는 펼쳐진 나무숲과 늪지대를 본다. 그러다 눈을 꼭 감는다.

"여긴 지독히 아름답네." 그녀가 말한다. 아련하고 흐뭇한 목소리다. 더는 내게 화나지 않은 것 같아 나는 지금까지 줄곧 물을 생각도 못한 말을 꺼낸다. 그 말을 불쑥 내뱉고 나조차 놀란다.

"용서해주겠어?"

그녀는 곧바로 대답하지 않지만, 그건 괜찮다. 그 말을 뱉은 나조차 놀라서 마음을 진정해야 하니까.

"어쩌면." 이윽고 그녀가 말한다. "하지만 난 그때와 달라졌어."

나는 그녀가 하나도 변하지 않았다고 말하려다, 그 순간 얼마나 변했는지 깨닫는다. 자기가 달라진 걸 알고 있다니 그녀는 나보다 훨씬 영리하다.

"나도 이제 예전과 달라." 나는 겨우 수긍한다.

그녀가 나를 쳐다보고, 이어서 그녀의 얼굴에 놀라운 일이 일어난다. 돌연 꽃이 피고 달이 구름 뒤에서 나오듯 얼굴이 환해진다. 그녀가 미소 짓는다.

"버터가 다 녹겠는걸." 그녀가 소리내 웃는다. 그리고 뒷좌석으로 손을 뻗어 덩어리 하나를 집는다. 왁스종이에 싸인 버터는 뭉개지고 말캉말캉하지만 아직 신선하다. 그녀가 내 얼굴에 버터를 묻힌다. 나는 화들짝 놀라 순간 내가 바보 같다고 생각한다. 그리고 뺨에서 버터를 닦아낸다. 버터 덩어리를 받아 계기판 앞에 놓는다. 우리가 서로 붙잡고 키스할 때 우리 손에 버터가 묻는다. 서로 만지고 옷을 벗기는 사이 버터는 서서히 녹아 없어진다. 단추! 나는 그녀를 돌려 눕히고 하나라도 뜯어질까 조심스레 단추를 푼다.

"달라졌네." 그녀가 이제야 동의한다. "더 좋게."

그녀가 말은 더 하지 않았으면 좋겠다. 나는 가만히 누워 있으라고 말한다. 그저 가만히. 그대로 가만히. 나는 레버로 등받이를 뒤로 젖힌다. 같이 차를 탔을 때 이 생각이 곧바로 떠올랐기 때문에 어떻게 하는지 안다. 하지만 미리 계획한 건 아니다. 어떻게 계획 같은 걸 하겠는가? 내가 계기판에서 버터를 다시 집으리란 걸 알기나 했겠는가? 나는 그녀의 쇄골을 따라 버터를 한 움큼 문지르고 양쪽 젖가슴 주위로 원을 그린 뒤 그 사이로, 까칠하고 조그만 젖꼭지 위로 버터가 미끄러지게 한다. 배에 원을 그리며 버터를 문지른다.

"그러니까 예쁜데." 내가 말한다. "온통 반질거려."

그녀가 누운 채로 웃으며 버터를 더 바를 자리를 가리킨다. 그녀의 손이 그녀의 몸속으로 나를 이끈다.

7월의 그날 밤, 한밤중에 나는 픽업트럭을 몰았다. 나는 놀란데다 녹초가 되었고 우리가 한 일에 약간 겁나기도 했지만 기분은 썩 좋았다. 서둘러 집으로 돌아가는 길에 밤바람을 맞으며 나는 팔다리에 긴장이 풀리고 힘이 더 나는 느낌이었다. 찬 공기는 옷 속으로 스며들어와 땀을 빨아들였고, 혈관은 따뜻하고 달콤한 물로 가득찼다.

집 앞으로 들어서자 램프가 아직 불빛을 밝히고 있었다. 내가 취했으면 오두막에서 재우려고 마리가 기다렸다는 뜻이다.

나는 안으로 들어가 끼익거리는 방충문을 부드럽게 닫았다.

"나 왔어." 어두운 옆방으로 들어가 침대에 숨고 싶다고 생각하며 내가 웅얼거렸다. 그녀는 식탁에 앉아 철 지난 카탈로그를 들여다보고 있었다. 그녀가 사진에서 눈을 떼지 않고 말했다.

"배고파?"

"아니." 내가 말했다.

걸음걸이와 목소리로 그녀는 내가 취하지 않은 것을 단박에 알아차렸다. 그녀가 몇 쪽을 넘겼다.

"이 세탁기 좀 봐." 그녀가 말했다. 나는 보려고 허리를 숙였다. 그녀는 냄새를 맡더니 나더러 버터를 만들다 온 사람 같다고 했다. 나는 오후에 17톤이나 되는 버터를 어떻게 실어 날랐는지 말했다.

"그 속에서 헤엄을 친 모양이네." 그녀가 내 옷을 흘끗 보았다.

"우리 버터는?"

"뭐?"

"우리 버터."

버터를 룰루의 차에 두고 왔다. 나는 혀가 굳어버렸다. 갑자기 죄책감이 밀려오면서 말문이 막혔다.

"잊었나보네." 그녀가 카탈로그를 탁 덮더니 램프를 껐다.

나는 트레일러히치를 만드는 공장에서 야간 경비로 일자리를 얻었다. 일주일에 닷새 출근해 경비실을 지켰다. 절반의 시간은 바닥을 쓸거나 잡다한 것을 손보며 보냈다. 나머지 시간에는 꾸벅꾸벅 졸거나 의장 보고서를 쓰고 이따금 순찰을 돌았다. 여섯째 날에도 여느 때처럼 집을 나섰지만, 룰루 라마르틴이 사는 곳 근처에 이르자마자 차를 돌렸다. 덤불이 무성한 곳에 보이지 않게 차를 세우고 어둠 속에서 그녀의 집까지 걸어갔다.

여섯째 날에는 픽업트럭 운전대에 지금의 몸뚱이를 잠시 두고 또다른 청춘의 몸으로 사는 것 같았다. 나는 수맥을 찾듯이 움직였다. 내 몸은 웅덩이로 가득했고 급류로 흘러넘쳤다. 나는 그녀의 침실 창문으로 기어들어갔다. 나는 다리를 무너뜨릴 수 있는 홍수였다. 더는 물을 품을 수 없는. 나는 룰루에게로 쏟아졌고, 그녀가 나를 붙잡은 것은 기적이었다. 그녀는 허물어지지 않고 나를 품을 수 있었다. 혹은 억수같이, 구불거리는 파도같이 펼쳐지며 나와 함께 흐를 수 있었다.

나는 밧줄처럼 몸을 비틀 수 있었다. 수면 아래로 사라질 수 있었다. 나는 달려가다 멈출 수 있었고, 룰루는 매순간 거기에서, 이불을 들치면 엉겨 있지 않을까 마음 졸일 아기들 없이 그녀 혼자 기다릴 것이었다.

그렇게 오 년이 흘렀다.

내가 이중생활을 유지한 것은 시간의 비율을 철저히 지켜서 이룬 위업이었다. 나는 대부분 피곤에 절어 안개같이 몽롱한 상태로 돌아다녔다. 그 시절엔 단 한 번도 아침까지 곤하게 자지 못했는데, 잠드는가 싶으면 어딘가에 숨어 있던 아기들이 울음을 터뜨렸기 때문이다. 오, 그렇다. 마리는 계속 아기를 데려왔다. 보호구역에서는 버터처럼 아기가 남아돌아서 우리는 이따금 뜻밖의 배달을 받는 것 같았다.

나는 늘 긴장해서 지냈는데, 나를 짓누르는 요구들 때문에 그럴 수밖에 없었다. 룰루에 대해 말하자면, 처음에는 부담 없이 내키는 대로 그녀의 집을 드나들었지만, 그것은 점차 시간을 정확히 지켜야 하는 노동이 되었다. 여섯째 날 밤에 정확히 도착해 동트기 전에 떠나는데, 그사이에 힘 닿는 데까지 온갖 쾌락을 나누어야 했다. 룰루를 더 자주 볼수록 그녀 또한 내시 앰배서더의 은밀한 제국에서 온 여자가 아니라 마리처럼 자신을 즐겁게 해줄 행위와 말을 요구하는 현실의 여자임을 깨달았다.

나는 룰루와 마리, 두 사람의 요구를 모두 들어줘야 했다. 그들이 각각 무엇을 언제 원하는지 헷갈리지 않으려고 골머리를 썩였다.

그러는 동안 사건이 하나 일어났는데, 룰루가 아기를 낳은 것이다.

그녀가 아이를 뱄을 때 나는 이 여자가 현실적일 뿐 아니라 마음이 쇠로 된 쐐기 같다는 사실을 깨닫기 시작했다. 예컨대 그녀는 아기를 뱄다는 사실을 단연코 인정하지 않았다.

"돼지처럼 피둥피둥 살이 쪄." 그녀는 배를 두드리며 혀를 찼는데, 몸의 다른 부위는 날씬하고 배만 둥실했다.

어느 밤 룰루를 꼭 끌어안자 아기의 발길질이 느껴졌다. 그녀는 그저 말없이 웃었다. 그녀의 하얀 이가 어둠 속에서 반짝거렸다. 그녀는 장난으로 짐승처럼 나를 물어뜯으려고 했다. 그런 식으로 나를 놀라게 해서 내 아기인지 묻지 못하게 했다. 나는 룰루 때문에 질투했고, 룰루도 이 사실을 알았다. 나는 룰루를 통제할 수 없어서 혹은 그녀의 행방에 대해 마음을 놓을 수 없어서 질투했다. 그녀가 얼마나 생기 넘치고 그 육체가 얼마나 나긋한지 나는 잘 알았다.

하지만 내가 충실하지 않은데 그녀에게 충실하기를 요구할 수는 없었다. 나는 마리와 결혼한 상태로 룰루와 이중생활을 했고, 물론 그 반대로 말할 수도 있었다. 룰루는 스스로 물레를 돌리면서 그 실로 나를 단단히 붙잡았다. 그녀가 누구를 만났는지, 무엇을 했는지 나로서는 알 길이 없었다. 하지만 태어난 사내아이는 분명 캐시포 핏줄인 것 같았다.

나는 틈만 나면 한갓진 장소를 찾고 그곳에 앉아 시간을 멈추려고 애썼다. 하지만 나무에 기대거나 차를 세우고 쉬거나 소 옆에 앉거나 아니면 그저 바위에 앉아 담배를 피우면서 고요를 느끼는 순간, 사랑과 정치에 얽힌 온갖 이야기가 다시 억수같이 쏟아져들어왔다. 마음을 비워 더 많은 부족 소식을 쏟아붓는 꼴이었다.

치페와족의 정치는 바지 속의 가시 같았다. 나는 의장이 되겠다고 나선 적도 없었고 정치판에서 뭐가 되고 싶은 적도 없었지만, 어느새 정치의 소용돌이에 휘말렸다. 그 때문에 워싱턴에도 갔다. 주지사와 대화도 나눴다. 나는 족제비처럼 싸워야 했지만, 싸우면서도 마리의 세탁기를 사는 문제로 옥신각신하느라 등뒤로 한쪽 손이 묶인 꼴이었다.

워싱턴에 머무는 동안 마리는 내게 오로지 한 가지만 원했다. 사랑도 섹스도 아니고, 다만 탈수가 되는 세탁기. 그 많은 기저귀와 작업복 바지와 셔츠를 빨아대야 하니 그녀를 탓할 수도 없었다. 하지만 우리가 모은 얼마 안 되는 돈은 세탁기 계약금을 내기는커녕 점점 바닥을 드러냈다.

실랑이와 소모전은 그치지 않고 계속되었다. 상황은 내가 차를 세우기 전이나 계기판에 놓은 버터를 집어들기 전보다 더 나빠졌다. 룰루는 나를 늙게 했지만 동시에 청춘을 되찾아주었다. 나는 정신없이 살며 직장에서 집으로 다시 일터로, 룰루의 품으로 휩쓸리듯 오가느라 정신을 차릴 틈이 없었다. 맞서 싸울 수도 없었다. 어디로 가든 서둘러야 했다. 그저 이 넥터 캐시포에게 뭔가를 바라는 사람 모두가 나를 쥐어짠 뒤에 번쩍 들어올려 패대기칠 거라는 생각뿐이었다.

그래서 나는 1957년에 일어난 두 가지 사건에 이미 준비가 되어 있었다. 솔직히 두 사건은 큰 위로가 되었는데, 내 삶의 행로를 바꾸어놓았기 때문이다.

첫번째는 얼굴이 넙데데하고 말솜씨가 좋은 미니애폴리스의 세일즈맨이 나타난 사건이었다. 그는 룰루의 집 마당에 차를 세우고 모자를 벗었는데, 헨리의 동생 베벌리 라마르틴으로 자수성가한 사람이었다. 일 달러만 줘도 룰루를 목매달아 죽일 것 같은 어딘지 구린 유형의 남자였다. 내가 그렇게 말했더니 그녀는 그저 웃었다.

"해코지할 사람은 아니야." 그녀가 말했다.

"그놈이 당신에게 손대면 죽여버릴 거야."

그녀는 자기라면 그런 어벙한 엄포는 놓지 않겠다거나 그런 뻔한 말은 하지 않겠다는 표정으로 나를 쳐다보며 한마디 중얼거렸다. 나는 가슴에 구멍이 뻥 뚫리는 것 같았다. "마리만 없었으면……"

"뭐?" 내가 말했다.

그녀가 입술을 깨물며 내 눈을 바라보았다. 나는 얼어붙을 것 같았다. 문득 그녀가 도시에서 온 팔에 문신을 하고 머리에 기름기가 좔좔 흐르는 그 인디언 놈과 결혼할 작정인 것을 깨달았다.

"안 돼." 내가 말했다. "그럴 수는 없어."

그 생각에 나는 절박한 심정이 되었지만, 모루처럼 단단한 그녀의 마음을 흔들기에는 역부족이었다. 나는 그녀를 눕혔다. 팔을 등 뒤로 돌려 고정시켰다. 머리카락을 당겨 턱을 들어올렸다. 그녀를 내가 움직이는 대로 사뿐사뿐 춤추는 나만의 꼭두각시로 만들기 위해 최선을 다했다. 정말로 그렇게 했다. 그녀는 땀을 흘리며 몸을 비틀었다. 그녀가 내 쾌락을 가져가게 했다. 하지만 그녀의 몸에서 떨어지자 그녀를 가질 수 있는 방법은 하나, 즉 마리를 떠나는 것뿐이라는 생각이 들었고, 그것은 불가능한 방법이었다.

혹은 그렇게 생각했던 것 같다.

그날 밤 나는 룰루가 베개를 베고 잠이 들자마자 떠났다. 차를 몰아 호수로 갔다. 혼자 차를 세웠다. 헤드라이트를 껐다. 더없이 고요한 시간, 호숫가에 있는데도 마음이 진정되지 않아 옷을 벗고 알몸으로 호수로 내려갔다.

집으로 돌아가면 룰루를 잊을 수 있도록 영혼이 맑게 씻길 때까지 헤엄쳤다. 그날 밤이 마지막이라고 나를 타일렀다. 그녀를 단념했고, 컴컴한 무덤 바닥처럼 춥고 어둡고 고요한 호수 밑바닥으로 깊이 잠수했다. 어쩌면 버둥거리지 말고 거기 그대로 있어야 했다. 어쩌면 숨을 들이쉬었어야 했다. 하지만 그러지 않았다. 물이 나를 튕겨올렸다. 나는 삶의 아수라장으로 돌아가야 했다.

다음날이 되자 룰루를 영원히 떠난다는 내 결론에 흐뭇해졌다. 토지 재개발 사업이 추진되었다. 다행스러웠다. 내가 이전에 룰루를 배반하지 않았더라도 그녀가 사는 그 땅과 관련해 지금 그녀를 배반해야 하니까. 그 땅은 그녀 소유가 아니었다. 비록 그녀가 그 땅에 살며 피튜니아를 심고 창문 아래 새 목욕통을 달았다고 해도, 그 땅은 항상 라마르틴 핏줄의 터였지 그녀 것이 아니었다. 그 땅은 항상 부족의 것이었고, 안타깝게도 부족 의회는 룰루가 사는 땅이 공장부지로 완벽하다는 결론을 내렸다.

아, 나도 가만히 보고만 있지는 않았다. 할 만큼은 했다. 하지만 정부의 돈이 그들 코앞에서 대롱거렸다. 끝내 나는 부족 의장으로서 룰루가 그 땅에서 떠나야 한다는 내용의 공식 통보서에 서명했다.

꿈속처럼 손이 타자한 종이 위로 내려갔다. 점선 위에 내 이름을 휘갈겼다. 비서가 그것을 봉투에 넣은 뒤 침을 묻혀 봉했고 누가 룰루의 집으로 배달했다. 나는 그저 흘러가게 두려고 애썼지만 운전대를 붙잡은 채 어쩔 줄을 몰랐다. 내가 원했든 원하지 않았든 나로서도 어쩔 수 없는 일이었다.

그날 밤 나는 예정 없이 룰루의 창문으로 찾아갔다. 그 주의 여섯째 밤은 아니었지만 그녀가 나를 기다린 것을 안다. 그녀가 나를 돌려보냈기에 안다.

고통과 타는 듯한 열기가 견딜 수 있는 한계를 넘어 내 속에 맹렬하게 몰아쳤다. 룰루를 단념하기 무섭게 나는 다시 그녀를 원했다.

8월의 뜨거운 밤이다. 나는 부엌 식탁에서 램프 불빛을 받으며 앉아 있다. 여섯째 밤이지만 마리와 아이들과 함께 집에 있다. 그들은 모두 내 주위에서 쌔근거리며 웅얼웅얼 잠꼬대를 한다. 오럴리어와 젤다는 난로 옆 간이침대에 웅크리고 누웠다. 젤다가 흐릿한 불빛 속에서 꿍얼거린다. "빨리!" 젤다의 다리가 뭔가를 쫓는 사람처럼 움찔거린다. 머리에는 검은색 핀을 잔뜩 포개 꽂았다.

내 옆에는 서류철과 소책자, 편지 따위가 잔뜩 든 갈색 소가죽 서류가방이 열린 채 놓여 있다. 나는 푸른 선이 그어진 편지지와 한 번도 깎지 않은 연필을 꺼낸다. 주머니칼로 심이 뾰족해질 때까지 연필을 깎는다. 칼을 닦아 접은 뒤 내 마음이 결정한 것을 정말로 쓸지 고민한다.

나는 엄지손가락에 침을 묻힌다. 연필이 사각거린다. 1957년 8월 7일. 나는 왼쪽에서부터 써나간다. 사랑하는 마리. 공립학교에서 배운 대로 두 줄을 띄운다. 이제 당신을 떠나려고 해. 손에 얼마나 힘을 줬는지 연필심이 툭 부러진다.

젤다가 벌떡 일어나 앉더니 쿵쿵거린다. 이 아이는 늘 잠을 설친다. 꼬마였을 때도 엄마 아빠 방으로 불쑥 들어오곤 했다. 자다 깨면 이 아이가 종종 침대 기둥이 자기를 어디 다른 곳으로 데려가기라도 할 것처럼 양손으로 꼭 붙잡고 발치에 서 있었다.

이제 다 자란 숙녀가 된 젤다는 잠결에 얼굴을 찌푸리다 다시 천천히 이불을 덮더니 이마만 빠끔 내놓고 사라진다. 나는 포기한다. 다시 연필을 쥐고 쓰기 시작한다.

사랑하는 마리

나는 하루하루 더 힘이 드는데 이제는 이렇게 살 수 없어. 한때 당신을 사랑한 것은 틀림없지만, 요즘 룰루를 만나고 있어. 이제 그녀가 내 선택을 강요하고 나도 떠날 때가 됐어. 정말 미안해. 그녀에게서 진정한 사랑을 찾았어. 선택의 여지가 없어.

하지만 넥터 캐시포가 제 식구를 잊는 일은 절대 없을 거야.

편지를 다 쓴 뒤 얼른 접어 서류가방에 넣는다. 그리고 새로 종이를 뜯어 또다른 편지를 쓰기 시작한다.

사랑하는 룰루
당신은 나를 오랫동안 원했지. 이제 나는 당신 거야. 나를 데려가도 좋아. 백 퍼센트 당신 거니까. 이 편지는 글로 쓴 내 정식 청혼이야.

지옥이 얼어붙을 때까지 당신 곁에 있을
넥터로부터

어쩌면 정말 그럴 마음은 없었기에, 어쩌면 그 생각을 떨치기만 하면 되었기에 나는 편지들을 넣은 뒤 서류가방을 잠그고, 램프를 끄고, 잠든 아이들 곁을 지나 마리에게 간다. 나는 침대 기둥에 셔츠와 바지를 걸고 그녀 옆에 슬며시 눕는다. 그녀는 늘 떨어지지 않게 아기를 벽 쪽에 누이고 아기를 감싼 자세로 내게 등을 돌린 채 자기 자리에서 잔다. 내가 몸부림치다 아이를 깔아뭉갤 뻔한 뒤로 이렇게 잔다. 나는 그녀에게 몸을 바싹 붙이고 팔로 그녀의 허리를 감싼다.

그녀에게서 우유와 나뭇재와 햇볕에 말린 빨래 냄새가 난다. 마리는 향수를 뿌린 적이 없다. 그녀의 큼직한 손은 칼에 베인 흉터

투성이고 표백제 때문에 거칠거칠하다. 등은 널빤지처럼 단단하다. 하지만 그녀가 곁에 있으면 따뜻하다. 그녀에게 애원하고 싶지만 뭘 바라야 할지 모르겠다. 그녀 곁에 누워 깊은 숨소리를 들으려니 가슴이 찢어질 듯 아프다. 아픔이 가공하지 않은 금속 덩어리처럼 목구멍에 걸린다. 그녀를 붙잡고 놓기 싫다. 울면서 내가 무슨 짓을 했는지 말하고 싶다.

내가 목소리를 죽여 웅얼거리자 그녀가 여전히 꿈속인 채 뒤척인다. 그녀가 내 팔을 더 힘껏 끌어당기며 베개에 대고 중얼거린다. 내 호흡을 그녀의 호흡에 맞춘다. 또 한 번. 그러자 내 몸은 그녀의 몸이 된다. 우리는 하나가 되어 호흡하고, 나는 앞으로 어떻게 될지 여전히 알지 못한 채 서서히 잠 속으로 빠져든다.

나는 두들겨맞은 사람처럼 밤새 잠에 흠뻑 취한다. 깨자 그녀는 이미 젤다를 데리고 시내로 나가고 없다. 일찍 일어나 사과 병조림을 만들었나보다. 병을 거꾸로 뒤집어 식탁 모서리에 나란히 세워뒀는데 붉은빛이 도는 금색에 햇살이 비쳐 아름답다. 나는 모닝커피를 끓이고 그녀가 나를 위해 챙겨둔 갈레트를 오물거린다. 아직 어떻게 할지 모르겠다. 이제껏 평생 스스로 결정을 내릴 필요가 없었던 것 같다. 주어진 일을 했고, 오라는 곳이면 어디든 갔고, 요청받은 일은 수락했다. 마다한 적이 없었다. 하지만 이제 이것 아니면 저것을 선택해야 하고, 내 마음은 이 사실을 이해할 만큼 유연하지 못하다.

나는 밖으로 나가 한동안 장작 패기에 몰두한다. 아이들은 스스로 돌볼 줄 안다. 장작더미가 높이 쌓이면 해답이 나올 것처럼, 쐐기를 박아 나무를 쪼개고 도끼로 힘껏 내리찍으면서 답답한 마음을 나무에 푼다.

그렇게 일하다 문득 룰루를 생각한다. 시동생 무릎에 앉은 그녀의 모습이 선명히 떠오른다. 베벌리의 두꺼운 팔이 그녀의 어깨를 감싼다. 룰루의 머리가 살짝 기울고, 눈동자가 새의 그것처럼 반짝인다. 그의 얼굴이 조금씩 그녀에게 기운다. 이제 그의 입술이 그녀의 얼굴로 다가간다.

나는 도끼를 내던진다. 두 마리 원앙새를 상상하니 참을 수 없다. 집으로 들어가 미친 사람처럼 서류가방을 뒤진다. 마리에게 쓴 편지를 찾아 다시 읽어보고, 식탁의 설탕병 밑에 끼운다. 룰루에게 쓴 편지는 주머니에 쑤셔넣고 나간다.

계단을 성큼성큼 내려가 숲으로 향하는데, 룰루가 앙증맞고 빨간 혀로 자기 이를 훑는 모습이 떠오른다. 울화가 치밀지만 자꾸 떠오른다. 그의 커다란 얼굴이 그녀의 턱 밑을 비비댄다. 그녀가 그의 머리를 잡으려고 손을 올린다. 그녀가 그의 몸 아래로 능숙하게 파고들자, 나는 이제 눈이 멀어 숲으로 구불구불 난 옛 사슴길은 쳐다보지도 않고 나뭇잎을 헤치며 달려간다.

그가 트윈시티로 돌아갔다는 말을 들었지만, 나는 두 사람을 한꺼번에 붙잡을 기세로 살금살금 기어 그녀의 집으로 간다. 그녀의 개들이 당장에라도 내 냄새를 맡길 기대하며 몸을 웅크리고 언덕 덤불숲에 숨는다. 그리고 지켜본다. 그녀의 집은 새로 페인트칠을 했는데, 노란색에 검은색 테두리를 둘러 벌처럼 발랄한 느낌이다. 피튜니아는 하얗게 칠한 두 개의 낡은 트랙터 타이어 앞쪽에 심어져 있다. 시간이 지나도 개들의 반응이 없자 나는 모두 어딘가에 가고 없다는 걸 깨닫는다. 내가 얼마나 어리석은지도 함께. 집은 고요하다. 베벌리는 없다. 마당에서 차를 고치거나 총 쏘기를 연습하는 아이들도 없다. 모두 어디론가 갔다. 룰루만 남기고.

나는 이마에 손을 얹는다. 불덩어리 같다. 내시 앰배서더에서 그런 일이 있은 뒤로 룰루의 옷을 대낮에 벗긴 적이 없는데, 이제 내려가면 그렇게 할 수 있으리라. 나는 빽빽한 덤불숲에서 나온다.

처음으로 그녀의 집 앞으로 가서 문을 두드린다. 너무 평범한 느낌이라 오히려 놀란다. 가슴속에서 뭔가가 터지려 한다. 이 두려운 느낌이 무엇인지 알려면 룰루가 필요하다. 그녀의 손이 나를 안으로 데려가 침실로 이끌고, 그녀의 목소리가 우리가 서로 운명의 짝인 이유를 알려주어야 한다. 내가 지금 잘하는 거라고 그녀가 말해주어야 한다.

하지만 문을 열어주는 사람이 없다. 아무 소리도 들리지 않는다. 뜨겁고 괴괴한 오후, 룰루의 한가한 풀밭에는 아무 움직임도 없지만, 깊은 숲속에서 뭔가가 느리게 다가오는 느낌이 든다. 커다랗고 털이 촘촘한 이름 모르는 짐승이. 이게 무슨 미친 생각인가 싶어 애써 머릿속에서 몰아낸다. 집을 한 바퀴 돈다. 뒷마당은 룰루의 깔끔한 성격으로도 어쩌지 못한 공간이다. 바닥에 자동차 부품과 오일팬, 시멘트블록, 그 밖에 쓸 만한 잡동사니가 널브러져 있다.

뒷문에서도 대답이 없자 나는 포치에 앉는다. 룰루가 아무리 늦게 돌아오더라도 기다릴 거라고 혼잣말을 한다. 사슴이 접근할 때까지 한 시간을 기다려도 근육 하나 움찔하지 않는 형 일라이와 다르게 나는 기다림에 익숙하지 않다. 기다리는 건 젬병이지만 그래도 해본다. 담배를 말아 되도록 천천히 피운다. 또 한 개비를 만다. 룰루나 마리, 자식들이 아닌 다른 것을 생각하려고 애쓴다. 『모비 딕』에 나오는 미친 선장을, 그의 다리가 어떻게 물어뜯겼는지를 생각한다. 이제 나 자신에게서 선장의 모습이 보이는데, 그렇다면 나는 이스마엘에 대해 잘못 생각한 것이다. 나는 허리를 숙이고 양철 깡통을 집어올려 짜부라뜨린다. 이유도 없이! 잠시 뒤에 집 옆벽을 주먹이 아플 때까지 탕탕 두들긴다. 얼굴을 감싼다. 그녀에게 큰 소리로 얼른 돌아오라고 외친다. 오지 않으면 어떻게 할지는 나도 모른다.

힘이 빠진다. 몸이 떨린다. 그 순간 주머니에 쑤셔넣은 편지를 꺼낸다. 무슨 짓을 저지르기 전에 아주 천천히, 백 번은 읽기로 한다. 단어들이 까마득해질 때까지 한 단어 한 단어 읽는다. 읽고 또 읽는다. 정신을 바짝 차리고 헤아리다 문득 마리를 생각한다.

그녀가 지금 또 한 통의 편지를 발견하는 모습이 보인다. 식탁에 설탕이 쏟아지고, 그녀는 충격에 휩싸인 채 앉아 운다. 사과 병조림이 터진다. 아이들은 겁에 질려 소리지른다. 가스레인지 위에서 기름이 부글부글 넘친다. 개들이 울부짖는다. 그녀가 편지를 움켜쥐고 갈기갈기 찢는다.

나는 셈을 놓친다. 룰루의 편지를 다시 읽으려고 애쓰지만 끝낼 수가 없다. 편지를 공 모양으로 뭉쳐 바닥에 던진 뒤 담배 한 개비에 불을 붙여 허겁지겁 피우면서 손을 놀리지 않으려고 또 한 개비를 만다.

끔찍한 사건은 사실 이런 식으로 일어난다.

새 담배를 피우는 데 정신이 팔려 나는 아직 불씨가 꺼지지 않은 담배를 버린 것을 깨닫지 못한다. 그것은 공처럼 뭉쳐 던진 룰루에게 쓴 편지로 곧장 날아간다. 편지에서 연기가 피어오른다. 나는 무슨 일이 일어나는지 곧바로 알아채지 못한다. 이윽고 종이가 활활 타오른다.

신기하고 아찔한 기분으로 편지가 타는 것을 지켜본다.

맹세코 나는 불이 번지게 만들지 않았다.

풀밭이 작은 원을 그리며 타들어가고, 기름 묻은 걸레 뭉치가 불꽃 속에서 타닥거린다. 불은 삽시간에 타오른다. 나는 계단을 떠난다. 낡은 담요 조각이 타들어가며 풀밭에 흐른 기름에 옮겨 붙는다. 갈색 불꽃이 타다닥 타오르고 불길은 무더기로 쌓인 나무토막을 덮친다. 뒤에는 소년들이 고물 자동차에서 떼어낸 가솔린 깡통이 나뒹군다. 나는 물러선다. 해가 유리창에 검붉은 빛을 비춘다. 나는 몸을 피한다. 가솔린 깡통이 포효하며 폭발한다. 푸른빛이 눈꺼풀 속에서 아른거리고, 번들거리는 불꽃이 높이 솟구치며 혀처럼 집을 핥고, 포치의 창문을 따라 뱀처럼 기어오르고, 등유를 보관한 부엌으로, 룰루가 깔끔하게 노끈으로 묶은 신문을 두는 부엌으로 옮겨간다.

불은 멈추지 않는다. 창문은 용광로다. 창문이 펑 터지고 유리가 비처럼 쏟아지지만, 나는 그저 눈을 감고 멍하니 앉아 있다.

나는 아무 짓도 하지 않았다.

열기가 다리를 감아오르면서 응집되고, 룰루를 향해 타들어가다 룰루를 태워 내게서 빼내간다.

얼마나 오래 서 있었는지 모르겠다. 불길이 판자를 휘감자 나는
조금씩 물러서고, 숲에 거의 닿았나 싶을 때 열기 때문에 앞을 더
보지 못하고 돌아선다.

그 순간 나는 혼자가 아니었음을 깨닫는다.

덤불숲에 마리가 서 있다. 그녀는 다시 열네 살이고 날씬하다.
나는 땅에 붙박여 그저 바라보기만 한다. 그녀가 허리를 펴고 큰
키로 당당히 천사처럼 서 있다. 나를 쳐다본다. 불타는 집에서 솟
구치는 시뻘건 불꽃이 그녀의 눈동자 속에서 활활 타오른다. 살갗
에서 빛이 난다. 우리는 서로 마주보고, 그녀는 열기의 파도를 타
기 시작한다. 그녀의 젖가슴은 발갛게 불타는 방패다. 팔은 하얗게
달군 창이다. 그녀가 창을 들자 그녀 뒤로 덤불숲이 날개를 펼치며
활활 타오른다.

나는 무릎걸음으로 내려가 스스로 누더기와 불쏘시개가 된다. 나
도 불 속에서 탈 준비가 되었을 때 그녀가 다가와 나를 일으킨다.

"아빠." 그녀가 말한다. "여기서 나가요. 어서요."

육신
1957

마리 캐시포

내가 언덕을 다시 오를 이유는 단연코 없었다. 레오폴다 수녀가
죽을 날이 얼마 남지 않았다는 말을 들은 나는 기쁜 소식이라고 며
칠 몇 주 동안 혼자 되뇌었다. 그녀의 일그러진 영혼이 사라진다니
속이 시원하다고 혼잣말을 했다. 그날 아침 유리병을 끓이고 시럽
을 부으면서 그녀가 어떤 꼴을 당해야 마땅한지 혼자 중얼거렸다.
병은 뜨거웠다. 그녀는 산 채로 병에 쑤셔넣어도 마땅했다. 하지만
그 상상에 빠지자마자 검은 누더기를 걸치고 공처럼 웅크린 채 병
속에 갇혀 바깥을 쏘아보는 그녀가 불쌍해졌다. 늘 그랬다. 나는
내 머리를 후려치고 내 손바닥을 차갑게 죄어오는 상처, 성 금요일
이면 늘 육신거리고 비만 오면 쿡쿡 쑤시는 상처를 남긴 그 수녀를
벌할 온갖 방법을 이제껏 궁리해왔다. 하지만 그녀가 천벌을 받는
모습을 생각하면 마음이 약해졌다. 사랑 없는 죽음의 얼굴로 무릎

을 끓는 모습이 떠올랐다.

나는 부엌에 서서 병에 사과를 넣고 그 위에 끓인 시럽과 시나몬을 부었다. 나는 알고 있었다. 그녀는 서서히 내리막을 걸었다. 지난 세월 동안 지팡이에서 의자로, 또 감금생활로 이어지는 삶을 살았다. 사람들은 그녀가 쉬지 않고 스물네 시간 혼자 기도한다고 말했다. 축복을 받으려고 수녀복 밑단에 손을 대는 사람도 있었다. 그녀가 성녀라도 되는 것처럼. 개뿔! 나는 진실을 알았다. 그녀가 다른 수녀보다 더 열심히 기도한 것은 악마가 언덕의 그 누구보다 그녀를 더 많이 사랑했기 때문이다. 어느 해인가 그녀는 피투성이 발로 슬프고 신비한 일을 찾아 돌아다녔다. 그녀의 피가 묻은 돌멩이를 간직하는 사람도 있었다. 나라면 그런 짓은 하지 않았을 거다. 나는 악마가 그녀를 은총의 존재로 끈질기게 몰아간 것을 알았다. 그녀는 유명해졌다. 성녀 테레사처럼 한참 동안 성체만 먹고 살았다.

하지만 그녀가 병자를 찾아가는 것도, 슬픔에 빠진 사람을 일으켜세우는 것도 나는 보지 못했다. 그녀에게 일상의 기적을 행하는 일은 가당치도 않다. 그녀의 재능은 거품을 물고 고통을 즐기는 것이었으니 최근에 그녀의 마음이 급작스레 흐트러진 것도 나에겐 그다지 놀랄 일이 아니었다.

이제 그녀는 작은 방에서 산다고 들었다. 감금된 채. 악령을 쫓는답시고 쇠숟가락으로 침대 틀을 두드린다는 말도 들었다. 불꽃이 벽까지 튄다고 했다. 방은 깨끗이 치워야 했는데, 그러지 않으면 그녀가 창턱에 쌓인 먼지를 핥아먹기 때문이었다. 그녀는 끼니로 보풀을 뭉쳐 먹었다. 침대 밑에 쌓인 먼지 뭉치도 깨끗이 치워야 했다. 나는 이런 일이 왜 일어났는지 알았다. 열기 때문이었다. 기도의 열기가 지속되다 마침내 그녀의 뇌를 부글부글 끓여버린 것이다. 또한 나는 먼지를 탐하는 그녀의 식욕에 대해 그들이 모르는 사실을 하나 알았다.

그녀가 먼지를 먹는 이유는 단 하나였다. 죽음에게 그녀 자신을 소개하는 것. 그래서 이제 그녀 안에는 날아다니는 먼지와 이름 없는 것들이 살았다.

병에 사과를 담다 그만 일을 내고 말았다. 너무 골똘히 그녀 생각을 하다 손에 시럽을 쏟은 것이다.

"우라질 할망구!" 나는 그녀가 그렇게 만든 것처럼 비명을 질렀다. 진짜 그랬을지도 몰랐다. 그녀의 영향력이 어디까지 미칠지 누가 알겠는가?

나는 앞치마를 벗어 의자에 걸었다. 징조. 손을 데었다. 나는 거의 알아채지도 못했다. 언덕에 올라가야겠다.

"올라가봐야겠어." 내 목소리는 터무니없이 컸다. "젤다를 데리고."

갑자기 떠오른 생각이었다. 젤다를 데려가겠다고 마음먹으면서 나는 또다른 이유를 깨달았다. 레오폴다를 찾아가는 것은 내가 그녀를 보기 위해서가 아니라 그녀에게 나를 보이기 위해서였다. 나는 하느님의 성체가 아니라 사람의 열매를 먹고 살았다는 것을 보여주기 위해서였다. 오래전에 그녀는 나의 헌신을 오롯이 차지하려고 애썼다. 이제 내가 무엇에 헌신했고 그 헌신이 나를 어디로 이

끌었는지 보여줄 것이다. 이제 나는 탄탄한 계급에 속했으니까. 넥터는 부족 의장이 되었다. 자식들은 행동이 바르고 교육도 받았다.

날씨가 무더웠지만 나는 언덕을 올라가려고 옷장에서 좋은 양모 드레스를 꺼내 입었다. 로열플럼색. 그랜드포크 옷가게에서는 이 색을 그렇게 불렀다. 이십 달러에 샀는데, 넥터가 의장이 된 날 나는 이 옷을 입고 넥터 옆에 있었다.

고급 소재로 만든 기성복 드레스였다. 라자르 사람은 입어본 적이 없는 세련된 드레스.

젤다는 열여섯. 내가 레오폴다 수녀를 공격해 그녀의 옷소매에서 악령을 끄집어냈던 때보다 나이가 더 많았다. 나이는 많지만 정신적으로는 어렸다. 아직 자기가 무엇을 원하는지 몰랐다. 나는 언덕을 내려왔을 때 곧바로 마음을 정했는데. 그때 나는 열네 살, 어렸지만 넥터 캐시포를 사로잡을 만큼 성숙한 여인이었다. 젤다는 유리한 점이 많았지만 아직 어물쩍거렸고, 이따금 고즈넉이 들판을 응시하곤 했다.

하지만 오늘 아침에는 어린아이들을 지켜보며 정원에서 일을 했다. 젤다는 늘 깔끔하게 치운다.

"어디 가세요?" 젤다가 들어오며 물었다. "드레스를 입으셨네요."

"수녀님을 뵈러 가려고." 내가 말했다. "너도 같이 가자. 얼른 옷 갈아입으렴."

"좋아요!" 젤다는 언제든 수녀원에 가길 좋아했다. 몇몇 수녀님과 친했고, 주중에도 미사를 드리러 가곤 했다. 하지만 딱히 뭘 하겠다고 구체적으로 마음을 정한 것은 아니었다.

준비는 금방 끝났다. 젤다는 반듯하게 다린 흰 블라우스와 격자무늬 스커트를 입었다. 감자밭에서 번 돈으로 마련한 발찌를 하고 새들슈즈*를 새하얗게 닦아 신었다. 이 아이가 고주망태 이그나티우스 라자르의 손녀라고는 믿을 수 없었다. 밤마다 핀을 꽂아 곱슬곱슬하게 만 머리에는 리본을 맸다.

이렇게 우리는 집을 나섰다. 길은 멀었고, 숲에서 나오자 햇볕이 뜨거웠다. 드레스 때문에 땀을 흘리면 곤란했다. 언덕은 먼지가 자욱했다. 회색 먼지가 구름처럼 수녀원의 흰 벽 주위로 떠다녔다. 그해 가을엔 비가 내리지 않았고, 들판의 먼지는 시내로 흘러갔다. 하지만 우리는 걸었다. 넥터가 나를 떼밀었던 지점을 지나갔다. 전에도 여러 번 지나다녔지만 넥터가 생각나지는 않았는데, 오늘은 생생하게 떠올랐다.

"아빠와 여기서 만났단다." 내가 젤다에게 말했다.

"아빠는 엄마와 떨어질 수 없었지." 나는 뜬금없이 허풍을 떨었다. 그 말을 듣고 딸의 표정이 달라지기를 바랐던 것 같다. 젤다의 눈동자에 영혼의 우물을 내려다보는 듯한 골똘하고 진지한 빛이 어렸으니까. 그런데 이제 젤다의 얼굴색이 벌게지기 시작했다.

"소같이 겁먹은 표정은 집어치우렴." 놀란 아이의 얼굴을 쳐다보며 내가 말했다. "네가 남자에 대해 아직 잘 모르는 것 같다만 곧 너의 시절이 올 거야."

그뒤부터 아이는 나를 쳐다보지도 않았다.

---

* 발등 부분에 다른 가죽을 덧댄 끈 매는 구두.

"왜 가는 건데요?" 조금 더 걷다 아이가 물었다.

"사과를 좀 갖다주려고." 내가 말했다. 손에는 신선한 꽃사과로 만든 병조림을 들고 있었다. 열두 해 전에 내가 사과나무를 심었는데, 한동안 보호구역에 사과나무는 그것밖에 없었다. 그뒤로 수녀들이 언덕에 두 그루를 더 심었다. 하지만 아직 열매를 맺지 않았다. 내 것은 꾸준히 열매를 맺었다.

"그리고 또……" 내가 젤다에게 말했다. "엄마를 가르친 늙은 수녀님을 뵈려고. 레오폴다 수녀님."

"그 수녀님이 엄마의 선생님이셨다는 말은 처음 들어요." 젤다가 말했다. "꽤 나이가 많으시잖아요."

"그렇지. 지금은 병이 드셨대." 내가 말했다. "그래서 뵈러 가는 거야."

우리는 문 앞에 다다랐다. 잔디밭은 주차장을 만드느라 좁아졌다. 널찍하게 사각으로 두른 울타리는 양쪽으로 물러났다. 싸구려 흰색 도료를 칠한 벽은 예전과 다름없이 눈부셨지만, 칠이 벗겨진 곳을 대부분 다시 손보고 새 둥지도 치워내고 없었다. 이 오래된 수녀원도 수녀를 새로 몇 명 받은 뒤에는 제법 유명해졌다.

나는 초인종을 눌렀다. 복도에 깊고 호사스러운 소리가 울려퍼졌다. 두껍고 검은 구두가 바닥을 울리는 소리, 묵직한 옷자락이 사각거리는 소리가 들리는가 싶더니 내 얼굴에 가벼운 바람이 불었다. 여기 문 앞에 돌아오는 상상을 수도 없이 했지만, 상상 속에서 나를 맞은 얼굴은 늘 피골이 상접한 레오폴다 수녀였지 문을 열며 소박하게 웃는 딤프나 수녀가 아니었다. 딤프나 수녀의 넓적하고 허연 얼굴에는 이가 세 개밖에 남지 않았다. 윗니 두 개, 아랫니 한 개. 게다가 눈동자가 새빨갛고 맹해서 거대한 토끼같이 보였다.

지금 이 상황에 나는 묘한 느낌을 받았다. 이곳에 발을 들였다 수녀원장의 카우치에서 성녀로 추앙된 것이 이십 년 전이었다. 레오폴다가 나를 긴 포크로 찌른 뒤로 이십 년이 흐른 것이다. 그 이십 년 동안 나 또한 유명해졌다.

"레오폴다 수녀님을 뵈러 왔어요." 내가 말했다.

"어서 와요! 어서 들어와!" 토끼 수녀가 기쁜 듯이 내가 가져온 병을 쳐다보았다. "당신이 심은 나무에서 딴 사과로군요?"

"네." 나는 병을 건넸다.

"이분이 네 어머니로구나." 딤프나 수녀가 젤다를 보며 말했다. 아이는 고개를 끄덕였다. 나를 알아보지 못하는 것 같았다. "이층으로 올라가요."

그녀가 사과를 받아들고 우리를 복도로 안내했다. 함께 갈색 타일이 깔린 계단을 올라가는데 예전 기억이 생생하게 떠올랐다. 짧은 복도의 끝까지 걸어가 멈추었다. 레오폴다는 수녀가 된 뒤로 쭉 그 방에 살았다.

딤프나가 문을 두드렸다. 답이 없었다.

"잠드셨나봐요." 젤다가 말했다.

"안 잔다." 나지막한 목소리가 들릴락 말락 새어나왔다.

"들어가세요." 딤프나가 말했다. "기다리고 계실 거예요."

딤프나는 우리를 두고 떠났고, 우리는 잠시 문가에 섰다가 천천히 문을 열고 레오폴다의 어두컴컴한 방으로 들어갔다. 알좀약 냄새가 길게 풍겼다. 내가 먼저 들어갔고 젤다가 뒤따랐다. 방에는 침대 시트 말고 아무것도 보이지 않았는데, 침대 시트가 어찌나 하얀지 빛을 뿜는 것 같았다. 거기에 레오폴다가 있었다. 눈이 어둠에 적응하자 그녀가 보였다. 작은 막대기에 흰 잠옷을 씌워놓은 것이나 다름없는 모습이었다.

그녀는 불쏘시개로도 쓰지 못할 것 같았다.

"안이 어둡군요." 내가 말했다.

그녀는 대답하지 않았다.

"수녀님을 뵈러 왔어요."

여전히 침묵이 흘렀다.

"제 딸을 데려왔어요. 젤다 캐시포."

"네가 누군지 나는 모른다." 이윽고 그녀가 입을 열었다.

"마리예요."

나는 커튼을 조금 열었다. 한 줄기 빛이 비쳐들었다. 그 순간 시트와 숄을 두른 그녀의 몰골이 적나라하게 드러났고, 나는 내가 본 것에 너무 놀라 다시 커튼을 쳤다. 쪼글쪼글하고 뼈만 앙상했다. 팔은 밧줄처럼 가늘었다. 그리고 머리카락. 처음에는 머리카락을 보고 충격을 받았는데, 우선 수녀에게 머리카락이 있을 거라는 생각을 하지 못했고, 또 그 모양새가 하도 괴상해서였다. 완전히 허옇게 센 가느다란 머리카락이 민들레 홀씨처럼 두개골에서 삐죽삐죽 뻗쳤다. 훅 불면 날아갈까봐 숨쉬기도 두려울 정도였다. 다른 부분도 죽은 식물처럼 바스라질 것 같았다.

"마리!" 그녀가 갑자기 외쳤다. 그녀의 목소리는 깊고 거칠었다. "바다의 별! 우리가 소금을 태우면 너는 빛날 것이다!"

"잊지 않으셨군요." 나는 의자를 찾아 앉았다. 젤다는 침대 발치에 서서 우리를 지켜보았다. 일단 마음은 놓였다. 나는 레오폴다가 우리에게 지랄발광을 하거나 정신이 완전히 나갔을 거라고 생각했다. 하지만 아직은 멀쩡해 보였다. 몸만 병든 것 같았다. 쭈그러들고 볼품없어진 모습을 보니 괜스레 미안했다. 그런 마음이 늘 실수로 이어졌다. 나는 평범한 친구처럼 위로하듯 그녀의 손을 잡았고, 그 순간 이토록 많은 세월이 흐른 뒤에도 전혀 줄어들지 않은 단호하고 오싹한 그녀의 힘이 곧바로 내 손에 전해졌다.

"물론. 잊었을 리가." 그녀는 내 손을 더 꽉 잡았다. "올 줄 알았거든."

그녀가 정신이 나가지 않은 것을 알았으니 나를 붙잡게 놔둘 수는 없었다. 나는 물러섰다.

"수녀님을 안쓰럽게 생각했어요." 내가 말했다.

하지만 그녀는 발밑에서 바스러지는 메마른 나뭇잎처럼 버석거리며 웃었을 뿐이다.

"지금 보니 너도 안쓰럽구나."

방 안은 어두컴컴했다. 야행성 동물의 시력을 가진 게 아니라면 그녀는 아무것도 볼 수 없을 것이다. 그녀의 기적 같은 힘으로도 그건 어려울 것이다.

"왜요?" 좋은 옷을 차려입은 나는 당당하고 뿌듯한 마음으로 물었다. 하지만 그녀가 콕 집어 내 얼굴에 패대기친 것이 바로 그 옷이었다.

"부활절에 십자가에 드리우는 낡은 장막을 잘라 꿰매 입다니 어지간히 불쌍하구나." 그녀가 옷을 가리켰다. 손가락이 유리 막대기 같았다. "눈이 머셨네요." 내가 말했다. "이건 장막이 아니라 고급 양모로 만든 옷이에요."

"자주색이군."

그녀가 색깔을 어떻게 보았을까. 아까 빛이 커튼 사이로 비집고 들어왔을 때, 내가 그랬듯이 그녀도 한눈에 나를 꿰뚫어본 모양이다.

"그 인디언 놈이랑 놀아난 게로구나." 젤다를 본체만체하며 그녀가 계속 말했다. "구역질나는 비열한 작자들. 결국 그놈들이랑 그렇게 얽혔군."

"여기 보세요." 내가 말했다. "제 딸이에요."

젤다가 구역질나고 비열한 사람이 아니라는 건 누구라도 알 수 있었고 차림새 또한 완벽했다. 레오폴다가 흥미를 보이는 것 같았다. 그녀가 은은한 그림자를 드리우고 말없이 서 있는 젤다에게 시선을 돌렸다. 그리고 젤다를 훑어보았다. 잠깐의 시간이 흘렀다. 이윽고 레오폴다가 시선을 거두며 나를 돌아보았다.

"아무렴." 그녀가 중얼거렸다. "비슷해. 아주 똑같아."

"물론이죠." 젤다와 나는 조금도 닮지 않았지만 나는 마음을 다잡으며 말했다. "집에 넷이나 더 있는걸요. 여기 젤다만큼 큰 아이가."

"어떻게 먹여 살리지?" 레오폴다의 시선이 창처럼 기다란 코에 걸렸다.

"그건 걱정 없어요." 내가 말했다. "남편이 부족 의장이거든요."

그 속뜻이 그녀의 두개골로 잘 파고들게 나는 잠시 말을 멈추었다.

"가끔 워싱턴에도 가고요."

레오폴다는 찬찬히 나를 뜯어보았다. 생기를 잃은 눈동자로 가만히 나를 쏘아보았다.

"한번은 상원의원이 집까지 찾아왔어요." 내가 말을 이었다. "잡아온 건 없었지만 같이 숲으로 사냥도 나갔지요. 또 한번은……"

어느새 그녀가 버석거리는 소리로 웃으면서 입을 쩍 벌리고 시커먼 입속을 드러냈다.

"……남편이 주지사와 저녁을 먹었어요." 내가 말했다.

"그래서 유명해졌다는 거로군." 그녀가 삐딱하게 이죽거렸다. "너 마리 라자르가 아니라 남편이 유명해졌다는 말 같은데."

"지금은 마리 캐시포예요." 내가 말했다. "그이가 그렇게 되기까지는 제 공이 컸답니다."

딸의 시선이 내게 향했지만 내 말은 사실이었고, 그것은 젤다도 알았다. 내가 밀주를 파는 술집에서 제 아버지를 끌어내는 걸 여러 번 봤으니까. 슬그머니 빠져나가 술을 마실까봐 밤새 문 옆에서 지키는 걸 봤으니까. 브랜디에 물을 조금씩 조금씩 더 타서 기어코 술을 끊게 한 걸 봤으니까. 그래서 아이는 내가 한 말이 진실인 것을 알았다.

"물론 그랬겠지." 그녀가 말했다. "너는 확실히 재능이 있으니까." 그녀의 숨결은 먼지구름을 일으키는 작은 바람 같았고, 나는 그녀가 화상을 입힌 내 등에 버터 같은 연고를 문지르던 손길을 떠올렸다. 손의 흉터가 따끔거리기 시작했다. 나는 재능이 있었고, 그건 사실이었다.

"여기서 살아 나갔잖아요." 내가 말했다. "그건 재능이 필요한 일이죠."

내 말에 당황했는지 젤다의 표정이 굳는 것 같았다.

이번 웃음은 흉곽에서 바싹 마른 나뭇가지가 바스러지는 것처럼 휑하고 거칠었는데, 결국 기침 발작으로 이어지더니 그녀의 얼굴이 새파랗게 질렸다. 분노에 휩싸이면 얼굴이 늘 그렇게 변하곤 했다.

"병이 드셨군요." 내가 연민을 담아 말했다. "지독한 병인가봐요. 안쓰럽네요."

"안쓰러운 건 너지." 그녀가 이번에도 지체 없이 대꾸했다. "이제 지옥에서 고통을 받게 될 테니."

하지만 내 대답은 이미 혀끝에 준비되어 있었다.

"제가 왜요?" 내가 말했다. "이웃을 친절히 대했는데요. 내 손으로 직접 자식을 키웠고요. 넥터가 자신을 망가뜨리는 것도 막았는걸요."

"그건……" 그녀가 입을 뗐다. 내가 가로막았다.

"지옥에 갈 사람은 수녀님이에요. 자기 발을 그 꼴로 만들면서 자랑스러워하다니요! 성녀로 추앙받는 건 또 어떻고요! 문 앞에 찾아오는 병자에게는 구두쇠처럼 인색하게 군다면서요. 다들 그러던걸요!"

그녀의 얼굴이 다시 어두워졌다. 젤다가 깜짝 놀라 손을 뻗었다. 하지만 내 말은 아직 끝나지 않았다.

"언덕을 내려갈 때 그딴 건 집어치웠어요. 하찮아요. 먼지나 다름없죠. 분명히 깨달았어요. 온유한 사람은 복이 있다. 그들이 땅을 차지할 것이다!*"

수녀는 괴롭게 숨을 들이쉬었다.

"나는 땅은 원하지 않는다." 그녀가 말했다.

그리고 뭔가 하기 시작했는데, 우리가 지금까지 나눈 대화에도 불구하고 결국 그녀의 머릿속은 멀쩡하지 않다는 것을 보여준 행동이었다. 그녀는 침대 시트를 홱 잡아당기더니 이불 밑으로 기어들어갔다. 이윽고 묵직한 검은 숟가락을 그러쥐고 다시 나타났다. 그것으로 침대의 쇠기둥을 두드리자 흰색 페인트 가루가 날리면서 불경하고 요란한 소리가 나기 시작했다. 그녀는 두드리고 또 두드렸다. 젤다는 귀를 막았다. 나도 막았다. 우리가 그만하라고 소리를 질렀지만 그녀는 더 세게 두드렸다. 아무도 오지 않았다. 나는 더 견딜 수 없었다. 손을 뻗어 숟가락 끝을 잡았다.

아뿔싸, 그녀가 무덤 같은 힘을 가진 것을 잊었다. 그녀는 숟가락을 손쉽게 다시 낚아챘다.

"모두 그렇게 하더구나." 그녀가 말했다.

"아, 그래요?"

그 순간 나는 여기 온 이유를 깨달았다. 그것은 쇠의 감촉으로 다가왔다. 나는 숟가락을 원했다.

그 숟가락이 탐났다. 매끄럽게 용접한 지옥의 발톱을 갖고 싶었다. 그녀는 쇠부지깽이로 내 몸을 지지고 흔적을 남겼다. 그것에는 힘이 있었다. 그녀의 영혼을 부글부글 끓여 틀 속에 붓고 굳힌 것

---

* 마태복음 5장 5절에 나오는 구절.

같았다. 그런 모양새였다. 그 숟가락만 손에 넣으면 그녀에게 냄비 젓는 일을 시킬 수 있을 것이다. 배넉을 구울 반죽을 치대게 하고 생선을 굽게 하고 타기 직전의 고기를 뒤집게 할 수 있을 것이다. 숟가락 손잡이를 쥘 때마다 그녀는 유령에 지나지 않는다는 것을, 검은 바람일 뿐이라는 것을 나는 알게 될 것이다. 내 상처난 손바닥에 어쩔 줄 몰라하는 그녀를 올려놓을 수 있을 것이다.

나는 그 숟가락을 갖고 말 테다.

그것을 찬찬히 살펴보았다. 큼직하고 시커멓고 오래됐지만, 반짝이는 은으로 만든 것처럼 숟가락에 위아래가 뒤집힌 내 얼굴이 비쳤다.

"수녀님의 축복을 받으려고 온 거예요." 내가 말했다.

레오폴다가 여전히 숟가락을 움켜쥔 채 나를 노려보았다. 그리고 그저 웃기만 할 뿐 아무것도 모르는 젤다를 의뭉스럽게 바라보았다.

"제 아이도 축복해주세요." 내가 말했다. "소명을 느낄지도 모르잖아요."

구미가 당긴 것 같았다. 확실했다. 그 생각에 딱 걸려들었다.

"하느님이 결정하실 일이지."

"축복해주시면 도움이 될 거예요."

마침내 그녀가 고개를 끄덕였다.

내 계획은 이랬다. 그녀가 젤다에게 축복을 내리고 이어서 내가 무릎을 꿇고 축복을 받는다. 그녀가 나를 내려다보며 기도하는 순간 덤벼들어 그녀를 쓰러뜨린다. 곧장 손을 뻗어 숟가락을 낚아챈 뒤 결코 장막으로 만든 게 아닌 로열플럼색 드레스 소매에 넣고 집으로 돌아간다.

젤다가 무릎을 꿇었고 수녀의 손이 올라갔다. 축복의 기도를 하는 데 반 시간은 너끈히 걸릴 거라 생각했고, 아니나 다를까 레오폴다는 이 기회를 즐겼다. 오른손으로 수없이 성호를 그었고, 내 아이의 머리 위에 뼈만 앙상한 손을 얹었다. 왼손에 숟가락을 쥔 것도 잊은 것 같았다. 하지만 내려놓지는 않았다.

내가 몸을 움직여 그것을 낚아채려는데, 레오폴다가 기도를 거의 끝내고 마무리했다. 그녀의 손이 아이의 머리 위에서 몇 차례 공기를 가르자 젤다가 비틀거리며 일어섰다. 나는 손을 뻗으면 닿을 만한 거리에서 침대 옆에 무릎을 꿇었고 손을 포개 침대보 위에 얹었다.

그렇게 무릎을 꿇은 채 그것이 내게 미치는 영향력에 새삼 놀랐다.

심장이 목구멍에서 벌떡거렸다. 세월의 세월을 거슬러올라가 어둠의 말을 듣던 그 옛날의 마리가 된 것 같았다. 레오폴다가 소용돌이에 휘말려 순식간에 무의 존재가 되기 전에 마지막으로 그녀와 싸우기 위해 다시 원점으로 되돌아온 것 같았다. 나는 그 시절의 사나운 소녀가 된 것 같았다.

내가 그녀를 보고 웃자 그녀도 마주 웃었다. 표백한 것처럼 허연 해골의 미소. 그녀가 손을 올렸다.

하지만 올린 손은 축복의 오른손이 아니었다. 그것은 다른 손, 쇠숟가락을 거머쥔 왼손이었다. 손이 올라갔다. 우리의 시선이 맞물렸다. 자기 몸을 지렛대 삼아 한 방 날리려는 듯 그녀가 죽을힘을 다해 반쯤 몸을 일으켰다.

그녀의 시선에 이끌려, 그녀가 소리내어 말하기라도 한 듯 그녀의 의도를 파악하고 나는 그녀와 동시에 일어섰다. 그녀가 팔을 홱 내려쳤지만 나는 가까스로 그녀의 손목을 붙잡았다. 우리는 증오로 균형을 잡으며 서로 엉겨붙었다.

"꿇어 앉아!" 그녀가 말했다.

"싫어요!"

나는 다른 손으로 힘이 빠진 그녀의 손아귀에서 숟가락을 뺏으려고 했다. 하지만 그녀는 여전히 두 손으로 숟가락을 꼭 붙잡은 채 내 얼굴을 쳐다보며 히죽거렸다. 나도 지지 않으려고 히죽 웃어주었지만, 갑자기 얼굴이 땅기고 숨이 막히면서 그녀가 나보다 더 세다는 것을 깨달았다. 그녀가 숨을 토하자 나는 무릎을 꿇었다. 숨에서 갈아엎은 흙냄새가 났다.

"잡아줘요!" 잡아주지 않으면 당장에라도 쓰러져 꽃과 흙덩어리에 묻힐 것 같아 나는 와락 겁이 났다.

그녀가 나를 끌어당겼다. 그녀가 나를 일으켜세웠고 나는 그녀와 함께 침대에 주저앉았다. 나는 숟가락에서 손을 뗐다. 숟가락은 그녀의 굶주린 젖가슴에 묵직하게 떨어져 그녀만큼 쇠락한 모습으로 널브러졌다.

그녀는 호흡이 너무 약해 숨을 쉬는지조차 알 수 없었고, 뼈를 덮은 살가죽은 너무 얇아 가슴에서 펄떡이는 심장이 다 보일 정도였다.

나는 그녀와 함께 한참 침묵 속에 앉아 있었다.

흙은 보드랍고 깊었다. 봄이 되면 그녀가 흙 속에 홀로 있게 될 거라고 나는 확신했고, 구원 같은 것은 없었다. 그토록 오랫동안 그녀를 증오했지만 내가 할 수 있는 것은 아무것도 없었다.

우리는 말없이 언덕을 내려가 숲으로 들어섰다. 불볕같이 뜨거운 도로를 걸은 뒤라 숲길은 그늘지고 춥기까지 했다. 태양이 덤불 숲에서 어른거렸다. 나뭇잎은 저마다 공중에서 균형을 잡았다. 젤다가 날씬하고 자신감 넘치는 모습으로, 생각이 영글지는 않았지만 활기에 찬 몸짓으로, 눈처럼 하얀 발찌를 하고 머리를 곱게 말고 내 앞에서 걸어가는 것을 보며 나는 새삼 놀랐다. 내가 이 아이를 뱄던 그해가 떠올랐다. 여름이었다. 나는 아이가 잘 놀게 가만 가만 숨을 쉬며, 심장 바로 밑에서 아이가 손으로 혹은 발로 배를 툭툭 치는 것을 느끼며 빨랫줄 밑에 앉아 있었다. 그때 우리는 한 몸이었지만 이제는 아이가 낯설었다. 지금 우리는 그때만큼 가깝지 않지만 나는 이 아이를 더 잘 알 것 같았다.

아이의 검은 머리가 걸음을 옮길 때마다 얌전히 찰랑거렸다. 아이는 아주 어려 보였다.

"언젠가 올라갈 것 같아요." 아이가 말했다. "언덕 위로."

"저 사람들과 지내게?"

"네."

그 말이 놀랍지는 않았다. 하지만 아이가 결심하지 못하는 것이 늘 안타까웠음에도 나는 가슴이 덜컥 내려앉으며 불끈 치미는 느낌, 어떤 후회, 아이의 어깨를 꽉 붙들고 싶은 마음에 사로잡혔다.
"인생이 걸린 문제인데 결정을 서두를 건 없어." 내가 말했다.

"고디처럼 일자리를 구해야겠어요!"

"아니! 그건 안 된다!"

나는 그 아이가 집에서 얼마나 필요한 존재인지 말할 뻔했지만
그러지 않았다. 어쨌거나 떠나고 싶으면 떠나는 거라고 생각했다.

숲을 지나 들판에 다다르자 넥터의 엽총 소리가 들렸다. 사내아
이들이 늪에서 오리를 잡고 있었다. 집은 조용한 것 같았다. 오럴
리어에게 어린 동생 유진과 팻시를 맡겼는데, 마당에 셋이 시무룩
하게 앉아 있었다. 오럴리어는 분명 사내아이들과 준과 같이 사냥
을 하고 싶은 게다.

"가서 같이 놀려무나." 마당으로 들어가며 내가 말했다. 오럴리
어가 발딱 일어나 달려갔다. 이 아이는 확신이란 것이 필요 없었
다. 길 아래에 사는 고디의 친구를 좋아했다. 결심을 하는 데 힘들
어하지도 않았다.

젤다는 작업복 바지로 갈아입으려고 나보다 먼저 집으로 들어갔
다. 나는 마당에 서 있었다. 넥터는 집에 없었다. 내가 맡아 키우는
길 건너 젊은 여자의 아기가 나를 보자마자 울어서 보듬어안았다.
그리고 문을 쳐다보았다.

젤다가 방충문 뒤에 그림자처럼 서 있었다.

"얼른 갈아입지 않고." 내가 말했다. 소 울음소리가 들렸다.

하지만 젤다는 내 말은 아랑곳없이 멀뚱히 서 있었다. 아무 말도
하지 않았다. 뭔가 잘못됐다는 생각에 목구멍이 컥 막혔다.

아기가 우리를 보호해줄 것처럼 나는 아기를 끌어안았다. 계단을 올라가 방충문 맞은편에 섰다. 젤다가 나를 말갛게 쳐다보았고, 나는 손잡이를 당겼다.

"엄마, 이것 좀 보세요." 아이가 편지를 건넸다.

나는 편지를 쥐고 부엌에 우두커니 섰다.

"얼른." 내가 말했다. "옷 갈아입어야지."

아이가 갔다. 나는 편지를 폈다.

사랑하는 마리

나는 하루하루 더 힘이 드는데 이제는 이렇게 살 수 없어. 한때 당신을 사랑한 것은 틀림없지만, 요즘 룰루를 만나고 있어. 이제 그녀가 내 선택을 강요하고 나도 떠날 때가 됐어. 정말 미안해. 그녀에게서 진정한 사랑을 찾았어. 선택의 여지가 없어. 하지만 넥터 캐시포가 제 식구를 잊는 일은 절대 없을 거야.

나는 편지를 접어 드레스 주머니에 넣었다. 젤다가 다시 부엌으로 들어왔다.

"어디서 찾았니?" 내가 물었다.

"설탕병 밑에서요."

아이가 식탁을 가리켰고 우리는 식탁이 앞으로 뭘 할지 알려줄 것처럼 동시에 식탁을 쳐다보았다. 나는 눈에 들어오는 것들을 뚫어져라 바라보았다. 숟가락통. 버터 접시. 소금통. 어쩐지 이런 것들의 의미가 설탕병보다 더 특별한 것 같았다. 설탕이 반쯤 담긴

병은 햇빛을 받아 얌전하고 친숙한 느낌을 주는 매끄럽고 투명한 유리병일 뿐이었다. 나는 다시 젤다에게 눈길을 돌렸다. 우리는 서로 쳐다보았다. 아이가 눈을 동그랗게 뜨고 나를 바라봤지만, 편지를 읽은 건지 아니면 내 이름이 쓰인 종잇장이 식탁에 놓인 것이 이상해 겁먹은 건지 확신이 서지 않았다. 도무지 알 수 없었다.

"소가 우는구나." 내가 말했다. 심장이 쿵쾅거렸다. 목이 컥 막혔다. 더는 한마디도 할 수 없었다.

젤다가 귀를 기울였다. 아이는 느릿느릿 돌아서서 주머니에 손을 넣고 밖으로 나갔다. 나는 아기를 안고 다른 방으로 가서 침대에 걸터앉았다. 주머니에서 편지가 바스락거렸다. 조용한 장소가 필요했다. 팻시가 창밖에서 흥얼흥얼 노래하는 소리가 들렸다. 별일 없다는 뜻이다. 소는 울음을 멈추었다. 나머지 아이들도 뭔가에 열중했다. 이제 나는 생각에 몰두할 수 있었다.

먼저 무엇을 생각할 것인가? 아무 문제 없는 것 같았다. 하지만 큰일이 일어난 것만은 당연히 알았고, 나는 무슨 생각을 할지 막막했지만 사실 생각할 것이 없기도 했다. 시내에 사는 메리 본이라는 여자가 자기 집 침대에서 남편이 라시엔족 여자와 뒹구는 것을 보고 했다는 행동이 떠올랐다. 그녀는 부엌으로 가서 벽에 걸린 칼을 들었고, 침실로 돌아가 찌르기 전에 심지어 숫돌에 갈 생각까지 했다. 몇 번 찔렀을 뿐인데 피가 흘렀다. 나는 라마르틴 집안의 피를 보면 기분이 좋을 것 같았다. 그녀의 화장한 뻔뻔스러운 얼굴이 떠올랐고, 그 목을 당장 잘라버리고 싶었다.

사실은 화가 나지 않았다. 내 몸이 내 몸 같지 않았다. 아기가 내 품에서 젖을 배불리 먹고 잠들어 팔이 묵직했는데도 느끼지 못했다. 아비 없이 어떻게 자식들을 키울까 고민이었다. 그리고 일라이를, 그가 어떻게 점점 말수가 줄어들다 숲에서 나오지 않게 되었는지를 생각했다. 그는 나오지 않을 것이다. 그는 여자에게도 전혀 관심이 없었다. 집에 갇혀 지내는 그는 겁먹은 짐승과 다름없었다.

나는 선 자리에서 불쑥 외쳤다. "남자란 다 그래!"

하지만 그건 말이 되지 않았다. 아무 의미도 없었다. 남자가 죄다 넥터 같다는 말은 옳지 않았다. 나는 헨리 라마르틴을 생각했다. 철로에서 죽기 전에 그는 아내가 숲속에서 사내들과 놀아나는 것을 알았다. 아내가 온갖 피부색의 아들들을 낳았을 때 자기 자식이 아닌 것도 알았다. 하지만 그는 다 받아주었다. 나는 헨리를 이해했고, 그에게 공감했다. 그가 왜 그의 닷지를 철로에 직각으로 댔는지, 왜 열차가 깔아뭉개도록 놔두었는지 알 것 같았다.

그는 그녀를 사랑했을 것이다. 하지만 나는 넥터 때문에 철로에 차를 대는 짓 따위는 하지 않을 것이다.

"그가 지옥에 먼저 가는 꼴을 보고 말 거야." 나는 빈방에 대고 말했다. 문득 아기가 무거워 침대에 눕혔다. 팔이 무지근했다. 목구멍이 답답하고 바짝 말랐다. 팻시가 문을 열고 들어와 헝겊인형처럼 사지를 축 늘어뜨리고 털썩 누웠다. 이 아이도 금세 잠들었다. 오후가 지나가고 있었고, 나는 앞으로 무엇을 할지에 대해 아무 생각도 없이 앉아 있었다.

감자 껍질을 벗겨야겠어. 나는 혼잣말을 했다. 아이들이 적어도 오리 한 마리는 잡아올 것이다.

나는 부엌으로 가서 감자 그릇을 놓고 앉았다. 지금껏 살면서 치폐와족 남자, 여자, 아이를 먹이느라 감자 껍질을 지긋지긋하게 벗겼다. 하지만 아직 벗길 것이 남았다. 가칫가칫한 껍질을 벗기고 싹이 난 감자 눈을 도려내자 보드랍고 하얀 속살이 드러났다. 그것을 바라보니 마음이 한결 가라앉았다. 한 조각 베어 먹었다. 사람들이 사과를 먹는 것처럼 나는 이따금 생감자를 먹었다. 저녁에는 젤다가 음식 만드는 것을 돕는다. 젤다가 감자를 튀길 것이다. 이만큼이면 됐다고 생각하며 나는 문 쪽으로 가서 젤다를 불렀다.

하지만 대답이 없었다. 아이가 사라졌다. 편지를 읽은 것이다. 넥터를 쫓아간 것이다.

추측은 어렵지 않았다. 그 아이가 달리 무엇을 했겠는가?

나는 안으로 들어가 다시 감자를 들고 앉았고, 그런 행동을 한 젤다를 탓했다. 내가 갔어야 했다. 내가 그 여자 라마르틴의 집으로 가 침대에서 그를 끌어내고 막대기로 흠씬 두들겨팼어야 했다. 나한테 두들겨맞은 그가 바닥에 널브러지면, 보란 듯이 돌아서서 라마르틴을 비참하게 만들었어야 했다.

하지만 시간이 지나자 마음이 가라앉았고, 나는 이유가 있어서 가지 않은 거라는 사실을 깨달았다. 이유는 충분했다. 편지에서 그녀를 사랑한다고 했다. 나는 감자 껍질을 더 벗기기 시작했고, 왜 그런지 모르지만 이제는 그냥 넘길 수 없었다. 마음을 가눌 수 없었다. 그가 라마르틴 여자를 사랑한다는 그 사실은 지금껏 그가 내 삶을 불편하게 하고 수치심을 느끼게 한 온갖 행위와는 다른 차원이었다. 그가 그녀를 사랑하고 그녀에게서 진정한 사랑을 찾았다는 사실 때문에 나는 집에 있는 감자를 모조리 벗겼다.

오럴리어와 준과 사내아이들이 마당으로 우르르 들어오면서 누가 깃털을 뽑을 차례인지 옥신각신하는 소리가 들렸다. 모두 한 번씩은 깃털을 뽑았을 것이다. 한동안 아이들이 헛간 뒤에서 웅성거렸다. 나는 감자를 끓이려고 냄비를 불에 올렸다. 산성 물질과 칼로 인해 생긴 물집 때문에 손이 무척 아팠다. 나는 꿈속에 있는 것 같았지만 내 맏아들은 알아채지 못했다.

고디가 기러기를 들고 들어왔다.

"이놈이 더 높이 날았더라면." 아이가 말했다. "날개를 맞혔거든요."

고디가 감자 껍질이 나뒹구는 설거지통과 빨래통을 쳐다보았다. 바닥에 속이 빈 자루 세 개가 다리만 허둥지둥 쏙 빠져나간 남자의 속바지처럼 폭삭 꺼져 있었다.

"무슨 일이에요?" 아이가 물었다.

나는 잠자코 아이를 쳐다보았다. 그리고 어깨를 으쓱했다. 고디는 넥터의 아들이었다. 이 아이는 넥터를 쫓아가 집으로 데려오지는 않을 거라고 혼자 생각했다. 젤다와 마찬가지로 우리도 한때 한 몸이었지만, 고디는 그렇게 하지 않을 거라고 나는 확신했다. 내 손으로 키운 자식이지만 이 아이는 가지 않을 것이다. 내가 이 아이를 뱄을 때, 서로 전혀 알지 못했을 때 차라리 더 가까웠다고 나는 생각했다. 나는 이 아이를 믿지 않았다.

"불을 더 피우면 무지 덥겠구나." 내가 말했다. "밖에다 불을 피우고 잡아온 새를 굽자. 나는 바닥을 좀 닦아야겠다."

"이 밤에요?" 고디가 말했다.

날이 빠르게 저물었다.

"알아들었지?"

아이는 밖으로 나가 불을 피웠다. 뒷마당에 우리가 여름에 쓰려고 만든 자연석 화덕이 있었다. 아이들은 모두 밖에 있었다. 나는 팻시에게 으깬 감자를 먹였다. 그리고 우유를 먹였다. 아기가 바닥에서 뒹굴며 놀게 내버려두었다. 앉아서 바닥을 어떻게 닦을지 고민하며 아이들을 지켜보았다. 닳은 자리와 균열이 생긴 자리, 뾰족하게 튀어나와 망치로 두들겨 펴야 할 자리까지 리놀륨 바닥을 유심히 살폈다. 바닥을 반짝거리게 닦는 것은 내 자존심이었다. 회색 소용돌이와 점과 나뭇잎 무늬로 된 리놀륨 밑에 타르 종이와 아기의 발을 찌를지 모르는 가칫가칫한 나무판이 깔려 있었다. 내가 직접 돈을 주고 산 것이라 알았다. 리놀륨은 튼튼하고 좋은 제품이었지만 그 밑 판자는 삐걱거렸다.

고민해도 소용없었다. 나는 아기를 재웠다. 그리고 양철통에 뜨거운 물과 알코올을 부었다. 감자를 치웠다. 빗자루를 들었다. 밖에서 아이들이 웅성거렸다. 불이 붙은 모양이었다. 아이들은 계속 거기에 있으면 된다. 지금까지 나는 하느님에게든 누구에게든 무릎을 꿇고 기도한 적이 없으니 그날 밤 바닥을 닦은 것은 무릎을 꿇기 위한 핑계일 수도 있다. 나는 흐릿한 왁스 자국과 먼지를 문질러 없애면서 기분이 좋아졌고, 그게 내가 아는 전부였다. 남편에게 버림받아도 바닥을 깨끗이 닦을 수 있는 여자가 나라는 사실에 기분이 한결 나아졌다.

예전에 나는 오만했다. 지금 나는 무릎을 꿇었다. 멋진 자주색 드레스를 입고 바닥을 닦았다. 어떤 상황이 닥쳐도 나 자신을 비웃지 않았지만 지금은 웃음밖에 나지 않았다. 나는 이 장막을 가위로 잘라버리기로 했다. 그 수녀는 영악했다. 내 약점을 알았다.

그는 나를 떠났지만 나는 주저앉지 않을 것이었다. 나는 평생 라자르 성을 써야 한다는 두려움을 떨칠 수 있었다. 심지어 넥터를 잃는 두려움도. 그가 가도 나는 바닥을 문지를 수 있었기에.

나는 왁스를 꺼냈다. 한 번에 조금씩 광을 내기 시작했다.

사랑이 내 고개를 돌려 남편과 라마르틴 여자 사이에 벌어진 일을 보지 못하게 했다. 넥터가 내게 줄 상처가 아직 남았지만, 지금 나는 늙은 암탉들이 수군거릴 일 따위가 아니라 사랑 때문에 아프다.

그들은 마리 캐시포가 흙바닥에 엎어졌다고 말할 것이다. 마리의 남편이 하찮은 여자 때문에 마리를 버렸다고 말할 것이다. 그렇게 도도하게 굴었으니 이런 일을 당해도 싸다고 말할 것이다. 하지만 이 마리 캐시포가 낡은 장막을 입어야 한대도 나는 괜찮다. 룰루 라마르틴이 치폐와족 의장의 아내가 된대도 나는 괜찮다. 나는 여전히 마리일 테니까. 마리. 바다의 별! 왁스를 벗기면 나는 빛날 것이다.

웃음이 나왔다. 개 짖는 소리가 들렸다. 식탁 있는 곳까지 왁스를 칠했다. 넥터와 젤다가 마당을 지나 집으로 돌아오는 소리가 들렸다. 틀림없이 그들이었다. 나는 걸레를 짰다. 내 주위로 빙 둘러 왁스를 칠했다. 그리고 주머니에 든 편지를 떠올렸다. 문득 넥터를 붙잡고 싶어하는 마리라면 어떻게 할까 생각했다. 편지를 꺼냈다. 그리고 나 자신도 예상치 못한 일을 했다. 편지를 다시 두려고 설탕병을 든 것이었다. 퍼뜩 다른 생각이 떠올랐다. 설탕병을 놓고 소금통을 들었다. 이것은 평소의 마리가 할 수 있는 일을 넘어선 것이었다.

나는 발견된 그대로 편지를 접어 소금통 밑에 놓았다. 이유가 있었다. 나는 이 편지에 대해 입도 벙긋하지 않을 것이고, 그 혼자 궁금해하게 만들 것이다. 이따금 그가 나를 쳐다보면 나는 마주 웃어줄 것이고, 그는 혼자 고민할 것이다. 그게 소금통이었나, 설탕병이었나? 하지만 그는 절대 모를 것이다.

나는 의자에 앉았다. 발이 바닥에 닿지 않게 다리를 다른 의자에 올리고, 그가 계단을 올라오기를 기다렸다. 다 올라온 그를 들어오게 내버려두었다. 한 걸음 한 걸음. 나는 그에게 들리도록 기척을 했다. 그가 문을 열었다. 우리의 눈길이 마주치자 비로소 그를 멈춰 세웠다.

"방금 왁스를 칠했어요." 내가 말했다. "기다려야 해요."

그가 서서 반짝거리는 공간 너머에 앉은 나를 바라보았다. 그 공간은 우리 사이에서 아름다운 호수처럼 빛을 뿜으며 일렁였다. 공간은 점점 깊어졌다. 그가 첫걸음을 옮겼고, 나는 내버려두었다. 반쯤 왔을 때 그의 눈빛이 어두워졌다. 이번 일이 얼마나 깊어질지 두려운 것이다. 그래서 나는 넥터 캐시포에게 수녀에게서 배운 대로 했다. 그가 두려워하는 것에 손을 쑥 넣은 것이다. 나는 그에게 손을 내밀었다. 그가 팔을 뻗어 힘껏 내 손을 잡자 나는 그를 끌어당겼다.

다리
1973

모두가 결코 끝나지 않을 거라고 생각한 가혹한 봄이었다. 파고까지 잭래빗 버스를 타고 가면서, 앨버틴은 같이 탄 많은 사람들과 호흡과 체취를 교환하면 그 낯선 느낌을 받아들일 수 있을 것처럼 그들이 내뿜는 고약하고 퀴퀴한 입김을 꾸역꾸역 들이마셨다. 여기로 오는 동안 그녀는 한 번도 눈을 붙이지 않았는데 혼자 여행은 이번이 처음이었기 때문이다. 열다섯 살, 지금 그녀는 집에서 달아나는 중이었다. 하늘은 눈 쌓인 도랑을 따라 을씨년스러운 자줏빛 그림자를 드리우며 깊어졌고, 홈이 파인 버스 계단을 처음 올랐을 때보다 그녀는 더 긴장했다.

그녀는 어둠이 사방에 내려앉을 때까지 창밖을 물끄러미 바라보았다. 농가 마당의 불빛이 바다의 경고등이나 하늘에 흩뿌려진 별무리처럼 실제보다 더 가깝게 깜박거렸다.

버스가 도시에 가까워지자 불빛은 더 촘촘해졌다. 점점이 깜박거리는 간판과 나지막한 검은색 건물들 위로 드리워진 투명한 오렌지핑크색 구름이 불빛을 반사했다. 차창으로 바라본 거리는 짙은 녹색으로 번질거렸다.

운전사가 마이크에 대고 헛기침을 하더니 파고 터미널에 도착했다고 알렸다.

승강장으로 내려서자 연결된 플라스틱 의자에 줄줄이 앉은 사람들이 앨버틴의 눈에 들어왔는데, 꼭 커다란 매듭처럼 보였다. 코트, 스카프, 검은색과 회색 허브스트 쇼핑백, 허옇고 넙데데한 뺨과 코가 줄줄이 연결된 이중 쇠사슬. 뭘 어떻게 할지 막막했다. 의자 하나가 비어 있었다. 그 옆 재떨이에는 담배꽁초와 짜부라뜨린 종이컵, 눌러서 납작해진 빨대가 빽빽하게 쑤셔박혔다. 앨버틴은 의자에 앉아 저만치 시계를 응시했다. 버스가 제시간에 오지 않아 안달이 난 사람처럼 얼굴을 찡그렸지만, 그건 그저 타인을 경계한다는 표시였다. 얼마나 오래 앉아 있을 수 있을까? 가진 돈으로는 여기까지였다. 두툼한 스웨터로 싸서 꽉 묶은 청바지와 속옷 보따리를 끌어안자 그녀는 아기를 보듬은 것처럼 마음이 편안해져 더 꼭 끌어안았다.

온갖 색깔의 불빛이 두꺼운 유리문을 통과하며 약간 어두워지고 왜곡된 채 건물 옆면을 지퍼 여닫듯 오르락내리락했다. 그녀는 사방을 둘러본 뒤 시계를 다시 쳐다보았다. 시간이 제법 흘렀다. 앉았으려니 서서히 두려움이 밀려왔다. 금방이라도 일어서야 할 것이다. 여기서 몇 시간이나 버틸 수 있을까? 시계는 여덟시를 가리켰다. 그녀는 경직된 자세로 앉아 초를 세며 뭐가 됐든 그녀에게 앞으로 어떻게 할지 알려주기를 기다렸다.

이제 도시에 왔으니 여태 품은 온갖 공상은 소용없었다. 터미널 밖의 맹목적인 군중도 맹렬히 움직이는 불빛도 예상하지 못한 것이었다. 문득 이 의자에 너무 오래 앉아 있었다는 기분이 들었다. 공포가 목을 죄어왔다. 절박함에 가까운 심정으로 그녀는 다짜고짜 보따리를 들고 화장실로 갔다.

도둑맞을까 두려워 그녀는 화장실 칸막이 안으로 보따리를 들고 들어가 어정쩡하게 무릎에 놓았다. 나와서 얼굴을 씻고 머리를 빗은 뒤 긴 머리가 이마 위로 흘러내리지 않게 머리핀을 다시 꽂고 로비로 가서 앉았다. 눈이 스르르 감겼다. 눈꺼풀 속에서 희미한 형상들이 어른거렸다. 어린 시절 열병을 앓으며 사물의 실제 비율에 대한 감각을 잃고 자기 몸이 터무니없이 작다고 생각했을 때 꾸었던 꿈에서처럼 그녀는 몸이 조그맣게 오그라드는 것 같았다. 여기로 온 것은 이유가 있어서였지만 기억나지 않았다.

딱히 계획이 없던 터라, 때마침 그가 나타나자 그녀는 지금 필요한 것이 그 남자 같았다.

하지만 그녀가 모른 사실은 그가 그녀를 더 지독히 필요로 한다는 것이었다. 그는 잠시 문에 기대서 있었는데, 짧게 자른 머리는 검고 연갈색 피부는 거칠고 두껍다는 걸 앨버틴이 알아채기에는 충분한 시간이었다. 그는 칙칙한 녹색 군복 상의를 입었다. 그의 옆얼굴, 뭉툭한 턱과 큰 코와 단단한 이마를 그녀는 한참 쳐다보았다.

그는 잘생긴, 적어도 호감을 주는 얼굴이었고, 인디언 같기도 했다. 치페와족일 수도 있었다. 그가 거리로 나갔다.

그녀는 그를 뒤쫓기 시작했다. 자기가 무엇을 찾는지 몰라서이기도 했지만 그가 그녀의 아버지처럼 군인이라서, 혹시 인디언일지도 몰라서이기도 했다. 문을 지나 거리로 나가는 안전한 길을 열어줄 것 같았다. 하지만 그녀가 밖으로 따라나가자 그는 사라지고 없었다. 그녀는 머뭇거리다 가장 밝은 곳까지 걸어가야겠다고 혼자 중얼거렸다.

노던퍼시픽 애비뉴는 인디언 술집, 서부 복장 가게, 전당포, 파고 시가 없애버리고 싶어하는 기독교 부흥선교회 건물이 칙칙하지만 유쾌하게 늘어선 중심가였다. 도시 재개발 계획에 따라 번화가가 많이 줄어들었다. 아스팔트 평야와 활강하는 콘크리트 인터체인지가 이 시간에 남은 술집들을 한창 활기를 띤 현란함 속으로 밀어넣었다. 만화 스타일로 그린 커다란 고양이가 눈 주위에 분홍색 네온 띠를 두른 채 윙크하며 반짝이는 꼬리를 깜박거렸다. 좀더 걸으니 건물만큼 키가 큰 소몰이 소녀가 하트 모양으로 만든 고리 밧줄을 느린 동작으로 던졌다. 소녀의 빛나는 발꿈치 아래에서 남자들이 구부정하니 앉아 봉지에 싼 술병을 병목을 잡고 건넸다.

밤은 추웠다. 앨버틴은 작은 가게의 쑥 들어간 현관 앞 공간에 들어가 섰다. 진열창으로 중고 토스터가 보였다. 거리 건너편은 더 활기찼다. 얼굴 위로 뻣뻣한 머리카락이 흘러내린 인디언 남자 두 명이 팔다리를 흐느적거리는 정신이 몽롱한 여자를 끌고 지나갔다. 골목이 그들을 집어삼켰다. 호피 스커트를 입고 긴 부츠를 신은 여자가 출입구에서 잠시 얼쩡거렸다. 난데없이 땅딸막하고 둥글둥글한 동양인 남자가 나타나 보이지 않는 누군가에게 힘차게 손짓했다. 그는 '빈방 있음'이라는 표지가 붙은 출입구 계단을 올라갔다. 앨버틴이 거리의 활기가 가라앉은 뒤에 들어가려고 점찍은 곳이었다. 지금은 쳐다보는 정도로 만족하며 두 팔로 보따리를 끌어안은 채 걸음을 옮겼다.

그 순간 그 군인이 다시 나타났다.

그는 길 건너에서 어깨에 더플백을 메고 걸음을 서둘렀다. 그녀는 또 뒤쫓았다. 거리로 나서서 이제는 보따리를 손에 들고 다리에 툭툭 부딪히며 그와 나란히 걸었다. 그는 키가 180센티미터도 훨씬 넘어 보였다. 키가 큰 그녀는 늘 남자의 키가 신경쓰였다. 그가 진주 버튼 셔츠와 담황색 카우보이 가죽 모자, 전당 잡힌 뭉툭한 코 모양의 권총이 한가득 진열된 유리창 앞에서 잠시 걸음을 멈추자 그녀도 따라 멈췄다. 그는 이쪽 진열창에서 저쪽 진열창으로 움직이며 한참 그 앞에 있었다. 한시도 가만있지 않았다. 안절부절못하며 급하게 담배를 피우고, 연기를 뻑뻑 빨아들이고, 가운뎃손가락으로 담배를 톡 쳤다. 그는 두리번거리면서 누가 지나가는지, 어디서 무슨 소리가 나는지 계속 신경을 곤두세웠다.

이 여자가 계속 자기를 뒤쫓으며 지켜보는 것을 그는 알았다.

지금도 지켜본다는 것을 그는 알고 있었다. 그녀를 버스승강장에서 처음 보았다. 앳된 얼굴이었지만 갈색 생머리와 인디언의 눈동자가 그의 마음을 끌었다. 키가 크고 튼튼한데다 베트남 여자보다 몸집이 두 배는 컸다. 인디언 여자를 본 것은, 심지어 인디언 혈통이라도 본 것은 오래전이었다. 그는 과거에 군인이었고 지금은 퇴역군인이었다. 쁠래이꾸 근처에서 북베트남 군대에 포로로 붙잡히기 전에 안남산맥에서 아홉 달 동안 전투에 참여했다. 그들은 반년 동안 그를 풀어주지 않았다. 결국 명예로운 평화를 이루지 못하고 미군이 철수한 뒤에야 그는 풀려났다. 돌아오자 번거로운 절차에 시달리며 정신과 군의관에게 정기적으로 심문을 받다 제대했다. 그것도 C-141 수송기가 자람 비행장에서 떠나고 삼 주가 지난 뒤였다.

그는 전당포 진열창을 다시 살폈다.

이만하면 됐어, 그는 생각했다. 그리고 그녀를 돌아보았다.

그녀의 다리는 길고 약간 휘었다. 청바지를 앞코가 약간 안쪽으로 휜 부츠 위로 내어 입었다. 말을 잘 탈 것 같았다. 검은색 싸구려 나일론 파카 주머니에 한 손을 집어넣은 그녀는 긴장한 듯 보였다. 지나가는 헤드라이트들이 그녀의 얼굴에 규칙적으로 빛을 비추었다. 선이 굵고 광대뼈가 튀어나온 넙데데한 얼굴이었다. 예쁘다고 하기에는 아직 뭣하고, 어른으로 보이고 싶은 어린아이 같았다. 데리고 잘 수 없는 나이. 그녀가 지나가는 차 사이로 그를 쳐다보았다. 보따리를 든 채로.

사람들이 제 자식을, 짐꾸러미를, 짐승을 천에 싸서 등에 지거나 품에 안거나 부실한 수레에 실어 끌고 가는 것을 그는 지겹게 보았다. 그들은 보따리를 끌어안고 포화 속에서 달아났다. 그녀처럼 헐겁게 잡은 보따리들이 폭발했다. 헨리 라마르틴 주니어는 몸속 깊숙이 박힌 파편이 아직 몸속에 남아 돌아다녀서 공항에 가면 금속

탐지기가 울렸다. 커튼을 친 좁은 공간에서 검색도 당했다. 이유를 말하자 검색원은 그를 쳐다보며 돌덩이처럼 벙어리가 되어버렸다. 헨리는 그 멍청한 얼굴을 왁스 종이처럼 구겨버리고 싶었다.

소녀는 멍청한 것 같지 않았다. 그저 어려 보일 뿐이었다. 그녀가 고개를 돌렸다. 그녀가 보따리를 들고 사라져버릴지도 모르겠다는 생각이 들었다. 그녀는 어디로든 갈 수 있을 것 같았다. 어딘지 위험해 보였다. 보따리의 내용물 때문에 살이 찢기고 뼈가 부러지는 봉변을 당할 수도 있었다. 그가 손을 뻗어 달리는 차를 세우면서 그녀에게 건너간 것은 그녀의 매력 때문이기도 했지만, 그가 감지한 위험과 이제는 달콤하게까지 느껴지는 그 친숙함 때문이었다.

알고 보니 그는 그녀가 아는 집안의 사람이었다. 미치광이 라마르틴 집안의 아들. 헨리.

"아저씨 동생 라이먼을 알아요." 그녀가 말했다. "아저씨 이야기를 들었어요. 어떻게 풀려났어요?"

"우리 형 게리와 다를 게 없지. 나를 수용할 감옥이 없었거든."

그녀가 이름을 밝히자 그가 환하게 웃었다.

"네가 이 애비뉴에서 서성이는 걸 캐시포 영감도 아나?"

앨버틴이 그의 팔을 잡았다. "목말라요."

그들은 소몰이 소녀의 고리 밧줄 밑으로 걷다 라운드업 술집으로 들어가 자리를 잡았다. 두 잔을 들이켠 뒤 다시 거리로 나가 걸음을 옮겼다. 그날 밤 늦게 어딘가에서 위스키에 취한 그녀의 손이 그의 손을 쓰다듬었다. 그는 내버려두었다.

"술집에서 하는 마술 같은 거 할 줄 알아요?" 그녀가 물었다. "하나만 보여줘요."

그가 그녀의 손을 치우자 그녀는 주먹을 쥔 뒤 주머니에 찔러넣었다. 그녀는 테이블 밑에 놓은 보따리를 두 발로 여전히 꼭 붙잡고 있었다. 그가 스테이크 나이프 세 개와 물잔 두 개를 바텐더에게서 받아 테이블로 가져왔다. 잔 두 개를 0.5피트 간격으로 떼어놓고, 칼을 잔 위에 겹쳐놓아 다리를 만들었다. 허공에 걸린 칼의 다리.

앨버틴이 서로 아슬아슬하게 잇닿은 칼날을 보았다.

그녀는 초조했지만 그 느낌을 깨닫지 못했는데, 흥분처럼 가슴속에서 몰아치는 소용돌이의 일부였기 때문이다.

헨리와 앨버틴은 마지막 주문도, 문 닫는 시간도 이미 지난 뒤에야 술집을 나섰다. 밤이 이슥했다. 거리는 고요했다. 그가 그녀의 어깨에 팔을 두르자 그 무게 때문에 그녀는 비틀했다.

작은 흑백텔레비전이 호텔 데스크 뒤 높은 선반에서 어른거렸다. 화면에 닉슨 대통령의 얼굴이 길게 늘어져 보였다. 심야 직원이 헨리의 십 달러 지폐를 받아 현금함에 넣은 뒤 졸음이 쏟아지는 얼굴로 줄이 그어진 종잇장과 펜을 카운터 위로 내밀었다. 뒤룩뒤룩 살이 찐 직원의 몸은 위로 올라가면서 가늘어져 조그맣고 아둔한 머리로 끝났다. 그는 군인이 서명하기를 기다리며 눈물이 나올 만큼 크게 하품을 했다. 그는 이 어른 남자와 어린 소녀에게 전혀 관심이 없었다. 두 사람이 인디언이든 멕시코인이든 또다른 족속이든, 하우디 두디 부부로 서명하고 하룻밤 묵든 어쩌든 무슨 상관이람. 그가 또 하품을 했다.

호래자식, 헨리는 생각했다. 게으름뱅이 호래자식 아니야? 얼근히 취한 그는 처음부터 이 직원이 못마땅했다. 이 뚱뚱이 자식을 날려버리면 좋으련만. 그가 혼잣말을 했다. 하지만 앨버틴이 옆에 있었다. "자제하자." 그가 소리내어 말했다. 그녀는 듣는 것 같지 않았다. 호텔은 애비뉴에서 제법 떨어진 곳에 있어서 짧은 이층 복도는 고요했다. 헨리는 나일론 파카의 뭉친 패딩 위로 그녀의 어깨뼈를 만지작거려 손쉽게 그녀를 앞세웠다. 뚱뚱이 직원에 대한 생각은 애써 떨쳐냈다.

"천사, 당신 날개는 어디 있지?" 그가 그녀의 머리카락에 입술을 대고 속삭였다. "여기쯤일 텐데." 그가 손가락 끝으로 그녀의 튀어나온 뼈를 힘껏 눌렀다.

그녀의 웃음소리는 높고 그윽했다. 그가 열쇠를 더듬더듬 찾았다. 열쇠라는 것을 다시 가지려니 어색해 어디 두었는지 잊어버리기 일쑤였다. 재킷을 더듬고 툭툭 쳐서 열쇠를 찾아 구멍에 꽂았다. 문이 열리면 무엇이 기다릴지 몰라 그녀는 반쯤 몸을 돌리고 섰다. 그가 들어오라고 손짓했다. 그녀가 방으로 들어가 강렬한 불빛 아래 서자 뼛속까지 지친 그녀의 모습이 그의 눈에 들어왔다. 모탕처럼 널찍한 어깨는 축 처졌다. 핀을 꽂은 머리는 뭉치고 헝클어졌다. 그는 그녀보다 더 취했다. 여기 오기 전에 그녀는 몇 잔 마시다 말고는, 그가 너무 쏟아냈으니 이제 그만해야겠다고 깨달을 때까지 마시고 떠들도록 내버려두었다.

테이블 램프는 없었다. 그는 천장 등을 끄고 욕실 거울의 등만 남겼다.

"천장 등도 필요한가?"

처음에 그녀는 아니라며 말없이 고개를 가로젓다 바닥으로 시선을 내렸다.

그러면 나는 문을 닫고 안에 있고 그는 밖에 있으면 되겠구나, 그녀는 생각했다.

그녀가 그 옆을 지나갔다. 그는 세면대에 물이 쏟아지는 소리를 들었다. 그녀가 숨기는 소리들이 우스웠다. 여자는 이따금 마음이 아플 만큼 귀여워죽겠다니까. 정말 마음이 아플 만큼.

나가고 싶지 않아. 그녀는 차가운 타일에 이마를 댔다.

"천사가 샤워할 때 여기로 와요." 그가 닫힌 문을 향해 노래했다. "천사는 5월에 활짝 핀 꽃을 가져온다네."

그는 침대의 철제 틀에 몸을 의지하고 부츠를 벗으려다 풀썩 무릎을 꿇었다.

"파랑새를 찾아 노랫소리를 들어봐요…… 나는 맹세코 당신이 거기서 오줌 싼다는 걸 알지. 다 들리거든. 양철지붕에 떨어지는 빗소리 같은데."

그는 여덟 살 때 복사를 했던 성당의 엄숙한 의식에서처럼 가슴을 가볍게 쳤다.

"내 탓이오, 내 탓이오. 당신이 내 지붕 밑으로 기어들어올 만큼 나는 훌륭한 사람이 아니로소이다."

그는 일어서려고 했다.

칫솔질 소리가 들리자 몸을 젖히며 껄껄거렸다. 소리들이 우스웠다. 그는 바닥에 앉은 채로 다리를 뻗고 부츠와 양말을 벗은 뒤 주춤주춤 일어나 바지를 벗고 셔츠 단추를 끌렀다. 그리고 손을 뻗으면 잡을 수 있게 포로지스 위스키 병을 의자에 놓고 침대 이불을 젖혔다. 이불 속에 들어가 욕실 문의 네 모서리에서 새어나오는 불빛을 바라보았다.

"문짝을 규격보다 작은 걸 썼구먼." 그가 쩌렁쩌렁한 목소리로 비판하듯 말했다. "아니면 끼워놨더니 문짝이 줄었거나." 그가 다시 껄껄거렸다.

이 사람 정신이 나갔나봐.

그녀는 밖으로 나와 단정하게 개킨 옷을 내려놓고 다시 사라졌다. "눈을 감고 당신이 뭘 하는지 죽어라 열심히 상상하면……" 그가 술병을 잡아 뚜껑을 열었다. 눈을 감고 독한 위스키를 들이켰다. 달콤한 불길이 목구멍을 훑는 것 같았고, 눈을 뜨자 시야가 좁아졌다.

군인은 전리품을 취한다고 그가 말했지. 악수는 책에나 나오는 이야기야.

그가 술에 취할 때는 단계가 있었는데, 시야가 좁아지는 단계에 이르면 종종 쌍안경을 거꾸로 들여다보는 것 같았다. 자기가 어디 있는지 기억하려면 신경을 곤두세워야 했다. 그는 줄어든 문짝에서 눈을 뗄 수 없었다. "제발……" 그는 집중력이 흐트러질까 두려워 어두운 방 안에 대고 다그쳤다. "그러지 마……" 하지만 그는 통제력을 잃지 않았다. 자제하자. 자제하자. 그의 뇌가 타전하는 소리였다. 그는 보이지 않는 곳에서 부스럭거리는 소리와 여자가 옷 벗는 동작을 구체적으로 연결해 상상하기 시작했다. 머리끝에서 발끝까지. 머릿속으로, 아무 욕망 없이, 일부러 천천히 벗겼다. 그녀는 어느새 완전히 알몸이 되었다. 심지어 양말까지 말아서 부츠 속에 집어넣었다.

이제 나올 때가 되었는데 그녀는 아직이었다. 그는 심장이 벌렁거렸다.

집중력이 떨어지기 시작했다. 그녀의 모습이 달아났다. 그는 침대에서 내려와 매트리스 가장자리를 손으로 더듬으며 가서 침대 끝과 욕실 문에 이르는 아득한 공간에 물이 발목까지 찰랑이기라도 하는 것처럼 허우적허우적 걸었다. 부스럭거리는 소리가 멎었다. 침묵의 경고. 그는 지난날 타국의 촌락에서처럼 발로 문을 뻥 찬 뒤 펄쩍 뛰어 비켜서려고 하다 가까스로 통제력을 되찾았다. 그가 손잡이를 잡았다. 문이 훌러덩 열렸다. 불빛이 그녀 주위로 쏟아지며 아른거렸다. 다시 시야가 넓어졌다.

그녀가 옷을 입은 채 비좁은 바닥에 보따리의 내용물을 흩어놓고 웅송그리고 앉아 있었다.

그는 그녀를 지난날 타국의 그 여자를 보듯 쳐다보았다.

젠장, 어떻게 묘사할까?

그 여자가 그를 쳐다보았다. 당시 그들은 총검을 들었다. 그녀는 넋이 나갔다. 당신과 나, 똑같아. 똑같아. 그녀가 자기 눈과 그의 눈을 가리켰다. 치폐와족을 닮은 아시아인의 처진 눈. 그녀가 피를 흘렸다.

이 여자를 심문하라.

옛, 대장님. 곧 죽는답니다, 대장님.

"도대체 내가 뭘 물어볼 수 있었겠어? 응? 도대체 뭘?"

앨버틴이 그를 뚫어져라 처다보았다. 그는 소리내어 말했다는 것을 깨달았다.

그녀가 고개를 숙여 빨간 손수건을 차곡차곡 접는데 갈색 머리카락이 얼굴 위로 흘러내렸다. 그녀는 소지품을 다시 보따리에 쌌다. 그는 허리춤에 회색 수건을 쑤셔넣고 스툴 모서리에 앉았다. 그녀의 옷가지가 그들 사이에 널브러져 있었다. 그는 허리를 숙여 얇은 롱웨이스트 면팬티 한 장을 집어올려 반으로 접어서 다시 내려놓았다.

"도와줄게." 그가 말했다.

"필요 없어요."

그는 다시 무릎에 손을 얹었다. 그 순간 담배가 몹시 그리웠지만 담배는 침대에 있었고, 거기까지 가려면 어둠 속을 지나야 했다.

"담배 좀 갖다줄래? 취해서 말이야."

그가 잠긴 목소리로 말했다. 대답하지도, 그를 처다보지도 않고 그녀가 나갔다.

여기 있으면 안 돼. 하지만 내 물건이 몽땅 여기 있는데. 그는 혼잣말을 한 것뿐이잖아.

그녀가 담배를 가지러 간 사이 그는 얼굴과 손과 가슴에 식은땀이 흥건한 것을 느꼈다. 말보로에 불을 붙이는데 손이 바들거렸다.

약해졌군. 그는 담배 연기를 폐에 들이마신 채 생각했다. 하지만 이런 손 떨림은 이제 익숙했고, 그것은 옹색함이 그를 점점 바닥으로 끌어내린다는 의미였다. 그는 피우던 담배로 다음 담배에 불을 붙이고 꽁초는 엉덩이 아래에 놓여 있는 그릇에 떨어뜨렸다. 그녀를 지켜보는 동안 그의 호흡은 서서히 진정되었다. 시야를 잠식하던 암흑도 사라졌다. 손 움직임도 흔들림 없이 차분해졌다. 그녀의 등은 길고 약간 휘었으며 튀어나온 어깨뼈는 날개 모양으로 솟은 뿔 같았다.

얼마나 오래 그가 나를 지켜보게 놔둔 채 여기 있어야 할까? 그녀는 아직 버스를 타고 있는 것 같았다. 어질어질했다.

"제발." 그녀가 몇 번이나 소지품을 정리하자 마침내 그가 말했다. "그만 잘까? 건드리지 않을게. 어쨌거나 너무 취했거든."

"좋아요."

그가 그녀의 손을 잡아 욕실에서 끌어내고 문을 반쯤 닫았다.

"불을 켜두고 싶으면 그렇게 해."

그녀가 말없이 고개를 끄덕였다.

그녀는 청바지와 부츠와 양말을 벗고 긴 소매 셔츠와 속옷만 입은 채 침대로 들어갔다. 아까 옷을 개킬 때만 해도 잠이 쏟아졌는데, 나란히 눕자 그가 조금만 부스럭거려도 신경이 쓰여 잠이 싹 달아났다.

잘 자요. 눈을 감고 잠든 척해야겠다.

잠든 척해도 그녀는 그의 숨결에, 그의 몸이 시트에 닿는 소리에 점점 예민해졌다.

길 건너 "CREDIT"이라고 쓰인 간판 글자에 느리게 하나씩 불이 들어오더니 이윽고 모두 켜지자 침묵 속에서 세 번 깜박였다. 그녀가 그를 향해 돌아누웠다. 팔꿈치로 몸을 받치고 셔츠 단추를 풀었다. 그가 그녀의 손을 치우고 그녀의 어깨부터 옷을 벗겼다. 그녀는 두툼한 면브래지어를 했다. 그가 그녀를 두 팔로 감싸안고 고리를 풀었다. 그녀가 그의 품 안에서 알몸이 되자 그는 더 참을 수 없었다. 정신이 아뜩했다. 그는 그녀 안으로 들어가려 했다.

그녀의 두려움에 외려 강하게 자극된 나머지 그는 몸을 밀착한 채로 단단해지기도 전에 어이없이 사정해버렸다. 그녀는 묵묵히 그가 무슨 말이든 하기를 기다렸다. 그의 얼굴을 어루만졌지만 그는 말이 없었다. 그녀는 그에게서 돌아누웠다.

헨리는 술기운이 싹 달아났다. 잠시 후면 다시 그녀를, 이번에는 제대로 원하게 될 것이라는 기대를 하며 그녀가 자는 척하는 소리에 귀를 기울였다. 그녀의 등은 따스한 비탈길 같았다. 그녀의 길이와 폭은 한계가 없는 것 같았다. 그는 경이를 느끼며 더 몸을 붙였다. 그녀가 바짝 긴장했다. 숨소리가 달라졌다.

그녀의 몸에서 퀴퀴한 여행자의 체온과 담배 연기, 버스 냄새, 함께 마신 희미한 와인 냄새, 감지 않은 머리에 눈이 녹아내린 듯한 시금떨떨한 냄새, 겨드랑이에서 스며나온 꽃의 열기가 뿜어져나왔다.

그는 강둑의 다리에서 물에 뛰어드는 상상을 했다.

눈을 감고 강물을, 저만치 아래에서 소용돌이치는 물결의 무늬를 보았다. 그가 그녀를 엎드리게 하고 뒤에서 그녀를 눌렀다. 무릎으로 그녀의 다리를 벌리고 그녀를 자기 쪽으로 당겼다.

그녀는 베개에 얼굴을 파묻고 소리를 죽인 채 머리맡의 침대 살을 붙잡았다. 그가 그녀 안으로 자신을 밀어넣었다. 그녀가 거칠게 신음했다. 그녀의 등이 저항의 몸짓으로 단단해졌다. 마침내 그녀가 비명을 지르며 굴복했다. 그녀의 굳은 몸이 자신에게 녹아내릴 때까지 그는 손가락 끝으로 그녀를 어루만졌다. 그녀가 열렸다. 골반이 나무로 만든 꽃잎처럼 활짝 열렸고, 그는 그녀가 절정에 다다랐다고 생각했다. 그 역시 그랬다. 머뭇거리듯 조금씩 부드럽게 들어가며 그는 사랑한다고 속삭였다.

잠시 뒤에 그는 그녀를 놓아주었다. 그녀의 귀 뒤로 갈색 머리카락에 얼굴을 파묻고 사랑의 말을 속삭이려고 했지만 그녀가 그의 가슴팍을 밀쳤다.

그녀는 되도록 그에게서 멀찍이 떨어졌다. 헨리는 그녀가 깊은 강을 건너 사라지는 것 같았다. 그는 그녀와 분리되어 그녀 밖에서, 쫓아갈 방법도 없이 그녀 옆에 누워 있었다.

마침내 그녀가 잠들었다. 그녀의 고른 숨이 적적한 위로가 되었다. 그도 그녀의 긴 머리타래를 손으로 감아쥐고 이윽고 잠이 들었다.

동틀 무렵 앨버틴은 자기가 어디 있는지 어리둥절했다. 다리 사이의 아릿한 통증도 기억나지 않았다. 돌아눕다 실수로 잠든 그를 건드렸다. 그의 이름이 되살아났다. 그의 이름을 소리내어 말하려는 찰나였다.

그가 갑자기 비명을 질렀다. 폭발했다.

그의 이름을 한 음절 내뱉기도 전에 그녀는 소스라치게 놀라 바닥에 주저앉았다. 벽을 보며 숨을 헐떡였다. 바깥에서 문이 열렸다 닫히는 소리가 났다. 방 한구석에서 그녀는 그의 숨소리를, 그녀를 벽을 향한 채 얼어붙게 만든 짐승의 시근거리는 소리를 들었다. 그가 움직였다. 그가 다가오자 그녀는 가장 먼저 무참한 두려움의 냄새를 맡았다.

반사적으로 그녀는 얼굴을 두 팔로 가렸다. 감각을 마비시키는 어둠의 공포가 그녀의 사고를 완전히 멎게 했다. 하지만 그는 그녀를 어루만지며 흐느꼈다.

빨간 컨버터블
1974

라이먼 라마르틴

우리 보호구역에서 컨버터블을 처음 몰아본 사람은 나였다. 물론 빨간색, 빨간 올즈모빌이었다. 차는 형 헨리 주니어와 공동 소유였다. 어느 바람 부는 밤 그의 부츠에 물이 차서 그가 내 몫까지 가져가버리기 전까지 우리 두 사람의 차였다. 이제 헨리가 독차지했으니 그의 동생 라이먼(그러니까 나)은 어디든 걸어다닌다.

내 몫을 살 만큼 큰돈을 나는 어떻게 벌었을까? 내 재능 하나는 마음만 먹으면 돈을 벌 수 있다는 것이다. 그건 치페와족에게서는 보기 드문 재능이었다. 애초부터 나는 그렇게 달랐고, 모두가 그 사실을 알았다. 예컨대 재향군인회 회관에 들어가 구두를 닦아도 된다는 허락을 받은 아이는 내가 유일했다. 한번은 크리스마스에 기금 마련을 위해 집집마다 돌아다니며 꽃다발을 팔았다. 수녀들이 일 퍼센트를 떼어주었다. 일단 시작하자, 돈은 더 벌수록 더 쉽게 들어오는 것 같았다. 모두 나를 격려했다. 열다섯 살 때 졸리엣 카페에서 접시를 닦았는데, 그곳에서 처음으로 큰 운이 터졌다.

얼마 지나지 않아 승진해 테이블을 치웠고, 즉석요리를 만드는 요리사가 그만두자 그 일을 맡게 되었다. 그러다 어느새 졸리엣의 관리를 통째로 맡았다. 나머지는 말하지 않아도 알 것이다. 카페를 계속 관리했고, 곧 공동 소유자가 되었다. 당시에 나를 가로막는 것은 없었다. 어느새 전부 내 것이 되었다.

그리고 일 년이 지났을 때 이 지역 역사상 최악의 토네이도가 강타했다. 모든 시설이 완전히 박살났다. 쫄딱 망했다. 튀김기계는 나무에 걸렸고, 그릴은 종잇장처럼 반으로 쭉 찢겼다. 내 나이 겨우 열여섯이었다. 명의는 죄다 엄마 이름으로 했고, 금세 망하긴 했지만 그전에 친척과 친척의 친척까지 불러 거하게 저녁을 먹었으며, 아까 말한 빨간 올즈모빌을 헨리와 공동으로 구입했다.

그 차를 처음 본 순간이란! 우리가 그것을 처음 본 순간은 이랬다. 우리는 위니펙까지 가는 차를 얻어 탔다. 둘 다 돈은 가지고 있었다. 이유는 묻지 말라. 우리 중에 누구도 차를 사자든가 뭘 하자든가 그런 말을 꺼내지 않았지만 여하간 돈은 몽땅 챙겨 갔으니까. 내게는 졸리엣을 날리고 보험금으로 탄 어마어마한 돈이 현금으로 있었다. 헨리에게는 수표 두 장, 그러니까 보석 베어링 공장에서 해고되면서 별도로 받은 일주일치 수표와 정기적으로 받는 수표가 있었다.

우리는 이런저런 광경을 구경하며 포티지 거리를 걷다, 보고 말았다. 바로 그 차가 서 있었다. 정말이지 살아 있는 것 같았다. 단순히 서 있다거나 주차되어 있다거나 그런 것이 아니었다. 휴식이라는 단어가 떠올랐다. 그 차는 차분하게 빛을 뿜으며 앞유리 왼쪽에 "판매합니다"라는 글씨를 붙인 채 휴식을 취하고 있었다. 두 번 생각할 것도 없이 그 차는 우리 것이 되었고, 우리의 호주머니는 텅 비었다. 남은 돈은 집으로 돌아갈 때 필요한 기름값뿐이었다.

우리, 그러니까 나와 헨리는 그 차를 몰고 여기저기 돌아다녔다. 어느 여름인가는 내내 차를 몰았다. 우리는 포트 버솔드에 있는 리틀나이프 강과 맨더리를 목표로 떠났는데 어쩌다보니 왁팔라까지 가게 되었고, 어느새 몬태나 주 로키보이에 다다랐다. 여름의 절반도 채 지나지 않은 무렵이었다. 어떤 사람들은 여행하면서 자잘한 것들에 집착하지만 우리는 개의치 않고 여기저기 옮겨다니며 하루하루를 보냈다.

나는 버드나무가 늘어선 어느 장소를 아직 기억한다. 그 나무 밑에 편안히 누웠던 것도. 더없이 편안했다. 나뭇가지가 사방에 늘어져 마치 텐트나 마구간에 있는 것 같았다. 고요했다. 가까운 거리에서 인디언이 집회를 했지만 정말 조용했다. 공기는 머물러 있지 않았지만 바람이 심하게 부는 것도 아니었다. 춤꾼들 주위로 먼지가 자욱이 일어나자 나는 기분이 좋아졌다. 헨리는 두 팔을 쭉 뻗고 잠들었다. 얼마 뒤에 그가 일어났고 우리는 다시 차를 타고 달리기 시작했다. 몬태나 주 어디거나 아니면 블러드 보호구역이었을 것이다. 어디였든 상관없다. 그 소녀를 만난 곳이 거기였으니까.

소녀는 머리카락을 돌돌 말아 귀 옆에 올려붙였는데, 그것이 가장 먼저 눈에 띄었다. 그녀가 길가에서 팔을 내밀었고 우리는 차를 세웠다. 키가 자그마했는데, 사실 너무 작아서 남방을 입은 차림새가 잠옷을 입은 것처럼 우스꽝스러웠다. 그녀는 청바지에 근사한 모카신을 신었고 작은 여행가방을 들었다.

"얼른 타." 헨리가 말한다. 그녀가 우리 사이에 끼어 탄다.

"집에 데려다줄게." 내가 말한다. "어디 사니?"

"치킨." 그녀가 말한다.

"젠장, 거기가 어디지?" 내가 그녀에게 묻는다.

"알래스카."

"좋아." 헨리가 말하고, 우리는 출발한다.

그곳에 이르자 우리는 떠나기 싫었다. 그곳의 여름은 해가 지지 않고, 밤은 은은한 황혼 같다. 이따금 졸음이 오지만 어느새 야생짐승처럼 다시 깬다. 잠을 푹 자고 싶다거나 세상을 멀리하고 싶은 기분은 들지 않는다. 그리고 뭔가 자랄 것이다. 어느 날은 흙과 이끼뿐이겠지만, 다음날은 꽃과 긴 풀이 자랄 것이다. 소녀의 이름은 수지였다. 그녀의 가족은 우리를 반갑게 맞아주었다. 우리를 먹여주고 재워주었다. 우리는 그들의 집 옆에 텐트를 쳤고 아이들은 밤낮없이 드나들었다. 나와 헨리는 닮지 않아서 우리가 형제라고 해도 그들은 잘 이해하지 못했다. 우리는 아무튼 우리 어머니는 같은 사람이라고 말했다.

어느 밤 수지가 우리를 찾아왔다. 우리는 텐트 안에 둘러앉아 도란거렸다. 계절이 바뀌고 있었다. 어둠이 짙어졌고 추위도 조금씩 고약해졌다. 나는 이제 떠날 때라고 말했다. 그녀가 의자에 올라섰다.

"내 머리카락 아직 못 봤지." 수지가 말했다.

사실 그랬다. 그녀가 의자에 올라서서 머리를 풀자 바닥까지 내려왔다. 우리는 눈이 휘둥그레졌다. 단정하게 말았을 때는 얼마나 긴지 알 수 없었다. 형 헨리가 뭔가 재미있는 놀이를 하려는 듯 의자 가까이로 다가서며 말했다. "내 어깨에 올라타." 그렇게 하자 머리카락이 그의 허리까지 내려왔고, 그가 빙글빙글 돌자 머리카락도 덩달아 찰랑거렸다.

"내가 머리를 예쁘게 기르면 어떤 모습일지 늘 궁금했거든." 헨리가 말했다. 우리는 웃었다. 그가 머리를 기른다면 참 우스꽝스러울 것이다. 다음날 아침 우리는 일어나서 떠났다.

그들이 말하는 더 푸른 초원을 향해. 아래로 내려와 스포캔을 지나고 아이다호를 가로질러 몬태나에 이르렀고, 캐나다 국경 바로 아래에서 날씨 변화를 체감하며 콜럼버스로, 또 드라크로 쉼 없이 달려 이윽고 보티노 카운티에 들어섰다. 이제 곧 집이었다. 우리는 그해 여름 자동차 보닛 한 번 열지 않고 맘껏 여행을 즐겼다. 우리가 집에 돌아온 시점은 군대가 헨리의 지원을 기억한 시점과 딱 맞아떨어졌다.

군대가 형을 기꺼워하며 해병대로 보낸 것은 어쩌면 당연한 일이다. 어쨌거나 그는 벽돌로 지은 집처럼 건장했으니까. 우리는 그들이 그를 데려간 것이 인디언 코 때문이라며 놀렸다. 그의 코는 도끼처럼 큼직하고 콧날 또한 날카로워 시팅 불*을 죽인 인디언 레드 토마호크**의 코 같았는데, 노스다코타 주 고속도로에 레드 토마호크의 옆얼굴을 그린 간판이 쭉 늘어서 있었다. 헨리는 훈련소에 입소했고, 크리스마스에 한 번 돌아왔으며, 그러고 나서 바다 건너에서 편지 한 통을 보내왔다. 때는 1970년이었고, 북부 산악지방에 배치되었다고 썼다. 어디인지 나는 몰랐다. 그는 편지를 열심히 쓰는 사람이 아니었고, 적군에게 포로로 잡히기 전에 두 통을 더 보냈을 뿐이었다. 나는 어느 쪽이 착한 베트남 병사들이 주둔한 곳인지 한 번도 제대로 안 적이 없었다.

나는 편지가 잘 전달될지 미심쩍어하며 그에게 몇 차례 답장을 보냈다. 우리의 차에 관련된 소식은 낱낱이 알려주었다. 대부분의 시간 동안 나는 차를 마당에 세워두거나 반쯤 해체된 채로 두었는데, 긴 여행을 하느라 엔진도 고단했을 것이기 때문이다.

나는 항상 숫자 운이 좋아 징집될 걱정은 하지도 않았다. 내가 몇 번일지 생각할 필요조차 없었다. 하지만 헨리는 나와 다르게 운이 좋지 않았다. 그가 돌아오기까지 삼 년이 걸렸다. 추측하기로 정부가 전쟁이 완전히 끝났다고 여겼을 무렵에도 그의 전쟁은 끝나지 않았던 것 같다. 그사이에 나는 그의 차를 완벽에 가깝게 되

---

* 미국 인디언 수족의 추장. 1870년대 블랙힐스에서 금광이 발견되자 미국 정부는 수족에게 인디언 보호구역으로의 이주를 명령했다. 시팅 불은 이에 대항해 미국 육군을 상대로 전설적인 전투를 벌였다. 이름은 '앉아 있는 황소'라는 뜻.
** 인디언 경찰이었던 레드 토마호크는 시팅 불을 총으로 쏴 죽인 것으로 유명하다. 이름은 '빨간 도끼'라는 뜻.

돌려놓았다. 떠나면서 그가 "이제 네가 가져" 하며 열쇠를 던졌지만, 그가 없는 동안 나는 늘 그의 차라고 생각했다.

"여분으로 쓸 열쇠를 줘서 고마워." 내가 말했다. "필요할지 모르니까 형 서랍에 넣어둘게." 그가 웃었다.

돌아온 헨리는 완전히 딴사람이었다. 나는 이렇게 말한다. 좋은 변화는 아니었다고. 그가 더 나은 사람으로 변했을 거라 기대하기 어렵다는 건 물론 나도 안다. 하지만 그는 말이 없었고, 정말 말이 없었고, 어디든 맘 편히 앉아 있지 못하고 늘 일어나 여기저기 돌아다녔다. 나는 우리가 오후 내내 근육 하나 까딱하지 않고 그저 몸뚱이를 살짝 들어 엉덩이만 옮겨 앉고, 누가 우리 옆에 앉으면 말을 걸고 한가로이 사방을 둘러보던 시절을 돌이켜 생각했다. 당시 그는 재치로 가득했지만 이제는 누가 웃겨도 웃지 않았고, 웃어도 컥컥거릴 뿐이어서 듣는 사람마저 목구멍에서 웃음이 걸렸다. 사람들은 대부분 그를 혼자 두었고, 나는 그런 그들을 탓할 수도 없었다. 헨리가 어디로 튈지 모르는데다 괴팍하기까지 했으니까.

헨리가 입대한 뒤에 나는 엄마와 식구들과 같이 보려고 컬러텔레비전을 샀다. 돈은 여전히 쉽게 벌렸다. 하지만 헨리 때문에 나는 컬러텔레비전 산 것을 후회했다. 흑백 화면으로 보면 더 먼 옛날 일 같을 텐데 너무 생생해서 또한 후회했다. 하지만 어쩌겠는가? 그는 텔레비전 앞에 앉아 화면을 쳐다보았고, 그가 오롯이 얌전한 시간은 오로지 그때뿐이었다. 물론 토끼가 깜짝 놀라 동작을 멈추었다 펄쩍 뛰어 달아나기 직전의 그런 고요함이었다. 그의 상태는 편안하지 않았다. 그는 의자 팔걸이를 힘껏 붙잡고 앉아 있었다. 마치 의자가 고속으로 움직여 그것을 놓으면 그대로 로켓처럼 날아가 텔레비전을 박살내기라도 할 것처럼.

방에서 헨리와 같이 텔레비전을 보는데 이가 딱 부딪치는 소리가 들렸다. 돌아보니 그가 입술을 깨물었다. 피가 턱까지 흘렀다. 솔직히 그 순간 나는 텔레비전을 박살내고 싶었다. 내가 텔레비전으로 다가가자 헨리는 내가 어떤 생각으로 그러는지 알았던 것 같다. 그가 벌떡 일어나 달려오더니 나를 벽으로 확 밀쳤다. 자기가 무슨 행동을 하는지도 모르고 저런다고 나는 혼잣말을 했다.

엄마가 들어와 조용히 텔레비전을 끄더니 우리에게 저녁을 차렸다고 알렸다. 우리는 식탁으로 가서 앉았다. 턱에서 여전히 피가 흘렀지만 헨리는 알아채지 못했고, 그가 빵을 베어 물 때마다 핏물이 뚝뚝 떨어져 피 묻은 빵을 우적거리는데도 그렇다고 말해주는 사람조차 없었다.

헨리가 옆에 없으면 우리는 그의 문제를 의논했다. 보호구역에는 인디언 의사가 없었고, 엄마는 늙은 모지스 필라저 영감을 믿지 않았다. 옛날에 그가 엄마에게 구애한 일이 있어서 엄마의 남편들을 질투했기 때문이다. 아들에게 대신 복수할지 몰랐다. 헨리를 보통 병원에 데려가자니 그를 붙잡아둘까봐 걱정스러웠다.

"그런 곳에서는 병을 고쳐주지 않아." 엄마가 말했다. "약을 줄 뿐이지."

"어쨌든 거기에 데려갈 생각도 없어요." 나도 동의했다. "거긴 더 생각하지 말아요."

그리고 나는 차에 대해 생각했다.

헨리는 돌아온 뒤로 차는 거들떠보지도 않았지만, 아까 말했듯 그 차는 최상의 상태로 회복되어 언제라도 달릴 준비가 되어 있었다. 어쩌면 그 차가 지난날의 헨리를 되돌려줄지 모른다. 나는 때를 기다려 그 차로 그의 관심을 끌 기회를 노렸다.

어느 밤 헨리가 어디론가 가고 없을 때였다. 나는 망치를 들었다. 차 밑에 몹쓸 짓을 했다. 못쓰게 만든 것이다. 배기관을 구부렸다. 소음기를 떼어냈다. 작업을 다 마치자 차는 평생 보호구역 도로를 누비고 다닌 여느 인디언 차보다 더 형편없는 꼬락서니가 되었다. 정부의 약속이 다 그렇다고 사람들이 입버릇처럼 말하는 땅이 움푹움푹 꺼진 도로 말이다. 이것만은 확실히 말해두겠는데, 나도 마음이 아팠다! 나는 카뷰레터 속에 흙을 던져넣었고, 의자의 절연테이프도 죄다 떼어냈다. 최대한 고물차로 보이려고 최선을 다했다. 그리고 물러앉아 헨리가 발견하기를 기다렸다.

한 달이 넘게 걸렸다. 그건 괜찮았다. 얼음이 녹을 정도는 아니었지만, 날씨가 밖에서 일하기에 꼭 알맞게 풀렸기 때문이다.

"라이먼." 그가 어느 날 걸으면서 말한다. "저 빨간 차, 꼬락서니가 꽝인데."

"낡았잖아." 내가 말한다. "저 정도는 예상했어야지."

"안 될 소리!" 헨리가 말한다. "저 차는 고급이야! 한번 잘 고쳐봐, 라이먼. 저런 취급을 당할 차는 아니잖아. 난 저 차를 최상의 상태로 관리했어. 넌 기억을 못하는구나. 너무 어렸으니까. 내가 떠날 무렵 저 차는 시계처럼 잘 달렸어. 옛날 상태로 되돌리는 건 고사하고 시동이 걸릴지조차 모르겠는걸."

"어디 직접 해보시지." 나는 점점 부아가 치미는 것처럼 말했다. "저건 고철 덩어리나 다름없다고."

그리고 그가 한 번에 여섯 단어 넘게 말한 것을 내가 알아챈 것을 그가 깨닫기 전에 휘적휘적 가버렸다.

그뒤로 나는 그가 차를 고치다 얼어 죽는 건 아닐까 걱정했다. 그는 온종일 밖에서 살다시피 했고, 밤에는 작은 램프를 매달고 전선을 창밖으로 끌어내 불을 밝혔다. 이전에 비하면 나았지만 아직 큰 변화랄 것은 없었다. 행동이 다른 사람들과 더 비슷해지긴 했다. 더 차분하게 먹었고, 식사중에 이것저것 건드리지도, 엉덩이를 들썩거리며 창밖을 내다보지도 않았다. 내가 텔레비전 뒤쪽을 만지작거려 화면이 깨끗하게 나오지 않게 한 것은 솔직히 인정하지만, 어쨌거나 그도 텔레비전을 자주 보지 않았다. 차를 고치느라 늘 밖에서 지내거나 부품을 구하러 쏘다녔다. 눈이 녹을 무렵에는 정말로 차를 완전히 고쳐놓았다.

그 무렵 나는 헨리 때문에 의기소침했다. 예전에 우리는 늘 함께였다. 헨리와 라이먼 형제. 하지만 이제 헨리는 혼자 일했고, 나는 그 사실을 잘 받아들일 수 없었다. 그래서 어느 날 헨리가 다정해 보일 때를 틈타 기회를 잡았다. 그렇다고 그가 웃었거나 뭐 그랬다는 말은 아니다. 그는 그저 이렇게만 말했다. "저 고물단지를 한번 굴려볼까." 그 말을 듣고 나는 그가 예전 모습으로 돌아오는가 싶었다.

우리는 차로 갔다. 봄이었다. 햇빛이 환했다. 우리의 하나뿐인 여동생, 얼마 전에 열한 살이 된 보니타가 밖으로 나와 사진을 찍겠다며 우리더러 붙어 서라고 했다. 헨리는 빨간 자동차 앞유리에 한쪽 팔꿈치를 괴고 다른 팔은 너무 무거워 들고 있기 힘들다는 듯, 또 한편 그 무게를 내 위에 내려놓기 싫다는 듯 내 어깨에 조심스레 걸쳤다.

"웃어봐." 보니타가 말했고, 그는 웃었다.

그 사진. 나는 이제 쳐다보지 않는다. 그런 마음이 왜 들었는지는 모르지만, 나는 몇 달 전에 그 사진을 꺼내 압정으로 벽에 붙였다. 당시에는 헨리에 대한 느낌이 좋았고, 왠지 모르게 가깝다고 느꼈다. 한동안 그 사진을 붙여놓고 기분이 좋았는데, 어느 밤 텔레비전을 보다 마음이 달라졌다. 얼근하게 취한 상태였다. 벽을 보았더니 헨리가 나를 쳐다보았다. 이유는 모르지만 그의 미소가 변해 있었다. 아니, 어쩌면 사라졌는지도. 확실한 것은 저 사진과 한방에서 지낼 수 없다는 사실이었다. 나는 부들부들 떨었다. 일어나 문을 닫고 부엌으로 갔다. 조금 뒤에 친구 레이가 왔고, 우리는 같이 그 방으로 돌아갔다. 사진을 갈색 봉지에 넣은 뒤 봉지를 접고 또 접어 옷장 깊숙이 넣었다.

옷장 문을 지나칠 때마다 그것이 나를 끌어당기기라도 하듯 나는 여전히 그 사진을 본다. 내 마음속에서 사진은 더없이 선명하다. 그날은 아주 화창해서 헨리는 햇살 때문에 눈을 살짝 찌푸렸

다. 아니면 보니타의 카메라 플래시가 거울처럼 빛을 반사해 사진
을 찍기 전에 순간적으로 그의 눈을 멀게 했을 것이다. 둥글고 커
다란 내 얼굴은 온통 햇볕을 받고 있다. 하지만 그의 얼굴에 드리
운 그림자가 구멍처럼 깊은 것을 보면 그는 뒷걸음쳤는지도 모른
다. 웃는 입술의 양끝에는 그 미소를 액자에 넣어 보관이라도 하
려는 듯 작은 갈고리처럼 두 개의 그림자가 드리웠다. 그의 얼굴을
아프게 했을 그 한 번의, 그 처음의 미소. 그는 집으로 돌아올 때부
터 줄곧 입고 있었던 익숙한 옷과 군복 재킷을 걸쳤다. 보니타는
사진을 찍은 뒤 집으로 들어갔고, 우리는 차에 올라탔다. 트렁크에
아이스박스를 실었다. 헨리가 강의 만조를 보고 싶다고 해서 우리
는 펨비나 동쪽의 레드 강으로 갔다.

　가는 길은 아름다웠다. 모든 것이 달라지는 계절이 오면 눅눅함
이 마르고 풍경이 깨끗해지면서 삶을 완전히 새롭게 시작하는 기
분이 든다. 헨리도 그렇게 느꼈다. 차의 덮개를 내렸고, 차는 팽이
처럼 윙윙거렸다. 헨리는 정말 차를 멀쩡하게 고쳐놨다. 의자의 절
연테이프까지 본드로 몇 겹씩 정성스레 붙여놓았다. 그가 다시 웃
거나 농담을 하게 되었다는 말은 아니지만, 그의 얼굴은 더없이 해
맑고 평온해 보였다. 스쳐지나는 헐벗은 들판과 방풍림, 집들을 제
외하면 그가 딱히 딴생각을 하는 것 같지는 않았다.
　그곳에 다다르자 강물은 높았고 겨울이 남긴 잔재로 가득했다.
해가 떴지만 강가는 추웠다. 강둑에 눈덩이가 여기저기 지저분하
게 뒹굴었다. 강물은 아직 강둑을 넘지 않았지만 머지않아 그렇게

될 것이다. 강물은 한계에 다다라 한껏 불어났고 해묵은 회색 흉터처럼 번질거렸다. 우리는 불을 피우고 앉아 흐르는 강물을 지켜보았다. 가슴속에서 뭔가 조이는 느낌이 들었다. 단단히 조이는 동시에 풀어주는 느낌이었다. 나 혼자 느낀 것은 아니었다. 그 순간 헨리도 느끼고 있다는 것을 알았다. 닫히고 열리는 그 느낌이 나에겐 견디기 힘들었다는 점만 빼면. 나는 벌떡 일어섰다. 헨리의 어깨를 붙잡고 흔들기 시작했다. "정신 차려." 내가 말한다. "정신 차려, 정신 차려, 정신 차려!" 내게 어떤 감정이 일어났는지 나는 몰랐다. 나는 다시 그 옆에 앉았다.

그의 얼굴이 새하얗게 굳었다. 곧이어 속에서 물이 끓을 때까지 끓다 돌연 부서지는 돌멩이처럼 부서졌다.

"나도 알아." 그가 말한다. "나도 알아. 어쩔 수 없어. 소용없단 말이야."

우리는 이야기를 시작한다. 그는 내가 그 차에 무슨 짓을 저질렀는지 안다고 말했다. 차를 소홀히 관리한 게 아니라 일부러 망가뜨렸다는 건 누가 봐도 알 수 있었다. 그는 이제 차를 쓸 곳이 없으니 내게 영원히 주겠다고 했다. 주려고 고쳤으니 받아야 한다면서.

"싫어." 내가 말한다. "갖고 싶지 않아."

"괜찮아." 그가 말한다. "네가 가져."

"싫다니까." 나는 다시 말하며 그 사실을 못박으려고, 오로지 그 목적으로 그의 어깨를 툭 친다. 그가 내 손을 탁 쳐낸다.

"차를 받아." 그가 말한다.

"싫어." 내가 말한다. "내가 받을 것 같아?" 그는 내 재킷을 잡다 소매를 뜯는다. 장식과 지퍼가 달린 고급 스웨이드 재킷이다. 나는 헨리를 밀어 통나무에서 떨어뜨린다. 그가 벌떡 일어나 나를 넘어뜨린다. 우리는 서로 부둥키며 쓰러지고, 있는 힘을 다해 주먹을 휘두르며 일어선다. 그가 내 턱을 갈기자 턱이 홱 돌아간다. 턱이 빠진 것 같다. 나는 그의 가슴팍을 치고, 고개가 꺾일 정도로 턱밑을 한 방 세게 날린다. 그는 정신이 아뜩한 것 같다. 그가 나를 보고, 나는 그를 본다. 그의 눈이 눈물과 피로 범벅되자 나는 처음에 그가 운다고 생각한다. 하지만 아니, 그는 웃는다. "하! 하!" 그가 말한다. "하! 하! 잘 돌봐줘."

"알았어." 내가 말한다. "알았다니까, 문제없어. 하! 하!"

나도 어쩔 수 없이 웃기 시작한다. 내 얼굴은 통통 부어 내 것이 아닌 것처럼 느껴지고, 잠시 뒤에 나는 트렁크에 둔 아이스박스에서 맥주를 꺼낸다. 맥주를 건네자 헨리가 자기 셔츠로 진물을 닦아준다. "구제역에 걸릴지 몰라." 그가 말한다. 왠지 모르지만 나는 그 말에 웃음이 터지고 우리는 한동안 까무러치게 웃는다. 이제 맥주를 한 캔씩 남김없이 비운 뒤에 강물에 던지고, 빈 캔에 물이 차서 가라앉기 전에 강물이 그것을 얼마나 멀리, 얼마나 빠르게 데려가는지 지켜본다.

"돌아갈래?" 잠시 뒤에 내가 묻는다. "괜찮은 캐시포 아가씨 두 명은 낚을 수 있을 거야."

그는 잠잠하다. 그의 기분이 다시 변한 것 같다.

"다들 미쳤어. 여기 사는 여자애들은 하나같이."

"형도 미쳤잖아." 그에게 활기를 되찾아주려고 말한다. "미치광이 라마르틴 형제!"

처음에 그는 이 말을 잘못 알아들은 것 같다. 그가 얼굴을 찌푸렸다 펴더니 벌떡 일어선다. "맞아!" 그가 말한다. "지옥보다 더 미쳤지. 미치광이 인디언들!"

지난날의 헨리를 다시 보는 것 같다. 그가 재킷을 벗고 화려한 옷차림의 춤꾼처럼 다리를 번쩍번쩍 들어올린다. 그래스댄스*와 버니홉** 중간쯤 되는 동작 같은데, 나도 처음 보지만 초록이 자라는 이 땅의 그 누구도 여태 보지 못한 춤일 것이다. 그는 거침이 없다. 야호, 외치고 싶을 것이다! 그가 내게 다가오고, 사방을 휘저으며 춤을 춘다. 그러는 내내 나는 신나게, 더 신나게 배를 잡고 웃는다.

"몸을 좀 식혀야겠어!" 그가 느닷없이 외친다. 그리고 달려가서 강물에 뛰어든다.

판자와 잡동사니가 물살에 휩쓸려 떠내려간다. 물이 굉장히 많이 불어났다. 그가 첨벙 뛰어들자 사방이 곧 잠잠해지고, 나는 얼른 그리로 달려간다. 주위를 돌아본다. 날이 저문다. 그가 벌써 강을 반쯤 건넌 것을 보니 헤엄이 아니라 강물이 데려간 것을 알겠다. 멀다. 하지만 저 건너에서 들리는 그의 목소리는 더없이 또렷하다.

"부츠에 물이 차고 있어." 그가 말한다.

---

* 미국 북부에서 시작된 역사가 오랜 춤. 발목에 종을 달고 화려한 띠 장식과 술이 달린 의상을 입고 몸을 많이 흔들며 추는 게 특징이다.
** 1950년대에 미국에서 유행한 춤으로 줄을 서서 앞사람의 허리를 잡고 간단한 스텝을 밟으며 전진한다.

지극히 평온한 목소리로, 방금 깨달았지만 별다른 생각은 없다는 듯 무심하게. 그리고 종적을 감춘다. 나뭇가지가 떠간다. 또하나가 떠간다. 나는 물에 뛰어든다.

붙잡고 있던 뭉툭한 나뭇가지를 놓고 강물에서 나왔을 무렵 해가 진다. 나는 차로 돌아와 헤드라이트를 켜고 강둑까지 차를 몬다. 1단 기어를 넣고 클러치에서 발을 뗀다. 차에서 내린 뒤 문을 닫고 그것이 쟁기질하듯 서서히 물속으로 들어가는 것을 지켜본다. 차는 소용돌이치는 강물이 그 꽁무니를 삼킨 뒤에도 헤드라이트를 밝힌 채 가라앉으면서 그를 찾는다. 나는 기다린다. 전선이 합선된다. 마침내 완전한 어둠이 온다. 그리고 강물만 남는다. 느리게, 세차게, 느리게, 세차게, 세차게 흐르는 강물 소리만.

저울
1980

앨버틴 존슨

나는 젤리빈을 석 잔째인가 넉 잔째 앞에 놓고 앉았다. 이 술은
아니스, 그러니까 곡류로 만든 술인데 불붙인 성냥처럼 머릿속에
픽픽 작은 폭발을 일으킨다. 왼쪽에는 치페와족인 게리 나나푸시
가 앉았다. 오른쪽에는 한물간데다 잘나간 적도, 앞날에 관심도 없
는 부족 출신인 도트 어데어가 앉았다. 그녀의 배 속에는 두 사람
이 결합한 결과물인 아기가 잔뜩 웅크린 채 양수에 둘러싸여 들어
앉았고, 우리는 아기의 탄생을 기다리며 이 다코타 타운 끄트머리
의 비좁고 너저분한 술집에서 아기의 이름을 짓겠다고 한참 동안
머리를 쥐어짰다.

게리는 십삼 년 동안 술을 입에 대지 않았다. 그는 마라스키노
체리 한두 개와 초승달 모양의 한물간 레몬 조각을 띄운 토닉워터
를 큰 잔으로 마셨다. 서른다섯 살인 그는 반생애에 걸쳐 감옥에

간히고 탈옥하고 도망치기를 반복했다. 그는 죄를 완전히 벗지 못했고 앞으로도 그럴 일은 없을 텐데, 테니스 선수용 노란색 차양모자를 안경테까지 눌러쓴 이유도 그것이었다. 실내는 불빛이 어둑하고 담배 연기가 자욱했으며, 그의 안경알은 색깔이 무척 짙었다. 로브칙 경관이 그를 먼저 발견한 것도 아마 그가 앞을 잘 보지 못해서였을 것이다.

로브칙은 한 손을 허리에 대고 우리 쪽으로 다가왔는데, 게리를 확실히 알아볼 만큼 가까워졌을 때 게리는 이미 등뒤 칸막이를 넘어 문밖으로 달아난 뒤였다.

"같이 앉아요." 로브칙이 우리 쪽으로 오자 도트가 말했다. "술한잔 사드리죠. 여기 정말 시시한데요. 밤새 버티는 사람이 없네."

로브칙은 한숨을 쉬며 앉더니 블랙베리 브랜디를 주문했다.

"솔직히 말해줘요." 그녀가 그를 빤히 쳐다보며 말했다. "케첩페이스라는 이름, 어떤 것 같아요?"

내가 도트를 처음 만난 것은 이런 술집에 게리와 같이 있을 때였다. 술에 굶주린 사람들, 근처를 지나는 신설 주간 고속도로 공사장에서 굴러온 인부들로 득시글거렸다는 점만 달랐다. 나는 주머니도 텅 비고 어디로 갈지도 막막해 이곳에 발목이 붙잡혔다. 스물두 살이었고, 조만간 뭔가 다른 일을 해야 한다는 것을 알았다. 하지만 무슨 일을 하게 되든 일단 돈을 좀 벌어야 했다.

나는 게리 나나푸시가 근처에 있다는 말을 듣고 그를 찾아 나섰다. 왜냐하면 그는 헨리 라마르틴의 형이자 준 숙모의 남자친구 비숫한 사람이었을 뿐 아니라 주립교도소에서 단식투쟁을 주도한 것으로 유명했기 때문이다. 그는 덩치가 커서 찾기 어렵지 않았다. 나는 그의 옆에 앉았고 우리는 대화를 시작했는데, 긴 이야기를 나누는 동안 게리가 내 어깨에 팔을 두를 정도로 사이가 가까워졌다.

도트는 정확히 그 빗나간 순간에 들어왔다. 성미가 급한데다 아이까지 밴(여섯 달 전에 게리를 면회하러 교도소에 갔다 그렇게 되었다) 그녀는 더욱 발끈했다. 사정이 그러하니 그녀가 내가 앉은 의자를 홱 빼서 내 목숨을 위협했대도 이상하지 않았을 것이다. 다만 당시에는 그녀가 내 목숨을 위협할 리 없다고 여겼다. 임신한 여자에 대해 잘못된 생각을 가졌던 것이다. 그들은 행패를 부리지 않는 것은 물론, 그들 주위엔 보이지 않는 후광이 비칠 거라는.

"결딴을 내주지." 그녀가 내 앞으로 손을 내밀고 손가락관절을 풀며 말했다. 손은 작았지만 넓적하고 뭐든 거침없이 할 것 같은데다 손톱까지 뾰족했다. 술에 취하면 나는 더러 일을 그르쳤는데, 그녀 밑에 깔려 바닥에 쫙 뻗은 그 순간에도 그만 일을 그르치고 말았다. 그녀의 손이 너무 작아서(힘세고 강단 있어 보였는데, 지금 생각하면 그 점을 더 의식했어야 했다) 웃음을 터뜨린 것이다. 임신 육 개월의 배부른 몸으로 그녀가 나를 덮치려는 찰나 게리가 그녀를 잡더니 버럭 소리를 지르며 밖으로 데리고 갔다. 다음날 아침 나는 일을 하러 갔다. 첫 출근이었는데, 공사장에 나 말고 여자는 도트 어데어뿐이었다.

그날 도트는 멀리서 나를 노려보았다. 그녀는 계량소에서 일했고, 나는 컨베이어벨트의 버튼을 누르는 일을 맡게 되었다. 벨트의 속도를 조절하고 그 위로 지나가는 모래와 돌멩이와 자갈이 각각 제 무더기로 잘 찾아가게 하는 일이었다. 각각의 무더기는 피라미드처럼 쌓여 있었는데, 그것을 섞어 아스팔트와 시멘트를 만들었다. 너른 마당 건너편에 있는 자그마한 계량소 바깥에 이따금 도트가 나타났다. 그녀도 나를 봤는지는 잘 모르겠지만, 하루가 끝날 무렵 그냥 보지 못했을 거라고 생각해버렸다. 하지만 다음날 아침 출근해 커피를 마시러 회사 트럭으로 갔을 때 그게 아니었음을 깨달았다.

그녀는 나를 트럭 옆으로 어찌어찌 밀어서 남자 인부들이 없는 곳으로 데려갔다. 그리고 한마디도 하지 않고 보란 듯이 단도를 들고 나를 겨눴다. 그녀가 손잡이를 만지작거리자 칼끝이 뾰족한 살무사 대가리처럼 움찔거렸다. 맹목적으로, 열기를 찾아. 소스라치게 놀란 나는 그저 방금 받은 커피 컵에 플라스틱 뚜껑을 덮었고, 내 두 손 사이에서 모락모락 김이 올랐다.

"저기, 웃어서 미안해요." 내가 말했다. 그녀가 물러섰다. 나는 뚜껑을 벗겨 한 모금 홀짝인 뒤 또다시 말실수를 하고 말았다.

"당신 남자친구와 어떻게 해보려던 건 아니었어요."

"왜?" 그녀가 바로 되받았다. "그 남자가 뭐가 문제라서?"

내가 어떻게 되받든 이 말싸움은 질 게 뻔해서 나는 처음으로 제대로 된 행동을 했다. 그녀의 얼굴에 커피를 끼얹고 달아난 것이다. 그날 늦게 도트가 계량소 밖으로 나와 고함을 질렀다. "그렇다면 좋아!" 나는 그녀가 싱긋 웃는 것까지 다 보일 만큼 가까운 거리에 있었다. 내가 손을 흔들었다. 그 순간부터 우리는 친해졌고, 그것은 정말 다행한 일이었다. 버튼 누르는 솜씨가 좋아 두 주도 지나지 않아 승진했고, 계량소에서 도트를 돕게 되었기 때문이다.

도트가 트럭 짐의 무게를 재는 일에 도움이 필요한 것은 아니었다. 그 일은 주 고속도로 건설부서에서 요구하는 형식적인 절차였으니까. 나로서는 납득이 가지 않는 일이지만 한동안 트럭 짐의 무게를 재고 측정한 무게가 맞는지 검사하는 일을 모두 도트 혼자 도맡아 한 모양이다. 그런데 누군가 낌새를 알아챘는지 회사는 나를 고용해 실제로 무게 재는 일을 맡겼고, 주 당국은 도트를 고용해 내가 기록한 무게가 정확한지 확인했다. 하지만 그녀가 실제로 한 일은 온종일 자고 뜨개질하고 먹는 것이었다. 무게를 재지 않을 때는 나도 별반 다르지 않았다. 심지어 무게를 잴 때도 엉덩이를 들 필요가 없었는데, 눈금자가 움직이면 네모난 구멍으로 무게를 가리키는 숫자가 바로 눈앞에 보였기 때문이다. 표준형 백 덤프트럭, 벨리 덤프트럭, 노란색 회사 트럭이 계량소 옆에 눈금자 위쪽으로 설치된 계량대로 가뿐히 올라갔다. 나는 작은 분홍색 용지에 무게를 기록한 뒤 빗자루 손잡이에 달아놓은 빨래집게에 꽂아 위쪽으로 운전사에게 건넸다. 노란색 용지는 금속 서류함에 넣었고, 분홍색 용지는 복사해서 그 위에 포개 보관했다. 서류함을 가져가는 사람이 아무도 없어서 노란색 용지를 어디에 쓰는지는 끝까지 몰랐다. 회사에서 주는 돈은 제법 쏠쏠했다.

도트와 내가 함께 일을 시작한 것은 7월 초였다. 처음에는 되도록 그녀와 떨어져 앉아 그녀의 뜨개바늘에서 눈을 떼지 않았다. 그녀의 손놀림을 지켜보면 머리가 빙빙 도는 것 같긴 했지만. 하지만 얼마 지나지 않아 서로 죽이 잘 맞게 되었고, 우리는 함께 있어도 전혀 불편하지 않았다. 그녀는 성격이 직설적이라 곧바로 자기를 화나게 하는 것 세 가지를 말해주었다. 하나는 누가 게리와 놀아나는 것이었다. 또하나는 담배거머리로, 입버릇처럼 끊는다고 하면서 남의 담배를 피우는 사람을 말했다. 마지막은 오줌개미였다. 나는 그게 뭐냐고 물었다. "오줌개미란 말이지." 그녀가 말했다. "물건을 팔려고 덤비는 궁둥짝이 펑퍼짐한 놈들이야. 제이씨, 엘크, 키와니스 클럽 따위에 소속된 놈들 말이지." 나는 도트와 내가 어떤 사이인지 늘 잘 알았고, 그래서 그녀를 믿었다. 내가 호감을 사지 못하면 그녀는 나를 위협할 것이고, 뭔가 물리적인 행동을 하기 전에 달아날 시간을 줄 것이다.

7월 중순이 되자 우리가 일하는 계량소는 헐벗은 마당의 열기를 끌어들여 견딜 수 없이 무더웠다. 우리는 그늘을 찾아 계량소 주위를 빙빙 돌며 거의 온종일 바깥에 앉아 지냈다. 사탕무밭에서 곧장 불어오는 뜨거운 바람에 겨드랑이와 오금에 고인 땀을 식혔다. 하지만 노스다코타 주는 계절이 빠르게 변한다. 8월 마지막 날에 우리는 발이 시려 동동거렸다. 십장 하지가 작은 기둥같이 생긴 석유난로를 계량소로 끌고 들어왔다. 그가 석유난로 위쪽의 바퀴같이 생긴 화구에 불을 붙이자 불꽃이 피어올랐다. 우리는 그때부터 옹송그린 채 난로 옆에 딱 붙어 있거나 건조하고 훈훈한 작은 반경 안에 멍하니 앉아 있었다.

그 무렵 도트의 몸무게는 90킬로그램이 넘었는데, 대부분 피넛버터 컵케이크와 달걀샐러드 샌드위치로 찌운 살이었다. 그녀는 키가 작고 엉덩이가 펑퍼짐했다. 노란 눈은 쭉 찢어졌고 튼튼한 치아는 죄다 틈이 벌어졌다. 우리가 같이 일하기 시작했을 때 그녀의 머리는 아주 짧았다. 추운 계절이 되자 머리카락은 두꺼운 가시처럼 까칫까칫 자랐는데, 전체적으로 갈색이고 끄트머리만 오렌지색이었다. 염색한 오렌지색은 그녀와 어울리지 않았다. 그 무렵 도트의 배는 산만큼 불렀고, 10월에 출산 예정이었다. 아기가 하도 커서 그녀는 뜨개질할 때 종종 배 위에 팔을 올려놓았다. 도트의 남다른 재주 하나는 얌전한 행위를 비뚤어진 느낌으로 바꾸어놓는 것이었다. 그녀는 잔뜩 독이 오른 사람처럼 뜨개질을 했는데, 엄지에 감은 실을 손가락 끝이 하애질 정도로 획획 당기는데다 한 코 한 코 너무 세게 잡아당겨 그 앙증맞은 옷은 완성되자 미니어처 갑옷처럼 혼자 우뚝 설 정도였다.

아기가 태어나면 한 코 한 코 세게 당겨 뜬 그 옷을 입겠구나. 나는 생각했다. 예비 엄마로서 도트는 제법 참하게 지냈지만, 왕년에는 여기저기 쏘다니며 위험한 인생을 산 게 분명했다. 예컨대 이 아기도 주립교도소에 면회 갔다 생겼으니까. 도트는 CCTV에 잘 잡히지 않는 구석에서 게리의 무릎에 올라탔다. 팬티스타킹에 찢어진 구멍과 게리의 작업복 바지에 난 구멍으로 어찌어찌 결합하여 그들은 기적처럼 아이를 만들었다. 내가 술집에서 게리와 만나고 얼마 되지 않아 게리는 붙잡혔다. 그때는 순순히 잡혀갔고 소동도 일으키지 않았다. 공갈폭행으로 삼 년 형을 선고받았지만 모범적으로 행동해 감형되었다. 그뒤로 교도소에 드나든 것은 주로 탈옥 때문이었다. 그는 형기를 채우지도 못했고, 얌전히 지내지도 않았다. 걸핏하면 탈옥했고 번번이 붙잡혔는데, 시계처럼 규칙적이었다.

게리는 달아나는 데 재능이 있었고, 그것은 사실이었다. 그는 쇠로 만든 똥간이든 콘크리트 똥간이든 치페와족을 붙잡아둘 수는 없다고 큰소리쳤고, 덩치는 컸지만 뱀장어 같은 데가 있었다. 한번은 라드를 발라 미끈거리는 몸으로 6피트 두께의 벽을 요리조리 뚫고 사라졌다. 어떤 사람들은 중국 만리장성에 봉인된 노예들의 뼈처럼 그도 그곳에 붙박였다고, 영원히 갇혔다고, 그래서 행운을 가져올 거라고 생각했다. 하지만 게리는 행운을 얻으려고 배를 비비대며 달아났을 뿐 누구에게도 행운을 가져다주지 않았고, 어느 날 도트의 집 앞에 불쑥 나타났다. 그를 숨기느라 그녀는 애를 먹었다.

그녀는 한 달 가까이 그를 숨겼다. 무엇보다 인디언을 탐탁히 여기지 않는 동네 한복판에서 180센티미터보다 크고 110킬로그램보다 무거운 거구의 인디언을 숨기기란 쉽지 않다. 그녀가 어떤 어려움을 무릅썼는지 생각하면 한 달을 버틴 건 가히 위업이라 부를 만하다. 그녀는 퉁퉁 부은 발로 식료품점까지 터벅터벅 오가며, 그녀의 식욕이 엄청나다고 착각한 이웃사람들이 놀라는 모습을 보며 대부분의 시간을 보냈다. 포크찹, 튀김, 두툼한 스테이크가 하룻밤 사이면 사라졌다. 게리는 낮에 쓰레기를 내다버릴 수 없어 이따금 창밖으로 뼈다귀를 던졌는데, 그것이 쌓이자 개들도 기다리는 법을 익혀 그의 손이 밖으로 나오기를 기다렸다 뭔가 떨어지면 서로 먹겠다고 덤볐다.

이웃사람들이 마침내 불만을 터뜨렸고, 어느 날 도트가 일하러 간 사이 로브칙이 그들이 사는 트레일러의 문을 두드렸다. 게리는 문을 열더니 한숨을 쉬며 경찰차를 세운 곳까지 걸어갔다. 그는 도 망치는 것 하나는 기막히게 잘했고, 잡히는 것 또한 어처구니없이 잘했다. 그들의 손아귀에서 벗어날 수 없을 것 같았다. 도트는 그 의 문제가 뭔지 잘 알았고, 감옥에서 걸어나와 평범하게 살 수 있 다고 생각하는 그에게 미쳤다고 쏘아붙였다. 해봤자 안 될 거라고. 그녀는 그에게 보호구역에서 한동안 종적을 감추거나, 사내들을 잘 숨겨주기로 정평이 난 그의 엄마 룰루에게 가서 숨으라고 했다. 이름을 바꾸고, 콧수염을 길러 얼굴을 바꾸라고도 했다. 하지만 게 리는 어떤 말도 듣지 않았다. 젊어서 범죄를 어떻게 저지르는지 잘 몰랐을 때, 그래서 전문가로부터 배울 게 있었을 때는 감옥도 좋은 점이 있다고 인정했지만, 자기는 거기 있을 사람이 아니라고 생각 했다. 이제 감옥에서 배울 것은 죄다 깨우쳐 더 있을 이유도, 똑같 은 내용을 또 배울 이유도 없었으니까. "증오의 공장." 그는 그곳 을 이렇게 불렀고, 그곳이 그의 배 속에 시커먼 독을 생성해 그가 깨끗하고 정상적인 사람이 되겠다고 목구멍에 손가락을 찔러가며 토해도 그 독을 빼낼 수 없다고 했다.

게리의 문제는, 말하자면 정의는 믿되 법은 믿지 않는다는 것이 었다. 그는 죗값을 다 치렀다고 느꼈는데, 그 죄란 것이 뭐냐면, 어 느 카우보이와 말싸움이 붙어 치페와족이 검둥이인지 아닌지를 놓고 담판을 지으려다 술김에 성질이 확 치밀어 저지른 짓이었다. 두 사람은 끝내 의견 일치를 보지 못했지만, 치폐와족이 검둥이라면 또한 비열하기 짝이 없는 싸움꾼이기도 하다는 것을 깨우쳤을 거라고 게리는 말했다. 게리는 싸움이 일어나면 보호구역의 규칙 외에는 어떤 규칙도 믿지 않았는데, 무슨 말인가 하면, 싸움이 붙자마자 게리가 카우보이의 불알을 걷어찼다는 말이다.

게리의 생각에 이 싸움은 별것 아니었다. 백인 증인도 있고 인디언 증인도 있어서 법정까지 가면 은근슬쩍 끝나버릴 줄 알았기 때문이다. 하지만 세상에 불알이 아픈 카우보이보다 더한 복수심과 의지에 불타는 종자는 없었고, 게리도 곧 그 사실을 알게 되었다. 백인이 자기편이면 이름, 주소, 사회보장번호, 직장 전화번호까지 있어서 좋은 증인이 된다는 사실을 그도 알았다. 하지만 자기편이 아니면 끔찍한 증인이 되고, 인디언 증인을 세우는 것만큼 고약해진다.

게리의 친구들은 그냥 사라져버렸을 뿐 아니라(악의가 있어서가 아니라 게리의 재판 날과 인디언 집회가 열리는 기간이 겹쳤기 때문이다) 부족카드 말고는 신분을 증명할 것도 없었다. 그가 간신히 끌어모은 몇 명도 판사나 배심원의 눈을 똑바로 처다볼 마음 따위는 없었다. 그들은 중얼거리며 그저 무릎만 내려다보았다. 게리의 친구들은, 말하자면 미국의 사법제도를 전혀 신뢰하지 않았다. 법정에 선 그들은 불편해 보였고, 그 때문에 판사나 배심원의 눈에 더욱 신뢰가 안 가는 사람으로 비쳤다. 당신이 정부 당국을 신뢰할 때 정부 당국도 당신을 더 신뢰하는 것 같다. 어쨌거나 게리가 보기엔 그런 것 같았다.

그 지역 의사가 카우보이의 고환을 대신하여 증언했는데, 생식 기능이 손상되었을지도 모른다고 했다. 게리는 그 말에 짜증이 나서 카우보이의 불알은 표적이 되기엔 너무 작은데다 날도 어둡고 맥주도 두세 잔 걸친 뒤라 조준이 한참 빗나갔으니 그만큼 큰 해를 끼쳤다고 믿기는 어렵다고 곧바로 되받아쳤다. 물론 상황은 더 나빠졌고, 게리는 초범으로 치면 무겁고 인디언으로서는 그리 나쁘지 않은 형을 선고받았다. 어떤 사람들은 운이 좋았다고 했다.

게리는 그 경험을 통틀어 딱 한 가지 좋은 점은 그 카우보이가 또다른 카우보이 새끼들을 낳지 못할 수도 있다는 것이라고 말했다. 그럼에도 이따금 악몽을 꾸는데 카우보이가 요행으로 카우보이 새끼들을 낳긴 했지만 하나같이 입을 헤벌쭉 벌리고 카우보이 모자를 쓰고 자두 씨앗처럼 단단하고 작은 불알을 달고 태어나는 내용이라고 덧붙였다.

이제 알겠지만 이런 현대적인 환경에서 게리가 한낱 인디언으로서 조상에게 물려받은 자연스럽고 유쾌한 유머를 유지하기는 어려웠다. 그럼에도 그는 노력했고, 법이 아닌 정의를 믿었기에 자기가 어디로 가야 할지 알았다. 즉, 감옥에서 나와 새로운 가족의 품으로 가야 한다는 걸 알았다. 또한 정직한 삶에 길들지는 않았지만 그런 삶을 원했다. 심지어 직장을 얻을 생각까지 했다. 일의 종류는 가리지 않았다. "지금과 다른 생활을 할 수 있다면야, 뭐든 괜찮아." 게리가 말했다. 사실 자유를 찾은 그 순간 그는 당장 직장을 얻으려고 했다. 물론 도트가 그렇게 두지 않았다. 두 사람 다 머지않아 경찰이 잡으러 오거나 이웃이 진실을 알아내 게리 나나푸시를 다시 원점으로 돌려놓을 것을 알았지만, 그는 도트와 같이 있고 싶어서 트레일러에 숨어 지냈다. 그래서 여기까지 온 것이다. 로브칙이 그를 잡으러 왔다. 도트는 이제 임신 막바지와 출산을 혼자서 견뎌야겠구나 생각했다.

도트는 그 사실에 화가 났지만, 그것만 아니면 게리를 깊고 진실하게 사랑했다. 그건 명백했다. 그녀는 그의 부재를 견디며 아이에게 입힐 위아래가 붙은 도톰하고 앙증맞은 옷을 여러 벌 짰는데, 그 색깔은 어두컴컴한 길을 지나가는 트럭도 멈춰 세울 정도였다. 바주카핑크, 부비새의 발 같은 파랑, 교통통제원이 입는 강렬한 오렌지색.

아기는 제 아비만큼이나 가만있지 못하는 죄수였고, 풀려날 시기가 가까워지자 더욱 촐랑거리며 제멋대로 굴었다. 구 개월 형을 살장소로 도트는 마땅하지 않았다. 그녀의 몸은 살기 좋은 곳이 아니었다. 짧고 널빤지 같은 뼈대 위로 누르스름한 피부가 덮개처럼 헐렁하게 걸쳐 있었다. 우리가 하루하루를 보낸 계량소처럼, 그녀는 어설프게 못질한 팔다리와 접합제를 바르다 만 관절로 이루어진 날림으로 지은 건물 같은 존재로 세상에 던져진 듯했다. 어떤 임신부의 배는 원래부터 그런 것처럼 자연스럽다. 하지만 도트의 배는 거의 사각형으로 보일 만큼 모양새가 이상했고, 새로 냈지만 페인트칠은 하지 않은 퇴창처럼 무성의한 느낌이었다. 아기는 명백히 탈출할 준비가 되었고 가석방 따위에는 관심이 없었는데, 밤새 배

안쪽을 사정없이 두드리거나 입에서 욕설이 튀어나올 때까지 그녀의 방광을 차댔기 때문이다. "요놈이 나오고 싶어 안달이 났는데." 가여운 도트가 끙끙거렸다. "지금 나오기에는 너무 이른 것 같지 않아?" 어쨌거나 겉으로 보면 아이는 일어서서 걸어다닐 만큼 커 보였고, 하물며 태어나기만 하면 분만실에서 당장 달려나갈 태세였다.

그 무렵 해는 일곱시 정도에 떴고, 우리는 서리가 아직 자갈에 두껍게 내려앉았을 때 계량소에 출근했다. 아침마다 나는 노즐을 돌려 열고 한 발짝 물러서서 성냥을 그어 송곳니가 난 동물에게 먹이를 주는 방식으로 석유난로에 불을 붙였다. 그러던 어느 아침 창문으로 빨간 불꽃이 벌써 켜진 것을 보았다. 문을 열자 아무도 없었다. 하지만 간밤에 누가 왔다 간 흔적이 있었다. 담배꽁초가 뒹굴었고 맥주 캔 몇 개가 레코드판같이 납작하게 짜부라져 있었다. 나는 그것들을 치우고 도트가 왔을 때 이 얘기는 한마디도 꺼내지 않았다.

하지만 그녀는 뭔가 있다고 눈치챈 것 같았다. 그날 아침 내내 틈틈이 고개를 들었고, 계속 킁킁거렸다. 상한 밀에서 나는 듯한 땀 냄새, 입고 잔 옷에서 나는 희미한 악취와 가솔린 냄새는 심지어 나도 맡을 수 있었다. 그날 아침에 한번은 도트가 나를 쳐다보며 반쯤 감긴 듯한 쭉 찢어진 눈을 찌푸렸다. "통증이 오는데." 그녀가 말했다. "계속 그래. 금방이라도 나올 것 같아. 게리 이 인간이 얼른 궁둥이를 끌고 와야 할 텐데." 그녀는 눈을 감고 잠이 들었다.

트럭 운전사 에드 래퍼티가 짐을 싣고 들어왔다. 무게가 기준치를 넘었고, 내가 분홍색 용지를 건네자 그는 싱긋 웃었다. 시멘트 공장으로 가는 길에 저울이 두 개 있었는데, 공무원이 오기 전에 일찌감치 운전사가 주에서 관리하는 저울을 통과하면 회사는 운전사에게 빼돌린 만큼 돈을 주었다. 하지만 저울이 빨간 눈금을 넘은 건 불법으로 실은 자갈의 양 때문이 아니었다. 내가 안으로 들어가자 무게가 빨간 눈금 아래로 다시 내려가 있었다. 에드는 껄껄거리며 출발했고, 나는 그가 저울의 눈금자 쪽으로 몸을 기울여 무게를 늘린 거라고 생각해버렸다.

"에드 자식이 날 또 놀렸어." 내가 말했다.

하지만 도트는 뜨개바늘을 기마 투우사의 긴 창처럼 쥐고 내 옆쪽을 바라보았다. 그렇게 위협적인 자세로 얼어붙은 그녀의 모습에 나는 깜짝 놀랐다. 그래서 그다지 돌아보고 싶지 않았지만, 그녀의 시선을 따라 문 쪽으로 고개를 돌렸다. 그 순간 한 남자의 몸뚱이가 입구를 가득 메웠다.

게리, 당연히 게리였다. 그는 빨간 눈금을 살짝 넘어가게 저울에 올라섰다 거대한 몸집에도 고양이처럼 날렵하게 소리 없이 풀썩 뛰어내렸다. 나는 발소리를 듣지 못했다. 분명 자갈을 밟았을 테지만 얇은 부츠를 꽉 조여 신어 소리가 나지 않은 모양이었다.

내가 기억하기로 그는 술집에서 봤을 때보다 덩치가 더 컸는데, 어쩌면 인형의 집 같은 계량소에서 너무 오래 지내다보니 모든 것이 거대하게 보였는지 모른다. 그는 덩치가 너무 커서 한쪽 어깨를 움츠리고 배를 쑥 집어넣은 채 길쭉하고 보드라운 손으로 문틀을 밀며 들어왔다. 게리의 몸뚱이가 계량소를 메웠을 때 내가 본 것은 그의 손이었다. 피둥피둥한 몸뚱이에 비해 투실한 손가락은 매우 우아하고 예술적으로 보였다. 그는 손가락을 아름답게 움직였다. 그는 손목을 재빠르게 돌리면서 도트에게 다가가 약간 간격을 두고 마주섰다. 그리고 새끼손가락을 여자가 차를 마실 때처럼 굽혀 아내의 무기를 빼앗았다. 도트의 손에서 뜨개바늘을 가져가면서 괴상한 과일처럼 매달린 작은 옷을 살폈다.

"멋져. 아주 멋진데." 그가 촘촘히 뜬 옷을 꼼꼼히 살피며 말했다. "아기한테 줄 건가?"

도트는 진지하게 고개를 끄덕이고 무릎을 내려다보았다. 긴 침묵이 흘렀고, 당황한 나는 그의 엉덩이 뒤쪽 구석에 처박혀 있지 않았다면 그냥 나가버렸을 것이다.

게리가 검은 머리를 귀 뒤로 넘기며 거기에 서 있었다. 이번에도 그의 손짓은 미묘하고 섬세했다. 게리의 많은 몸짓은 아름다운 매춘부가 거울 앞에 알몸으로 서서 자기 매력을 한껏 의식하며 사랑스럽게 자기 몸을 쓰다듬는 모습을 연상시킬 수도 있었다. 그는 북돋아주듯 고개를 끄덕였다. "그럼 가요." 도트가 말했다.

그들은 비대한 몸집으로 우아하고 당당하게 공사장을 가로질러 가서 신기하기 짝이 없는 방법으로 도트의 소형차에 몸을 쑤셔넣었다. 나는 차 밑이 쑥 내려앉아 달리면 소음기가 질질 끌릴 거라고 생각했다. 하지만 그들은 엄청난 먼지구름을 일으키며 날아가 다시피 떠나버렸고, 먼지구름은 그들이 시야에서 사라진 뒤에도 한참 동안 공중에 떠 있었다.

그들이 남긴 먼지가 가라앉자 나는 계량소로 돌아갔다. 따분해 죽을 맛이었다. 하나의 의미를 생각하면 또다른 의미가 떠올랐다. 나는 그녀가 두고 간 뜨개바늘을 집어 어쨌거나 내 재주만큼 옷을 뜨기 시작했고, 한 코 한 코 뜰 때마다 실을 획획 당기다보니 점점 몰두하게 되었고, 어쩌다보니 옷이 뚝딱 완성되어 실을 싹둑 잘랐고, 어느새 그 도톰하고 앙증맞은 옷의 목 부분을 마무리했다.

그들이 떠난 뒤로 나는 도트가 그리웠고, 하루하루가 어찌나 똑 같은지 이음새도 없이 연달아 흘러가며 내 혼을 빼앗는 것 같았다. 내가 이러지도 저러지도 못하는 존재인 것 같았고, 해가 져서 하늘 이 온통 파랗게 멍들 때까지, 내 심장의 피가 엉길 때까지 창가에 넋을 놓고 앉아 있었다. 내가 느끼는 감정을 딱 꼬집어 말할 수는 없었지만, 권태와 비슷하다는 것은 알았다. 나는 똑같은 삶을 너무 오래 끌어왔다. 단조로움을 깨기 위해 비좁은 계량소에서 팔 벌려 뛰거나 팔 굽혀 펴기, 물구나무서기를 했지만 고독이 넘쳐 머릿속 이 썩어갔다. 게리가 어떻게 고독을 견뎠는지 궁금했다. 이따금 나 는 운전사들을 트럭 밖으로 끌어내려 미친 여자처럼 쓸데없는 말 을 큰 소리로 지껄였다. 혀가 입천장까지 녹슬게 해 말이 전혀 나 오지 않는 때도 있었다.

이따금 나는 도트와 게리에 대한 공상에 빠졌다. 무엇을 상상하

264

든 내 마음이었지만, 그들을 떠올릴 때가 가장 좋았다. 나는 배고
픈 두 사람이 도트의 길쭉한 황갈색 트레일러에 함께 있는 모습을
그려보았다. 머리를 흔들고 맞잡은 손을 끄트머리가 말려 올라간
코끼리 코처럼 한들대며, 그들은 숲에서 혼자 돌아다니는 거대한
짐승처럼 부엌을 헤집고 조리대에 놓인 상자와 봉지에 든 음식을
태평스레 꺼내 먹었다. 배불리 먹고 나면 침실로 가서 도트의 면수
자 퀼트가 깔린 킹사이즈 침대에 누웠다. 그들은 서로 비비대고 부
둥켜안았다 풀어주었다. 시멘트블록과 합판 위에 놓인 트레일러는
덜컹거렸고, 진동이 퍼지면 더 탄탄한 집에 사는 이웃들의 그릇장
에서 컵이 떨어지고 접시가 박살났다.

하지만 거기, 그들 사이에 유예된 아기는 어쩌지? 아기가 그런
열대성 폭풍을 견딜 줄 알까? 예정보다 일주일이 지났고, 나는 당
장에라도 좋은 소식이 들리기를 기다렸다. 어떻게 됐는지 알고 싶
어 조바심이 났지만, 이제껏 내가 본 오토바이와는 완전 딴판인
큼지막하고 낡고 곰보처럼 녹슨, 전혀 믿음직스럽지 않은 기계를
털털거리며 계량소로 달려오는 그를 보고 깜짝 놀라지 않을 수 없
었다.

"도트가 찾아." 그가 헉헉거렸다. "얼른 타!"

뒷자리에 마땅히 앉을 곳은 없었지만 나는 얼른 올라탔다. 붙잡
을 곳을 찾아 그의 투실한 등을 할퀴듯 훑다 간신히 그의 묵직한
허리띠를 움켜잡았다. 나는 파리처럼 찰싹 달라붙었다. 우리는 거
대한 바람을 일으키며 한 사람인 듯 달렸다. 차들이 길을 비켰고,
큰길 여기저기에서 불빛이 번쩍거렸다. 걸음을 옮기던 사람들이

우리를 힐끔거렸다. 거대한 산 하나가 장난감 위에서 균형을 잡고 오로지 북서쪽을 향해 쏜살같이 내달리고, 비쩍 마른 혼혈 여자가 지르는 고함 소리가 도플러효과에 따라 다리 저편으로 사라지고, 마침내 우리는 세인트아달베르트 병원 주차장에 도착했다.

우리는 대기실로 가서 오렌지색 플라스틱 의자에 앉았다. 게리의 몸무게 때문에 못같이 가는 의자 다리가 옆으로 벌어졌지만 네 시간을 기다리는 동안 용케 버텨주었다. 간호사들이 우리 앞을 지나 들판에 내려앉은 갈매기떼처럼 진찰 기록지와 처방전 들 사이에 자리를 잡더니 적의를 감춘 채 우리를 쳐다보았다. 게리는 거의 말이 없었다. 말할 필요가 없었다. 나는 그의 갈비뼈와 등에 생긴 작은 땀자국을 바라보았다. 불빛이 환한 복도, 대기실, 양철로 만든 잡지꽂이는 이런 시설이 갖추어야 할 구비물이자 피할 수 없는 특징이었다. 이따금 게리는 죄수가, 아기의 탄생을 기다리는 아빠가 으레 그러듯 주위를 서성였다. 그는 화장실에 갔다 한참 만에 돌아왔다. 평소의 민첩함이나 섬세함은 사라졌고, 지금만큼은 붙잡히는 것이 두렵고 넌더리나는 불쌍하고 지친 뚱뚱한 남자, 아내를 걱정하는 남편에 지나지 않았다.

마침내 흰 갈매기들이 나타나 게리를 데려갔다. 그는 도트 옆에 반 시간 정도 있다 병실에서 나왔다. 그가 풀썩 앉자 플라스틱 의자가 그의 무게로 다시 삐걱거렸다. 그는 어리둥절하고 멍해 보였으며, 방금 본 것 때문에 다소 혼란스러운 것 같았다. 알이 옅은 검은색인 안경이 자꾸 코 위로 흘러내렸다. 그 옆에 있으니 충격의 여파가 그의 살 속 깊이 숨은 진원지에서 몸속 균열을 따라 바깥으로 이동하는 것이 느껴졌다. 진동은 크게 원을 그리며 퍼져나갔고, 표면에 이르러 몸이 부들부들 떨리자 게리는 벌떡 일어났다. "담배 좀 태우고 올게." 그가 쌩하니 가버렸다.

그는 복도를 거의 뛰다시피 걸었다. 엘리베이터를 기다리며 손가락을 초조하게 구부렸다 폈다 했다. 도트가 언젠가 두루마리 휴지를 사오라고 그를 가게에 보냈다 여덟 달 동안 만나지 못한 이야기를 해주었다. 도중에 그가 경찰지구대와 맞닥뜨렸기 때문이다. 그래서 손가락을 구부리는 걸 보고 나는 그가 오토바이 장갑을 끼고 달아날 생각임을 알았다. 달아날 이유가 있어서 달아나는 것은 아마 그 평생 처음이었을 것이다.

그 순간 게리에게 떠나도 좋다고, 달아나야 하는 만큼 멀리, 빠르게 달아나라고 알려줘야 할 것 같았다. 나는 기운이 없고 담배 연기 때문에 폐에 통증이 와 몸이 무겁게 느껴졌지만 벌떡 일어났다. 복도 끝에서 그에게 신호를 보냈다. 게리가 하는 수 없다는 듯 뒤돌아보았다. 그 순간 우리 지역의 두 경찰, 로브칙 경관과 해리스 경관이 내 뒤쪽 계단 앞 방화문을 열었다. 그들을 보지 못한 나는 처음엔 게리가 내 손짓에 그처럼 극단적인 반응을 보이자 어리둥절했다.

그의 머리카락이 쭈뼛 섰다. 갑자기 그의 몸뚱이가 뜨거운 공기를 불어넣은 기구처럼 쑥 올라갔다. 게리는 자기 뒤에 있는 넓고 높은 창문을 열고 코러스걸이 우아하게 발을 차올리듯 허공을 향해 방충망을 날렸다. 이어서 투실투실한 토끼가 구멍으로 쏙 들어가듯 믿기지 않을 만큼 날렵하게 창틀 속으로 몸뚱이를 쑤셔넣은 뒤 방충망을 따라 사라져버렸다. 시멘트와 아스팔트가 깔린 주차장은 삼 층 아래였다.

로브칙과 해리스 경관이 창문으로 다가갔다. 간호사들이 뒤따랐다. 나는 얼른 비상구를 지나 뒤쪽 계단으로 뛰어내려갔고, 게리가 뼈가 부러지고 실신했을 거라 믿으며 주차장에 이르렀다.

게리가 고른 창문은 기막힌 행운이었는데, 바로 밑에 경관들이 차를 세워놓았기 때문이다. 게리는 운전석 바로 위에 떨어졌고 운전대 위쪽 지붕이 움푹 꺼졌다. 그는 차의 보닛에 부딪히며 내려선 뒤 절룩거리면서, 아마 약간 현기증을 느끼면서 오토바이로 가 걸터앉았다. 로브칙은 의무감에서 밑을 내려다보며 애꿎은 나무를 향해 몇 차례 방아쇠를 당겼다. 내가 건물 앞에 다다랐을 때 총소리가 여전히 메아리치고 있었다.

게리 나나푸시는 신처럼 뛰어내려 살아난 것에 대담해져 오토바이 앞바퀴를 들고 병원 입구를 표시하는 잘 손질된 관목 사이로 사라졌다. 나는 때마침 그 모습을 아슬아슬하게 볼 수 있었다.

두 주 뒤에 도트는 딸을 데리고 무게를 재러 돌아왔다. 아이에게 그해에 태어난 여자아이 대부분과 마찬가지로 쇈이라는 이름을 붙여줬다. 우리가 쇈에게 계속 매달려 지낸다는 점만 빼면 하루하루가 예전과 다름없이 흘러갔다. 아이는 물론 우람했고, 폐도 튼튼해서 자주 울어댔다. 한번 울면 얼굴에 주름이 잡히게 악을 썼고, 설탕을 묻힌 젖이나 고무젖꼭지를 물려도 그치지 않았다. 도트는 파카 지퍼를 반쯤 열고 블라우스를 끌어올려 몇 시간이고 젖을 물렸다. 아기의 식성은 믿을 수 없을 정도였다. 다행히 도트는 젖이 잘 나왔다. 빵빵하게 채운 튜브처럼 젖가슴이 부풀어 나일론 블라우스가 팽팽했다. 이따금 아무도 보지 않는 것 같으면 도트는 젖가슴을 팔에 걸치고 돌아다녔는데, 젖의 무게 때문에 어깨가 점점 구부정해졌기 때문이다.

트럭은 정각이나 삼십분에 들어왔다. 내 머리 위로 얼마 되지 않는 높이에서 에어브레이크가 급히 작동하는 소리와 기어 연삭되는 소리가 들렸다. 날마다 어마어마한 무게를 재면서도 일 톤이 얼마나 무거운지는 내 머리 위로 떨어지지 않으면 절대 알 수 없을 것 같았다. 도트가 돌아왔으니 이제 나는 외롭지 않았다. 이 계절도 곧 끝날 것이다. 우리는 게리가 어떻게 되었는지 궁금했다.

우리가 일할 날이 몇 주 남지 않았을 때 게리가 다시 붙잡혔다는 소식을 들었다. 그는 은신처로 마땅하지 않은 보호구역을 골랐다. 파인리지. 그곳은 항상 연방요원과 무장 차량이 수두룩했다. 무기는 도처에 숨겨져 있고 구하기도 쉬웠다. 게리도 무기를 손에 넣었다. 두 남자가 그를 체포하려 했고, 게리는 버티면서 따라가지 않았다. 그가 달아나기 시작하자 총격전이 벌어졌고, 게리는 수염을 말끔히 깎은 머리색이 검고 눈동자가 옅은 남자를 쏴 죽였다. 하필 그 남자가 주 경찰관이어서 그의 사진이 온 신문을 도배했다.

그들은 게리를 일리노이 주 매리언 교도소로 보냈다. 그는 특별 관리 수용동에 수감되었다. 그는 신체 접촉이 허용되지 않고 전화로 대화를 나누며 플렉시 유리를 통해 눈길을 주고받는 방에서 면회 온 사람들을 만났는데, 물론 거기서는 아이도 만들 수 없었다.

도트와 나는 마지막 몇 주도 계속 같이 일했다. 한번은 손의 무게를 달아보았다. 단추를 끌러 작은 뜨개옷을 벗기고 코바늘로 뜬 가벼운 담요에 아기를 쌌다. 도트가 무게를 조정하러 계량소로 들어갔다. 나는 손을 안고 서 있었다. 아기는 하도 옹골져서 납덩이처럼 무거웠다. 나는 트럭이 없는 틈을 타 경사로에 아기를 내려놓고 움직이지 않게 잠시 잡고 있다 천천히 손을 뗐다. 아기는 저멀리 황량한 하늘을 가만히 쳐다보았다. 바람이 사방에서 불어와 돌멩이의 숨까지 쥐어짤 힘으로 우리를 세게 몰아붙였지만 아기는 전혀 겁먹지 않았다. 아기는 도트와 게리의 강력한 추출물이기에 생명력으로 충만했고, 어떤 트럭 짐의 무게와도 맞먹을 것 같았다. 물론 그것은 생각에 지나지 않았다. 너무 가벼워 눈금조차 움직이지 않았으니까.

가시면류관
1981

준이 죽고 한 달이 지나자 고디는 술을 들이켜기 시작했다. 그러자 술에 대한 욕구가 아래턱에 갈고리를 건 것처럼 그를 끌어당겨 손목을 기울이게 했고, 이마선과 아픈 손을 바늘로 푹푹 찌르는 듯한 고통을 떠안겼다. 애초에 그가 술을 마시기 시작한 것은 손 때문이었다. 손은 그의 마음이 기억하지 못하는 것을, 예컨대 엉덩이와 탱탱한 젖가슴의 곡선을 기억했다. 더 멀게는 어려서 준과 함께 지낸 시간을 기억했다. 둘은 오누이처럼 붙어 지내면서 오리 알을 훔치고, 엄지 사이에 바랭이 풀을 끼워 불고, 소를 쫓아다녔다. 말썽도 같이 피웠다. 싸우기도 했지만 얼른 화해했고, 결국 결혼까지 했다.

손은 그가 마음에서 억지로 지워버린 것도 기억했다. 홧김에 손이 옆구리에서 순식간에 튀어나간 바람에 그 내갈기는 힘과 속도를 다스릴 수 없었던 일을. 그는 골든 글러브* 권투선수였다. 하지만 손이 지금 기억한 것은 준을 때린 순간들이었다.

그가 일라이 삼촌 집에 가서 사정사정해 얻은 황금색 맥주 캔을 감싸쥐고 있을 때 손이 그 일을 기억해냈다.

"너무 멀리 간 것 같구나." 일라이가 말했다. 눈을 내리뜨자 유포로 만든 식탁보의 오렌지색 얼룩이 보여 그는 다시 일라이 삼촌의 식탁 앞에 앉아 있다는 사실을 깨달았다. 맥주 캔 주위는 불이 켜져 밝았다. 거기서 사방으로 뻗어나간 은은하고 순수한 어둠 속에서 일라이의 목소리가 들렸다. 고디는 자기 손이 깨끗하지 않다고 느꼈다. 맥주 캔은 차갑고 순수한 것 같았다. 그래서 그의 손이 아직 아무도 건드린 적 없는 무언가를 더럽히는 것 같았다. 빛이 떨어지는 각도 때문에 맥주 캔은 특별한 제단에 놓여 빛을 받는 듯 보였다.

"나는 오염됐어요." 고디가 말했다.

"확실히 그런 것 같구나." 일라이가 어둠 속 어딘가에서 말했다. "그러다간 결국 병원 신세를 지게 될 거야."

고디는 그런 뜻으로 한 말은 아니라고 말하려다 문득 자기 손의 크기에 정신이 팔렸다. 너무 컸다. 강했다.

"이것 좀 보세요." 고디가 놀랍다는 듯이 주먹을 폈다 쥐었다. "센 놈과 붙여주면 좋을 텐데. 안 그래요? 내게 기회만 준다면."

"센 놈과 붙었잖아." 일라이가 말했다. "네가 졌지."

---

* 미국 아마추어 권투대회.

"맞아요." 고디가 말했다. "그건 시합도 아니었어요. 나는 완전 엉망이었고요."

"그딴 건 잊어." 일라이가 의자 뒤에서 이리저리 움직이며 말했다. "이 달걀 좀 먹으려무나. 노른자는 살짝만 익혔어."

"넘어갈 것 같지 않아요." 고디가 말했다. "이 빵도 못 먹겠고. 몸이 많이 안 좋아요."

그의 손은 가만히 있으려 하지 않았다. 그도 그것을 알아챘다. 손은 그가 쳐다보지 않을 때 놀랄 만큼 다양한 일을 했다. 지금은 맥주 캔을 짜부라뜨려놓았다. 그는 손을 떼고 조명을 받는 맥주 캔을 물끄러미 바라봤다.

캔은 여자의 몸처럼 허리가 잘록하고 엉덩이가 틀어졌다. 창문으로 바람이 들어오자 캔이 간들간들 흔들렸다.

"그녀는 텅 비었어!" 그가 캔을 다시 쥐며 문득 깨달은 듯 말했다. "처음부터 꽉 차 있지 않았을 거야. 그랬을 리가 없지."

"뭐라고?" 일라이가 물었다. 그는 잔잔한 표정으로 참을성 있게 숟가락으로 달걀을 떠먹고 포크로 빵을 집었다. 파리한 빛줄기가 방 안에 솟아오르다 떨어졌다. 새벽 여섯시였다.

"마실래?" 일라이는 비뚜름하고 얼룩이 묻은 초록색 플라스틱 머그잔에 김이 모락모락 나는 커피를 따라 건넸다. 그의 작업복과 같은 색깔이었다.

고디는 고개를 저으며 외면했다. 일라이가 대신 커피를 마셨다.

"또 꿍쳐둔 건 없어요?" 고디가 슬픈 표정으로 물었다.

"없어." 일라이가 말했다.

"그럼 구하러 가봐야겠어요." 고디가 말했다.

두 사람은 말없이 앉아 있었고, 잠시 뒤 고디는 캔을 흔들어보더니 내려놓고 밖으로 나갔다. 일단 나오자 결심이 섰는지 고디는 일라이의 집에서 뻗은 좁은 길로 균형을 잃지 않고 바큇자국을 따라 거의 멀쩡한 사람처럼 걸어갔다. 그의 숱 많은 머리는 엉겨붙어 위로 뻗치거나 납작하게 눌렸다. 얼굴은 수척했다. 그 주에는 음식도 거의 입에 대지 않았다. 바지는 재킷 밑에서 팔랑거렸고, 허리띠는 꽉 조여 맸고, 지퍼는 창피하게도 열려 있었다.

일라이는 피를 덥히려고 커피를 홀짝이며 의자에 앉아 그를 지켜보았다. 아침 공기는 아직 쌀쌀했지만 그는 창문을 반쯤 열어놓는 것이 좋았다. 그가 준과 같이 살 때 그녀는 난로 옆에 간이침대를 놓고 잤다. 공립학교의 버스 시간에 늦지 않게 준을 깨우려고 들어가면 그녀는 퀼트와 군용 담요를 푹 뒤집어쓴 채 웅크리고 잠들어 있었다. 그들은 이따금 나란히 앉아 창문으로 서늘한 푸른빛 어둠을 바라보았다. 그는 그 외로운 시간에 준을 보내고 싶지 않았다. 그녀의 외투는 빨간색이었다. 그녀의 옷은 죄다 수녀들에게서 받은 것이었다. 한번은 그가 플라스틱 접시에 담긴 화려한 색깔의 목욕오일 구슬을 준에게 사주었다. 말릴 새도 없이 그녀는 뭔지도 모른 채 입속에 한 알을 넣고 꿀꺽 삼켰다. 그녀가 실망과 수치심에 빠져 울음을 터뜨리자 입과 코에서 거품이 부글부글 쏟아져나왔다.

일라이는 껄껄거리다 웃음을 멈추었다. 그녀의 얼굴을, 충격받은 그 표정을 보았다. 그는 웃지 않고 그녀를 생각하며 멀리 사라지는 고디를 지켜보았다.

　도로에서 차 두 대가 고디 옆을 지나갔지만 서지는 않았다. 시내에서 뭔가 구하기에는 너무 이른 시간이었고, 집까지 누가 태워주면 좋을 것 같았다. 집으로 가는 길목까지는 1마일이 남았고, 걸음을 옮길 때마다 술에 대한 욕구가 점점 강해졌다. 그는 추위와 갈증 때문에 몸을 떨었다. 세상이 떠처럼 뻗은 이 얼어붙은 진흙 땅만큼 좁아진 것 같았다. 양옆에 늘어선 나무는 짙은 안개 속에서 너울거렸고, 크리스털 같은 얼음이 그의 발밑에서 불쾌한 소리를 내며 바스라졌다. 이따금 그는 걸음을 멈추고 그 소리가 사라지기를 기다렸다. 그는 손을 입에 대고 입김을 호호 불었다. 차가운 뺨을 만져보았다. 피부가 고무처럼, 죽은 것처럼 느껴졌다. 이윽고 길목이 나오자 그는 자기 집이 있는 호수 쪽으로 내려갔다. 계단과 문까지 간신히 걸어가 카펫 위를 기다시피 해서 전화기로 갔다. 그는 심지어 전화번호부까지 찾아보았다.
　"로이스 있습니까?" 전화를 받은 여자에게 그가 물었다. 그녀는 대꾸 없이 남편을 바꿔주었다.
　"아직도 마셔?" 로이스가 물었다.
　"술 좀 가져다줄 수 있어? 세 병, 네 병, 한 병도 남김없이. 월급 받으면 갚을게."
　"배달은 하지 않아. 외상도 안 되고."
　"이봐, 사촌…… 나한테 직장이 있는 거 알잖아."
　잠시 침묵이 흘렀다.

"그러면 좋아. 외상은 한 병에 일 달러, 배달은 이 달러야."

고디가 고맙다며 주절거렸다. 전화가 찰칵 끊겼다. 술이 올 거라고 생각하자 고디는 힘이 더 생기고 머릿속이 더 맑아지는 것 같았다. 술을 더 마시면 잠들 수 있을 것 같았다. 그러다 정신을 차리니 식탁 밑이었고 전화기도 내려와 있었다. 그는 편안히 등을 대고 누웠다. 쉬기 좋은 장소였다.

많은 시간과 여러 날이 흘렀고 술병도 사라졌다. 더 많은 술이 필요했다. 처음에는 한 병이면 됐는데 다음에는 그렇지 않았다. 아무 변화도 느낄 수 없었다. 너무 멀리 가버렸다. 그는 문득문득 말라빠진 빵, 치우지 않은 접시, 술병과 담배꽁초가 널브러진 식탁에 우두커니 앉아 있는 자신을 발견했다. 해가 뜨는 건지 지는 건지 알 수 있을 것 같지 않았지만 스스로 선택할 수 없다는 것은 알았다. 그는 자신과 함께 그곳에 갇혔다. 마지막으로 잠을 제대로 잔 게 언제인지도 몰랐다.

고디의 집은 소박했고 몹시 비좁았다. 직사각형을 반으로 나눈 형태였다. 부엌과 거실이 한쪽 반을 차지했고, 침실과 욕실이 나머지 반을 차지했다. 한때는 여덟 식구가 옹기종기 살았지만, 오래전 정부주택이 들어서기 전의 일이었다. 고디는 준이 떠난 뒤에 이 집을 구입했다. 집을 수리하며 북슬북슬한 카펫과 리놀륨 타일을 깔고, 페인트와 시트록 석고보드를 바르고, 호수가 바라보이는 조립 창문을 달았다. 호수 옆에 사는 것이 그의 꿈이었는데, 그 꿈이 이루어진 것이다. 이곳에 살면서 그는 늘 준이 그리웠지만 한편으로 그녀가 없는 삶에 마음이 놓였다. 이제 그녀가 영영 돌아오지 못한다는 사실을 그는 믿을 수 없었다. 그는 평생 그녀와 함께였다. 그에 대해 그녀가 모르는 것은 없었다. 그들이 아무도 모르게 달아나 주 경계를 넘어 사우스다코타에 가서 결혼했을 때, 그것은 순전히 기록을 위한 형식적인 절차였다. 그들은 그때 이미 평생 같이 산 대부분의 부부보다 서로를 더 잘 알았다. 좋은 점도 알았지만, 서로 상처를 주는 법도 알았다.

"나도 몹쓸 놈이었지만, 당신도 그랬어." 그가 빈방을 쳐다보며 말했다. "서로 비긴 거야."

그는 해가 지는 거라고 결론을 내렸다. 어둠이 깔렸다. 바깥에서 물결이 찰싹댔고 작은 나뭇가지들이 부대꼈다.

"사랑한다, 사촌 동생!" 그가 크게 외쳤다. "준!" 그녀의 이름이 불쑥 튀어나왔다. 그 이름을 입 밖에 내자마자 도로 삼키고 싶었다. 죽은 자의 이름은 절대, 어떤 일이 있어도 부르면 안 된다고 할머니가 말했다. 죽은 자가 대답할지도 모른다. 그건 고디도 알았다. 이제 그는 더 불안해졌다. 상태가 더욱 나빠졌다.

호수와 나무 소리가 거슬려 그는 텔레비전을 켰다. 볼륨을 최대로 키웠다. 사이렌이 울리고 총소리가 들렸다. 그 채널을 그대로 두었다. 하지만 준의 이름을 부른 사실은 잊히지 않았다. 바깥에서 나쁜 힘이 벽을 밀고 들어오는 느낌이었다. 창문이 덜컹거렸다. 그는 방 한가운데에 조마조마한 마음으로 서서 모든 소리에 귀를 쫑긋 세웠다. 전등을 켰다. 문과 창문을 하나씩 잠갔다. 하지만 여전히 소리들이 들렸다. 여자가 스타킹을 신고 두 다리를 스치며 걷는 것처럼 물결이 사락사락 소리를 냈다. 도토리가 지붕 위로 떨어지며 구두 소리처럼 때각거렸다. 바람이 나지막이 웅얼거렸다.

낡은 진공청소기가 플러그가 꽂힌 채 구석에 놓여 있었다. 그가 스위치를 켜자 청소기 소리에 방 안의 모든 소리가 뒤죽박죽되었다. 그 편이 더 나았다. 텔레비전과 윙윙거리는 전등과 진공청소기 소리는 확실히 도움이 되었다. 그는 집에서 낼 수 있는 또다른 소리를 생각했다. 침실에 둔 라디오가 생각나 그것까지 켜려고 휘적휘적 방으로 들어갔다. 어마어마한 굉음과 함께 요란한 음악이 쏟아지며 소음에 가세했다. 그는 욕실로 가서 전기면도기를 켰다. 욕실에는 커튼이 없었다. 그는 뭔가에 홀린 듯 창문을 쳐다보았다.

그녀의 얼굴. 거기 준의 얼굴이 있었다. 입에서 피를 흘리며 해쓱하고 헝클어진 모습으로. 그녀가 앙상하게 뼈만 남은 손을 들어 구슬프게 창문을 긁었다. 그가 욕실에서 달아나자 그녀는 화가 나서 문을 마구 두드리기 시작했다. 유리가 산산조각났다. 그는 유리가 욕실 바닥에 음악처럼 떨어지는 소리를 들었다. 모든 것을, 심지어 오븐까지 켰다. 그는 차가운 빛이 자신을 보호할 거라고 믿으며 윙윙거리는 냉장고의 불빛 속에 섰다. 하지만 어떤 것도 그녀를 멈추지 못했다. 그가 할 수 있는 것은 없었고, 그래서 실수를 하고 말았다. 토스터 플러그를 꽂은 것이다.

큰 폭음이 들렸다. 암흑. 그의 손에 붉은 전구가 툭 떨어졌다. 완전한 정적이 흘렀고, 그 순간 그녀가 창문으로 들어왔다.

이제 그녀는 침실에서 시트를 벗기고 향수병을 가지런히 정돈했다. 그녀가 그를 향해 다가갔다. 그는 허둥대며 문 쪽으로 비칠비칠 걸어갔다. 차 열쇠. 어디에 뒀더라? 바지 주머니. 그는 문밖으로 나가다 미끄러져 계단을 굴렀고 아래에 주차된 말리부의 보닛에 처박혔다. 그는 허겁지겁 차에 올라 문을 잠근 뒤 시동을 걸었다. 헤드라이트를 켜고 난폭하게 차를 빼서 움푹 꺼진 땅에 차 밑판을 부딪쳐가며 자갈 깔린 도로가 나올 때까지 속도를 내 달렸다.

처음에 그는 달아난 것에 마음이 놓여 얼마나 몸이 아픈지도 잊었다. 한동안 솜씨 좋게 차를 몰다, 집에서부터 밀려든 두려움이 사그라지자 운전대 위로 몸을 기울였다. 시야가 반쯤 가려졌다. 차 한 대가 다가오자 하얀 불빛에 눈이 부셔 앞이 보이지 않았다. 그는 감각을 되찾으려고 길가에 차를 세웠다. 또 한 병 마시고 싶다는 비뚤어진 희망을 품자 그는 마음이 밝아졌다. 시내로 가야겠다. 한 병을 더 마시면 정신이 말짱해질 것이다. 길은 5마일이나 구불구불 이어졌고 밤하늘에는 달빛도 없었지만 거기까지는 갈 수 있을 것 같았다. 그는 기운을 차리려고 잠시 고개를 숙이고 잠을 청했다.

불빛이 요란한 소리를 내며 옆을 스쳐지나가자 그는 순간 머릿속이 아뜩했다. 헤드라이트를 꺼놓아서 그를 피하려던 차가 방향을 홱 튼 것이다. 어둠이 그 차의 붉은 미등을 삼키자 고디는 다시 차를 몰았다. 앞유리 쪽으로 목을 쑥 빼고, 길이 둘로 갈라져 보이지 않게 한쪽 눈을 감고, 취한 사람 특유의 조심성을 보이며 천천히 차를 몰았다. 자신감을 되찾자 차창을 내리고 속도를 높였다. 시내로 가는 길은 보지 않아도 훤했다. 자갈이 튀어 바퀴집에 탁탁 부딪혔고, 눅눅하고 얼얼한 바람이 그의 입술에 차갑고 달콤한 맛을 남겼다. 그는 이제 기분이 좋았다. 한결 나아졌다. 커브길이 갑자기 나타나는 바람에 하마터면 큰일날 뻔했다. 다행히 운전대를 꺾어 차의 방향을 돌렸고, 콘크리트 도로를 반쯤 가로지르다 멈추었다.

바로 거기에서, 그는 커브길의 속도에 신경을 쏟다 그만 사슴을 쳤다. 사슴 한 마리가 헤드라이트 불빛의 그림자 속으로 미끄러지듯 뛰어든 것이다. 불빛이 환하게 사슴을 비추었다. 순간적으로 유령이 나타났다 사라졌다. 고디는 시간이 조금 흐른 뒤에야 실제로 뭔가 친 것 같다는 생각에 가슴이 철렁했는데, 다리를 쫙 뻗은 채 배를 깔고 쓰러진 사슴과 차를 세운 곳이 20야드나 차이가 났기 때문이다.

그는 짐승의 사체를 내려다보며 여기저기 툭툭 찼다. 늙은 암컷이라 고기가 질기겠지만 술과 바꿔줄 사람이 있을 것이다. 생식력도 없어 보이는 이런 놈을 발견하다니 개천에 새끼를 숨겨놓은 게 아니라면 놀라운 일이라고 고디는 생각했다. 주위를 둘러보았지만 아무것도 보이지 않았고, 덤불은 키가 크고 사방은 잉크처럼 검었다.

그는 천천히 허리를 숙여 발굽 뒤쪽으로 튀어나온 무른 부분을 붙잡고 사슴을 질질 끌었다.

차에 이른 그는 사슴을 내려놓고 주머니를 더듬었다. 하지만 시동을 걸 때 쓰는 사각머리 열쇠밖에 찾을 수 없었다. 그 열쇠로는 트렁크를 열 수 없었다. 집에 두고 온 둥근머리 열쇠가 있어야 했다.

"에잇, 빌어먹을." 그가 외쳤다. 되는 일이 없었다. 언제부터 그랬는지 기억나지 않았다. 어쩌면 처음부터 되는 일이 없었고, 늘, 줄곧 그랬을 것이다. 그는 트렁크에 비스듬히 기댔다 곧 등을 대고 누웠다. 온몸이 부들부들 떨렸고, 입은 굳게 다물렸다. 별빛 하나 없는 하늘은 속이 보이지 않는 액체처럼 음울해 보였다. 전에는 깨닫지 못했지만, 차 한 대를 여는 데 열쇠가 두 개 필요한 것을 새삼 깨우친 지금 그는 자신의 삶이 처음부터 이렇게 예정돼 있었다고, 자신은 덫에 걸린 것이 틀림없다고 느꼈다.

사슴은 그의 발치에서 서서히 피를 흘리고, 그는 차 트렁크 밖에 갇힌 꼴이 되어 아파서 죽을 것처럼 부들부들 떨었다.

"그러면 뒷좌석에 싣지 뭐." 머릿속이 또 혼란해질까봐 그는 재빨리 내뱉었다. 뒷좌석은 비닐로 되어 있었다. 이 덜컹거림을 멈추려면 술 한 병, 아니 몇 병이 필요했다. 한번 떨리기 시작하면 어떤 것도 도움이 되지 않았다. 개가 땅다람쥐의 등을 물고 사정없이 흔들듯 오한이 그를 물고 마구 흔들 것이다.

그는 뒷문을 열고 사슴 앞다리 밑쪽을 그러잡은 뒤 등을 감싸듯이 안아서 뒷좌석으로 머리를 숙여 사슴을 밀어넣었다. 사슴은 뒷좌석에 꼭 맞았는데, 뛸듯 다리를 굽힌 채였고 아직 따스한 체온이 남았다. 고디는 맞은편 문을 열고 내렸다. 그리고 다시 앞으로 돌아와 운전석에 앉았다. 그는 차를 출발시키고 고속도로로 나갔다. 이제 앞은 더 흐릿했다. 밤의 어둠이 더욱 짙어졌기 때문이거나 몸이 떨려 시야가 흐려졌기 때문일 것이다. 어쩌면 사슴이 헤드라이트를 쳤는지도 모른다. 틀림없이 그런 것 같았는데, 빛의 밝기가 줄었기 때문이다. 그는 떨림을 참아보려고 애썼다. 참으려고 몸서리치며 숨을 깊이 들이마시자 잠시 떨림이 멈추는가 싶더니 다시 시작되었다. 그는 자리에 앉은 채 부들부들 떨었고 운전대도 이리저리 꺾였다. 그는 이제 똑바로 가기도 어려워 가능한가 싶을 만큼 천천히 차를 몰았다. 1마일이 더디게 지나갔다. 또 1마일이 지나갔을 것이다. 그는 포티어스 집안이 터를 잡은 너른 대지에 이르렀다. 마당은 불빛이 환했다. 그는 문을 지나 몇 야드 더 차를 몰았는데, 어쩐지 떨리기보다 불편한 느낌이었다. 누가 뒤에 있는 것 같아 백미러로 흘끔 쳐다보았다.

그는 순간 소스라치게 놀라 브레이크를 힘껏 밟았다. 사슴이 깨어났다. 사슴은 기절했을 뿐이었다.

사슴이 귀를 쫑긋 세우고 잔뜩 경계하는 눈빛으로 백미러를 보다 고디와 눈이 마주쳤다.

사슴의 눈동자는 검고 무한하고 뭐든 녹일 것같이 순수했다. 사슴이 그를 뚫어져라 쳐다보았다. 사슴은 그에게서 고통으로 몸부림치는 수풀과 덜컹거리는 뼈들의 잡목숲을 보았다. 그가 어떻게 스스로 가시면류관을 엮었는지 보았다. 비록 썩 괜찮은 사람은 아니었으나 그 자신의 이마에 구원을 어떻게 깊이 새겨넣었는지 보았다. 사슴의 눈길이 깊이 숨겨진 그의 어딘가를 향하자 그는 눈앞이 캄캄해졌다. 완전한 어둠. 어떻게 해야 할지 알 수 없었다. 사슴의 시선을 벗어나 허리를 숙이고 더듬더듬 앞좌석 밑에 둔 타이어용 쇠지레를 찾았다. 두께가 아이 손목만하고 끝부분이 납작한 쇠지레였다.

그가 그것을 들어올렸다. 뒤를 돌아보고 사슴의 두 눈 사이를 힘

껏 내리쳤다. 사슴은 다시 뒷좌석에 털썩 쓰러졌다. 고디는 다시
차를 몰기 시작했다.

이번에 그가 몸을 떨기 시작했을 때 그 깊이는 끝이 없었다. 뱃
속까지, 골수까지 떨렸다. 떨림은 그의 몸속을 속속들이 헤집으며
옮겨갔다. 그의 고개가 홱 젖혀졌다. 차를 세웠다. 사슴이 또 언제
살아날지 몰라 쇠지레는 무릎에 올려놓았다. 그는 손의 떨림을 멈
추려고 양손으로 그것을 꼭 움켜잡았다.

그는 앞좌석에 앉아 쇠지레를 단단히 붙잡고 격렬하게 몸을 떨
었다. 귀에서 쩌렁쩌렁한 목소리들이 들렸다. 앞유리가 거미줄 모
양으로 깨졌다. 계기판이 떨어졌고 라디오는 비명을 질렀다. 쇠지
레가 떨어지면서 소리들이 잠잠해졌다.

떨림이 멈추고 순간적으로 정적이 흐르자 그는 화들짝 놀랐다.

그 뚜렷한 순간에 방금 준을 죽였다는 생각이 번쩍 들었다.

그녀는 뒷좌석에 뻗어 있었고 짧은 스커트는 엉덩이 위까지 올
라갔다. 새하얀 팬티는 빛이 났다. 새까만 머리는 소용돌이치듯 마
구 헝클어졌다. 지금 무슨 짓을 한 거지? 쇠지레로 친 걸까? 쇠지
레가 손에 들려 있었다.

"증거를 없애야 해." 그가 중얼거렸지만 쇠지레를 잡은 손가락
은 얼어붙은 듯 꼼짝하지 않았다. 다시는 손을 펴지 못할 것 같았
다. 그는 부서졌다. 허물어졌다. 비바람에 깎이는 대지처럼 통제력
을 잃었다. 피톨들이 귓속에서 포효했다. 그는 어디로 떨어지는지
몰랐지만, 한참 시간이 지나자 모든 것이 낯설고 무서운 광대한 땅
에 내려앉은 것을 깨달았다.

메리 마틴 데 포레스 수녀는 클라리넷을 불었고, 이따금 마음이 괴롭거나 잠이 오지 않으면 직접 곡을 썼다. 오늘밤 이상한 꿈을 꾸다 깜짝 놀라 깨어난 그녀는 한동안 막연하게 자신이 링컨에 있는 자기 집에 있다고 생각했다. 찬물 목욕을 하려고 고양이발 욕조에 물을 채운 뒤 손으로 휘저었다. 물에서 파괴할 수 없는 금속의 선뜩한 냄새가 났다. 바깥에서 매미가 맴맴 울었고, 개오동나무 열매가 까맣게 익어갔다. 그녀는 옷을 벗고 욕조에 들어가면 달라질 거라고, 물속에서 숨을 쉴 수 있을 거라고 생각했다. 하지만 그러기도 전에 잠에서 깨고 말았다. 옆으로 돌아눕자 성심수녀원의 그녀 방이었다. 그녀는 손을 뻗어 더듬더듬 안경을 찾았다. 시계는 한시를 가리켰다. 야광 분침이 움직였지만 다시 눈을 붙일 생각은 들지 않았고, 유난히 침울하던 시기에 사람들이 이름을 붙인 "그녀의 밤"이 또 찾아온 것을 알았다. "메리 마틴 수녀가 또 그녀의 밤을 맞았네."

그런 밤을 맞으면 그녀는 즐거웠고, 그것 또한 문제였다. 잠에서 깼을 때 어떤 기분에 휩싸이면 그녀는 클라리넷을 떠올렸다. 잠을 못 자면 짜증을 부리는 사람이라는 것은 그녀 자신도 잘 아는 사실이었지만, 잠은 시시한데다 심지어 필요도 없는 것 같았다. 그녀는 침대에서 빠져나왔다. 키는 작았지만 유연하고 성실한 여자였는데, 실제보다 훨씬 젊어 보였다. 그러니까 마흔둘이 아니라 삼십대로 보였다. 사람들은 다른 수녀들도 실제 나이보다 젊게 보았다.

"그래봐야 소용없는걸." 그녀는 낡은 초록색 가운을 걸치며 중얼거렸다. 깨어난 뒤 주위에 아무도 없다는 사실에 그녀는 벌써 흥분하기 시작했다. 이런 밤이면 그녀는 자신의 젊음이 새삼 놀라웠다. 다리는 탄력이 넘치고 군살 하나 없었으며 몸은 소녀처럼 탱탱했다. 그녀는 머리 위로 팔을 쭉 뻗어 힘껏 기지개를 켜고는 다시 내렸다. 그리고 문을 열고 유유히 걸어나갔다. 그 방은 복도 맨 끝에 있었고 아주 조용했다. 그녀는 조용조용 바닥 타일을 따라가다 계단을 내려가 다른 복도로 들어섰고, 예배당을 돌아 모포와 베개가 어수선하게 흩어진 작은 거실로 들어갔다.

그녀는 플로어램프를 켜고 소파 밑에서 악기케이스를 꺼냈다. 그것을 들고 무릎을 꿇고 앉아 벨벳 천에 싸인 악기 부품을 꺼내 서로 끼워맞추었다. 그리고 책장에서 자그마한 오선지 공책을 꺼냈다. 공책에는 잘 깎은 연필을 끈으로 매달아놓았다. 의자에 앉기 전에 마지막으로 엄청나게 큰 노란 벌 색깔 모포로 어깨를 감쌌다. 그리고 자리를 잡고 앉아 뜨개담요 밑에 시린 발을 넣고 리드에 침을 바른 뒤 연주를 시작했다.

반 시간 불고 나면 스르르 잠들 때도 있었다. 불현듯 선율이 떠오르면 동이 틀 때까지, 선율이 그녀를 데려가는 곳까지 악보를 휘갈길 때도 있었다. 거실은 수녀원 본관 옆에 새로 공간을 내 지은 것인데, 방음 처리가 잘돼 있어 다른 사람들이 악기 소리에 방해받을 일은 없었다. 공기가 훈훈한 밤이면 심지어 창문을 열어 아랫마을에서 들려오는 소음을 건조한 공기 속으로 선명하게 흘러들게 했다. 그 소음은 거칠기 짝이 없었다. 울부짖는 목쉰 소리, 끊임없이 뽑아대는 바이올린 선율, 소음기를 달지 않은 오토바이의 부릉

거리는 소리, 무섭게 속도를 내며 끼익끼익 달리는 차 소리. 새벽 서너시가 지나고 푸른 침묵이 아련하게 내리면 그녀의 악기 소리와 벽 속에서 들리는 검은 귀뚜라미 소리뿐 다른 소리는 전혀 들리지 않았다.

오늘밤 음악 소리는 어쩌면 그녀의 꿈 때문에, 익숙하면서도 이해할 수 없는 그 꿈 때문에 위험한 분위기가 감도는 한편 경이로움으로 가득했다. 음악 소리는 맴을 그리는 기억의 동그라미 속으로 그녀를 데려갔다. 그녀의 마음에 형상 하나가 떠올랐다. 성모마리아의 제단에 놓은 큰 가지촛대처럼 가지가 무성한 나무였다. 어린 시절에 즐겨 올라간 나무였는데, 밤에는 나뭇가지가 서로 부대끼며 무서운 소리를 냈다.

우연한 악구에 마음이 끌려 연주를 멈춘 그녀는 이것을 조금씩 변주하다 이 아름다운 선율을 도저히 흘려버릴 수 없다는 생각에 이르렀다. 이제 악보를 그리기 시작했다. 그녀는 뭔가 패턴이 그려지는 것을 보면서, 그걸 그리는 자신의 힘에 다가서다 물러나면서 한동안 침묵 속에 작업했다.

한 시간 어쩌면 두 시간이 지났다. 주위는 괴괴했다. 메리 마틴 수녀는 악보를 그리려고 연주를 멈춘 순간에도 음악 말고는 아무 소리도 듣지 못했다. 납작한 자갈이 깔린 길을 따라 돌아가면 수녀원 뒤쪽이 나오는데, 그가 걸어오는 소리를 전혀 듣지 못하다 창틀이 덜컹거린 뒤에야 창밖에 서 있는 그의 존재를 깨달은 것을 보면, 그는 축축한 풀밭을 지나온 모양이었다. 그는 창문을 두드리려다 창틀 쪽으로 쓰러져버렸다. 메리 마틴은 의자에 앉은 채로 얼어붙어 무릎에 클라리넷을 내려놓았다.

"누구세요?" 그녀가 경직된 목소리로 물었다. 대답이 없었다. 그녀는 처음에는 느닷없이 나타난 밤의 침입자에게, 다음에는 블라인드를 치지 않은 자신에게 짜증이 났다. 하늘은 캄캄하고 배회하는 남자의 형체는 그림자도 보이지 않는데 자신은 무대에 선 것처럼 완전히 노출되었기 때문이다.

"원하는 게 뭐죠?" 여전히 대답이 없었다. 방충망이 달린 창문은 안전하게 잠겼지만 그녀는 심장이 콩닥거리기 시작했다. 필요하면 다른 수녀들을 깨울 수도 있었다. 하지만 무거운 상자를 옮기거나 수녀원의 차를 급히 운전해야 할 때 걸핏하면 불려다니는 사람이 그녀였다. 아래층에서 모두 올라오더라도 이 침입자를 겁주어 쫓는 건 역시 그녀 몫일 게 뻔했다.

그녀는 손을 뻗어 전등을 껐다. 방이 완전히 컴컴해졌다. 이제 그가 숨을 거칠게 몰아쉬는 소리가 들렸고, 그가 몸을 떨자 방충망이 약하게 흔들렸다. 눈이 적응하자 창문에 쓰러지듯 불쌍하게 기댄 그의 윤곽이 흐릿하게 보였다.

"원하는 게 뭐죠?" 의자에서 일어서며 그녀가 다시 물었다. 그녀는 클라리넷을 카펫에 내려놓다 다시 잡았다. 만약 그가 방충망을 뚫고 들어오면 악기 끝으로 그를 찌를 수 있을 것이다. 그녀는 책장 그림자가 짙게 드리운 창문 근처로 다가가 벽 쪽에 붙어 섰다. 거기에 서면 그가 그녀를 못 볼 거라 생각하면서.

약한 바람이 방충망으로 들어오자 시큼한 악취가 풍겼다. 그는 술에 취했다. 아마 정신도 반쯤 놓았을 것이다.

그런데 그 순간 그가 벌떡 일어나며 말했다.

"고해성사를 하러 왔습니다. 고백할 것이 있어요."

그녀는 가슴 위로 팔짱을 끼고 창문 옆 벽에 붙어 섰다.

"저는 신부가 아니에요."

"신부님, 저는 죄를 지었습니다……"

목소리는 흔들렸고, 어리석게도 유치했다.

"가서 신부님을 모셔올게요." 그녀가 말했다.

"고백한 지, 젠장, 십 년 되었습니다." 그가 웃다가 콜록거렸다.

갑자기 정원에서 한바탕 차가운 바람이 일자 또다른 냄새가, 구체적으로는 악의 냄새가 그의 옷에서부터 끼쳐왔다. 뭐라 딱 잘라 말할 수 없는 더욱 고약한 냄새와 함께.

"원하는 게 뭐죠?" 그녀가 세번째로 물었다.

그는 팔꿈치로 방충망을 텅텅 두드렸다. 그러고는 돌아서서 자기 몸통을 껴안고 자기 팔을 주먹으로 세게 쳤고, 창틀에 이마를 쾅쾅 부딪혔다. 그가 운다는 것을 그녀는 마침내 깨달았다. 이것이 이 남자가 소리 없이 격렬하게 우는 특이한 방법이었다.

"좋아요." 그녀가 알면서도 알고 싶지 않은 마음으로 말했다. 그가 털어놓을 내용은 매우 나쁜 일일 것이다. "말해보세요."

그러자 그가 더듬거리며 차와 쇠지레와 준을 어떻게 죽였는지에 대해 주섬주섬 털어놓았다.

메리 마틴이 뒤죽박죽인 그의 이야기를 짜맞추는 동안 어둠 속에서 긴장감이 그녀 주위로 나지막이 윙윙거리며 응집되었다. 그는 말을 멈출 수 없었다. 하고 또 했다. 마침내 그의 이야기가 그녀

에게도 현실로 느껴졌다. 그는 방금 아내를 죽인 것이다. 그녀는
목이 탔다. 양손으로 클라리넷을 대각선으로 들고 손가락으로 따
뜻한 밸브와 흑단으로 만든 관을 지그시 눌렀다. 귀를 기울였다.
명징함. 그녀는 생각할 수 없었다. 마음속에 말이 떠올랐지만, 마
음은 명징하지 않았다. 금속 밸브캡은 비단처럼 매끄러웠다. 그에
게서 피 냄새가 나는 것 같았다. 배 속에서 아픔의 응어리가 뭉쳤
다 풀어졌고, 목구멍으로 올라오며 활활 타올랐다. 그녀는 얼른 그
에게서 벗어나 자고 싶었다. 누워야 했다.

"그만." 그녀가 간절하게 말했다. 숨통이 막히는 것 같았다. 그
말에 그가 입을 다물었다. 하지만 너무 늦었다. 그녀는 그 여자가
얻어맞는 것을 보았고 쇠지레를 내려치는 소리를 들었으며 선연한
피마저 보았다.

그녀는 주먹을 불끈 쥐었다. 안경테와 뺨이 닿은 좁은 공간에 눈
물이 고였고, 눈물은 입가로 곧장 흘러내렸다. 눈물방울이 그녀의
손에 툭 떨어졌다. 뭔가 말해야 했다.

"죽은 것이 확실해요?"

그의 침묵이 그렇다고 대답했다. 털어놓은 것만으로 벌써 부담
이 덜어진 듯 그는 긴장을 풀고 한결 고르게 숨을 쉬었다. 그가 자
기 옷을 더듬거리는 소리가 들렸다. 성냥 긋는 소리. 잠시 빛이 타
올랐고 담배 연기가 창문으로 희미하게 빨려들어오다 캄캄한 방
안에서 사라졌다. 그가 안도의 한숨을 쉬며 담배 연기를 빨아들이
는 소리에 메리 마틴은 마음속에 불이 확 붙었다. 그녀의 눈꺼풀
뒤에서 빨갛고 들쑥날쑥한 빛이 바람개비처럼 빙빙 돌더니 열기를

뿜으며 그녀를 창문으로 떠밀었다. 그녀 자신도 모르는 무언가를 위해.

이제 그녀는 그와 멀지 않은 위치에 서서 몸을 바르르 떨며 그의 그림자에 대고 말했다. "그녀가 어디에 있나요?"

"저기 차 안에요."

"직접 보게 해주세요." 메리 마틴이 말했다.

뒤쪽 현관으로 가려면 어두컴컴한 예배당을 통과해야 했다. 성체를 모신 작은 나무성합 앞에 놓인 유리단지 속에서 오렌지빛 촛불이 은은히 타올랐다. 그녀가 무릎을 꿇지도 성호를 긋지도 않고 그 앞을 지나가다 걸음을 멈추고 되돌아갔다. 오렌지빛 불꽃이 고요히 그녀를 꾸짖었다. 하지만 무릎을 꿇고 성호를 그어도 기분은 달라지지 않았다. 그녀는 예배당 의자 위에 클라리넷을 내려놓고 뒷문으로 걸어가 빗장을 열었다. 그녀가 차가운 밤공기 속으로 들어섰다. 그는 균형을 잡으려고 무릎을 벌리고 걸으며 그녀보다 앞서 벌써 저만치 갔다. 그가 불이 아직 발갛게 살아 있는 담배꽁초를 풀밭에 획 던지자 그녀가 밟아 껐다. 그는 가다 두 번 멈춰 서서 배수관에 대고 발작적으로 몸을 떨었고, 앞마당으로 통하는 정문에서 다시 심하게 몸을 떨었다. 차는 주차장에 삐뚜름히 서 있었다. 차체가 길고 밑판이 땅에 닿을 듯 내려앉은 초록색 차는 마당의 불빛을 똑바로 받아 바로 눈에 띄었다. 그는 자갈 깔린 주차장 언저리에서 걸음을 멈추고 약간 비틀거리며 손으로 입을 막았다.

그녀는 아직 그의 얼굴을 보지 못했는데, 이제 그 옆에 섰으니 차로 가기 전에 그를 미워하지 않을 뭔가를 찾기 위해 그를 쳐다보지 않을 수 없었다.

하지만 그가 주정뱅이의 흐리멍덩한 표정으로 얼굴을 잔뜩 일그러뜨려서 그녀는 금세 고개를 돌려버렸다. 그녀는 그를 거기에 두고 혼자 차로 걸어갔다. 뒷좌석은 한쪽만 불빛이 비쳤고, 그녀는 거기까지 걸어간 뒤 허리를 숙여 차창으로 안을 들여다보기 전에 먼저 심호흡을 했다.

여자의 주검을 본다는 생각에 마음을 단단히 먹은 메리 마틴은 짐승이 보이자 소스라치게 놀랐는데, 여자를 봤을 때보다 아마 더 놀랐을 것이다. 눈에 들어온 장면이 너무 괴이하고 끔찍해서 그녀는 꽥 소리를 질렀다. 그녀는 갑자기 폭삭 늙은 것처럼 다리에 힘이 풀렸고, 졸도할 것처럼 온몸의 기운이 쫙 빠졌다. 그녀가 간신히 차 문을 열었다. 틀림없었다. 암갈색 옆구리, 북슬북슬한 꼬리, 다리를 구부린 모양새, 축 늘어진 머리가 마당 불빛 아래 훤히 드러났다. 하지만 확인이 필요했다. 그녀는 허리를 숙여 차 안으로 손을 뻗고 조심스레 사슴의 몸을 만졌다. 피부는 뻣뻣했지만 짧은 털은 온기가 느껴져 살아 있는 것 같았다. 냄새가 혹 끼쳤다. 그 남자에게서 맡았던 소름 끼치는 냄새, 사슴이 내뿜는 죽음의 사향, 톡 쏘면서 타는 듯한 종말의 냄새. 갑자기 예고도 없이 그녀는 가슴이 부서질 것처럼 와락 울음을 터뜨렸다. 격렬하게, 자신의 귀에 들릴 만큼 큰 소리로, 걷잡을 수 없이 서럽게 목 놓아 울었다.

울음을 그친 그녀는 자기가 뒷좌석의 짐승 사체에 바싹 붙어 앉아 있는 것을 깨달았다.

밤이 걷혔다. 하늘은 청회색이었다. 그녀는 어스레한 새벽빛과 침묵 속에서 이슬 냄새를 맡은 것 같았다. 그녀는 꿈속인 듯 불빛을 향해 고개를 저었고, 방금 잠에서 깬 아이처럼 순간적으로 멍해졌다. 울부짖는 목소리가, 울음의 메아리가 들렸고, 그러자 자갈 깔린 주차장 언저리에 서 있을 그 남자가 떠올랐다.

그녀는 차에서 엉금엉금 내려 저린 다리를 풀고 그에게 다가갔다. 그녀는 손짓을 했지만 입에서는 아무 소리도 나오지 않았다. 그는 소리를 지르며 울다 그녀가 다가오는 것을 보고 뚝 그쳤다. 그는 비현실적인 공포에 질려 뻣뻣하게 풍차처럼 팔을 휘저으며 주춤주춤 물러섰다. 수녀원의 불빛이 뒤쪽에서 그를 비췄다. 메리 마틴이 뛰기 시작했다. 그는 빙글빙글 정신없이 돌면서 여기저기 쳐다보다 이윽고 놀랄 만큼 잽싸게 건물 옆면을 돌아 과실나무와 소나무를 심은 긴 뜰로, 이어서 보호구역의 풀밭과 숲속으로 달아났다.

그녀도 이제 그를 소리쳐 부르며 사과나무 사이로 따라들어갔는데, 거기서 그만 그를 놓쳐버렸다. 그날 아침 잡역부와 부족 경찰이 수갑과 들것과 법원 명령을 가지고 오기를 기다리는 내내 수녀들은 드넓게 펼쳐진 들판에서 그가 물에 빠진 사람처럼 울부짖는 소리를 들었다.

사랑의 묘약
1982

립샤 모리시

나는 인생에서 제대로 애써본 적이 없는 것 같다. 나는 텔레비전을 가져본 적이 없다. 노인주택에 사는 할머니 집에 한 대가 있어서 거기 가서 내가 좋아하는 프로그램을 보곤 했다. 한동안 할머니는 나를 보호구역에서 가장 쓸모없는 무지렁이라며 타박했고, 나를 감자 자루에 넣어 묶은 뒤 늪에 던져버리려고 했다는 내 어머니한테서 어떻게 나를 구해냈는지 틈만 나면 들먹였다. 물론 캐시포 할머니가 나를 구하고 키워준 것은 고맙지만 그런 마음도 차츰 시들게 마련이다. 시간이 지나면 시큰둥해진다. 고마워하는 마음도 둔해질 수밖에 없다. 어느 날 나는 할머니에게 할머니가 시키는 대로 다 했으니 은혜는 충분히 갚았다고 말했다. 할머니를 위해서라면 어떤 일이든 했다. 할머니도 그것은 알았다. 더욱이 할아버지가 다루기 힘든 사람이 되자 내가 돌봤는데, 아무도 나처럼 돌보지 못했을 것이다.

하지만 그것은 아무것도 아니었다. 나는 손으로 만지는 재주를 타고났기 때문에 훈련을 받지 않고도 몸과 마음의 교묘한 작용을 속속들이 알았다. 그런 재주는 타고나야 한다. 다른 사람은 물어볼 줄조차 모르는 비밀을 나는 손에 넣었다. 고단한 정맥이 무리 지은 푸른 달팽이처럼 다리에 도드라져 보이는 캐시포 할머니를 예로 들자. 나는 손가락으로 그 도드라진 곳을 톡 친다. 내게서 약이 흘러나간다. 손의 능력. 나는 지도 같은 정맥의 강물을 손가락으로 쓸거나 사람들의 심장을 살피며 두드리거나 그들의 배를 둥글게 쓰다듬는데, 그러면 효과가 있다. 그들은 한결 기분이 좋아진다. 어떤 여자들은 오 달러를 준다.

하지만 할아버지는 만져도 소용없었다. 그는 다루기 힘든 존재였다. 어떤 사람들은 삶의 구멍으로 곧장 떨어진다. 구멍은 보이지 않고 사람들은 거기가 어디인지 전혀 모르지만, 시간이 지나면 그곳에 이르게 된다. 거기에 할아버지에게 항상 마음이 있었던 룰루 라마르틴이 있었다. 소녀 때부터 할아버지를 사랑했고, 늘 그가 천재라고 말했다. 이제 그녀는 그의 마음이 차오를 대로 차올라 폭발한 거라고 말한다.

어떻게 의심할 수 있겠는가? 정신력이 지나치게 응집되었을 때의 느낌을 나는 안다. 나는 인디언이 술에 취해 사는 이유가 그것이라고 늘 말했다. 심지어 통계적으로도 우리는 지구상에서 가장 영리한 종족이다. 어쨌거나 어린 시절 내내 할아버지는 나의 자랑스러운 영웅이었기 때문에 할아버지가 그렇게 되었다는 것을 믿을 수 없었다. 제2의 유년기를 맞이하자 그는 다른 감정 상태를 경험했다. 그는 숲속에서 목청껏 소리를 질렀다. 나도, 다른 사람들도 모두 겁을 먹었지만 그중 가장 겁을 먹은 사람은 할머니였다.

하지만 그는 아주 영리해서—내 말을 믿는가?—자신이 바보가 되어간다는 사실을 알았다.

그가 자기 입으로 말했다. 내가 학교에서 낙제하고 기차로 후프댄스에 돌아온 12월에. 나는 달리 갈 곳이 없었다. 마중을 나온 그가 불쑥 말했다. "나는 제2의 유년기를 맞고 있단다." 그리고 뭔가 또다른 말을 했는데 아직도 기억난다. "나는 그렇게 선택된 거란다. 싫다고 할 수 없었지." 그래서 나는 평생 영리하게 살아온 남자가, 부족 의장도 하고 영화배우도 하고 심지어 주 의사당에 사진이 걸리고 코담배통에 얼굴까지 실린 사람이 그 말을 함으로써 자기가 어떻게 될지 알았을 거라고 짐작한다. 성직이나 군대나 다른 것에 부름받듯 그는 제2의 유년기로 부름받았다고 나는 생각한다. 그래서 늙은이가 단 음식을 너무 많이 먹으면 이런 병이 생긴다고 의사가 말해도 나는 딱히 새겨듣지 않았다. 워싱턴으로 가서 관료들을 호통치던 사람이 밀키웨이를 너무 많이 먹어서 실성했다니 가당치 않다. 그럴 수는 없다. 그는 스스로 제2의 유년기를 부여했을 뿐이다.

미사 중간에 노래를 부르면서, 모두가 외우는 이야기들을 들으면서 할아버지는 속으로 인생에 대해 열심히 생각한다. 나도 그 기분을 안다. 때때로 나도 들키지 않고 생각하려고 연막을 칠 거니까. 위니펙까지 차를 얻어 타고 가서 여섯 시간 동안 스페이스 인

베이더 게임*을 하겠지만, 거기 있는 내내 그리고 돌아오는 동안 나조차 깜짝 놀랄 만큼 아주 깊이 있는 생각을 할 것이다. 나는 그런 것에 익숙하다. 할아버지가 그저 생각으로 끝낸다면 문제는 없을 것이다. 연막을 친다는 것은 사회구조를 자극하는 일인데다, 할아버지는 이따금 정신이 이상한 사람들을 가두는 쿠키단지 속에 던져버리고 싶을 만큼 사람들의 혼쭐을 빼놓는 행동을 했으니까. 내가 확신하기로 그는 정신이상과 거리가 멀었지만, 그가 라마르틴을 슬금슬금 찾아가기 시작했을 때는 할머니마저 거의 인내심을 잃었다. 그는 사탕을 먹으면 안 되는데 룰루는 사탕을 준다. 그가 거기로 가는 이유 중 하나가 그것이다.

할아버지가 쏘다니기 시작하자 할머니는 나더러 그를 만져달라고 졸라댔다. 나는 그러고 싶지 않았지만, 할머니가 처음 나를 집으로 데려왔을 때 내 궁둥짝의 상태가 얼마나 나빴는지 또 한바탕 늘어놓기 전에 그런 척이라도 해야겠다고 생각했다.

나는 할아버지의 머리 양옆에 손을 댔다. 그를 보면 미친 사람이라는 생각은 들지 않았다. 라마르틴도 종종 말하지만 그는 풍채가 좋은데다 머리카락도 빠지지 않았고 치아도 절반이나 남았으며 코는 매부리 같고 뺨은 도끼날 같았다. 사람들은 노스다코타 주를 소개하는 관광책자에 모조리 그의 얼굴을 실었고, 심지어 화가도 그의 얼굴을 베껴 그렸다. 그의 전체를 기념물이라고 불러도 될 것 같다. 내가 관자놀이에 손을 대자 그는 싱긋 웃었다. 그 순간 내가

---

* 일본에서 1978년에 개발된 오락실용 게임으로 북아메리카에서 인기를 누렸다.

왜 그를 만지는지 그가 안다는 걸 알 수 있었다. 연막이 걷힐 것을 알았다.

그리고 내가 옳았다. 잠깐 동안 연막이 걷혔다.

"어디 한번 야호나 해볼까." 그가 내 어깨 너머로 할머니에게 말했다.

이제 여기 사람들은 그런 표현을 쓰지 않지만 뭔가 숨은 의미가 있는 게 틀림없었다. 그 말에 그녀는 곧바로 역정을 냈다.

그녀는 그의 머리에서 내 손을 치우고, 몸무게도 그보다 더 많이 나가고 키도 그보다 더 큰 풍채로 그 바로 앞에 섰다. 그의 몸집이 줄어드는 동안 그녀는 중년의 나이에도 오히려 성장에 박차를 가해 가로세로로 그를 능가해버렸다. 그녀는 그를 노려보면서, 그가 수고양이처럼 라마르틴을 졸졸 쫓으며 그 빌어먹을 바보짓을 또 하고 돌아다닌다고 그의 얼굴에 대고 쏘아붙였다.

"야호 같은 건 할 힘도 없는 주제에!" 그녀가 마침내 소리를 질렀고, 나는 놀라서 입을 쩍 벌렸다. 우리 꼬마들은 옛날부터 밤중에 방구석에서 들려오는 부스럭 소리는 아예 존재하지도 않는 것처럼 행동해왔기 때문이다. 어쨌거나 그녀는 지금까지 그런 척했다. 그녀는 눈물이 글썽글썽했다. 그 순간 나는 그녀가 그에게 얼마나 큰 슬픔과 사랑을 느끼는지 보았다. 그것은 내게 사랑의 체계에 대한 진정한 충격이었다. 나는 사랑이란 시간이 지나면 더 편안해져서, 아파도 많이 아프지 않고 좋아도 그렇게 좋지 않을 거라고 생각했다. 시간이 지나면 사랑은 반들반들 닳아 늙으면 잘 알아채지도 못할 거라고 생각했다. 아무래도 나는 사랑이 쪼그라들다 죽는 거라고 생각했던 모양이다. 이제 나는 채찍처럼 분연히 일어서는 사랑을 보았다.

　그녀는 그를 사랑했다. 질투했다. 그가 죽은 사람인 것처럼 애도했다.

　그리고 그는 마음의 솔기 사이에 빠져 그저 망연히 웃었다.

　나는 어떻게 해야 할지 알 수 없었다. 그때 나는 세탁실에 있었다. 그들은 나를 데려와 친부모나 다름없이 키웠다. 나는 그녀가 그를 제정신으로 돌려놓아야 한다고 생각하는 이유를 알 것 같았는데, 그렇게 해야 적어도 그와 다투거나 같이 자고, 자기가 라마르틴 때문에 망신 당하는 꼴은 면할 수 있었기 때문이다. 그녀는 그를 줄곧 사랑했다. 그 사실이 어마어마한 양의 벽돌이 떨어지는 것처럼 나를 내리쳤다. 어느 날 나는 하루종일 손에서 경련이 일어나는 야릇한 감각을 느꼈다. 손의 감각을 타고나면 열망이 당신을 거기로 데려간다. 나는 그런 사랑을 해본 적이 없었다. 그들이 싸우는 모습을 보고 싶은 마음이 불타올랐고, 밖으로 나가 둘 중 한 명이 죽거나 미칠 때까지 사랑할 여자를 찾고 싶었다. 하지만 나는 실제로 그럴 수 있는 사람이 아니다. 이따금 나는 누군가의 내면을 훌륭히 치료하지만, 장기전을 하기에는 지구력이 부족한 것 같다.

　누군가를 진심으로 사랑하려면 그런 지구력이 필요하다. 나는 이런 자질이 아무 노력 없이 생기지 않는다는 것을 알았다. 그래서 생각을 다시 할머니와 할아버지에게로 돌렸다. 할머니의 생각은 내 손과 뒤엉킨 창자로 느꼈고, 할아버지의 생각은 내 정신력으로 느꼈다. 어느 날 그는 점심을 먹으러 나가 돌아오지 않았다. 그는 매치마니토 호수 한가운데에서 낚시를 했다. 그의 낚싯줄에 큰 생각들이 걸렸고, 그는 우리가 어떻게 여기에 왔고 왜 이렇게 일찍 떠나야 하는지의 의미를 설명해줄 더 큰 생각들을 낚으려고 계속 낚싯줄을 던졌다. 어쨌거나 그의 진정한 일부분이 다른 곳에 가서 생각하기로 했다면 내가 손으로 할아버지를 만져 되돌려놓을 방법이란 없었다. 결국 말썽을 일으키며 이곳에서 서성이는 것은 그의 나머지 부분이었고, 우리는 대체로 어려움 없이 그것을 다룰 수 있었다.

더욱이 뭔가를 할 때 그와 이성적으로 논쟁하기는 어려웠다. 미사를 예로 들자. 나는 이따금 몹시 좌절했을 때 미사에 가곤 했는데, 높으신 권능자는 어디에나 있지만 성당의 시원한 초록색 내부가 어쩐지 마음을 가라앉혀주었기 때문이다. 아무튼 나는 그렇게 생각했다. 하지만 할아버지가 그런 망상을 완전히 벗겨버렸다. 그는 신부가 이 공간의 신성한 고요라고 부른 것을 여지없이 깨버렸다.

그때 우리는 줄을 지어 들어갔다. 나와 할아버지. 우리는 신자석에 앉았다. 미사 전에 묵주기도가 시작되었고, 그 순간 할아버지가 가슴을 한껏 내밀고 입을 열더니 그 낱말들을 토해냈다.

은총이 가득하신 마리아여 기뻐하소서.

그의 폐활량은 대단했다.

그는 계속했다. 멈추지 않았다. 그는 호통을 치듯 고함을 지르듯 기도했지만, 사람들은 저마다 기도문을 변함없이 읊조릴 뿐 나처럼 아연실색하지 않았다. 그러니 나로서는 이제 사람들이 그에게 익숙해졌다고 짐작할 뿐이다. 내 얼굴이 점점 빨개졌던 것을 나는 인정한다. 내가 한두 번 그를 팔꿈치로 찔렀지만 그는 끄떡도 하지 않았다. 멈추지 않았다. 그는 하늘에 대고 외쳤고 영화배우처럼 간청했으며 〈하느님, 나는 가치 없는 사람입니다〉에 나오는 타잔처럼 자기 가슴을 세게 쳤다. 나는 저러다 그가 다치지 않을까 싶었다. 이윽고 잠시 뒤에 나도 익숙해진 것 같았고, 그 순간 문득 궁금한 것이 생겼다. 이유가 뭘까?

그래서 나중에 용기를 내어 물었다. "이유가 뭐예요? 왜 소리를 지르세요?"

"그렇게 하지 않으면 하느님이 듣지 못하시거든." 캐시포 할아버지가 말했다.

나는 진땀이 났다. 그의 말은 전적으로 옳았고 그 세월 동안 어느 누구도 이 사실을 알아채지 못했다는 생각에 이마에 식은땀이 송골송골 돋았다. 하느님은 귀가 멀어갔다. 구약 이래로 우리의 말을 듣지 않는 귀머거리가 되어갔다. 그건 읽어서 안다. 내게는 늘 쓰는 사전 말고 이 구약성서가 있었다. 그것을 읽었다. 그때와 지금 사이에 일치하지 않는 것이 있었다. 그 사실이 놀라웠다. 구약에서 하느님은 구름으로 빵을 만들어 비처럼 내리고, 빌립보 지방을 강타하고, 칼부림이 일어나는 홍등가에 불덩이를 던지곤 했다. 이따금 그는 심지어 사람의 형상으로 나타났다. 내가 말하려는 것은, 하느님도 예전에는 관심이 있었다는 것이다.

지금은 구약의 유일신과 치페와족의 여러 신이 있다. 인디언의 신들은 교활한 나나보조나 매치마니토 호수에 사는 괴물 미세페슈처럼 선하면서 악하다. 그 호수 괴물이 우리 앞에 마지막으로 나타난 신이라고 들었다. 괴물은 어린 여자라면 사족을 못 써서 배를 젓던 필라저 집안의 소녀를 붙잡았다. 소녀는 호숫가까지 무사히 닿았지만, 닿자마자 괴물이 소녀를 덮쳤다. 이제 그녀는 나이를 먹었다. 노부인 필라저. 하지만 그녀는 여전히 가족이 그 호수에서 낚시하는 것을 내켜하지 않는다.

내가 하고 싶은 말은, 우리의 신들은 완벽하지는 않지만 적어도 나타나기는 한다는 것이다. 부탁을 제대로 하면 들어주기도 할 것이다. 소리지를 필요는 없다. 하지만 아까 말했듯 제대로 부탁하는 법을 알아야 한다. 가톨릭이 힘을 얻자 치페와족은 제대로 묻는 요령을 잃었다. 문제는 그것이다. 지금도 나는 높으신 권능자가 등을 돌린 것인지, 우리가 소리를 질러야 하는 것인지, 우리가 적절한 언어를 쓰지 않아서인지 잘 모르겠다.

나는 주위를 돌아보았다. 짧은 인생에서 내가 본 온갖 일을 달리 어떻게 설명할 수 있을까? 킹이 주먹으로 물건을 박살낸 일을, 고디가 비즈마크 병원에 실려갈 지경까지 술을 진탕 퍼마신 일을, 준이 백인에게 버림받고 눈밭에서 헤매다 죽은 일을. 내가 어루만져도 소용없는 순간들을, 더 거슬러올라가 백인의 노골적인 세균전과 비열한 살인 전투에서 몰살된 옛 시절의 우리 인디언을 달리 어떻게 설명하겠는가? 그 시절에 우리 인디언은 지금보다 훨씬 더 상냥했다.

우리는 그들을 받아들였다.

아, 물론 그자들이 우리에게 한 짓과 아직도 그런 짓을 하고 있다는 걸 생각하면 뿌리를 잘라먹는다는 늙은 벌레처럼 입맛이 씁

쓸하다.

캐시포 할아버지는 그런 점에서 내 눈을 조금 뜨게 했다. 귀를 막아버린 신에게 의지하는 것이 무슨 의미가 있는가? 정부처럼 귀를 막았는데? 그래서 나는 우리에게는 우리밖에 없다고 주저 없이 말한다. 내 생각에 그것으로 충분하지는 않지만. 모든 것을 이해하는 데 필요한 냉정하고 속이 영근 머리가 내게 없다는 것은 나도 안다. 그래도 나는 하고 싶은 것들이 있다. 예컨대 캐시포 할아버지나 할머니 같은 사람들이 생의 말년에 행복을 되찾게 돕고 싶다.

아까 내가 할아버지의 마음을 직접 어루만질 방법이란 없다고 그랬는데, 그 점에 있어서 내 생각은 변함이 없지만, 얼마 지나지 않아 그의 마음을 약간 조정해도 그에게나 우리에게나 아무런 해가 없겠다는 결론을 내리게 만든 일이 일어났다.

어느 오후 노인주택의 양지바른 마당에서 그가 룰루 라마르틴과 같이 있는 것을 본 뒤였다. 할아버지는 거기에서 땅을 파곤 했다. 그는 작은 민들레용 쇠스랑을 꺼내 라마르틴이 지켜보는 가운데 민들레를 이리저리 흔들어서 뽑았다.

"저이가 흙을 깨지락거리기만 하네." 창밖으로 할아버지를 쳐다보는 라마르틴을 보며 할머니가 말했다.

라마르틴은 이제 몸집이 불어난 할머니의 절반밖에 되지 않았지만, 어쨌거나 체구의 차이는 크게 눈에 띄지 않았다. 그들은 더 두드러진 방식으로 달랐다. 새로 페인트를 칠한 뒤 까다롭게 울타리를 두른 집과 풍상에 시달려 부드러운 흙으로 변한 집의 차이랄까, 그것이 내가 하고 싶은 말이다. 라마르틴은 기구로 들어올려 격자

창과 덧창을 달고 가장자리에 비닐까지 덧댄 반면, 할머니는 살이 늘어지고 헐렁한 속옷을 입어 펑퍼짐해 보이는데다 머리는 비에 맞았다 햇볕에 마른 나무토막처럼 은회색으로 변해갔다. 지금 라마르틴의 도발적인 꽃무늬 드레스를 바라보는 할머니의 표정을 보고 나는 절망감에 휩싸였다. 앞으로 할머니가 어떻게 나올지 뻔했다. 폭풍같이 몰아치는 혀와 바위처럼 단단한 침묵을 번갈아 경험하기란 남자에게, 심지어 할아버지처럼 눈치가 느린 사람에게도 힘든 일이었다. 그래서 나는 그를 붙잡으러 갔다.

하지만 마당으로 통하는 작은 방충문을 열고 나갔을 때 그는 이미 거기에 없었다. 그들이 어디로 갔는지 알려줄 사람도 없었다. 그저 땅에 꼿꼿이 박힌 채 불평하는 민들레용 쇠스랑뿐이었다. 그것을 보자 알 것 같았다. 나는 라마르틴의 방으로 가서 무슨 소리가 나는지 먼저 귀를 대고 들은 뒤에 문을 두드렸다. 아무 대답도 없었다. 그래서 휴게실을 지나 카드놀이 테이블을 돌아 더 걸어갔다. 여전히 아무도 없었다. 마침내 타고난 직감이 이끄는 대로 세탁실로 갔다. 문을 삐걱 열었다. 안으로 들어갔다. 그들이 있었다. 그는 그녀를 열정적으로 사랑하고, 맙소사, 그녀 또한 격렬하게 움직였다. 머리 위로 빨랫줄에 걸린 시트가 펄럭였고 수건과 베갯잇, 셔츠도 공중에 휘날렸는데, 빨랫감이 무더기로 쌓인 야트막한 빨래바구니에 사랑을 나눌 자리를 만들려고 그것들을 치우고 있었기 때문이다. 세탁기와 건조기 모두 켜졌는데, 동전을 잔뜩 먹고 부르르 떨면서 신음했다. 할아버지와 라마르틴이 어떤 사랑의 말을 속삭이는지 들리지 않았고, 그들 또한 내가 있는 것을 몰랐다.

나는 어떻게 할지 몰라 안으로 들어가 문을 닫았다.

라마르틴은 풍성하고 곱슬곱슬한 연갈색 가발을 썼다. 백인이 데리고 다니는 앙증맞고 낑낑거리는 강아지 같았다. 그들이 푸들이라고 부르는. 아무튼 더 난처한 상황으로부터 우리를 구원한 것은 그 가발이었다. 내가 여기에 있다고 소리칠 수도, 더는 그를 붙잡을 수도 없었기 때문이다. 나는 내가 선 자리에 갇힌 셈이 되었다. 문을 닫아두는 것 말고 할 수 있는 것은 없었다. 누가 문을 덜컥 열고 들어와 그 장면을 볼까 두려웠다. 그런데 어떻게 되었냐하면, 그들의 포옹이 절정에 달해 내가 시선을 돌리려는 찰나에 그만 라마르틴의 곱슬곱슬한 가발이 머리에서 팔랑 떨어졌다. 무언가에 한창 열중했는데 그런 엄청난 변화가 눈앞에서 일어난다면 원초적 본능이 깡그리 없어지리라는 건 알고도 남는다. 게다가 그녀의 가발은 그 자체로 생명이 있는 것 같았다. 그 변화에 할아버지는 벌써 눈이 튀어나왔고, 신을 두고 맹세하는데, 가발이 벌떡 일어나더니 무슨 일이라도 벌이려는 듯 할아버지의 얼굴로 휙 달려들었다. 할아버지는 허둥지둥 일어났고, 아니나 다를까, 라마르틴도 당황해 어쩔 줄 모르는 얼굴로 할아버지를 따라 일어섰다. 그들은 웃을지 말지 당혹스러운 표정으로 헐떡거리며 서로를 쳐다보았다. 놀란 나머지 할아버지는 이성을 깡그리 잃은 것 같았다.

"그 편지 때문에 불이 났지." 그가 말했다. "아니면 그런 짓을 하지 않았을 거야."

"어떤 편지?" 라마르틴이 말했다. 그녀는 이제 목을 꼿꼿이 세웠다. 심지어 대머리가 되어도 외계인 여왕처럼 우아했다. 나는 그녀에게 가발을 돌려주었다. 라마르틴은 다시 그것을 머리에 썼고, 그뒤로 나는 그녀를 볼 때마다 다른 행성에서 온 것처럼 특별한 능력을 가진 그녀의 대머리를 떠올리지 않을 수 없었다.

"하마터면 큰일날 뻔했어요." 그녀가 나간 뒤에 내가 할아버지에게 말했다.

하지만 그는 벌써 잊은 것 같았다. 그저 말없이 생각에 잠겨 그 자리에 서 있었다. 누구든 그를 보면 미쳤다는 생각은 들지 않을 것이다. 그는 뭔가 중요한 말을 하려는 것처럼, 자신에 대해 해명하려는 것처럼 보였다. 그가 뭐라고 말했는데, 아무래도 상관없는 생뚱맞은 소리였다.

그는 도대체 민들레용 쇠스랑을 어디에 두었는지 모르겠다고 했다. 내가 마음의 조정을 결심한 것은 그때였다.

이제 우리의 가장 큰 문제는 그의 정신이 오락가락한다는 것이 아니라, 정신이 멀쩡할 때의 그가 걸핏하면 라마르틴을 갈망한다는 것이었다. 그것만 막을 수 있으면 뭔가 해낼 수 있겠다고 생각했다. 하지만 알다시피 이 문제에서 내 손은 쓸모가 없었다. 그가 할머니에게 충실한 사람이 되게 하려면 어디를 건드려야 하나? 지구력이 그렇듯 충실함도 눈에 보이지 않았다. 나는 그것이 습득되는 것이라는 건 알지만 어디서 오는 것인지는 몰랐다. 어쩌면 내가 손의 능력을 얻은 것처럼 그것에도 아무 이유 따위 없을지 모르고, 어쩌면 일종의 마법 같은 것일지도 모른다.

마침내 그것을 생각해낸 사람은 캐시포 할머니였다. 그녀는 그런 것을 안다. 그녀는 자기 몸속에 흐르는 인디언의 피를 한 방울도 인정하지 않겠지만 그녀에게 치페와족의 피가 흐른다는 사실은 의심의 여지가 없다. 그렇지 않다면 그녀가 안락의자에 앉아 좋아하는 텔레비전 프로를 보다 느닷없이 호수 바닥의 조약돌처럼 강렬한 갈색 눈동자로 나를 돌아보며 이렇게 말하는 것을 어떻게 설명하겠는가?

"립샤 모리시." 그녀가 말한다. "간밤에 나가서 술을 마셨구나."

어떻게 알았을까? 나조차 기억나지 않는 일을. 그러면 그녀는 그냥 느낌이 그랬다고, 손등의 상처가 욱신거려서, 어깨관절이 삐걱거려서 알았다고 할 것이다. 더 쑤시는 관절이, 살림살이들이 그녀에게 끊임없이 일러준다. 한번은 고디에게 라마르틴 집안의 미친 아들과 같이 차를 타지 말라고 신신당부했다. 반질반질하게 닦은 양철 토스터에서 뭔가 봤다는 것이다. 그는 그녀의 말을 따랐다. 아니나 다를까 헨리가 라이먼과 함께 차를 타고 나갔다 손쓸 겨를도 없이 물속에서 목숨이 다했다는 소식을 들었다. 라이먼은 헤엄쳐서 살아났지만 헨리는 그러지 못했다.

할머니의 토스터 덕분에 고디는 목숨을 건졌다.

캐시포 할머니의 핏속에는 그런 것을 아는 장소가 있다. 또한 내가 본 바로는 그녀는 그런 것을 기억한다. 끊임없이 어딘가에 정리한다. 그녀의 기억력은 점수를 잊어버리지 않는 비디오게임 같다. 어렸을 때 내가 피운 말썽을 그녀가 속속들이 기억하는 이유 하나는 필요할 때 통째로 떠올리기 위해서다.

바로 지금처럼. 사랑의 묘약을 예로 들자. 나는 그녀가 어디서 그것을 떠올렸는지 모른다. 화면의 모서리에서 떨어지는 소행성처럼 그 낱말이 그녀의 머릿속에 굴러떨어졌다.

아니나 다를까 그녀는 내가 교회에서 일으킨 사건을 언급하면서 이야기를 시작하는데, 그녀가 오줌 싼 작업복을 입은 나를 내버려 두었을까? 아니, 그러지 않았다. 그러면 나는 고맙지 않은가? 물론 고맙다. 이제 무엇을 원하세요, 할머니?

하지만 그녀가 사랑의 묘약을 언급하자 나는 위험하다는 생각에 등이 따끔거린다. 이 사랑의 묘약이란 것은 고대 치폐와족의 특별한 장기다. 다른 어떤 부족도 이만큼 훌륭히 물려받지 못했다. 하지만 사랑의 묘약은 평범한 사람이 다룰 수 있는 것이 아니다. 값을 치르지 않으면 쉽게 구할 수 없다. 설사 하나를 구하더라도 엄청난 정신적 응축 과정을 거쳐야 한다. 생각하고 또 생각해야 한다. 제대로 된 것을 골라야 한다. 자칫 엉뚱한 것을 골라 빨다가는 인생이 뒤죽박죽된다.

아무튼 그래서 나는 할머니에게 사랑의 묘약에 대해 생각해보겠다고 했다. 가장 좋은 방법은 뒤엉킨 덤불숲에 살면서 모습을 드러내지 않는 노부인 필라저 같은 전문가를 찾아가 부탁하는 것이다. 하지만 사실 다른 모두처럼 나도 그녀가 무서웠다. 그녀는 사람들의 입을 삐뚤어지게 하고 심장을 멎게 한다고 했다. 노부인 필라저를 찾아가는 것은 심각히 따져볼 문제였고, 할 수만 있으면 가까이하지 않는 것이 최선이라고 나는 늘 생각했다. 그것이 내 손의 능력을 쓰게 된 이유다. 나는 내가 할 수 있는 것을 하기로 했다.

나는 내 정신력을 오롯이 거기에 쏟았고, 나를 가로막을 것은 없었다. 시간이 어느 정도 지나자 사람들이 쑥덕거리던 이야기들이 떠오르기 시작했다.

예전에 작은 진주알 같은 씨앗 부적을 들고 다니는 사람에 대해 들은 기억이 났다. 그 씨앗을 금속 칼이 끌어당겼고, 그로 말미암아 씨앗은 더욱 강력해졌다. 하지만 씨앗이 어디에서 자라는지 나는 몰랐다. 내가 들은 또다른 사랑의 부적은 도저히 시도할 수 없는 것이었다. 교미 중인 개구리를 잡아야 한다는데, 어떻게 그걸 잡겠는가? 그 작은 생물은 미끈거리고 잽쌌다. 그리고 모든 묘약 중에서 가장 강력하고 가장 극단적인 묘약을 만들려면 깎은 손톱 따위가 필요했다. 나는 할머니에게 이 마지막 사랑의 묘약을 만들 때 필요한 작은 신체 조각들을 구해달라고 요청할 엄두조차 내지 못했다. 나는 약효가 있을 만한 것을 찾아 여러 날을 돌아다녔다.

요행히 찾았다. 이른 가을이 아니었다면 절대 찾지 못했을 것이다. 어느 날 학교 근처 나무 밑에 앉아 지나가는 사람들의 발을 쳐다보는데 뭔가 내게 말을 걸었다. 위를 쳐다봐! 위를 쳐다봐! 위를 쳐다보자 캐나다 기러기 두 마리가 날아갔다. 얼굴에 조그만 가면을 쓴 것같이 생긴, 죽을 때까지 평생 짝짓기를 하는 종이었다. 기러기들이 내 머리 바로 위로 날아가면서 보호구역의 어느 늪지에 자연스럽게 내려앉을 준비를 했는데, 거기서 살아 나가지 못할 것은 틀림없었다.

아무튼 이거다 싶었다. 기러기. 평생 짝짓기를 한다는. 혼자 생각했다. 내가 저기로 가서 한 쌍을 잡으면 어떨까? 내가 기러기의 일부, 그러니까 암컷의 심장을 할머니에게 먹이고 할아버지에게 다른 놈의 심장을 먹이면? 효과가 있을까? 그렇게만 하면 전혀 탄로나지 않을 테고, 그러면 그건 또다시 마법이 된다. 사랑은 돌투성이 길이다. 우리는 그 사실만큼은 확실히 안다. 사람들이 말하듯 심장에 헌신이라는 더 높은 차원의 감정이 실리면 일이 잘 풀릴 것이다. 그게 아니더라도 어쨌든 기러기의 심장이 누구에게 해를 끼치진 않을 것이다. 나는 해볼 만한 일이라고 생각했고, 캐시포 할머니도 같은 마음이었다. 그녀는 좋은 아이디어를 알아채는 재주가 있었다. 그녀가 할아버지의 총을 빌려주었다.

나는 그 특별한 늪지로 갔다. 어머니가 나를 던져넣으려고 했지만 캐시포 할머니 덕분에 살아난 그 늪지가 맞을 것이다. 나는 골풀이 무더기로 자란 곳에서 허리를 숙였다. 총알을 장전했다. 할머니가 점심으로 만들어준 부드러운 볼로냐 샌드위치를 조금 먹었다. 그리고 기다렸다. 부들개지가 머리 위에서 살랑거렸다. 늘씬한 푸른색 왜가리가 창 같은 부리로 먹이를 물어 올렸다. 세상에서 내가 가장 잘하는 것, 평생 훈련받은 것이 바로 기다리는 것이다. 하염없이 앉아 기다리는 것은 내게 어려운 일이 아니었다. 나는 예전에 있었던 재미있는 일들을 떠올리기 시작했다. 한번은 룰루 라마르틴의 깜찍하고 파란 트위티 새가, 누구는 중재자라고 부를지 모르겠지만, 아무튼 그 새가 그녀의 드레스 속으로 들어가 사라진 적이 있었다. 그녀가 뭐라고 외치면서 몸을 흔들며 복도로 달려나왔다. 그녀는 지터버그를 추듯 한바탕 몸을 흔들었지만 새는 절대 날아가지 않았다. 사람들은 오늘날까지도 그 새가 어디로 갔을까 궁금해한다. 그녀의 코르셋 안에서 눌려 죽지 않았을까 걱정한다. 그뒤로 살아 있는 그 새를 본 사람은 없다. 나는 한동안 재미있는 일을 생각했지만 바닥이 났고, 예전에 일어난 이상한 일들이 마음속에 슬금슬금 기어들기 시작했다.

라마르틴의 사촌 리스트와치*가 자연스레 떠올랐다. 그의 진짜 이름은 몰랐다. 그는 어렸을 때 아버지가 돌아가시며 물려준 고장난 시계를 차고 다녔기 때문에 이렇게 불렸다. 리스트와치는 평생 아버지의 시계를 벗은 적이 없었다. 그는 시계가 가든 말든 신경쓰지 않았지만, 얼마 뒤에 사람들이 놀리려고 일부러 몇시인지 물으면 예민하게 굴었다. 종종 재깍거리는 소리를 들으려는 듯 시계를 귀에 대기도 했다. 하지만 사람들은 그 시계가 완전히, 영원히 고장났다고 말했고, 적어도 그렇게 생각했다.

아무튼 어느 오후 나는 리스트와치가 픽업트럭에서 담배를 피우는 것을 보았고, 그날 저녁 아홉시에 그는 죽었다.

그 또한 라마르틴의 식탁에 앉아 죽었다. 그녀가 말하기를, 리스트와치는 저녁을 배불리 먹었고 그녀가 한 접시 더 먹겠냐고 묻는데 바닥에 고꾸라졌다. 사람들이 그를 돌아 눕혔다. 그는 숨이 멎었다. 이상한 점은 이것이다. 노인주택의 잡역부가 맥박을 재다 리스트와치의 손목시계가 움직이는 것을 알아챘다. 그가 죽은 순간 손목시계가 정확히 시간을 따라잡기 시작한 것이다. 그들은 손목에서 재깍거리는 시계를 그와 함께 묻었다.

나는 이런 생각이 들었다. 사람들이 이백 년 뒤에 리스트와치의

---

* '손목시계'라는 뜻.

관을 파냈는데 그 시계가 여전히 가고 있다면 어떨까? 나는 그들이 어떤 의문을 품을지 생각했고, 이런 의문을 떠올렸다. 어떤 손이 시계에 밥을 줬을까?

그 생각을 하자 몸이 풀잎파리처럼 떨리기 시작했다.

그 생각을 떨쳐버리기 위해서라든가 그런 이유는 아니었다. 나는 여전히 늪지에 쭈그리고 앉아 있었다. 날이 저물었지만 기러기는 한 마리도 내려오지 않았다. 기다림이 별것 아니라고 말할 필요는 없겠지만, 문제는 추위였다. 골풀은 더없이 부드러웠지만 축축했다. 점점 한기가 들어 떠날지 말지 고민하는데, 기러기가 내려앉았다. 그렇게 기다리던 기러기 두 마리가 눈앞에 나타나 바늘구멍처럼 작은 눈구멍으로 서로를 그윽이 바라보며 이리저리 헤엄쳤다. 내가 바라는 바로 그 녀석들이었다. 나는 할아버지의 총을 들고 정확히 조준한 뒤 탕탕 쏘았다. 정확히 두 발. 하지만 총알이 빗나가고 말았다. 나는 믿어지지 않았다. 개머리판이 휘었는지 총신이 구부러졌는지 정확히 모르겠지만 어쨌거나 기러기는 어둑한 하늘로 날아가버렸고, 날은 저무는데 립샤 모리시는 차가운 손에 아무것도 없이 골풀 무지에 앉아 있었다. 그의 앞에 기다리는 것은 뼛속까지 시린 냉기를 견디며 골풀 무지에 쭈그리고 앉아 보낼 또다른 하루였고, 그 생각에 그는 우울했다.

우울은 내게 결코 어울리지 않았다.

그래서 나는 혼잣말을 했다. 립샤 모리시, 너는 지금쯤 늪지 바닥의 수초에 파묻혔을 인생이지만 운 좋은 개자식인 덕분에 살아남아 그런 이야기라도 할 수 있는 거야. 살다보면 문제가 없진 않겠지만 넌 그래도 손의 능력이 있잖아. 넌 힘이 있어, 립샤 모리시. 그 점은 아니라고 못할걸. 그러니까 그것에 마음을 집중하고 우울을 피할 방법을 찾아봐.

니는 내 충고를 받아들였다. 그렇게 하기로 작정했다. 하지만 그때는 이런 생각들 때문에 판단력을 잃어 누구도 짐작 못할 비극으로 치달을 거라는 사실을 알지 못했다. 나는 늪지에 앉아 있는 것이 지치고 발에 감각도 없어져 그 모든 위험과 한계를 무시해버리고 말았다. 얼굴이 얼얼했다. 나는 오슬오슬 추워서 불을 피웠다. 사랑의 묘약은 간단한 거라고 혼자 중얼거렸다. 오래된 미신은 그저 미신일 뿐이며 이상한 믿음에 지나지 않는다고 혼잣말을 했다. 메리 맥도널드가 관절염이 생긴 관절을 어루만진 대가로 준 십 달러와 지난 목요일에 빙고게임에서 딴 오 달러를 쓰라고 나 자신을 꼬드겼다. 그것을 가지고 레드아울*에 가라고.

내가 사랑의 묘약이 역효과를 낳을 행동을 한 시점이 바로 이때다. 나는 사악한 지름길을 택했다. 죽어서 냉동된 새들이 보였다.

그렇다. 이제 당신은 말할 것이다. "립샤 모리시에게 의료과실 슈트**를 걸어라."

나는 그런 슈트가 있다고 들었다. 처음에는 그것이 돌팔이 의사와 좋은 의사를 가려내도록 돌팔이 의사에게 입히는 색깔 있는 옷

---

* 미국의 슈퍼마켓.
** suit에는 '옷'이라는 뜻과 '소송'이라는 뜻이 있다.

인 줄 알았다. 이제는 법에 대한 이야기라는 것을 안다.

바위처럼 단단하고 무거운 칠면조를 들고 레드아울에서 돌아오며 나는 과실에 대해 혼자 논쟁을 벌였다. 신앙에 대해 생각했다. 증거가 있든 없든 역경을 무릅쓰고 믿음을 지킬 때 그것을 신앙이라 부를 수 있을 것이다. 어떤가? 우리의 말을 높으신 권능자가 듣게 하려면 소리를 질러야 할지 모르지만, 그렇다고 신이 거기에 없다는 말은 아니다. 당신에게는 그것이 신앙이다. 신이 제 할 일을 하지 않아도 믿는 것. 높으신 권능자는 누가 봐도 지킬 수 없는 약속을 하지만 신에게 과실 소송을 거는 사람은 없지 않은가? 혹은 미국 정부가 그 상대라면 어떻게 하겠는가? 역시 누구도 소송을 걸지 않는다. 신앙은 어리석을 수 있으나 우리를 끝까지 버티게 한다. 내가 내린 결론은 이것이다. 마침내 나는 사랑의 묘약의 진정하고 실제적인 힘은 기러기의 심장이 아니라 치유에 대한 신앙에서 나온다고 나 자신을 설득했다.

내가 그 논리를 믿은 것은 아니다. 그러니까 잘못된 것은 알았지만 그때는 이미 내 거짓말에 너무 깊숙이 휘말려 빠져나올 수 없었다. 되레 한 걸음 더 나아갔다.

다음날 나는 종이용기로 포장한 칠면조 내장에서 심장만 깨끗이 떼어냈다. 깨끗한 손수건에 심장 두 개를 싸서 축복을 받으려고 수도원에 가져갔다. 신부에게 공식적인 축복을 받고 싶었지만, 작은 수건으로 손을 닦으며 사제관의 문을 연 신부는 몹시 바빠 보였다.

"부슈,* 신부님." 내가 말했다. "부탁드릴 일이 좀 있는데요."

"어떤 일이지요?" 그가 말했다.

"이 꾸러미를 축복해주시겠습니까?" 내가 심장을 싼 손수건을 내밀었다.

그는 꾸러미를 쳐다보며 무엇인지 물었다.

"칠면조의 심장입니다." 나는 솔직하게 말할 수밖에 없었다.

신부의 얼굴에 짜증이 스쳤다.

"마르티나 수녀님에게 가져가는 것이 어떨까요?" 그가 말했다. "나는 할 일이 있어서요."

그래서 축복의 힘은 좀 덜하겠지만 나는 그 꾸러미를 들고 수녀원에 갔다.

내가 벨을 울리자 그들이 마르티나 수녀를 문으로 데려왔다. 예전에 그녀에게 음악을 배웠는데 그때 나는 늘 수줍음을 탔다. 큰 소리를 낸 적이 없었다. 이제 나는 마르티나 수녀보다 키가 컸다. 내려다보니 그녀는 이제 총기가 사라졌다. 눈 밑은 거뭇거뭇했다.

"무슨 일인가요?" 그녀는 내가 누군지 알아보지 못했다.

"저를 기억하세요, 수녀님?"

그녀가 나를 보며 눈을 찡그렸다.

"아, 너로구나." 그녀가 잠시 뒤에 말했다. "미안하게 됐다. 캐시포 집안의 막내지. 고디의 동생."

그녀의 얼굴에 화색이 돌았다.

"립샤." 내가 말했다. "제 이름이에요."

---

* 치페와어로 '안녕하세요'라는 뜻.

"그래, 립샤." 이제는 그녀가 환히 웃으며 말했다. "뭘 도와줄까?"

사람들은 그녀가 언덕 위 수녀 중에서 가장 친절하다고 입을 모았고, 그건 사실이었다. 그녀는 나를 부엌에 데려가 큼직한 노란색 케이크 한 조각과 우유 한 잔을 주었다.

"말해보렴." 그녀가 내가 든 꾸러미에 고갯짓을 했다. "손수건으로 정성스레 싼 게 뭐지?"

아까처럼 나는 솔직하게 대답했다.

"그렇구나." 마르틴 수녀가 말했다. "칠면조의 심장." 그리고 기다렸다.

"축복해주세요."

그녀는 미소를 띤 채 시간을 끌었다. 그녀는 마음이 따뜻한 사람이었지만 나는 진땀이 나기 시작했다. 누구도 마르티나 수녀에게 속임수를 쓸 수는 없었다. 나는 마음속으로 그녀를 놀라게 하지 않을 구실을 재빨리 찾았다.

"선물을 하려고요." 내가 말했다. "성녀 카테리 상 앞에 놓을 거예요."

"그녀는 아직 성녀가 아니지."

"저도 알아요." 나는 더듬거리며 말을 이었다. "성녀가 되기를 바라는 마음에서요."

"립샤." 그녀가 말했다. "그런 말은 들어보지 못했구나."

그래서 내가 말했다. "사실은 약 같은 거예요."

"어디에 쓰는?"

"사랑이요."

"오, 립샤." 그녀가 잠시 뒤에 말했다. "너는 약이 필요 없어. 여자라면 누구든 너를 있는 그대로 좋아할 거야. 아무렴."

나는 그저 앉아 있었다. 불어난 거짓말에 어쩌지 못하는 참담한 기분이 들었다.

"내 말 좀 들어보려무나." 울적해진 나를 보고 그녀가 말했다. "내가 축복해도 달라질 건 없어. 하지만 네가 할 수 있는 일이 있지."

나는 낙심해서 그녀를 쳐다보았다.

"그냥 너 자신이 되는 거야."

나는 앞에 놓인 접시를 내려다보았다. 그 무렵 나는 자랑할 거리가 많지 않았고, 얼마 지나지 않아서는 심지어 더 줄었다. 밖으로 나가면서 그들의 손길로 성스러워진 성수에 손가락을 담갔다. 나는 심장에 손가락을 집어넣고 나 자신의 손으로 잽싸게 축복했다.

나는 노인주택으로 돌아가 할머니의 부엌에 앉았다. 수건을 풀어 식탁에 심장을 내려놓자 할머니의 마노같이 단단한 눈이 부드러워졌다. 심지어 요리도 하지 않고 심장을 날것으로 먹어 그것의 강력한 힘을 그대로 삼키겠다고 우겼다.

나는 그녀가 심장을 우적우적 씹어 먹는 모습을 차마 제대로 볼 수 없었다. 지금 이것은 진정한 사랑이니까. 나는 그녀가 할아버지에게 어떻게 그의 몫을 먹일지 걱정되었지만 그녀는 묘안이 있으니 걱정하지 말라고 했다. 그래서 걱정하지 않았다. 나는 그녀가 할아버지의 접시에 저녁식사와 함께 심장을 적당히 섞어놓는 것을 그녀의 침실에 숨어 지켜보기로 했다. 그녀가 어떤 식으로 담았는

316

지 나는 접시를 슬쩍 훔쳐보았다. 그녀는 레스토랑에서처럼 상추에 심장을 올리고 그 위에 삶은 완두콩을 한 무더기 올렸다.

그가 앉았다. 나는 옆방에서 귀를 쫑긋 세웠다.

그녀가 말했다. "으깬 감자 좀 들지 그래요?" 그러자 그는 으깬 감자를 조금 먹었다. 이어서 그녀는 작게 썬 삶은 고기를 주었다. 그는 그것도 먹었다. 그녀가 말했다. "샐러드에는 손도 대지 않았네요. 이 심장 보여요? 의사가 그러는데, 당신 피가 부족하대요."

나는 그 시점에서 문틈으로 그들을 쳐다보지 않을 수 없었다.

나는 할아버지가 묘한 표정으로 접시에 놓인 심장을 깔짝거리는 것을 보았다. 내가 하고 싶은 말은, 그가 먹고 싶은 욕구가 전혀 없어 보였다는 것이다. 우리의 계획대로 될지 의심스러웠다. 할머니 역시 점점 걱정스러운 표정이 되었다. 할머니가 한번 더 심장을 먹어야 한다고 크게 말했다.

"꿀꺽 삼켜요." 그녀가 말했다. "순식간에 넘어갈 거예요."

그는 그저 그녀를 뚫어져라 쳐다보기만 했다. 그녀를 그렇게 쳐다보는 그를 보면서 나는 그가 두번째 연막을 피우리라는 걸 알았고, 아니나 다를까 그렇게 했다.

"나더러 이걸 꼭 먹으라는 이유가 뭐요?" 그가 묘한 표정으로 물었다.

할머니는 이제 다 들킨 것을 알았다. 그녀가 사랑의 묘약을 써먹으려 한다는 걸 그가 안다는 것을 그녀도 알았다. 그가 포크를 내려놓았다. 심장을 접시 가장자리로 밀었다.

"이건 먹기 싫군." 그가 할머니에게 말했다. "심상치 않아 보여."

"아니, 일등급으로 신선한 거예요." 그녀가 말했다. "백 퍼센트 신선해요."

백 퍼센트라서 어떻다는 것인지 묻지는 않았지만 그는 더욱 경계하는 눈빛이 되었다.

"그냥 먹어봐요." 그녀가 소금통을 집어들면서 말했다. 그녀는 점점 짜증이 났다. "맛이 별로예요? 소금을 좀더 칠까요?" 그녀가 그의 접시 위로 소금통을 흔들었다.

"좋아, 비쩍 마른 흰둥이 아가씨야!" 할아버지가 마침내 역정을 냈다. 아이쿠, 그가 심장을 입에 쏙 넣었다. 나는 소리내어 입을 쩍 벌리고 방에서 튀어나올 뻔했다. 그가 전에 쓰던 속임수를 쓰려는 것을 보고 두 사람의 신경전이 끝나나보다 싶었다. 그는 우선 그것을 한쪽 뺨으로 밀었다. "우물우물." 그가 소리를 냈다. 그리고 다른 쪽 뺨으로 밀었다. "우물우물." 그가 또 소리를 냈다. 그리고 혀에 심장을 올려 내밀었다 다시 집어넣었는데, 반응할 틈도 없이 순식간이었다. 그는 예전에 할머니를 아주 심하게 속여먹은 적이 있었다. 그녀는 성질이 났다. 화가 머리끝까지 치밀어, 눈 깜짝할 사이에 일어나 그것을 삼키도록 그의 명치를 힘껏 쳤다.

다만 문제는 목에 걸려버렸다는 것이다.

지독하게 걸렸다. 질식해 죽을 수도 있었다. 레스토랑에서 자리를 잡고 앉았는데 맞은편 벽에 음식물이 엉뚱한 곳으로 내려가면 어떤 조치를 취해야 하는지 써둔 지시문 포스터가 붙은 것을 본 적이 있는가? 그것을 보면 누구라도 천천히 씹어 먹을 것이다. 할아버지가 의자에서 굴러떨어졌을 때, 불현듯 삽화를 넣은 그 작은 포스터가 머릿속에 떠올랐다. 믿어도 좋다. 나는 방에서 뛰쳐나왔다. 목에 걸린 것을 빼내기 위해 할 수 있는 일은 모조리 했다. 그의 갈빗대 밑을 꾹 눌렀다. 그의 등을 세게 쳤다. 나는 필사적이었다. 하지만 결정적인 요인은 이것이다. 그는 심장 때문에만 숨통이 막힌 게 아니었다. 더한 것이 있었다. 그의 숨통을 막은 것이 또 있었다. 그는 버둥거릴 마음도 싸울 생각도 없는 것 같았다. 죽음이 찾아와 그의 가슴을 두드렸고, 그는 그렇게 가버렸다. 심장으로 그런 짓을 한 것에 대해 나는 그에게 온몸으로 미안함을 느낀다. 자기 할아버지가 어떻게 생명을 포기했는지 줄줄이 늘어놓음으로써 립샤 모리시는 죄를 씻으려 한다고 말하는 사람도 있을 것이다.

내가 한 일을 나조차 인정하기 힘들다. 내 손은 능력을 잃었고, 그것은 사실이다. 하지만 그가 내 품에 안겨 있을 때 나는 보았다.

생사의 고비에서는 한평생이 눈앞에 스치고 지나간다는 말이 있다. 고비를 맞은 것은 그였지 내가 아니었지만, 내 눈앞에 그의 인생이 펼쳐졌다. 나는 그가 죽어가는 모습을 보았고, 그것은 누가 방에 블라인드를 치는 것과 같았다. 그는 눈빛이 뿌옇게 흐려지다 눈을 꼭 감았는데, 감기 바로 직전에 나는 그의 눈을 들여다보았다. 그는 여전히 매치마니토 호수 한가운데에서 낚시를 했다. 큼직한 생각들이 그의 낚싯줄에 걸렸고, 보트에는 맥주가 반 상자 있었다. 그는 내게 손짓하며 활짝 웃었고, 낚시찌는 물속으로 들어갔다.

할머니는 도움을 청하러 방에서 나갔다. 나는 손에 기를 모아 그를 만졌다. 정신을 쏟아부으니 숨조차 쉴 수 없이 힘들었다. 그가 나와 함께 보낸 모든 순간, 내게 목말을 태워주던 혹은 나뭇잎 사이를 가리키던 그 모든 시간이 그 순간에 응축되었다. 시간은 핀볼처럼 여기저기서 번쩍거렸다. 빛이 깜박거리고 공이 튀고 고무판이 찍찍거리는가 싶더니 어느 순간 마지막 공이 굴러떨어져 아무것도 남지 않은 것을 깨달았다. 할아버지에게서 힘이 빠져나가는 것을, 빠져나가 다시는 돌아오지 않는 것을 느꼈다. 그의 정신력이 약해지는 것을 느꼈다. 낚시찌는 호수 속으로 들어갔다. 그리고 나는 손의 능력이 애초에 그것이 비롯한 곳, 내 몸 안의 어둠 속으로 물러가는 것을 느꼈다.

오래전에 우리 둘이 함께 낚시를 간 적이 있었다. 우리는 크고 늙은 악어거북을 잡았는데, 그놈이 모터보트라도 되는 양 우리를 끌고 돌아다녔다. "이 낚싯줄 기막히게 좋은데." 할아버지가 말했다. "이 줄을 풀지 말고 거북이 우리를 어디까지 데려가는지 보자꾸나." 우리는 배를 탄 채 거북이 이끄는 대로 끌려가면서 이따금 수면 위로 올라오는 녀석을 쳐다보았다. 빨래통 크기만 했다. 그놈은 우리를 끌고 호수를 두 바퀴 돌았고, 그때 할아버지가 농담처럼 말했다. "립샤. 네 엄마가 너를 원하지 않은 것이 우리에게는 다행이구나. 우리는 호수에서 우리를 끌고 다닐 너 같은 아들을 찾고 있었거든."

"저는 악어거북이 아닌데요. 악어거북은 멍청하기 짝이 없어서 머리가 잘려도 살아 있잖아요." 내가 말했다.

"그건 멍청한 게 아니지." 할아버지가 말했다. "그놈들은 뇌가 심장에 있단다. 너처럼."

나는 고개를 들었고, 내 심장과 정신 사이의 퓨즈가 끊어진 것을,

그리고 어떤 끔찍한 사실을 조만간 알게 되리라는 것을 깨달았다.

할머니가 비틀거리며 방으로 돌아왔다. 그리고 쓰러졌다. 온갖 풍상에 시달리며 믿을 수 없을 만큼 오래 버틴 집이 한순간에 이루 말할 수 없이 끔찍하게 허물어지는 것 같았다. 머리로는 납득이 가지만 그래도 여전히 믿기지 않는다. 아는 사람이 죽음도 질병도 다 이겨냈다면 돈을 몽땅 잃고 근근이 살아가게 되더라도 굳건히 버틸 거라고 당신은 생각한다. 그런 그가 쓰러지고 나서야 그를 받친 돌들이 얼마나 약했는지 깨닫는다. 탄탄하다고 생각한 뭔가를 땅이 어떻게 순식간에 흔들어놓는지 본다. 지금까지 밟아온 길들의 정지 신호와 노란색 분리선과 지켜온 온갖 지시가 소멸하는 것을 본다. 믿어온 일상의 모든 것이, 평생을 움직인 모든 것이 한낱 꿈에 지나지 않은 것을 본다. 그녀는 립샤 모리시와 외부세계를 분리하는 돌출한 바위처럼 내 위에 군림해왔다. 이제 그녀는 물속으로 내려갔다. 마치 매치마니토의 기슭으로 둑이 허물어지는 것 같았다. 할아버지의 죽음은 매치마니토 호수 속에서 그의 가장 위대한 생각이 집어삼킨 찌이고, 할머니의 붕괴는 호수 물의 절반을 저 하늘 구름까지 튕겨올리며 물속에서 미끄러지는 집과 바위다.

그곳엔 존재란 것이 없었다.

당신은 당신이 보는 것이 무엇인지 절대 모른 채 게임을 한다. 내가 그들 곁에서 꿈속으로 뛰어들었을 때 나는 옛날부터 스스로 방어해온 영역들이 영화 장면 같은 착각에 다름없다는 것을 깨달았다. 깜박거리는 불빛 신호. 나는 이제 완전한 자유를 얻어 저 하늘을 향해 휘파람을 분다.

어떻게 정신이 돌아왔는지 모르겠다. 어디서인지도 모르겠고. 정신을 차려보니 노인주택이었는데, 사람들이 내 얼굴을 철썩 때리고 있었다. 할머니에게는 산소를 공급하고 있었다. 나는 그녀의 가슴이 마지못해 오르내리는 것을 보았다. 그녀는 한참 묵주알을 돌리는데 누가 귀찮게 했을 때처럼 한숨을 쉬었다. 나는 그녀가 그것이 못 견디게 성가셔서 돌아왔다고 생각한다. 그들이 산소마스크를 벗겼을 때 그녀의 표정을 보고 그녀가 평화로운 안식을 방해한 그들을 용서하지 않을 거라고 생각했다. 아마 립샤 모리시도 용서하지 않을 것이다. 그녀는 죽음의 길에 발을 디뎠다 되돌아왔다고 나중에 장례식에서 자식들에게 말했다. 나는 그 길에서 정지 신호나 분리선을 보았는지 물었지만 그녀는 화가 났을 때처럼 입을 굳게 다물었다.

그래도 나는 신경쓰지 않았다. 상황이 정리되면 그녀도 다른 수가 없을 테니까. 나는 할아버지의 죽음에 대한 비난이 어디로 향할지 생각하지 않을 작정이었다. 그의 죽음에 있어서 우리는 공모자였다. 그녀는 그의 명치를 쳤다. 내 손은 그를 되살리지 못했고, 그는 영영 돌아오지 않았다.

여러 해 전에 미니애폴리스와 시카고로 건너가 정착한 친자식과 나같이 데려다 키운 아이 모두가 고향으로 돌아왔다. 그들은 보호구역에 사는 친구들의 집에 머물거나 오럴리어의 집 혹은 할머니 집의 마루에서 잤다. 누구 할 것 없이 상실의 슬픔에 휩싸였다. 장례식에서 나는 앨버틴과 함께 성당 뒤쪽에 앉았다. 그녀는 공부에 쏟을 모든 시간을 이삼 년으로 압축하느라 비쩍 마른데다 머리도 엉망진창이었다. 그녀는 간호사로는 성이 차지 않는다며 의사가 되기로 결심했다. 하지만 그녀가 부담을 느끼는 것을 보면 그다지 희망적인 것 같지는 않았다. 운전과 눈물 때문에 눈이 빨개진 그녀가 내 손을 잡았다. 성당 뒤쪽에서 우리는 모든 자식과 문상객이 손에 클리넥스를 움켜쥔 채 고개를 숙이고 기도하는 모습을 지켜보았다. 길고 슬픈 장례식이 진행되는 동안 내 시각이 어느 순간 바뀌었다. 나는 상황을 다르게, 좀더 명확하게 보기 시작했다. 무릎을 꿇은 혈육들이 들판의 돌멩이로 변했다. 그 순간 얼마나 강력하고 어김없는 슬픔이며 죽음인가 하는 생각이 들었다. 시간이 끝날 때까지 죽음은 우리의 돌멩이가 될 것이다.

나는 그 모든 것을 관조하는 눈이 생겼는데, 죽음 덕분이었다. 캐시포의 자식들은 내게 여러 가지를 해주었다. 예컨대 가족으로 받아들였고 돈을 빌려줬고 몰래 때렸다. 그 죽음 때문에 나는 그 자리에서 그것을 비긴 것으로 끝내리라 결심했다. 킹을 다시 만나면 악수를 청할 것이다. 다른 누군가를 용서하니 뭐든 견디기 쉬워졌다.

모두 할아버지가 다음 세상으로 건너가는 것을 보았다. 이제 캐시포의 자식들은 저마다 일자리로 되돌아가야 했는데, 그들이 하는 일은 종류도 많은데다 특이했다. 나는 그들과 맥주 몇 잔을 나눈 뒤에 할머니에게 돌아갔고, 할머니는 모인 사람 모두가 할아버지의 죽음을 슬퍼하고 오랜만에 회포를 푸느라 왁자지껄한 와중에 약간 혼이 나간 것 같았다.

젤다가 줄곧 그녀의 옆을 지켰고 지금도 함께 있었다. 나는 내가 얼마나 미안한 마음인지 말하고 싶었다. 또 할머니의 잘못이 아니라 오로지 내 잘못이라고 말하고 싶었다. 하지만 젤다가 "할머니는 내가 돌볼 거야. 여자들 일에 끼어들지 마" 하듯 단호한 표정으로 나를 쳐다보았다.

젤다가 슬픈 사실을 알기만 하면 마음이 바뀔 거라고 생각했다. 하지만 물론 어두운 진실을 말할 수는 없었다.

저녁, 늦은 시각이었다. 할머니의 방문 틈새로 불빛이 새어나왔다. 할아버지를 묻고 얼추 일주일이 지났을 때였다. 먼저 방문을 두드렸지만 대답이 없어 그냥 안으로 들어갔다. 문은 열려 있었다. 그녀는 안에 있었지만 내가 들어온 것을 모르는 것 같았다. 할머니는 할아버지가 즐겨 앉던 반대편 안락의자에 시선을 고정한 채 열심히 묵주를 돌렸다. 나는 서서 그녀의 시선이 향한 곳을, 천에 생긴 작은 녹색 보풀과 팔걸이의 비닐커버와 그가 머리를 대곤 하던 흰색 덮개에 남은 작고 슬픈 헤어토닉 얼룩을 바라보았다. 나는 그녀가 무엇을 쳐다보는지 도무지 알 수 없었다. 가느다란 공간. 이윽고 그녀가 돌아보았다.

"그이가 아직 가지 않았구나." 그녀가 말했다.

내가 늪지에서 기다리는 동안 다행히 피해간 오싹한 한기를 기억하는가? 그것이 지금 찾아왔다. 나는 공포가 숨어서 공격할 시기를 노리던 내 중심부에서 그 한기가 시작되는 것을 느꼈다. 그것은 회오리처럼 퍼져나갔고, 나는 순식간에 손가락이 덜덜 떨리고 이가 딱딱 부딪쳤다. 그녀가 하는 말이 진실이라는 걸 나는 알았다. 그녀는 할아버지를 본 것이다. 그가 그곳에 있는지 없는지는 문제가 아니었다. 그녀가 그를 보았다면 다른 사람도 볼 수 있다는 말이었다. 그뿐 아니라, 여기서 어슬렁거리는 유령들이 종종 그렇듯 그도 편치 않은 이유가 있어 돌아온 것이다. 물론 캐시포 할머니는 이미 알고 있었다.

나는 카우치에 앉았다. 우리는 나란히 앉아 곁눈질로 그의 의자를 지켜보았다. 문을 열고 들어왔을 때 그가 의자에 앉아 있었다고 그녀는 말했다.

"립샤, 사랑의 묘약 때문이야." 그녀가 말했다. "우리가 생각한 것보다 더 독했던 모양이구나. 죽은 뒤에도 나를 자기 옆에 두려고 돌아온 거지."

나는 더럭 겁이 났다. "그런 짓은 하지 말아야 했어요." 내가 말했다. 그녀도 동의했다. 우리는 잠시 가만히 앉아 있었다. 그녀가 무슨 생각을 했는지 모르지만, 나는 머리가 빙글빙글 거꾸로 돌아가는 느낌이었다. 그 상황에 대한 정확한 판단이 서지 않았고, 그래서 할머니에게 침대로 가서 누우라고 했다. 내가 할아버지의 의자를 지키면서 카우치에서 잘 것이다. 그는 어쩌면 돌아올 것이고 어쩌면 돌아오지 않을 것이다. 이러나저러나 무섭기는 마찬가지였지만, 나는 어둠 속에 누워 어쩌면 이 끔찍한 실수에서 좋은 결과가 생길지도 모른다고 생각할 수밖에 없었다. 할아버지가 돌아온다면 제정신으로 돌아올 거라고 생각했다. 함께 이야기를 나눌 수 있을 것이다. 알지도 못하는 힘으로 그런 짓을 하다니 전부 내 잘못이라고 말할 것이다. 어쩌면 그는 나를 용서하고 평안히 잠들 것이다. 내가 바란 것은 이것이다. 나는 마음을 가라앉히고 밤새 그를 기다렸다.

하지만 그는 내게 골탕을 먹였다. 그는 내가 기다리는 이유를 알았고, 그것은 그가 듣고자 하지 않는 것이었다. 동틀 무렵 침실에서 피가 거꾸로 솟는 듯한 비명이 들렸다. 나는 부리나케 할머니에게로 달려갔다. 할머니가 전등을 켰다. 침대 모서리에 앉아 있는 그녀의 얼굴은 짓눌린 듯 암울한 회색이었다.

"그이가 왔어." 그녀가 말했다. "와서 여기 침대 위에, 내 옆에 눕더구나. 그리고 나를 만졌어."

그녀는 가슴이 찢어지는 것 같았다. 소리내어 울음을 터뜨렸다. 그의 손길이 몹시 차가웠다면서. 날이 밝자 그녀는 잠시 뒤에 침대에 다시 누웠고 나는 카우치로 돌아갔다. 그곳에 누워 막 잠이 들려는데 순간 할아버지의 존재가 느껴졌다. 우리 사이에는 불어난 강물 같은 장벽이 놓여 있었다. 내가 그에게 무슨 잘못을 했는지 알 것 같았다. 그를 얼마나 끔찍한 장소로 보냈는지를. 죽음의 벽 뒤에서 그는 산 자들이 먹고 울고 취하는 것을 지켜보았다. 그는 외로워 보였지만 해를 끼칠 마음은 없는 듯했다.

"돌아가세요." 나는 무섭지만 측은한 마음으로 어둠을 향해 말했다. "이제 그 세계 사람들과 어울리셔야 해요." 내가 말했다. 그가 한숨처럼 조금씩 작아지면서 물러가는 것을 나는 느꼈다. 그의 영혼이 벽을, 블라인드를, 노인주택의 벽돌 깔린 마당을 지나 점점 작아지는 것을 느꼈다. "준을 찾아보세요." 그가 떠날 때 내가 속삭였다.

　다음날 아침 늦게까지 푹 자고 눈을 뜨니 어느새 해가 중천에서
대지를 덮혔다. 정오가 지난 시각이었다. 내 생각에, 눈을 뜨고 있
을 때는 괴로워서 자꾸 미루게 되는 어려운 결정은 실컷 자고 나서
해결하는 것이 상책이다. 다음날 깨자마자 나는 할머니에게 무슨
말을 해야 할지 정확히 알 것 같았다. 지난주에 나는 겸손해졌는데,
손의 능력을 잃었을 뿐 아니라 앞으로 내게 계속 머무를 깨달음을
얻었기 때문이다. 죽음을 받아들이고 자신의 가슴이 어디 있는지
깨달으면 삶이 다르게 느껴진다. 그뒤부터는 자선행사에서 얻은
옷처럼 삶을 입게 된다. 얼마간은 그것에 아무것도 지불하지 않았
기에, 또한 그런 횡재는 두 번 다시 오지 않을 것이기에 소중히 여
긴다. 또한 앞서 누군가 입었고 이후에 누군가 입을 거라는 느낌이
든다. 아직 잘 설명할 수는 없지만, 나는 그 생각에 몰두한다.
　"할머니." 내가 말했다. "사랑의 묘약에 대해 드릴 말씀이 있어요."
　그녀가 귀를 세웠다. 그 순간 나는 예전에 내가 그녀의 말을 들
었듯 그녀 또한 내 말을 들을 것임을 알았다. 나는 칠면조의 심장
에 대해, 그것을 어떻게 축복했는지에 대해 말했다. 내가 건넨 사
랑의 묘약은 완전히 속임수였다고 털어놓은 다음 내가 어떤 깨달
음을 얻었는지 말했다.
　"그를 돌아오게 한 것은 사랑의 묘약이 아니에요, 할머니. 아니,
뭔가 다른 거예요. 할아버지는 시간과 장소를 초월해 할머니를 사
랑했지만, 너무 빨리 떠나서 할머니를 사랑한다고, 원망하지 않는

다고, 이해한다고 말할 기회가 없었던 거예요. 이건 마법이 아니라 진짜 느낌이에요. 슈퍼마켓에서 구입한 심장은 그를 돌아오게 하지 못해요."

그녀가 나를 쳐다보았다. 나로서는 알 길 없는 기나긴 세월을 보는 것 같았고, 그녀는 내 말을 믿지 않았다. 이것만은 말할 수 있다. 그녀의 얼굴에 어떤 표정이 떠올랐다. 자식들의 눈을 바라보며 달콤함을 맛보는 어머니의 표정. 온화한 표정이었다.

"립샤." 그녀가 말했다. "난 늘 널 아꼈단다."

그녀가 밤에 기도하려고 침대 기둥에 걸어놓은 구슬목걸이를 빼더니 내게 손을 내밀어보라고 했다. 내가 손을 내밀자 그녀는 그것을 쥐여주고 한참 동안 내 손이 아플 정도로 꼭 쥐었다. 손을 잡힌 채 나는 거의 울 뻔했다. 이유는 정말 모르겠다. 눈꺼풀 뒤에서 눈물이 와락 솟았지만 여전히 알 수 없었다. 그녀의 손이 나를 힘껏 잡았다는 사실 말고는 아무것도 이해할 수 없었다.

대지는 생명으로 가득했고, 창밖에는 민들레가 더없이 다정하게, 벌써 홑씨를 한들거리며 노란색 압축기처럼 살이 올랐다. 그녀가 내 손을 놓았다. 나는 일어섰다. "나가서 민들레를 좀 캐야겠어요." 내가 말했다.

바깥으로 나가니 태양이 등에 올린 손처럼 무겁고 뜨거웠다. 그 느낌이 팔을 타고 손가락으로 뻗쳐 쇠스랑 끝을 지나 화살처럼 땅속으로 파고들었다. 한 뿌리 캐낼 때마다 그것의 은밀한 지혜에 가까워진 것처럼 대가가 돌아왔다. 풀밭에서 오후 내내 일하는 동안 내 손의 힘은 점점 강해졌다. 내가 길을 잃은 암흑 속에서 씨앗이 싹을 틔우듯 손의 능력이 내게서 풀려나와 퍼져나갔다. 어머니의 씁싸래한 젖을 가득 품은 가시 돋친 잎사귀. 땅에 묻힌 뿌리 하나. 사람들이 파내서 태양 아래 시들게 던져둔 골칫거리. 파괴할 수 없는 가녀린 홀씨 뭉치.

부활
1982

    낮 동안 마리는 집을 청소했고, 잠자는 시간은 점점 줄었다. 할일이 너무 많았다. 넥터가 죽고 오럴리어가 집을 떠나자 그녀는 쉴 새없이 움직이며 애써 상실을 외면했다. 남편이 쓰던 물건을 정리했고, 보관하거나 없앨 옷가지를 꾸렸으며, 책도 크기와 모양에 따라 쌓았다. 어느 밤, 마지막으로 가죽이 쩍쩍 갈라진 길쭉한 가방을 집어들었다. 한쪽 끝에 가죽끈이 주렁주렁 매달렸는데, 염색한 버터호두색, 머루색, 황토색은 그 색깔을 잃어 파도에 씻긴 모래 같은 빛깔로 변했다. 다른 쪽 끝에는 뿔 달린 남자가 너울거리는 힘의 물결을 내뿜는 모습이 구슬로 장식되었다. 마리는 파이프를 꺼냈다. 흉터 있는 손바닥에 빨간 그릇처럼 생긴 파이프의 일부를 올리자 서늘한 기운이 느껴졌고, 살짝 흔들자 달그락 소리가 났다. 넣어두기 전에 넥터가 깨끗이 닦은 것이었다. 파이프의 몸통은 나무로 만들었는데, 나선형으로 깎고 그물 모양의 음영을 넣었으며 도금양나무로 만든 작은 십자가와 아주 오래된 화이트하트 트레이드 구슬*을 꿴 줄을 달았다. 그녀가 파이프를 들자 끝이 나달거리는 황금독수리의 깃털이 나붓거렸다. 그녀는 깃털로 자기 뺨을 쓸어본 뒤에 파이프의 각 부분을 원래대로 상자에 잘 돌려놓았다. 이것들을 제대로 끼워넣는 것은 하늘과 땅을 연결하는 것이라고 넥터가 말한 적이 있기 때문이다. 파이프는 립샤에게 주려고 따로 놔두었다.

마리는 일찍 잠자리에 들었다. 복숭아와 토마토로 조림을 만들고, 초크베리를 익히고, 사슴고기를 두들겨야 했다. 라그리자유 영감이 잘 익은 옥수수 두 부셸을 두고 갔다. 그녀는 그것을 썩지 않게 유리병에 담아 밀봉할 일이 걱정되어 어둠 속에서 눈을 떴다. 동트기 전, 쇠처럼 캄캄한 대기 속에서 몸을 일으켜 얼룩덜룩한 푸른색 에나멜 커피주전자에 물을 부어 가스레인지에 올린 뒤 칼을 갈았다. 물이 뜨거워지자 그녀는 커피 원두를 두 움큼 집어넣었다. 물이 끓으면서 커피가 우러나는 동안 그녀는 옅은 백금색 옥수수의 뻐센 껍질을 벗기고 비단실 같은 수염을 떼어냈다. 커피를 마시고 흠집이 난 나무식탁 앞에 앉아 면도날처럼 얇고 짤막한 칼날로 옥수수 속을 하나씩 하나씩 밀어냈다. 옥수수 알맹이가 유백색 고갱이에서 알알이 떨어져나왔다. 날이 더 환해질 즈음 설거지통이

---

* 중심 부분이 흰색인 구슬을 말한다. 16세기와 20세기 사이에 아프리카를 왕래한 무역상들 사이에서 상품이나 노예를 거래하는 화폐의 일종으로 사용되었다.

반쯤 찼다. 유리창은 회색에서 청회색으로, 밤의 푸른색에서 낮의 푸른색으로 바뀌었다. 풀이 바르르 떨고 태양이 나무의 등줄기와 가지를 황금색과 녹색으로 바꿀 때 고디가 마당에 들어섰다.

마리는 피부가 다시 보들보들해지고 드럼통에 떨어진 빗물처럼 반드러운 나이가 되었다. 하지만 끊임없이 움직였고 튼튼했다. 이제 가스레인지에 팬을 올리고 플라스틱 계량컵으로 옥수수를 폈다. 가스레인지 옆에 놓인 커다랗고 빨간 항아리를 끌어서 거기에 담긴 물을 유리병을 소독할 때 쓰는 커다란 찜통에 부었다. 다 붓고 나서 창문을 돌아보았다. 그는 아직 거기 있었다. 두 번 쳐다볼 것도 없었다. 재킷은 입지도 않았고, 셔츠는 풀어헤쳤는데 때 묻은 밑자락이 나달거렸다. 몇 주 전까지 잘 맞던 바지는 술을 마시기 시작하면서 줄줄 흘러내려 빨랫줄로 묶어 간신히 걸쳐놓은 꼴이었다. 수염은 깎았지만 누가 한두 번 밀어준 모양새였다. 신발은 그 자리에서 뿌리를 내리기라도 할 것 같았다. 팔을 옆구리 가까이에서 흔드는데 발에 무거운 것을 단 인형 같았다. 그는 빙글빙글 점점 커다랗게 돌다 순식간에 자기 몸을 송두리째 뽑아버리듯, 마리가 설거지물로 푸성귀를 키운 텃밭 가장자리에 사지를 쭉 뻗고 고꾸라졌다. 쌉쌀한 푸성귀를 작은 구원 삼아 계속 쳐다보았거나, 아니면 그저 잠을 자고 싶었을 것이다.

그는 한 팔을 굽혀 귀 뒤를 받치고 가느다란 다리는 끌어올린 채 웅크리고 누웠다. 그리고 병든 아이처럼, 깡마른 강아지처럼, 죽은 사람처럼 잠을 잤다. 공기가 쌀쌀해서 마리는 그를 덮어주려고 나갔다. 땅바닥에 처박힌 그의 얼굴 주위로 바람에 날린 나뭇잎이 흩어졌다. 그녀는 고쳐 입기에는 너무 닳은 모직 옷을 잘라 만든 퀼트를 펼쳤다. 퀼트 조각은 거친 편물실로 이었다. 갈색, 겨자색, 온갖 초록색을 잇대어 만들었다. 가만히 보니 빛바래고 가칫한 회색 천은 그녀가 고디에게 처음 사준 코트를 자른 것이고, 또다른 조각은 고디가 제대하면서 가져온 담요를 자른 것이었다. 남편의 격자무늬 재킷도 있었고, 두꺼운 치마도 있었다. 여름에 나방이 뜯어먹어 레이스처럼 변한 아기 담요도 있었고, 낡은 파란색 바지 두 벌도 있었다.

고디는 찡그린 얼굴로 몸을 부르르 떨며 돌아누웠지만 아픈 것은 아니었다. 마리는 허리를 숙여 고디가 엎드려 자도록 힘껏 밀었다. 그리고 허리를 천천히 펴고 집으로 들어가, 열기가 사라지는 것은 싫었지만 물이 끓는 가스 불을 껐다. 그녀는 아까 정돈한 침대에 가로로 누워 코바늘로 뜬 모포를 무릎 위로 끌어당겼다.

한 시간, 아마 두 시간이 흘렀을 것이다. 처음에 그녀는 잠이 오지 않았다. 그러다 어느 순간 잠이 들었고, 외양간이 여전히 거기에 있는 것을 보았다. 혹독한 추위에 대비해 벽을 보강하고 문을 잠가야 했다. 젖통이 부푼 소들은 그녀의 손길을 간절히 기다리며 쿵쿵거렸다. 추운 지하 저장실에 넣어둔 감자는 싹이 돋았다. 아기 두셋이 있고, 빨래통에는 늘 기저귀가 있었다. 도살하는 날에는 남자들이 입고 돌아온 피 묻은 셔츠와 바지를 대야에 담가놓았다. 우유의 찌끼를 걷어내고 크림을 모았다. 깨끗한 행주로 덮은 빵 반죽은 한창 부풀어올랐다. 스위트그라스. 그 풀의 기다란 끝부분을 뜯어 러시스 베어에게 주려고 땋은 뒤 어둠 속에 보관했다. 쥐. 쥐는 어디에나 있었다. 덫에 작은 베이컨 껍질을 계속 놓아 잡으면 된다. 흰색과 회색이 섞인 말도 한 마리 있었다. 어느 날 그놈이 쓰러져 꼼짝하지 않았다. 묻을 사람이 필요했다. 구덩이를 파야 했지만 남자들은 이번에도 온데간데없었다. 그녀는 산길을 따라 1마일 떨어진 곳에서 비참한 생활을 하는 스키너 집안을 떠올렸다. 마리는 늘 감자 껍질을 두껍게 벗겨 울타리 너머로 던졌다. 아침이 되면 껍질은 사라지고 없었다. 그녀는 스키너 집안 사람들에게 말을 묻어야 한다고 말할 것이지만 그 말 역시 사라질 거라는 걸 알았다. 할 일이 많았다. 너무 많았다. 그녀는 쉴새없이 계획을 짰다. 곤한 잠을 잔 뒤 그녀가 눈을 떴다.

가장 먼저 고디가 떠올랐는데, 아니나 다를까 그는 부엌에 있었다. 그녀가 수녀들에게 가져다주려고 남겨둔 스튜와 칠리 소스, 자르지 않은 파이를 꺼내고, 빵과 버터를 옮기고, 쿨에이드를 한 컵 따르고, 좀더 따르고, 냉장고를 칸칸이 훑고, 그 안의 모든 것을 배 속에 집어넣으면서 냉장고와 식탁 사이를 오가는 발자국 소리가 들렸다. 그가 찬장을 뒤져 설탕병과 밀가루 봉지에 버터나이프를 찔러넣는 소리가 들릴 때까지 그녀는 침대에서 버텼다. 예전에 작은 봉투에 돈을 넣어 거기에 보관했다. 하지만 이제는 다른 곳에 숨겼다.

"엄마." 그녀의 발걸음 소리에 그가 잽싸게 의자에 앉았다. 그리고 식은 커피가 담긴 컵을 후후 불었다.

그는 얼굴에 점점 독기가 서렸고, 초췌하고 무력해 보였다. 입은 낡은 양말처럼 헤벌쭉 벌어졌고, 덜덜 떨리는 포크에서 음식이 접시 위로 툭 떨어졌다. 십대 시절에 그가 자랑스러워한, 아버지에게 물려받은 흑단 같은 긴 머리는 굵은 밧줄처럼 엉켜 제멋대로 흩어졌다. 그녀는 그의 머리를 빗겨 매끈하게 넘겨주고 싶었다. 그가 입은 셔츠는 목깃이 찢어졌고, 소매에는 오래된 핏자국이 묻었다. 그에게서 역한 냄새가 났다. 똥과 술과 토사물 냄새.

"옷을 갈아입으렴." 그녀가 문 뒤 구석으로 가면서 말했다. 거기에 여벌 옷이 있었다. 그녀는 고디의 아버지가 일하러 갈 때 입던 시어스에서 산 녹색 능직 셔츠를 골랐다.

"그건 싫어요." 머리 꼴이 잡아 뜯긴 왕관 모양새인 고디가 셔츠를 쏘아보았다. "준의 옷이잖아요."

마리가 셔츠를 곱게 개어 다시 구석으로 가져갔다. 옷 꾸러미 맨 밑에 운동복 상의가 있었다. 예전에 준이 놓고 간 옷이었다. 소매를 싹둑 자른 부분이 말려 올라갔고, 앞에는 '들소'라고 쓰여 있었다. 정성스레 빨아둔 그 옷을 펴서 식탁에 앉은 아들 앞에 놓았다. 옷을 보자 그는 고개를 까딱하더니 전기충격을 받은 것처럼 움찔했다. 그는 아파서 죽을 것처럼, 아파서 눈먼 것처럼 선반에 부딪히고, 밀가루통을 잡아 떨어뜨리고, 문짝을 향해 돌진하고, 벽과 가스레인지에 몸을 부딪혔다. 화상은 입지 않았지만 칼을 떨어뜨렸고 나무상자 안으로 곤두박질했다. 그는 상자에서 빠져나와 창문으로 비치적비치적 걸어가다 다시 돌아 문 쪽을 향했는데, 그만 바지가 흘러내려 바짓가랑이에 발이 걸렸다. 그는 바지를 추켜 입으면서 이번에는 냉장고로 돌진했고, 그러다 쭈르륵 미끄러져 바닥에 고꾸라졌다. 그뒤로 움직이지 않았다.

마리가 문 뒤에서 나타났다. 고디가 탈 없이 지낸 지난 여섯 달동안 건물 옆에 잇대어 지은 작은 다용도실에서 걸레와 물동이를 가지고 왔다. 그녀는 물속에 암모니아 두 숟가락을 조심스레 넣고 휘휘 저은 뒤 걸레를 빨기 시작했다. 그가 누워 있는 동안 그녀는 주위를 깨끗이 닦았고, 그가 어지럽힌 것을 죄다 제자리에 돌려놓았다. 커다란 찜통을 올린 가스레인지에 불을 켜고 유리병과 뚜껑을 삶았다. 옥수수를 요리하기 시작했고, 냉장고나 고디 뒤쪽에 있는 찬장에서 뭔가 꺼내야 할 때는 그의 다리를 넘어 다녔다. 그녀가 유리병 뚜껑을 닫고 물기를 닦는 일에 열중할 때 등뒤에서 느린 움직임이 느껴졌다. 슬금슬금 옆으로 비켜 어깨 너머로 흘끗 쳐다보니 그가 리놀륨 바닥을 기고 있었다.

그는 식탁 밑으로 들어갔다.

"엄마." 그의 목소리는 가늘고 거칠었으며, 알갱이들이 깡통 속에서 자글거리는 것 같았다.

마리는 대답하지 않았다.

"엄마." 고디가 또 머뭇머뭇 불렀고 목소리는 더 나지막했다. "술을 마셔야겠어요."

"여기 술 같은 건 없다."

고디의 팔이 쑥 올라와 의자 등받이를 감쌌다. 이어서 의자 가로대를 짚고 느릿느릿 일어서서 등받이의 얇은 판자에 기대더니, 의자를 돌아 이해할 수 없다는 듯 식탁에 앉았다.

"그럴 리가, 그럴 리가 없어요. 내가 알기로 엄마는 우유에 위스키를 타서 마셨잖아요. 아니면 수녀님이었나?"

고디는 웃더니 씨근거리기 시작했다. 입술이 빨개졌고, 가슴 밑에 팔을 괸 채 얼굴을 씰룩거리며 열띠게 말했다. "원장 수녀님이었던 걸로 기억하는데, 의사가 처방한 위스키를 거부하자 다른 수녀님들이 우유에 위스키를 타서 마시게 했잖아요. 원장 수녀님이 꾸준히 마셔서 몸이 좋아지자 수녀님들이 말하죠. '이제 건강해지셨으니 저희에게 해주실 말씀은 없나요?' 그러자 원장 수녀님이 대답하죠. '뭐든 해도 괜찮지만 그 소만은 절대 팔지 말아요.'"

웃다가 경기를 일으켰는지 그는 심하게 들썩거리며 떨다 잠시 뒤에 팔을 베고 엎드렸다.

"사랑하는 엄마." 그가 말했다. "성가신 존재가 되기는 싫지만, 당신 아들을 한번 호되게 꾸짖어줄래요?"

"간밤에 무슨 짓을 했니?" 마리가 맞은편에 앉았다.

"간밤에요?" 고디가 고개를 들고 그녀를 보았다. 그녀가 허공에서 빙빙 도는 것 같았다. 그의 얼굴에 성당 복사의 장난기가 어렸다.

"밤새 안 자고 기도했지요."

마리가 고개를 끄덕였다. "그러니까 지금은 술을 마시겠다는 거구나."

고디는 퍼뜩 정신이 들어 순간적으로 똑바로 앉았다.

"엄마, 죄송해요. 사과하고 싶어요. 제 사과를 받아주세요."

마리의 표정은 변하지 않았다.

"술을 주세요." 그의 요구는 날카롭고 느닷없고 진지했다. 그는 가슴을 내밀고 목을 쑥 빼면서 그녀 쪽으로 엎어질 듯 일어섰다.

마리는 움직이지 않았지만, 그의 손이 다가오자 과도를 들어 그의 손바닥에 닿게 살짝 그었다.

고디는 아무렇지 않은 듯 천천히 다친 손을 자기 쪽으로 거두었다. 마리가 일어나서 식탁 위로 행주를 밀었다. 고디가 행주를 받아 피가 흐르는 상처에 느슨하게 감았다.

"이제 서로 비등한데요!" 그는 불쑥 이렇게 말하며 웃었는데, 어머니의 손에 튀어나온 흉터와 어머니가 그의 얼굴을 쓰다듬을 때의 느낌이 떠오른 모양이었다. 그는 얌전히 앉아 눈을 꼭 감았고, 마리는 돌아보지 않고 옥수수를 병에 담는 작업을 계속했다.

"양말이 너무 작아요." 그가 잠시 뒤에 말했다.

"양말을 신지 않았는데." 마리가 내려다보며 말했다. "신어야겠구나."

"그러게 말예요." 고디의 목소리는 홀린 듯했다. "양말이 꽉 끼는 것 같아요."

한동안 두 사람은 부엌에 있었다. 마리는 일을 계속했고, 고디는 늘어져 있었다. 그는 다른 곳에 가 있는 것 같았다. 눈은 떴지만 움직이지는 않은 채 검은 선이 삶의 각기 다른 시점에서 이어지고 또 이어지는 것을 보았다. 시점을 표시하는 바늘은 준과 결혼하던 해에 멈추었다.

맹렬하고 푸르른 여름의 가장 뜨거운 밤에 어둠 속에서, 눅눅한 공기 속에서 그들은 가쁜 숨을 몰아쉬며 누워 있었다. 준이 침대에 가로로 엎드리며 고디의 입술에 손가락을 댔다.

"이제 나가자." 그녀가 속삭였다.

그는 살며시 몸을 일으켜 짐승처럼 일어섰다. 그들은 방을 나가, 삐걱거리는 방충문을 닫고 나가, 마당을 나가, 흙길을 따라 마을 밖으로 나가 이윽고 보호구역에서 벗어났다. 그들은 동쪽으로 걷다 남쪽으로 가는 차를 얻어 탔고, 다시 동쪽으로 걸었으며, 갸우듬한 검은 윤곽을 따라 태양이 세상의 물기를 빨아들이며 떠오를 때 잠에서 깼다. 그들은 길가에 주저앉아 돈을 세기 시작했다. 합해서 오십 달러였다. 호숫가 작은 집에서 며칠 밤을 묵기에는 충분할 것이다. 차를 얻어 타거나 걸어서, 구십구 센트 모닝스페셜로 힘을 내면서 그들은 한낮에 미네소타의 일만 개 호수 가운데 첫번째인 갈대가 무성한 작은 달걀 모양의 호수에 이르렀다.

"어쨌든 호수에 왔잖아." 준이 말했다. 길가에 나무 표지들이 옹기종기 모여 있었는데, 퍼즐 조각처럼 자른 화살 모양 표지판에는 트롤미어, 룬스 헤이븐, 존슨 리조트 같은 이름이 적혀 있었다. 존슨 리조트 표지판은 기둥에서 떨어져 풀밭에 꽂혀 있었다. 그걸 보고 그들은 여기에 묵을 수 있겠구나 생각했다. 한때는 그 표지판이 울퉁불퉁 바큇자국이 패인 흙길로 사람들을 인도했을 거라 생각하며 그들은 구불구불 이어진 바큇자국을 따라 목마른 말이 몇 마리 서 있는 들판을 지나고, 나무와 덤불이 우거진 숲을 지나 크고 작은 건물들이 모여 있는 곳까지 갔다. 건물들은 한결같이 칙칙한 붉은색에 여기저기 칠이 벗겨졌다.

뒤쪽 포치에 얼추 예순은 되어 보이는 남자가 앉아 두꺼운 신문을 넘기고 있었다. 밑단을 자른 헐렁한 청바지에 셔츠는 입지 않았다. 가슴은 빈약하고 판판했지만, 팔은 튼튼해 보였다. 얼굴은 주름이 자글자글하고 가슴팍보다 더 검었으며, 희끄무레한 턱수염은 엉겼다.

"존슨 리조트지요?"

"미안하오. 닫았소."

그는 표정 없이 준과 고디를 바라보았다. 그는 선생처럼 자기 뜻을 쉽게 들키곤 했다. 하지만 준은 학생이 되는 규칙을 몰랐고, 자신이 인디언인 것을 스스로 아는 것처럼 행동하지도 않았다. 그들이 평범한 일행인 것처럼, 그들 사이에 별다른 일은 없는 것처럼 그녀는 존슨에게 다가갔다. 낯선 두 사람의 만남. 그녀는 먼저 자기를 소개하고 고디를 방금 결혼한 남편으로 소개했다.

"영업을 완전히 그만둔 건가요, 아니면 '잠시' 문을 닫은 건가요?" 준이 다짜고짜 물었다.

"그러니까." 존슨이 조금 뒤로 옮겨 앉았다. "이제는 리조트 소유주협회에 속해 있지 않소."

준은 잠시 생각했다. 저만치 나무에 둘러싸여 그늘이 진 자그마한 판자 오두막 네 채를 쳐다보며. "무슨 문제가 있어서……"

"……편의시설이 부족하지요." 존슨이 고개를 끄덕였다.

"어떤 시설이 부족한데요?" 준이 물었다.

존슨이 어깨를 으쓱했다. "한 가지는 수돗물이오. 욕실도 없고, 침대도 없고."

고디가 귀를 쫑긋 세웠다. "방값을 좀 깎아줄 수도 있겠군요."
그가 떠보았다.

존슨이 눈빛을 반짝이며 따져보다 마지못해 말했다. "모르겠
소." 그는 곰곰이 생각했다. "기본적인 편의시설이 없다는 점에서
매우 특별한 장소라고 할 수도 있지요."

"저기요." 준이 말했다. "고디와 저는 방금 결혼해서 휴가를 보
낼 장소를 찾고 있어요. 가진 돈은 삼십 달러가 전부고요. 되거나
안 되거나 둘 중 하나예요."

"굳이 그렇다면야." 존슨이 일어서서 손을 내밀었다.

고디가 그와 악수했고, 준도 악수했다.

"어서 오시오." 존슨이 맨발로 길에 박힌 뿌리와 잔가지를 피해
걸어갔다. "저기 끝까지 가면 신혼부부가 쓰던 집이 있소. 예전에
가구를 다 뺐다오. 스컹크가 들어왔거든. 그래도 겨울을 두 번 넘
겼으니 냄새는 다 빠졌을 거요."

작은 오두막은 입구가 뒤쪽에 있었다. 문이 잠긴 것 같았는데 존
슨이 발로 밑을 차자 삐걱하고 열렸다. 안으로 들어가자 햇볕을 받
은 해묵은 나무 냄새가 났다. 바닥은 오래전에 빗자루로 쓸었는지,
쥐와 바람이 문질러 윤을 냈는지 모르겠지만 제법 깨끗했다. 방에
커다란 유리창이 있었는데 한쪽 판유리에 테이프를 붙여놓았다.
창밖으로 초록빛 호수가 반짝거렸다. 호수는 처음 느낀 것보다 훨
씬 크고 길었다. 나루터가 보였고, 말뚝에 회색 보트 한 척이 묶여
있었다.

존슨이 한숨을 쉬었다.

"집으로 가서 매트리스를 옮겨옵시다. 하나가 더 있거든."

그들은 매트리스를 옮겨왔고, 담요로 쓸 낡은 갈색 침대보도 챙겼다. 존슨이 고디에게 낚싯대와 낚싯줄과 낚싯바늘을 주었다. "럭키식스에 가서 빵과 사과와 버터를 삼 달러어치 사고 물고기를 잡아서 먹으면 일주일은 너끈히 버틸 거요."

"일주일요?"

"이십 달러. 그만큼만 받겠소."

준이 돈을 꺼내 지불했다. 존슨은 주머니에 돈을 찔러넣고 포치로 돌아가 다시 계단에 앉았다. 준은 문을 닫고 손잡이 밑에 나무막대기를 끼워 고정한 뒤 창문을 활짝 열었다. 매트리스는 바닥에 놓았다. 두 사람은 눕기가 무섭게 곯아떨어졌다. 눈을 뜨니 이른 저녁이었고, 초록이 감도는 은은한 푸른빛이 주위를 에워쌌다. 그들은 밖으로 나가 호수로 내려갔다. 신발을 벗고 주위를 둘러보았다. 호수는 더없이 잔잔했다. 저멀리 건너편 물가에서 불빛이 반짝거렸고, 존슨의 집 너머로 힝힝거리는 말 울음소리 말고는 아무 소리도 들리지 않았다.

"물에 들어갈래." 준이 말했다. 그녀는 티셔츠와 청바지와 속옷을 벗어 돌돌 말아 뭉쳐놓은 뒤에 갈대숲 깊숙이 들어가 거북처럼 머리만 내밀고 헤엄쳤다. 고디가 호숫가에서 그녀를 바라보았다.

대기는 여전히 한낮의 열기를 담뿍 안고 있어서 숨이 막힐 듯 무거웠다. 그는 차분히 심호흡을 하려고 했지만 가슴으로 숨을 들이쉬고 내뱉기가 힘들었다. 그는 주위를 두리번거리며 예리한 눈으로 불빛을 하나씩 바라보았고 귀를 쫑긋 세웠다. 이 평화를 방해할 것은 아무것도 없었다. 지켜보는 사람도 없었다. 그는 천천히 바지를 벗고 무릎을 적시며 물속으로 허우적허우적 들어갔다. 물은 따뜻했지만 모래가 깔린 바닥은 서늘했다. 물속으로 들어간 준이 고디 앞에 불쑥 나타났다. 그녀의 어깨에는 물에 젖은 갈대가 붙었고, 얼굴과 뱀 같은 머리타래에서 떨어진 물방울이 젖가슴 사이 부드러운 골짜기로 흘러내렸으며, 머리를 쓸어 넘기자 팔에서 물방울이 사방으로 튀었다. 그녀가 마지막 햇살을 가리며 고디를 보고 깔깔거렸다. 그가 입은 헐렁한 셔츠는 어색해 보였고, 머리는 자다 일어나 한쪽으로 눌렸고, 팔은 어딘지 불편해 보였다.

준이 고디를 얕은 곳으로 떠밀자 그도 따라 웃기 시작했다. 그들은 함께 갈대숲을 헤치고 물이 더 차가운 곳으로 헤엄쳤다. 호수 저만치에서 보트의 불빛이 빙글빙글 돌아갔다. 준은 힘들이지 않고 헤엄쳐서 물고기처럼 자맥질을 했고, 고디를 호숫가에서 멀리, 더 멀리, 호수의 중심까지 데려갔다.

수면 아래는 깊고 상쾌하고 차가웠으며, 몹시 어두워서 아내의 얼굴도 제대로 보이지 않았다.

"날 가만둘 테야?" 그녀가 말했다.

"여기서?"

"쉬워. 이렇게 잔잔한걸. 파도도 거의 없고."

그들은 서로 마주보며 물속을 걸었다.

그녀가 고디의 어깨에 두 팔을 올리고 허리에 다리를 감았다. 그는 뒤로 휘청했지만 지느러미처럼 손을 저어 물속에서 균형을 잡았다.

"가만히 있어봐."

그는 그녀를 붙잡으려고 했지만 놓치고 말았다. 그녀의 허리를 잡아 바짝 끌어당기려고 했지만 팔을 내리자마자 몸 전체가 밑으로 가라앉았다. 그들은 물속에서, 어둠 속에서 부둥켜안았다. 그들의 몸은 차갑고 미끈거렸다.

준이 캑캑 웃으며 올라와 물을 한입 가득 삼키고 고디를 떼어냈다.

"물이 지랄맞게 차갑군." 고디가 말했다.

"그래서 뭐. 다시 들어가자." 준이 고디 뒤에서 팔을 저으며 물속으로 미끄러지듯 들어갔다.

느닷없이 준이 그를 붙잡았다. 그는 숨을 연거푸 크게 들이마시고 그녀의 품속으로 가라앉았다. 물속으로 들어간 고디는 놀라서 서툴게 손을 더듬댔다. 곧 숨이 차서 파랗게 질린 얼굴로 준을 떼어내고 발을 차서 수면으로 올라왔다. 그리고 물과 수평을 이루며 호숫가로 헤엄쳤다. 그는 팔을 힘껏 끌어당기며 헤엄쳤고, 발로 물을 차는 소리가 귓가에 일정하게 울렸다.

그는 발이 모래에 닿자 어질어질한 채 뭍에 올라섰고, 옷가지를 그러모은 뒤 거품이 이는 좁은 호숫가에서 준을 기다렸다.

준은 얕은 곳에서 느릿느릿 걸어나와 고디를 따라 다시 오두막으로 올라갔다. 그리고 말없이 안으로 들어갔다. 고디가 매트리스 위에 풀썩 앉자 그녀는 곧바로 그를 떠밀고 그의 위에 올라탔다. 오두막 안은 금세 열기로 달아올랐고 모기가 윙윙거렸다. 사랑을 나누는 것이 고된 일처럼 느껴졌다. 아무 재미도 없었지만 멈

출 수가 없었다. 땀이 흘렀다. 고디는 눈꺼풀 뒤에서 눈물이 홧홧
하게 솟구치는 걸 느꼈다. 그렇다고 그만둘 마음은 없었다. 그들은
지쳐 떨어져 잠들 때까지 계속 사랑을 나누었다. 입은 헤벌쭉 벌리
고, 몸은 뜨겁고, 즐겁지도 않고, 벌레가 물고, 매트리스에 박힌 단
추들이 온몸에 둥그스름한 자국을 남기는데도. 다음날 아침이 되
자 그들의 몰골은 우스꽝스럽고 기분은 더욱 좋지 않았다. 그래서
온종일 헤엄치고 자고 나루터에서 낚시를 하면서, 깨어나 물고기
를 손질하고 호숫가로 달려가 또 헤엄치고 자고 일어나 물고기를
옥수숫가루에 묻혀 버터에 튀기면서, 버니 빵과 달콤한 사과를 먹
고 황동색 물을 마시면서, 그들은 상대가 또 섹스하자고 조르지 않
기를 속으로 바랐다.

　그날 밤 그들은 손을 잡고 나루터에 앉았다. 달이 떠올랐다. 그
들은 평화로움에 흠뻑 빠져 서로 그냥 자는 것 말고 다른 것을 원
하지 않는다는 확신이 들 때까지 달을 쳐다보았다. 준이 어깨를 으
쓱했다. 그들은 좁은 길을 따라 나란히 걸어 오두막으로 들어가 말
없이 누웠다. 서로의 손에 키스하고 깍지를 낀 채 석관에 새겨진
두 사람처럼 별이 없는 천장을 물끄러미 올려다보았다.

　밖에서는 한낮이 어느새 절정에 이르렀고, 초가을 햇빛은 짧고
찬란했다. 이윽고 마리가 심은 자그마한 가문비나무가 삐죽이 푸
른 그림자를 드리웠다. 작달막하고 강인한 떡갈나무와 여태 한 번
도 베지 않은 쪼개진 네군도단풍나무에서, 씨앗이 생겨 달그락거
리는 접시꽃에서 어둠이 퍼져나갔다. 몇 개 남지 않은 호박넝쿨은

줄기가 은은한 갈색을 띠었고 잎사귀들은 바스락거렸다. 병을 고치거나 단물을 모으려고 남긴 것으로, 삼베 자루로 덮어놓았다. 껍질은 짙은 초록색에 거북만큼 질겼다. 올해 마리는 스무 통이 좀 못 되게 키웠는데 죄다 지하 저장실에 두었다. 그녀는 포치 계단에 서서 나무 뒤로 환한 불빛이 타오르는 걸 지켜보며 빳빳한 떡갈나무 잎사귀가 깔짝거리는 소리를 들었다.

한동안 그렇게 서서 아들이 하는 짓에는 귀를 닫고 고개도 돌리지 않았다. 해가 나무 뒤로 넘어가자 햇빛도 빠르게 물러갔다. 난데없이 화학물질 냄새가 훅 끼쳤다. 그녀가 허겁지겁 안으로 들어가자 고디가 팔딱거리는 소리가 들렸다. 물건을 보관하는 곁방 벽장에 넣어둔 온갖 잡동사니가 다 나와 있었다. 바닥에 구멍을 낸 리졸 소독제통, 그 옆에 깡통 따개, 또 먹고 남은 흰 빵덩어리가 널브러져 있었다. 그는 바닥에 드러누워 온몸을 발꿈치와 머리로 지탱하며 팔딱거렸다. 상반신을 활처럼 구부린 채 빨리, 더 빨리 팔딱거렸고 어찌나 빠른지 잡을 수도 없었다. 그는 머리카락을 휘날리며 메뚜기처럼 사방으로 튀었고, 가구에 팔을 부딪히고 가스레인지와 식어가는 위험한 유리병을 툭툭 건드렸다. 그녀는 쫓아다니면서 그가 떨어뜨릴 만한 것, 그러니까 나무블록, 도끼, 식탁에 놓은 옥수수 병조림, 의자, 선반에 놓은 다리미, 자칫하면 깨지는 유리잔에 그의 손이 닿지 않게 하려고 애썼다. 그는 더 세게, 더 빠르게 은은한 푸른색의 황혼 속으로 튀어올랐다. 그는 바닥과 벽을 쿵쿵 울리면서 한동안 여기저기 부딪으며 돌아다니다 느닷없이 방향을 틀어 문을 지나 침실로 들어갔다. 그녀가 따라들어가자 그는 침대에 올라가 있었다. 그뒤로 한참 동안, 햇빛이 완전히 사라지고 바람이 창밖의 나뭇가지와 나뭇잎을 살랑살랑 흔들 때까지 침대가 규칙적으로 삐걱거리고 노래하고 칭얼대는 소리가 들렸다. 발작이 그를 서서히 놓아주자 삐걱거리는 소리도 잦아들었고, 그녀가 밤에 즐겨 켜는 등유 램프를 켤 시간이 되자 그는 마침내 잠잠해졌다. 그녀가 램프를 들고 그에게 가서 허리를 숙이자 그의 숨결에서 알싸한 리졸 냄새가 났다.

그렇게 서 있다가 활활 타오르는 불꽃을 너무 가까이 가져다대면 그의 폐에 불이 붙지 않을까 겁이 나 뒤로 물러나 방을 나왔다.

램프를 식탁에 놓고, 닫힌 현관에 의자 하나를 바투 붙인 뒤 다른 의자들을 정리했다. 떨어진 물건 중에 심하게 부서진 것은 없었다. 그녀는 여기저기 흩어진 것을 모두 제자리에 놓았다. 침실에 창문이 하나 있었는데, 열 살짜리 소년이 겨우 들어갈 만한 크기였다. 그는 아마도 여기로 빠져나와 그녀를 따돌렸을 것이다. 그녀는 다른 램프에 기름을 채워 처음 램프 옆에 놓고 심지를 세웠다. 주머니에 성냥을 넣은 뒤 잠긴 문에 등받이를 붙여 놓아둔 의자에 앉았다. 허리를 숙여 신발 끈을 풀고 의자 옆에 있는 도끼를 들어 조심스레 무릎에 올렸다. 그녀의 고개가 젖혀졌다. 몹시 피곤했는지 그녀는 곧바로 곤한 잠에 빠졌다.

밤이 이슥한 시간, 열두시나 한시쯤, 등장하는 사람도 없고 무한한 시간만큼 까맣고 길게 이어지는 장면들로 뒤죽박죽 뒤엉킨 꿈을 꾸던 그녀는 램프 불꽃이 파닥거리자 뭔가 빠져나가는 느낌이 들었다. 그녀는 소스라치게 놀라 눈을 떴고 도끼를 꼭 붙잡았다.

쇠약해질 나이라 근육이 약해졌는지 도끼를 들어올리기조차 힘들었다. 팔은 벌써부터 빠개질 듯 아팠고, 손의 신경은 울타리의 철사처럼 따끔따끔 조여왔다. 그가 침실에서 움직였다. 침대에서 굴러떨어져 손발로 벽을 치는 소리가 들렸다. 이윽고 그가 문간에, 램프 불빛이 만든 희미한 원에서 살짝 비낀 곳에 나타났다.

그의 얼굴이 날카로운 윤곽을 그리며 선명하게 드러났다. 눈동자가 자동차 헤드라이트 불빛을 반사하듯 퀭한 눈구멍에서 강렬하게 녹백색으로 번쩍거렸다. 그가 거미처럼 길쭉한 손가락을 끊임없이 꼼지락거리며 셔츠 위아래를 손으로 훑었다. 그녀가 일어서자 손에 잡은 도끼가 흔들거렸다. 그녀는 도끼를 의자에 조심스레 내려놓고 그가 무슨 짓을 하는지 지켜보다 램프 불꽃을 더 높인 뒤 다시 도끼를 들었다. 불꽃은 활활 타올랐고 연기를 피우면서 심지를 먹어들어갔다. 불꽃이 파닥거리며 꺼질 무렵 마리가 다른 램프에 불을 붙였다. 고디는 불빛 때문에 상처를 입거나 당황이라도 한 듯 소리 없이 사라졌다. 그의 몸짓에는 인간이 타고난 어설픈 무게를 잃은 것 같은 처참하고도 온순한 무엇이 있었다. 그는 한숨과 함께 여리게 몸서리치며 어둠 속으로 물러갔다.

그녀는 문을 열고 한쪽으로 비켜서서 그를 이대로 가버리게 둘 것인지 생각했다. 하지만 추위 때문에 숲속에서 영원히 잠든 사람들이 수두룩했다. 길로 나가면 차에 치일지도 몰랐다. 이대로 두면 자살할 것이 확실했다. 그녀는 정신이 번쩍 들었다. 어둠 속에서 머리가 윙윙 돌아갔다. 고디는 첫아들이었다. 열다섯번째 여름을 보낸 가녀린 시절에 그녀의 몸속에 있었다. 그때 그녀는 고통을 느끼며 세상 속으로 그를 내보냈다. 이번에 내보내면 그를 죽일 것이다. 그는 여우가 제 죽음을 쫓아 구멍으로 들어가듯 이리로 저리로 점점 더 빠르게 미끄러졌다. 하지만 사흘째 되는 날 그는 일어설 거라고 그녀는 생각했다. 일어서서 걸을 것이다. 그녀는 의자에 흔들림 없이 앉아 도끼를 쥔 손을 놓지 않았다.

한바탕 눈물
1983

1
룰루 라마르틴

야성적이고 은밀한 내 삶의 방식을 이해하는 사람은 없었다. 사람들은 룰루 라마르틴이 고양이 같아서 누구도 사랑하지 않고 오로지 원하는 것을 얻으려 가르랑거린다고 말하곤 했다. 하지만 그건 사실이 아니다. 나는 온 세상과 그 비 내리는 품속에서 살아가는 모든 것을 사랑했다. 이따금 마당을 내다보면 초록 푸성귀가 작열하듯 반짝거렸다. 찌르레기의 반질반질 윤기가 도는 날개도 눈에 들어왔다. 바람이 멀리서 들리는 폭포 소리처럼 데굴거리며 밀려오는 소리도 들었다. 그러면 나는 입을 크게 벌리고 귀와 가슴을 활짝 열고 내 속에 있는 모든 것을 내보냈다.

그렇게 얼마간 있다 문을 닫고 눈을 감은 채 다시 집으로 들어갔다. 그리고 집 안에서 그렇게 한동안 앉아 있었다. 피클을 절이거나 익힌 베리를 으깨거나 아이들이 돌아올 시간이 될 때까지 아름다움을 담뿍 담고 눈을 감은 채 그러고 있었다. 세상을 흡수한 뒤 얼마 동안 나는 충만했다. 가진 것보다 더 바라지 않을 것이었다.

그러니 사람들이 나를 두고 매정하고 수치를 모르는 남자 사냥꾼이라고 말할 때 이 사실을 잊으면 안 된다. 나는 본 것을 사랑했다는 것. 물론 사람들이 이러쿵저러쿵 떠드는 것을 내가 하지 않은 것은 아니다. 하지만 사람들의 화를 돋운 것은 그게 아니다. 그들은 내가 눈물 한 방울 흘리지 않았다는 사실에 발끈했다. 나는 미안해하지도 않는다. 그런 것은 자연스럽지 않다. 모두가 알다시피 여자는 울어야 한다.

그런 시절이 있었다.

이제 나는 남자 이야기를 하려고 한다. 그저 그들이 세상의 일부기에 그들을 받아들인 시절이 있었다. 우리 몸에는 천사가 있어서 그 천사를 만지면 자기 존재가 낯설어진다고 나는 믿는다. 이런 방식으로 나는 몸을 무거운 자루처럼 땅에 스르르 내려놓았고, 몇몇 순간에는 심장을 내리누르는 그 모든 것과 더불어 땅과 뒤섞였다. 내가 줄곧 잊으려고 애쓴 남자가 있었다. 이 남자는 잘생기고 기품 있었으며, 내 집에 불을 질렀다. 내가 세번째이자 마지막으로 결혼한 뒤에. 불에 타서 나는 완전히 대머리가 되었다. 다시 결혼하는 일은 없을 것 같다.

어쨌거나 그럴 시간도 없다. 넥터 캐시포와 결혼했다면 그를 잊을 수도 있었겠지만 그는 망설였다. 이러지도 저러지도 못했다. 내 첫사랑이었다. 우리는 어렸다. 어느 날 밤에 우리는 무도장 뒤에서

도란거렸고, 열두시가 되어 다음에 만날 날을 정했다. 그날이 다가올 즈음 나는 그를 만날 수가 없었다. 결국 그가 다른 여자를 사랑한다는 것을, 적어도 다른 여자의 남자가 된 것을 알았다.

그 사실을 알고 나는 필라저에게로 갔고, 나중에 그가 나를 따라 시내로 오지 않자 상처를 주고 앙갚음을 하려고 미천한 모리시와 결혼했다. 그리고 누군가를 좋아하게 되었고 다시 결혼했다. 그렇게 두 번 결혼했다. 그러는 내내 넥터 캐시포를 존재하지 않는 사람으로 여기려고 정말 애썼다.

"안녕." 그를 시내에서 만났다. "어떻게 지냈어?" 그런 날은 초록빛 어둠이 내리는 동안 그의 무릎에 알몸으로 앉아 있는 꿈을 꾸었다. 혹은 그의 손이 내 전부를 모조리 벗기는 꿈을.

내가 사랑해서 결혼한 헨리는 어느 겨울에 위험한 기찻길 건널목에서 죽었다. 나는 그곳에 자동차단기를 설치해야 한다고 늘 생각했다. 그의 차가 콩밭 한가운데에서 시동이 꺼졌거나 기차가 경적을 울리지 않았을 것이다. 알 길이 없다. 하지만 장례식이 끝나고 은밀한 야성이 나를 또 덮쳤다.

더 생각해보면 나는 한 번도 넥터를 내가 원한 곳에서 가질 수 없었다. 다행스럽게도 그 덕분에 내 뜻대로 하고 살았던 것 같다. 이상한 말처럼 들리겠지만, 나는 눈길을 끄는 외모가 아니었던 덕분에 오히려 그들을 가질 수 있었다. 내가 젊음을 간직한 것도 그 때문이었다. 그들은 그것을 뺏어가지 못했다. 지금 나는 대머리에 눈도 반쯤 멀었지만 여전히 젊음과 쾌락을 누린다. 세상의 아름다움을 흡수한다.

하지만 나처럼 여러 번 노력해도 사랑을 얻지 못하면 삶이 슬퍼진다.

헨리의 장례식이 끝나고 집으로 돌아와 다 자란 여덟 아들의 연민을 위로 삼아 지냈지만, 그중에 헨리의 자식은 한 명도 없었다. 하지만 헨리와 살며 그의 자식들이 되었다. 내가 외로울 때 아이들이 곁에 있어주었다. 내 모습을 제대로 보지 않았고, 야성 때문에 내가 어떤 짓을 하는지도 보지 못했지만.

스물여섯 해라는 긴 세월이 훌쩍 지났고, 그때 내 집은 부족이 소유한 아름다운 언덕에 있었다. 헨리가 그곳에 집을 지었다. 그가 죽은 뒤에 밤이 이슥하면 캐시포가 그 집으로 나를 찾아왔다. 나는 마당으로 낸 창문을 열어두었고, 그는 우리 집에서 키우는 들짐승이나 다름없는 개들을 먹일 고기 부스러기를 늘 주머니에 넣고 다녔다. 그가 창문을 넘어와 내 몸을 만지면 그 냄새가 먼저 났다. 죽은 짐승이 풍기는 고약한 냄새. 내 몸에 그 냄새가 밸까봐 침대 옆에 비누와 물을 두었다.

이런 기억이 떠오른다.

아무도 모르는 사실이다. 일곱 살 때 나는 숲에서 사람의 시체를 발견했다. 나는 숲에 가서 아무도 모르는 내 놀이집을 청소하고 깨진 병들을 잎사귀로 닦고 돌멩이와 깃털로 만든 정원을 가꾸곤 했다. 시간 가는 줄 모르고 놀았다. 내가 어디로 갔는지 아무도 몰랐고, 어쨌거나 나를 열심히 찾지도 않았다. 그들은 내가 혼자 사라지는 것에 익숙했다.

나는 흙을 쓸어낸 숲속 공터에서 그 남자를 발견했다. 그는 개처럼 낯선 사람의 위협에서 지켜주려는 듯 놀이집 문 앞에 가로로 누워 있었다. 모자로 얼굴을 덮은 채 등을 대고 아주 편안히 누워 있어서 처음에는 죽은 줄도 몰랐다. 나는 준베리덤불에 숨어 그가 깨어나기를, 기지개를 켜고 일어나 떠나기를 기다렸다. 그는 늙고 지친 부랑자였는데 깡마른데다 피부색은 거무튀튀했다. 옷은 흙색이나 다름없이 누런 때가 끼고 구멍이 숭숭 뚫렸다. 그가 한참 동안 움직이지 않자 나는 밖으로 나갔다. 원래 나는 참을성이란 게 없었다. 조마조마했지만 용감하게 그를 깨우려고 얼굴을 덮은 모자를 들어올렸다.

그는 줄곧 모자 속을 보고 있었던 것 같다. 작은 갈색 모자의 어두운 안쪽을. 이제 그는 하늘이 펼쳐지고 나뭇잎이 살랑거리는 끝없는 천장을 올려다보았다. 그 순간 뭔가 잘못되었음을 알았다. 그를 묘사할 적당한 단어를 생각해내기도 전에 힘이 스르르 풀렸다. 그때까지 나는 죽음과 한 번도 맞닥뜨린 적이 없었지만, 정말이지 보자마자 죽음을 알아보았다. 죽음은 그였다. 나뭇잎이 들쭉날쭉 에워싼 공간을 쳐다보는 모습. 나는 그의 얼굴에 다시 모자를 덮고 그를 그대로 두었다. 그리고 시체를 넘어 놀이집으로 들어가 앉아 생각에 잠겼다.

눈으로는 계속 그를 쳐다보았다. 얼굴을 모자로 다시 덮자 그도 다시 잠든 것 같았다. 오후 내내 나는 놀이집에 앉아 있었다. 그는 전혀 움직이지 않았다. 깨어나지도 않았다. 시간이 흐르는 것도 모르는 것 같았다. 얼마 뒤에 나는 그가 내 것임을 알았다.

그가 거기에 있다고 아무에게도 말하지 않았다. 그는 내가 찾아낸 최고의 것이었다. 다음날 아침 그의 옷에 맺힌 이슬이 채 마르기도 전에 다시 그를 보러 갔다. 그의 얼굴에서 모자를 벗겼는데 눈동자가 대리석처럼 흐릿하게 변해 있었다. 눈동자 한가운데를 풀잎 끝으로 건드렸지만 전혀 깜박거리지 않았다. 놀란 마음은 여전했지만 두려움은 점점 없어졌다. 뭔가 이유가 있어서 내 비밀 장소로 온 것 같았다. 어린 여자아이들이 그렇듯 나도 다르지 않았다. 호기심이 생겼다. 사실 호기심 정도가 아니었다.

그는 행색이 남루하기 짝이 없었는데 옷이 거의 찢어져 몸을 제대로 감싸지도 못했다. 하루하루가 지났다. 나는 집을 치우고 음식을 만들었다. 도토리, 딱정벌레, 흙반죽으로. 나는 그 남자보다 더 생명이 없는 음식을 그의 입술 사이로 한 숟가락 떠넣었다. 입은 들쭉날쭉 희한하게 생겼다. 발음하기 어려운 단어를 말하는 도중에 얼어붙은 것처럼 약간 벌어졌고.

학기가 시작되기 전, 나뭇잎이 노랗게 변해 밤새 떨어지기 전, 정부 버스를 타고 기숙학교로 돌아가기 전, 딱 그맘때의 여름이었다. 어떤 아이들은 영영 집으로 돌아오지 않았다는 말을 들었다. 삶이 따끔따끔하고 간질간질한 여름의 딱 그 무렵이었다. 입은 옷까지 깔쭉거리는.

그래서 그렇게 했다. 그래서 최악의 행동을 저질렀다.

구멍, 땟국, 바지와 허리띠로 두른 낡은 빨간색 스카프. 어쨌거나 그것이 그가 입은 전부였다. 처음에는 차갑고 단단한 돌 같은 느낌에 놀랐다. 어쩌다 그의 몸에 손이 닿았을 뿐이었는데. 정말 만지려고 했던 건 아니었다. 내가 스카프의 매듭을 풀자 허리에서 바지가 흘러내려 벌어진 일이었다. 순식간에 일어난 일이라 나는 뒤로 펄쩍 물러섰다. 바지는 해지고 썩어 있었다. 내가 본 것이 무엇인지, 심지어 얼마나 그러고 있었는지도 기억나지 않는다. 그 일이 있고 얼마 되지 않아 노란 나뭇잎이 떨어져 날렸고, 비밀의 집에 가까이 다가갈 때마다 고약한 냄새가 코를 찌르며 벽처럼 가로막았다. 나는 그곳을 피해 멀리 둘러갔다. 그리고 정부 버스를 타고 학교로 돌아갔다.

그 버스에서 룰루 라마르틴은 평생 쏟을 눈물을 다 쏟아내며 펑펑 울었다. 이유는 모르겠지만 그뒤로 나는 눈물이 말라버렸다.

나를 아는 사람은 모두 나보고 행복한 사람이라고 말한다. 나는 힘든 인생을 산들바람처럼 살아왔다. 나는 원한 없이 세상을 받아들이려고 한다. 카드놀이를 하는 것도 오로지 즐거움을 위해서니 악마도 이길 수 있다. 나는 다른 사람들의 절반도 걱정하지 않는다. 무슨 일이 생기든 지나가게 마련이다. 하지만 내 인생에서 캐시포는 단 하나의 예외였던 것 같다.

다른 무엇에도 비길 수 없을 만큼 나는 캐시포에게 매달렸다. 그의 마음을 얻고 싶었다. 그리고 얻었다. 하지만 한동안 그는 사랑으로 나를 맘대로 다루었다. 그가 손에 악취를 풍기며 살그머니 내 집으로 들어오면 내 몸을 만지기 전에 먼저 손을 씻게 했다. 그가 라일락 비누 냄새를 풍기면 세상은 완전한 암흑이 되었고, 루비눈을 한 날개 달린 곤충들이 어둠 속에서 우리를 가만히 지켜보았다. 누구도 우리를 몰랐다. 이 글을 읽지 않으면 앞으로도 그럴 것이다. 우리는 그만큼 조심했다. 그의 아내는 아들과 딸을 열병으로 잃은 뒤 헤아리지 못할 만큼 많은 아이를 데려다 키웠다.

그렇게 오 년 동안, 내 막내아들이 태어나고 한참 뒤까지 우리 관계는 계속되었다. 절반은 캐시포의 피가 흐르는 아들. 라이먼이 돈 감각을 타고난 것은 당연하다. 어쩌면 그런 식으로 헤아릴 수 없는 세월이 더 흘러갔을지 모른다. 나는 내가 가질 수 있는 것보다 더 원하지 않았고, 매우 만족하며 살았다. 하지만 그때 그가 백합같이 하얀 정치가의 본색을 드러냈고, 우리가 마주 묶은 사랑의 매듭은 풀어졌다.

살면서 나는 한 번도 인간의 측정을 믿지 않았다. 숫자, 시간, 인치, 피트. 모든 것이 자연을 잘라 적당한 크기로 나누려는 술책이다. 나는 세상의 웅대한 계획은 우리의 두뇌를 넘어서는 것이기에 가늠할 수 없음을 알고, 그래서 애쓰지 않고 그저 받아들인다. 나는 신의 피조물에 번호를 매기는 것을 믿지 않는다. 인디언에게 좋은 일이라고들 떠벌려도 나는 미국의 인구조사원을 내 집에 들이지 않는다. 뭐, 지금 하는 말을 그대로 옮겨도 좋다. 그들은 우리를 헤아릴 때마다 제거할 숫자를 정확히 파악하는 것이다.

나는 노란 턱수염을 기른 정부 조사원들이 끈 매는 부츠를 신고 헨리 집 주변의 땅을 측량하러 오기 전부터 이렇게 믿었다. 헨리 라마르틴은 그 땅을 등록하거나 구입하지 않았지만 그곳에서 살았다. 그 역시 측량을 믿지 않았다. 그의 생각도 나와 같았다. 굳이 측량하겠다면 제대로 하자. 당신이 발딛고 있는 1피트, 1인치의 땅도, 그것이 최고층 빌딩의 꼭대기라 해도 인디언의 것이다. 그것이

이 문제의 진짜 진실이다.

하기야 높으신 분들이 언제부터 이런 진실에 관심이 있었을까?

어느 날 아침 일찍 우리는 집 앞에서 통지서를 받았다. 부족 정부를 대표하여 캐시포가 직접 서명한 통지서였다. 결과적으로 그의 손은 엉클 샘*을 대신하는 인디언 법원 역할도 했다.

그날 밤 캐시포가 문을 두드렸다.

"룰루." 그가 말했다. "그건 아무것도 아니야. 들여보내줘."

나는 귀를 막고 개들을 풀었다. 거짓말하는 손과는 이제 끝이다. 나는 그의 관자놀이에서 마구 뛰는 피였다. 그의 두근거리는 심장이었다. 욕망의 바늘이었다. 나는 그의 몸을 누비며 그를 꿰맸다. 하지만 그가 지금 나를 내 집에서 쫓아내려 한다.

아, 그들은 집을 옮겨주겠다고 했다. 물론 그럴 것이다. 우리가 몇 번이나 옮겨다녔던가? 치페와족은 커다란 다섯 호수 건너편에서 터를 잡았다. 할머니는 우리가 어떻게 이 외로운 대초원의 한 귀퉁이로 내쫓기듯 흘러왔는지 들려주곤 했다. 지금 말하기에는 너무 사연이 길다. 내가 1피트도 서쪽으로 옮기지 않겠다고 버틴 것만 말해두자. 내 마음은 살던 곳에서 계속 살겠다는 의지로 불타올랐다.

그 무렵 헨리의 동생 베벌리가 난데없이 나타났다. 그는 나와 결혼하길 원했다. "지금까지 줄곧 당신을 기다렸어." 그런 말은 믿지 않았지만, 내 품으로 쓰러지기 전까지 몽유병자처럼 돌아다니

---

* 미국 정부를 일컫는 말. 흰 수염에 중절모를 쓴 키 큰 남자로 묘사된다.

며 세월을 보내기라도 한 듯 그는 얼이 빠지고 혼란스러워 보였다. 베벌리를 좋아하는 마음도 없지 않았다. 그는 부드럽고 온화한 남자였고, 일단 내 남자가 되면 나를 애먹이지는 않을 거라고 생각했다. 시내에서 캐시포를 만났을 때 나는 아무 일 아닌 것처럼 결혼한다는 이야기를 꺼냈다.

"결혼하게 될 것 같아. 트윈시티에 사는 베벌리 라마르틴 알지?"

넥터의 긴 얼굴이 더욱 길어졌다. 눈동자도 더욱 검어졌고. 깊은 웅덩이 같은 증오의 눈빛에서 그의 마음이 엿보여 나는 돌아서기도 전에 성호를 그었다. 사랑이 강하면 증오도 똑같이 강하다. "그 자식을 죽일 거야." 눈빛이 말했다. "아니면 너를 죽이든지."

나는 그의 열정이 식을 거라고 생각했다. 우리는 협박을 하지만 절반도 실행에 옮기지 않는다. 하지만 부족의 술렁거림을 예상하지 않은 것은 내 판단 착오였다.

인디언이 인디언에게 맞서기. 정부가 돈을 제시하면 우리의 행동은 그렇게 바뀐다. 정부 측 인디언이 자기 부족 사람들에게 현대식 공장을 지어주어야 하니 조상의 땅을 떠나라고 명령했다. 그 공장에서 헛된 상품을 만든다는 사실은 더욱 한심했다. 뱅글 팔찌에 쓸 구슬이나 플라스틱 전투용 곤봉 같은 기념품. 허황한 꿈의 물건.

부족 의회에서 일어나 발언할 때 나는 그 표현을 썼다. 내가 그들 앞에 나섰다. 캐시포가 내게 기회를 주었다.

"라마르틴 부인에게 발언권이 있습니다." 그가 말했다.

"저 여자가 의원 절반은 바닥에 눕혔지." 속닥거리는 소리가 들렸다. 하지만 나는 개의치 않고 당당하게 고개를 들었다.

나는 발언했다. 넥터 캐시포를 뚫어져라 쳐다보며, 그 자신이 꿈꾸는 허황한 물건인 엽서에도 찍혔던 그 잘생긴 인디언의 외모를 훑어보며. 땀 때문에 셔츠 겨드랑이 밑에 짙은 얼룩이 생겼다. 어쩌면 밤마다 그가 나를 만지기 전에 손을 씻게 한 것을, 빨간 눈을 한 곤충들이 우리를 지켜본 것을 폭로할까봐 두려웠을 것이다.

허황한 물건 때문이라고 나는 말했다. 값싸고 헛된 갈망 때문에 돈이 탐나서 혀를 날름거리는 거라고. 미국 정부가 바다에 부스러기를 던지면 달러를 핥을 정도로 비굴해져 자기 부족까지 살던 땅에서 내쫓는 거라고. 나는 울화가 치밀었다. "똥이랑 뭐가 다르죠?" 버럭 소리를 질렀다. "헛된 가치!" 나는 이 토마호크* 공장이 우리 모두를 조롱한다고 말했다.

"저 여자 염색했는데." 내 뒤에서 어떤 목소리가 속살거렸다. "모근이 하얗군."

"라마르틴 집안은 평생 이 땅에서 살았어요." 내가 말했다. "라마르틴 사람들은 여기 머물러야 마땅해요."

어디서 목소리 하나가 불쑥 튀어나왔다. "암캐 같은 년!"이라는 말이 들린 직후였다. 회의실 안에는 백 명 가까이 모여 있었다. "라마르틴의 아들들은 하나같이 아버지가 제각각이라지." 목소리는 누가 들어도 다 들릴 만큼 컸다. 그 목소리가 또 말했다. "막내

---

* 북아메리카 원주민이 무기로 사용하는 손도끼. 의식용은 날개털로 장식하고 색칠을 한다.

아들은 넥터의 자식이지, 아마?" 나로서도 다른 방법이 없었다. 뒤를 돌아보았다. 접의자를 펴고 앉은 사람들을 똑바로 쳐다보았다. 의원석에 앉은 많은 남자들이 다른 서류를 뒤적였다.

"그 남자들의 이름을 모조리 대지요." 나는 더없이 부드러운 목소리로 제안했다. "내 자식들의 아버지가 누군지…… 바로 이 자리에서 알려드리죠."

침묵이 흘렀고, 의원석이 술렁거렸다. "라마르틴에게 보상합시다." 그들이 말했다. "금전적인 해결책을 찾읍시다."

안도의 한숨이 회의실 안을 훑고 지나갔지만 나는 돈을 받을 생각이 없었다.

"돈은 필요 없어요." 내가 말했다. "우리는 우리의 땅에서 살 거예요."

모두 내 얼굴에서 내 뜻을 읽었다. 내 속마음을 분명히 이해했다. 라마르틴이 사는 터를 옮기기 전에 줄줄이 친자 확인 소송을 해서 부족에 타격을 입히고 그들의 머리를 핑핑 돌게 만들 것이다. 내가 자기 자식을 낳았다는 사실조차 잊은 사람도 있을 것이다. 하지만 여전히 누군가는 궁금히 여겼다. 회의실 곳곳에서 아내들의 목덜미에 머리털이 곤두섰다. 정말 그랬다. 이윽고 회의가 끝났다. 하지만 어디로 옮기는가? 얼마 되지 않아 헨리의 집이 불타버렸다.

나는 베벌리가 미니애폴리스에서 돌아와 캐시포를 막아주길 바랐다. 이 시점에 이상한 일이 일어났다. 베벌리와 나는 내 자식들을 모아놓고 판사 앞에서 결혼했다. 그리고 일주일 뒤에 그는 아내가 있다고 말했다. 물론 나는 완강했다. 힘든 일이 있으면 나는 강한 여인이 된다. 그래서 이혼하고 오라고 요구했다. 그가 아내를 확실히 버리게 하려고 못처럼 강하게 자란 사랑하는 아들 게리까지 트윈시티로 딸려 보냈다. 그 여자가 누구인지 모르지만, 나는 베벌리가 간절히 필요했다.

베벌리도 게리도 한참 동안 돌아오지 않았다. 베벌리는 기꺼운 마음으로 게리와 동행했는데 예상치 못한 일이 벌어졌다. 내 아들이 유치장에 갇힌 것이다. 지금까지 나는 이 일을 베벌리가 꾸몄다고 생각한다. 하지만 크게 걱정하지는 않았다. 백인이 만든 감옥은 모지스 필라저의 아들을 가둘 수 없으니까.

방금 나는 한 아버지의 이름을 아무렇지 않게 발설했다. 물론 필라저는 그날 밤 회의실에 와 있지 않았다. 만약 그가 그 화재 사건을 알았다면 캐시포의 손을 불로 지졌을 것이다.

내가 어떻게 아냐고? 내 집에 불을 지른 사람이 캐시포라고 어떻게 말할 수 있냐고?

길에서 우연히 아는 사람을 만난 양 그에게 내 결혼 소식을 전하고 그를 지그시 쳐다보았을 때 그의 눈빛에서 뭔가를 보았기 때문이다. 그의 눈동자에서 내 집이 불탔고, 나는 나 자신의 불로 불붙은 채 혼자 그곳에 갇혔다. 눈이 빨간 나방들이 숨어 있던 나무에서 나왔는데 꼭 죽은 나뭇잎처럼 보였다. 그것들은 타오르는 불꽃에 이끌려 무기력하게 불길에 휩싸였다.

그 운명의 오후에 아들들은 막내 라이먼만 빼고 모두 시내에 놀러나가 잭팟 빙고게임기 주변을 어슬렁거렸다. 나는 라이먼을 집에 두고 잠시 길 건너 사는 플로렌틴의 집에 갔다. 그녀가 여분으로 남겨둔 쌀과 내가 가진 담배, 달걀가루를 맞바꾸기 위해서였다. 거기서 그녀와 커피를 마시며 이런저런 이야기를 나누었다. 사람들이 내 집을 빼앗으려고 노린 기회였다. 그녀가 주전자에서 두번째 잔을 따를 때 나는 검은 액체에서 불꽃이 뿜어나오는 것을 보았다. 나는 간다는 말도 없이 뛰쳐나왔다. 그녀는 오늘날까지 자기가 커피를 따를 때 라마르틴이 불타는 집을 보았다고 말하고 다닌다.

내가 그것을 캐시포의 눈동자에서 먼저 본 사실을 그녀는 모른다. 마당이 시야에 들어왔을 때 내가 무엇을 보았는지 그녀는 모른다.

연기는 창문에서 새어나와 거대한 튜브처럼 저 혼자 빙빙 감아 돌며 구름도 바람도 없는 해질녘 하늘로 곧장 날아올랐다. 백 쌍의 결혼식에서처럼 허공에 쌀을 뿌리며 나는 한달음에 달려갔다. 벌써 사람들이 길에 나와 소리를 질렀다. 나는 숨 돌릴 새도 없이 헐레벌떡 뛰어갔다. 집에서 라이먼이 라디오를 들으며 잠들어 있을 것이다. 나는 문을 열고 곧장 들어갔다.

숨이 막혔다. 견디기 힘든 열기를 피해 걸음마를 배우는 아기처럼 엉금엉금 기어 이 방 저 방 뒤졌다. 연기가 자욱했다. 지붕이 금방이라도 내려앉을 것 같았지만 라이먼은 어디에도 없었다. 식탁 밑에서 잠시 주위를 두리번거리다 퍼뜩 생각이 났다. 아이는 이따금 옷장에 들어가 내 옷과 구두에 기대어 잤다. 그 안의 어둠을 좋아했던 것 같다. 옷과 향수에서 나는 여자 냄새도. 내가 집에 돌아오면 아이는 이따금 옷장에서 잠들어 있곤 했다.

나는 기어서 옷장으로 갔다. 아이는 내 잠옷에 코를 묻고 잠에 흠뻑 취해 있었다. 그때 아이를 침실 창문 밖으로 던지고 나도 따라 접시꽃 위로 떨어졌던 것 같다. 때마침 부족 소방차가 고장이었다. 그것이 그들의 작전이었다.

그래서 우리는 모두 무사했지만 가만히 서서 불타는 집을 구경할 수밖에 없었다.

우리는 어째서 몸뚱이가 있는가? 몸은 우리가 느끼는 것을 견디기에 약하다. 이따금 팔다리를 꼼짝할 수 없으면 나는 그 순간이 얼른 지나가기를 바란다. 죽음이 떠도는 구름 같은 자유를 줄 것처럼. 나는 어린 시절의 그 죽은 부랑자가 올려다본 들쭉날쭉한 나뭇잎을 지나쳐 날아갈 것이다. 저 바깥에서 살과 뼈와 피보다 훨씬 큰 쾌락을 느끼며 세상이라는 끝없는 몸의 한 조각으로 존재할 것이다.

집이 시커멓게 타서 기둥만 남은 뒤에 그들이 찾아왔다. 우리 부족 사람들. "라마르틴." 그들이 말했다. "가여운 룰루. 우리와 함께 지내지 않겠어?"

"싫어." 내가 말했다. "나는 여기 이곳에서 살 거야."

그리고 집이 있던 바로 그 자리에 구부러진 함석판과 부서진 판자와 불탄 나무로 허름한 판잣집을 짓고 두 달을 살았다. 물은 깡통에 길어왔다. 여름은 건조하고 뜨거웠다. 아이들은 망가진 차체 안에서 편안히 잠들었다. 사람들은 음식과 맥주를 가져왔다. 수녀들은 옷을 주었다. 하지만 우리는 들짐승 무리처럼 살았고, 시간이 흐르자 수치심이 뭔지 모르는 사람들조차 우리를 수치스럽게 여겼다. 부족 사람들이 마침내 우리에게 크래커 상자 같은 정부주택을 지어주었다. 백인 농부에게서 정당하게 되산 땅뙈기에. 그 땅은 헨리의 것보다 좋았고, 전망도 시내를 향했다. 그곳에서는 모두 다 보였고, 나는 그들의 보상을 수락했다.

시간이 화살처럼 흘러 내 아이들은 모두 어른이 되었다. 나는 자식들이 자랑스러웠지만 어떤 자식들은 슬픔을 떠안겼다. 게리가 그중 하나였다. 감옥을 들락거리며 인디언을 부추기는 것이 게리의 삶이었다. 나처럼 그 아이도 야성을 억누르지 못했다. 또 한 명 야성에 붙들린 아이는 나로서도 뜻밖이었다. 헨리 주니어. 헨리는 평생 바르게 살았지만 전쟁이 그 아이에게 바른 것을 틀렸다고 알려주었다. 무엇인가가 헨리의 내면을 잠식했다. 헨리는 혼이 나갔다. 전쟁에서 돌아왔을 때 헨리는 누구도 손댈 수 없는 존재가 되었다. 이따금 나는 그애의 눈을 쳐다보았는데 어디선가 본 것 같았다. 어느 날 깨달았다. 헨리의 눈빛은 내가 놀이집 앞에서 발견한 남자에게서 본 것과 똑같은 죽은 자의 황량한 눈빛이었다. 그래서 라이먼이 강에서 차를 얻어 타고 돌아와 하는 말을 듣고도 그렇게 놀라지 않았다.

"사고였어요." 라이먼이 문을 열고 들어오며 말했다. 반쯤 정신이 나간 채로. 나는 라이먼의 어깨에 모포를 둘러주었다.

"아무 말도 하지 마라." 나는 그 아이를 의자로 데려가 앉혔다. 라이먼은 충격에 빠졌다.

"차가 물속으로 들어가버렸어요." 라이먼이 말했다. "막을 수 없었어요." 그애의 목소리는 어딘지 부자연스러웠고, 이 말을 연습한 것 같았다. 전쟁에서도, 포로수용소에서도 살아남은 헨리 주니어의 목숨을 한낱 사고 따위가 빼앗아갈 수는 없었다. 하지만 사람들이 남편 헨리의 사망 소식을 알려주러 왔을 때처럼 나는 아무 말 하지 않았다. 사람들이 무엇을 믿고 싶어하는지 알았으니까.

헨리 주니어가 죽고 얼마 동안 라이먼이 이상했다. 라이먼은 늘 낙천적이고 멋진 것을 사랑했다. 나처럼 옷을 다려 입었고 돈에 대해서는 아버지처럼 황금 감각이 있었다. 그런 애가 침울해졌다. 헤어나지 못하고 점점 더 침울해지다 누구도 그애를 끌어낼 수 없는 지경까지 이르렀다. 라이먼은 혼자 오래되고 허름한 오두막에서 내키는 대로 살았다. 나머지 가족은 햇볕이 한때 내리쬐고 나무 한 그루 없는 황량한 땅에 옹기종기 모여 살았다. 아내들과 자식들과 사돈 일가와 사촌 모두가 그곳의 트레일러와 더 낡은 차체로 모여들었다. 그들은 네군도단풍나무와 작은 떡갈나무를 심고 키웠다. 심지어 구스베리밭도 일궜다. 그곳은 라마르틴 일가의 보금자리가 되었다. 나는 쉰 살이 다 되었을 때 첫딸이자 마지막 자식을 낳았다. 보니타의 아버지는 사탕무 수확을 쫓아 떠도는 멕시코인이었다. 이 아이의 이름이 좀 별난 이유가 그것이다. 삶은 계속 흘러갔다. 공장이 세워졌고, 애초의 예상대로 문을 닫았다. 이제 공장이 누구 땅에 세워졌는지 관심을 갖는 사람도 없었다. 시간은 우리 모두를 허물어서, 심지어 가장 큰 문제들도 거짓말의 꽃을 피운 캐시포의 손처럼 면밀한 시간 속에 묻힌 지 오래였다.

나는 예순다섯이 넘어 시력이 떨어지자 노인주택에 방 두 개짜리 작은 아파트를 얻었다. 나는 여러 해 동안 사람들이 필요 없다며 넘겨준 잡다한 물건을 가지고 있었다. 무덤에서 시든 것 같은 조화 꽃다발, 얼룩이 생긴 초록색 플라스틱 접시, 묶음으로 팔 때 이십오 센트에 두 벌씩 산 옷. 그것들을 모조리 내다버리고 완전히 새로 시작했다. 내 아파트는 벽돌 벽에 페인트칠이 되어 있었다. 나는 나무와 무용수와 늑대와 존 케네디의 사진을 샀다. 고전이 된 그림 〈용자의 투신〉도 샀는데, 캐시포를 좋아해서 그의 젊은 날을 높이 사는 사람이든 그를 좋아하지 않아 알몸의 도약을 비웃고 싶어하는 사람이든 모두 그 그림을 갖고 있었다.

내 아들들이 같이 나가서 가구를 사왔다. 맞춤가구였다. 플러시 천을 간 새 안락의자를 방 한복판에 들여놓은 뒤에, 라디오를 사고 집을 정돈한 뒤에, 아들들이 맥주를 부딪치며 나를 위해 건배하고 다시 라마르틴 일가의 터전으로 돌아간 뒤에, 나는 안락의자에 앉았다. 그리고 강물 같고 황금 같은 내 마지막 전성기가 시작되는 것을 느꼈다.

여기서 이야기의 후반부가 시작된다.

2

나는 넥터 캐시포가 바보가 된 것과 아무 상관이 없다.

그는 머리와 가슴이 있었지만 굳이 자기를 위해 쓰지는 않았다.

그는 싸우지도 않았다. 그래서 감각이 없어지기 시작하자 조금씩 빠져나가게 내버려두었다. 적어도 내 눈에는 그렇게 보였고, 내가 아는 한 그랬다.

대체로 나는 나쁜 감정을 품지 않고 살려고 하지만 원한은 사라지지 않았다. 그는 누구도 내게 하지 않은 아주 나쁜 짓을 저질렀다. 머리카락이 없어도, 집이 없어도 나는 살 수 있었다. 그가 건드린 것은 내 자존심이었다. 어쩌면 넥터에 대한 원한은 내가 나쁜 감정을 풀어내지 않았기 때문에 더 커졌을 것이다. 아무도 예측하지 못했을 것이다.

나는 그가 노인주택에 사는 걸 알았지만 아침에 복도를 걸어다녀도 그나 그의 아내 마리를 보지 못했다. 그러던 어느 날 그와 맞닥뜨릴 뻔한 일이 일어났다. 나는 시력이 너무 나빠 형체는 흐릿하게 보이고 공간은 뚫린 곳만 알아보았기 때문에 사탕자판기 옆을 지나면서 그를 거기 부착된 무엇으로 생각했다. 하지만 눈이 안 보일수록 다른 감각이 발달해 그가 어디 있는지 알기 전에 한 남자의 시선이 내게 붙박인 것을 직감으로 알았다.

나는 시선이 오는 방향을 돌아보았다. 윤곽은 흐릿하고 깨지고 흔들렸지만 형체는 틀림없는 캐시포였다.

"안녕, 넥터." 내가 말했다.

이제 그의 숨소리가 들렸다. 그는 아무 말도 하지 않았다.

"나야, 룰루." 내가 말했다. "내가 많이 변했나?"

그는 문손잡이라는 단어라도 말하듯 내 이름을 무덤덤하게 반복했다. 그리고 사탕자판기로 돌아서서 그것을 힘껏 밀었다. 구멍에서 작은 종이 포장지들이 도로 들어가며 부스럭거리는 소리가 났다. 나는 야릇하고 복잡한 심정에 휩싸여 망설였다. 한편으론 그 자리를 떠나고 싶었다. 사람들은 그가 많이 변했다고 말했지만 나는 믿지 않았던 것 같다. 지금은 이렇든 저렇든 상관없었다. 그가 여기에 있었다. 떠나고 싶은 만큼 그 자리에 있고 싶었고, 우리도 이만큼 늙었으니 환한 대낮일지언정 그저 부둥켜안고 싶었다.

그는 주석통을 다시 힘껏 밀었고 손바닥으로 탁탁 쳤다. 그가 금방이라도 울 듯이 꿀꺽꿀꺽 침을 삼켰다.

"가끔 돈만 삼키던데." 내가 말했다.

"땅콩버터 컵." 그가 불이 켜진 기계를 향해 서 있다 나를 돌아보았다. "저 땅콩버터 컵이 먹고 싶었어." 그가 말했다. 그 순간 나는 그의 마음이 온통 사탕에 쏠려 있음을 알았다. 넥터에게는 내가 의자나 낡은 구두와 다르지 않았다.

그것이 그 사람다운 행동 아니었나? 사람들은 넥터 캐시포가 변했다고 말했다. 하지만 그가 어느 때보다 더 자기 자신다워졌다고 해야 맞을 것이다. 나는 불빛이 반짝거리는 자판기 유리 앞에 서서 어린아이처럼 진열된 사탕을 슬프게 바라보다 점점 커지는 실망감에 풀이 죽은 그를 두고 그곳을 떠났다. 내가 그에게 느낀 것을 말해주기에는 아직 일렀다. 그가 지금껏 얼마나 탐욕스러운 존재였는지, 지금 그것이 어떻게 드러났는지. 그 말을 하려니 안쓰러웠던 것 같다. 하지만 나는 다시 가서 그에게 이십오 센트짜리 동전을 건네지는 않았다. 그러지 않을 만큼은 아직 그를 사랑했다.

아까 말했듯이 그의 아내 마리도 그 집에 살았다. 내가 아직 그녀에 대해 말하지 않은 것을 이상하게 여길지 모르지만 사실은 그렇지 않다. 나도 아내들의 존재를 인정하려고 한 적이 없지만 그들 또한 룰루 라마르틴에 대해 알고 싶어한 적이 없었다. 우리가 손가락으로 딱 소리를 내서 서로를 없애버릴 수 있었다면 그렇게 했을 것이다. 하지만 그럴 수 없었기에 우리는 차선을 선택했고, 서로의 존재를 모른 척했다. 내가 그녀를 신경쓰지 않았다는 말은 아니다. 그녀는 덩치가 크고 약간 구부정한데다 다리에 문제가 있었다. 더운 날에 움직이려면 많이 힘들었을 것이다.

마리는 뭐든 잘 맡았고 뭐든 잘해나갔는데, 노인주택에 들어오자 곧바로 피너클 카드놀이의 밤을 결성하는 일에 착수했다. 나는 가끔은 돋보기를 쓰고, 또 가끔은 느낌과 말소리에 의지해 카드놀이를 했다. 내 귀는 레이더가 다 된 것 같았다. 덕분에 방 저쪽에서 사람들이 돈을 걸다 내 이름을 들먹이는 소리를 듣고 말았다.

"요전에 사탕자판기 앞에서 룰루와 함께……" 나는 누가 다른 누구에게 말하는 목소리를 들었다. 누구에게 하는 말일까? 어쩐지 마리 같았다. 아니나 다를까 그녀의 목소리로 여겨지는 다른 누가 대답했다. "그이는 지금 어린애 같아. 무슨 일이 있어도 사탕을 손에 넣어야 한다니까."

마리가 들먹인 그이가 창문을 넘어 집으로 들어오던 시절의 캐시포가 아니라 그런 병을 앓는 캐시포라는 건 알고 있었다. 하지만 그렇게 생각한들 달라질 것은 없었다. 그 순간 그녀의 말이 맞다는 사실을 깨달았다. 사탕 때문에 룰루가 상처를 입든 마리가 상처를 입든, 그는 무슨 일이 있어도 사탕을 손에 넣어야 했으니까. 중요한 것은 언제나 그 자신의 욕구였다. 하지만 이상한 것은 내가 그런 점 때문에 그를 더 사랑했다는 사실이다. 우리는 같은 족속이었다. 그 점에 대해서는 할말이 없다. 우리는 묻지도, 깊이 생각하지도 않고 서로를 어루만지며 쾌락을 찾았다. 서로 탐욕의 땅에 너무 깊이 빠져 우리를 끌어내리려면 부족의 법적 조치나 집이 불타는 정도의 일은 일어나야 했다.

그녀의 목소리를 들으며 나는 마리가 무슨 생각을 했을지 상상해보았다. 그는 매주 한밤중에 나를 찾아왔다. 그가 어두컴컴한 하늘의 아름다움을 감상하러 산책을 나간 건 아니라는 걸 그녀도 알았을 것이다. 나는 궁금했다. 물론 직접 물어볼 방법은 없었다. 그 모든 일이 일어난 지금, 그녀를 알기에는 너무 늦었는지 모른다. 나는 그녀가 활동하는 취미 단체나 보건위원회에 가입하려고 생각했지만 용기가 나지 않았다. 게다가 하루가 다르게 시력이 나빠져 괴로웠고, 노인주택에 말없이 앉아 인간의 마음에 대해 생각하면 할수록 시야도 더욱 안으로 향해 결국 바깥세상에는 완전히 눈멀게 되는 기분이었다.

오로지 눈이 멀어서였을까, 그가 평생 품은 탐욕에 맞먹을 정도로 깜깜하게? 아니면 진짜로 내 욕망이 남았기 때문이었을까? 그것도 아니면 순전히 어리석음 때문에 일어난 일이었을까?

어느 날 마당에서 루바브 줄기를 자르는데 그가 손에 막대기를 들고 내 뒤로 다가왔다. 나는 본능으로 그것이 그의 혀처럼 끝이 갈라진 민들레용 쇠스랑이라는 것을 알았다.

"귀찮게 하지 마." 내가 건물로 들어가며 말했다. 그가 따라왔다. 나는 세탁실에 가서 빨래를 살펴봐야 했다. 그가 나를 따라 세탁실로 들어와 문을 닫았다. 나는 말없이 그를 돌아보았다.

"룰루, 한바탕 해볼까." 그가 말했다.

맘속에 쌓인 원한과 연민에도 불구하고 나는 그를 품에 안을 수밖에 없었다. "얘들아, 아래층으로 내려가거라." 내가 속삭였다. "넥터를 그대로 둬."

그는 나를 꼭 껴안았고, 우리는 키스하기 시작했다. 하지만 사람 일이란 게 늘 그렇듯 그가 내 머리를 쳐서 가발이 벗겨졌고, 립샤 모리시가 무슨 일인가 싶어 불쑥 들어왔고, 우리는 처음에 끌어안다 놀란 것 말고 더 한 것도 없었다. 그의 품에서 벗어나자마자 나는 세탁물을 건조기에 넣고 그곳에서 빠져나왔다. 허황한 물건. 그 순간 필요한 것은 오로지 그것이었다. 한때 나는 그들의 치명적인 환상을 들먹이며 부족 의원들을 몰아붙였다. 하지만 여기서 나는 환상 때문에 내 인생에서 또다시 큰 실수를 해버렸다. 내가 넥터에게 느끼는 것은 그저 손에 잡히지 않는 꿈이지만, 환상이라고 해서 힘 자체가 없는 것은 아니다. 그에게는 기억이나 정신이라고 말할 수 있는 것이 없었다. 나는 그것을 알았어야 했다.

넥터 캐시포가 숨진 것은 내가 그랜드포크스에 가서 수술을 받은 뒤였다. 나는 유령 같은 초록색 빛도 보지 못했고 목소리도 듣지 못했다. 그의 죽음을 알리는 별다른 일은 일어나지 않았다. 그가 숨진 다음날 라이먼이 나를 노인주택으로 데려다주러 와서 그 소식을 전했다. 이상하게도 담담했지만, 눈에 붕대를 감은 것이 다행이었다. 내 감정을 들키지 않은 것이 기뻤지만 라이먼은 분명 눈치챈 것 같았다.

"그가 제 아버지였지요?" 내 오랜 침묵 끝에 이윽고 라이먼이 입을 열었다. 망설이는 목소리였다. 나는 열 살 무렵의 라이먼을 떠올렸다. 그때 라이먼은 더 통통했고 오래된 네즈비츠 소다수 병에 동전을 모았다.

"나랑 캐시포에 대한 소문은 어디서 들었니?"

"여기저기서요."

"나는 늘 화제를 몰고 다녔지." 내가 말했다.

라이먼은 웃는 것 같지 않았다. 그애는 헨리가 죽은 뒤로 완전히 달라졌다.

"그거 아세요?" 라이먼이 잠시 뒤에 한숨을 지었다. "사실은 알고 싶지 않아요."

캐시포가 아버지라는 것을 그애는 물론 알았다. 그애가 실제로 하고 싶었던 말은 뭘 더 어쩌겠느냐는 것이었다. 나는 상실감을 느꼈다. 내 아들을 무릎에 앉히고 끌어안은 채 맘껏 울게 하고 싶었다. 엄마라면 눈이 멀어도 자식이 감정을 누르고 고통스러운 침묵에 빠진 것을 안다. 하지만 우리는 짐을 싸서 집으로 돌아오는 동안 한마디도 더 하지 않았다. 그애가 새로 구입한 비싼 차, 그 컨버터블 뒤로 처음 구입한 차는 내부가 동굴처럼 서늘하고 밀폐된 느낌이었다. 병원으로 갈 때는 아무렇지 않았지만, 돌아오는 길에는 우리가 어딘가에 도착하면 침묵을 깨고 부드럽고 푹신한 의자에서 일어나야 한다는 생각에 슬펐다.

"언제 같이 드라이브를 가자꾸나." 라이먼이 나를 아파트로 데리고 들어갈 때 내가 말했다.

하지만 그애는 대답하지 않았다. 그저 이제 가보겠다고만 했다.

나는 라이먼이 머리에 진흙을 묻히고 내 트레일러에 들어온 날만큼 가슴 아팠던 적이 없었다. 옛날을 돌이켜볼 때마다 가장 끔찍한 일은 헨리 주니어가 물에 빠져 죽은 것이었다. 그 일이 마음에서 떠나지 않았다. 모지스와 아주 가까운 사이였을 때 그는 치페와족에게 물에 빠져 죽는 것만큼 비참한 죽음은 없다고 말했다. 사람들도 하나같이 익사한 사람은 저승에서 받아주지 않기 때문에 아픈 몸으로 해진 신발을 끌고 누더기를 걸친 채 추위와 싸우면서 영원히 떠돌아야 한다고 했다. 물에 빠진 사람이 있을 곳은 하늘에도 땅에도 없었다. 내가 그 일을 잊을 수 없는 이유가 그것 때문이고, 관습을 깨고 헨리 주니어의 이름을 큰 소리로 내뱉는 것도 그것 때문이다.

그가 들을 수만 있다면 아직 돌아올 집이 있다고 알려주고 싶었다.

넥터 캐시포는 물에 빠져 죽지 않았지만 한동안 떠돌아다녔다.

나는 방에서 눈앞이 보이지 않는 채로 넥터의 죽음을 슬퍼했다. 비록 우리가 오래전에 헤어진 것을, 내 개들이 그의 손에서 고기 부스러기를 낚아채 갈기갈기 찢고 그에게 달려든 그날 밤 헤어진 것을 알았지만. 나는 개들이 짐승처럼 울부짖으며 그를 다음 언덕까지 쫓아가 내 인생에서 쫓아내는 소리를 들었다. 그가 달아나는 만화 같은 장면을 비웃으며 속으로 소리를 지르느라 베개 모서리를 꽉 물어야 했다. 그날 밤 이후 그가 내게 더는 상처를 입힐 수 없다고, 심지어 죽음으로도 그럴 수 없다고 나는 생각했다.

나는 결국 내가 얼마나 많은 감정을 느끼는지에 놀랐다.

내가 절대 울지 않았던 데는 많은 이유가 있었다. 나는 지금 울기 시작하면 남은 인생 전부를 울면서 허비하게 되리라는 걸 알았다. 게다가 눈물도 나오지 않았다. 나로서도 어쩔 수 없었다. 수술이 내 눈물을 완전히 말려버렸다. 라이먼이 못하겠다고 해서 다른 누구에게 몇 방울 넣어달라고 할 참이었다. 나는 허리를 숙여 소리를 지를 수도, 눈에 꿰맨 부위가 떨어질지 몰라 움찔거릴 수도 없었다.

장례식이 끝나고 넥터가 다른 세상에서 나를 찾아왔을 때 내가 가만있은 이유가 그것이다.

의사의 지시를 떠올리기에는 묘한 시간이었지만, 지시를 어길 만한 상황이 된 적은 없었다. 당연히 나는 그를 볼 수 없었지만 그가 내 이름을 속삭인 순간 잠에서 깼다. 예전에 그가 나를 찾아올 때면 소리 없이 창문을 넘어 내 이불 속으로 파고들었고, 그러면 나는 잠에서 깨어 돌아누웠고……

그리고 그는 오래전처럼 거기에 있었다. 나는 절대 안정하라는 의사의 말을 떠올렸다. 넥터가 내 몸 위에 길게 엎드려 누르는 것 같았다. 그에게서 이른 아침의 서늘한 냉기가 느껴졌고 손에서는 라일락 목욕비누 냄새가 났다. 내 방 곳곳에서 나방들이 눈에 불을 켰다. 나는 그것들의 부드러운 존재감과 살랑이는 날갯짓, 털이 촘촘한 더듬이를 느꼈다. 그리고 그의 품속에서 그날 밤이 지나갔고, 어둠은 걷히지 않았다.

이곳은 이 세상을 초월한 새로운 세상 같았다. 들어본 적이 없는 것들로 가득한.

하지만 동이 트고 하루가 시작되자 삶은 평범하기 짝이 없었다. 나는 접수처에 요양보호사를 요청하는 신청서를 넣었지만 필요한 사람보다 요양보호사의 수가 적었다. 마리가 나를 돌보겠다고 자원한 이유가 그것이다. 그날 아침 그녀가 문을 두드렸다. 나는 들어오라고 했다.

모든 것을 다 알 만한 나이에도 새로운 것은 있다. 우리는 앉아서 같이 커피를 마셨고 이른 아침에 라디오로 음악을 들었다. 나는 그녀의 목소리가 그 자체로 음악처럼 농염하고 고요하다고 생각했다. 귀가 아주 예민해져서 소리만으로도 감지할 수 있었다. 나는 키트로 파는 기포고무 꽃잎으로 직접 만든 베개를 그녀에게 주었다.

"정말 좋네요." 그녀가 말했다. "이런 건 만들어본 적이 없어요."

"아이들을 맡아 키우느라 늘 바빴을 테니까요." 내가 말했다.

그리고 이 말을 꺼내야 마음이 편할 것 같았다.

"내가 시력을 되찾을 수 있게 도와주러 여기까지 와줘서 고마워요." 내가 말했다. "하지만 난 후회 같은 건 없어요."

"괜찮아요." 그녀는 친절했지만 감정은 거의 느껴지지 않았다. 그녀의 목소리가 밝아졌다. "나무에는 세 줄로 된 무늬가 있지요."

내가 알아듣지 못하자 그녀가 다른 식으로 표현했다.

"당신의 눈에 누가 눈물을 넣어줘야겠네요."

우리는 다시 음악을 듣기 시작했다.

그녀는 넥터의 장례식을 언급하지 않았다. 우리는 넥터 이야기는 아예 꺼내지 않았다. 그는 이미 여기에 있었다. 말을 너무 많이 하면 수문이 열리면서 홍수처럼 쏟아져 우리의 순간이 사라질 수도 있었다. 그저 말없이 앉아 있으면 된다. 우리는 같은 방식으로 함께 애도했다. 중요한 것은 그것이다. 그러면 된다. 처음으로 나는 다른 여자가 어떻게 느끼는지 정확히 알았고, 놀랍게도 그 사실이 큰 위로가 되었다. 지난밤에, 그리고 과거에 어떤 일이 있었건 내가 붕대를 풀면 마침내 다 끝날 거라는 깨달음이 왔다.

그녀가 식탁에서 눈물 약을 가져왔다. 나는 고개를 젖혔고, 그녀가 내 뺨에서 천천히 반창고를 떼어내는 것을 느꼈다. 그녀가 따뜻한 수건으로 내 눈을 닦았다. 나는 눈을 깜박였다. 흐릿했지만 벌써 사물이 보였다. 그녀가 아물거리는 산처럼 거대하고 뿌옇게, 갓난아기의 눈에 비친 엄마처럼 흔들렸다.

강을 건너
1985

1
하워드 캐시포

아이는 푸른 잠옷을 입고 머리에 항아리를 이고 걷는 여자들을 바라보았다. 그들은 줄지어 욕실 안을 돌고 돌았다. 이따금 수납장, 변기수조, 욕조 뒤로 사라졌지만 어김없이 한 줄로 다시 나타났다. 발을 헛디뎌 휘청하는 일도 없었다. 항아리를 고쳐 이지도 않았다. 여자들의 차분한 발걸음에 아이의 마음도 차분해졌다. 금이 간 타일 아래에서 여자들이 솔기가 없는 잠옷을 입고 걸었다.

이따금 밖에서는 아버지가 식탁을 발로 찼다.

"그 자식이 또 달아났어. 난 끝장이야."

그 목소리는 아이가 듣기에도 유치한 데가 있었다. 숟가락, 그릇, 재떨이, 유리병이 서로 쟁그랑거렸다. 그런 건 참을 만했다. 하지만 점점 유치해지는 킹의 찢어질 듯한 목소리는 참기 힘들었다.

378

어머니가 소리를 꽥 질렀다.

"우리는? 우리는 어떻게 되는 거예요?"

어머니는 아버지가 자기밖에 모른다고 했다. 어머니가 고함을 질러대는 통에 벽에 그려진 여자들이 흔들거렸다. 킹 주니어는 어머니가 고함을 지르는 동안 항아리가 깨지거나 여자들의 팔이 떨어져나가는 악몽을 상상했다. 하지만 그런 일은 일어나지 않았다. 기적같이 그들은 여전히 줄지어 걸으면서 그의 주위를 빙글빙글 돌았다.

학교에서는 그를 하워드라고 불렀다. 사연은 이러했다.

선생님이 그의 어머니에게 말했다. "아이가 아주 영리한데요, 어머니. 직접 읽기를 가르치셨나요?"

"어떻게 읽기를 배웠는지 모르겠네요." 어머니가 말했다. "텔레비전에서 배우지 않았다면 말이죠."

킹 주니어는 안 본 프로그램이 없었지만 그를 가르친 것은 특히 〈세서미 스트리트〉였다. 또 그는 시리얼 상자 뒷면과 통조림 깡통에 붙은 상표 딱지, 어머니가 즐겨 보는 잡지에 나온 제목들을 섭렵했다. 유치원에서 다른 아이들보다 앞섰고, 그래서 일학년으로 옮겼다.

"킹 하워드 캐시포 주니어." 그를 새로 맡은 선생님이 말했다. "어떤 이름으로 불러주면 좋겠니?"

그는 그에 대해 생각해본 적이 없었다.

"하워드요." 이렇게 대답하고 스스로 놀랐다. 그렇게 간단했다.

그뒤로 그는 학교에서 하워드였다.

어느 오후 아이들은 빨간색 종이 하트를 오렸다. 게시판에 붙일 하트였다. 선생님은 검은색 매직마커를 가지고 있었다. 아이들은 한 명씩 선생님의 책상으로 가서 하트 한가운데에 선생님의 매직마커로 자기 이름을 썼다. 알싸한 냄새가 나는 잉크가 종이에 스며들었다. 퍼머넌트, 마커에 붙은 라벨에 쓰여 있었다. "영구적이라는 뜻이지." 하워드가 묻자 선생님이 대답했다. "지워지지 않는 거야."

"멋진데요." 하워드가 말했다.

그는 앉아서 선생님이 그의 하트를 벽에 붙이는 것을 지켜보았다. 벽은 초록색이었다. 벽에 붙여놓으니 묘하게 심장이 뛰는 것 같았다. 팔딱팔딱. 그는 자기 이름을 꾹 눌러쓴 하트를 쳐다보았고 순간 내면에서 뭔가 움직이기 시작했다. 불현듯 기묘한 느낌에 휩싸였다. 잠시 의미의 무게로 무거워지는 느낌이었다. 하워드는 그곳에 앉아 있었다. 하워드는 어쩐지 익숙한 느낌도 들고 달라진 느낌도 들었다. 하워드는 집 같은 이 몸 안에 살았다. 하워드 캐시포.

푸른 옷의 여자는 계속 원을 그리며 돌았다. 이웃이 와서 빗자루로 문을 쳤다. 그뒤로 목소리가 줄어들었다. "어떻게 한다지? 어떻게 해야 하지?" 그들이 말했다. 그는 경찰이 아버지를 다시 잡아갈 거라고 생각했다. 이전에도 어느 평범한 날에 느닷없이 그런 일이 일어났다. 그들은 집으로 와서 덩치 큰 킹의 손목에 수갑을 채웠다. 이제 그는 부모가 옆방으로 가는 소리를 들었고, 이윽고 잠잠해졌다. 그는 자기로 만든 변기수조에 몸을 기댔다. 이제는 잘 수 있었다. 어머니가 질러대는 소리도 멎었다.

2
립샤 모리시

킹 캐시포가 내게 충고했다.

"개똥 같은 헌병대의 손아귀를 벗어날 수는 없어. 자수해! 그 호래자식들이 너를 포기하지 않을 거라고. 내가 해병대 출신이라서 알아."

"여러 군데 돌아다녔죠." 리넷이 남편에게 퉁명스레 말했다. "스틸워터 교도소도 가고?"

"그런 건 집어치워. 베트남에 갔다니까."

"이이는 서부 해안도 벗어난 적이 없어요." 리넷이 눈을 게슴츠레 뜨고 뭔가 털어놓으려는 표정으로 다시 내게 기댔다. 술을 마셔서가 아니었다. 정신이 오락가락하거나 반쯤 잠든 것 같았다. "아무튼 들어주기는 해요." 그녀가 한쪽 눈을 찡긋했다. "뭐라고 지껄이는지."

킹은 식탁 한가운데에 놓인 초록색과 노란색 체크무늬 매트를 뚫어져라 쳐다보았지만 대꾸는 하지 않았다. 지난 두어 해 동안 그는 볼이 불룩해지고 얼굴도 퉁퉁 부었다. 한때는 잘나가던 청년이었지만 이제는 망가질 대로 망가져, 티셔츠 속의 배는 물렁물렁하게 처졌고 눈은 강한 불빛 때문에 대체로 찡그렸다.

"그 호래자식들은 절대 포기하지 않는다니까." 그가 또 말했다.

그는 캔에 든 세븐업을 마셨다. 집 안 곳곳에 빈 캔이 한 박스는 족히 뒹굴었다. 그가 탄산음료를 마시는 것은 처음 보았다.

"가서 덥석 물어뜯어버려요." 리넷이 그에게 말했다. "나라면 그 헌병대 놈들이 붙잡아가게 놔두지 않지." 그녀가 내 쪽을 쳐다보며 고개를 가로저었다. 그녀는 후광이 비칠 정도로 머리를 새빨갛고 곱슬곱슬하게 말았다. "그 망할 놈의 군대는 왜 가려 한 거예요?" 그녀가 물었다.

"어머니가 그걸 원하는 것 같았거든요." 내가 말했다.

그들은 어색한지 말이 점점 없어졌고 서로 흘끗거렸다. 두 사람이 내 어머니가 누구인지 그 비밀을 안다고 생각한 것이 그때다. 두 사람 다 줄곧 알고 있었다. 아는 사람이 너무 많았다. 한 명 한 명 모두 미워하기에는 너무 많았다. 그래서 배 속이 동전을 잔뜩 넣고 돌아가는 세탁기가 된 느낌이었지만 그저 웃었다.

알다시피 나는 킹과 피가 절반 섞인, 준이 낳은 사생아였다.

내게 이 사실을 전해준 노파는 캐시포 할아버지가 젊었을 때 그에게 반했던 사람이었다. 어떤 사람들은 나중에는 그가 그녀 때문에 정신이 나갔다고 했다. 그녀의 속옷이 작은 새들에게는 악몽 같은 새장이었는데, 그 지이바이* 마녀가 룰루 라마르틴이었다. 다른 대부분의 사람들처럼 나도 룰루를 얕잡아봤지만, 그녀가 내게 그

382

이야기를 해준 동기가 올바른 것이었기에 이제부터 그녀를 존경하기로 했다. 그녀는 노력했다. 크면 알게 되는 일의 의미를 내게 알려준 것처럼 준에 대해서도 간단하게 알려주었다.

그녀가 말한 뒤로 나는 노력했다. 그 전부를 낱알처럼 작은 내 생각 속에 담기 위해 정말 열심히 노력했다. 하지만 내가 끝내 도달한 결론을 들으면 알겠지만, 내 마음은 결국 실패했다. 그것이 내가 군대에 지원한 오만한 이유였다.

더 이야기를 하자면, 어느 날 내가 노인주택의 복도를 걷는데 룰루가 문으로 몸을 내밀고 손짓했다. 그녀는 갈고리처럼 길쭉한 손톱에 빨간색 래커를 칠했고, 팔에는 온통 뱅글 팔찌를 했으며, 머리는 까마귀가 둥지를 튼 것 같았다. 성난 가발.

"이리 와봐." 그녀가 말했다. "젊은이, 할말이 있어."

"저는 없는데요, 라마르틴 부인."

나는 몹시 조심스러웠다. 솔직히 말하면 겁났다. 눈에서 붕대를 푼 뒤로 그녀는 모든 사람의 일을 죄다 아는 것 같았고, 사람들은 그녀를 겁냈다. 그 사실을 아무도 나처럼 알지는 못했지만. 알다시피 내게는 신통력이라 부를 만한 치유 능력이 있었고, 그래서 그런 게 전적으로 가능하다는 것을 알았다. 그녀에게 그런 힘이 있다면 나로서는 의심할 수 없었다.

그 무렵 인디언운동을 하는 젊은 여자가 임신한 지 두 달도 되지 않았는데 룰루가 손만 잡아보고 그걸 알아냈다.

---

* '영혼'이라는 뜻.

부나치 영감이 정부의 실수로 천 달러를 사회보장수표로 받았는데, 그녀가 급하게 돈을 빌려달라고 부탁했다. 그는 이 사실을 줄곧 비밀에 부쳤다.

저메인은 또 어떤가? 그녀는 저메인에게 배급받은 밀가루에 벌레가 끼었으니 모아두지 말고 나눠주라고 했다. 그런 것을 어떻게 알았을까?

통찰력이다. 룰루는 쳐다보기만 해도 그 사람의 인생에서 진정한 골자가 무엇인지 아는 것 같았다. 수술을 받기 전에는 보이지 않았는데 붕대를 풀자 달라졌다. 보여도 너무 잘 보였다.

룰루가 보여준 통찰력에 캐시포 할머니만 끄떡도 하지 않았다. 캐시포 할머니는 이제 그녀와 누구보다 가까운 사이였다. 그것도 이상했다. 모든 사람의 사적인 생각에 일일이 직통전화를 개설한 것처럼 그들이 모두의 인생을 다 안다고 생각하면 사람들이 왜 그들의 집 앞을 지날 때 줄행랑치듯 뛰기 시작하는지 알 것이다. 두 사람 중 하나가 손을 뻗어 그들을 안으로 끌고 들어가 본인도 알고 싶지 않은 비밀을 죄다 말하지 않을까 두려운 것이다.

바로 그런 일이 립샤 모리시에게 일어났다.

룰루가 나를 붙잡았다.

그녀는 마시멜로처럼 부드럽고 달콤했지만 이두박근은 강철같이 탄탄했다. 그녀는 내 목깃 아래를 손톱으로 훑더니 내가 뭐라고 소리를 지르기도 전에 홱 끌고 들어갔다. 나는 플라스틱 팔걸이의자에 꼼짝없이 앉은 채 날카로운 재떨이나 색칠한 푸들 강아지들이 치명적인 눈사태처럼 집채만한 크기로 덮칠까 무서워 움직이지도 못하고 한숨만 쉬었다. 잡혀왔지만 괜찮을 거라는 생각도 들었다. 뜬금없이 끌려오긴 했지만 울화가 치밀 만큼 두렵지는 않았다. 나는 내 비밀은 전부 안다고 확신했고, 숨길 것이 없었다.

하지만 내가 틀렸다. "오래전에 네 엄마와 이 이야기를 했지." 이 말이 나오자마자 내가 마음을 닫아버린 뭔가를 그녀가 말하리라는 걸 알았다.

그리고 그녀가 "네 엄마를, 그러니까 마리 말고 너를 낳은 진짜 엄마……"라고 말한 순간 내가 생각한 최악의 상황이 확실해졌다.

"듣고 싶지 않아요." 나는 딱 잘라 말했다. "내 진짜 엄마는 캐시포 할머니예요. 정말 그렇게 생각해요. 그러지 않을 이유가 없잖아요? 친엄마가 내 목에 바위를 묶어 나를 늪에 던져버리려고 한 걸 아는데요."

"그렇게 듣고 자랐겠지." 룰루가 차분하게 말했다.

"그렇게 들었다니요?"

아니나 다를까, 그때 나는 걸려들었다. 미끼를 덥석 문 것이다.

"무슨 뜻이에요?"

그녀는 남김없이 쏟아냈다.

"지금 네가 열아홉이지? 그러면 스무 해 전 일이겠구나. 내 아들 게리, 너도 알지, 일리노이에서 징역을 사는, 그 아이가 막 고등학교를 졸업했을 때였어. 어느 날 그 아이가 집에 오더니 예쁜 여자를 점찍었다는 거야. '몸매가 정말 예뻐요' 하더구나. '기품이 넘쳐요.' 그애는 그녀가 매우 대담하다거나 이미 결혼한 여자라는 말은 하지 않았어. 심지어 아이가 있다는 말도. 그런 사실은 쏙 빼놨지! 이렇게만 말하더구나. '엄마, 그 여자와 결혼할래요.' 그애가 그 곤란한 문제를 꺼냈어. 흠이 있다면 오로지 연상이라는 거였지. 경험도 많고. 하지만 어느 시점을 지나면 누가 그런 것에 신경이나 쓰겠니? 사람들이 수군댔지만 둘은 함께했고 사랑하는 사이가 되었어. 곧 피할 수 없는 일이 일어났지. 그 예쁜 여자가 텐트같이 큼지막한 옷을 입기 시작한 거야. 내 아들은 떠났지. 두 사람 사이에 일어난 일은 나도 모른다. 얼마 지나지 않아 귀여운 아기가 캐시포 할머니의 품에 안겼단다. 그 여자는 고디 캐시포, 남편에게 돌아갔어. 너도 알겠지만 둘은 그뒤로 행복하지 않았어. 내 아들 게리도 그렇고. 개중에 네가 가장 잘 사는 것 같구나."

나는 그 말을 받아들일 수 없었다.

"나더러 웃으라고 꾸며낸 이야기지요." 내가 말했다. "나는 준 캐시포의 아들이 아니에요."

"준의 아버지가 모리시 성을 썼지." 룰루가 말했다. "무슨 말인지 알아들었을 거다."

그래서 알아들었다. 나는 머리가 이상해지는 느낌이었다. 방에서 윙윙거리는 소리가 들리기 시작했다.

내가 그녀를 쳐다본 순간 또 이상한 일이 일어났다. 룰루 라마르틴과 립샤 모리시의 코가 똑같았던 것이다. 그녀의 코는 작고 코끝이 약간 짜부라졌지만 곧고 납작했다. 내 코가 그녀의 코보다 더 크고 더 납작했지만 마찬가지로 코끝이 약간 짜부라졌다. 자기 얼굴이 아닌 뭔가를 거울로 보는 것 같았다.

"당신이 무서워죽겠어요." 내가 말했다. "마귀할멈, 나한테 거짓말을 하는 거죠!"

"버릇이 없구나." 그녀가 말했다. "이 이야기를 다른 누구에게 듣고 싶니? 모르는 사람은 없어. 캐시포 할머니가 말을 못하는 건 너를 아들처럼 사랑하기 때문이야. 네가 달아날까 두려운 거지. 준은 죽었어. 고디도 죽었고. 내 아들 게리는 감방에 있어. 킹은 술을 끊는 중이지만, 어쨌든 너에게 말하지는 않을 거야. 하지만 모두 다 알아. 캐시포 사람들 모두. 그러니까 뭐니? 너만 모르고 사는 게 좋단 말이니?"

"그런 건 아니에요." 내가 말했다.

그녀가 누그러졌다. 그녀의 단단하고 작고 검은 눈동자가 부드럽고 촉촉해졌다. 머리 위의 먼지떨이 같은 까만 까마귀 깃털이 날개를 접고 내려앉은 것 같았다.

"편지를 한 통 받았어." 그녀가 말하고 빙긋 웃었다. "네 아빠 게리가 아주 모범적으로 지내서 주립교도소로 옮긴다는구나. 필라저 영감과 나나푸시 혈통의 아들을 가둘 감옥은 없을걸. 너도 그 핏줄인 걸 자랑스럽게 여겨야 한다."

"이 모든 걸 털어놓아도 잃을 것이 없는 유일한 사람이 나란다." 그녀가 잠시 쉬었다 계속 말했다. "간단한 거지. 나는 손자를 얻거나 원래 나를 싫어한 젊은이를 잃거나 둘 중 하나니까."

나는 침묵을 지키며 앉아 있었다. 그녀에게 완전히 낚인 것이다. "흠." 그녀가 잠시 뒤에 말했다. "어느 쪽이지?"

아무리 생각해도, 다음날이 되고 반나절이 더 지나도 나는 갈피를 잡을 수 없었다. 처음에는 아무 일 없는 것처럼 묵묵히 내 일을 하려고 생각했다. 하지만 보호구역을 여기저기 돌아다니고 빙고게임장을 빗자루로 쓸고 운동장에 떨어진 탄산음료 뚜껑들을 치워도 내 문제에서 빠져나올 수 없었다. 립샤 모리시, 짧은 삶에서 아주 많은 것을 배운 사람. 능력을 잃었다 다시 얻은 사람. 그런 립샤 모리시는 이제 자기가 누구인지 알기 직전의 상황에 놓였다.

나는 혼란스러웠다.

어머니가 나를 늪에 던지려고 했을까? 나는 룰루를 다시 찾아가 물었다.

"그건 아니야." 그녀가 말했다. "준은 그 모든 일을 몹시 속상해 했단다. 캐시포 할머니가 너를 받아준 건 준에게 애정을 느꼈기 때문이야. 네게도 그렇고. 게다가 고디는 다른 남자의 자식을 감당할 수 없었거든. 보호구역 남자들은 죄다 게리 나나푸시를 질투했어."

나는 여전히 혼란스러웠다.

내가 자라는 동안 준이 내 이야기를 한 적이 있었을까?

"물론 했지." 룰루가 말했다. "멀리서 지켜보며 언젠가 네가 자기를 용서해주길 바랐어. 네가 커서 왜 특이한 사람이 됐는지 궁금히 여겼단다."

"제가 특이해요?"

"뭐, 나는 너를 특이하다고 생각한 적이 없구나." 그녀가 말했다. "다만 문제는 그거였지. 네가 누구인지 너 자신이 모른다는 것. 이 이야기를 하게 된 데는 그 이유도 있단다. 이 사실을 알면 너는 잘될 수도 있고 못될 수도 있다고 생각했어."

또다시 나는 침묵했다.

"글쎄다." 그녀가 말했다. "잘될까 못될까?"

나로서도 알 수 없었다. 나는 여전히 모든 사실을 알아내려고 애썼다. 지금까지 고민한 문제 중에서 가장 골치 아픈 문제였다. 나는 캐시포 할머니가 나를 도우려고 했다는 걸 안다. 나를 튼튼하게 키우려고 배급받은 고기 캔을 다 썼다. 자선세일 때는 위쪽에 불탄 구멍을 제외하면 새것이나 다름없는 카우보이 모자를 사주려고 블루 할머니와 싸웠다. 어느 밤에는 더는 은행을 못 믿겠다며 돈을 숨긴 장소를 보여주었는데, 그녀는 작은 분홍색 손수건에 돈을 모조리 싸서 속치마들 사이에 찔러두었다.

"나는 이제 늙었어." 그녀가 말했다. "이 돈으로 내가 뭘 하겠니?"

어쩌면 오해인지 모르지만, 그 말을 하면서 나를 쳐다보던 눈빛을 떠올리면 할머니가 내게 뭔가를 주려고 했다는 느낌을 지울 수 없다. 이 혼란에서 벗어날 기회, 어쩌면 버스 요금이었을까. 짐작했겠지만, 그녀의 속마음이 뭐였든 나는 기어코 악한 행동을 저지르고 말았다.

나는 캐시포 할머니의 아파트로 가서 서랍을 뒤져 돈을 잔뜩 싸놓은 손수건을 슬쩍했다.

손으로 손수건을 더듬더듬 찾으면서 할머니가 어두운 침대에서 잠든 척 숨쉬는 소리를 들었다. 나는 그녀가 두려워하는 것을 할 참이었다. 달아나기. 무엇보다 되도록 빨리 돌아오겠다고 말해 할머니를 안심시키고 싶었지만 그럴 수 없었다. 숨이 턱 막혔다.

좀도둑이 무슨 말을 하겠는가? 그렇게 생각했다.

나는 엄청난 혼란에 휩싸여 이 죄를 지었다. 이미 저주받은 것이 아니라면, 내 영혼은 계속 시달릴 것이 분명했다. 그 방을 나오면서 나는 나 자신을 정당화했다. 죽을 만큼 괴롭다는 이유로 내 범죄를 정당화했다. 혼란, 그것은 내 머릿속을 휩쓸고 지나가는 황량한 슬픔이었다. 사이렌이 울렸다. 닥치는 대로, 지금껏 한 번도 느끼지 않은 방식으로 분노가 일었다.

무엇보다 어떻게 그들 모두가 다 알았는지 그것이 분했다.

이제 이 이야기는 할 만큼 했다. 나는 버스를 타고 미사일기지와 해바라기밭을 지나 주 경계에서 사람이 가장 많이 사는 시내에 다다랐고, 수치심이 나를 호되게 몰아붙였다. 파도처럼 해일처럼 넘실대며 나를 덮쳤다. 나는 그 속에 휩쓸려들어갔다. 재향군인을 위한 호텔에 방을 잡고 그들처럼 허송세월하며 낮에는 창가에 앉아 3.2도 맥주를 들이켰고 밤에는 로비에서 경찰이 나오는 연속극을 보았다. 수치심이 내 목덜미를 움켜쥐었다. 마침내 수치심이 나를 다 쥐어짜자 비로소 주위를 둘러볼 수 있었다. 나는 젊은 부랑자처럼 거리를 떠돌았다.

다음에 무엇을 할지 막연히 생각하면서 온종일 헤매고 돌아다녔다. 그러면서 자꾸 어떤 창문 앞으로 되돌아갔다. 멍키렌치를 든 청년들이 붉은 꽃이 흐드러진 강둑에 서 있는 사진이 보였다. 아래에는 이렇게 쓰여 있었다.

이 시대의 행동하는 군대에 지원하시오

마침내 나는 웃고 있는 청년들 뒤쪽에 있는 사무실로 들어갔다. 두 사람과 악수한 뒤, 두 번 생각하기도 전에 지원서에 이름을 썼다.

멍키렌치와 붉은 꽃에 지원한 뒤 호텔로 되돌아가 에프렘 짐발리스트 주니어*가 마약중독자를 고문하는 내용의 드라마를 보았다. 그러다 한번은 주위를 찬찬히 훑어보았는데 그 순간 깨달음이 왔다. 군대에 갔다가 운 좋게 살아남으면 이들처럼 퇴역군인이 되어 짧게 턱수염을 기르고 오래전에 전당포에 잡힌 훈장을 그리워하며 외로운 밤을 달래려고 몸을 웅크린 채 전쟁의 상처를 은밀히 되새겨볼 것이다. 그것은 대단한 일이 아닐뿐더러 아무것도 하지 않는 것보다도 못했다. 여기서 이렇게, 호수의 파도에 던져진 스티로폼처럼 빙글빙글 떠다니면서 쓰레기처럼 망가지고 쪼개져 물속에서 썩다 인생을 끝낼 거라고 생각하니 오싹했다.

여기 이곳은 흘러간 시대의 행동하는 군대라는 생각이 들었다.

두려움이 마음을 죄어왔다. 이런 결말을 피하고 싶으면 줄행랑을 치면 된다.

하지만 어디로? 그것이 문제였다. 그 세월 동안 줄곧 내 출생의 비밀을 알았던 캐시포 사람들이 있는 보호구역으로 돌아갈 수는 없었다. 그건 매우 속상한 일이었다. 달리 갈 곳도 없었다. 뚜렷한

---

* 미국 영화배우.

방향도, 어디론가 떠날 다른 이유도 떠오르지 않아 이런 경우에 으레 그러듯 내가 원하는 것이 정확히 무엇인지 나 자신에게 직접 묻기로 했다.

빠르고 놀라운 대답이 나왔다.

"아버지를 만나고 싶다." 나는 크게 말했다.

이오지마 섬에서 아이라 헤이스*와 같이 싸웠다는 수족 퇴역군인이 "이곳에서 술을 마시지 마시오. 이곳은 여러분의 로비입니다"라고 쓰인 안내문 밑으로 봉지에 싼 위스키를 건넸다. 나는 쭉 들이켜고 탁 내려놓았다. 그리고 울기 시작했다. 그러니까, 눈물이 나왔다. 소리 없는 울음이었다.

"술을 마시면 나도 더러 그렇게 되지, 젊은이." 노인이 말했다. "술이 말끔히 씻어주거든."

나는 눈물이 흐르게 둔 채 손으로 봉지를 찢었다. 마침내 술병에 붙은 '올드 그랜드 대드'의 얼굴이 드러나자 호텔 직원이 당장 나가라고 내쫓았다. 그때 나는 이미 반쯤 망가졌다. 모든 것이 칼날 같은 침묵 속에 걸린 것 같았다. 바로 거기에서, 루돌프 호텔의 칠이 벗겨지고 발길질 흔적이 남은 현관에서 무엇을 해야 할지에 대한 답을 들었다.

"아이라가 좋아한 술이지." 술친구는 빈 병을 그윽하게 쳐다보며 말했다. "젠장."

---

* 피마족 인디언으로, 2차 대전 당시 일본 남쪽 해상의 이오지마 섬에서 성조기를 세울 때 찍힌 사진 속 인물로 유명하다.

그가 걸어가면서 어깨 너머로 빈 병을 던졌고, 그것이 내 미간에 날아와 부딪혔다.

이미 말해서 알겠지만 나는 아픈 사람을 손으로 만져 낫게 하고 문제도 모르면서 문제를 고치는 재능을 타고났다. 지금 생각하니 그 힘은 필라저 노인에게서 물려받은 것 같다. 그것에 더해 새로 알게 된 사실로 룰루에게 물려받은 통찰력이 있고, 캐시포 할머니에게서 익히 배운, 공처럼 구긴 은박지에서 앞으로 일어날 일을 내다보는 능력이 있다.

이런 힘들의 끈이 연결되어 아이라가 좋아한다는 상표의 술병으로 머리를 얻어맞았을 때 번쩍하며 뭔가가 보였다.

치페와족을 가둘 수 있는 똥간 같은 콘크리트 감옥은 없다. 이 말이 떠올랐다. 나는 그것이 유명한 정치 영웅이자 위험한 무장 범죄자, 유도의 달인이자 탈출의 명수, 미국 인디언운동의 카리스마 넘치는 일원이자 가장 급진적인 단체에서 키니키닉 파이프 담배를 피우는 골초인 내 아버지 게리 나나푸시가 직접 한 말이라는 것을 깨달았다. 우리 지역에서는 누구나 아는 말이었다.

그런 사람이…… 아버지였다.

내가 예견하기로 그는 머지않아 자유를 얻으려고 탈옥할 것이다.

그래서 나는 트윈시티로 왔다. 그레이하운드 버스에서 내려 인디언이 보이면 무조건 따라갔고 마침내 내가 있어야 할 이곳에 이르렀다. 지금 나는 킹 맞은편에 앉아 있다.

한 가지는 분명히 하자. 나는 킹을 좋아한 적이 없다. 그는 내게 비열하게 굴었다. 하지만 어쩔 수 없이 그를 찾아가야 하는 이유도 있는 것이다. 우선은 내가 아는 것을 그도 아는지 확인하고 싶었다. 우리가 공식적으로 형제지간인 것을 알면 상황이 달라질 수도 있었다. 또 하나는 킹이 게리 나나푸시와 함께 징역살이를 했기 때문이다. 킹이 게리가 내 아버지인 것을 알았다고 생각하지는 않지만, 나는 뭔가 연관성이, 내가 계속 이 의문을 풀어나가도록 끌어당기는 강한 연관성이 있다는 건 알았다. 나는 내가 물려받은 유산의 근원을 끝까지 파헤쳐야 했다.

킹은 한때 나를 식빵 칼로 썰어버리겠다고 협박했다. 정신이 나갔을 때 한 말이라 거기에 앙심을 품지는 않았지만, 그가 내게 보인 한결같은 태도에는 앙심을 품지 않을 수 없었다.

"고아 자식." 우리가 어렸을 때 그는 이렇게 말하곤 했다. "누가 너더러 저녁으로 포크촙을 먹으랬어? 그건 진짜 자식들이 먹는 거야." 그는 또 내 스팸 덩어리를 훔쳐갔다. 우리가 무엇을 먹는지는 문제가 아니었고, 순전히 내가 미워서 훔친 것이었다.

"네 쿨에이드도 나한테 주면 고맙겠는데 말이야." 그가 말했다. "진짜 자식만 마시는 거거든."

늘 그런 식이었다. 인생이라는 식탁에서 내가 스스로 거지처럼 느끼도록 그는 최선을 다했다. 나는 진짜 자식들의 부스러기를 먹어야 했다. 그는 내 위에 군림했고, 그런 태도는 내가 그의 덩치만큼 자라 큰 싸움이 붙을 때까지 계속되었다. 나는 힘이 센 편은 아니었지만 심하게 몰리면 걷잡을 수 없이 격해졌다. 그에게 덤벼들어 주먹을 날리고 뒹굴고 물어뜯고 발로 찼다. 그때 그는 나를 이겼지만, 나와 싸워봤자 재미없다는 사실을 깨달은 것 같았다. 나는 그뒤에 일어난 일을 결코 납득하지 못했는데, 새삼 그 일이 떠오른다. 준이 집에서 달려나와 우리를 떼어놓았다. 내가 깔린 쪽이었는데도 그녀는 짧은 바지를 입은 나를 비상한 힘으로 때렸다. 나는 킹에게 오래갈 상처를 입히지는 않았다. 하지만 그녀에게는 어느 정도 그랬던 것 같다.

내가 킹의 얼굴에 주먹을 날렸을 때 그는 열 살쯤이었을 것이다. 그때 이후로 서로 주먹다툼을 할 뻔한 일은 많았지만 그도 식탁에서 예전처럼 나를 괴롭히지 않았고, 나도 되도록 그를 피해다녔다.

뭐 알겠지만, 인생에 대해 말하자면 나는 오랜 세월 동안 흠 없이 살아왔다. 단순한 인생이었다. 하지만 더는 이대로 있을 수 없었다. 그래서 도망쳤다. 식탁 맞은편에 앉은 그를 쳐다보았다. 그는 여전히 알 수 없는 꿍꿍이를 품고 나를 쫓아다니며 괴롭히던 킹이었다. 하지만 그는 변했다. 뼈가 살에 파묻히다시피 했다. 술이 그의 과거를 고자질했다. 그의 심술도 닳고 시들어 가는다란 조각 위에서 균형을 잡을 만큼 성질도 죽었다. 눈빛이 조롱하듯 기묘하게 번쩍였다.

"탄산음료 좀 마셔, 무능한 병사야." 그가 캔을 밀며 말했다. "농담이야. 에헴. 오늘은 내가 술을 안 마셨지, 그래 보이지 않아?"

"그러는 편이 더 낫겠어요." 리넷이 말했다. 입술이 부었다. 표정은 시무룩했다. 어쩌면 두 사람이 싸웠거나 이 아파트가 사람을 발광시키는 기운을 뿜어내기 때문일 것이다. 이렇게 침울한 장소는 어디에서도 본 적이 없었다. 심지어 루돌프 호텔 내부에도 창문은 있었다. 이곳은 길고 어두운 벽장 같았다. 비좁은 방이 한 줄로 늘어서 있었다. 공기는 매캐하고 답답했다. 벽은 겨자색이 감도는 초록색인데 심란하기 짝이 없었다. 한쪽에서는 사람들이 쿵쿵대며 복도를 돌아다니는 소리가 들렸고, 반대쪽은 빛이 흐릿한 공간으로 연결되었다. 실외 공간은 아니었고, 지붕의 지저분한 채광창으로 유령 같은 회색 빛이 들어오는 통풍로였다. 하지만 이 어정쩡한 공간을 개선하려는 시도가 몇 차례 있었다는 말은 해둬야겠다. 밀가루통에 심은 옥수수는 벽에 기대놓은 주정뱅이처럼 축 늘어졌다. 유리잔에 담긴 통통하고 작은 선인장은 꼭 쥔 주먹처럼 만지면 가만두지 않겠다고 을렀다. 산 놈을 잡아 만든 진짜 악어가죽이 벽장문에 걸려 있었다. 옆방 텔레비전 위에는 카드놀이 하는 불독이 그려진 벨벳 러그가 걸렸고.

나는 옆방에 가보았다.

"여기 좋은데." 내가 리틀 킹에게 말했다. 소년은 텔레비전을 뚫어져라 쳐다보았다. 내게는 거의 눈길도 주지 않았다.

"리틀 킹." 내가 말했다. "잘 지냈니? 삼촌 왔는데."

"이제 자기를 리틀 킹이라고 부르지 않아요." 리넷이 부엌에서 말했다. "자기 이름이 하워드라고 생각하거든요."

"하워드?"

소년이 나를 보며 고개를 끄덕였다.

"아빠를 아빠로 여기지 않지." 킹이 문간에서 말했다. "훌륭해도 너무 훌륭하거든."

그 말은 사실이었다. 하워드가 얼마나 똑똑한지 한눈에 알 수 있었다. 소년이 아주 잠시 쳐다봤을 뿐인데도 그 검은 눈동자에 빨려들 것 같았다. 몸집은 작고 비쩍 말랐고, 뾰족뾰족 솟은 머리는 옅은 갈색으로, 리넷이 염색하지 않았을 때의 색깔과 같았다. 피부는 흰데 눈동자는 까매서 강한 인상을 남겼다. 소년은 다시 텔레비전으로 시선을 돌렸다. 코요테가 로드 러너에게 오천만번째로 박살나는 만화 장면을 보면서 소년의 얼굴이 잠시 환해졌다.

"이 정도는 약과지." 소년이 조그만 소리로 끽끽거리며 흉내냈다.

화면에 폭발 때문에 만신창이가 된 코요테가 나왔다.

나는 개인적으로 코요테가 저 조잘거리는 새를 꼬챙이에 꽂아 구워 먹어도 속이 시원치 않을 거라고 늘 생각했다.

"저 늙은 와일리 코요테가 안됐는데." 내가 말했다.

아이가 나를 딱한 듯이 쳐다보았다.

"상관없어요." 아이가 말했다. "앞으로도 계속 박살낼 텐데요 뭘."

혹은 쓰레기트럭으로 밀어버리거나. 그게 바로 다음 장면이었다. 코요테가 팬케이크처럼 납작해지자 누가 돌돌 말아 튜브에 넣은 뒤 착불로 티후아나로 보내버렸다.

평범한 이른 저녁, 킹 캐시포 가족에게는 여느 때와 다름없는 일요일이었다. 나는 아무리 못해도 저녁은 차려달라고 할 생각이었다. 어렸을 때 킹이 내게서 뺏어간 포크촙과 쿨에이드만큼은 돌려받고 싶었다. 하지만 그들이 내 존재를 반기지 않는 것을 알 수 있었다. 가슴속에 무거운 짐이 있는 것 같았다. 계속 한숨을 쉬며 통풍로가 연결된 창밖을 내다보았다. 내가 리넷에게 저녁 차리는 것을 도와주겠다고 했지만 아무도 달가워하지 않았다. 아무튼 그녀도 뭘 준비하려는 생각이 없어 보였다. 그저 식탁에 기대앉아 작고 빨간 라이터를 켰고 공처럼 둥근 연기를 허공에 뿜었다.

"파업중이에요." 그녀가 말했다. "오늘밤 내 마음을 좀 개선해보려고요."

식탁 건너에서 킹이 눈을 감고 세븐업을 땄다.

"저 여자는 그게 재미있다고 생각하지." 그가 말했다. "사실 그렇긴 해."

그녀는 긴 푸른색 스웨터에 샤워커튼을 통째로 뜯은 것 같은 블라우스를 입었다. 그녀 뒤로 상자 안에 잡지가 들어 있었다. 그녀가 몇 장을 움켜쥐고 텔레비전 앞으로 가서 앉았다. 나는 킹과 같이 세븐업을 홀짝거렸다.

조금 있으니 소년이 들어와 냉장고를 열었다. 소년은 우유갑을 꺼내 찬장에 올렸다. 그릇과 숟가락을 챙긴 뒤 우유를 그릇에 담뿍 부었다. 그리고 싱크대 밑에 손을 넣어 시리얼 상자를 꺼냈다.

"이 녀석은 뭐든 거꾸로 한다니까." 킹이 말했다. "먼저 시리얼을 붓고 그다음에 우유를 따라야지."

하워드는 대꾸도 하지 않았다. 그릇과 시리얼 상자를 조심스럽게 들고 텔레비전 쪽으로 갔다. 마치 종교의식을 거행하는 것 같았다. 소년과 소년의 엄마는 오스스한 유령처럼 상자 앞에 옹기종기 앉았다. 나는 웃음이 터질 뻔했다. 버스를 타고 오느라 몹시 고단해서 마음이 자꾸 제멋대로 달렸다. 내가 물었다. "그해 여름에 캐시포 할머니 집에 와서 지낸 일 가끔 생각해? 형이 어렸을 때?"

"별로."

나는 그가 도대체 무슨 생각을 하는지 알고 싶었다. 물어본다고 해서 문제될 것은 없어 보였다.

"도대체 무슨 생각을 해?"

내가 묻자 그가 대답하기 시작했는데, 얼마나 놀랐는지 누가 지푸라기로 쳐도 나는 쓰러졌을 것이다. 킹 캐시포가 으르렁거리고 징징거리고 온몸으로 뒹구는 것 외에 할 수 있는 게 또 있다는 사실을 알았는데 어떻게 놀라지 않을 수 있겠는가. 술을 마시지 않은 탓에 그의 다른 무엇이 드러난 것 같았다.

"피라미들." 그가 말했다. "항상 피라미들에게 붙들린 느낌이 든단 말이야. 위로 올라가려고 할 때마다, 그러니까 승진을 눈앞에 두고 있을 때마다 그놈들이 공격해. 무슨 일을 하든 방해하려고 들어. 그러면 나는 다른 일로 옮기지. 초짜나 하는 일로. 바닥에서 피라미들 틈에 끼어서."

그가 이를 갈면서 미지근한 캔을 들어올렸고 살짝 힘을 주자 찌그러지는 소리가 났다.

"나는 위로 올라갈 거야." 그가 말했다. "언젠가 꼭 올라갈 거야. 인디언을 누를 수는 없어. 안 그래, 동생?"

"그렇지." 내가 말했다.

나는 참을 수 없었다. 웃음이 재채기처럼 간질거렸다. 그가 나를 동생이라고 불렀다.

"뭐가 그렇게 재미있어?"

"몰라."

"맙소사." 그가 말했다. "너는 위로 올라간 인디언이 자기 이익만 챙긴다고 생각하는구나! 이만 오천, 삼만 달러를 벌기 시작하면 교외로 옮겨가 친척들은 잊어버릴 거라고. 또 너를 깔볼 거라고. 이봐. 먹이사슬에 대해 들어봤어?"

"배고파." 내가 말했다.

"너 혹시 마리화나라도 피워? 이 중독자야, 들어봐. 큰 물고기는 작은 물고기를 먹고 작은 물고기는 더 작은 물고기를 먹어. 입이 가장 큰 물고기는, 젠장, 원하는 물고기는 뭐든 먹을 수 있어."

나는 일어났다. 싱크대 밑에 시리얼 상자가 하나 더 있었다. 러키참스 시리얼*. 나는 하워드처럼 그릇에 우유를 따른 뒤 시리얼을 들이부었다.

"그래그래." 킹이 말했다. "먹고 싶은 건 다 먹어. 아무튼 나는 해병대였단 말이다. 너는 그 자식들을 따돌릴 수 없어. 어떻게든 너를 붙잡고 말걸. 나는 베트남에 있었지."

뻔한 거짓말이었지만 나는 가만히 들었다. 시리얼은 사탕처럼 달콤하고 맛있었고, 우유는 포만감을 주었다. 나는 꿀꺽꿀꺽 마셨다. 배가 고파 미칠 지경이었다. 우유를 계속 따라 얼굴에 묻히면서 허겁지겁 마셨다. 그는 거의 쳐다보지도 않았다. 혼자 생각에 빠진 것 같았다.

"펑." 그가 입술을 폭발시키듯 뗐다. "펑펑."

---

* 러키참스는 '행운의 부적'이라는 뜻이다. 러키참스 시리얼 상자에는 초록색 옷을 입은 아일랜드 요정과 아일랜드를 상징하는 샘록(토끼풀)이 그려져 있다.

그의 머리 옆에서 대포알이 터지는 것 같았다.

"사과, 사과?"

"뭐라고, 바나나?"

"이쪽은 사과!"

그것은 켄터키 출신이었다는 그의 동료와 킹이 서로를 부르던 암호였다.

"왜 이름을 쓰지 않지?" 내가 우유를 벌컥벌컥 마시다 물었다.

"무슨 차이가 있어?"

"적군 때문이지." 그가 나를 쏘아보았다. 그는 공상의 세계로 빠져들었다. "그들은 키가 작은 종족이야." 그가 하워드의 키 높이로 손을 뻗었다. "잘 보이지 않아."

나는 물러앉았다. 배 속 전체가 기분 좋게 우유로 흠뻑 채워졌다.

"됐어." 그가 손을 휘저으며 혼자 상상 속에서 들은 내 부탁을 물리쳤다. "다른 날에. 정말이지 지금은 말하고 싶지 않아."

"됐어." 내가 말했다. "이해해. 카드놀이나 하자."

그가 그리워하는 베트남의 온갖 재미에서 그의 마음을 벗어나게 하는 것이면 뭐든. 헌병대가 나를 체포하면 어떻게 될지 잊게 만드는 것이면 뭐든. 그자들이 립샤 모리시 같은 인간에게 무슨 짓을 하는지 묻고 싶지 않았다. 나는 알았다. 정글에서 과일바구니에 담긴 과일이 되고 싶지 않다는 걸. 훈련소에서 그들이 사람의 마음을 어떻게 미치게 만드는지는 말할 것도 없고. 그런 건 나와 먼 일이었다.

창턱에 카드 한 벌이 있었고, 창문으로 슬픈 회색 땅뙈기가 내려다보였다. 그들이 창문을 완전히 막았어야 했다는 생각이 들었다. 통풍로는 일층까지 연결되었다. 문이 쾅 닫히는 소리, 현관에서 두 런거리는 소리가 귀신 소리처럼 들렸다. 원래는 우아한 분위기를 내려고 이렇게 만들었겠지만, 나는 그 속에서 보이는 은근하고 위 협적인 어둠에 소름이 돋았다.

"포커?"

"좋아." 내가 말했다.

"파이브 카드 스터드로 하자."

"듀스 와일드로 하지."

나는 듀스 와일드가 좋다. 보잘것없는 작은 카드가 전략적으로 사용되는 것이 좋다.

우리는 카드놀이를 시작했다. 어스레하게 땅거미가 지자 우리는 불을 켰다. 창문이란 것이 존재할 이유가 없어진 무렵이 되자 아늑 한 느낌마저 들었다. 나는 말 잘 듣는 아이처럼 우유와 시리얼을 배불리 먹었다. 배를 채우니 기운이 났다. 리넷이 커피를 끓였고, 자동차 배터리에서 흐르는 구정물 맛이 나기는 했지만 감사히 받 아 마셨다. 킹이 이렇게 정상적으로 행동하는 경우는 드물었는데, 같이 식탁에 둘러앉아 저녁을 먹는 지금이 우리가 형제라고 느낄 수 있는 최선의 순간이라면, 이만하면 충분하다는 생각이 들었다. 한 가지 눈치챘을 것이다. 나는 우리의 근원이 같다는 것을 밝히지 않았다. 게리에 대해서도 아직 묻지 않았다. 혼자만 아는 것이 더 나을 듯싶었다. 나도 같은 핏줄이라는 사실을 떠벌리고 싶은 마음 은 전혀 없었다. 속한다는 것은 결심의 문제였다. 여러 번의 시행

착오를 통해 그 사실을 깨달았다. 킹의 생각이 어떻든 나는 속하기로 결심했다. 이제 나는 진짜 자식, 절반은 진짜 자식이었다. 나는 에이스 카드에 살짝 표시를 남겼다.

노인주택에서 노인들을 수발할 때 카드 속임수를 쓰는 요령을 익혀야 했다. 아니면 된통 당했을 테니까. 그들에게 속임수는 속임수가 아니라 제2의 천성이었다. 게임은 치열하고 악랄하기 짝이 없었는데, 그중 룰루가 가장 비열했다. 그녀는 시력이 떨어지기 시작하자 손톱으로 눌러 자국을 남기거나 접어서 표시하는 법을 익혔다. 그렇게 해야 자기도 공평하게 게임할 수 있다면서. 나는 그녀가 내 할머니라는 걸 알기 전에 그 수법을 배웠는데, 어쩌면 그렇게 손쉽게 배운 이유도 그것이었을 것이다. 피는 못 속인다. 카드에 표시를 남기는 유전자가 세포에 있는지도 모른다.

아무튼 나는 카드를 제법 잘하게 되었다. 내가 좋아하는 잭이 카드의 어디쯤에 섞였는지 늘 주시했다. 다른 사람들은 외눈박이 잭을 제멋대로인 작자라고 했지만, 나는 잭이 애틋했다. 하트의 잭은 나였다. 손에 칼이 아니라 바나나 껍질을 들기는 했지만.

나는 킹에게 달을 걸었다. 우리는 동전이 아니라 시리얼을 걸고 게임을 했다. 주변에 동전도 없고 성냥도 모자라 상자에서 꺼낸 마시멜로를 이용했다. 별은 백 달러, 하트는 오십 달러, 달은 이십 달러, 다이아몬드는 십 달러, 클로버는 오 달러. 시리얼 알갱이는 일 달러였다. 그런 식으로 우리는 게임을 계속했다. 이따금 판돈을 조금씩 집어 우물거리면서.

내가 건 돈을 전부 딴 그는 자기 쪽으로 마시멜로를 모조리 끌어간 뒤 하나씩 던져 입으로 받아먹었다. 우리는 새 판을 시작했다. 옆방에서 다다다다 총소리가 들리는 프로그램을 했다. 나는 게리 이야기를 어떻게 꺼낼지 고심했다.

이번에도 정면 돌파하기로 결심했다. 킹이 카드를 돌렸다.

"게리 나나푸시 알지? 형이랑 스틸워터에 같이 있었던." 내가 말했다.

그의 손에서 카드가 한 장씩 일정하게 툭툭 날아갔다. 어김이 없었다.

"오, 게르.*" 그가 어색하게 우쭐한 듯 웃었다. "우리는 이런 사이였지."

그가 마지막 카드를 내려놓고 집게손가락과 가운뎃손가락을 꼬았다.

"그러니까 그 위너베이고족 멍청이들이 내 소문을 퍼뜨리기 전까지는 친구처럼 가까웠다는 말이야."

"그랬어?" 나는 이야기를 더 끌어내려고 했다. 별이 바닥나 하트를 걸면서.

하지만 그는 더 깊이 들어가지 않으려 했다. 나는 잠시 기다렸다 다른 식으로 말을 꺼냈다.

"그러면 그 말은 사실이야?" 내가 말했다. "그를 엄청 큰 죄를 지은 범죄자들과 함께 보안이 아주 잘된 곳에 가뒀다던데."

"내가 듣기로는 아니야." 킹은 이제 확실히 불편한 마음을 드러

---

* 게리를 친근하게 줄여 부르는 말.

냈다. "맨턴으로 돌아왔다고 들었어. 그곳은…… 그렇게 보안이
잘된 곳은 아니지." 킹이 뺨을 부풀리고 달을 앞으로 밀었다.

나는 게리가 정말 고속도로 순찰대원을 죽였다고 생각하는지,
아니면 재판 이후로 사람들이 수군거려 사실로 굳어버린 것인지
물었다.

"난 정말 모르겠는걸." 킹은 그렇게만 중얼거렸다.

게리가 내 아버지라는 걸 알고 나서 정말로 궁금한 것은 오로지
그것 하나였기에 나는 그가 답해주길 바랐다. 게리가 정말 살아 있
는 사람을 죽였을까? 내가 어떤 씨앗에서 나왔는지 알고 싶었다.
텔레비전에서 들리는 총성은 수다 떠는 소리 같았다. 우리는 말없
이 카드놀이를 했고, 얼마 지나지 않아 나는 분명 뭔가 잘못되어서
킹이 불안해하는 거라는 걸 깨달았다. 그는 민감한 문제가 그의 마
음을 건드리지 않게 하려는 듯 불쑥불쑥 몇 차례 노래를 흥얼거렸
다. 말보로를 줄담배로 피웠고 이따금 다 태우지 않은 담배 두 개
가 동시에 재떨이에 놓일 때도 있었다. 판돈이 고작 시리얼 나부랭
이인 게임에 그가 깊이 몰두했을 리 없었다. 뭐가 문제인지 나는
궁금했다. 게리에 대한 내 질문과 관련이 있을 것 같았다. 그뒤로
그는 한 게임도 이기지 못했다.

아홉시가 가까워지자 그는 정말로 안절부절못했다. 윗입술에서
구슬 같은 땀방울을 훔쳐냈고, 엄지손가락까지 깨물었다. 이윽고
그가 옆방으로 가서 뉴스를 보겠다고 말했다. 우리는 게임을 끝냈
다. 리넷은 카우치에 앉아 낡은 코트를 뒤집어쓴 채 웅크렸고, 소
년 하워드는 의자에 꼿꼿이 앉아 있었다. 뉴스 속보가 나왔고, 아

니나 다를까, 무엇이 킹을 괴롭혔는지, 여기 와서 줄곧 이상한 느낌이 든 이유가 무엇인지, 짐작건대 그가 왜 술을 마시지 않았는지까지 알 수 있었다.

그는 정신을 바짝 차려야 했던 것이다.

뉴스 진행자가 말했다. "연방 범죄자 게리 나나푸시가 노스다코타 주립교도소로 이송되던 도중 탈주했습니다. 세 개 주가 만나는 근방에 있을 것으로 추정됩니다. 나나푸시는 키 193센티미터, 체중 145킬로그램입니다. 마지막으로 목격되었을 때 찢어진 검은색 나일론 재킷에 청바지, 빨간 줄무늬가 있는 흰색 가죽 조깅화 차림이었습니다. 나나푸시는 무장했을 가능성이 있으므로 위험인물로 간주해야 합니다."

나는 탄성이 절로 나왔다. "주의해서 다뤄라! 특별 취급하라! 무장한 위험한 치페와족이다!"

나는 킹을 보았다. "인디언을 붙잡아둘 수는 없지!" 내가 말했다. "그렇지 않아?"

그제야 나는 킹과 리넷이 웃지 않는 것을, 조금도 흥분하지 않은 것을 깨달았다. 그들이 "입 좀 다물어"라고 한목소리로 말하더니 다시 텔레비전을 보았다. 하지만 나는 마음이 쓰이지 않았다. 이토록 아무렇지 않을 수가 없었다. 다만 이런 일이 일어날 거라는 걸 예전부터 알았고, 지금 그 일이 일어났다는 사실에만 신경이 쓰였다. 모든 징후가 한 방향을 향했다.

몇 시간 동안 우리는 마비된 것처럼 푸른 연기 화환과 떠다니는 먼지 틈바구니에 앉아 있었다. 나는 텔레비전이 뿜어내는 빛을 보면서 기분이 좋았다. 그들은 그렇지 않은 것 같았지만. 그러나 우리 넷 모두 다음에 일어날 일을 기다렸다.

나는 텔레비전 쇼도 흘려듣고, 소음과 딸랑거리는 소리도 밀어낸 채 최대한 귀를 쫑긋 세웠다. 그 소리를 나만 들은 이유가 그것이다. 나는 놀라지 않았다. 내 특별한 감각으로 똑똑히 들었다. 일층에서 문이 조용히 닫혔다. 채광창 통풍로 밑바닥에서 발걸음이 잠시 멈췄다. 별빛 아래 쥐들이 야금야금 갉작거리는 소리가 들렸고, 난데없이 누가 발판을 딛고 올라오는 소리가 났다. 나는 마음의 눈으로 그가 밀폐된 공기를 뚫고 올라오는 것을 보았다. 그가 붙잡은 동파이프가 바깥쪽으로 휘는 것이 느껴졌다. 석면으로 감싼 뜨거운 파이프는 3피트마다 둥근 고리로 접합되어 먼지투성이인 텅 빈 통풍로 안으로 뻗어 있었다. 그가 올라오는지 보려고 굳이 창문을 내려다볼 필요도 없었다. 건물에 사는 사람이면 누구나 들었을 것 같았다.

나는 그렇게 생각했지만, 막상 킹과 리넷을 흘끗 보자 그들은 그 번쩍거리는 형체가 자신들의 미래를 예시하기라도 하는 듯 입을 헤벌쭉 벌리고 텔레비전만 쳐다보았다. 그가 부엌 창턱에 놓인 재떨이를 떨어뜨려도 눈 하나 깜짝하지 않았다. 그의 부드러운 발걸음이 휜 마루를 미끄러지듯 밟고 다가와도 꿈적하지 않았다. 그가 거대한 몸으로 조심스럽게 은빛 광선을 완전히 막고 섰을 때에야, 그가 손을 총처럼 해서 그들을 겨누었을 때에야 그들은 얼빠진 상태에서 정신을 차렸다. 그들의 형체는 카우치에서 떨어져나왔고, 소년의 형체는 의자에 납작 달라붙었다. 나는 남자의 발을 내려다보았다. 발은 어둠 속에서 버섯처럼 창백하게 빛났다. 조깅화의 쿠션 좋은 밑창은 번득거리고 푹신해서 그는 마치 허공을 떠다니듯 우리에게 슬며시 다가왔다.

3

그를 위해 노래가 만들어지고, 시위대의 배지에 그의 얼굴이 새겨지고, 법정에서 그의 운명에 대한 논쟁이 벌어지고, 세계적인 기삿거리가 될 만큼 유명한 치페와족 남자는 자기 아들과 감방 동료와 함께 미네소타에서 가장 지저분한 식탁에 앉아 카드를 집어들었다.

표시가 찍힌 카드.

표시가 찍힌 사람이라면, 그건 우리 모두였다.

나는 내 아버지처럼 당국에 의해 도망자라는 표시가 찍혔지만 킹은 전혀 다른 방식으로 찍혔다. 게리가 식탁과 벽 사이로 억지로 밀어넣어도 잘 들어가지 않을 만큼 거대한 몸집에서 나오는 목소리라고는 믿기지 않는 조용한 목소리로 설명한 바에 따르면, 킹은 고자질쟁이요 내부 고발자였다. 그는 게리의 신임을 얻은 뒤에 배반했다.

"나는 사람을 쉽게 믿지." 게리가 고개를 저으며 온순한 눈을 깜빡였다. "특히 인디언 친척들은 누구 할 것 없이. 그놈이 사과 같은 놈인 줄 모르고 한번은 탈출하려는 계획을 죄다 털어놓았어."

다시 말하면 겉은 빨갛고 속은 희다는 말이었다.

나는 킹을 쳐다보았다. 흘끗 보았을 뿐인데 누가 봐도 아픈 사람처럼 보였다. 얼굴은 납처럼 회색이었고, 눈동자는 희번덕거렸으며, 입술은 마비된 것 같았다. 그는 입술을 계속 핥으며 쩍쩍 소리를 냈다. 게리는 킹이 달아나지 못하도록 벽 쪽으로 밀어붙여 우리 사이에 앉혔다. 그의 앞에 약간의 러키참스 시리얼이 쌓여 있었다.

"먹지 그러나." 그가 킹에게 말했다. "필요한 것 같은데."

"아일랜드인의 행운. 그 사람들이 결국 어떻게 됐는지 보세요." 내가 말했다.

게리가 나를 쳐다보더니 눈썹을 치켰다.

"이름이 뭔가?" 그가 물었다.

"립샤 모리시."

그의 갸우듬한 검은색 눈썹은 여전히 위로 치켜올라가 있었다. 긴 머리는 하나로 묶었고 듬성듬성한 검은색 코밑수염은 입술 위로 내려와 크게 웃을 때에만 번쩍이는 이가 보였다. 커다랗고 평온한 그의 얼굴에서 이제 웃음은 늑대처럼 희고 날카롭게 번득였다. 그렇게 웃기 전까지 그는 잠든 것처럼 보였다. 그가 느닷없이 머리카락을 뒤로 넘기며 웃음을 터뜨렸다. 한참 껄껄거렸다. 립샤 모리시가 듣기에는 호탕하고 즐겁고 위로가 되는 웃음이었지만 킹과 리넷은 몹시 괴로웠을 것이다. 그가 웃는 방식과 웃음을 멈춘 뒤에 나를 찬찬히 뜯어보는 시선에서 나는 그가 지금 누구의 아들을 보는지 안다고 생각했다. 아무튼 나는 그가 아버지라고 확신했다. 그의 코는 내 것보다 훨씬 컸지만 같은 곳이 짜부라졌다. 정말로 확신을 준 것은 손이었다.

그는 말하고 미소 짓고 심지어 껄껄거리는 동안에도 시도 때도 없이 손으로 카드를 만지작거렸다. 손은 카드를 다루는 지식을 얻기 위해 보낸 저 혼자만의 삶이 있었고, 나는 그 지식을 어디서 얻었는지 알았다. 그는 일종의 손의 능력을 지녔다. 하지만 감옥에서는 그 능력을 인간에게 쓸 기회가 많지 않았다. 그래서 손은 카드를 이해하는 데 그 재능을 쏟았다. 그는 이따금 눈을 내리깔고 그의 손이 외운 카드의 얼굴을 흘끗거렸다. 손가락은 카드 가장자리를 따라 움직이며 손톱에 눌린 자국을 찾았다. 늑대 같은 웃음이 번득였다. 그가 알아챈 표시에는 체계가 있었다. 그 표시는 서명과 같았다. 그의 어머니의 서명. 나는 룰루의 체계를 배웠지만 그것을 새로운 스타일로 바꾸지는 않았다. "룰루에게 배웠어요." 내가 말했다.

그는 그저 고개만 끄덕했고 다시 이를 드러냈다.

그는 방 건너편을 빤히 보는 킹을 쳐다보았다. 킹의 눈이 리넷의 눈과 맞물렸고, 그녀의 눈동자가 얼어붙었다. 그녀는 젖꼭지가 눌리도록 하워드를 꼭 끌어안았다. 소년은 끈덕지게 요구했다. "내려줘요. 내려줘요. 내려줘요."

"내려줘." 게리가 말했다.

그녀가 곧바로 팔을 풀었다. 머리가 착 달라붙고 팔다리가 꼬챙이처럼 가는 소년은 바닥에 풀썩 떨어졌다. 아이는 일어서서 티셔츠를 툭툭 털고 다시 텔레비전 있는 데로 가서 앉았다. 리넷은 엉덩이가 부엌 싱크대에 닿을 때까지 천천히 뒷걸음쳤다. 그리고 그곳에 멈춰 섰다. 입은 일그러진 O 모양으로 약간 벌어졌다. 눈은 들쥐처럼 길들지 않은, 경계하는 눈빛이었다. 눈앞에 벌어지는 일에 대해 그녀가 아무 말 하지 않은 것은 이번이 처음이었다.

"내가 방해꾼이 된 게로군." 게리가 말했다. "문을 두드리지 않고 불쑥 들어와 미안하네." 그가 이제야 식탁을 두드렸다. "나도 같이 해도 되나?"

"파이브 카드 스터드를 하고 있었어요."

"스터드라. 여기 이 사람에게는 어울리지 않는데." 그가 킹을 가리키며 은근하게 말했다. "파이브 카드 펑크라면 모를까." 킹이 메스껍고 긴장된 웃음을 지으며 카드를 집어들었다.

"자네 아내더러 내 머리에 던지려고 하는 그 지저분한 프라이팬에서 손을 떼라고 하게." 게리가 차분히 말을 이었다.

팬을 내려놓는 작은 소리와 함께 리넷이 싱크대에서 손을 뗐고, 이어서 우리 옆을 잽싸게 지나갔다. 그녀가 옆방에서 수화기를 집어들었다 다시 쾅 내려놓는 소리가 들렸다. 전화선이 연결되지 않은 모양이었다.

"결정할 시간이야." 게리가 윗옷 주머니에서 우둘투둘한 이쑤시개를 꺼내 입에 집어넣으며 진지하게 말했다. "무슨 카드놀이를 할지."

킹은 자기 카드를 보자 기분이 한결 좋아졌다. 혹은 그런 것 같았다.

"돈이 있어요." 그가 말했다. "계좌에 돈이 있어요."

"부도수표를 걸고 카드를 할 수는 없지." 게리가 말했다. "지금쯤 보상받은 돈은 다 썼겠지. 돈을 거는 게임은 하지 않을 거야. 다른 것을 걸어야지. 그러지 않으면 게임이 아니거든."

킹의 어깨에 힘이 잔뜩 들어갔다. 그는 자신을 되찾고 있었다.

"이보세요." 그가 말했다. "내가 불리한 증거를 댔다고 누가 그래요. 난 그런 적 없어요."

"테이프를 들었어." 게리가 뱀의 젖이 가득한 미소를 띤 채 입을 거의 떼지 않고 말했다. "친구로 생각한 자네 말고는 아무한테도 말하지 않은 내용이 담긴 테이프였지. 이봐, 카드를 하려면 뭔가 걸어야지. 뭔가 큰 걸로. 그러지 않으면 게임이 아니거든."

"여기 왜 왔어요?" 킹이 불쑥 물었다. 그는 웃으려고 했지만 부들거리는 손을 감추기 위해 카드를 내려놓아야 했다. "뭘 원해요?"

"카드를 하고 싶어." 게리가 다른 언어를 쓰는 사람에게 말하듯 또박또박 느리게 말했다. "그러려고 왔거든."

나는 가만히 들었다.

"차를 걸지그래." 이윽고 내가 킹에게 말했다. "형이 준의 보험금으로 산 파이어버드 말이야."

내 어머니의 이름을 듣자 게리의 얼굴이 굳었다.

"준의 보험금이라." 그가 의아한 듯 말했다. 나는 그의 마음이 뒤로 펄쩍 물러서서 우리의 연관성을 찾고 우리 삶의 교차점인 그와 준의 로맨스로 옮겨가는 것을 보았다. 캐시포 할머니에게 맡긴 아기. 준이 낳은 고디의 아들. 킹. 달아난 그녀. 나의 성장. 그리고 지금 이 순간 이 방에서 부활절의 눈이 다시 부드럽게 내리기 시작했고, 준은 눈을 맞으며 마침내 고향으로 걸어 돌아왔다.

내가 보기에 킹의 증언 때문에 게리가 여러 해 동안 복역한 것은 사실이지만, 게리가 기필코 복수하겠다는 마음으로 여기 온 것 같지는 않았다. 게리 나나푸시는 그저 궁금했고, 괴로운 기억에 이끌린 것이었다. 그래서 여기로 왔다. 자기 눈으로 그 쥐새끼의 삶을 직접 보고 싶다는 충동 때문에 사층까지 동파이프를 타고 올라와 작은 부엌 창문을 비집고 들어온 것이다. 궁금증과 누군가를 다시 봐야 할 것 같은 충동 혹은 준의 닮은꼴이 있을 것 같은 느낌이 그를 여기로 데려왔을 것이다.

이제 막연한 꿈과 궁금증은 그 이유를 찾았다.

그 차, 준의 차가 깔끔한 탈출의 길을 보여주었다. 게리의 수중에 그 차가 들어가면 나는 여기 남아 내 아버지가 국경을 넘어 무사히 캐나다로 갈 때까지 킹을 붙들 것이다.

"차를 걸지." 게리가 그러자고 했다. "준의 차를."

하지만 킹은 차를 걸고 싶은 마음이 없었다.

"내 차예요." 그가 말했다.

"아니, 원래 준의 것이지." 게리가 말했다. "우리 중 한 사람이 준을 대신해서 가지면 되는 거야."

"당신은 자격이 없어요." 킹이 말했다. 그의 내부에서 싸움이 일어났고, 그에게 그녀의 차가 갖는 의미가 답답하고 짙은 안개를 뚫고 솟아올랐다. 하지만 결국 자신의 느낌을 말할 수 없었다.

"공평하지 않아요." 그가 꿍얼거렸다. "공평하지 않아."

"뭐가 공평한 거지?" 게리가 카드를 섞은 뒤 다시 돌렸다. "사회? 사회는 카드게임과 같지. 우리는 태어나기도 전에 저마다 패를 나누어 받지만 자라면서 최선을 다해야 해."

우리는 각자 카드를 집어들었다.

"하지만 이건 정말 공평하지 않잖아요." 킹이 말했다. "어처구 니없어요." 그의 목이 조금씩 부풀면서 굵은 핏줄이 섰다. "젠장." 그가 말했다. "미국의 베트남전 참전 퇴역군인을 이렇게 다룰 수 는 없어요! 나는 당신처럼 피해다니지 않았다고요." 그는 침을 튀 기며 안절부절못했다. 하얗게 번쩍이는 게리의 굽은 이가 다시 드 러났다.

"나는 갈 필요가 없어서 다행이었지." 그가 말했다. "그들이 내 게 살인을 저지를 만큼 충분한 대가를 줄 수는 없었을 테니까."

그가 한숨지으며 카드를 다시 그러모았다.

"도움이 될지 모르지만." 그가 킹에게 말했다. "차를 잃는다고 생각하지 말고 고자질한 자네 목을 구한다고 생각하게."

킹의 몸이 뻣뻣하게 얼어붙었다. 게리는 이미 두 번 연속으로 종 신형을 살고 있었다. 그가 감옥에서 완전히 나오려면 두 번 죽고 두 번 부활해야 했다.

"돌리고 콜." 킹이 잠긴 목소리로 말했다. "5를 내고, 패를 깝 시다."

게리가 식탁 위로 카드를 밀며 나더러 돌릴 차례라고 했다. 그의 얼굴은 그림 속 중국 신들처럼 차갑고 고요했다. 나는 신중하게 카 드를 섞었다. 카드의 패턴이 마음속에 떠올랐다. 나는 룰루의 방식 을 엄격히 따르면서 수월하게, 늘 하던 방식대로 패를 돌렸다.

킹의 카드는 페어가 되게 했다.

게리에게는 스트레이트를 주었다.

나는? 완벽한 패를 받았다. 로열 플러시.

우리는 손을 펴서 카드를 보였고, 이어서 길고 긴장된 침묵이 흘렀다.

"열쇠는 제가 가집니다." 내가 말했다.

게리가 턱을 만지작거리며 고심했다.

킹은 한참 시간을 끌며 열쇠고리에서 열쇠를 빼냈다. 그러는 동안 나는 숨을 깊게 들이마시며 아버지를 흘끗 올려다보았다.

"제가 운전해드리죠." 내가 말했다. "가시고 싶은 곳까지."

킹은 열쇠를 던졌지만 식탁에 떨어지는 소리는 들리지 않았다. 열쇠가 떨어지는 순간 쿵 하고 문을 차는 소리가 들렸기 때문이다.

"문 열어! 경찰이다!"

이번에는 내가 소스라치게 놀라 얼어붙었다. 방 안이 소용돌이 치기 시작했다. 붙잡힐까 두려운 마음이 내 배를 쥐어짜는 것 같았다. 상상했던 것보다 더 끔찍했다. 그들이 일층 현관으로 쿵쿵거리며 들어오는 소리가 들렸고 그들의 목소리가 통풍로를 타고 울려퍼졌다. 웅웅거리는 목소리, 딸각거리는 권총집, 허리띠에 찬 쇠장비가 문에 부딪는 소리. 나는 마음속으로 주먹을 쥔 그들의 벌건 손을 보았다.

이루 말할 수 없이 긴 시간이 흐른 것 같았고, 우리는 그 시간 동안 벽돌처럼 굳은 채 앉아 있었다.

그때 누가 움직였다. 하워드였다. 소년이 옆방에서 이쑤시개 같은 다리로 달려나왔다.

"잠깐만요! 나가요." 그가 소리를 질렀다. "이곳에 있어요!"

소년은 문으로 달려가 자기 손보다 높이 있는 걸쇠를 잡으려고 손을 뻗으며 쉬지 않고 소리를 질러댔다. "여기 있어요! 여기요!"

그 소년이 어떻게 변했는가. 명멸하는 그림자들의 놀이터에서 노년으로 가버렸다. 아이는 아버지의 이름을 부르짖으며 걸쇠를 잡으려고 안간힘을 쓰다 갑자기 왜소하고 주름이 자글거리는 백발 노인이 되어버렸다.

그리고 짐작하겠지만, 내가 가장 무서웠던 게 이것이다. 소년은 자기 아버지의 이름을 외쳤다.

"킹이 여기 있어요! 킹이 여기 있어요!"

나는 통나무에 튀어나온 혹처럼 앉아 있었어. 이거였어. 우리가 한 모든 행위의 대가가 이거였어. 아버지가 아들을 만난 대가가, 그들 사이의 어두운 공간에 갇힌 한 여자의 유령을 만난 대가가 이거였어. 이것이 그 대가였어. 이것이 슬픈 사실인 거지.

하지만 나는 그 슬픈 사실에 오래 머물 수 없었다. 하워드가 결국 그들을 안으로 들였다. 소년은 씨근거리면서, 울면서, 킹을 가리키면서 서 있었다. 나는 경찰이 식탁을 펄쩍 넘어 게리의 목덜미를 붙잡고 나를 포박할 거라 생각했다. 그런데 용기를 쥐어짜 고결하게 싸우다 체포되기로 결심했을 때 경찰이 아직 문 앞에 서 있는 것을 깨달았다. 게리가 없다는 것을 확인하는 데는 집 안을 한번 흘끗 쳐다보는 것으로 충분했다.

나는 그 자리에서 한 바퀴 돌았다.

그는 없었다. 감쪽같이 사라졌다. 의자에서 들려 온데간데없이 사라진 것 같았다. 내 아버지가 있던 자리에는 휑하니 빈 공기뿐이었다. 나는 소리를 내지 않고 입만 뻥긋거려 그의 이름을 불렀다. 지금까지도 나는 그가 손가락으로 코를 막고 통풍로로 몸을 날렸다고 생각한다. 가능한 방법은 그것뿐이었으니까.

경찰이 중얼거렸다. 킹이 대답했다.

"번거롭게 해서 죄송합니다." 그들이 말했다. "안녕히 계십시오."

그들이 우리를 남겨둔 채 문을 닫았다. 순식간에 일어난 일이라 그저 어리둥절했다. 나는 그들이 나에 대해 묻지 않은 것에 마음을 놓을 여유조차 없었다. 하워드는 죽은 것처럼 몸을 쭉 뻗고 바닥에 누웠다. 죽은 척하는 것이었다. 나라도 그렇게 했을 것이다. 나는 소년을 들어올려 카우치에 눕히고 코트를 덮어주었다. 한쪽 소매가 뜯어지고 안감이 찢어진 낡은 격자무늬 여자 코트였다. 아직 달콤하고 상큼한 향수 냄새가 남아 있었다. 소년의 목 주변에 코트 칼라를 세워 올리면서 나는 여자가 주는 위로의 냄새를 맡았다.

"괜찮아." 내가 말했다. "잠시 정신이 나갔던 거야. 맘 놓고 울려무나."

하지만 소년의 눈에서 눈물은 흐르지 않았다. 그저 조마조마한 눈빛으로 꼼짝 않고 누워 얻어맞을 각오를 했다. 검은 눈동자에서 알 수 없는 깊이의 감정이 느껴졌다.

"등록증." 내가 킹에게 말했다. "제길, 등록증을 달라고."

리넷이 빵을 두는 상자로 휘청휘청 걸어갔다. 이가 딱딱 부딪쳤다. 그녀는 구겨진 서류와 말라비틀어진 빵 부스러기를 뒤져 마침내 등록증을 찾았다. 그녀가 그것을 식탁에 놓았고 그가 마지못해

서명했다. 나는 열쇠를 움켜쥐었다. 그리고 서류를 접어 주머니에 넣고 말없이 떠났다.

4

차는 오른쪽 범퍼가 짜부라져 한쪽 헤드라이트 불빛이 비껴 흘렀다. 매끈하게 도장된 차 표면에는 군데군데 흠집이나 찌그러진 곳이 있었다. 이리저리 얽힌 고속도로를 달려 집으로 향하면서 나는 날렵한 윤곽을 뽐내는 차체를 손으로 쓸었다. 상쾌한 공기를 한 껏 들이마시려고 창문을 열어놓았다. 하늘을 나는 새처럼, 보닛 위에서 타오르는 푸른 날개처럼 자유로웠다. 밤은 고요했고 양방향으로 빠르게 흘러갔다. 윙윙거리는 도시의 노란색 아치 모양 램프는 금세 사라졌고, 공기가 강렬하고 달콤하게 바뀌자 땅이 녹는 냄새가 났다. 나는 평화에 젖어 부드럽고 눅눅한 침묵을 가르며 밤새 달릴 수 있을 것 같았다. 기분이 몹시 좋아 멈추고 싶지 않았다. 배도 잔뜩 채웠고, 리넷이 끓인 커피와 이런저런 일들 때문에 힘도 났다. 나는 아버지가 달아날 것을 알았다. 그는 날 수 있는 사람이었다. 옷을 벗고 달아나 재빨리 탈바꿈할 수 있었다. 올빼미, 벌, 두 가지 색이 섞인 램블러 자동차, 말똥가리, 솜꼬리토끼, 티끌. 그는 이런 형태가 될 수 있었다. 그는 달 위로 질주하는 구름이고, 늪에서 파닥거리는 오리의 날개이고, 또 그는……

한창 상상의 나래를 펴는데 느닷없이 차 뒤쪽에서 덜컥거리는 소리가 들렸다. 속도를 늦추자 소리가 더 커져 다시 속도를 올렸다. 그러자 잠잠해졌다. 트렁크에 넣어둔 잭이 굴러다니는 거라고 생각했다. 달리 어떤 생각을 하겠는가? 나는 다시 속도를 최대한 올렸다. 덜컥거리는 소리가 또 커졌지만 꾹 참고 속도를 냈다. 마침내 도저히 정신을 집중할 수 없을 정도로 주의력이 흐트러졌다. 멈추고 싶지 않았지만 차를 세우고 잭을 고정해야겠다고 생각했다. 그런데 차를 세우자 덜컥거리는 소리가 갑자기 빨라지고 격해졌다. 나는 대번에 뭔가 이상한 일이 일어난 것을 알아챘다.

생각할 겨를도 없이 문을 열고 뛰쳐나갔다. 동물이 갇힌 거라고 생각했다. 킹이라면 트렁크에 개나 짐승을 가두고도 남을 인간이니까. 밤은 몹시 컴컴했다. 그놈이 달려들어 내 목을 물어뜯을 수도 있다는 생각에 손을 최대한 쭉 뻗어 트렁크 구멍에 열쇠를 꽂았다. 나는 열쇠를 돌리고 뒤로 펄쩍 물러섰다. 트렁크 문이 용수철처럼 열렸다.

안에 무엇이 있는지 몰랐지만 덩치가 큰 것은 분명했다. 그것은 꿀꺽거리고 한숨 쉬고 반쯤 재갈이 물린 것처럼 소란을 떨었다. 나는 마침내 그것이 사람이라는 걸 깨닫고 밖으로 끌어내리려고 달려갔다. 그가 입을 열자마자, 아니나 다를까, 기적처럼 다른 누구도 아닌 게리 나나푸시라는 걸 알았다. 그는 엄마 배 속에 있는 아기처럼 잔뜩 웅크리고 꼭 끼여 있어서 한참 씨름을 한 뒤에야 빠져나올 수 있었다.

"아까 이 차를 가져갈 참이었지." 그는 밖으로 나오자 도랑가에 앉아 헐떡였다. "이렇게 숨이 막힐 줄은 몰랐어."

나는 지금 일어나는 일을 완전히 받아들일 수 없었다. 잠시 뒤에 그가 기지개를 펴더니 주머니에서 작은 빗을 꺼내 머리를 빗고는 말끔하게 하나로 묶었다. 시큼한 땀이 흘렀다. 나는 그가 얼마나 공포를 느꼈는지 깨달았고, 문을 연 뒤에 그의 어깨를 잡아 차에 태웠다. 이런 일은 그 자체로 충격이 된다. 그는 한동안 말을 하지 못했고, 우리는 길이 이끄는 대로 달렸다.

한참을 달린 뒤에야 그는 기운을 되찾았고, 다음에 나오는 모퉁이에서 오른쪽으로 돌아 캐나다로 넘어가기 직전까지 차를 태워줄 수 있는지 물었다. 국경 근처에 내려주면 아주 고맙겠다면서.

"아내와 어린 딸이 거기 살거든." 그가 말했다. "찾아가서 만나야 해."

"이번에는 집까지 잘 가시겠죠." 내가 말했다. "집까지는."

"아니." 그가 팔을 뻗으며 기분이 한결 좋아진 어투로 말했다. "나는 자네가 집이라고 부르는 걸 가져본 적이 없다네."

물론 그 말은 옳았다. 나는 거기까지는 생각하지 못했다. 그는 자기를 잘 아는 곳, 또 자기가 속한 장소로 되돌아갈 수 없었다. 어디에 정착해 살든 그는 항상 어깨 너머를 살펴야 할 것이다. 무슨 일이 생기든 항상 도망쳐야 할 것이다. 우리는 보호구역 이야기를 한참 나누었다. 나는 하찮은 블랙리스트에 오른 사람들과 그사이에 일어난 온갖 스캔들에 대해 죄다 말해주었다. 그는 자기 엄마인 룰루에 대해 속속들이 알고 싶어했고, 나는 그녀가 캐시포 할머니와 같이 벌이는 일들을 말해주었다. 룰루는 치페와족의 청구소송에서 증인까지 섰고, 사람들은 이제 그녀가 아는 것을 옛 시대의 전통으로 생각한다는 말도 했다.

"시대가 변하는구먼." 게리가 껄껄거렸다. "어머니는 청중 앞에 서면 화술이 대단했지."

"워싱턴 신문에 사진도 실렸어요." 내가 말했다. "저도 봤어요." 그는 말이 없었다. 그가 그녀를 몹시 그리워한다는 걸 알 수 있었 다. 몇 마일 더 달린 뒤에 내가 물었다.

"준을 아세요?"

그 질문에 그가 화들짝 놀랐다. 우리는 사람이 많이 다니지 않고 관리도 잘되지 않은 좁은 길을 골라 달렸다. 어둠은 방대하고 짙었 다. 나는 더 천천히 더 조심해서 몰아야 했다.

잠시 뒤에 게리가 오래전 언젠가 준을 알았다고 대답했다. 그 러곤 잠시 뜸을 들이다 불쑥 내뱉었다. "굉장했지! 정말 대단했 어…… 아주 아름다웠거든."

"사랑하신 것 같네요." 내가 바로 되받았다.

"사랑했지. 모두 그랬던 것처럼." 그가 말했다. "젊은 나이에 불 꽃을 다 태웠다더군. 소식을 들었어. 하지만 내가 떠올리는 그녀는 언제나 내가 처음 옥살이를 시작하던 그 시점에 머물러 있지."

"날씬했죠."

"그렇게 날씬하지는 않았어. 다리는 길었지. 웃음이 정말 매력적 이었는데, 수줍음이 많았어. 가끔 너무 먼 사람 같아서 만질 수도 없었지."

"특이한 점이 있었을 것 같아요. 묘하고 특이한."

"그런 건 모르겠어. 하지만 정돈된 걸 좋아했지. 우리는 모텔에 살았는데, 그녀는 늘 방을 정리하고 깔끔하게 치웠어. 오후에 벗겨야 하더라도 아침이면 어김없이 침대 시트를 정돈했지."

"기억나지 않는 게 있는데요." 내가 말했다. "손가락은 예뻤나요?"

"예쁘고말고!" 그가 말했다. "세상에 그렇게 예쁜 손가락은 없을걸."

"궁금한 게 있어요." 내가 말했다. "그 순찰대원을 정말로 죽였는지."

그가 아니라고 대답했다고 하면 당신은 그가 거짓말한 거라고 생각할 것이다. 미국 사법제도하에서 아무 잘못 없이 연달아 두 번 종신형을 받는 사람은 없다고 여길 테니까. 직접 그 제도와 마찰을 일으킨 적이 없다면 계속 그렇게 생각할 것이다. 그러다 깜짝 놀랄 일이 생길 것이다. 장담하건대, 그런 일이 생길 것이다.

그가 그렇다고 대답했다면서 그 일의 자초지종을 설명하면 그에게 불리하게 작용할지도 모른다. 그래서 미안하지만 여기에 그의 대답을 그렇다 아니다로 남길 만큼 당신을 믿지는 못하겠다. 우리는 이미 너무 깊숙이 들어갔다.

어쨌거나 그가 대답을 했다는 말만 하겠다. "캐면 캘수록 수수께끼 같지. 아무도 몰라."

그가 그 말을 한 뒤 한참 동안 나를 쳐다보는 것 같았다. 나는 꿋꿋이 운전에만 몰두했고 히터를 켰다. 그때까지 안이 얼마나 추운지도 몰랐다.

"내 이야기는 여기까지 하지." 그가 말했다. "자네는 어떻게 살아왔나?"

나는 그때까지 내가 살아온 이야기를 죄다 털어놓았다. 정신 능력을 키우기 위해 학교를 그만두고 혼자 독학한 일, 일찍이 캐시포 부부에게 입양되어 노인들을 돌보며 보호구역에 남은 일. 내 집이 내가 속한 유일한 장소이고 떠날 생각은 전혀 없었지만 상황이 나를 내몰았다는 말까지. 내가 유일하게 믿는 여자인 앨버틴 얘기도 꺼냈다. 그녀는 누이 같은 존재라고.

"나도 그 아가씨를 알지." 게리가 말했다. "말수가 적더군."

"그애가요?" 나는 그런 생각은 해본 적이 없었다.

"자네 카드 솜씨 하나는 죽이던데." 게리가 칭찬했다.

"아." 그를 이겼다고 생각하니 부끄러운 마음이 들었다. "감옥에서 많이 하셨을 텐데요."

"시간을 보낼 만한 다른 놀이가 없거든."

내가 불쑥 말했다. "저는 헌병대를 피해 달아나는 중이에요."

"그런가, 그게 자네 문제로군! 자네 문제야! 자네도 문제가 있다는 걸 알았지!" 그가 넓적한 무릎을 치기 시작하더니 앉은 자리에서 몸을 들썩였다. 흥분한 것 같았다.

"그렇다면 우리는 둘 다 사기꾼이나 다름없군."

"몹쓸 진실이죠." 나는 동의했다.

하지만 어쨌거나 우리는 헤어져야 했으므로 큰 위안이 되지는 않았다. 그는 주먹으로 손바닥을 몇 차례 내려쳤고 머리를 흔들며 껄껄거렸다. 갑자기 그가 숨을 참으며 웃음을 멈췄다.

"아직 신체검사는 받지 않았겠군."

내가 그렇다고 했다.

"군대는 걱정할 필요 없겠어." 그가 무릎에 손을 툭 놓으며 말했다. "잘됐어."

나는 그를 흘끗 보았다. 하지만 그는 나를 쳐다보지 않았고 움직이지도 않았다. 그는 고개를 돌린 채였다. 나처럼 우리 주위로 끝없이 펼쳐진 어두운 경치를 보는 게 틀림없었다. 봄의 텅 빈 들판, 흐름을 멈춘 강물, 사람이 사는 흔적, 적당히 띄엄띄엄 떨어져 있는 마당의 불빛.

"이봐." 그가 말했다. "나는 심장이 엿 같아서 군대를 갈 필요가 없었지. 쿵쾅쿵쾅 뛰지 않고 쿵덕쿵 뛰거든."

"그렇군요." 내가 말했다. "다행이네요."

"자네도 다행이야."

나는 계속 차를 몰았다.

"나나푸시 사람이잖나." 그가 말했다. 나를 쳐다보는 그의 시선이 느껴졌다. 그의 이목구비에서 부드럽고 넉넉하고 진지한 무게가 느껴졌다. "우리 집안은 모두 심장에 이상한 증세가 있지."

그는 손을 내밀어 내 어깨를 잡았다.

그 순간 차와 길이 멈추었다. 아무튼 그런 느낌이었다. 내 심장은 불규칙적으로 콩닥콩 뛰었다.

이 세상의 많은 일들은 이미 예전에 일어난 일들이다. 하지만 일어나지 않은 일처럼 느껴진다. 누군가에게 새로 어떤 일이 일어나면 그 사람에게는 처음 일어나는 일이니까. 아버지의 아들이 된다는 것이 그랬다. 그날 밤 나는 세상이 가지를 뻗으며 눈으로 쫓아갈 수 없을 만큼 빠르게 자라는 것처럼 팽창하는 느낌에 빠졌다. 내가 작아지는 것 같았고, 땅이 계속해서 쪼개지고 나뉘는 것 같았다. 나는 별을 느꼈다. 그의 손이 닿은 내 어깨에 별이 내려앉은 것 같았다. 붉고 따스한 달이 떠올랐다. 국경에 도착했을 때 우리는 남자답게 서로의 팔을 꼭 붙잡았다. 방풍림이 그의 모습을 삼켰다. 나는 불빛을 들키지 않으려고 한참 동안 천천히 차를 몰았다. 은은하고 맑은 달빛을 받으며, 앞뒤로 아늑한 어둠을 느끼며.

고속도로에 다다를 때까지 나는 헤드라이트를 켜지 않았다. 새벽이 밝아올 즈음 경계를 이루는 강에 걸린 다리에 도착했다. 집이 가까워졌고, 나는 차를 다리 한가운데에 세우고 밖으로 나가 기지개를 켜다, 왠지 모르게 노인들이 강에 담배를 바치던 기억을 떠올렸다. 난간 너머 아래를 내려다보았다.

검고 짙은 강물이 굽이굽이 흘렀다. 강바닥은 깊고 좁았다. 나는 준을 생각했다. 강물은 내 밑에서 소용돌이치거나 침몰한 차들 위로 출렁거렸다. 나는 그녀를 얼마나 희미하게 기억하는가. 이렇게 말해도 괜찮다면 그녀는 굽이치는 강물에 떠밀리는 거대한 외로움의 일부였다. 실은 그녀가 내게 해준 것 중에 좋은 것이 있었다. 지금은 안다. 그녀가 인정한 아들은 여기 립샤 모리시보다 더 많은 고통을 겪었다. 준에 대한 생각이 내 마음을 사로잡았지만, 그녀가 나를 캐시포 할머니에게 맡긴 것은 다행이었다.

주머니에 아직 할머니의 손수건이 있었다. 태양이 이글거렸다.

나는 한때 다코타 전역에 걸쳐 우리의 모든 문제를 해결해주었다는 이 강이 깊디깊은 고대 대양의 마지막 남은 부분이라고 들었다. 우리가 여전히 방대하고 감히 이해할 수 없는 파도 아래 있다고 상상하는 편이 더 쉬웠지만 아쉽게도 우리는 지금 마른 땅에 살고 있다. 나는 차 안으로 들어갔다. 맑은 아침이었다. 좋은 길이 이어졌다. 강을 건너 그녀를 집으로 데려가는 것 말고는 할 일이 없었다.

| 부록 |

작가의 말

　『사랑의 묘약』을 처음 출간하고 책을 손에 든 채 누가 읽기나 할
까 생각했던 것이 벌써 이십오 년 전이다. 그뒤로『사랑의 묘약』은
여러 번 다시 출간되었고, 내가 기억하는 것보다 더 많은 언어로
옮겨졌다. 내용을 늘렸고, 즐겨 앉는 낡은 의자처럼 커버를 바꾸고
또 바꾸었다. 학자들의 해석이 잇따랐고, 학생들과 독서모임 회원
들의 추천도서로 선정되었다. 또한 기쁘게도 많은 사람들이 즐거
움을 얻기 위해 이 책을 집어들었다. 몇천 권일 뿐이지만 지금까지
초판 1쇄로 나온 양장본에는 죄다 서명을 한 것 같다. 하지만 이따
금 아직 누군가의 손에서 비닐로 싼 북극광 겉표지의 그 책이 또
나타난다.
　이십오 년이 지나 다시 새로운 판을 내면서 플레인스 오지브웨
족이 쓰는 티피 천막 뒤로 북극광이 비치는 풍경을 표지에 다시 담

왔다. 내 고향 노스다코타 주 터틀마운틴 보호구역에 사는 친구가 찍은 것이다. 이번 책도 이전 판과 조금 다르다. 1995년에 재판을 내면서 덧붙인 부분을 다시 손봤지만 가장 큰 변화는 이것이다. 1995년 판에 실은 「라이먼의 행운」을 뺐고, 「토마호크 공장」을 부록으로 옮겼다. 「토마호크 공장」과 「라이먼의 행운」이 책의 마지막 사분의 일에 얼마나 방해가 되는지 깨닫고 깜짝 놀랐기 때문이다. 「토마호크 공장」은 처음 쓴 작품 중 하나라 『사랑의 묘약』에 속하는 것 같다. 그래서 결국 이 작품을 어정쩡하게 담았다.

『사랑의 묘약』을 쓴 뒤로 내가 한 권의 긴 책을 쓰고 있다는 것을 알았고, 이 책의 주요 장들은 각각 『트랙스』『네 개의 영혼』『빙고 팰리스』『리틀 노 호스에서의 기적에 관한 마지막 기록』『페인티드 드럼』이라는 제목의 책이 되었다. 등장인물들은 유감스럽게 뒤죽박죽인 내 의식 속에 나타나고 또 사라진다. 다른 책들을 읽으면 『사랑의 묘약』의 등장인물들이 내가 이 첫 소설을 쓸 때는 보이지 않았던 운명을 계속 살아간다는 것을 알게 된다. 가끔 이 상상의 인물들이 질서정연하게 말하기를 기대하지만, 진심으로 그들이 다시 돌아온다는 것에 감사할 따름이다. 그들이 스스로 나타날 때에만 나는 그들의 이야기를 쓴다. 선택의 여지가 없다. 그들이 끈질기게 불쑥불쑥 돌아오는 것은 신기한 선물이다. 진정 그들과 나는 아직 끝나지 않았다.

2009년, 미네소타 주 미니애폴리스에서
루이스 어드리크

토마호크 공장
1983

라이먼 라마르틴

형의 부츠에 물이 가득찼던 강에서 걸어 돌아오며 나는 변화가 나를 덮치며 강하게 몰아붙이는 것을 느꼈다. 집으로 돌아온 순간부터 나는 떠났을 때의 라이먼 라마르틴이 아니었다. 그 소년은 이제 없었다. 나는 돈을 버는 수완이 더 진지한 문제에는 쓸모없다는 것을 깨달았다. 쓸모없는 정도가 아니었다. 내가 수면 위로 떠오르면 다른 사람들은 가라앉아야 했다.

헨리 주니어가 죽고 몇 주가 지나도 나는 여전히 그 사실을 받아들일 수 없었다. 나는 텔레비전 앞에 의자를 놓고 앉아, 그의 손이 잡곤 했던 팔걸이의 닳은 부분에 손을 대고 그 느낌을 알려고 눈을 꼭 감았다. 노인들은 물에 빠져 죽은 치페와족은 영원히 편히 쉬지 못한다고 했는데, 나는 그런 풍설이 무서워 밤잠을 설쳤다. 하지만 혼령이 되어 떠도는 헨리 주니어에게 말을 걸 수 있다면 마지막으로 한번 더 그 빌어먹을 컨버터블을 가지라고 설득할 작정이었다.

형은 스스로 죽어버림으로써 우리의 하찮은 말씨름에서 이겼다고 생각하겠지. 검은 화면을 향해 나는 소리를 질렀다. 하지만 그저 내 몫까지 가져간 것뿐이야.

형을 다시 끌어들여 따지고 싶었지만 소용없었다. 그는 가버렸고, 죽어버렸고, 옛날 사진에서나 볼 수 있을 뿐이었다. 기껏해야 강물 밑바닥에서 형이 빨간 차체를 몰고 유유자적하며 북쪽으로 가는 장면을 상상할 뿐이었다.

나는 아래로, 그가 내려갔을 것보다 어쩌면 더 아래로, 더는 움직일 수 없는 지점까지 내려갔다. 그러는 동안 사업은 거덜났고, 주식은 폭락했고, 돈은 없어졌고, 계좌는 텅 비었다. 세금통지서와 신용통보서가 우편함에 꽂히더니 높이, 더 높이, 봄의 강물만큼 높이 쌓여 마침내 부엌 바닥에까지 나뒹굴었다. 여러 달이, 일 년 가까운 시간이 흘렀고, 그사이 나는 술에 취해 지내거나 보호구역에서 일어나는 일이면 뭐든 끼어들어 망쳐놓았다.

이 말은 하고 싶지 않고 믿을 사람도 없겠지만, 우리 인디언과는 늘 이런 식이었다. 엉클 샘이 가져가고, 엉클 샘이 내준다. 그가 헨리를 데려갔다. 그러더니 내게 삶을 돌려주었다. 쫄딱 망해서 쪼들린 생활을 하던 어느 날 의자에 앉아 있는데, 누가 주먹으로 쳐서 뻥 뚫린 창문으로 산들바람이 불어와 종이 한 장을 바닥에 떨어뜨렸다. 재무부에서 발송한 1099-B 양식이었다. 나는 그 통지서를 읽고 옆으로 치웠다 다시 집어들었다. 왜 그랬냐고? 내 머리로는 깨알 같은 글씨체로 쓰인 경고문을, 납세 의무를 소홀히 했다고 미국 국세청이 벌금을 물리는 현실을 이해할 수 없었기 때문이다. 나는 아버지 같은 존재였던 형을 잃었다. 정부가 이런 숫자를 들이밀 거라고는 생각도 못했다. 하지만 나는 곧바로 종이클립을 찾기 시작했다. 그 양식을 뭔가 다른 것에 붙일 작정이었고, 그것이 무엇이든 상관없었다. 지난해에 나는 즉흥적으로 몇 차례 책임을 맡았지만 늘 시들해졌다. 종이클립만 찾으면 이번에는 시들해지지 않을 것 같았다.

잡동사니를 아무리 뒤져도 클립은 없었다. 주위를 둘러보았다. 텅 빈 벽과 파티 손님이 훔쳐가서 알이 빠진 전구 소켓, 세 다리 카우치, 러그 위에 흩어져 쌓인 종이가 보였다. 온갖 잡다한 물건이 다 있었지만 빌어먹을 클립은 보이지 않았다. 단 한 개도. 스테이플러도 없었다. 우표도 없었다. 알릴 방법이 없었다. 깨끗한 봉투마저 없었다.

나는 길을 잃고 미칠 것 같은 정적 속에 빠졌다. 세금보고 양식을 손에 쥔 채 서성이는데, 속에서 묘한 감정의 물결이 일기 시작하더니 점점 빨라져 거품을 일으키며 휘몰아쳤다. 마침내 나는 닥치는 대로 움켜쥐고 킹콩처럼 팔을 획획 쳐들었다. 인디언사무국의 추천장과 보고서, 뉴스레터 따위가 손에 잡혔고, 나는 그것들을 내동댕이치고 짓밟았다. 벽에 주먹을 날릴까 했지만 이미 부서져 있었다. 숨을 참았다 고함을 질렀지만 목소리가 나오지 않았다. 나왔다고 한들 누가 듣기나 할까? 그나마 나를 걱정하던 사람들도 넌더리를 내며 떠난 뒤였다. 나는 잊힌 존재였다. 내 어머니는 정치에 깊이 빠졌다. 전화도 떼어가고 없었다. 엉덩이가 앙상하게 야위어 청바지가 주르르 흘러내릴 지경이었다. 쑥 들어간 배를 내려다보았다. 돈을 잘 벌던 시절에도 늘 그랬던 것처럼 섹스도 못하고 흥미도, 욕망도 없었다.

스스로 놀랄 만큼 나는 아무것도 아닌 존재가 되었다. 지금 죽어도 잔물결조차 일지 않을 것이다. 그렇지 않겠는가! 이런 생각에 빠져 있다 문득 내가 죽으면 인디언사무국 장부에는 공백이 생길 것이고 국세청에 등록된 내 이름엔 완전히 말소될 때까지 미납이라는 꼬리표가 붙어 있을 거라는 생각이 떠올랐다. 그러면 가벼운 혼란이 생길 것이다. 그 생각에 정신이 번쩍 들면서 피가 돌았다. 어쨌거나 서류를 보관한 서랍 속에는 나라는 존재가 살아 있었다. 바람과 땅은 나를 몰라도 정부는 알았다. 적어도 서류상으로 나는 살아 있었다. 존재하는 사람이었다. 돈도 있었다.

아니면 정부가 내게 빚이 있을지 모른다. 세금을 낼 수 있던 해에 어쩌면 더 냈을지도 모른다는 생각이 들자 나는 목이 타서 바닥에 뒹구는 종이를 한 아름 그러모았다. 그리고 한 통씩 확인하고 분류해 쌓았다. 바닥 틈새에 끼인 펜을 찾았는데 아직 쓸 만했다. 그것으로 라벨 작업을 시작했다. 바로 그날 서류를 작성했다. 그렇게 하자 예전으로 돌아가는 길에 들어선 느낌이 들었다. 나는 나 자신을 되찾고 있었다. 내 신원이 형체를 갖추어갔다. 서류 더미에서 분연히 일어서서 합법적인 존재가 되어갔다. 어처구니없는 것은 마침내 1099 양식에 이르렀을 때 누가 내 일련번호를 다른 사람의 서류에 타자한 것을 알아냈다는 것이었다. 모든 게 실수로 벌어진 일이었다.

　나는 타자 실수로부터 형성되었다. 나라는 존재는 서류에서 나왔다. 그 주가 끝날 무렵 나는 인디언사무국에서 일하기로 했다.

　나는 연습도 없이 본래 감각을 되찾았고, 허우적거린 시간이 무급휴가였던 것처럼 행동했다. 어머니는 변절이라며 나를 꾸짖었지만 나는 아랑곳없이 주위가 제대로 보이지 않을 만큼 빠른 속도로 나무를 타고 올라갔다. 몇 년 사이에 승진을 거듭했고, 자리를 옮겨 앉을 때마다 총서기의 숫자를 늘려 한 명에서 두 명, 마지막에는 네 명까지 두었다. 〈피셔 가의 다섯 쌍둥이〉로 유명한 지역이자 인디언사무국의 지역사무실이 있는 애버딘에서 일할 때는 몰골이 교활하고 흉물스럽게 변했고, 덩치는 내가 쓰는 책상처럼 엉버틈해졌다. 나는 헨리처럼 보이려는 노력을 포기하고 나 자신으로 돌아갔다. 키는 어머니처럼 작달막하고 상판대기는 캐시포 집안 판박이에 용감하나 구제불능이고, 결정적으로 눈은 가느스름한 나로. 나는 자신감을 되찾았고 복잡한 부족 개발사업에서 이득을 얻는 방법도 배웠다. 내 사무실, 창문 같은 구멍 하나 없고 머리 위로 형광등 불빛만 비추는 벙커에서 애초의 의심은 사라졌다. 서명만 하면 금세 계획안이 진행되고 돈도 맘대로 쓸 수 있었다. 반면에 나한테 쓸모없다 싶은 건 내가 림보라고 부르는 '유보' 상태로 밀어버리거나 '다른 채널' 또는 '다른 기관'에 보내 아예 막아버렸다. 최악의 경우에는 계획안 전체를 워싱턴으로 슬그머니 떠밀어 그곳에서 마지막으로 형편없다는 조롱을 받게 했다.

　내 복귀가 간단했던 걸로 보인다면 그건 사실이다. 오래가기에는 너무 쉬웠다. 어느 날 수북이 쌓인 메모에 따라 지시를 내리는데 상사인 인디언사무국 국장, 늘 얼떨해 보이는 에드거 '디지' 라이트닝후프의 전화가 걸려왔다.

"자네 어머니가 내 사무실을 점거했어."

나는 수화기를 옮겨잡았다. "뭘 하고 계세요?"

"내 책상에 앉아 있어." 그가 말했다. "나는 맞은편에 서 있고." 그는 거의 떨리는 목소리로 느리게 말했다. "워싱턴에 제출해야 하는 프로젝트 초안을 자네 어머니가 들고 있어." 그는 한참 동안 말이 없었다. "오늘 아침에 끝냈지. 한 부밖에 없다네."

"바꿔주세요, 국장님."

"잠깐. 지금 손가방에서 뭘 꺼내는데. 보여주는군. 라이터야."

"알겠어요."

나는 곰곰이 따져본 뒤에 말했다. "알아서 해결하시는 편이 좋겠어요."

나는 조용히 전화를 끊었다. 어머니는 이따금 내 관심을 끌고 싶어죽겠다는 듯 어처구니없는 짓을 해서 내 성질을 돋우었다. 인생이 세 부류의 사람들로, 그러니까 기꺼이 사는 사람, 살기 두려워하는 사람, 그 중간인 사람으로 나뉜다는 것을 안다면 룰루 라마르틴이 어떤 사람인지 알 수 있다. 내 어머니는 첫번째다. 두려움이 전혀 없고, 그것이 문제를 일으킨다. 그 나이에도 누가 뭐라건 아랑곳없이 열심히 살고 걱정과 뒷감당은 나한테 떠민다.

예컨대 보호구역을 떠나 있을 때 어머니는 이따금 돌아가신 내 아버지의 아내 마리 캐시포의 말벗이 되어주었다. 티피 천막으로 슬금슬금 기어들어갔던 넥터 캐시포의 육신의 증거물인 나는 그것을 어떻게 받아들여야 할까? 젊었을 때 마리와 룰루는 둘 다 대단한 골칫덩이여서 사방팔방 문제를 일으키고 다녔다. 결혼하고 나서는 맹렬히 자식들을 키웠다. 자신을 돌아보게 된 것은 나이가 들어서였다. 넥터 캐시포가 저세상으로 가자 두 사람은 그들이 가진 힘에 맘껏 집중했고, 서로 뭉치자 선동적이고 매서운 지역 주민 가운데 강력하고 과격한 추종자 무리가 형성되었다. 그들은 주장을 관철하기 위해 머리를 길러서 땋거나 하나로 묶었고 리본 달린 셔츠나 옥양목 옷을 입었다. 전통. 과거 버펄로 시절 스타일이었다.

마리는 줄곧 그렇게 입고 다녔다. 현재를 따르지 않았다. 하지만 그녀가 옥양목을 권하자 룰루 라마르틴은 구식 스커트는 길고 자루 같다며 콧방귀를 뀌었다. 그녀는 검은색 뾰족구두에 분홍색 꽃무늬가 화사하고 목선이 파인 달라붙는 드레스를 입고 급진파 무리를 이끌었다. 화장도 했고 립스틱도 발랐으며 내가 "디어 에비"* 라고 이름 붙인 가발, 즉 석탄처럼 검고 곱슬곱슬한 신종 가발도 썼다.

내가 전화로 어머니를 설득하길 포기한 그날, 때마침 나는 어머니가 불을 지르려고 마음먹은 그 사업안에 몰두해 있었다. 넥터 캐시포가 진행하다 중단한 부족 기념품 공장을 다시 추진하자는 계획안이었다. 모조 화살이나 플라스틱 활, 염색한 병아리 깃털로 만든 아동용 머리장식, 장신구 같은 것을 생산하는 공장인데, 처음

---

* 미국 신문의 인생 상담란 명칭.

공장을 구상한 몇 해 전에는 타이완의 저가 제품과 경쟁하는 것이 목표였다. 하지만 어머니를 비롯한 구세대와 신세대의 전통주의자들에게 기회균등 권한에 따른 자문을 받고 나서 계획안이 변경되었다. 기념품은 '박물관 수준'의 공예품이 되었고 가격도 따라 올라갔다.

그 무렵 어머니는 지역사회의 공식 조언자로 기획위원회에서 활동했다. 어머니에게 딱 맞는 자리였다. 어머니의 점거가 있고 얼마 되지 않아 디지 라이트닝후프가 내게 회의를 맡겼다. 추정컨대 어머니와 공모자 마리 캐시포를 구슬리라는 뜻이었다. 나중에 안 일이지만 그 무리에 제멋대로인 놈이 하나 있었다. 그런 놈은 늘 있다. 그러니까 대개는 개인적인 문제로 받아들일 필요가 없다.

회의장에 발을 들인 순간부터 나는 립샤 모리시가 거슬렸다. 탁자에서 멀리 떨어져 구석에 놓인 의자에 구부정하게 앉아 어리둥절한 표정을 짓고 있었다. 큼직한 발에는 회반죽처럼 형체를 알 수 없고 끈을 묶지 않는 구두를 신었고, 전체적으로 깡마른데다 청재킷 소매는 너무 짧아 핏줄이 불거진 손목이 다 드러나 보였다. 사람들은 그를 대단한 사람처럼 특별하게 대했지만 나는 왜 그러는지 알 수 없었다. 그는 주워서 키운 아이, 버려진 아이였고 의술에 재능이 있다는 소문이 나돌았다. 머리는 하나로 묶었다. 반질반질한 갈색 얼굴은 여우처럼 영리하고 교활해 보였고, 우체국에 수배 사진이 나붙은 탈옥한 형과 한 핏줄인 것은 분명했다. 하지만 그는 수줍고 당황한 듯 말이 거의 없었다. 물론 말할 필요도 없었다. 그가 열렬히 추종하는 내 어머니가 발언을 도맡았으니까.

"우리 부족은 타고난 예술가예요." 그녀가 힘주어 말했다.

기획위원회 사람들은 그렇다는 듯 모두 고개를 끄덕였지만, 나는 그런 뭉뚱그린 생각이 거슬렸다.

"나는 그림을 못 그립니다." 내가 회의장 앞으로 걸어가면서 말했다. "어머니도 못 그리시지요. 예술가가 아니니까."

그녀는 연극배우처럼 놀란 눈빛으로 천천히 나를 돌아보았는데, 내 눈과 마주치자 그 눈빛은 애정 어린 유쾌함으로 바뀌었다. "그림 말고도 예술은 얼마든지 있지." 마침내 그녀는 더없이 나긋나긋한 목소리로 내게 맞섰다.

"어떤 거요?"

나는 어머니와 붙으면 언제 끝내야 할지 감을 잡지 못했다. 기획위원회 사람들이 죄다 화들짝 놀라 우리의 대화에 귀를 쫑긋 세웠고 룰루 라마르틴은 그 긴장감을 한껏 즐겼다.

"너." 그녀가 말했다. "네가 예술품이잖아. 넌 내 아기니까."

그녀는 입술을 오므려 핥더니 꽃분홍색 손톱을 톡톡 두드렸다. 열기가 목을 타고 홧홧하게 올라와 얼굴로 확 솟구쳤다. 말했듯이 나는 그녀가 들판의 풀처럼 과부로 살던 시기에 태어난 아이였고, 모두가 그 사실을 알았다. 마리 캐시포를 쳐다보자 그녀는 웃지 않고 그저 침착하고 의연하게 앉아 있었다. 나는 내 존재에 대한 비난을 내가 공개적으로 뒤집어쓴 것이, 아버지의 억울한 아내 앞에서 죄인처럼 수치스러운 표정으로 서 있는 것이 부당하게 여겨졌다. 책임은 어머니의 몫인데. 그래서 바로 그 자리에서 결판을 내기로 했다.

"그게 예술이라고요! 난 구식 야호라고 부르겠어요." 어머니에게 충격을 줄 작정으로 말했다.

침묵이 흘렀다. 당황한 표정들이 잔물결처럼 탁자 주위를 잔잔히 흘렀다. 잔물결이 어머니에게로, 마리에게로 가 닿자 어머니는 고개를 살짝 기울였다. 두 사람은 나를 멀뚱히 세워놓은 채 꼿꼿이 앉아 있었고, 그 직후 룰루는 손가방에서 강철색 플라스틱 알로 된 안경을 꺼냈다. 그녀가 코에 안경을 걸친 순간 나는 이제 말려들었다는 사실을 깨달았다. 어머니가 세상을 뚜렷이 보면 늘 문제가 생겼다.

전근 발령은 충격이었다. 그로부터 두 달 뒤에 공장을 운영하러 애버딘에서 다시 보호구역으로 돌아온 나는 기껏해야 몇 시간 전에 콘크리트 땅에 새로 지은 것 같은 황갈색 정부 가건물 옆에 차를 세웠다. 텅 빈 새 거실에 서서 뜻밖에 펼쳐진 목초지의 끝없이 푸른 공터를 내다보며 다른 곳에서는 떠올릴 수 없었을 것들을 생각했다.

이 집은 장난감이야. 불쑥 이런 생각이 들었다. 앞서 어딘가에서 주택도시개발사업 이야기가 나왔을 때 내 이름을 들어보았을 것이다. 문득 나는 다섯 살쯤 된 아이의 큼지막하고 포동포동한 손이 황갈색과 푸른색으로 된 이 창문 달린 납작한 상자를 구스베리가 자라고 쇠똥이 나뒹구는 땅에 아무 생각 없이 툭 내려놓는 장면을 떠올렸다. 곧 보호구역 땅 밑으로 미로 같은 플라스틱 하수관과 콘크리트 수도관이 연결될 것이다. 그렇게 하면 적어도 뭔가가 쓸려나가고 밀려들어올 수 있을 것이다.

그러는 동안 나는 전기를 연결하고 바닥에 매트리스를 깔고 비좁은 냉장고에 여섯 개들이 차가운 버드 맥주를 넣었다. 유홀 이삿짐센터는 대체로 인디언 땅에는 들어오지 않았는데, 그 이유는 은행이 보호구역 안에선 대출을 거부하는 것과 같았다. 위험하다는 것이다. 그래서 정부가 이번 주에 내 이사를 해주기로 했다. 그때까지 차에 챙겨온 것으로 별 문제 없이 지낼 수 있을 것이다. 격자무늬 플라스틱과 알루미늄 막대로 만든 접이식의자도 사서 집 앞에 내어놓고 이곳에 오래 산 사람처럼 자리를 잡고 앉았다.

늦은 봄이었다. 하늘은 맑았고, 땅은 말라서 몇 달 전에 크레인이 진흙을 뭉개고 지나간 자리에 바큇자국이 선명했고 트럭 자국도 고스란히 남았다. 구름은 햇빛을 받아 호랑이 무늬 같은 청동색 줄무늬를 그려냈다. 내 시선 밑으로 드넓은 갈색 목초지에 짐승들이 돌아다녔다. 털이 많고 혹이 달리고 머리에서 어깨까지는 거대하고 다리와 궁둥이는 우아한 짐승, 버펄로였다. 물론 내 어머니의 작품이었다. 어머니는 이 완고한 옛 짐승을 다시 데려다놓는 노력에 가담했다. 그놈들이 연기처럼 피어오르는 먼지 아지랑이와 시든 풀 사이에 쌓인 겨우내 군은 토사 사이로 돌아다니는 모습을 보면서 나는 왠지 모를 아릿한 갈망에 사로잡혔다. 숨어 있던 사냥꾼 정신, 말을 타고 나가 저녁거리를 사냥해야 한다는 의무감 같은 것이었을까. 칼로 가죽을 벗긴다. 사체를 토막낸다. 말린다. 얼린다. 짐승의 아둔한 뇌로 가죽을 무두질하고 그 가죽으로 텐트를 친 뒤

피난처 삼아 산다. 내 가건물이 시야에 들어오자 이런 생각들은 나를 떠났고, 돌아보니 바로 여기에, 단열유리창에 견고하게 반사된 어둠의 풍경이 보였다.

내가 맥주를 한 캔 비우고, 한 캔을 더 비우고 세 캔째로 접어드는데 어머니가 차를 세웠다. 옛 방식으로 돌아가자고 주장하면서도 어머니는 꾸준히 차를 바꾸어 지금은 반짝이는 최신형 쉐보레를 몰았다. 이 신형 모델은 밍크브라운색 사이테이션으로, 백미러에 체리색 주사위가 대롱거렸다.

성당에서 빙고게임을 하는 날이라 어머니는 미식축구 선수처럼 어깨심을 대고 앞쪽에 스팽글과 구슬로 호화로운 꽃 장식을 한 빨간 스웨터를 입었다. 몸에 달라붙는 신축성 좋은 바지가 그녀의 멋진 다리를 드러냈다. 호저 털로 만든 기다란 귀걸이는 어깨까지 닿았고, 뾰족한 검은 부츠는 반짝반짝 광이 났다. 나는 의자를 내주고 뒤로 가서 어머니가 뿌린 향수의 흔적을 맡았다. 서늘한 봄 공기 속에 풍기는 은은하고 아련한 냄새. 어렸을 때 나는 그 향기에 얼굴을 묻었다. 코트와 드레스 옷감에 스민 설렘 가득한 향기. 단지 기성품 향수 냄새가 아니라 스위트그라스와 베이비파우더 냄새, 세제의 머스크 향, 그리고 룰루 라마르틴에게 밴 은은한 시나몬 냄새였다. 그녀도 방금 내가 본 풍경을 보며 생각에 잠기는 것 같았다.

"네 다리 인간. 한때 저들이 우리 두 다리 인간을 도왔다."

그녀가 이끄는 미국 인디언운동의 무리가 말하는 방식이었는데, 그들은 애초에 땅의 언어로부터 형성된 자기들의 생각을 번역해서 말하는 것 같았다. 물론 나는 그들이 영어를 쓰면서 자란 것을 아주 잘 알았다. 어처구니가 없었다.

그녀는 생각에 잠겨 말을 계속했고, 나는 귀를 기울였다. "우주 만물은 모두 고대 시간에 연결되어 있다."

"현재와도 많이 연결되어 있고요." 내가 말했다. "배관시설만 되면 저도 이 거대한 삶의 주기의 일부가 될 테니까요."

"재밌구나." 그녀가 유쾌한 듯 말했다. "하지만 너는 그저 다리가 두 개일 뿐, 네 다리이거나 다리가 아예 없는 피조물보다 나을 건 없지."

"어떤 것들이요?"

"물고기 인간."

"관두세요. 물고기가 차를 모는 걸 보고 싶네요."

"네가 물속에 들어가서 살아보렴."

어머니와 아옹다옹해봐야 소용없었고, 게다가 서로 갑자기 헨리 주니어가 떠올라 입을 다물었다. 이윽고 그녀가 다시 입을 열었다. 단순한 환영의 말을 하려거나 감상적인 마음에서 찾아온 게 아니라 완전히 다른 목적이 있어 찾아온 것임이 분명해졌다. 공식적 자격으로 누구를 고용할지 일러주려고 온 것이었다.

"그건 곤란해요." 나는 거절했다.

그녀는 입을 굳게 다물고 가슴에 팔짱을 낀 채 계획안을 불태울 것 같은 표정을 지었다. 그리고 손가방에서 종이를 한 장 꺼내 내가 보는 데서 반듯하게 폈다.

"뭐예요?"

"지원자를 씨족과 집안에 따라 나누었다. 줄마다 열 명씩 뽑으면 괜찮을 거다."

의미심장한 순간이었다. 어머니가 나를 빤히 쳐다보았다. 나도 어머니의 시선을 맞받았고, 그렇게 마주보며 거짓말을 했다. 어머니를 속일 때 나는 말을 하지 않았다. 어머니의 심사숙고한 결론을 기쁘게 받아들인다는 듯 빙긋 웃고, 흔쾌히 활용하겠다는 표시로 고개만 끄덕였다. 그녀의 눈동자가 살짝 번질거렸다. 그녀는 나를 믿지 않았지만 나는 불현듯 어렴풋이 앞날이 보였다. 그녀는 허황한 물건들보다 더 큰 꿍꿍이가 있었고, 나 또한 그랬다.

내가 그녀에게 반대하는 관료가 되고, 그것은 그녀에게 성공의 기준이 되며, 그로 말미암아 그녀는 지위를 얻는다. 그녀는 머리를 부딪힐 벽이 없으면 쓰러지는 부류의 인간이었다. 서로 쌍둥이처럼 가식적이고 의례적인 미소를 띠고 앉아, 나는 여기로 돌아와 예정에 없던 아들의 의무를 다하게 되었다는 사실을 불현듯 깨달았다. 나는 강물이 내 자리를 차지할 때까지 형의 자리를 대신하려고 노력했다. 이제 캐시포가 떠나버린 자리로 들어갈 차례였다. 어머니가 아쉬워하는 소중한 적이 됨으로써, 아버지의 공장을 떠맡음으로써 나는 살아 있는 남자를 조종하여 힘을 발휘하는 어머니의 본능을 살려주었다.

나는 넥터 캐시포가 했음 직한 방식대로 일을 처리했다. 먼저 작업조직도를 발표하고, 이어서 사람들을 고용했다. 나는 어머니가 예전에 그를 내 아버지라는 사실로 협박해서 어떻게 그 계획을 방해하고 가로막았는지 알았다. 이제 나는 부족사무실의 먼지 묻은 서류함 밖으로 나온 옛 아이디어를 실행하면서 기쁨을 느꼈다.

1) 빌리 나나푸시는 규격에 따라 사각형으로 잘라놓은 가죽을 펀치프레스에 넣는다. 프레스를 작동한다. 가죽에 낸 구멍에 고리를 박아넣는다. 가죽을 다음 작업장으로 넘긴다.

2) 아그네스 디어는 오른손에 든 가죽으로 왼손에 든 소나무 자루를 감싼다. 고리에 가죽끈을 넣는다. 끈을 느슨하게 묶어 매듭을 만든다. 자루를 다음 작업장에 넘긴다.

3) 메리 프레드 투스는 깃털을 한 묶음 집는다. 깃털 끝부분을 매듭에 끼운다. 끈을 세게 잡아당긴다. 자루를 넘긴다.

4) 접착 담당 펠릭스 푸크완은 자루 끝에 접착제를 바른다. 자루를 다음 작업장에 보낸다.

5) 립샤 모리시, 빌리 나나푸시, 노리스 버니는 생가죽으로 자루 끝의 머리 부분을 단단히 싸고 접착제로 보강한다.

6) 버사 아이언클라우드는 조립한 전투용 곤봉을 검사한다. 머리 부분을 검은색 스웨이드 가죽끈으로 한번 더 단단히 고정한다. 끈에 화려한 구슬을 꿰어 장식한 뒤 컨베이어벨트에 전투용 곤봉을 놓는다.

7) 곤봉을 넘겨받는 작업장에서 뒤판을 조립하고 스프레이를 뿌려 색칠한다. 카일 모리시 담당.

8) 이노 그래스맨. 마지막 공정 담당. 면봉으로 곤봉 머리, 기반, 곤봉 자루에 강력접착제를 발라 뒤판의 색칠한 면에 잘 내려

놓는다.

완제품:

지난날의 아메리카를 상징하는 매력적인 제품. 집이나 사무실을 장식하기에 아주 그만. 운동선수의 숙소에 더할 나위 없이 잘 어울림. 인증된 디자인으로 아이들에게 안전한 소재 사용. 미국 내무부와 아니시나베 기업의 후원을 받아 부족민이 수작업으로 생산.

작업조직도를 분석해 담배쌈지, 로치스프레더,* 머리끈, 마쿡,** 사슴 호각, 인디언 요람을 만들기로 했고, 석 달째로 접어들자 오지브웨족의 전통 상품을 두 가지 더 생산하게 되었다. 모카신과 내가 좋아하는, 무늬를 새긴 자작 껍질이었다. 옛날에는 여자들이 이로 깨물어 만든 자작 껍질에 눈송이와 별 모양을 새겨 등에 매달아 놓았다. 나는 처음부터 이 아름다운 장난감을 만들고 싶었지만, 작업조직도가 쉽게 그려지지 않았다. 작업자들이 오물거리며 앉아 있게 할 수 없었고, 이가 아무리 좋아도 그 일을 감당할 수는 없을 것이었다. 결국 나는 공구공장을 찾아가 씹는 모양을 본뜬 기계, 즉 어금니와 앞니처럼 생긴 쇠로 된 기계를 만들었다. 이 기계로 치페와족 할머니 백 명이 겨우내 만들 분량을 하루에 생산할 수 있었다.

룰루와 마리는 어머니로서는 말할 것도 없고, 할머니 나이에 이

---

* 인디언의 머리장식.
** 자작나무 껍질로 만든 바구니.

르자 더 큰 골칫거리가 되었다. 애초의 계획은 두 사람을 모두 고용해 처음에는 자문으로, 다음에는 구슬 작업의 기초를 가르치는 사람으로 쓰는 것이었다. 물론 그뒤로 몇 달 동안 두 사람을 한꺼번에 서서히 내모는 계획도 세웠다. 하지만 두 사람을 물리적으로 같은 공간에 두는 것은 민감한 문제였다. 그들의 위상은 완전히 동등해야 했다. 내가 누구를 더 좋아해서도 안 되었다. 작업장 전체가 내려다보이는 구슬작업대에서 그들의 위치는 한 치의 어긋남도 없어야 했다. 저마다 다스릴 영역이 필요했다.

그들의 우정은 가늠하기 어려웠다. 그걸 우정으로 부를 수 있다면 말이지만. 그들은 넥터의 죽음으로 자유를 얻었지만 서로의 차이를 충분히 받아들이지는 못했다. 과거를 가지고 끊임없이 싸웠고 현재에 대해서도 의견이 달랐다. 내가 그들의 눈에 띄기만 하면 심판으로 끌어들이기 일쑤여서 그들의 작업대 옆을 지날 때는 항상 걸음을 서둘렀다. 작업대는 끊임없이 들썩이면서 복잡한 역사 문제로 소용돌이치는 것 같았다.

"라이먼." 어쩌다 걸음이 느려지기라도 하면 어머니가 내 소매를 붙잡았다. "풀 베는 날로 나나푸시 사람의 머리를 빠갠 작자가 라자르 사람 아니었니?"

마리가 캐시포와 결혼하기 전에 라자르 성을 썼으니 어머니가 시비를 걸고 있다는 것은 자명했다.

"글쎄요."

"입을 삐뚤어지게 한 건 필라저였지." 마리가 말했다. "아니라고는 못하겠지!"

그녀는 턱을 당기고 화살표처럼 입을 삐죽하더니 내가 어머니 편을 들길 기다렸다. 하지만 나는 어깨만 으쓱했다.

"라자르 사람이 늙은 러시스 베어를 몰래 데려가 머리를 밀어버렸잖아! 그걸 누가 잊었을까?"

"모리시. 그건 모리시 사람이었어." 마리 캐시포는 일손을 멈추지 않고 쌀쌀맞게 말하더니 이렇게 구시렁거렸다. "자네가 결혼한 사람도 그 집안이었지."

"젊고 뜨거웠지." 어머니는 한숨을 쉬며 비밀을 털어놓으려는 듯 몸을 기울였다. "옛날에는 싱싱한 걸 좋아했거든. 지금이야 하루 지난 빵을 먹는 신세지만."

그들이 느닷없이 웃음을 터뜨려 나는 깜짝 놀랐다. 도통 종잡을 수 없어 짜증이 나고 혼란스럽기도 했다. 그들이 무엇을 심각하게 받아들이고 무엇에 발끈하는지 도무지 알 수 없었다. 그들의 긴 인생 역정으로 짐작하건대 큰 운명을 만들어내는 그들의 삶에서 남자란 체스판의 졸에 지나지 않은 것 같았다. 그들은 소녀처럼 장난쳤고, 집고양이처럼 시시덕거렸으며, 야한 농담을 주고받았다. 내 등 뒤에서 속닥거렸고, 짐짓 내 지위를 존중하는 척하다 깎아내렸다.

내가 보기에 단 하나 삼간 것은, 그러니까 그들이 입 밖에 내지도 농담을 하지도 않은 단 하나의 영역은 내 출생이었다. 넥터가 내 아버지라는 사실. 그 문제만큼은 건드리지 않았다.

립샤 모리시는 아직 어려서 일주일에 사흘은 일과 공부를 병행했다. 일하러 오는 날에는 토마호크의 끝머리에 플라스틱 돌멩이를 붙였고, 나는 그가 학교를 마치고 모습을 드러내면 두 여인의 심기를 건드리지 않으려고 바닥을 쓸거나 자투리를 상자에 담거나 가끔은 주문받은 것을 포장하는 일을 시켰다. 그를 보면 두 가지 이유로 마음이 불편했다. 한 가지는 캐시포가 그를 아들로 인정했다는 사실이었다. 내가 아닌 그를. 심지어 그는 핏줄도 아니었다. 두번째는 립샤 모리시가 우리 무리를 갈라놓은 오랜 두 파벌의 결합이라는 사실이었다. 그의 어머니가 모리시 사람이니 나는 절반은 그의 삼촌뻘이었고, 따라서 우리는 같은 필라저 후손이었다. 필라저 사람들은 끝까지 버티는 사람들, 조약에 절대 날인하지 않는 사람들, 자작 껍질로 만든 두루마리를 지키는 사람들, 어둠의 의술을 구사해 독실한 가톨릭 인디언이라면 눈만 똑바로 마주쳐도 가슴에 성호를 긋게 만드는 사람들이었다.

마음이 너그러운 날이면 나는 이따금 일이 끝난 뒤에 립샤에게 말을 걸었다. 친척으로서 그가 곤란에 처하지 않게 해야 한다는 의무감을 느꼈고, 가끔 함께 나가 두어 시간 포켓볼을 쳤다. 그는 탄산음료를 마셨고, 포켓볼대에 몸을 기대고 공을 쳐서 나를 가뿐히 이겼다. 나는 그의 이익을 위해 져주는 척하려고 애썼다. 똥 씹은 듯한 그의 미소를 보면 성질이 나서 맥주 캔을 그의 머리 위에 쏟아붓고 싶었지만, 참았다. 어쨌거나 내가 상사였다.

아무튼 한동안은 그랬다. 솔직히 첫 주문을 선적하고 몇 주밖에 지나지 않았는데 나는 발이 푹푹 빠지는 모래밭을 걷는 기분이었다. 판로, 즉 새 판매처를 찾기가 힘들었지만 서류상으로 나는 여전히 건재했다. 날이 몹시 추워지며 가을이 시작되었고 날씨는 많은 문제를 해결해주었다. 캐시포가 세운 건물은 엄청나게 크고 추운데다 머리 위로 켜진 전등 때문에 일꾼들은 죽은 사람처럼 얼굴이 초록색으로 보였다. 나는 채광창을 내고 온도조절장치를 최고로 올렸다. 사람들은 몸을 덥힐 수만 있다면 일하러 나오는 것을 문제 삼지 않았다. 마찰을 피하고 친근하게 보이려고 나는 도넛을 주문했고, 작업시간에 따라 커피를 마실 수 있게 했다.

어느 날 어머니가 나를 붙잡았다. 기분전환 삼아 나왔다 둘만 있게 되었다. 그녀는 커피포트 주변에 흩어진 플라스틱 의자 하나에 앉았다. "넌 깨닫지 못하는구나." 그녀가 이 순간을 기다려온 것처럼 내게 곧바로 말했다. "마리와 나는 네 일꾼들이 서로의 목을 건드리지 않게 애쓰고 있단다."

"저는 누가 새로 지원하면 돌려보냈고, 여태 불평하는 소리는 듣지 못했는데요." 나는 허세를 부렸지만 그녀의 고압적인 태도가 이제는 지긋지긋했다. 구슬작업대를 피해다니는 것도 점점 귀찮아졌고, 그들이 속닥거리는 소리는 내 등뒤를 끈질기게 따라다녔다.

"어머니." 내가 비위를 맞추는 어린 학생처럼 말했다. "제 생각을 한 걸음 더 나아가게 해주신 것에 대해 고맙다고 말씀드린 적이 없네요." 어머니 옆에 바싹 붙어 앉자 또다른 영감이 번쩍 떠올랐다. "그래서 지금 고맙다는 말씀을 드리려고요. 미익웨치.* 이제 어머니는 해고예요."

나는 상냥하게 말하려고 했지만 어머니가 묵과하자 참을 수가

---

* 치페와어로 '고마워요'라는 뜻.

없었다. 내 목소리에서 드러난 뜻을 읽고 어머니는 눈을 동그랗게 뜨더니 속을 알 수 없는 다정한 표정으로 입을 삐죽했다.

"내가 저 문밖으로 나가면." 그녀가 입술로 가리켰다. "네 일꾼들도 같이 나갈 거다."

"저들은 일이 필요해요." 내가 너그럽게 말했다.

"이런 일은 아니지!" 방패라도 되려는 듯 그녀의 몸이 뻣뻣해졌다. 그리고 몸을 부르르 떨더니 정색하며 자세를 고쳐 앉았다. 쏘아보는 눈빛이 컷글라스에 어른거리는 빛처럼 번쩍거렸다.

"눈을 떠, 라이먼." 그녀가 소리쳤다. "처음에는 다들 여기서 일하고 싶어 안달이었지만 지금은 차 할부금 때문에 꼼짝 못하는 것뿐이다. 조만간 자기들이 어떤 쓰레기를 만드는지 보게 될 거야. 자기들 손에 뭐가 남았는지 보게 될 거고."

"저는 우리 제품이 자랑스러워요." 내가 말했다.

"똥덩어리! 그게 똥이랑 다를 게 뭐냐!"

그녀의 입이 경첩에 걸린 것처럼 벌어졌고, 그 모습이 내 눈동자에 얼어붙었다. 지금도 그 번쩍임 속에서 그녀 모습이 보인다. 눈썹과 안경은 찌를 듯하고 머리카락은 곤두서고 분노에 꼬집혀 목은 잔뜩 긴장한 모습이. 룰루 라마르틴은 고양이처럼 늘 자제력을 잃지 않았고, 구슬리고 달래고 다리에 몸을 부비며 역경을 헤치고 살아왔다. 화날 정도로 아름다움을 유지하는 늙은 여인은 무슨 일이 일어나는지 다른 사람들이 미처 알기도 전에 자기 뜻대로 그들을 휘둘렀다. 그날 단 한 번 그녀는 자기가 어떻게 보일지 신경쓰지 않았다. 얼굴이 일그러지든 이가 드러나든 상관하지 않은 채 끝내 다시 고용될 때까지 소리를 버럭버럭 질렀다.

　해고. 1월 중순까지 우리가 새로 받은 주문은 몇 개 되지 않았다. 우리는 납품업자들의 재고가 남지 않을 만큼 그들의 요구를 충실히 들어주었다. 무엇보다 공장은 터무니없이 많은 사람을 고용했고, 선적할 양보다 더 많이 생산했다. 어느 밤 나는 우리가 만든 카탈로그를 미국의 수백만 가정에 우편으로 보내기로 마음먹었다. 먼저 조사를 했고, 지역 선교단체로부터 물건을 사줄 만한 고객 명단을 구입했다. 2월이 되자 홍보물과 다져진 눈이 우리 목까지 차올랐다. 3월이 와도 우리는 녹지 않았다. 4월이 되자 추위는 고집스레 더 심해졌다. 흰 것이 더 내렸고, 혼란이 일어났다. 뜨거운 봄바람이 불더니 다시 추위가 기습했다. 자작나무는 갑작스러운 훈풍에 잎을 내밀었다 얼어 죽었다. 떡갈나무는 싹눈을 억누른 채 6월까지 벌거벗은 채로 있었다. 소는 제때에 송아지를 낳지 못했고, 말과 개는 털갈이를 못해 털이 점점 덥수룩해졌다. 사람들 또한 영향을 받았다. 나는 해고하는 일이 넌더리가 났고, 우편주문 반송을 거르지 않고 다 받아들였으며, 물류창고에는 재고가 그득했다. 나는 날씨 같은 기분이 들었다. 불확실하고 약간 미친.
　나는 곧 구석에 쑤셔박힌 도넛을 발견했는데, 한 입도 먹지 않은 것이었다.
　"낭비예요." 내가 어머니에게 불평했다.
　"썩은 미끼." 그녀가 대답했다.
　늦은 6월의 어느 오후 업무시간에 직원휴게실에 들른 나는 혼자 앉아 있는 마리 캐시포를 발견했다. 그녀는 회갈색 돌덩이처럼 반질반질하고 속이 찬 도넛 하나를 물끄러미 바라보며 생각에 잠겼다. 도넛을 넷으로 쪼개 한 조각씩 입에 넣고 미친 듯이 씹을 뿐, 나를 쳐다볼 생각도 하지 않았다. 정확한 이유는 모르지만, 갑자기 내 신경이 밴조처럼 띠링띠링 울리기 시작했다.

"왜 작업대에 가 있지 않으세요?"

말을 뱉자마자 수치심이 들었다. 그녀와 어머니가 무슨 말을 속닥거리고 어떤 수작을 부리든 그녀는 나이 많은 할머니였다. 나는 캐시포에게 물려받은 무성한 머리숱과 사업 감각을 잃어갔고, 그녀의 캐시포와 나의 숨겨진 관계가 하루가 다르게 내 마음을 무겁게 눌렀던 것 같다. 나는 그녀를 보면서 그를 떠올리고 싶지는 않았다. 하지만 그 순간 그녀가 연민을 보였다. 마리는 나를 허물어뜨릴 수도 있었고 난처하게 만들 수도 있었지만, 그저 뿌연 눈빛으로 침착하게 앉아 있었다. 고단하고 다 안다는 듯한 눈빛으로 그녀는 작은 냅킨을 들어 입술을 톡톡 두드린 뒤 잠시 영원할 것처럼 나를 지그시 쳐다보았다.

"네 엄마가 나를 외면하고 가버리더라. 이유 없이. 아무 이유도 없이." 그녀가 화난 듯 나지막이 말했다.

그 순간 나는 어머니가 준 모욕에 내가 더 보탰다는 것을 깨달았다. 마리 캐시포는 비장한 동작으로 천천히 일어서서 후끈한 휴게실을 빠져나갔다. 나는 전체적인 작업의 균형이 그녀와 함께 내게서 비틀비틀 떠나가는 것을 느꼈다. 이제 공장은 잔가지로 만든 집처럼 가볍고도 중대한 순간에 처했다.

한 번만 살짝 건드려도 끝장이다. 나는 깨달았다.

그 한 번이 찾아왔다. 빗나간 펀치가 아니라 직격탄으로. 갑자기
벌어진 일이었다. 나는 실제로 작업대를 찾아가 마리 캐시포에게
사과할 순간을 노리며 그들 뒤에 서 있었다. 다른 사람이 없는 데
서 미안하다고 말하고 싶었지만 어머니의 눈이 나를 강렬하게 쏘
아보았다. 나는 평소처럼 두 사람이 케케묵은 이야기로 옥신각신
하다 나를 끌어들일 거라고 생각하며 꼼짝 않고 서 있었다. 어쩌면
둘 사이에 대화가 없는 것을 보고 알아챘어야 했다.
　마리는 혼자 날씨에 대해 구시렁거렸다. 나는 말을 참았다. 그녀
가 자기 머리카락을 잡아당기더니, 마무리하던 장미 모양 장식을
내던졌다.
　"자기 머리카락을 잡아당기면 안 되지, 마리." 어머니가 한마디
했다. 유쾌하고 똑 부러지는 목소리로.
　"왜 안 돼?" 마리는 저단 기어를 놓고 빈둥거리는 주차된 트럭
같았다. 나는 어머니가 한 걸음 물러날 눈치 정도는 있으리라 믿었
다. 어머니는 침묵이 한 박자 고이게 두는가 싶더니 곧 가식적인
한숨을 후유 내쉬었다.
　"머리카락이 빠지면 어쩌려고."
　"난 대머리는 되지 않을 것 같거든." 마리의 목소리가 가라앉으
며 냉소적으로 변했다.
　"대머리?" 어머니의 가발은 주저앉고 마음은 펄쩍 뛰는 것이 보
였다. "자네가 대머리 얘기를 한다고 놀랄 일은 아니지. 라자르 집

454

안의 오래된 술수니까."

마리는 바늘에 실을 다시 꿰다 어머니가 비는 시간에 만든 바늘꽂이에 푹 찔러넣었다. 빅토리아풍 레이스를 단 작고 푸른 구두 모양이었다.

"남 말 하기는! 대머리 마귀할멈 주제에. 라자르 집안에 갖다붙이지 마. 모리시 사람들이 러시스 베어의 머리를 빡빡 밀지 않았던가. 내가 그 노인네를 숨이 끊어질 때까지 돌봤어. 그런 일은 알고도 남겠지."

그러자 어머니가 금지된 주제를 꺼냈다.

"자네가 러시스 베어를 돌본 건 물론 알지. 그 노인네가 제 자식에게 등을 돌리게 만든 게 자네잖아!"

마리는 점점 덩치가 커지면서 기력이 솟구치는 것 같았다. 작은 흰색 십자무늬가 그려진 베이지색 드레스가 풍성하게 부풀었다. 그녀는 육중한 팔을 폈고 입을 열자 쩌렁쩌렁한 목소리가 공장에 울려퍼졌다.

"제 자식이라. 누구를 말하는 건가? 자네 집을 홀라당 태워서 자네를 대머리로 만든 그 사내?"

"넥터가 일부러 그런 건 아니었어."

마리가 천천히 눈을 감았다 떴다. 룰루가 아는 것을 마리도 알았다.

기어코. 그 이름이 튀어나오자 나는 그것을 삼키려는 듯 얼굴이 자줏빛으로 변할 때까지 숨을 깊이 들이마셨다. 불안한 침묵 속에서 튀어나올 이름이 하나 더 있었다. 바로 내 이름. 나는 그들이 거기까지 갈 거라곤 생각하지 않았다. 그래서 살짝 물러나 간신히 숨을 돌리는데 맨땅을 긁는 칼날 같은 마리의 목소리가 들렸다.

"자네가 머리를 감추려고 모자쟁이 라마르틴이랑 결혼한 걸 내가 모를 줄 알아! 내가 잊어버렸다고 생각하지? 그 대단한 라이먼이 자네가 결혼할 무렵에 두 살이었지!"

내 이름이 나오자, 내 부모가 밝혀지자 나는 몸을 틀어 공장을 휘 둘러보았다. 몇몇이 어머니 쪽 작업대로 고개를 쑥 뺀 채 지켜보았다. 다시 돌아보자 어머니가 노란색 구슬이 담긴 통을 한 손에 들었다. 다른 손에는 파란색 구슬이 담긴 버터통을 들었고. 그녀가 순식간에 작업대 위로 손을 뻗쳐 파란색과 노란색 구슬을 마리의 초록색 구슬통에 쏟아버렸다.

마리 캐시포의 눈동자가 믿을 수 없다는 듯, 그러다 분노가 치미는 듯 점차 짙어졌다. 푸른색과 초록색은 섞이면 분간이 잘 안 돼서 다시 분류하려면 하루는 골머리를 썩어야 했다. 그녀는 이루 말할 수 없이 침착한 태도로 위엄 있게 일어섰다. 그리고 몸속 깊은 곳에서 숨을 끌어모아 사람들의 시선을 한몸에 받으며 자신을 한껏 부풀렸고, 마침내 사적인 전쟁을 알리는 외침, 작업라인 앞에 앉은 모든 일꾼을 마비시키는 동시에 동원하는 위인디구의 외침을 터뜨렸다.

우적거리거나 깨물거나 고리를 박던 기계들이 멈추었다. 얼음의 손이 남녀 모두를 붙잡아 눈뜬 채로 얼려버린 것 같았다. 모두 그 외침의 뜻을 알았다. 일꾼들은 이편저편 망설이면서 이랬다저랬다 결심을 바꾸었다. 개인적인 원수에게 덤빌까? 작고 연약한 조카를 지킬까? 싸움이 끝날 때까지 작업대 밑에 숨을까? 이것저것 따져보는 기이한 슬로모션의 순간이 서서히 사람들 무리로 퍼져나갔다. 어느 순간 나는 앞으로 나서서 눈사태를 만난 사람처럼 부질없이 팔을 올리다 멈췄고, 왠지 모르지만 다른 모두와 함께 립샤 모리시를 쳐다보았다.

그는 접착제를 바른 자루 끝에 기계적으로 붙이는, 짐작건대 백만번째 모조 돌멩이를 쳐다보았다. 그리고 자루 끝을 보며 고개를 끄덕하더니 구슬작업대로 시선을 돌려 의문스레 바라보았다. 무엇을 봤건 그것이 그의 다음 행동을 결정했다. 나는 그가 어머니를 보는 줄 알았다. 그 미소는 내 가슴이 안다. 가톨릭 신자가 스카풀라에 입을 맞추게 하는 미소, 포켓볼대 앞에서 내가 본 미소, 큐 끝을 바라보며 공 셋을 한꺼번에 해치워 게임을 이기는 한 방의 기술을 예고하는 그 미소는 그녀의 늑대 미소, 바로 필라저 집안의 미소였다. 수학적으로 정확한 표정이자 아니시나베 기업의 몰락을 예고하는 미소였다. 나는 배 속이 뒤틀렸다. 그 순간 립샤가 판사 같은 엄숙함으로 모조 토마호크를 작업대 위에 판결봉처럼 탁 내려놓았다.

다음 순간 대소동이 일어났다. 공장이 폭발했다. 질서가 거품처럼 터지며 무너졌다. 카일 모리시가 필라저 집안의 친구 빌리 나나푸시를 플레인스 오지브웨족이 쓰는 진짜 같은 모조품 쿠 스틱*으

---

* 북아메리카 원주민 전사가 쓰는 무기. 이것으로 적을 때리면 명예로운 행위가 된다.

로 후려치며 개를 먹는 자라고 욕했다. 치폐와족에게 더없이 치욕스러운 말이었다. 빌리는 이에 대응해 카일의 여자친구 매리 프레드에게로 프레스를 밀어버렸고, 그녀는 깃털을 옆으로 내동댕이치더니 기계 밑에서 빠져나와 펠릭스 푸크완이 조립한 가벼운 뼈로 만든 전투용 곤봉을 휘둘렀다. 곤봉의 대가리는 날아갔고, 메리 프레드는 그 맨숭맨숭한 막대기로 여기저기 헤집고 다니며 닥치는 대로 쑤시고 후려치고 쩔렀다. 그녀는 한번 발끈하면 감당이 안되는 사람이었는데, 그 분노가 다른 사람에게 영향을 미치자 몇 초 만에 공장은 아수라장이 되었다.

고무 도끼와 소나무 자루와 가죽 주머니가 허공을 날아다녔다. 나는 어머니가 씨앗처럼 작은 구슬을 한 움큼 집어 마리의 눈에 모래처럼 휙 뿌리는 것을 보았다. 두 사람은 내 옆을 지나쳐 버펄로처럼 서로를 쿵 들이받았고, 나는 넘어져 칼날 같은 구두 굽과 고무 밑창에 짓밟혔다. 시계를 보니 실제 전투에 소요된 시간은 그리 길지 않았고, 사람들은 곧 문밖으로 뛰쳐나갔다. 심지어 닫힌 창문을 깨고 나가기까지 했다. 사건이 거기서 일단락되고 모두 집으로 돌아갔다면, 백년전쟁 중에 일어난 하찮지만 악의적인 또하나의 사건 정도로 받아들였을 것이다. 싸움은 수그러들었지만 분이 풀리지 않은 나나푸시, 모리시, 라자르 집안 사람들은 공장의 남은 기물을 철저히 파괴하고 해체하고 박살내서 가져갔다. 그들은 나라는 존재를 정부가 부추긴 또하나의 값비싸고 망각된 기계처럼 세워놓고 돌아다녔는데, 거기에는 공장을 원래대로 되돌리는 데에서 오는 일종의 조직화된 기쁨이 있었다고 나는 나중에 술을 많이 마신 뒤에야 깨달았다.

상황은 프로젝터가 삼킨 필름처럼 돌아갔다. 저절로 해체되는 기계처럼 돌아갔다. 꿈속처럼 빠른 속도로 벌어지는 붕괴의 중심에 서서 나 자신도 뒤로 감기는 기분이었고, 누구를 멈추거나 나를 구하려는 어떤 시도도 하지 않았다. 다 끝나고 모두 가버릴 때까지 나는 입을 벌리고 가만히 서 있었다. 무릎이 풀렸다. 손과 무릎으로 바닥을 짚고 아수라장을 기어 쓰레기 더미를 헤치며 망가지고 해체된 기계 옆으로 가서, 여명 속에서 쇠이빨을 아작거리는 자작껍질 기계의 플러그를 뽑았다.

나는 작업대 다리를 잡고 일어서서 작업장 문을 닫고 내 책상 앞에 한두 시간 앉았다가 파일서랍 맨 밑칸에서 병을 하나 꺼냈다. 제니스, '라벨은 조잡하지만 비할 데 없이 강도가 센 이 술은 90도짜리 에틸알코올을 생산하는 지역 브랜드였다. 사람들은 대부분 겨울에 자동차의 꽁꽁 언 관을 녹일 때 이 술을 썼다. 불 옆에서 열지 마시오. 경고문이 쓰여 있었다. 형광등 불빛이 노려보는 가운데 나는 몇 분마다 천장을 향해 병을 기울였고, 한 모금 마실 때마다 놀란 가슴에 불이 붙더니 마침내 활활 타오르자 더 참을 수가 없었다. 병을 집어던졌다. 병이 날아가는데 문이 열렸다.

립샤 모리시.

나는 너무 취해 말이 나오지 않았다.

"불이 켜져 있어서요." 립샤가 말했다.

나는 입을 벌렸고, 불꽃이 혀를 날름거리며 허공에서 타닥거리는 것을 느끼고 또 보았다. 나는 입을 더 크게 벌렸는데 마치 용광로에서 통풍구가 열리는 것 같았다. 공기가 훅 들어왔고 불꽃이 내 귀를 핥았다.

나는 립샤를 보았다. 그가 둘로 보였다. 그가 다시 두 배로 늘어 났고, 그리고 이제 여섯 명의 립샤가 조용히 서 있었다. 립샤는 또 다시 배로 늘어나 심지어 열두 명이 되었다. 나는 나와 눈을 맞추 지 않는 열두 명의 립샤를 보며 몸을 일으켜 줄지어 선 그들 앞으 로 쑥 다가갔다. 립샤 모리시가 저마다 고개를 갸웃했다. 나는 그 들의 눈앞에 불타는 손을 부들거리며 휘둘렀고, 립샤들은 공손하 게 물러서며 나를 빤히 쳐다보았다.

그들의 표정을 보고 나는 열불이 나서 폭발해버렸다.

나는 철제의자를 번쩍 들어올려 책상에 내려쳤고, 팔걸이로 내 앞에 가만히 서 있는 립샤들을 한 명씩 사정없이 휘갈겼다. 내 안 의 불꽃이 사그라지기 전에 여러 명을 한꺼번에 후려쳤고, 남은 몇 명을 순서대로 바닥에 때려눕혔다. 마침내 최후의 립샤에 이르자 그가 내 손을 가만히 붙잡았다.

"아저씨." 마지막 립샤가 간절히 말했다.

나는 얌전해졌다. 맹렬한 자기 연민이 솟았다. 머리를 꼿꼿이 들 려고 했지만 또다시 자기 연민에 빠졌다.

밖으로 나간 나는 아이처럼 가만히 끌려갔다. 6월의 향긋하고 메마른 공기를 들이마셨고, 십대 아이들을 한가득 싣고 지나가는 차들을 향해 손을 흔들었다. 내 취한 생각들이 미루나무 높이 부는 산들바람에 흐릿하게 달그락거렸다. 망가진 문을 열고 다운타운 술집으로 들어갔을 즈음 내 몸은 엄청나게 슬픈 온기의 물결로 가득찼다. 나는 주머니에서 지폐 뭉치를 꺼냈다.

"가져!" 나는 바텐더 앞에 돈다발을 던졌다. 그리고 휙 돌아서서 사람들 속으로 비집고 들어갔다. 그뒤부터는 뒤죽박죽이었다. 한동안 상황은 희한하게 흘러갔다. 상실을 끌어안은 밤, 속사포처럼 지껄인 밤, 그리고 너무 많은 일이 일어난 밤이었지만 결국 나는 잠잠해졌고 거품이 보글거리는 달콤한 오렌지 소다수를 홀짝이는 마리 캐시포와 같은 테이블에 앉게 되었다.

"무례한 말씀을 드려 죄송했습니다."

나는 술을 너무 많이 마시면 격식을 차리게 되고, 목소리는 가늘고 느리고 퉁명스러워진다.

마리는 소녀처럼 시선을 내리까는 것으로 대답했고, 이윽고 슬며시 눈을 치떠 내 시선과 마주쳤다. 놀란 눈빛과 마주치자 나는 고개를 돌렸다. 그녀는 혼자였고 이 술집과 어울리지 않았지만, 그런 것은 신경쓰지 않았다. 어머니는 여전히 마리에게 화가 나서 서로 모르는 사람처럼 저만치 떨어진 테이블에 앉아 머리를 맞댄 한 무리 사람들에게 열정적으로 이야기를 했다. 그녀는 계획하고, 일을 꾸미고, 보호구역을 관리했고 혹은 그렇게 한다고 생각했다. 나는 다시 마리를 쳐다보았고, 그 순간 내 동맹이 누구인지 알아보았다. 내가 그들의 전쟁에서 중요한 일부인지 아닌지, 인정을 받는지 못 받는지, 명확히 보이는지 보이지 않는지 나는 알 수 없었다. 나는 꿈을 꾸곤 했는데, 까마득한 암흑의 구덩이 위에서 나뭇가지를 한 팔로 붙잡고 매달린 꿈이었다. 너무 까마득해 얼마나 깊은지 알 수 없었고, 주위는 몹시 어둡고 웅성거렸다. 꿈속에서 나는 팔이 부들부들 떨렸다. 다른 팔은 다른 나뭇가지를 찾아 필사적이었는데, 그게 아버지일 거라고 생각하곤 했다. 양손으로 붙잡고 싶은 것이 어쩌면 엄마였을 거라는 생각은 한 번도 해보지 않았다.

마리는 고개를 내 쪽으로 기울이며 조심스럽게 미소를 띠었다. 문득 보니 그 미소는 매우 그윽하고 또한 지적이었다. 그녀의 눈빛이 넓은 벽의 나무판에 새긴 성자의 눈처럼 나를 꿰뚫어보았다. 댄스플로어의 소란한 불빛이 그녀의 이마에 푸른 그림자를 드리웠다. 그녀의 머리카락이 양옆으로 흰색 날개처럼 뻗쳤는데, 나는 은연중에 그녀가 반으로 끊어진 가죽끈을 팽팽히 당기는 것 같은 느낌을 받았다.

반사적으로 나는 손을 뺐다.

"그분이 제 이야기를 했습니까?" 나는 까마득한 아래에서 올려다보듯 그녀를 쳐다보며 용기를 내어 속삭였다.

그녀가 그렇다는 대답을 하려고 입술을 오므린다고 생각했지만, 흔들리는 공기를 사이에 두고 그녀는 그저 얼굴을 찡그렸다. 그녀는 자신의 남편이, 내 아버지가 내가 시도한 일을 자랑스러워했을 거라고, 하물며 질투했을 거라고, 이 가치 있는 사업의 실패를 이해했을 거라고 말할 생각이었을 것이다. 변화는 더딘 속도로 일어난다고, 고통이 쓰라리겠지만 있을 수 없는 일은 아니니 땅이 빗물에 젖어들듯 나도 흡수할 수 있을 거라고 말할 생각이었을 것이다. 물에 빠졌던 사람도 떠돌기를 멈추고 집으로 돌아갈 수 있다고 말할 생각이었을 것이다. 마리 캐시포는 내가 겉과 속으로 이루어져 있다고, 비록 거처 없이 호텔 방을 전전하고 번듯한 회의 오찬을 즐기는 삶에 휘말려 있지만 좁은 길을 택해 나 스스로 돌아올 수 있다고 말하려고 했을 것이다. 내게는 머물 곳이 있다고 말하려고 했을 것이다. 하지만 그 말을 하기도 전에, 그녀가 손을 내미는 것을 보고 나도 반사적으로 손을 내밀었다.

우리는 함께 일어섰다.

주크박스가 웅얼거렸다. 시끌벅적한 소음이 우리를 감쌌다. 우리는 희뿌연 알코올 안개를 사이에 두고 시선을 마주쳤고, 그녀는 나를 물끄러미 바라보았다. 그녀의 눈빛은 내가 넥터를 닮았다고 말하지만 나로서는 알 수 없다. 어쩌면 그날 밤에는 그랬을 것이다. 그녀의 부은 손가락은 보드라웠다. 자세히 들여다보자 희뿌연 불빛 속에서 규칙적으로 볼록하게 솟은 작은 무늬들이 보였다. 별과 눈송이와 행운의 거미줄.

나는 두려운 마음으로 그녀의 손가락을 감싸고 가만히 서서 기다렸다.

"난리통에 그랬지." 그녀가 이를 드러내며 웃었다. "자작 껍질 기계에 손을 넣었거든."

엉망진창이 된 사고 중에서 마리 캐시포가 손을 다친 것이 가장 마음 아팠다. 그녀의 손은 아기를 받았고 어른 남자들을 진창에서 건졌다. 그녀의 손은 아이들을 먹이고 때렸다. 그녀의 손은 불탄 밧줄 같았고, 일하느라 피부가 까졌고, 넥터의 키스를 받았다. 이제 뻣뻣해지고 여전히 힘이 있는 그녀의 손은 보호를 받았어야 했다. 나는 더 자세히 보려고 고개를 숙였다. 한쪽 손바닥에 흰색으로 돋은 상처가 있었는데, 작고 질긴 가지처럼 뒤틀린 해묵은 흉터였다.

"죄송해요." 내가 중얼거렸다.

내가 용서받았다고 느낀 최초의 사과였지만 그녀는 듣지 못했다. 마리 캐시포는 음악에 귀를 기울였다. 그리고 평생 아주 무거운 것을 당기다 그 흔적이 갑자기 뚝 끊어진 것처럼 몸을 폈다. 우아하게 사뿐히 허공으로 올라가듯. 그녀는 느린 동작으로 몸을 살짝 기울이며 투스텝을 밟았고, 우리는 춤을 추며 플로어의 중심으로 들어갔다.

역사는 사랑 속을 흐른다

어긋난 타이밍 때문에 어그러지지만 정신이 오락가락할 때까지 놓지 못하는 욕망은 사랑일까 아닐까. 도망쳐 내려오는 길에 뜻하지 않은 몸싸움으로 시작되어 집에 있는 감자를 다 벗겨야 견딜 수 있게 된 우연은 사랑일까 아닐까. 첫사랑을 떠나보내고, 다른 남자들을 만나고, 첫사랑과 남몰래 욕정을 불태우고 다시 첫사랑을 떠나보내며, 느린 강물에 몸을 맡긴 듯 이렇게 흘러가는 더디고 끈질긴 집착은 사랑일까 아닐까. 루이스 어드리크의 『사랑의 묘약』은 넥터 캐시포와 마리 라자르, 룰루 나나푸시가 만들어내는 관계와 그 관계에서 파생된 세대를 넘나드는 관계들을 중심으로 인디언의 사랑을 화끈하면서도 비릿한 살냄새가 나게, 유머러스하면서도 뭉클한 애잔함이 배어나게 그려낸다. 사랑에서 파생된 감정들은 어쩔 수 없이 펄떡거리며 영혼에 생채기를 내는데, 그런 생채기가 없다면 삶은 참 심심하고 재미없을 것이다. 그래서 생채기는 각 등장인물의 삶을 이해하는 단서이자 인간을 살게도 죽게도 만드는 원인이고, 인류의 삶을 흐르게 하는 힘이다. 이 소설 『사랑의 묘약』은 따라서 사랑의 이야기이자 역사의 이야기이다.

『사랑의 묘약』은 루이스 어드리크의 첫 장편소설이다. 1984년에 처음 발표된 이 작품은 1993년에 개정판이, 2009년에 재개정판이 나왔다. 내가 번역본으로 삼은 2009년판에는 열여섯 편의 단편에 부록 한 편을 더해 총 열일곱 편의 단편이 실려 있다. 각 단편은 하나의 이야기로 완결되면서 나머지 단편들과 긴밀히 얽혀 있다. 루이스 어드리크의 다른 소설들이 그렇듯 등장인물의 관계를 면밀히 살피며 그 실타래를 즐겨도 좋고, 그냥 에라 모르겠다는 심정으로 관계 따위 아랑곳없이 맘 편히 즐겨도 좋다. 사랑 이야기이자 인디언 역사 이야기인 이 소설에는 백인이 뺏어간 땅, 허접한 상품으로 전락해버린 인디언 문화, 아무리 당신만큼은 달라야 한다고 외쳐도 백인에게는 하룻밤 쉬운 상대에 지나지 않는 인디언 여자, 영화에 캐스팅되어 말에서 굴러떨어져 죽는 '인디언으로서는 가장 중요한 역할'을 맡은 잘생긴 인디언 남자 등 인디언의 아픔이 켜켜이 들어앉아 있다. "흥미로운 인디언은 죽었거나 말에서 뒤로 굴러떨어져 숨이 넘어가는 인디언뿐"이라는 넥터의 말과 인구조사원이 "우리를 헤아릴 때마다 제거할 숫자를 정확히 파악하는 것"이라는 룰루의 말은 인디언으로 살아가는 아픔을 사실적이면서도 유머러스하게 전달한다.

그중에서도 가장 서글픈 것은 인디언의 사랑이다. "인디언사무국 학교에서 공부한 젊은이들은 백인의 시간에 따라 사랑도 관리

하더구나." 늙은 나나푸시 아저씨의 말은 사랑마저 백인의 사고에
잠식당한 서글픈 인디언의 현재를 보여준다. 시간은 우리가 조종
하고 통제하고 관리하는 것이 아니라 그 흐름에 몸을 맡기는 것이
고, 사랑도 마찬가지라는 것을 아마 지금의 우리는 잊었을 것이다.
집착과 욕망과 권태와 몸의 끌림과 질투 등 온갖 구질구질한 감정
을 제거한 뒤 좋은 것만 추출해 그것을 사랑이라고 말하는 것 또
한 사랑을 통제하고 싶어하는 인간의 오만한 속성을 보여주는 것
은 아닐까 생각해본다. 사랑이 너른 품을 가진 것, 속이 좁지 않은
것이라면 이 소설에서 보여주는 사랑은 고름과 진물과 흉터 같은
온갖 구질구질하고 너저분한 감정을 보듬는 것이자 역사의 비극적
인 순간마저 물결의 한 흐름 속에 끌어안는 것이다. "사랑을 아름
다운 것만으로 한정해 사랑의 품을 좁히지 말라. 사랑은 밉고 곱고
추하고 아름답고 수치스럽고 벅차고…… 그런 온갖 것의 복합체
다." 이 책을 번역하는 내내 내 머릿속에 떠돌던 생각이었다.

　루이스 어드리크가 인디언을 소설의 중심 소재로 삼는 만큼 그
녀의 혈통을 살펴볼 필요가 있다. 어드리크는 치페와족과 프랑스
인 혼혈 어머니와 독일계 미국인 아버지를 두었다. 그녀의 다른 소
설에 미국으로 이주한 독일인을 다룬 내용도 있지만, 주된 배경은
노스다코타 주 인디언 보호구역이다. 어드리크의 소설을 읽다보면
그녀가 자신의 정체성을 진실 수집가로 규정하는 것을 알 수 있다.
그녀의 소설에는 늘 그녀를 대변하듯 진실을 수집하는 인물이 등
장한다. 『비둘기 재앙』에서는 니브 하프라는 인물이 그랬고, 『사랑
의 묘약』에서는 아직 색깔이 약하지만 아마도 룰루 나나푸시와 마

리 캐시포가 그 역할을 조금씩 떠맡고 있는 것 같다. 진실은 밝혀지지 않고 묻혔던 역사이자 잊혀가는 피의 근원이다. 그 진실들은 '보호구역'이라는 경계 안에서 박제처럼 굳어져 얼핏 우리에게 머나먼 이야기처럼 느껴지지만, 지구 곳곳에서 일어난 억울함과 울분의 역사와 다르지 않다. 어드리크가 역사 속에서 들춰낸 이야기들은 읽으면 읽을수록 인간의 원형적 울분에 닿아 있다는 것을 알게 된다. 원형은 언제 어디에서나 반복 재생산될 수 있다. 그러니 인디언의 삶에, 사랑에 유머와 아픔이 섞여 있듯 우리의 삶도, 사랑도 그럴 것이다.

셰익스피어의 「한여름 밤의 꿈」에나 나올 법한 적당한 아슬아슬함과 질펀한 사랑을 기대하며 첫 페이지를 넘겼던 나는 어드리크의 『사랑의 묘약』 앞에서 한껏 숙연해졌다. 슈퍼마켓에서 사온 칠면조 앞에서, 그 심장을 꿀꺽 삼키는 목구멍 앞에서, 양 손목에 묶은 기러기 두 마리 앞에서, 누구인지는 중요하지 않았던 사랑의 행위 앞에서, 활활 타오르는 편지 앞에서, 물속에 잠긴 자동차 앞에서, 마음은 지워버린 것을 기억하는 손 앞에서, 평생 처음 이유가 있어 도주하는 뒷모습 앞에서. 그런 욕망과 좌절이 역사를 만들었고, 그 모든 역사가 사랑의 품에 안긴다. 나는 독자로서 어드리크가 쏟아낸 문장 하나하나에 발이 걸려 넘어지는 것 같았고, 가끔은 단어 하나에 눈물이 날 것 같았고, 감정의 촘촘한 결에 쓸쓸해졌다. 마지막으로 나에게 그런 울림을 준 립샤 모리시의 말을 옮긴다. "나는 사랑이란 시간이 지나면 더 편안해져서, 아파도 많이 아프지 않고 좋아도 그렇게 좋지 않을 거라고 생각했다. 시간이 지나

면 사랑은 반들반들 닳아 늙으면 잘 알아채지도 못할 거라고 생각
했다. 아무래도 나는 사랑이 쪼그라들다 죽는 거라고 생각했던 모
양이다. 이제 나는 채찍처럼 분연히 일어서는 사랑을 보았다."

2013년 8월
정연희

옮긴이 **정연희**
서울대학교 영어교육과를 졸업하고 미국 펜실베이니아 대학에서 석사 학위를 받았다. 전문 번역가로 활동하고 있으며, 옮긴 책으로 『헬프』 『비둘기 재앙』 『새해』 『죽음과의 약속』 『인문학의 즐거움』 등이 있다.

문학동네 세계문학
사랑의 묘약

초판인쇄 2013년 8월 10일 | 초판발행 2013년 8월 20일

지은이 루이스 어드리크 | 옮긴이 정연희 | 펴낸이 강병선
책임편집 김나리 | 편집 류현영 | 독자모니터 유부만두
디자인 윤종윤 이원경 | 저작권 한문숙 박혜연 김지영
마케팅 정민호 김도윤 박보람 양서연 | 온라인마케팅 김희숙 김상만 이원주 한수진
제작 서동관 김애진 김동욱 임현식 | 제작처 한영문화사

펴낸곳 (주)문학동네
출판등록 1993년 10월 22일 제406-2003-000045호
주소 413-120 경기도 파주시 회동길 210
전자우편 editor@munhak.com | 대표전화 031) 955-8888 | 팩스 031) 955-8855
문의전화 031) 955-3576(마케팅) 031) 955-1917(편집)
문학동네카페 http://cafe.naver.com/mhdn

ISBN 978-89-546-2220-2 03840

www.munhak.com